Sexy Brothers

MAYA BANKS

Sexy Bothers

HARLEQUIN

Titres originaux :

Partie 1 : THE TYCOON'S PREGNANT MISTRESS
Partie 2 : THE TYCOON'S REBEL BRIDE
Partie 3 : THE TYCOON'S SECRET AFFAIR

Traduction française de

Partie 1 : JOSEE BEGAUD
Partie 2 : SYLVETTE GUIRAUD
Partie 3 : PATRICIA RADISSON

Ces romans ont déjà été publiés :

Partie 1 : *en octobre 2009*
Partie 2 : *en avril 2010*
Partie 3 : *en juillet 2010*

HARLEQUIN®

est une marque déposée par le Groupe Harlequin

HARLEQUIN

83-85, boulevard Vincent Auriol, 75646 PARIS CEDEX 13.

Service Lectrices — Tél. : 01 45 82 47 47

www.harlequin.fr

ISBN 978-2-2803-3305-4

CHRYS

1

Enceinte.

Malgré la chaleur estivale, Marley Jameson ne put s'empêcher de frissonner en se laissant tomber sur le banc d'un square, à quelques centaines de mètres de l'appartement qu'elle partageait avec Chrysander Anetakis. Le soleil brillait dans le ciel new-yorkais, mais elle avait la chair de poule.

Stavros, le garde du corps, ne serait certainement pas content qu'elle ait disparu sans prévenir. Chrysander non plus, d'ailleurs, quand il apprendrait qu'elle n'avait pas respecté les consignes de sécurité. Mais comment aurait-elle pu se rendre chez le médecin accompagnée d'un garde du corps ? Elle n'aurait même pas eu le temps de rentrer à l'appartement que Chrysander aurait déjà été au courant pour le bébé.

Comment allait-il réagir ? Malgré leurs précautions, elle était enceinte de huit semaines. Sans doute avaient-ils été négligents la dernière fois où Chrysander était revenu d'un long voyage d'affaires à l'étranger. Il s'était montré insatiable. Et elle aussi.

Elle se sentit rougir en y repensant. Il lui avait fait l'amour toute la nuit, lui murmurant en grec ces mots tendres et doux qu'elle aimait tant.

Jetant un coup d'œil à sa montre, elle fit la grimace. Il serait de retour dans quelques heures, mais elle ne parvenait pas à se décider à rentrer pour affronter la situation. Il fallait pourtant qu'elle se change avant son arrivée. Pas question de l'accueillir en jean et T-shirt délavés. A contrecœur, elle finit par se lever pour regagner l'immeuble luxueux où Chrysander possédait un appartement.

— Tu te montes la tête, murmura-t-elle en approchant de la porte d'entrée, qu'un portier ouvrit avec empressement.

Marley redevint songeuse dès qu'elle se retrouva seule dans l'ascenseur, posant machinalement la main sur son ventre encore plat. Incapable de se débarrasser d'une sourde appréhension, elle se mordilla les lèvres. Mais bientôt les portes s'ouvrirent directement dans l'entrée de l'appartement, au dernier étage de l'immeuble.

Elle se dirigea vers la salle de séjour, abandonnant ses chaussures dans l'entrée. Elle était éreintée et mourait d'envie de s'allonger sur le canapé. Elle devait pourtant d'abord réfléchir à la façon dont elle allait aborder avec Chrysander le sujet de leur relation.

Quelques jours plus tôt, elle n'aurait pas vu la moindre raison de s'inquiéter. Mais les résultats de l'analyse de sang l'avaient secouée, et elle s'interrogeait à présent sur les six mois passés avec lui. Elle l'aimait de tout son cœur, sans trop savoir pour autant où en étaient les choses entre eux. Quand il était avec elle, Chrysander se montrait attentionné. Leurs relations amoureuses étaient fantastiques. Mais elle devait se préoccuper de l'avenir de son bébé, et elle attendait bien plus de l'homme qu'elle aimait que quelques nuits torrides, lorsque son emploi du temps de P.-D.G. le lui permettait.

Elle passa dans la chambre de maître et sursauta lorsque Chrysander sortit de la salle de bains, une serviette de toilette autour des reins. Il sourit lentement en l'apercevant. Chaque fois qu'elle posait les yeux sur lui, elle éprouvait le même choc que la première fois, et une onde de chaleur la parcourut de la tête aux pieds.

— Tu… tu es rentré plus tôt que prévu, parvint-elle à dire.

— Je t'attendais, Marley, répondit-il d'une voix rauque.

Il laissa la serviette de toilette glisser à ses pieds et, en voyant son sexe fièrement dressé, Marley sentit le désir l'embraser. Il se rapprocha d'elle comme un tigre de sa proie et l'enlaça aussitôt en s'emparant de sa bouche.

Marley poussa un petit gémissement, et ses jambes se dérobèrent sous elle. Elle ne pouvait se passer de lui, n'était jamais rassasiée. Il suffisait qu'il la touche pour qu'elle sente son corps s'enflammer.

Il délaissa bientôt sa bouche, explorant de ses lèvres son visage et son cou tout en tirant impatiemment sur son T-shirt. Marley plongea les doigts dans ses cheveux noirs, l'attirant encore plus près d'elle. Son corps dur, mince et musclé, était celui d'un prédateur. Ses mouvements avaient une grâce féline, et elle avait l'impression qu'il savait jouer de ses sensations comme d'un instrument parfaitement accordé.

Elle noua les bras autour de son cou alors qu'il l'allongeait sur le lit.

— Tu es bien trop vêtue ! murmura-t-il en faisant glisser son T-shirt au-dessus de sa tête.

Elle savait qu'ils auraient dû s'arrêter. Il fallait qu'ils parlent. Mais il lui avait manqué. Tout son corps le réclamait, presque douloureusement, et peut-être voulait-elle aussi goûter ces instants une dernière fois avant que les choses ne changent irrévocablement.

Il dégrafa son soutien-gorge, et elle ne put retenir un nouveau gémissement lorsqu'il se mit à caresser ses mamelons, plus sensibles que jamais. Ils étaient aussi plus sombres, et elle se demanda s'il l'avait remarqué.

— Je t'ai manqué ? murmura-t-il.

— Tu le sais bien, répondit-elle dans un souffle.

— J'aime que tu me le dises.

— Tu m'as manqué, dit-elle en souriant.

Il continua à la dévêtir, faisant voler son jean et ses sous-vêtements aux quatre coins de la chambre. Bientôt elle sentit son corps sur le sien, puis au plus profond d'elle-même.

Elle s'arqua contre lui, l'étreignant de toutes ses forces pendant qu'il lui faisait l'amour avec voracité. C'était toujours ainsi. Leur besoin l'un de l'autre était tel qu'il les consumait tout entiers. Il la serra contre lui avec passion, lui chuchotant des mots tendres en grec. La caresse de sa voix les accompagna jusqu'à l'orgasme, puis elle se blottit contre lui, comblée.

Elle dut ensuite s'endormir, car lorsqu'elle rouvrit les yeux, Chrysander était allongé contre elle, enlaçant ses hanches d'un geste possessif. Il la regardait avec langueur, ses yeux dorés brillant comme ceux d'un fauve repu.

C'était le moment ou jamais d'aborder le sujet qui lui tenait à cœur. Alors pourquoi se sentait-elle terrifiée à l'idée de parler avec lui de leur relation ?

— Chrysander, commença-t-elle à mi-voix.

— Qu'y a-t-il ? demanda-t-il d'un air un peu méfiant, comme s'il avait perçu son inquiétude.

— J'aimerais te parler.

Il s'étira de tout son long et s'écarta légèrement, pour mieux la voir. Le drap glissa jusqu'à leurs hanches. Elle se sentit vulnérable, exposée, et se mit à trembler lorsqu'il prit un de ses seins dans sa main.

— De quoi veux-tu parler ?

— De nous, répondit-elle simplement.

Son visage se ferma aussitôt. Il la regarda avec lassitude, et une telle indifférence qu'elle en fut effrayée. Elle avait l'impression de le voir s'éloigner d'elle, littéralement.

Un bourdonnement les fit sursauter. Chrysander murmura un juron et décrocha l'Interphone.

— Oui ? dit-il d'un ton sec.

— C'est Roslyn. Puis-je monter vous voir ?

Reconnaissant la voix de l'assistante de Chrysander, Marley se raidit de la tête aux pieds. La soirée était déjà bien avancée, mais Roslyn n'hésitait pas à venir à l'appartement, alors qu'elle n'ignorait pas qu'il ne vivait pas seul.

— Je suis très occupé pour le moment, Roslyn. Cela peut sûrement attendre que je vous voie demain au bureau.

— Malheureusement, non. J'ai besoin de votre signature sur un contrat qui doit partir avant 7 heures demain matin.

— C'est bon, montez ! répondit Chrysander.

Il se leva d'un bond et se dirigea vers l'armoire pour y prendre un pantalon et une chemise.

— Pourquoi vient-elle aussi souvent ici ? demanda Marley à voix basse.

— C'est mon assistante, répondit Chrysander, surpris. C'est son travail de me joindre là où je suis.

— Y compris chez toi ?

— J'en ai pour un instant, se contenta-t-il de répondre en boutonnant sa chemise. Nous continuerons notre conversation tout à l'heure.

Marley le regarda s'éloigner, plus oppressée que jamais. Elle aurait volontiers remis la discussion à plus tard, mais elle devait absolument lui dire qu'elle était enceinte, et elle ne pouvait pas lui parler du bébé sans être sûre de ses sentiments à son égard, et de ses projets pour l'avenir.

Les minutes s'écoulèrent, et elle devint de plus en plus anxieuse. Elle remit son jean et son T-shirt, pour ne pas se sentir en position d'infériorité quand il reviendrait. Et dire qu'elle avait prévu d'être l'image même de l'élégance et de la sérénité au moment d'aborder cette conversation !

Chrysander revint enfin, l'air préoccupé. Voyant qu'elle s'était rhabillée, il lui lança avec un petit sourire :

— Je te préfère nettement nue, *agapi mou*.

Elle sourit à son tour, émue comme toujours quand il l'appelait « mon amour » en grec.

— Des problèmes au bureau ?

— Tout aurait dû être réglé depuis longtemps. Il manquait juste une signature.

Il se rapprocha d'elle avec l'air d'un fauve affamé, tout en déboutonnant sa chemise.

— Chrysander… il faut que nous parlions.

Il eut l'air irrité mais finit par pousser un soupir résigné en s'asseyant à côté d'elle sur le lit.

— Comme tu veux. Qu'est-ce qui te préoccupe ?

Craignant de perdre ses moyens si elle restait aussi près de lui, elle s'installa à l'autre bout du lit.

— J'aimerais savoir ce que tu ressens pour moi, comment tu envisages notre relation… et notre avenir.

Elle lui jeta un coup d'œil, inquiète de sa réaction. Il la regardait d'un air morose, les lèvres pincées.

— Voilà donc où on en est ! répondit-il d'un air sombre.

— Que veux-tu dire par « où on en est » ? balbutia-t-elle. J'ai juste besoin de connaître tes sentiments pour moi. De savoir si nous avons un avenir. Tu parles toujours de nous au présent, expliqua-t-elle avec maladresse.

Il se pencha vers elle et lui glissa une main sous le menton pour la regarder droit dans les yeux.

— Il n'y a pas de « relation » entre nous, lui dit-il sèchement. Tu sais très bien que les relations, ce n'est pas pour moi. Tu es ma maîtresse, un point, c'est tout.

Marley eut l'impression d'avoir été giflée. Sidérée, elle le fixa d'un air bouleversé.

— Ta maîtresse ? répéta-t-elle la gorge serrée.

Elle n'aurait pas eu d'objection à « petite amie », « compagne », « copine »… Mais « maîtresse » ? La considérait-il comme une femme entretenue, payée pour ses services sexuels ?

Elle sentit la nausée l'envahir. Le repoussant, elle se leva et s'éloigna de lui. Il la dévisagea d'un air stupéfait.

— C'est tout ce que je suis pour toi ? Une maîtresse ? demanda-t-elle d'une voix éraillée par l'émotion.

— Tu n'es pas toi-même, lui répondit-il avec impatience. Rassieds-toi, je vais aller te chercher un verre. J'ai eu une semaine fatigante, et tu n'es manifestement pas bien. Ce n'est vraiment pas le moment de parler de tout ça, pas plus pour toi que pour moi.

Irrité, il se leva et se dirigea à grands pas vers la cuisine. Il avait passé toute la semaine à tendre des pièges à la personne qui essayait de le ruiner en vendant ses secrets à la concurrence, et s'il y avait une chose dont il n'avait vraiment pas besoin, c'était une querelle avec une maîtresse hystérique !

Il prépara un verre de jus de fruits pour Marley et se versa une bonne dose de cognac. Il sentait venir la migraine.

Il sourit en apercevant les chaussures de Marley en plein milieu de l'entrée ; à son habitude, elle s'en était débarrassée à peine sortie de l'ascenseur, et avait abandonné son sac sur le canapé.

Ce n'était pas une fille compliquée ; c'était bien pourquoi il avait été surpris par sa réaction à l'instant. Cela ne lui ressemblait vraiment pas. Marley n'était pas collante ; sans quoi, leur relation n'aurait jamais duré aussi longtemps !

Leur « relation » ? Ne venait-il pas de lui expliquer qu'il n'y avait pas de relation entre eux ? Elle était sa maîtresse, rien de plus.

Il n'aurait pas dû lui dire les choses aussi crûment. Elle devait être souffrante et avait besoin d'un peu de tendresse. Cette seule idée lui donnait envie de fuir, mais après tout elle avait toujours été là pour lui quand il rentrait fatigué de ses voyages d'affaires ou de ses réunions. C'était son tour de lui donner autre chose que du plaisir sexuel.

Il s'apprêtait à regagner la chambre lorsqu'un papier dépassant du sac de Marley attira son regard. Il s'arrêta net en fronçant les sourcils et posa les deux verres sur la table.

Il ne pouvait en croire ses yeux.

Il attrapa la liasse de documents et la feuilleta, sentant une colère noire l'envahir. Marley ! Marley était la personne qui le trahissait ! Il aurait voulu pouvoir le nier. Détruire les preuves et faire comme si elles n'avaient jamais existé. Mais elles étaient là, sous ses yeux : il avait entre les mains les faux documents qu'il avait volontairement laissés traîner ce matin, dans l'espoir de découvrir qui vendait les secrets de l'entreprise à son concurrent. Elle n'avait vraiment pas perdu son temps !

Soudain, tout devint clair. C'était à peu près à l'époque où elle était venue vivre avec lui que les plans d'architecte avaient commencé à disparaître. Elle avait travaillé pour l'entreprise, et, même s'il l'avait convaincue de renoncer à son poste pour se consacrer à lui, elle était toujours autorisée à circuler à sa guise dans les bureaux.

Mais quel imbécile il avait été !

Le coup de téléphone de Stavros, quelques heures plus tôt, lui revint brusquement à la mémoire. Sur le moment, il avait juste été un peu irrité et s'était promis de rappeler à Marley qu'elle devait respecter les règles pour sa propre sécurité. Alors que c'était lui qui n'était pas en sécurité avec elle ! Elle s'était rendue à son bureau puis avait disparu pendant plusieurs heures. Et, comme par hasard, des documents volés à l'entreprise se retrouvaient dans son sac !

Le poing crispé sur les papiers, il se dirigea droit vers la chambre. Marley était toujours assise sur le lit et tourna vers lui un visage baigné de larmes. Quelle comédienne !

— Tu as une demi-heure pour partir d'ici, lui dit-il d'un ton sec.

Marley le fixa, abasourdie.

— Je ne comprends pas, répondit-elle d'une voix étranglée.

— Tu as une demi-heure pour faire tes bagages avant que j'appelle le vigile et qu'il te raccompagne en bas.

Elle se leva d'un bond, incapable de comprendre ce qu'il se passait. Comment la situation avait-elle pu se dégrader à ce point ? Elle n'avait même pas eu le temps de lui parler du bébé.

— Que se passe-t-il, Chrysander ? Pourquoi es-tu furieux contre moi ? Est-ce parce que j'ai mal réagi quand tu m'as dit que j'étais ta maîtresse ? J'ai été bouleversée ; je croyais que nos relations allaient plus loin que cela.

— Il te reste vingt-huit minutes, répliqua-t-il froidement. Tu croyais vraiment que tu pourrais t'en tirer aussi facilement ? poursuivit-il en lui montrant une liasse de documents. Tu m'as menti et tu m'as trahi, tu n'as plus ta place ici.

Marley se sentit vaciller, mais il ne fit pas le moindre geste pour lui venir en aide.

— Je ne sais pas de quoi tu parles, répondit-elle à voix basse. J'ignore tout de ces documents.

— Tu es une voleuse, rétorqua-t-il avec une moue méprisante. Estime-toi heureuse que je n'appelle pas la police. Mais je te préviens que si jamais tu t'approches de moi à l'avenir, c'est exactement ce que je ferai. Tu aurais pu couler l'entreprise, avec tes manigances. Malheureusement pour toi, tu as été prise à ton propre piège : ces documents sont des faux, et tu es tombée dans le panneau.

— Une voleuse ? répéta-t-elle avec nervosité.

Elle lui arracha les papiers et essaya de comprendre, mais les mots et les graphiques se brouillaient devant ses yeux. Elle aperçut un courriel provenant manifestement de l'entreprise de Chrysander, et quelques mots lui sautèrent aux yeux : dossier confidentiel ; plans détaillés ; appel d'offres international ; photocopie des dessins d'architecte… Elle n'avait pas la moindre idée de ce dont il s'agissait.

Elle leva les yeux vers lui en ayant l'impression que le monde s'écroulait autour d'elle.

— Tu m'accuses d'avoir volé ces documents ?

— Ils étaient dans ton sac. N'essaie pas de le nier. Contente-toi de déguerpir : il te reste vingt-cinq minutes.

La gorge nouée, elle avait l'impression de ne plus pouvoir respirer, ni penser, ni réagir. Elle se dirigea vers la porte, hébétée, sans songer à prendre ses affaires. Tout ce qu'elle voulait, c'était fuir. Dans l'entrée, elle s'appuya un instant au chambranle et se retourna pour regarder Chrysander. Il conserva un air implacable, les traits durs, le regard glacé.

— Comment as-tu pu me croire capable d'une chose pareille ? murmura-t-elle.

Aveuglée par les larmes, elle s'engouffra dans l'ascenseur, et, au rez-de-chaussée, le portier lui proposa d'un air inquiet de lui appeler un taxi, mais elle refusa d'un geste et s'éloigna en titubant.

La nuit était tombée, mais elle n'y fit pas attention, pas plus qu'aux larmes qui lui coulaient sur le visage. Elle obligerait Chrysander à l'écouter. Elle attendrait jusqu'au matin, pour lui donner le temps de se calmer, puis elle retournerait le voir et lui parlerait. Ce n'était qu'un immense malentendu. Il y avait forcément moyen de lui faire entendre raison.

Elle était si bouleversée qu'elle ne remarqua pas l'homme qui la suivait. Au moment où elle allait traverser la rue, elle sentit qu'on l'attrapait par le bras, et ses cris de terreur furent rapidement étouffés par un sac qu'on lui jeta sur la tête.

Elle se débattit de toutes ses forces mais, en un rien de temps, son agresseur l'obligea à monter à l'arrière d'un véhicule. Une portière claqua, elle entendit des bribes de conversation, puis le véhicule démarra.

2

Trois mois plus tard.

Assis à son bureau dans son appartement new-yorkais, Chrysander réfléchissait d'un air sombre, fixant sans les voir les documents devant lui tandis que la télévision débitait les dernières nouvelles en sourdine. Il aurait dû avoir l'esprit en paix, à présent que son entreprise était hors de danger, mais le fait que Marley l'ait trahi continuait à le torturer.

Il n'était à New York que pour quelques heures. Son frère Theron l'attendait le lendemain à Londres pour donner le premier coup de pioche de leur nouvel hôtel — un hôtel qui n'aurait jamais vu le jour si Marley était parvenue à ses fins. Chaque fois qu'il repensait à la façon dont lui, le P.-D.G. d'Anetakis International, avait été manipulé et trahi par cette femme, il avait envie de hurler de rage. A cause d'elle, leur principal concurrent s'était approprié deux de leurs projets. Il aurait dû la dénoncer à la police, mais il avait été trop faible pour s'y résoudre.

Il ne s'était même pas débarrassé de ses affaires. Il s'était dit qu'elle reviendrait les chercher, et avait même vaguement espéré qu'elle lui donnerait ainsi l'occasion de lui demander pourquoi elle avait fait une chose pareille. Il s'en occuperait la prochaine fois qu'il reviendrait à New York. Il était vraiment temps de tourner la page.

Lorsqu'il crut entendre une voix prononcer le nom de Marley Jameson, il pensa tout d'abord que c'était un simple écho de ses sombres ruminations, mais à la seconde occurrence, il compris que la voix était celle du présentateur de télévision. Un journaliste se tenait devant l'entrée d'un hôpital, et il fallut quelques instants à Chrysander pour vraiment saisir ce qu'il disait. Le reporter commentait à présent des images plus anciennes, montrant une femme sur un brancard, avec à l'arrière-plan un bâtiment à l'abandon. Chrysander se pencha pour mieux voir, incrédule. C'était Marley !

Il se leva d'un bond pour attraper la télécommande et augmenter le son.

Marley avait été enlevée et venait d'être libérée. On ignorait encore par qui et pourquoi elle avait été retenue prisonnière, mais elle était restée plusieurs semaines en captivité. Les ravisseurs avaient réussi à échapper à la police, qui n'avait procédé à aucune arrestation.

Chrysander craignit un instant d'entendre le journaliste prononcer son propre nom, avant de songer qu'il y avait peu de risques. Sa liaison avec Marley était restée secrète, à la fois pour préserver sa vie privée, et pour la sécurité de son entreprise. Lorsqu'il avait compris qu'elle l'avait trahie, il s'était félicité de s'être toujours gardé d'étaler ses relations personnelles en public. Il n'aurait jamais supporté que son entourage apprenne qu'il s'était laissé duper comme un imbécile.

A cet instant, la caméra montra le visage apeuré et exsangue de Marley en gros plan, et il sentit un étrange pincement au cœur. Elle avait la même expression que le soir où il avait découvert sa trahison. Pâle comme un linge, bouleversée, et vulnérable.

Mais le dernier commentaire du journaliste le laissa pantois : la jeune femme était apparemment enceinte de quatre ou cinq mois ; la mère et l'enfant ne semblaient pas avoir souffert physiquement de leur captivité.

— *Théé mou*, murmura-t-il en réfléchissant à toute vitesse.

Sans plus attendre, il attrapa son téléphone portable et sortit de son appartement. Il était à peine arrivé dans le hall de l'immeuble que son chauffeur se garait devant l'entrée. Chrysander monta aussitôt à l'arrière tout en composant le numéro de l'hôpital où Marley avait été emmenée.

— Sa santé physique ne me donne pas d'inquiétude, expliqua le médecin. Sur le plan émotionnel, en revanche, je n'en dirais pas autant.

Chrysander bouillait d'impatience en écoutant le médecin. Dès son arrivée à l'hôpital, il avait gagné le service où Marley avait été admise et, comme le personnel soignant lui refusait l'accès à sa chambre, il s'était présenté comme son fiancé, exigeant qu'elle soit examinée par un spécialiste. Il devait à présent attendre le feu vert du médecin pour être autorisé à la voir.

— Elle est donc indemne, conclut-il.

— Je n'ai pas dit cela. Je vous ai seulement expliqué qu'il n'y avait rien de grave sur le plan physique.

— Dans ce cas, dites-moi clairement ce que je dois savoir.

Le médecin le fixa un instant avant de poser ses notes sur son bureau.

— Mlle Jameson a subi un grave traumatisme. Il m'est impossible de l'évaluer plus précisément, car elle n'a gardé aucun souvenir de sa captivité.

— Pardon ? s'exclama Chrysander avec incrédulité.

— En fait, elle n'a même aucun autre souvenir. Elle a pu donner son nom, mais c'est à peu près tout ce qu'elle se rappelle. Elle n'avait même plus conscience d'être enceinte avant que nous le lui apprenions.

Chrysander fourragea dans ses cheveux en jurant à mi-voix.

— Elle ne se souvient de rien ? Rien du tout ?

— J'ai bien peur que non. Elle est extrêmement fragile, vulnérable. C'est pourquoi vous devez à tout prix éviter de l'inquiéter. Elle doit porter son bébé pendant quatre mois encore, et se remettre d'une expérience extrêmement éprouvante.

— Je n'ai aucune intention de l'inquiéter, rétorqua Chrysander avec irritation. J'ai juste du mal à croire qu'elle ne se rappelle rien.

— Ces dernières semaines ont été traumatisantes pour elle. Son amnésie est sans doute un mécanisme de défense mis en place par le cerveau, le temps qu'elle récupère et soit assez forte pour se confronter à ce qui lui est arrivé.

— L'ont-ils…

Chrysander ne put se résoudre à prononcer le mot et se contenta de demander :

— L'ont-ils molestée ?

L'expression du médecin s'adoucit.

— L'examen médical n'a révélé aucun mauvais traitement physique. Mais il est impossible de savoir précisément ce qu'elle a enduré tant qu'elle ne sera pas en mesure de nous le révéler. Nous devons être patients et éviter de la questionner tant qu'elle n'est pas prête. Comme je vous l'ai dit, elle est extrêmement fragile ; il faut éviter de lui en demander trop, trop vite, sinon les conséquences pourraient être dramatiques.

Chrysander étouffa un nouveau juron.

— Je comprends. Je veillerai à ce qu'elle soit entourée d'un maximum d'attentions. Puis-je la voir à présent ?

— Vous pouvez la voir, répondit le médecin d'un ton hésitant. Mais il vaudrait mieux ne pas trop lui parler de son enlèvement.

— Vous me demandez de lui mentir ? dit Chrysander en lui jetant un regard noir.

— Je vous demande seulement de ne pas l'inquiéter. Racontez-lui sa vie quotidienne. La façon dont vous vous êtes rencontrés. Toutes les petites choses de la vie courante. Toutefois, le psychiatre de l'hôpital que j'ai consulté suggère d'éviter dans un premier temps de lui parler de sa captivité et de la façon dont elle a perdu la mémoire. En fait, nous ignorons en grande partie ce qui lui est arrivé ; mieux vaut donc éviter des hypothèses qui pourraient se révéler totalement fausses. Il lui faut du calme. Dans son état, un nouveau traumatisme pourrait avoir de graves conséquences.

Chrysander acquiesça d'un signe de tête. Il voulait savoir au plus vite ce qui s'était passé, mais les conseils du médecin paraissaient sensés. Il éviterait donc de presser Marley de questions si cela devait lui nuire, ou nuire au bébé. Il jeta un coup d'œil à sa montre. Il devait encore s'entretenir avec les policiers, mais il voulait d'abord voir Marley.

— Je vais demander à l'infirmière de vous conduire à sa chambre, dit le médecin.

Marley avait l'impression d'émerger d'un épais brouillard. Elle protesta à voix basse en ouvrant les yeux. Elle n'avait vraiment aucune envie de recouvrer la conscience. Etre plongée dans le noir, ignorante de ce qui l'entourait, lui convenait très bien.

A quoi bon s'éveiller ? Sa vie n'était plus qu'un néant entouré de ténèbres. La seule chose qu'elle parvenait à se rappeler, c'était son nom : Marley.

Elle essaya une fois de plus de trouver des réponses aux questions qui assaillaient son esprit dès qu'elle s'éveillait. Mais son passé n'était plus qu'une vaste étendue déserte. Les réponses semblaient flotter devant elle, toujours hors d'atteinte.

Elle tourna la tête sur l'oreiller, bien décidée à replonger dans l'oubli du sommeil, lorsqu'une main attrapa fermement la sienne. Une vague de panique l'envahit avant qu'elle ne se souvienne qu'elle était en sécurité à l'hôpital. Mais elle n'en retira pas moins vivement sa main.

— Ne te rendors pas tout de suite, *glykia mou*, dit une voix masculine.

Déroutée, elle se tourna vers cet inconnu dont la voix grave lui avait fait l'effet d'une chaude caresse. Etait-elle censée le connaître ? Savait-il qui elle était ? Etait-il le père de l'enfant qu'elle portait ?

Elle porta instinctivement la main à son ventre arrondi tout en le dévisageant. C'était un homme imposant. Grand, mince, les yeux couleur d'ambre, il la fixait d'un air dangereux et résolu. Il n'était manifestement pas américain.

Comme si cela avait de l'importance ! Elle éclata presque de rire devant l'absurdité de ses réflexions, en un moment où elle aurait dû exiger de savoir qui il était, et pourquoi il venait à son chevet.

— Notre bébé va bien, dit-il en réponse au geste de Marley.

Elle se raidit en comprenant qu'il venait en effet de revendiquer la paternité de son bébé. Comment pouvait-elle ne pas le reconnaître ? Elle essaya désespérément de trouver un semblant de familiarité à ses traits, mais ne parvint qu'à accroître son malaise et sa peur.

— Qui êtes-vous ? finit-elle par murmurer d'une voix inquiète.

Une petite flamme brilla dans ses yeux d'or, mais son visage ne montra rien de ses pensées. L'avait-elle blessé en révélant qu'elle ne le reconnaissait pas ? Elle essaya de se mettre à sa place, d'imaginer ce qu'elle aurait ressenti si le père de son enfant avait paru ignorer qui elle était.

Il approcha une chaise du lit et s'assit. Quand il lui prit la main, elle se força à ne pas la retirer.

— Je suis Chrysander Anetakis. Ton fiancé.

Elle le dévisagea, essayant de déterminer s'il disait la vérité. Il la regardait d'un air calme, sans émotion apparente.

— Je suis désolée, répondit-elle en essayant de contrôler sa voix tremblante. Je ne me souviens pas…

— Je sais. Le médecin m'a prévenu. Mais peu importe ce dont tu te souviens ou non pour le moment. L'important, c'est que tu te reposes et te rétablisses, afin que je puisse te ramener chez nous.

— Chez nous ? répéta-t-elle en se sentant paniquer.

— Oui, chez nous.

— Où est-ce, « chez nous » ?

Elle s'en voulait d'avoir à poser la question, d'être là, impuissante, à parler avec un parfait inconnu. A cela près qu'il était manifestement tout sauf un inconnu. Ils avaient eu des relations intimes, elle avait dû être amoureuse de lui. Ils étaient fiancés, et elle portait son enfant. Tout cela n'aurait-il pas dû suffire à réveiller ses souvenirs ?

— Ne te tracasse pas ainsi, *glykia mou*, dit-il doucement. Je vois bien que tu te fais beaucoup trop de souci. Prends les choses comme elles viennent. Le médecin a affirmé que tous tes souvenirs finiraient par te revenir.

Elle agrippa sa main et regarda leurs doigts entrelacés.

— C'est vrai ? Et si jamais ce n'était pas le cas ?

La panique l'envahit de nouveau, l'oppressant à tel point qu'elle crut étouffer.

Chrysander lui caressa doucement la joue.

— Calme-toi, Marley. Ce n'est pas bon pour toi ni pour le bébé de t'inquiéter ainsi.

L'entendre prononcer son nom lui fit un effet étrange. Elle avait beau se rappeler son identité, elle avait l'impression qu'il parlait d'une étrangère. Elle s'était sentie si perdue en se rendant compte qu'elle n'avait aucun souvenir de sa propre existence qu'elle avait fini par douter de son propre nom.

— Pouvez-vous me donner quelques détails sur moi, si insignifiants soient-ils ?

Elle était à deux doigts de l'implorer, et elle sentit les larmes lui monter aux yeux et lui nouer la gorge.

— Nous aurons tout le temps de parler, répondit-il d'un ton apaisant en écartant gentiment les mèches qui lui tombaient sur les yeux. Pour l'instant, repose-toi. Je vais m'occuper de te ramener chez nous.

C'était la deuxième fois qu'il parlait de « chez eux », mais il ne lui avait toujours pas dit où ils vivaient.

— Où est-ce, « chez nous » ? demanda-t-elle de nouveau.

— Jusqu'à maintenant, « chez nous », c'était ici, à New York. Je voyage souvent pour mes affaires, mais nous partagions un appartement en ville. J'ai toutefois l'intention de t'emmener sur mon île dès que tu pourras voyager.

Elle fronça les sourcils, décontenancée. Il avait dit tout cela d'un ton si impersonnel ! Sans la moindre joie, la moindre émotion, comme s'il se contentait de lire un texte.

Comme s'il sentait qu'elle s'apprêtait à lui poser d'autres questions, il se pencha vers elle et lui posa un baiser sur le front.

— Repose-toi, *glykia mou*. Je dois prendre des dispositions. Le médecin a dit que tu pourrais sortir d'ici quelques jours si tout va bien.

Elle ferma les yeux avec lassitude et se contenta d'acquiescer de la tête. Il resta quelques instants debout à la regarder, puis elle l'entendit s'éloigner. Une fois la porte fermée, elle rouvrit les yeux et sentit les larmes lui couler sur les joues.

Elle aurait dû être soulagée à l'idée de ne pas être seule. Mais la présence de Chrysander Anetakis ne lui avait pas apporté le réconfort auquel elle aurait pu s'attendre. Elle éprouvait plus d'appréhension que jamais, sans savoir pourquoi.

Elle se pelotonna sous le drap et ferma les yeux, aspirant à retrouver l'engourdissement du sommeil.

Lorsqu'elle se réveilla, une infirmière se tenait près d'elle.

— Parfait, vous voilà réveillée ! dit-elle d'un ton enjoué. J'ai apporté votre repas. Vous vous sentez prête à manger ?

Marley secoua la tête. Cette seule idée lui donnait la nausée.

— Laissez le plateau. Je veillerai à ce qu'elle mange.

Marley releva la tête, surprise, et aperçut Chrysander, qui la regardait d'un air presque farouche. L'infirmière lui sourit et dit à Marley, en s'apprêtant à sortir :

— Vous avez de la chance d'avoir un fiancé aussi dévoué.

— Oui, j'ai de la chance, murmura Marley en se demandant pourquoi elle avait une telle envie de pleurer.

Dès que l'infirmière eut refermé la porte, Chrysander rapprocha la chaise du lit et posa le plateau devant Marley.

— Tu dois manger.

— Je n'ai vraiment pas faim, répondit-elle avec nervosité.

— Ma présence t'est-elle désagréable ?

— Ce…

Elle aurait voulu le nier, mais ce n'aurait pas été totalement vrai. Comment pouvait-elle lui dire qu'il l'intimidait ? Elle était censée l'aimer. Avoir fait l'amour avec lui, ajouta-t-elle intérieurement en sentant son visage s'empourprer.

— A quoi penses-tu ? dit-il en lui prenant la main et en la caressant machinalement.

— A… à rien, répondit-elle en détournant le visage, car la manière qu'il avait de la dévisager la mettait mal à l'aise.

— Tu as peur, et c'est tout à fait compréhensible.

Elle se tourna de nouveau vers lui.

— Cela ne vous met pas en colère, que j'aie peur de vous ? Franchement, je suis terrifiée. Je ne me souviens pas de vous ni d'aucun autre aspect de ma vie. Je porte votre enfant, et je ne me souviens absolument pas de notre vie ensemble.

Elle crispa les poings sur le drap, le ramenant sur elle comme pour se protéger.

Chrysander avait une expression presque sévère. Etait-il réellement en colère ? Faisait-il un effort pour le cacher ?

— Tu as toi-même expliqué les choses. Tu ne te souviens pas de moi, je suis donc un inconnu pour toi. Je n'ai plus qu'à… gagner ta confiance, dit-il en ayant l'air de trouver ce dernier mot particulièrement détestable, mais le visage toujours impassible.

— Chrysander…, commença-t-elle d'un ton hésitant.

Elle avait espéré que prononcer son prénom éveillerait au moins un souvenir en elle, mais son esprit resta désespérément vide.

— Oui, *glykia mou* ?

— Que m'est-il arrivé ? Comment me suis-je retrouvée ici ? Comment ai-je perdu la mémoire ?

Il lui reprit la main, et cette fois elle en fut réconfortée. Se penchant vers elle, il lui caressa la joue de sa main libre.

— Tu veux aller trop vite. Le médecin a bien dit que tu devais prendre ton temps. Pour l'instant, l'important, pour toi et pour notre enfant, est que tu te ménages. Tout te reviendra quand tu seras prête.

Elle soupira en comprenant qu'il ne céderait pas.

— Repose-toi, dit-il en se levant et en lui effleurant le front de ses lèvres. Tu pourras bientôt sortir d'ici.

Elle aurait voulu se sentir réconfortée par ses paroles. Au lieu de cela, une telle peur de l'inconnu l'envahit qu'elle crut suffoquer. Elle sentit la sueur dégouliner sur son visage, et les quelques bouchées qu'elle s'était forcée à avaler menacèrent de remonter à la surface. Chrysander la fixa d'un air inquiet puis, sans un mot, appuya sur la sonnette.

L'infirmière arriva aussitôt. En apercevant le visage décomposé de Marley, elle s'empressa de lui faire une piqûre en lui disant d'un ton apaisant :

— Il n'y a pas de raison de paniquer. Vous êtes en sécurité ici.

Mais Marley ne pouvait se débarrasser de l'angoisse qui l'oppressait. Comment l'aurait-elle pu, alors qu'elle allait bientôt se retrouver au-dehors, dans un environnement tout aussi inconnu que l'homme dont elle dépendrait ?

Chrysander restait debout près du lit, la regardant attentivement, couvrant toujours sa main de la sienne. Bientôt, elle se sentit gagnée par un engourdissement bienfaisant et eut l'impression de flotter sur une mer apaisée. Les paroles de Chrysander furent la dernière chose qu'elle entendit :

— Dors, *glykia mou*. Je veille sur toi.

Bizarrement, cette promesse parvint à la réconforter.

Chrysander resta dans la pénombre à regarder Marley dormir. Il se sentait si crispé que la migraine le gagnait.

La respiration de la jeune femme était saccadée, et son visage semblait tendu jusque dans le sommeil. Il se rapprocha du lit et effleura son front pâle, comme s'il avait pu dissiper son angoisse du bout de ses doigts.

Malgré sa faiblesse, elle était toujours aussi jolie. Ses boucles sombres se répandaient sur l'oreiller. Doucement, il en écarta une de son front. Ses cheveux avaient poussé et ne formaient plus ce casque de mèches noires qui volaient de tous côtés quand elle riait.

Son visage avait perdu de sa fraîcheur, mais il espérait que dès qu'elle aurait recouvré la santé, elle retrouverait ce teint lumineux qu'il avait tant aimé. Et l'éclat de ses yeux bleus où dansait toujours une lueur de gaieté lorsqu'elle était heureuse.

Il jura à mi-voix et s'écarta du lit. Avait-il donc déjà oublié qu'elle n'était qu'une simulatrice ? Elle n'avait jamais été véritablement heureuse avec lui. D'ailleurs, ce n'était pas le bonheur qu'elle avait cherché pendant tous ces mois passés ensemble, mais le moyen de le ruiner.

Il l'avait toujours considérée comme une simple maîtresse, mais elle avait tout de même occupé une place à part dans sa vie. La fortune des Anetakis n'avait été pour rien dans leur relation… ou du moins était-ce ce qu'il avait cru. Alors qu'en réalité il n'y avait eu que l'argent et la trahison entre eux. Il aurait dû y être habitué, vu son expérience des femmes.

Pourtant, le désir qu'il éprouvait pour elle n'était pas mort. C'était une véritable drogue, et il ne se voyait pas s'en passer.

Il secoua la tête d'un air sombre. Elle attendait un enfant

dont il était le père : c'était la seule chose qui comptait. Cet enfant les contraindrait à se côtoyer, et leur avenir serait inéluctablement lié. Mais il pouvait se contenter de les protéger, elle et leur bébé, et de leur assurer une existence confortable. Elle réchaufferait son lit, et il ne pouvait nier que cette perspective était particulièrement plaisante.

Mais, en dehors de cela, elle n'obtiendrait rien de lui, et surtout pas sa confiance.

3

Deux jours plus tard, Marley attendait nerveusement le départ, assise dans un fauteuil roulant, les doigts crispés sur la couverture posée sur ses genoux. A ses côtés, Chrysander écoutait attentivement les conseils de la surveillante. Marley lissa les plis de la tunique de grossesse qu'une des infirmières lui avait procurée. Tout le monde s'était montré extrêmement gentil, et elle paniquait à l'idée de quitter ce cocon douillet pour s'aventurer dans un univers dont elle n'avait aucun souvenir.

Mais la surveillante avait terminé, et Chrysander poussa Marley vers la sortie. Le soleil lui fit cligner des yeux. Une limousine attendait à quelques mètres de la porte, et Chrysander souleva Marley de son fauteuil comme un fétu de paille pour l'asseoir à l'arrière. Quelques secondes plus tard, ils se coulaient dans la circulation et s'éloignaient de l'hôpital.

Marley fixa le paysage new-yorkais qui défilait derrière les vitres. La ville elle-même lui était familière, elle reconnaissait certains magasins, certains bâtiments, mais elle n'avait absolument pas le sentiment d'être chez elle, dans sa ville. Chrysander ne lui avait-il pourtant pas dit qu'ils vivaient ici ?

Ils s'arrêtèrent devant un bel immeuble contemporain. Chrysander l'aida à descendre de voiture et, la sentant chanceler, lui passa un bras autour de la taille pour l'aider à gagner l'entrée. Quand les portes de l'ascenseur s'ouvrirent, elle eut le sentiment d'avoir déjà vécu cette scène. L'espace de quelques secondes, il lui sembla qu'un souvenir voulait remonter à la surface, et elle essaya désespérément de dissiper les ténèbres.

— Que se passe-t-il ? demanda Chrysander.

— Je suis déjà passée ici, murmura-t-elle.

— Tu t'en souviens ?

— Non. J'ai juste l'impression de quelque chose… de familier. Je sais que je suis déjà venue ici.

— Nous avons vécu ici… plusieurs mois. C'est normal que tu aies cette impression de déjà-vu.

Les portes de l'ascenseur se rouvrirent, mais Marley ne sortit pas immédiatement. L'expression qu'il avait utilisée était bizarre. « Nous avons vécu ici » ? Ne vivaient-ils pas dans cet appartement quelques jours auparavant encore, juste avant cet accident dont elle n'arrivait pas à se souvenir ?

Chrysander s'arrêta pour l'attendre et lui tendit la main.

— Viens, Marley. Nous sommes chez nous.

Elle glissa sa main dans la sienne et s'avança dans l'entrée d'un appartement somptueux. Quand ils arrivèrent dans le salon, elle eut la surprise de voir une grande jeune femme blonde venir à leur rencontre.

— Bienvenue, monsieur Anetakis, dit-elle à Chrysander en lui souriant et en posant la main sur son bras d'un geste familier. J'ai déposé sur votre bureau tous les contrats qui requièrent votre signature ainsi que vos messages, classés par urgence. Je me suis aussi permis de vous commander un dîner chez un traiteur, certaine que vous n'auriez aucune envie de sortir après les épreuves de ces derniers jours, ajouta-t-elle en jetant un regard glacial à Marley, qui eut soudain l'impression d'être totalement insignifiante.

Marley ne put s'empêcher de froncer les sourcils en l'entendant parler des « épreuves » vécues par Chrysander, comme s'il était le seul concerné.

— Merci, Roslyn, répondit Chrysander. Vous n'auriez pas dû vous donner tout ce mal. Marley, ajouta-t-il en l'attirant contre lui, voici Roslyn Chambers, mon assistante.

Marley lui adressa un sourire hésitant.

— Ravie de vous revoir, mademoiselle Jameson, dit Roslyn d'un air gracieux. Voilà longtemps que nous ne nous étions pas rencontrées. Cela doit bien faire des mois.

— Roslyn…, intervint Chrysander.

Marley était de plus en plus déconcertée. Cette femme était

de toute évidence parfaitement à l'aise chez eux, et pourtant elle ne l'avait pas vue depuis plusieurs mois ? En tout cas, si une chose était claire, c'était la façon possessive dont elle regardait Chrysander.

— Je vous laisse, dit Roslyn en souriant aimablement. Je suis sûre que vous avez beaucoup de choses à vous dire. Appelez-moi si vous avez besoin de quoi que ce soit, ajouta-t-elle en se tournant vers Chrysander et en lui posant de nouveau la main sur le bras. Je viendrai aussitôt.

— Merci, murmura Chrysander.

La jeune femme regagna l'entrée, ses talons aiguilles résonnant sur le sol en marbre. Elle sourit à Chrysander en attendant que les portes de l'ascenseur se referment.

Marley détourna le regard, la gorge soudain serrée. Chrysander se tenait à ses côtés, très raide, comme s'il s'attendait qu'elle réagisse. Mais elle s'en garda bien. Elle lui poserait plus tard les mille et une questions qui se bousculaient dans sa tête.

— Viens, lui dit Chrysander en lui entourant les épaules de son bras, tu devrais être au lit.

— J'ai passé suffisamment de temps au lit comme cela, répondit-elle d'une voix ferme.

— Alors installe-toi au moins sur le canapé. Je vais t'apporter ton repas.

Manger. Se reposer. Manger encore. Marley avait l'impression que c'étaient les seuls aspects de sa vie dont Chrysander se préoccupait. Elle soupira tout en le suivant jusqu'au salon. Il l'installa dans un profond canapé en cuir et l'enveloppa d'une couverture.

Il avait beau se montrer prévenant, Marley le trouvait étrangement compassé. Mais elle finit par se dire que, si la situation avait été inversée, si lui l'avait oubliée, elle n'aurait probablement pas vraiment su comment se comporter elle non plus. Il sortit de la pièce puis revint au bout de quelques minutes avec un plateau qu'il plaça à sa portée. Le bol de soupe avait l'air appétissant, mais Marley ne se sentait vraiment pas la moindre envie de manger. Elle était trop troublée.

Il prit une chaise et s'assit près d'elle, puis se releva pour arpenter la pièce de long en large, comme un fauve en cage. Il dénoua sa cravate et ôta ses boutons de manchettes.

— Votre… ton assistante, Roslyn… n'a-t-elle pas dit qu'elle t'avait laissé du travail ? lui demanda-t-elle en se forçant à passer au tutoiement.

— Le travail peut attendre, répondit-il, le visage fermé.

— Tu as l'intention de me regarder faire la sieste ? répliqua-t-elle en soupirant. Tout va bien, Chrysander. Tu ne peux pas passer tes journées à veiller sur moi. Si tu dois t'occuper de tes affaires, vas-y, je t'en prie.

Il la fixa un instant, l'air indécis.

— C'est vrai qu'il y a certaines choses dont il faut que je m'occupe avant que nous ne quittions New York.

Marley sentit une vague de panique l'envahir mais s'efforça de rester calme.

— Nous allons partir bientôt ?

— Oui. Je me suis dit qu'on allait passer quelques jours ici, le temps que tu te reposes et que tu récupères encore un peu. Puis nous prendrons mon jet pour aller en Grèce, et de là un hélicoptère pour l'île. J'ai prévenu mes employés de préparer la maison.

— Tu es si riche que cela ? lui demanda-t-elle avec une certaine gêne.

Il sembla surpris par sa question.

— Ma famille possède une chaîne d'hôtels.

Le nom d'Anetakis évoquait quelques vagues souvenirs associés aux images d'un hôtel luxueux en plein centre-ville. L'Imperial Park Hotel accueillait toutes sortes de gens célèbres et immensément riches, et même des membres de familles royales. Se pouvait-il qu'il soit un de ces Anetakis-là ? Elle pâlit et crispa les poings en sentant que ses mains se mettaient à trembler. C'était sans doute la plus riche famille au monde dans le secteur hôtelier.

— Mais comment… comment toi et moi…

Elle ne parvenait même pas à achever sa phrase. Puis une pensée plus troublante encore lui vint à l'esprit. Se pouvait-il qu'elle soit du même milieu que lui ?

Elle sentit la fatigue l'envahir et se massa les tempes du bout des doigts. Chrysander fut aussitôt auprès d'elle. Il la prit dans ses bras et la porta jusqu'à la chambre. Il la posa doucement sur le lit, la regardant d'un air inquiet.

— Repose-toi, à présent, *glykia mou*.

Elle acquiesça d'un signe de tête et se pelotonna sous la couverture, épuisée. Elle n'en pouvait plus de toutes ces questions qui se bousculaient dans sa tête, de tous ces efforts pour se souvenir du passé.

Chrysander se laissa tomber sur son fauteuil et se passa les doigts dans les cheveux. Toute une série de messages l'attendait sur son bureau, et il en aperçut un de son frère Theron, et un autre de son frère Piers.

Il les parcourut, mal à l'aise. Il ne pourrait pas reculer indéfiniment le moment de les appeler. Ils avaient certainement reçu ses messages et devaient être curieux d'en savoir plus. Comment diable allait-il leur expliquer la situation impossible où il se trouvait ? Et comment réagiraient-ils quand il leur annoncerait qu'il emmenait chez eux, en Grèce, la femme qui avait essayé de les ruiner ?

Mais il ne servait à rien de se poser toutes ces questions, et avec une grimace il composa le numéro de Theron.

Dès que son frère répondit, il lui demanda en grec :

— Comment s'est passée l'inauguration du chantier ?

— Ah, Chrysander, enfin ! dit Theron d'un ton brusque. Je me demandais si j'allais devoir prendre l'avion pour enfin obtenir des réponses. Attends-moi dix secondes, ajouta-t-il, j'appelle Piers. Ça t'évitera d'avoir à le rappeler. Je sais qu'il est aussi impatient que moi d'entendre tes explications.

— Et depuis quand dois-je des explications à mes *petits* frères ? demanda Chrysander d'un ton mauvais.

Theron parut très amusé, et un instant plus tard Piers les rejoignit au téléphone :

— Bon sang, Chrysander, que se passe-t-il ?

— Il semblerait que vous allez bientôt devenir oncles, dit Chrysander en contrôlant son irritation.

Un long silence accueillit sa déclaration.

— Tu es sûr que ce bébé est le tien ? demanda finalement Theron.

— Marley est enceinte de cinq mois ; il y a cinq mois, j'étais le seul homme dans son lit. Je le sais.

— De même que tu savais qu'elle volait nos dossiers ? rétorqua Piers.

— Ça suffit, Piers, dit calmement Theron. L'important est de décider ce que tu vas faire, Chrysander. De toute évidence, on ne peut pas faire confiance à cette femme. Quelles explications t'a-t-elle données ?

— C'est compliqué, grommela-t-il. Elle est amnésique.

Ses deux frères ne purent retenir une exclamation d'incrédulité.

— C'est commode, tu ne trouves pas ? objecta Piers.

— Elle te raconte des salades, lança Theron d'un air dégoûté.

— Moi aussi, j'ai eu du mal à le croire au début, reconnut Chrysander. Mais depuis, je l'ai vue. Elle est ici, chez moi. Elle a réellement perdu la mémoire.

Il était impossible de feindre une telle vulnérabilité, ou cette expression en permanence perdue et douloureuse qui voilait l'éclat de ses yeux bleus. La voir souffrir ainsi lui faisait mal, et il s'en voulait d'être aussi faible. Après tout, n'avait-elle pas mérité de souffrir autant qu'elle l'avait fait souffrir ?

— Qu'as-tu l'intention de faire ? demanda Theron.

— Dès qu'elle sera suffisamment forte, nous prendrons le jet pour aller sur l'île. Elle y sera mieux pour sa convalescence, et nous serons moins exposés à la presse.

— Ne peux-tu pas l'installer quelque part jusqu'à ce que le bébé soit né et que tu puisses te débarrasser d'elle ? A cause d'elle, nous avons perdu deux projets de plusieurs millions de dollars, et c'est notre principal concurrent qui va en profiter.

Il se garda bien de dire que Chrysander s'était laissé duper par la femme avec qui il couchait, mais Chrysander n'avait pas besoin qu'on le lui rappelle. Il était aussi responsable qu'elle de ce qui était arrivé, et avait fait courir de graves risques à une entreprise que ses frères et lui avaient mis des années à construire.

— Je ne peux pas l'abandonner pour le moment, se contenta-t-il de répondre calmement. Elle n'a aucune famille, et personne pour s'occuper d'elle. Elle porte mon enfant, et je ferai ce qu'il faut pour la sécurité et la santé du bébé. Selon le médecin, son amnésie est probablement temporaire ; c'est simplement un mécanisme de défense de l'organisme, en réaction au traumatisme qu'elle a subi.

— Que t'a dit la police à propos de cet enlèvement ? demanda Piers. Ont-ils arrêté les responsables ?

— Je me suis brièvement entretenu avec eux à l'hôpital, et j'ai rendez-vous demain avec l'officier chargé du dossier. J'espère avoir plus de détails. Je leur annoncerai aussi mon intention de l'emmener en Grèce.

— Manifestement, ta décision est prise, remarqua Theron.

— Oui.

Piers parut sur le point de protester, mais Theron poursuivit sans lui laisser le temps d'intervenir :

— Fais ce que tu dois faire, Chrysander. Piers et moi pouvons nous occuper de la société. Et pour ce que ça vaut, félicitations pour cet enfant.

— Merci, murmura Chrysander avant de couper la communication.

Il reposa son téléphone, irrité. Sa conversation avec ses frères n'avait fait que souligner à quel point la situation était intenable. Il ne doutait absolument pas que l'amnésie de Marley fût réelle ; elle avait totalement oublié qui il était, et le fait qu'elle lui avait volé des documents confidentiels. Elle n'avait manifestement aucune idée de la situation entre eux.

C'était bien pourquoi il n'avait pas le choix. Il la garderait près de lui, veillerait sur elle et ferait en sorte qu'elle bénéficie des meilleurs soins possibles. Il engagerait quelqu'un pour lui tenir compagnie quand il ne pourrait pas être là. Cela lui permettrait de maintenir une certaine distance entre eux, mais aussi d'être au courant en permanence de l'évolution de son état.

Et pour un temps il essaierait d'oublier sa colère et la trahison qui l'avait motivée.

4

Le lendemain matin, Marley prit son petit déjeuner sous l'œil attentif de Chrysander. Il lui sourit quand elle parvint enfin à terminer l'omelette qu'il lui avait préparée et l'encouragea à boire son jus de fruits.

Elle se sentait angoissée, mais aussi heureuse que cet homme prenne ainsi soin d'elle, même si elle n'était pas très sûre de la place qu'elle occupait dans sa vie. Il se montrait tout à la fois attentionné et distant. Elle n'arrivait pas à déterminer si c'était pour éviter de l'effrayer, compte tenu de son amnésie, ou s'il s'était toujours comporté ainsi avec elle.

Elle se mordilla la lèvre d'un air absent. Si c'était là son comportement habituel, elle était folle d'avoir accepté une telle relation ! Comment avait-elle pu avoir envie d'épouser un homme qui la traitait avec une telle politesse, comme si elle était une parfaite inconnue ?

C'était pourtant ce qu'ils étaient l'un pour l'autre en ce moment : de parfaits inconnus. Du moins l'était-il pour elle. Elle fut soudain envahie par un sentiment de compassion à son égard. Ce devait être horrible pour lui de voir que sa fiancée, la femme qu'il aimait et s'apprêtait à épouser, l'avait totalement oublié. Elle n'arrivait même pas à imaginer ce qu'il pouvait ressentir.

Il l'avait observée pendant tout le petit déjeuner et avait dû percevoir son malaise, mais il ne dit rien avant d'avoir débarrassé la table et de l'avoir installée dans le salon. Il s'assit alors près d'elle sur le canapé, la regardant attentivement.

— Tu parais inquiète, ce matin, Marley.

Son regard était si scrutateur qu'elle en fut embarrassée.

— Je me disais juste que cette situation devait être affreuse pour toi.

— Que veux-tu dire ?

Elle détourna le regard, soudain gênée et encore plus incertaine. Il lui prit le menton pour l'obliger à le regarder.

— Dis-moi pourquoi cette situation est affreuse pour moi.

Elle eut soudain conscience de l'absurdité de sa remarque. Cet homme pouvait obtenir tout ce qu'il désirait et ne s'en privait sans doute pas : le pouvoir, la richesse, le respect… Et voilà qu'elle allait s'imaginer qu'il devait souffrir qu'une femme comme elle l'ait totalement oublié. Elle en aurait presque éclaté de rire si elle ne s'était pas sentie aussi perdue.

— J'essayais d'imaginer ce que je ressentirais à ta place, expliqua-t-elle d'un ton triste, si quelqu'un que j'aimais m'oubliait. Je crois que je me sentirais… rejetée.

Distraitement, il caressa les lèvres de Marley de son pouce, et un frisson la parcourut de la tête aux pieds.

— Tu as peur que je me sente rejeté ? demanda-t-il avec un léger sourire.

— Ce n'est pas le cas ?

Quelle importance, dans le fond ? Elle s'en voulait d'avoir aussi peu confiance en elle-même. Non seulement elle n'avait pas le moindre souvenir de cet homme, mais elle était incapable de se rappeler si elle avait réellement compté pour lui. Elle ne supportait pas d'être aussi peu sûre de leur relation.

Elle se sentit si embarrassée que le rouge lui monta aux joues tandis qu'il continuait à la fixer.

— Tu n'es pas responsable de ce qui t'est arrivé, Marley, dit-il enfin. Je ne te le reproche pas, et je ne t'en veux pas. Ce serait mesquin de ma part.

Il ne lui paraissait vraiment pas être un homme mesquin. Dangereux, un peu inquiétant, mais certainement pas mesquin. Avait-elle peur de lui ? Elle frissonna. Non, pas de lui. Ce qui l'inquiétait, c'était de penser qu'elle avait pu avoir des relations intimes avec cet homme et ne pas s'en souvenir. Ça devait pourtant être une expérience inoubliable.

— Que m'est-il arrivé, Chrysander ? demanda-t-elle d'un ton presque implorant.

Ses mains tremblaient, et elle les serra de toutes ses forces l'une contre l'autre pour masquer son désarroi.

— Tu as eu… un accident, *glykia mou*, répondit-il en soupirant. Le médecin affirme que ton amnésie est temporaire, et qu'il est essentiel que tu te ménages.

— Un accident de voiture ? dit-elle, étonnée.

Elle se sentait épuisée et curieusement apeurée, mais elle n'avait mal nulle part et n'avait pas remarqué le moindre hématome sur son corps.

— Oui, répondit-il après une courte hésitation.

— Grave ? ne put-elle s'empêcher d'insister, levant machinalement la main vers sa tête pour vérifier qu'elle n'avait pas de bosse ou de contusion.

— Non, pas très grave.

— Alors pourquoi ai-je perdu la mémoire ? Ai-je subi un traumatisme crânien ? Je n'ai pourtant pas mal à la tête.

— Tant mieux. Mais ce n'est pas un traumatisme crânien qui a causé ton amnésie.

— Quoi, alors ? demanda-t-elle, de plus en plus perplexe.

— D'après le médecin, c'est un mécanisme de défense, une manière instinctive de te protéger du souvenir traumatisant de l'accident.

Elle fronça les sourcils, cherchant désespérément à déchirer le voile de ténèbres qui obscurcissait son esprit. Ce n'était pas possible qu'il n'y ait pas la moindre lueur, la moindre étincelle de souvenir !

— Et pourtant, je n'ai pas été blessée.

— J'en suis très heureux. Mais tu as dû avoir très peur.

— Quelqu'un d'autre a-t-il été blessé ?

De nouveau il détourna le regard, l'espace d'une seconde. Puis il porta la main de Marley à ses lèvres pour y déposer un baiser, et elle se sentit tressaillir de la tête aux pieds.

— Non, répondit-il au grand soulagement de Marley.

— Si seulement je pouvais me rappeler ! Je ne peux m'empêcher de me dire qu'il suffirait d'un effort pour y parvenir, mais dès que j'essaie de me concentrer sur le passé, mon cœur se met à battre la chamade.

— C'est précisément pourquoi je ne tiens pas à parler de cet accident avec toi. Le médecin a bien dit qu'il fallait t'éviter tout ce qui peut t'angoisser. Tu dois chasser cet accident de ton esprit et ne plus penser qu'à recouvrer tes forces. Te tourmenter de la sorte ne peut pas être bon pour notre bébé, ajouta-t-il plus doucement, posant sa main sur le ventre arrondi de Marley d'un geste protecteur.

Touchée, elle posa à son tour ses deux mains sur celle de Chrysander, et à ce moment-là le bébé remua sous leurs doigts. Chrysander retira aussitôt sa main comme s'il s'était brûlé.

Marley le regarda, interloquée. Quand il reposa sa main sur le ventre de Marley, il tremblait légèrement. De nouveau, le bébé donna un petit coup de pied.

— C'est incroyable, murmura Chrysander.

Il avait l'air tellement stupéfait qu'elle ne put s'empêcher de sourire. Mais la perplexité se mêlait à son amusement.

— Ce n'est tout de même pas la première fois que tu le sens bouger ? demanda-t-elle à mi-voix, tout en maudissant cette amnésie qui l'obligeait à poser la question.

Il resta un moment sans répondre, continuant à palper doucement le ventre de Marley, puis dit avec un certain embarras :

— J'étais souvent parti pour mes affaires. Je venais juste de rentrer à New York quand j'ai appris ton accident. Nous ne nous étions pas vus depuis… quelque temps.

Marley poussa un soupir de soulagement. S'ils avaient été séparés pendant un moment, cela expliquait bien des choses.

— Quel retour à la maison pour toi ! Tu pars en voyage en laissant derrière toi une femme qui porte ton enfant et qui s'apprête à t'épouser, et tout ce que tu trouves à ton retour, c'est une femme qui te traite comme un parfait inconnu.

Elle jeta machinalement un coup d'œil à sa main gauche en faisant allusion au mariage, et fut déconcertée de n'y voir aucune bague. S'empressant de masquer son trouble, elle reporta son regard sur Chrysander.

— Tout ce qui compte, c'est de vous avoir retrouvés, le bébé et toi, en bonne santé, dit-il simplement.

Il s'écarta légèrement d'elle, mais il semblait fasciné par le ventre arrondi de Marley et par la petite vie qu'il abritait.

Le bourdonnement de l'Interphone les interrompit, et Chrysander se leva pour répondre. Marley essaya de deviner à qui il parlait, mais il invita simplement quelqu'un à monter à l'appartement. Revenu près d'elle, il lui prit les deux mains.

— C'est une infirmière que j'ai embauchée pour veiller sur toi. J'ai un rendez-vous dans une heure, auquel je dois absolument me rendre.

— Mais je n'ai pas besoin d'infirmière, Chrysander ! Je peux parfaitement rester seule ici pendant que tu t'occupes de tes affaires.

— Fais-moi plaisir, *glykia mou.* Je serai beaucoup plus tranquille en te sachant entre de bonnes mains. Je ne voudrais pas que tu aies un problème en mon absence.

Elle sourit devant tant de sollicitude.

— Combien de temps seras-tu absent ? demanda-t-elle d'un ton qui lui parut si pathétique qu'elle s'en voulut d'être à ce point vulnérable.

Il se leva en entendant les portes de l'ascenseur s'ouvrir, et se contenta de répondre :

— Ne bouge pas. Je reviens tout de suite.

Marley se laissa aller contre le dossier du canapé, rassérénée par sa prévenance. Quelques secondes plus tard, il revint avec une femme souriante. Elle adressa un large sourire à Marley et lui dit d'une voix agréable :

— Vous êtes sans doute Marley. Je suis ravie de vous rencontrer. Je suis Mme Cahill… ou plutôt Patricia, si vous le voulez bien.

Marley lui sourit à son tour, la trouvant sympathique.

— M. Anetakis m'a expliqué ce qu'il attendait de moi, et je ferai de mon mieux pour prendre bien soin de vous.

— Et qu'attend-il exactement de vous ?

Faisant mine de ne pas s'apercevoir de sa contrariété, il s'empressa de dire :

— J'ai demandé à Patricia de veiller à ce que tu te reposes. Et maintenant, je suis désolé, mais je dois m'absenter. Je reviendrai à temps pour que nous déjeunions ensemble.

— Cela me fera plaisir, dit-elle en se radoucissant.

Il se pencha vers elle et lui effleura le front de ses lèvres, puis s'éloigna. Elle le suivit des yeux, consciente de montrer à quel point elle dépendait de lui.

Se tournant vers Patricia, elle déclara en souriant :

— Je suis bien plus en forme que ne le prétend Chrysander. A l'écouter, on pourrait me croire infirme.

— C'est un homme, répondit Patricia d'un air complice. Vous savez comment ils sont ! Mais bon, se reposer n'a jamais fait de mal à personne. Je vais vous accompagner à votre chambre, et je préparerai un bon thé pour votre réveil.

Marley n'eut pas le temps de comprendre ce qui lui arrivait qu'elle se retrouva en effet dans son lit, couverture remontée jusqu'au menton.

— Vous êtes vraiment experte ! lança-t-elle à Patricia.

— Toute bonne infirmière sait amener ses patients à faire ce qu'ils n'ont pas envie de faire, répondit-elle avec bonne humeur. Et maintenant, je vous laisse vous reposer, que votre fiancé soit satisfait de vous et de moi à son retour.

Marley l'entendit s'éloigner. Son regard s'arrêta sur la cheminée, qui faisait face au lit. Chrysander avait allumé un feu la veille au soir, plus pour le plaisir de regarder une flambée que pour la chaleur qu'elle procurait, car il faisait très bon dans l'appartement. Il était chauffé par le sol, ce que Marley appréciait beaucoup car elle avait toujours adoré se balader pieds nus à la maison.

Elle fut soudain tout excitée : c'était la première fois qu'elle se souvenait de quelque chose la concernant ! Y avait-il d'autres traits de sa personnalité dont elle se souvenait ? Des choses qu'elle aimait ? Elle se concentra de toutes ses forces, mais en fut quitte pour sentir son mal de tête revenir.

Le bébé remua, et elle posa la main sur son ventre pour suivre ses mouvements. Elle se prit à sourire, oubliant sa frustration. Elle avait certes perdu le souvenir de son passé pour le moment, mais elle avait un avenir enviable : le mariage, et un enfant. Si seulement elle pouvait se rappeler comment elle en était arrivée là !

Elle poussa une fois de plus un profond soupir, se résignant à vivre au présent. Si le médecin avait raison, elle finirait par recouvrer la mémoire.

Quand elle se réveilla une heure plus tard, elle se sentait pleine d'une nouvelle énergie, et elle décida d'en profiter pour explorer le vaste appartement, ce qu'elle n'avait pas osé faire sous les yeux de Chrysander. Mais, à chaque nouvelle pièce qu'elle découvrait, elle se sentait un peu plus mal à l'aise : comment se sentir chez elle alors que la décoration et l'ameublement reflétaient la personnalité de Chrysander ? Elle avait l'impression d'être en visite, presque une intruse.

En entrant dans la chambre de maître, elle fut encore plus troublée. La pièce où Chrysander l'avait installée était apparemment une chambre d'amis. Sur le moment, elle avait été trop fatiguée et désorientée pour y prêter attention. Mais cette vaste pièce ne lui donnait pas non plus le sentiment d'être sa chambre.

La pièce voisine était manifestement le bureau de Chrysander, avec ses meubles de bois sombre typiquement masculins. Une bibliothèque couvrait tout un pan de mur, et un grand bureau en acajou occupait le centre de la pièce. Elle y aperçut un ordinateur portable et décida d'en profiter pour consulter internet. Il lui suffit d'effleurer le pavé tactile pour que l'écran se réveille. Elle n'avait donc pas tout oublié ! Son amnésie la privait de ses souvenirs personnels, mais elle n'avait pas effacé toutes ses connaissances.

Elle passa tout d'abord une demi-heure à chercher des informations sur l'amnésie, mais les différents sites semblaient prendre un malin plaisir à se contredire les uns les autres, au point de lui donner mal à la tête. Elle décida ensuite de se renseigner sur Chrysander.

Elle fut presque effrayée de voir à quel point il était riche et puissant. Ses deux frères et lui détenaient une part importante de l'industrie hôtelière mondiale. En revanche, internet était quasiment muet sur sa vie personnelle, et elle en fut intensément frustrée.

Mais elle n'avait qu'à être un peu moins lâche : il suffisait de lui poser directement des questions ! Après tout, il était son fiancé, son amant. Ils avaient conçu un enfant ensemble, et il lui avait demandé de l'épouser. Une fois de plus, elle regretta de n'avoir aucun souvenir de ces moments ; cela lui aurait sûrement permis d'avoir un peu plus confiance en elle.

— Que fais-tu là ?

La voix cinglante de Chrysander la prit totalement par surprise, et elle sursauta violemment. Il se tenait sur le seuil, les lèvres pincées, les yeux étincelants de colère. Sans lui laisser le temps de répondre, il fonça droit sur elle.

— Chrysander ! Tu m'as fait peur, protesta-t-elle en sentant son cœur battre à tout rompre.

— Je t'ai demandé ce que tu faisais, répéta-t-il d'un ton glacial, contournant le bureau pour venir à côté d'elle.

— J'étais juste en train de surfer sur internet, expliqua-t-elle, blessée par son attitude. Je ne pensais pas que tu aurais une objection à ce que j'utilise ton portable.

— Je préfère que tu ne touches à rien dans mon bureau, répondit-il d'un ton sec, en rabattant le couvercle de l'ordinateur.

Elle se mit lentement debout, le fixant sans comprendre. Les larmes lui brûlaient les paupières. Il la regardait avec un tel… mépris. Elle frissonna de la tête aux pieds, n'ayant plus qu'une envie : mettre autant de distance que possible entre eux.

— Je suis désolée, dit-elle d'une voix étouffée par les larmes. Je voulais juste essayer de trouver des informations sur moi… sur toi… sur cette horrible amnésie. Je ne toucherai plus à rien.

Et sans plus attendre elle s'enfuit, craignant de ne pouvoir contrôler ses larmes une seconde de plus.

Chrysander la regarda s'éloigner en jurant à mi-voix, puis rouvrit le portable. Un bref coup d'œil à l'historique du navigateur ne révéla que des recherches sur les pertes de mémoire, et la consultation de quelques articles sur son entreprise. Il vérifia ensuite si ses dossiers professionnels avaient été ouverts. Aucun ne l'avait été depuis qu'il avait quitté l'appartement.

Il jura de nouveau. Il avait mal réagi mais, dès qu'il l'avait vue en train d'utiliser son ordinateur, il s'était méfié. Il s'était demandé si son amnésie n'était pas qu'une comédie destinée à masquer une nouvelle tentative pour le ruiner.

Il se prit la tête entre les mains, fourrageant dans ses cheveux. Son entretien avec le policier chargé de l'enquête sur l'enlèvement de Marley avait été frustrant au possible. Ils n'avaient pratiquement aucune piste, et la seule personne qui aurait pu leur dire ce qui s'était passé était amnésique !

Contrairement à ce qu'avait laissé entendre la presse, Marley n'avait pas été libérée par la police. Elle avait été abandonnée par ses kidnappeurs, et un appel anonyme avait prévenu les policiers de sa présence dans un immeuble désaffecté. A leur arrivée, ils avaient trouvé une jeune femme enceintc, apeurée et manifestement en état de choc. Quand elle s'était réveillée à l'hôpital, elle ne se souvenait plus de rien, comme si sa vie avait commencé le jour même.

Tant de questions, tant d'inconnues !

L'officier de police judiciaire lui avait cependant clairement fait comprendre qu'il devait redoubler de vigilance. Il n'y avait aucune raison de croire que les malfaiteurs allaient abandonner leur projet, et ils étaient toujours en liberté. Mais ils devraient lui passer sur le corps avant qu'il les laisse s'en prendre de nouveau à Marley ou à son enfant. Il s'était attendu que l'officier s'oppose à ce qu'elle quitte New York, mais le policier avait reconnu que c'était sans doute la solution la plus sûre, et lui avait simplement demandé de le prévenir dès qu'elle recouvrerait la mémoire. De toute façon, Chrysander se moquait pas mal de l'avis du policier ; la seule chose qui comptait désormais était de veiller à la santé de Marley et de l'enfant qu'elle portait.

Ils partiraient donc le lendemain, et il lui restait beaucoup à faire d'ici là. Il avait déjà prévenu son équipe de sécurité, à New York et sur l'île, mais il avait encore de nombreux appels à passer. Pourtant, il ne parvenait pas à s'en occuper, revoyant sans cesse le visage bouleversé de Marley lorsqu'il l'avait chassée de son bureau. Il avait beau se dire qu'il devait se remettre au travail, qu'il n'avait pas à se soucier de ses états d'âme, il n'y arrivait pas.

Il se leva brusquement et partit à sa recherche.

Marley était debout devant son dressing, fixant sans les voir les vêtements rangés devant elle. Elle finit par essuyer ses larmes et essaya de se concentrer. Elle fit glisser un cintre après l'autre, mais elle ne se reconnaissait vraiment pas dans ces vêtements élégants. Sur les étagères, en revanche, elle aperçut une pile de jeans délavés, à côté de T-shirts soigneusement pliés, et fut aussitôt certaine que c'était le genre de vêtements qu'elle avait aimé porter avant son accident. Mais elle eut beau les déplier l'un après l'autre, elle ne trouva aucun pantalon de grossesse.

Dépitée, elle revint aux tenues sur cintre, sans en trouver une seule pour une femme enceinte de cinq mois. Elle se regarda dans la glace : elle n'était pas encore énorme, mais son ventre était tout de même trop rond pour les vêtements qu'elle avait sous les yeux.

Elle sentit la présence de Chrysander avant même de l'apercevoir. Lentement, elle se tourna vers lui. Il l'observa un instant, puis son expression s'adoucit quand il la vit essuyer ses larmes.

— Je suis désolé, Marley, dit-il en s'approchant.

Se redressant, elle le regarda droit dans les yeux.

— Je n'aurais pas dû me servir de *tes* affaires. Manifestement, nous menons des existences très séparées. Je te demande juste de me laisser un peu de temps pour me réaccoutumer à cette manière de vivre.

— De quoi parles-tu ? Il n'est pas question que nous vivions des existences séparées.

— C'est pourtant évident, répondit-elle d'un ton qu'elle voulait indifférent. J'ai ma chambre, et toi la tienne. Nos vêtements, nos possessions, nos lits sont séparés. C'est à se demander comment je suis tombée enceinte !

Elle inspira à fond avant de poser la question qui lui tenait le plus à cœur.

— Pourquoi m'épouses-tu, Chrysander ? Ma grossesse est-elle un accident ? Ai-je tant et si bien fait que tu n'as plus eu d'autre solution que de m'épouser ?

Elle savait bien qu'elle devait sembler hystérique, mais elle était si bouleversée par ce qui s'était passé entre eux qu'elle ne parvenait plus à contrôler ses paroles. Elle avait besoin de se rassurer, de se convaincre qu'elle avait mené une existence heureuse.

— *Théé mou !* Viens ici.

Sans lui laisser le temps de protester, il l'entraîna vers le lit et s'assit à côté d'elle.

Elle jeta un coup d'œil en direction de la porte.

— Où est Patricia ? demanda-t-elle, ne souhaitant vraiment pas mener cette discussion en présence de témoins.

— Elle est partie quand je suis revenu de mon rendez-vous. Jusqu'à notre départ pour la Grèce, elle te tiendra compagnie quand je serai absent. Sur l'île, elle séjournera avec nous jusqu'à ce que tu n'aies plus besoin d'elle.

Marley ne put cacher sa déception.

— Voyons, Chrysander, je n'ai vraiment pas besoin d'elle ! J'espérais qu'une fois sur l'île nous serions seuls tous les deux.

A la façon dont il la regarda, elle comprit qu'il était loin de partager cet espoir, et elle en fut profondément blessée.

— Quoi que tu en dises, tu n'es pas totalement remise, et il n'est pas question que tu compromettes ta convalescence. Ta santé est trop importante pour moi. Tu es enceinte, ajouta-t-il avec un peu plus de douceur, et tu as subi un traumatisme grave. Il est normal que je veuille prendre soin de toi. Mais, pour en revenir à mon impolitesse de tout à l'heure, je te demande pardon. Je n'avais pas le droit de te parler comme je l'ai fait.

Elle accueillit ses propos avec un petit rire de dérision, et il la regarda d'un air interloqué.

— Tu es vraiment loin du compte en parlant d'impolitesse, dit-elle froidement. Tu t'es tout simplement conduit comme le dernier des goujats.

Tout son visage s'empourpra, mais il répondit :

— Tu as raison. C'est pourquoi je te demande pardon. Je n'ai aucune excuse. J'ai eu beaucoup à faire pour préparer notre départ, et j'ai passé mes nerfs sur toi. C'est impardonnable, mais j'espère tout de même que tu voudras bien me le pardonner.

— J'accepte tes excuses, dit-elle simplement.

— Pour le reste…

Il se passa la main dans les cheveux, d'un air embarrassé.

— Nous ne menons pas des existences séparées, Marley, et ce ne sera pas le cas non plus à l'avenir. D'autre part, tu ne m'as pas obligé à t'épouser. Je t'interdis de dire une chose pareille. Simplement…

Il s'interrompit en soupirant.

— Simplement, vu ce qui t'arrive, je me suis dit que je ne pouvais pas décemment te demander de partager une chambre et un lit avec un homme dont tu ne te souvenais pas. Je ne voulais pas t'imposer une chose pareille.

Elle eut soudain honte d'avoir pris pour de l'indifférence ce qui n'était que prévenance de sa part. Elle poussa un profond soupir en répondant :

— J'ai cru…

— Qu'as-tu cru, *glykia mou* ?

— J'ai cru que tu ne voulais pas de moi, dit-elle en se sentant idiote.

Il laissa échapper un juron et prit son visage entre ses mains. Il la fixa un long moment, ses yeux mordorés semblant jeter des éclairs, puis se pencha vers elle. Marley sentit son souffle sur ses lèvres, et une telle vague de désir l'envahit qu'elle crut défaillir. Elle ne voulait plus rien d'autre que son baiser. Lorsque Chrysander s'empara enfin de sa bouche, ce fut comme si un courant électrique parcourait tout son être. Instinctivement, elle s'arqua pour se lover plus encore contre lui, et il approfondit son baiser. Il la serra contre lui, et Marley poussa un petit gémissement en sentant se durcir la pointe de ses seins.

Elle passa les bras autour de son cou, plongeant les doigts

dans ses cheveux noirs. Un sentiment de paix et de sérénité l'enveloppa tout entière, qu'elle n'avait pas ressenti depuis qu'elle s'était réveillée à l'hôpital.

Chrysander murmura quelques mots d'une voix rauque puis s'arracha à leur étreinte, le souffle court, une flamme de désir dans les yeux.

— Ton corps se souvient de moi, *glykia mou*, même si ton cerveau m'a oublié, dit-il avec un orgueil purement masculin.

Elle aurait dû le trouver arrogant, mais son évidente satisfaction lui redonna un peu confiance en elle-même.

— Je n'ai plus rien à me mettre, dit-elle tout à coup, et elle sentit son visage s'empourprer en s'apercevant de l'absurdité de sa remarque à cet instant.

Ce baiser l'avait tellement troublée qu'elle avait dit la première chose qui lui était passée par la tête, pour essayer de masquer son émotion.

— Pourquoi n'ai-je pas de vêtements de grossesse ? poursuivit-elle. Je n'en ai pas encore acheté ?

— Je suis désolé, *glykia mou*, répondit Chrysander d'un air contrarié. Je n'y ai pas pensé. Il est vrai que tu ne peux pas te balader partout en jean… même si j'adore ça, ajouta-t-il avec un sourire plein de sous-entendus.

Voyant l'air perplexe de Marley, il se mit à rire, et ce rire grave et sensuel la fit de nouveau vibrer de désir.

— Tu n'aimes pas porter tes jeans quand je suis là, expliqua-t-il. Tu dis toujours que tu dois être élégante quand nous sommes ensemble, mais je t'assure que tu pourrais porter un sac que tu serais toujours aussi belle.

Elle rougit à ce compliment et lui sourit.

— Je suis vraiment en dessous de tout depuis ta sortie de l'hôpital ! Je te fais pleurer sans raison, et je ne pense même pas à t'acheter ce dont tu as besoin. Je vais y remédier tout de suite. Ma seule excuse est que je me suis plus préoccupé de ta sécurité et de ta santé que de tes vêtements.

— Tu n'es pas en dessous de tout ! Tu es merveilleux… sauf, bien sûr, quand tu te conduis comme un goujat, ajouta-t-elle en souriant pour le taquiner. Ce qui m'arrive a dû être très pénible pour toi, et tu as fait preuve d'une patience incroyable. Je suis désolée d'avoir réagi comme une harpie.

Il lui caressa la joue, et un instant elle crut qu'il allait de nouveau l'embrasser, mais il répondit :

— Je ne vais certainement pas te laisser dire que tu es désolée, Marley. Tu t'inquiètes sans cesse de ce que la situation a de pénible pour moi, mais c'est toi qui as souffert. Je vais aller passer quelques coups de téléphone pour te trouver des vêtements plus appropriés, ajouta-t-il en se levant.

— Pourquoi ne pas aller faire les magasins, tout simplement ?

— Tu n'es pas suffisamment remise. Je souhaite que tu te reposes. Nous partirons pour l'île demain matin, dès que tu auras revu le médecin et qu'il t'aura jugée capable de voyager.

— Demain ? Déjà ?

— Oui. Il faut donc que je me dépêche si je veux que tes vêtements soient livrés à temps.

Elle acquiesça, sentant qu'il était inutile d'insister. Il était clair qu'il avait l'habitude d'obtenir ce qu'il voulait dans les plus brefs délais. S'il estimait qu'il pouvait lui faire livrer une nouvelle garde-robe en l'espace de quelques heures, qui était-elle pour en douter ?

— Et maintenant…, commença-t-il.

Mais elle l'interrompit d'un geste de la main. Elle commençait à suffisamment connaître son expression et son ton pour savoir qu'il allait lui ordonner de se reposer.

— Si tu me dis une fois de plus d'aller me reposer, je te préviens, je risque de hurler.

Son visage se ferma et elle sentit qu'il allait protester.

— Je t'en prie, Chrysander. J'ai fait la sieste pendant que tu étais absent. Et de toute façon tu m'avais promis que nous déjeunerions ensemble quand tu reviendrais de ton rendez-vous. J'ai faim ! dit-elle en souriant. Que dirais-tu de manger ?

Il jura de nouveau à mi-voix puis répondit :

— Bien sûr. Manifestement, j'ai décidé de te négliger sur tous les plans. Viens t'asseoir dans la cuisine. Je vais nous préparer à manger.

5

Le lendemain matin, Marley enfila une des tenues chic que venait de livrer une boutique spécialisée dans les vêtements de grossesse. Chrysander avait insisté pour qu'elle voie un obstétricien avant leur départ pour la Grèce, et ils se rendirent ensemble à la clinique, encadrés par des gardes du corps embauchés par Chrysander. Marley était un peu embarrassée qu'ils soient ainsi accompagnés d'une véritable escorte, mais était aussi très touchée de la sollicitude dont faisait preuve Chrysander.

Dès leur arrivée, une jeune infirmière les fit entrer dans le cabinet du médecin, puis les laissa seuls. Chrysander prit Marley dans ses bras pour l'installer sur la table d'examen. Au lieu de s'asseoir à côté, il resta devant elle, sans la lâcher, lui frictionnant doucement les bras de manière réconfortante. Elle se laissa aller contre lui, posant la joue sur sa large poitrine, et ferma les yeux, tandis qu'il lui massait le dos.

La porte s'ouvrit, et Marley s'écarta vivement de Chrysander, mais il ne semblait absolument pas pressé de la lâcher. Il lui passa un bras autour des épaules en la serrant contre lui, tout en saluant le médecin. Après quelques questions générales sur son état de santé, celui-ci leur dit :

— J'aimerais pratiquer une échographie pour être sûr que tout se passe normalement.

— Vous avez des raisons de vous inquiéter ? demanda Chrysander en fronçant les sourcils.

— Non, non, c'est juste une mesure de précaution. Dans la mesure où vous partez pour l'étranger et où Mlle Jameson a subi un choc récemment, je souhaite juste vérifier que le bébé se développe comme il convient.

Chrysander acquiesça d'un signe de la tête en prenant la main de Marley. Dès que le médecin se fut absenté, il se tourna vers elle.

— Ne t'inquiète pas, *glykia mou*. Je reste avec toi.

— Je ne m'inquiète pas, répondit-elle en souriant. Comme je n'ai même pas été blessée dans l'accident, je ne vois pas de raison pour que le bébé ait souffert.

Curieusement, il sembla embarrassé par cette réponse.

Quelques instants plus tard, le médecin revint et demanda à Marley de s'allonger sur la table. Lorsqu'il lui demanda de baisser légèrement son pantalon et de relever son chemisier pour dégager la zone abdominale, Chrysander lui jeta un regard noir.

— Je ne peux pas pratiquer une échographie si la zone abdominale n'est pas visible, dit le médecin d'un air amusé.

Chrysander se chargea lui-même d'arranger les vêtements de Marley, la découvrant aussi peu que possible, puis resta auprès d'elle.

Le médecin fit glisser la sonde sur le ventre de Marley, et une image assez floue apparut à l'écran.

— Souhaitez-vous connaître le sexe de l'enfant ? demanda le médecin avec un grand sourire.

— Oui, répondit Marley, émue. Mais seulement si tu le souhaites aussi, murmura-t-elle à Chrysander.

— Si c'est ce que tu souhaites, moi aussi, répondit-il en souriant et en lui posant un baiser au creux de la main.

Le médecin continua à promener la sonde sur le ventre de Marley. Quelques secondes plus tard, il ralentit son mouvement, et l'image devint plus nette à l'écran.

— Félicitations, c'est un garçon, dit le médecin.

— C'est lui ? murmura Marley, impressionnée, en observant ce qui ressemblait à deux jambes et à des fesses arrondies.

— Eh oui ! Un beau petit diable, n'est-ce pas ?

— Il est magnifique, dit Chrysander d'une voix rauque.

Merci, *glykia mou*, ajouta-t-il en se penchant vers Marley et en lui posant un baiser sur la joue.

— Pourquoi me remercies-tu ?

— Pour mon fils.

Il ne quittait plus l'écran des yeux, manifestement captivé par ce petit être qui se préparait à naître, et Marley se sentit envahie par une immense émotion.

— J'ai terminé, vous pouvez vous rhabiller, dit le médecin.

Chrysander aida Marley à rajuster ses vêtements puis l'aida à s'asseoir.

— Tout vous a paru normal, pour le bébé ?

— Absolument. Veillez seulement à ce que Mlle Jameson voie un obstétricien à votre arrivée en Grèce. Je ne prévois pas de problèmes, car le bébé et elle sont apparemment en parfaite santé, mais il vaut toujours mieux être régulièrement suivie pendant une grossesse.

— J'ai recruté un médecin et une infirmière qui séjourneront en permanence sur l'île avec nous, dit Chrysander. Elle devrait être bien suivie.

Le médecin approuva d'un signe de tête avant de prendre congé de Marley en souriant :

— Prenez bien soin de vous, mademoiselle, et tous mes vœux pour votre grossesse.

Elle le remercia, et quelques instants plus tard Chrysander et elle rejoignaient leur limousine.

— Tu te sens bien ? lui demanda-t-il alors que le chauffeur démarrait. L'avion nous attend à l'aéroport, mais si tu es fatiguée nous pouvons attendre que tu te sois reposée pour partir.

— Nos bagages sont déjà là-bas ?

— Oui. J'ai demandé qu'ils soient portés à l'aéroport pendant que nous étions à la clinique.

— Nous pouvons partir tout de suite, dans ce cas. Je me reposerai dans l'avion.

Il se pencha vers l'avant pour donner ses ordres, puis referma la vitre qui les séparait du chauffeur.

Elle le regarda, un peu intimidée.

— Es-tu content à propos de notre fils, Chrysander ?

Il la fixa quelques secondes, comme interloqué, puis l'attira vers lui, l'asseyant presque sur ses genoux. Posant la main sur son ventre, il en caressa l'arrondi d'un geste tendre.

— T'ai-je donné l'impression que je n'étais pas content ?

— Non, non, pas du tout, je me posais juste la question parce qu'à présent que nous savons que c'est un garçon, il me semble tellement plus *réel*.

— Je suis très content que nous ayons un fils, mais j'aurais aimé notre bébé tout autant s'il s'était agi d'une fille. Du moment qu'il est en bonne santé, je suis heureux.

— Moi aussi. Si seulement je pouvais recouvrer la mémoire, ajouta-t-elle avec un soupir, les choses seraient parfaites. Cette journée se passe si bien.

— Ne la gâche pas en regrettant quelque chose que tu ne contrôles pas, dit-il en lui posant un doigt sur les lèvres. Tout finira par te revenir. Cela prendra le temps qu'il faudra.

— Tu as raison, bien sûr. Je voudrais juste…

— Que voudrais-tu, *glykia mou* ?

— Me rappeler mon amour pour toi, dit-elle doucement.

Les yeux de Chrysander s'assombrirent, et l'espace d'un instant Marley eut peur en voyant son expression. Il semblait en proie à un maelström d'émotions contradictoires.

— Peut-être apprendras-tu à m'aimer de nouveau, répondit-il enfin.

— Tu me facilites la tâche, dit-elle avec un sourire.

Elle se blottit contre lui, apaisée. Mais, tout à coup, une pensée dérangeante vint l'assaillir. Elle avait parlé de son amour pour lui et, même si elle ne parvenait pas à se le rappeler, elle sentait au plus profond d'elle-même qu'il avait existé. Mais il n'avait rien dit de son amour pour elle. Pas une seule fois, depuis l'accident, il ne lui avait exprimé ses sentiments. Pas même à l'hôpital. N'était-ce pas curieux qu'il n'ait pas cherché à lui dire qu'il l'aimait, même si elle ne pouvait pas se rappeler leur existence commune ?

Elle releva la tête, mais les questions s'évanouirent sur ses lèvres quand elle vit qu'il avait les yeux rivés à un petit téléviseur fixé près de la portière. Renonçant à l'interrompre, elle se contenta de jouir de la chaleur de son corps.

Elle dut somnoler, car quand elle releva la tête ils étaient à l'aéroport.

Ils gagnèrent rapidement l'avion. Il y régnait une température agréable, et il lui parut extrêmement confortable.

— Il y a un lit à l'arrière, lui dit Chrysander en la guidant vers un siège. Après le décollage, tu pourras t'allonger.

— Parfait !

Elle regarda avec curiosité autour d'elle et aperçut l'équipe de sécurité qui montait dans la cabine.

— Pourquoi t'entoures-tu d'autant de gardes du corps ?

Elle sentit qu'il se raidissait.

— Je suis très riche. Certaines personnes peuvent vouloir s'en prendre à moi… ou à ceux qui me sont chers.

— Il y a vraiment beaucoup de risques ?

— C'est le travail de ces hommes de veiller à ce qu'il n'y en ait pas. Ne t'inquiète pas, Marley. Je ferai en sorte que notre enfant et toi soyez en sécurité.

— Je ne m'inquiétais pas pour cela, dit-elle d'un air perplexe. J'essaie juste de comprendre ton univers.

— Notre univers, rectifia-t-il en la regardant droit dans les yeux. C'est notre univers, Marley. Tu en fais partie.

— J'essaie, Chrysander, dit-elle en se sentant rougir. J'essaie de toutes mes forces. Mais c'est difficile quand je me heurte sans cesse à mon amnésie. Ne m'en veux pas s'il me faut du temps pour me réhabituer.

— Je te demande pardon de t'avoir parlé aussi brusquement. Nous allons bientôt décoller, ajouta-t-il en se penchant vers elle pour boucler sa ceinture de sécurité.

Quelques minutes plus tard, l'avion se mit à rouler vers la piste de décollage, et elle se renfonça dans son fauteuil, essayant de chasser de son esprit toutes les questions qui y affluaient.

De longues heures plus tard, ils atterrirent à un petit aéroport de Corinthe. Chrysander l'aida à descendre sur le tarmac et la guida vers un hélicoptère qui les attendait à quelques mètres de là.

— L'île est à un quart d'heure d'ici par hélicoptère, expliqua-t-il en lisant la question sur son visage.

L'appareil s'éleva au-dessus de Corinthe et se dirigea vers la mer. Apercevant au loin des ruines antiques, elle se tourna vers Chrysander pour lui demander ce que c'était, mais il n'était pas question de se faire entendre avec le bruit des rotors, et il lui tendit un casque avec micro.

— C'est le temple d'Apollon, lui expliqua-t-il. Si tu veux, nous reviendrons y faire un tour quand tu seras remise du voyage.

— Volontiers.

Elle se retourna vers le hublot pour admirer la vaste étendue bleue qui miroitait sous eux, mais déjà elle distinguait une tache à l'horizon.

— C'est là-bas que nous allons ? lui demanda-t-elle.

Il lui fit signe que oui.

— L'île a un nom ?

— Anetakis, lui répondit-il.

— J'aurais dû deviner, dit-elle en riant.

Ainsi, il possédait une île entière ! Et il lui avait donné son propre nom ! Mais cela ne la surprenait pas : pour ce qu'elle avait pu en voir jusque-là, l'arrogance était manifestement la seconde nature de son fiancé…

Comme ils approchaient de l'île, elle se sentit soudain envahie par une terrible angoisse à l'idée de ne rien savoir de ce qui l'attendait. Chrysander devina manifestement son inquiétude car il se pencha vers elle et prit ses mains entre les siennes.

— Tu n'as vraiment aucune raison de t'inquiéter, *glykia mou*. Je suis sûr que tu te plairas sur l'île, et tu auras tout le temps de te reposer et de reprendre des forces.

Elle ne chercha pas à le contredire, sachant que c'était un combat perdu d'avance, mais elle n'avait aucune intention de passer son temps à « reprendre des forces ».

Ils se posèrent sur une aire d'atterrissage située à l'arrière d'une immense maison. Elle observa les lieux, espérant qu'un déclic allait se produire dans sa mémoire, mais au bout de quelques instants elle eut la certitude que c'était la première fois qu'elle voyait cette île.

— Viens, lui dit Chrysander en lui prenant la main. La brise est fraîche, et tu vas avoir froid.

L'hélicoptère s'éloigna, et elle commença à suivre Chrysander pour s'arrêter aussitôt.

— Qu'y a-t-il ? lui demanda-t-il, surpris.

Ce qui l'entourait était merveilleux, c'était comme de pénétrer au paradis, mais ces merveilles n'éveillaient aucun sentiment de familiarité, et cela la terrifiait. Chrysander revint vers elle et jura en s'apercevant qu'elle tremblait.

— Je ne suis jamais venue ici, dit-elle à voix basse.

— En effet. C'est ta première visite sur l'île.

— Nous sommes fiancés, mais je ne suis jamais venue sur cette île que tu considères comme chez toi ?

— Nous nous sommes installés ensemble à New York, Marley, répondit-il, le visage fermé. Je te l'ai expliqué.

Marley se sentait de plus en plus déroutée. Comment se pouvait-il qu'ils n'aient jamais séjourné ensemble sur l'île, ne serait-ce qu'une fois ? Renonçant à comprendre dans l'immédiat, elle le laissa lui prendre la main et ils empruntèrent une longue allée sinueuse pour rejoindre la maison. En approchant du portail d'entrée, Marley aperçut une piscine dont l'eau azurée miroitait au soleil. Une immense terrasse s'étendait derrière la maison et entourait le bassin qui se prolongeait jusque dans la maison en passant sous une arche.

— La piscine est chauffée, lui expliqua Chrysander en s'effaçant pour la laisser entrer. Le temps est trop frais pour se baigner dehors en cette saison, mais si le médecin t'y autorise, tu pourras te baigner à l'intérieur de la maison.

Elle leva les yeux au ciel mais s'abstint de protester contre ces précautions exagérées. Main dans la main, ils pénétrèrent dans une vaste salle de séjour, qui communiquait avec la cuisine et la salle à manger.

Le regard de Marley fut attiré par d'immenses baies vitrées donnant sur une seconde terrasse, elle aussi avec piscine ; à l'arrière-plan, on apercevait la mer Egée. Mais elle fut stupéfaite de voir apparaître une femme portant un minuscule Bikini.

Elle reconnut l'assistante de Chrysander. Que diable faisait-elle là ? Sans compter qu'il faisait vraiment trop froid pour prendre un bain de soleil à l'extérieur dans une telle tenue.

Elle se tourna vers eux, et Marley fut certaine que sa surprise, en les apercevant, était feinte.

— Monsieur Anetakis ! s'exclama-t-elle, sans montrer la moindre intention d'enfiler le peignoir qu'elle avait à la main. Je croyais que vous n'arriviez que demain.

Ses longs cheveux blonds lui tombaient jusqu'aux reins, et Marley s'aperçut avec stupeur que le bas de son maillot était en fait un string.

— J'espère que vous ne m'en voudrez pas d'avoir profité de votre magnifique piscine, poursuivit Roslyn en posant une main parfaitement manucurée sur le bras de Chrysander.

— Mais non, vous avez bien fait, lui répondit Chrysander avec courtoisie. M'avez-vous installé mon bureau, comme je vous l'ai demandé ?

— Bien sûr. J'espère que ça ne vous posera pas de problème si je passe une nuit de plus ici ? Je n'ai réservé l'hélicoptère que pour demain matin.

Marley ne fut absolument pas dupe des grands airs innocents de Roslyn et commença à se sentir oppressée. Retirant sa main de celle de Chrysander, elle s'éloigna pour ne pas avoir à supporter plus longtemps les simagrées de son assistante.

— Il n'y a aucun problème à ce que vous restiez, Roslyn. J'espère que vous accepterez de dîner avec nous ce soir, ajouta-t-il poliment, tandis que Marley montait les marches.

Elle n'avait aucune idée d'où elles menaient, mais l'étage semblait l'endroit idéal pour échapper à cette femme qui l'irritait au-delà de tout. Elle était presque arrivée au palier quand Chrysander la rejoignit.

— Tu aurais dû m'attendre ! Je n'aime pas du tout te voir seule dans l'escalier. Tu t'imagines si tu tombais ? A l'avenir, je veux que tu aies toujours quelqu'un avec toi.

— Tu n'es pas sérieux ! protesta-t-elle, abasourdie.

Il fronça les sourcils, n'appréciant manifestement pas le ton sur lequel elle lui avait répondu.

— Je suis absolument sérieux quand il s'agit de ta santé et de celle de notre enfant.

Elle poussa un soupir exaspéré, mais Chrysander fit mine de ne pas l'entendre et l'escorta jusqu'à une vaste chambre. C'était manifestement la chambre de maître.

— C'est ma chambre ? demanda-t-elle.

— C'est *notre* chambre.

Elle se sentit rougir jusqu'aux yeux, et le souffle lui manqua en s'imaginant partager cet immense lit avec Chrysander. Il la regardait attentivement et fut manifestement ravi d'observer sa réaction.

— Mais peut-être as-tu des objections ? suggéra-t-il.

— Non… Non, non, répéta-t-elle en secouant la tête.

Un sourire sensuel envahit lentement son visage tandis qu'il la regardait d'un air de fauve affamé.

— Bien. Nous sommes d'accord, dans ce cas.

— Eh bien… en fait… non, pas tout à fait, bégaya-t-elle.

— Ah bon ?

Elle lutta pour ne pas se laisser subjuguer par cette voix chaude et sensuelle, qui déjà menaçait de faire d'elle un jouet entre ses mains. Se redressant, elle lui dit d'un ton de défi :

— Je n'ai pas besoin d'être accompagnée dans les escaliers, Chrysander. Je ne suis pas infirme, et je n'ai aucune envie d'être traitée comme telle.

— Et moi, je préfère que tu aies quelqu'un avec toi.

— Il n'est pas question que je sois traitée comme une prisonnière, à qui l'on interdit de faire le moindre pas sans un garde à ses trousses, riposta-t-elle en croisant les bras sur la poitrine et en lui jetant un regard de défi.

A sa grande surprise, il sembla se détendre et se mit à rire.

— Qu'y a-t-il de si drôle ? lui demanda-t-elle.

— Toi, *glykia mou*. Tu n'as vraiment pas changé ! Toujours à me tenir tête et à m'accuser de vouloir t'imposer mes volontés, dit-il en souriant et en haussant les épaules, acceptant manifestement sa défaite.

— Eh bien, puisque nous nous entendons si bien, peux-tu me dire ce que cette femme fait ici, à se pavaner quasiment nue ?

Les mots lui étaient à peine sortis de la bouche qu'elle regretta sa formulation. Et dire qu'elle s'était promis de poser la question d'un ton léger ! Elle s'était plutôt comportée comme une mégère jalouse et acariâtre !

Chrysander se renfrogna aussitôt.

— Tu ne l'as jamais aimée, mais je te prie de rester polie.

— Je ne l'ai *jamais* aimée ? répéta Marley. Et tu ne te demandes pas pourquoi ?

Tournant le dos à Chrysander, elle se dirigea vers la fenêtre qui donnait sur la piscine ; sur la gauche, un jardin séparait les deux bassins.

— Pourquoi est-elle ici, manifestement comme chez elle, alors que c'est la première fois que j'y viens ?

Elle se raidit en sentant les mains de Chrysander se poser sur ses épaules.

— Roslyn voyage souvent avec moi. Cette fois-ci, je lui ai demandé de prendre un hôtel à Corinthe de façon qu'elle puisse venir rapidement si j'ai besoin d'elle, sans que sa présence continuelle t'incommode.

Il lui effleura la tempe de ses lèvres.

— Quant au fait que tu ne sois jamais venue ici, l'occasion ne s'est pas présentée, tout simplement. Quand je revenais à New York après avoir été absent plusieurs semaines d'affilée, j'avais plus envie de passer mon temps libre avec toi que de voyager encore.

Marley se retourna vers lui et, sans réfléchir, l'enlaça en se blottissant contre lui.

— Je suis désolée. Cette amnésie est tellement frustrante ! Il n'empêche que je n'apprécie pas de voir l'assistante personnelle de mon fiancé se balader dans la maison, sans presque rien sur le dos pour masquer ses charmes. D'autant qu'elle semble parfaitement à l'aise ici, où je devrais me sentir chez moi mais où je me sens étrangère.

— Si cela peut te réconforter, je n'ai pas prêté la moindre

attention à ses charmes, répondit-il d'un ton amusé, ce qui ne fit que renforcer son irritation.

Elle essaya de s'arracher aux bras de Chrysander, mais il la serra au contraire contre lui. Relevant la tête, elle lut un tel désir dans ses yeux qu'elle en eut le souffle coupé. Elle se passa nerveusement la langue sur les lèvres, et Chrysander, avec une exclamation étouffée, s'empara de sa bouche.

Elle eut aussitôt l'impression qu'un gigantesque incendie venait d'éclater en elle. Aucun doute, son corps n'avait rien oublié de celui de Chrysander et le réclamait de toutes ses forces. Il lui caressa les lèvres de sa langue, avide de baisers, et elle s'ouvrit à lui en laissant échapper un petit gémissement. Leurs langues se mêlèrent, brûlantes, électrisées.

Elle sentit ses jambes se dérober sous elle, mais il la soutint, pressant étroitement son corps contre le sien. Elle s'agrippa à ses épaules, voulant se fondre en lui.

Passant les mains sous son chemisier, il dégrafa son soutien-gorge avec une adresse consommée, et Marley sentit ses mamelons se durcir sous la caresse. Lorsqu'il abandonna sa bouche et qu'elle sentit ses lèvres descendre le long de son cou, elle se mit à trembler sans pouvoir se contrôler, aspirant à se livrer tout entière à lui. Comme s'il l'avait entendue, il prit la pointe d'un de ses seins dans sa bouche.

— Je t'en prie, murmura-t-elle.

Il releva la tête, interdit.

— *Théé mou!* Un peu plus et je te faisais l'amour sur la moquette.

Il rajusta rapidement les vêtements de Marley, la laissant tremblante et désorientée. Effrayée aussi par l'intensité de son désir dès que Chrysander l'avait prise dans ses bras. Tout son corps le réclamait presque douloureusement.

— Ne me regarde pas comme cela, marmonna-t-il.

— Comment ? demanda-t-elle d'une voix mal assurée.

— Comme si tu ne demandais qu'une chose : que je te porte sur notre lit et te fasse l'amour toute la nuit ! Je risque de ne pas me maîtriser très longtemps.

Elle eut un rire étranglé et essaya de reprendre son calme,

malgré le tourbillon d'émotions que suscitaient en elle ses paroles.

— Et si c'était ce que je voulais, en fait ?

— Le médecin va arriver d'ici quelques instants, répondit-il en lui caressant la joue. Je veux qu'il t'examine et qu'il s'assure que le voyage ne t'a pas trop fatiguée. Ta santé passe avant tout.

— Je crois que je viens d'essuyer un magnifique refus, murmura-t-elle.

Il réagit si vite qu'elle n'eut pas le temps de se ressaisir. Il la prit dans ses bras, la couvant de ses yeux de fauve :

— Ne prends pas mon refus pour du désintérêt, murmura-t-il d'un ton dangereux. Je te promets que, dès que le médecin m'aura rassuré sur ton état de santé, tu seras dans mon lit !

Il la relâcha, et elle s'éloigna de quelques pas en vacillant.

— Il me semble entendre l'hélicoptère, reprit-il. Ce doit être le médecin et Mme Cahill. Tu devrais te rafraîchir et te mettre à l'aise. Je vais dire au médecin de monter te voir.

Marley acquiesça de la tête, comme abrutie, et le regarda s'éloigner. Dès qu'il eut disparu, elle se laissa tomber sur le lit en serrant ses mains l'une contre l'autre pour les empêcher de trembler. Comment pouvait-elle réagir aussi intensément au charme de cet homme, alors que, pour le moment, il était un étranger pour elle ? Sans doute avait-il raison. Son corps le reconnaissait, même si son cerveau l'avait temporairement oublié. Elle aurait dû en être réconfortée, mais l'intensité de son attirance pour lui l'effrayait. En l'espace de quelques minutes, elle s'était totalement abandonnée.

Se rappelant que le médecin n'allait pas tarder à arriver, et ne voulant pas lui donner la moindre excuse pour la renvoyer au lit, elle se dépêcha de gagner la salle de bains pour s'humecter le visage.

Elle passa la main dans ses boucles et fronça les sourcils en apercevant son reflet dans le miroir. Sa coiffure lui paraissait bizarre. Une brève image lui traversa l'esprit. Elle se revit, riant, les cheveux beaucoup plus courts, le visage auréolé d'une masse de boucles indisciplinées. Elle avait beau n'avoir plus de souvenirs, elle était certaine qu'elle préférait porter ses cheveux courts. Alors pourquoi les avait-elle laissés pousser autant ? Elle secoua la tête et se promit d'y remédier dès que possible.

On frappa à la porte de la chambre, et elle se dépêcha de sortir de la salle de bains. Chrysander entra, suivi d'un homme plus âgé et de Patricia, qui lui adressa un grand sourire.

— Marley, dit-il en lui passant un bras autour de la taille, je te présente le Dr Karounis, un des meilleurs obstétriciens d'Athènes, qui a aimablement accepté de te suivre pendant notre séjour sur l'île.

— Enchanté, mademoiselle Jameson, dit courtoisement le médecin.

Elle lui sourit avec un peu de nervosité.

— Enchanté, docteur Karounis. Chrysander est très attentionné mais exagère un peu. Il n'était certainement pas nécessaire de vous déranger depuis Athènes.

— Il veut que tout se passe pour le mieux pour le bébé et pour vous, dit le Dr Karounis avec bonhomie. Qui pourrait le lui reprocher ?

— Vous avez sans doute raison, dit-elle avec un petit sourire. Mais faites ce qu'il faut pour le persuader que je vais tout à fait bien. Et que je suis parfaitement capable de me déplacer seule dans les escaliers, ajouta-t-elle avec un regard en coin à l'intention de Chrysander.

— C'est vraiment peu de chose. Tu peux faire cela pour moi, *glykia mou*, dit-il, imperturbable. Tu ne mettras pas plus longtemps à monter ou descendre les escaliers si tu es accompagnée que si tu es seule, et j'aurai l'esprit beaucoup plus tranquille.

Il avait vraiment l'art de lui donner l'impression qu'elle était une enfant déraisonnable !

— Très bien, soupira-t-elle. Et maintenant, si vous voulez bien nous laisser tous les deux, dit-elle en regardant Chrysander et Patricia.

Chrysander porta sa main à ses lèvres et y posa un baiser.

— Quand le Dr Karounis aura fini, je te suggère de prendre

un long bain et de te reposer jusqu'au dîner. Je viendrai te chercher quand ce sera l'heure de descendre.

Elle acquiesça d'un signe de tête, et Chrysander lui lança un regard triomphal. Puis il s'éloigna en fermant la porte derrière lui.

6

Entre la visite du médecin et un long bain relaxant, Marley oublia totalement la présence de Roslyn dans la maison. Lorsque Chrysander vint la chercher pour l'escorter dans l'escalier, elle l'accueillit avec un sourire.

Il s'arrêta devant elle pour la regarder, puis lui effleura les lèvres d'un rapide baiser avant de la prendre par la main.

— Tu es magnifique. Tu as meilleure mine et sembles plus reposée.

— Le Dr Karounis a déclaré que j'étais en parfaite santé. Il n'y a donc aucune raison de t'inquiéter.

— C'est une très bonne nouvelle, *glykia mou*.

Main dans la main, ils descendirent au rez-de-chaussée, et Marley se raidit en apercevant Roslyn près de l'entrée de la salle à manger. Elle aurait pu poser pour *Vogue* dans sa robe haute couture qui moulait chaque centimètre de son corps. Marley eut tout à coup honte de son pantalon et de son chemisier de grossesse très ordinaires, et fut à deux doigts de se précipiter à l'étage pour se changer. Mais il n'était pas question que cette femme s'aperçoive qu'elle pouvait la déstabiliser. Relevant la tête avec défi, elle se força à sourire.

— Si j'avais su que vous ne vous habilliez pas pour le dîner, j'aurais choisi une autre tenue, dit Roslyn avec un geste qui ne faisait que souligner son décolleté plongeant. D'habitude, vous aimez que l'on soit en tenue de soirée, ajouta-t-elle en s'adressant directement à Chrysander et en glissant un regard en coin à Marley pour voir si elle appréciait qu'elle en sache plus qu'elle sur ses habitudes.

Passant un bras autour de la taille de Marley d'un air

nonchalant, il l'entraîna dans la salle à manger en répondant à Roslyn :

— Le confort de Marley passe vraiment avant tout. Sans compter que nous sommes venus ici pour être entre nous ; il n'y a donc aucune raison de faire des cérémonies.

Marley aurait voulu lui sauter au cou pour le remercier de sa réponse. Mais Roslyn ne parut pas particulièrement affectée par cette rebuffade.

— Viens, *glykia mou*. Mme Cahill et le Dr Karounis nous attendent.

Ils passèrent devant Roslyn, et Marley eut l'impression de sentir son regard mauvais sur sa nuque.

La nourriture était sans doute délicieuse, mais elle aurait été bien incapable de dire ce qu'elle avait mangé. Elle sourit à se donner des crampes et donna machinalement les réponses qu'exigeait la conversation avec Patricia et le Dr Karounis, mais toute son attention était concentrée sur les échanges à mi-voix entre Chrysander et Roslyn.

A demi tourné vers son assistante, il l'écoutait et lui répondait d'un air grave. Une fois le repas terminé, comme il ne montrait aucune intention d'interrompre sa conversation avec la jeune femme, assise un peu trop près de lui, Marley jeta sa serviette sur la table et quitta la table.

Chrysander releva la tête d'un air surpris.

— Tout va bien ?

— Parfaitement, répondit-elle, les dents serrées. Ne te dérange surtout pas, je monte dans la chambre.

Sans lui laisser le temps de répondre, elle tourna les talons et s'éloigna aussi calmement que possible. Elle était à peine arrivée au pied de l'escalier que Patricia la rattrapa :

— M. Anetakis ne souhaite pas que vous circuliez seule dans l'escalier, dit-elle en la prenant gentiment mais fermement par le coude.

Marley se retourna, mais Chrysander ne l'avait pas suivie. Elle sentit un frisson amer la parcourir. Il se souciait peut-être de sa santé, mais manifestement pas au point de renoncer à la compagnie de Roslyn.

Arrivée dans la chambre, elle s'approcha de la fenêtre pour admirer le bassin et les jardins baignés par le clair de lune. Elle n'avait pas du tout sommeil, et elle savait qu'elle ne parviendrait pas à dormir, pas tant que les tensions que le dîner avait fait naître n'auraient pas disparu. Le spectacle était enchanteur, et elle resta tout un moment immobile à en profiter. Puis elle alla prendre un pull dans le dressing et se dirigea vers l'escalier. Marcher dans le jardin parviendrait peut-être à dissiper son irritation.

Sans plus se soucier du mécontentement de son fiancé *empressé* quand il apprendrait qu'elle avait enfreint ses ordres, Marley descendit l'escalier sans faire de bruit, mais elle ne put s'empêcher de se cramponner fermement à la rampe… Quelle idiote ! Voilà qu'elle s'était laissé gagner par la prudence excessive de Chrysander.

Un murmure de voix provenait toujours de la salle à manger, et elle s'empressa de se glisser à l'extérieur. La fraîcheur de la nuit la surprit, mais c'était malgré tout une soirée magnifique. Elle suivit l'allée qui contournait la piscine et menait au jardin. Un clapotis de vagues se faisait entendre dans le lointain. Comme elle pénétrait plus avant dans le jardin, le bruit de jets d'eau se surimposa à celui de la mer, et elle aperçut avec ravissement une fontaine illuminée.

Elle se rapprocha, respirant l'air vif de la nuit. Elle frissonnait malgré son pull mais était réticente à l'idée de renoncer déjà à ce paysage magnifique.

— Tu ne devrais pas être ici.

La voix de Chrysander la fit sursauter, et au même moment il lui posa la main sur l'épaule, la contraignant à se tourner vers lui. Ses yeux brillaient de colère et il avait le visage fermé.

— Comment m'as-tu retrouvée aussi vite ? demanda-t-elle, refusant de lui présenter des excuses.

— J'ai su où tu étais dès que tu as quitté la maison. J'ai des gardes du corps partout sur l'île, ajouta-t-il en voyant son air surpris. Ils m'ont averti dès que tu es sortie sur la terrasse et ne t'ont pas quittée des yeux depuis.

Elle grimaça en regardant alentour pour essayer de les repérer.

— Nous étions convenus que tu ne circulerais pas seule dans les escaliers, et tu ne devrais pas sortir après la tombée de la nuit si je ne suis pas avec toi.

— Tu pouvais difficilement m'accompagner où que ce soit, collé comme tu l'étais à ton assistante

Elle avait essayé de dire cela sur le ton de la plaisanterie, mais sa voix la trahit et elle crispa les poings, furieuse d'avoir montré sa frustration.

— Je t'ai négligée pendant le dîner, et je t'en demande pardon. J'avais plusieurs points à régler avec Roslyn avant son départ demain matin. Je n'irai pas au bureau pendant notre séjour, et même si je peux travailler à partir d'ici, je préfère te consacrer mon temps.

Tout en parlant, il l'avait attirée contre lui, et elle se sentit faiblir. Elle détestait la jalousie et aurait voulu croire que ce n'était pas dans son tempérament, mais comment pouvait-elle en être sûre ? Avait-elle toujours éprouvé une telle insécurité à l'égard de Chrysander ? Elle espérait que non, car ce n'était vraiment pas une situation à la rendre heureuse.

Elle appuya le front contre sa poitrine et ferma les yeux. Son odeur masculine l'enveloppait tout entière, masquant la senteur iodée de la mer et les parfums du jardin. Sa chaleur la gagnait, réconfortante, apaisante.

— Je suis désolée, murmura-t-elle.

— Promets-moi que tu renonceras à ce genre d'escapade, dit-il doucement en lui prenant le menton pour la regarder dans les yeux. Je ne peux pas vous protéger, notre enfant et toi, si tu ne m'écoutes pas.

Elle plongea son regard dans le sien, et le désir incandescent qu'elle y vit lui coupa le souffle. Elle se contenta d'acquiescer de la tête. Elle ne voulait plus parler, n'aspirait plus qu'à ses baisers et à ses caresses.

— J'ai vu le Dr Karounis, dit-il d'une voix sourde, lui effleurant la joue du doigt avant de le poser sur ses lèvres.

— Et qu'a-t-il dit ? demanda-t-elle, suffoquant presque.

Il se pencha et la souleva de terre.

— Il ne voit aucune raison pour que je ne fasse pas l'amour avec toi.

— Tu lui as parlé de ça ? dit-elle d'une voix étranglée, si mortifiée qu'elle enfouit son visage dans son cou.

— Je ne voudrais pas vous faire courir le moindre risque, à toi ou à notre enfant, dit-il en riant à voix basse, je devais donc être sûr que je pouvais te faire l'amour toute la nuit.

Il remonta l'allée en direction de la terrasse, la portant sans le moindre effort.

— Chrysander ! protesta-t-elle. Tu ne peux pas me porter comme cela si tous tes gardes du corps ont les yeux rivés sur nous. Ils vont deviner ce que nous allons faire.

Il se remit à rire, sans montrer la moindre intention de la poser à terre.

— J'adore quand tu es embarrassée, *glykia mou*. Ce sont des hommes. Ils devinent donc très bien mes intentions.

Plus mortifiée que jamais, elle se serra contre lui, ne voulant pas risquer d'avoir à croiser le regard d'un des gardes du corps.

Il se glissa par une des portes-fenêtres et commença à gravir l'escalier. Marley se sentait de plus en plus nerveuse. Elle avait tout à la fois envie et peur de ce qui allait se produire. Elle savait trop bien qu'elle perdait tout contrôle d'elle-même dès qu'il la touchait, et qu'elle devenait totalement vulnérable. Or, tant qu'elle restait incapable de se rappeler la nature de leur relation, elle devait se protéger émotionnellement.

Chrysander l'allongea sur le lit et la dévora des yeux, les yeux brillants. Posant la main sur sa joue, il caressa lentement tout son corps jusqu'à son ventre arrondi, relevant son chemisier pour l'effleurer de ses lèvres. Son geste était empreint d'une telle tendresse qu'elle en fut profondément émue. A voix basse, il lui demanda :

— Est-ce vraiment ce que tu veux ?

— Oui…

— De bien des façons, c'est notre première nuit ensemble, dit-il d'une voix sourde. Je ne veux rien t'imposer.

Elle noua les bras autour de son cou, l'attirant vers elle pour lui offrir sa bouche. Toutes ses incertitudes s'évaporèrent dès qu'elle sentit ses lèvres brûlantes sur les siennes.

— Je te veux, répondit-elle avec passion quand il s'écarta pour la regarder, haletant.

Il se mit debout, la dominant de toute sa taille, et elle le contempla, tremblante de désir. Il commença à déboutonner sa chemise, et elle sentit son pouls s'accélérer.

Lentement, faisant durer chaque geste, il se dévêtit sans la quitter des yeux, laissant choir sa chemise à terre puis défaisant son ceinturon. Elle eut soudain la certitude qu'elle avait déjà vécu une scène similaire, qu'il avait déjà ainsi joué avec son désir et son impatience, jusqu'à ce qu'elle soit quasiment prête à l'implorer.

— Tu as déjà fait cela pour moi, murmura-t-elle.

— Cela te plaît, ou du moins est-ce ce que tu m'as dit. J'aime satisfaire la femme de ma vie, répondit-il avec un regard de fauve affamé, tout en se débarrassant de son pantalon.

Il fit enfin glisser son caleçon le long de ses jambes, révélant son sexe dressé, et elle déglutit. Il était tout simplement superbe, un homme dans toute sa beauté et sa puissance. Elle frissonna lorsqu'il se pencha vers elle.

— Et maintenant, à ton tour, *glykia mou*.

Instinctivement prise de panique, elle croisa les bras sur la poitrine. Allait-il la trouver belle ? Saurait-elle susciter le même désir en lui qu'il suscitait en elle ?

Doucement, il s'empara de ses poignets et lui écarta les bras.

— Ne te cache pas. Tu es magnifique, et je veux t'admirer de la tête aux pieds.

Elle se mouilla les lèvres et sentit ses seins se gonfler, protestant contre le soutien-gorge qui les emprisonnait. Elle n'avait soudain plus qu'une envie : sentir la peau de Chrysander contre la sienne, son corps contre le sien, sans aucun obstacle.

Il commença à lui ôter son chemisier, et de ses lèvres dessina un chemin le long de sa mâchoire, jusqu'au lobe de son oreille. Marley eut l'impression que sa vue se brouillait et que le souffle allait lui manquer.

Lorsqu'elle retrouva un semblant de maîtrise, elle fut

stupéfaite de s'apercevoir qu'il l'avait totalement déshabillée en un clin d'œil. Avec un sourire arrogant et taquin, il fit voler son minuscule slip de dentelle à l'autre bout de la pièce avant de s'allonger sur elle en posant la main d'un air protecteur sur son ventre arrondi. Puis sa caresse se fit plus sensuelle et gagna lentement les replis humides de son sexe.

— Chrysander ! dit-elle en suffoquant de plaisir, tout en s'arquant de tout son corps contre lui.

Son désir devint presque douloureux lorsqu'il prit la pointe de son sein dans sa bouche, tout en la caressant au plus intime de son être.

— J'ai tellement envie de toi, murmura-t-il. Donne-toi à moi. Donne-moi ton plaisir.

Lentement, il la pénétra, prenant tendrement soin de ne pas écraser son ventre arrondi sous son poids, puis il se mit à onduler en elle, d'abord lentement, puis de plus en plus vite, comme guidé par les halètements de plaisir qui s'échappaient de sa bouche. C'était divin. C'était… évident. Pour la première fois, elle avait le sentiment d'être à la place qui lui revenait. Un sentiment d'appartenance tel qu'elle en eut les larmes aux yeux. Mais bien vite les spasmes de la volupté remplacèrent ses larmes, et elle s'abandonna entre ses bras puissants, le laissant la conduire au septième ciel et l'y rejoindre avec un long cri rauque, un cri vibrant de passion qui résonna à ses oreilles comme la plus belle des musiques.

Quand, le battement fou de leurs deux cœurs à peine apaisés, il fit mine de s'écarter d'elle, elle protesta faiblement.

— Je suis trop lourd, murmura-t-il en s'allongeant contre elle, je ne voudrais pas te faire de mal.

Il l'attira contre sa poitrine et plaça une main sur son ventre. Ils restèrent un long moment silencieux, puis Marley demanda tout bas :

— Ç'a toujours été comme ça ? Entre nous… ?

Il resta un instant sans répondre puis murmura :

— Non, *glykia mou*. Ce soir, c'était… c'était encore mieux.

Elle s'endormit le sourire aux lèvres, entourée de la chaleur de Chrysander.

7

Le soleil inondait la chambre quand Marley s'éveilla. Elle entrouvrit les yeux puis se pelotonna sous les draps. De la main, elle chercha le corps de Chrysander mais ne rencontra que le vide. Fronçant les sourcils, elle s'assit et parcourut la chambre des yeux, mais il n'était nulle part. Le bourdonnement caractéristique d'un hélicoptère attira son attention, et elle se leva pour regarder par la fenêtre.

Chrysander se tenait à quelques mètres de l'appareil, au côté de Roslyn. Elle lui adressa un signe de tête et monta à bord. Quelques secondes plus tard, l'hélicoptère disparaissait en direction du continent, et Marley ne put retenir un soupir de soulagement.

Elle se doucha rapidement et enfila un peignoir avant de retourner dans la chambre pour s'habiller. Elle y trouva Chrysander qui l'attendait mais, alors qu'elle s'attendait qu'il l'embrasse, il lui dit d'un ton bref :

— Je te laisse t'habiller. Mme Cahill viendra te chercher d'ici une demi-heure.

Puis, sans un autre mot, il tourna les talons et sortit de la chambre. Marley le regarda s'éloigner, stupéfaite et blessée jusqu'au plus profond du cœur. Après leur intimité de la nuit passée, elle ne s'était certainement pas attendue qu'il la traite aussi froidement.

Elle fit un effort pour se ressaisir. Elle avait suffisamment de sujets de réflexion pour ne pas perdre son temps avec les sautes d'humeur d'un homme aussi fantasque. S'il avait des soucis et ne voulait pas lui en parler, il n'avait qu'à se débrouiller tout seul !

Elle sortit de la chambre d'une humeur massacrante, tout sentiment de bien-être et de sérénité envolé. Elle n'allait certainement pas rester là à l'attendre, simplement parce qu'il le lui avait ordonné. Son obsession à propos de l'escalier était de toute façon parfaitement ridicule.

Arrivée à mi-parcours, elle aperçut Chrysander au pied des marches. Ses yeux jetaient des éclairs. Elle eut un moment d'hésitation puis se décida à continuer. Elle trouvait un peu mesquin et infantile de le défier à propos de choses aussi insignifiantes, mais elle avait envie de l'irriter.

Elle lui lança un regard de défi en arrivant au rez-de-chaussée. Il pâlit mais ne dit rien et fit mine de la prendre par le coude pour la conduire à table. Elle se dégagea et le précéda dans la salle à manger.

Ils déjeunèrent sans échanger un mot. Marley se contenta de boire son thé mécaniquement, le silence de plomb de Chrysander lui donnant plus envie de fuir que de goûter aux fruits sur son assiette.

A plusieurs reprises, elle ouvrit la bouche pour lui demander ce qui lui arrivait, mais son expression l'en dissuada. Renonçant finalement à faire semblant, elle repoussa son assiette.

Chrysander lui jeta un regard désapprobateur :

— Tu as besoin de manger.

— Il est difficile de manger quand il règne un silence de mort à la table du petit déjeuner, répondit-elle d'un ton sec.

Il lui jeta un regard incendiaire et parut sur le point de répliquer, mais à cet instant un bruit d'hélicoptère se fit de nouveau entendre.

— On se croirait sur un héliport, ce matin ! murmura-t-elle.

— Ce doit être le joaillier. Je reviens.

Le joaillier ? Elle le regarda s'éloigner, surprise. Pourquoi diable avait-il besoin d'un joaillier ? Et où pouvaient bien être passés Patricia et le Dr Karounis ? Leur présence lui aurait au moins évité d'avoir à supporter seule le silence orageux de Chrysander.

Elle passa sur la terrasse et ferma les yeux, goûtant la caresse de la brise marine. Le fond de l'air était frais, mais le soleil brillait et elle décida de descendre jusqu'à la plage. A quelque distance de la maison, l'allée dallée du jardin devenait un chemin sableux, et elle finit par ôter ses sandales pour jouir du plaisir du sable chaud sous ses pieds.

Les vagues semblaient l'inviter, si bien qu'elle s'aventura jusqu'au bord, pataugeant comme une enfant dans l'eau tiède, d'un bleu de carte postale. Un véritable paradis, dont Chrysander était le propriétaire.

La brise soulevait ses boucles et les faisait voltiger autour de son visage. Après plusieurs tentatives infructueuses pour essayer de les discipliner, elle renonça en riant. Elle jeta un coup d'œil vers la maison, mais comme personne ne venait, elle continua à marcher au bord de l'eau. Le clapotis régulier des vagues la calmait, et bientôt la tension accumulée s'évanouit. Elle se sentait en paix ici, et en sécurité.

Surprise que ce mot lui soit venu à l'esprit, elle s'arrêta. Pourquoi ne se serait-elle pas sentie en sécurité ? Chrysander s'entourait d'un véritable mur humain, avec tous ses gardes du corps ; si quelqu'un était en sécurité, c'était bien elle ! Et pourtant, jusqu'à leur arrivée sur l'île, elle avait été en permanence sur le qui-vive, à deux doigts de la panique.

— Tu as perdu la tête, et pas seulement la mémoire ! se morigéna-t-elle à mi-voix.

Apercevant un tronc d'arbre échoué sur le sable, elle alla s'y asseoir et poussa un soupir de contentement. Le spectacle et le bruit des vagues étaient si agréables qu'elle n'avait plus aucune envie de bouger. Il faisait si bon qu'elle était tentée de se débarrasser de ses vêtements pour aller nager, mais l'idée d'avoir une demi-douzaine de gardes du corps comme spectateurs l'en dissuada très vite.

Un mouvement attira son regard, et elle vit Chrysander approcher à grands pas. Elle soupira de frustration. S'arrêtant devant elle, il la fixa d'un air mécontent. Puis, secouant la tête, il vint s'asseoir auprès d'elle sur le tronc d'arbre.

— Manifestement, mes gardes du corps ne vont pas manquer d'occupation avec toi, *glykia mou.*

Elle haussa les épaules sans répondre.

— Que fais-tu ici ? demanda-t-il d'un ton égal.

— Je profite de la plage. C'est tellement beau.

— Si je promets de t'y ramener, acceptes-tu de remonter à la maison avec moi ? Le joaillier nous attend, et il doit retourner sur le continent dès que possible.

— Pourquoi est-il venu ici ? Habituellement, ce sont plutôt les clients qui se déplacent à la boutique, non ?

Chrysander se leva en lui adressant un regard plein d'arrogance qui signifiait clairement qu'avec lui, c'étaient les joailliers qui se déplaçaient et non l'inverse. Il lui tendit la main et elle la prit, résignée.

— Tu n'es vraiment pas drôle, grommela-t-elle.

Dès qu'ils se mirent à marcher, elle essaya de libérer sa main mais il la garda fermement dans la sienne. Cet homme était un véritable mystère, à souffler constamment le chaud et le froid !

Dans la bibliothèque, ils trouvèrent un homme âgé qui arrangeait des présentoirs couverts de velours sur le bureau de Chrysander. Il releva la tête en les entendant arriver et leur adressa un large sourire en venant saluer Marley.

Elle s'assit, fascinée par le chatoiement des pierres précieuses et l'éclat des diamants, et tourna un regard interrogatif vers Chrysander, qui avait pris place à ses côtés.

— J'ai demandé à Monsieur de venir pour que nous puissions choisir ta bague.

— Je ne comprends pas, répondit-elle, embarrassée.

Chrysander prit sa main gauche et la porta à ses lèvres.

— Il est important pour moi que tu portes ma bague, *glykia mou*. Nous ne l'avions pas encore choisie… quand tu as eu ton accident. Il est temps d'y remédier !

— Oh !

Elle était si surprise que les mots lui manquaient. Elle reporta son attention sur les bagues, intimidée. Elles étaient énormes, et manifestement si chères qu'elle ne voulait même pas connaître leur prix ! Après en avoir essayé plusieurs, sa préférence se porta sur l'une d'entre elles, mais elle hésita à le dire, de peur d'offenser Chrysander, et continua donc à essayer les bijoux que lui présentait le joaillier.

— Celle-ci, dit Chrysander, et elle s'aperçut avec surprise qu'il avait sélectionné la bague qu'elle convoitait.

Le joaillier lui tendit le bijou, et Chrysander le passa au doigt de Marley. C'était une bague plus petite et plus simple que les autres, mais elle lui allait parfaitement. Un solitaire taillé en émeraude brillait à son doigt, et elle n'eut soudain plus aucune envie de l'ôter.

— Elle te plaît ? dit Chrysander.

— Je l'adore, murmura-t-elle. Mais si tu en préfères une autre, je serai très contente aussi.

— Nous prenons celle-ci, répondit-il en s'adressant au joaillier.

Celui-ci les félicita de leur choix, et bientôt Chrysander le raccompagna à l'hélicoptère, non sans avoir intimé l'ordre à Marley de ne pas bouger d'où elle était.

Elle ne put s'empêcher de rire en le regardant s'éloigner. Il avait probablement l'habitude d'être obéi au doigt et à l'œil dès qu'il ouvrait la bouche. Elle fut soudain horrifiée à l'idée qu'elle avait peut-être été comme lui avant son amnésie. Puis elle haussa les épaules. Elle avait peut-être perdu la mémoire, mais elle ne pouvait pas avoir radicalement changé de personnalité.

Son estomac vide lui rappela soudain qu'elle n'avait pas pris de petit déjeuner, et elle se dirigea vers la cuisine pour y remédier. Mais elle n'eut pas le temps d'ouvrir le réfrigérateur que déjà Chrysander était de retour.

— Pourquoi étais-je sûr que tu ne serais pas à l'endroit où je t'ai laissée ?

— Peut-être parce que tu ne me l'as pas demandé gentiment ? rétorqua-t-elle avec un sourire.

Il se mit à rire, d'un rire grave et sensuel qui la fit frissonner de la tête aux pieds.

— J'ai demandé au pilote de revenir dans une heure. Si tu te sens en forme, nous pourrions aller visiter les ruines que tu as remarquées hier, et peut-être faire un peu de tourisme.

— Quelle excellente idée ! dit-elle en oubliant totalement ce qu'elle était venue faire dans la cuisine et en se jetant dans les bras de Chrysander.

— Serais-tu prête à me pardonner de n'être vraiment pas drôle ? demanda-t-il avec un petit rire.

— Quel rancunier ! lui lança-t-elle avec une grimace amusée. Mais oui, j'accepte de te pardonner. Et maintenant, je vais me changer.

Elle se dirigea vers l'étage mais il l'attrapa par la main et la ramena vers lui, sa bouche à quelques centimètres de la sienne.

— Tu ne crois pas que j'ai le droit à une récompense ? murmura-t-il.

— Peut-être une petite récompense, répondit-elle d'une voix enrouée par le désir.

Il s'empara de sa bouche, et elle se sentit fondre entre ses bras et trembler de tous ses membres. Quand il la relâcha, la flamme du désir brillait dans ses yeux.

— Je ferais mieux de te laisser aller te changer, ou bien notre promenade va se terminer dans mon lit…

— Et si nous décidions de *commencer* notre promenade par ton lit ?

Quand, un peu plus tard, l'hélicoptère se posa à Corinthe, une voiture les attendait, et, à la grande surprise de Marley, Chrysander la fit monter à l'avant avant de prendre le volant.

— Je sais conduire, lui dit-il d'un air amusé.

— C'est simplement que je ne t'avais encore jamais vu au volant. Enfin, je veux dire, jamais depuis…

— Je sais ce que tu veux dire, Marley. C'est vrai que je ne conduis pas très souvent. Je préfère généralement profiter de mes déplacements pour m'occuper de mes affaires, mais j'ai une voiture ici et une autre à New York.

Ils passèrent une grande partie de la matinée à se promener parmi les ruines. Il lui résuma leur histoire, mais elle était surtout sensible à cette magnifique journée et au fait qu'ils soient enfin ensemble, sans assistante horripilante, sans médecin ni infirmière, sans téléphone et sans fax… Tout ce dont elle rêvait !

— Tu n'as pas écouté un mot de ce que je t'ai raconté, *glykia mou*, dit soudain la voix amusée de Chrysander, pénétrant sa rêverie.

— Je suis désolée, répondit-elle en rougissant et en se tournant vers lui. Je suis ravie de cette promenade, vraiment !

— Es-tu prête à retourner sur l'île ? J'espère que tu ne t'es pas trop fatiguée ?

Il était urgent de le convaincre qu'elle était en pleine forme, ou bien il allait la ramener à l'hélicoptère, et cette journée idéale prendrait fin !

— Tu ne m'as jamais parlé de ta famille… Ou du moins je ne m'en souviens pas.

— Que veux-tu savoir ?

— Tout ce que tu veux bien m'en dire. Tes parents sont-ils toujours vivants ? Tu ne parles jamais d'eux.

Son visage s'assombrit, et elle regretta aussitôt sa question.

— Ils sont morts il y a plusieurs années, dans un accident à bord de leur yacht.

— Je suis vraiment désolée, dit-elle en glissant sa main dans la sienne. Je ne voulais pas remuer des souvenirs douloureux.

— C'était il y a longtemps, répondit-il en haussant les épaules, mais il était évident que c'était toujours un sujet particulièrement pénible pour lui.

Elle s'apprêtait à parler d'autre chose lorsqu'il fronça les sourcils et sortit son portable de sa poche, vérifiant rapidement qui l'appelait avant de répondre.

— Roslyn, dit-il d'un ton bref.

Marley se raidit et retira sa main de celle de Chrysander. On pouvait vraiment faire confiance à cette assistante de malheur pour choisir le mauvais moment pour appeler ! Elle devait avoir un don de seconde vue.

Chrysander avait l'air de plus en plus tendu, et quand il regarda dans sa direction, elle eut l'impression qu'il ne la voyait pas.

— Tout va bien ici, dit-il. Vérifiez avec Piers comment les choses se passent pour l'hôtel de Rio et rappelez-moi.

Puis, après un long silence, il ajouta :

— Non, j'ignore quand nous retournerons à New York.

Il jeta un coup d'œil à Marley, et elle fut certaine que Roslyn parlait d'elle.

— Bien sûr que non, poursuivit-il. J'apprécie vos efforts, Roslyn. Vous serez la première avertie dès que je déciderai de quitter l'île.

Marley s'éloigna, irritée par cette conversation. Quelques instants plus tard, il referma son téléphone et, comme elle s'y attendait, son attitude n'était plus du tout la même quand il revint vers elle. Il la regardait quasiment avec suspicion, sans qu'elle ait la moindre idée de ce qui avait pu provoquer ce revirement. Et ce n'était pas une illusion : son humeur avait radicalement changé.

— Désolé pour cette interruption, dit-il presque cérémonieusement. De quoi parlions-nous ?

— Parle-moi de tes hôtels, dit-elle sans réfléchir, cherchant à lui changer les idées.

Son visage se figea.

— Que veux-tu savoir ?

— Je ne sais pas, dit-elle en s'asseyant sur un banc qui dominait les ruines. N'importe quoi. Où sont-ils situés ? Je crois que vous possédez l'Imperial Park Hotel, à New York, n'est-ce pas ?

Il confirma d'un signe de tête.

— Et où sont les autres ? Vous êtes présents dans le monde entier ? Je t'ai entendu parler de Rio de Janeiro. Vous y avez un hôtel ?

Son visage était soudain devenu un masque rigide, et elle en fut ébahie. Avait-il horreur de parler de son travail ? Il ne lui en avait presque rien dit jusque-là, alors qu'elle aurait voulu tout savoir de ce qui l'intéressait.

— Nous avons des hôtels dans les principales métropoles, répondit-il enfin. A New York, Tokyo, Londres et Madrid, et d'autres, un peu plus petits, ailleurs en Europe. En ce moment, nous travaillons à un projet à Rio.

— Aucun à Paris ? Ce serait pourtant bien pour nos week-ends en amoureux, lui dit-elle en le taquinant.

Mais sa bonne humeur disparut, remplacée par une sourde appréhension, quand elle s'aperçut qu'il la dévisageait d'un air glacial. Il semblait en colère. Non, le mot était trop faible. Il semblait furieux !

— Non, aucun à Paris, répondit-il les dents serrées.

Sa voix était si dure qu'elle s'écarta un peu de lui.

— Je suis désolée…

Il était à présent d'une humeur massacrante, mais elle n'avait pas la moindre idée de ce qui avait provoqué ce changement. Manifestement, elle avait le chic pour choisir les mauvais sujets de conversation. Mais si elle ne pouvait lui parler ni de sa famille ni de ses affaires, y avait-il vraiment des sujets qu'elle pouvait aborder sans risquer de le mettre en colère ?

Elle se leva, irritée à son tour.

— Tu as raison. Nous devrions sans doute rentrer.

Elle se détourna pour rejoindre la voiture mais elle s'était levée trop brusquement, et, tout à coup, le paysage se mit à tournoyer, et elle tomba comme une masse.

Quand Marley reprit connaissance, la première chose qu'elle entendit fut une voix furieuse qui parlait à toute vitesse en grec. Elle ouvrit les yeux et mit un instant à comprendre qu'elle était allongée sur une table d'examen dans une clinique. Chrysander lui tournait le dos et s'entretenait avec un médecin.

— Chrysander, dit-elle d'une voix faible.

Il se précipita aussitôt à ses côtés.

— Comment te sens-tu ? lui demanda-t-il en la fixant intensément. As-tu mal quelque part ?

Elle essaya de lui sourire, mais elle se sentait toujours très faible. Le médecin s'approcha à son tour et lui tendit un verre.

— Buvez ceci, mademoiselle Jameson. Vous faites de l'hypoglycémie, et ce jus de fruits devrait vous faire du bien.

Chrysander lui prit d'autorité le verre et enlaça Marley pour l'aider à s'asseoir et à boire.

— A quand remonte votre dernier repas, mademoiselle Jameson ?

Le médecin la regardait avec une certaine sévérité, et elle se sentit rougir.

— Je n'ai pas pris de petit déjeuner, reconnut-elle, embarrassée.

— Et tu n'as pratiquement rien mangé hier soir non plus ! ajouta Chrysander en étouffant un juron. Je n'aurais vraiment pas dû t'amener ici aujourd'hui. Je savais pourtant bien que tu avais le ventre vide, mais je n'ai rien fait pour y remédier.

— Ce n'est pas ta faute, Chrysander, dit-elle en esquissant un sourire. J'étais si contente de venir ici avec toi que je n'y ai plus pensé.

— C'est à moi de prendre soin de toi et de notre enfant, répondit-il d'un air têtu.

— Fort heureusement, il n'y a rien de grave, intervint le médecin en souriant. Un bon repas, et il n'y paraîtra plus ! Je suggère tout de même que vous passiez le reste de la journée à vous reposer, pour ne prendre aucun risque.

— J'y veillerai personnellement, dit Chrysander.

Marley soupira. A l'évidence, il se tenait pour responsable de son évanouissement, et elle le connaissait désormais suffisamment pour être sûre qu'il tiendrait parole. Elle pouvait d'ores et déjà se résigner à passer le reste de la journée au lit !

Comme le médecin venait de leur dire qu'ils pouvaient partir, Marley fit mine de se lever, mais Chrysander l'en empêcha en la prenant dans ses bras. Dès qu'ils passèrent le seuil, une voiture se gara devant la porte et le chauffeur sortit pour leur ouvrir la portière. Chrysander se glissa à l'arrière sans la lâcher une seule seconde.

— Tu n'auras pas encore beaucoup conduit aujourd'hui, murmura-t-elle.

— Je ne peux pas à la fois conduire et te tenir dans mes bras, dit-il comme si la réponse allait de soi.

— Je n'ai pas besoin que tu me tiennes tout le temps du trajet !

— Que tu le veuilles ou non, je prendrai soin de toi.

Résignée à ne plus avoir son mot à dire de la journée, elle se blottit contre sa poitrine, l'entourant de ses bras. Il lui caressa les cheveux en murmurant des mots en grec. Elle était presque endormie quand la voiture s'arrêta.

Chrysander la reprit dans ses bras et se dirigea à grands pas vers l'hélicoptère.

— Rendors-toi si tu peux, *glykia mou*, dit-il doucement en l'installant à sa place.

Chrysander avait manifestement passé ses ordres par téléphone, car, à leur arrivée sur l'île, Patricia les attendait avec un repas chaud, et Marley poussa un soupir de contentement en avalant sa première cuillerée de soupe.

— Il n'est plus question que tu sautes un seul repas ! lui dit Chrysander d'une voix pleine de reproches en la regardant manger.

— Je n'ai jamais eu l'intention de jeûner. C'est un concours de circonstances.

— Eh bien, je veillerai à ce que ça ne se reproduise plus.

— Si je comprends bien, tu vas recommencer à n'être vraiment pas drôle ? lui demanda-t-elle en lui souriant d'un air taquin.

Il lui lança un regard noir, qui lui rappela tout à coup ce qui s'était passé juste avant qu'elle s'évanouisse, et elle le considéra d'un air pensif.

— Qu'y a-t-il ? lui demanda-t-il.

Elle reposa sa cuillère.

— Tout à l'heure, quand nous visitions les ruines, pourquoi t'es-tu mis en colère ?

Son expression resta neutre, mais il était clair que la question ne lui plaisait pas.

— Pour rien. Des préoccupations liées à mon travail, répondit-il comme s'il n'y attachait pas d'importance.

Elle le fixa d'un air dubitatif puis renonça à insister. S'il ne voulait pas lui dire ce qui le tracassait, songea-t-elle tristement, elle n'avait sûrement aucun moyen de le faire parler.

Dès qu'elle eut fini de manger, Chrysander la prit de nouveau dans ses bras et la porta jusqu'à leur chambre. Il l'allongea sur le lit et entreprit de la déshabiller. Quand il eut terminé, elle ne portait plus que son soutien-gorge et un slip en dentelle, et il se détourna, la respiration oppressée.

— Chrysander, murmura-t-elle.

Il se retourna vers elle, tous les muscles tendus.

— Reste avec moi, veux-tu ? Nous pourrions faire la sieste ensemble. Je me sens très fatiguée, finalement.

S'il n'avait pas eu l'air aussi perdu, elle aurait éclaté de rire. Mais elle fit de son mieux pour garder son calme tout en le regardant se débattre avec lui-même. Finalement, il se mit à se déshabiller en silence et ne garda que son caleçon avant de s'allonger près d'elle.

Presque aussitôt, il jura à voix basse avant de se relever. Elle le vit fouiller dans une commode, et en revenir avec un de ses T-shirts qu'il lui tendit en disant :

— Enfile-le, tu seras plus à l'aise pour dormir.

Il l'aida à s'asseoir et dégrafa son soutien-gorge, puis lui enfila le T-shirt, les mains tremblantes.

— Tu es mieux comme cela ? lui demanda-t-il doucement.

— Bien mieux, répondit-elle, la voix enrouée.

Il s'allongea à côté d'elle et la prit dans ses bras. Elle remua un peu, cherchant la position la plus confortable. Soudain elle se figea en sentant son sexe dur contre ses fesses. Mais quand elle essaya de s'écarter de lui, il lui murmura en resserrant son étreinte :

— Arrête de bouger…

Les joues en feu, elle s'efforça de se détendre. Dès qu'il l'avait touchée, toute sa fatigue s'était envolée ; elle allait avoir du mal à s'endormir avec son corps contre le sien !

Sa chaleur la pénétra peu à peu. Il lui caressait les cheveux en murmurant doucement à son oreille. Des mots grecs qu'elle ne comprenait pas mais dont elle percevait l'intention apaisante. Puis elle poussa un soupir de contentement quand la main de Chrysander glissa sur son bras, sur sa hanche, sur sa cuisse, puis elle se laissa bercer par le souffle régulier de sa respiration. Il s'était endormi. Et elle aimait l'idée d'être prisonnière de son sommeil.

Elle se sentit soudain envahie d'un immense bien-être qui se changea en un immense bonheur quand elle comprit que le sentiment sans nom qu'elle ressentait était tout simplement de l'amour.

Elle l'aimait. Elle n'aurait pas dû être surprise, mais à présent qu'elle avait pris conscience de ses sentiments, elle devait s'avouer qu'elle n'en avait pas été certaine pendant les premiers jours de son amnésie. N'aurait-elle pas dû le savoir au plus profond d'elle-même ?

Il était indéniablement compliqué. Complexe, dur par moments, réservé. Mais qu'importait ! Si elle avait réussi une première fois à briser le rempart dont il s'entourait, elle était certainement capable de recommencer.

Elle se laissa gagner par le sommeil à son tour, sachant clairement quel serait désormais son objectif quotidien.

8

Des lèvres chaudes répandirent une pluie de baisers sur son épaule puis descendirent le long de son bras. Marley ouvrit les yeux et aperçut la tête brune de Chrysander.

— Quelle agréable façon de se réveiller ! murmura-t-elle.

Il releva la tête et elle croisa ses yeux mordorés.

— Comment te sens-tu, *glykia mou* ?

Roulant sur le dos, elle lui caressa les cheveux.

— Beaucoup mieux. J'ai l'estomac plein et j'ai fait une bonne sieste : que pourrait demander de plus une femme enceinte ?

— Notre fils n'a pas beaucoup dormi, fit remarquer Chrysander en passant la main sur son ventre arrondi.

— Non, il est très actif en ce moment, répondit-elle en souriant. L'obstétricien m'a expliqué que les bébés remuaient surtout pendant le deuxième trimestre.

Sans quitter le ventre de Marley des yeux, manifestement fasciné, il demanda :

— Ils ne bougent plus pendant le dernier trimestre ?

— Pas autant. Ils n'ont plus beaucoup de place, surtout au cours du dernier mois.

— Ce sera sans doute plus facile pour toi de te reposer à ce moment-là.

Comme pour lui faire écho, elle se mit à bâiller.

— Tu es encore fatiguée, dit-il aussitôt.

— Je suis enceinte. Je suppose que je vais être fatiguée pendant les dix-huit années à venir. Mais je me sens très bien, je t'assure, Chrysander. Allez, levons-nous !

Comme s'il n'avait pas entendu ce qu'elle venait de dire, il s'installa à califourchon sur elle, tout en prenant soin de ne pas peser de tout son poids, puis il lui dit avec un sourire plein de sous-entendus :

— Tu me parais bien pressée de te lever. Pourquoi donc ?

Elle rougit et lui envoya une bourrade dans la poitrine. S'allongeant contre elle, il se mit à l'embrasser, mordillant ses lèvres avec sensualité.

— J'ai bien envie de te garder au lit jusqu'à demain matin, murmura-t-il.

Elle lui noua les bras autour du cou et lui rendit son baiser. Dès qu'il la touchait, dès qu'il l'effleurait de son souffle, elle n'avait plus la moindre volonté. Elle sentait son sexe dur contre son corps, et elle brûlait de le sentir en elle…

Mais soudain, il se releva, manifestement à contrecœur. Elle le fixa, sidérée. Il était évident qu'il avait envie d'elle autant qu'elle avait envie de lui : pourquoi s'éloignait-il ?

— Je ne veux pas te fatiguer, dit-il doucement en écartant une mèche de cheveux de sa joue. Tu as eu une journée difficile, *agapi mou*.

Il s'interrompit, comme surpris d'avoir laissé échapper ces mots. *Agapi mou. Mon amour.* C'était la première fois depuis l'accident qu'il l'appelait comme ça. Elle ne savait plus quoi penser : elle était heureuse qu'il ait prononcé ces mots, mais ils lui avaient manifestement échappé.

Le regard soudain distant, il se dirigea vers le dressing, s'habilla et sortit de la chambre.

Elle se leva à son tour pour s'habiller. Depuis l'accident, leurs relations étaient bizarres. Elle n'arrivait pas à être sûre des sentiments de Chrysander pour elle, et ses efforts manifestes pour maintenir une certaine distance entre eux la déconcertaient. Etait-ce lié à son amnésie ?

Si seulement la mémoire pouvait lui revenir ! Si seulement elle pouvait lui faire comprendre qu'elle l'aimait, et que le fait qu'elle ait oublié qu'elle l'avait aimé avant l'accident était sans importance. La seule solution était de le lui montrer, et d'espérer que son amnésie ne durerait plus très longtemps.

Assis dans son bureau, Chrysander fixait la fenêtre donnant sur la plage. Marley était au bord de l'eau, les pieds nus, et sa robe de grossesse frissonnait sous la brise. Il la surveillait de près et avait donné l'ordre aux gardes du corps d'en faire de même, surtout depuis qu'elle s'était évanouie.

Il venait d'avoir une longue conversation téléphonique avec le policier chargé de l'enquête sur l'enlèvement de Marley. Il n'avait toujours pas procédé à la moindre arrestation et n'avait pas la moindre piste. Les ravisseurs continuaient donc à représenter un danger pour elle et pour le bébé. Il serra les poings. La situation était inacceptable ! Le policier lui avait promis de le tenir au courant de l'évolution de l'enquête, mais Chrysander n'était pas satisfait. Il voulait des résultats. Il voulait faire payer leur forfait aux hommes qui avaient osé s'en prendre à elle.

Il reporta son attention sur Marley. Elle était toujours au bord de l'eau, tournée vers le large ; la brise faisait voler ses mèches et elle essayait de les remettre en place, mais c'était un combat sans cesse renouvelé, et cela la faisait rire. Malgré la distance qui les séparait, il ressentait son rire jusqu'au plus profond de lui-même. Elle était belle et insouciante, profitant de l'instant présent sans arrière-pensée…

Comme malgré lui, le souvenir des moments heureux qu'ils avaient vécus ensemble lui revint. Certes, il n'avait pas apprécié leur relation à sa juste valeur à l'époque, mais elle avait été franche et sans complications. Alors, se demanda-t-il pour la millième fois, comment Marley avait-elle pu finalement le trahir ? Il aurait presque préféré qu'elle le trompe avec un autre homme. Mais elle s'en était prise à sa famille, à ses frères, et cela, il ne pouvait le lui pardonner.

Ou du moins était-ce ce qu'il s'était dit jusque-là.

Il ne savait plus vraiment où il en était. Une grande partie de lui-même était toujours très en colère. Mais une petite voix lui murmurait qu'il était temps de tourner la page, d'oublier ce qu'elle avait fait et de saisir cette chance de recommencer de zéro. Peut-être ne se rappellerait-elle jamais ce qui s'était produit et, pour être tout à fait honnête, il devait reconnaître que cela lui faciliterait les choses.

Il continua à l'observer et repensa à leurs escarmouches, à son refus obstiné de faire ce qu'il lui demandait. Dans le fond, il s'en amusait, car il sentait bien qu'elle n'était pas réellement irritée contre lui, qu'elle le taquinait plus qu'autre chose. Il avait conscience de la protéger à outrance. Mais le fait que ses ravisseurs soient toujours en liberté le terrorisait. Elle était sienne, et il n'avait pas su la protéger quand elle avait eu besoin de lui. Peu importait qu'elle l'ait trahi. S'il n'avait pas laissé sa colère prendre le pas sur la raison, elle et leur bébé n'auraient pas été une proie aussi facile pour ces salopards !

Le téléphone interrompit ses réflexions.

— Bonjour, monsieur Anetakis, dit son assistante.

— Ah, Roslyn. Avez-vous contacté Piers à propos du contrat de Rio ?

— Oui, et il m'a chargée de vous dire que si vous répondiez au téléphone, il vous informerait lui-même de la situation.

— Je me charge de mon frère, répondit-il, amusé.

— Si possible, il faudrait que vous participiez à une visioconférence demain soir à 7 heures, heure grecque. Je vais vous envoyer un courriel avec tous les détails. Theron et Piers y prendront part, mais M. Diego a précisé qu'il souhaitait vous parler personnellement.

— Je serai là.

— Et comment vont les choses de votre côté ?

Chrysander fronça les sourcils en jetant un coup d'œil à Marley, qui continuait à contempler les vagues.

— A-t-elle recouvré la mémoire ? poursuivit Roslyn.

— Non, répondit-il d'un ton bref.

Il y eut un instant de silence, et il comprit qu'elle hésitait à lui dire ce qu'elle pensait.

— Si c'est tout…

— Avez-vous envisagé la possibilité qu'elle puisse feindre l'amnésie ? demanda-t-elle précipitamment.

— Pardon ?

— C'est vrai, quel meilleur moyen pouvait-elle trouver

d'apaiser votre colère que de prétendre qu'elle a tout oublié ? Vous ne pouvez même pas être sûr que l'enfant est le vôtre. Elle a passé plusieurs mois en captivité. Comment savoir ce qui s'est passé ?

— Cela suffit comme ça, lui répliqua-t-il d'un ton sec.

— Mais…

— Je vous ai dit que cela suffisait.

— Comme vous voudrez. Je vous rappellerai s'il y a des changements.

Chrysander raccrocha et se tourna aussitôt vers la plage, mais Marley avait disparu.

Roslyn avait-elle raison, cette amnésie n'était-elle qu'une comédie ? Il s'était posé la question quand Marley était sortie de l'hôpital, mais son instinct lui soufflait que non. Cela dit, ne s'était-il pas complètement trompé à son sujet ? Si quelqu'un lui avait dit, six mois auparavant, qu'elle était capable de le trahir, il l'aurait vertement remis à sa place.

Une fois de plus, la colère et la perplexité l'envahirent, et il se passa la main sur le visage avec lassitude. Dans le fond, peu importait. Elle était enceinte de son fils, et cela seul comptait. Il pouvait fermer les yeux sur beaucoup de choses, à présent qu'il allait devenir père.

Un bruit à la porte lui fit lever les yeux. Marley venait d'entrer, le visage illuminé d'un sourire radieux. Ses yeux brillaient… de bonheur.

Il sentit toutes ses tensions s'envoler.

— Tu en as eu assez de la plage ?

— J'aurais dû me douter que tu saurais exactement où j'étais, dit-elle d'un air faussement contrarié.

— J'étais aux premières loges ! répondit-il en montrant la fenêtre. Comment te sens-tu aujourd'hui ? Pas trop fatiguée ?

Elle s'était avancée jusqu'à son bureau et il faillit lui faire signe de venir s'asseoir sur ses genoux, mais il se ravisa.

— Je suis en pleine forme, Chrysander. Tu t'inquiètes beaucoup trop. Je n'ai pas besoin que tu me couves ! On pourrait croire que je suis la première femme à être enceinte.

— Tu es la première à porter mon enfant.

— C'est vrai, reconnut-elle en riant. Je veux bien t'accorder des circonstances atténuantes parce que c'est le premier. Pour notre deuxième bébé, j'espère que tu te conduiras en homme raisonnable !

Il sentit tous ses muscles se raidir et lutta pour ne pas le montrer. Un deuxième enfant suggérait une relation durable. Certes, il avait l'intention de lui demander de l'épouser, mais il n'avait pas réfléchi à tout ce que cela impliquait, au fait qu'elle occuperait une place permanente dans son existence.

Aurait-il dû l'installer dans un appartement et embaucher du personnel pour veiller sur elle jusqu'à la naissance de l'enfant, puis ne plus jamais la revoir ?

— Qu'y a-t-il, Chrysander ? Y a-t-il un problème ?

Il releva la tête. Elle le regardait d'un air inquiet, ou plutôt désorienté, presque apeuré. Il jura tout bas. Il ne voulait vraiment pas qu'elle soit malheureuse.

— Non, non, *glykia mou*, s'empressa-t-il de répondre en lui tendant la main. Aucun problème.

Elle hésita une fraction de seconde puis vint se blottir dans ses bras. Elle s'installa sur ses genoux et lui demanda en se mordillant la lèvre, manifestement troublée :

— Tu ne souhaites pas avoir d'autres enfants ?

— Je n'y ai pas encore vraiment réfléchi. Notre premier enfant n'est pas encore né !

— C'est vrai. Je me disais juste que comme tu avais des frères, tu voudrais sans doute plusieurs enfants. Nous n'en avons jamais parlé ? A présent, je me dis que j'adorerais avoir une grande famille. Peut-être quatre enfants en tout. Mais je ne me rappelle pas si j'ai toujours dit cela, conclut-elle d'un air tourmenté.

Touché par sa détresse, il l'embrassa sur le front.

— Nous avons vraiment le temps d'y penser. Tu dois d'abord m'épouser, dit-il d'un air taquin. Attendons que notre fils soit né avant de songer à agrandir la famille !

Un sourire illumina son visage et lui coupa le souffle.

— C'est merveilleux de t'entendre prononcer ce mot, dit-elle tout bas.

— Quel mot ?

— Famille. Je n'ai pas de famille, à ce que l'on m'a dit. Je suis tellement émue de penser que toi et moi aurons la nôtre. Je me sens parfois si seule, comme si je n'avais jamais eu personne, murmura-t-elle en frissonnant.

— Tu n'es plus seule, lui répondit-il doucement. Tu nous as, notre fils et moi.

C'était une promesse, et il se surprit à la prononcer sans arrière-pensée. Il ne comprenait pas vraiment comment il pouvait être prêt à s'engager envers une femme qui lui avait fait autant de mal, mais il savait en son for intérieur qu'il ne pourrait jamais plus se dédire.

— Tu devrais aller te reposer, reprit-il d'un ton ferme. Je vais demander à Mme Cahill de t'accompagner à l'étage.

Elle le regarda d'un air mécontent et échappa à son étreinte.

— Je suis parfaitement reposée, Chrysander. Cette promenade sur la plage m'a fait beaucoup de bien.

— Il n'empêche qu'une courte sieste ne te ferait pas de mal. J'ai du travail à finir, mais je te rejoindrai dès que j'aurai terminé, et nous dînerons ensemble.

Elle le fixa un instant, manifestement déçue, puis acquiesça sans rien dire et sortit de la pièce.

Elle referma la porte doucement derrière elle et aperçut Patricia qui s'approchait.

— Etes-vous prête à monter ? demanda l'infirmière en souriant.

— Vous voulez la vérité ? répondit Marley en essayant de prendre un ton léger, car elle aimait bien Patricia. Je serais ravie d'étouffer Chrysander avec ces maudits oreillers sur lesquels il veut que je passe ma vie.

— Dans ce cas, que diriez-vous d'une tasse de thé sur la terrasse ? dit-elle en riant.

— Ce serait fantastique ! dit Marley, tout de suite de meilleure humeur.

Une brise océane les accueillit dès qu'elles passèrent les portes-fenêtres.

— J'espère que vous ne verrez pas d'inconvénient à ce

que le Dr Karounis se joigne à nous, continua Patricia, et Marley remarqua qu'elle rosissait en prononçant son nom. Nous prenons le thé ici tous les après-midi.

— J'en serai ravie.

Patricia partit préparer le thé, et Marley ne put s'empêcher de penser qu'elle se sentait très seule malgré sa présence et celle du Dr Karounis. Et très frustrée. Chaque fois que Chrysander ou elle commençait à se détendre et qu'ils partageaient un instant d'intimité, elle pouvait être sûre qu'il allait faire marche arrière dans la minute qui suivait. Elle était certaine qu'il avait installé Patricia et le médecin sur l'île pour maintenir une distance entre eux. Certes, il se souciait de sa santé, mais il semblait surtout trouver commode de faire appel à Patricia chaque fois que leurs relations devenaient trop personnelles.

Elle n'arrivait vraiment pas à comprendre quelle sorte de relation elle avait entretenue avec cet homme. Si seulement elle pouvait se rappeler ou poser des questions à son entourage ! Avait-elle été à ce point coupée du monde pendant tout le temps où elle avait vécu avec Chrysander ?

— Allons, la situation ne peut pas être si grave, dit Patricia d'un ton léger en posant un plateau devant Marley. Vous donnez l'impression d'avoir toute la misère du monde sur les épaules.

— Oh, ce n'est rien. Je réfléchissais, dit-elle en se forçant à faire meilleur visage.

Le Dr Karounis arriva et Marley sourit en observant son attitude envers Patricia. Ils étaient manifestement attirés l'un par l'autre, et cela lui faisait du bien de les voir heureux. Elle aurait tout donné pour jouir d'une relation aussi paisible.

Poussant un soupir, elle commença à boire son thé en contemplant les jardins. Peut-être cherchait-elle simplement à aller trop vite. Quoi qu'il en soit, même si elle ne pouvait espérer un miracle du jour au lendemain, il devait bien y avoir moyen d'abattre le rempart érigé par Chrysander. Il ne lui restait plus qu'à le trouver.

9

Leurs journées et leurs nuits commencèrent à suivre un rythme régulier. Ne craignant plus de nuire à sa santé, Chrysander faisait l'amour à Marley toutes les nuits, la possédant avec une passion qui la laissait pantelante. Mais le matin venu, elle trouvait toujours le lit vide à côté d'elle.

Elle avait pris l'habitude d'aller le trouver. Le plus souvent, il était dans la bibliothèque, occupé à travailler. Il levait la tête en l'entendant arriver, et, l'espace d'un instant, elle voyait la flamme du désir briller dans ses yeux, puis il se ressaisissait et se contentait de lui dire bonjour avant de se remettre à la tâche. Il n'aurait pu lui dire plus clairement qu'elle pouvait disposer.

Elle passait donc la plupart de ses matinées seule, ou avec Patricia et le Dr Karounis. Chrysander ne reparaissait que pour le déjeuner, mais il consacrait ses après-midi à Marley.

Elle l'avait convaincu de l'accompagner sur la plage, même s'il grommelait régulièrement qu'il faisait trop frais et qu'elle risquait de se fatiguer. Elle attendait ces moments avec impatience, heureuse de se trouver enfin seule avec lui et de le voir généralement sortir de sa réserve.

Chrysander en profita un jour pour l'emmener s'asseoir sur le vieux tronc d'arbre échoué. Il contempla la mer pendant tout un moment puis se tourna vers elle, l'air grave.

— Nous devrions nous marier bientôt, dit-il.

Jouant avec sa bague, elle s'étonna intérieurement que cette conversation ne soit pas plus joyeuse.

— Je voulais te laisser le temps de te remettre, et le Dr Karounis estime que c'est le cas.

— Quand penses-tu organiser la cérémonie ? demanda-t-elle, un peu plus détendue.

— Dès que possible. Je ne veux pas que notre enfant soit un bâtard.

Elle fronça les sourcils, blessée. Ce n'était pas vraiment la manière la plus romantique qui soit de lui demander de l'épouser. D'un autre côté, elle ne souhaitait pas non plus que leur enfant naisse hors mariage. Elle se trouva soudain égoïste d'avoir espéré qu'il justifierait sa hâte par son amour pour elle.

— Veux-tu m'épouser, *glykia mou* ? Je prendrai soin de toi et de notre enfant, et tu ne manqueras de rien, je te le promets.

Elle lutta pour contrôler son visage, mais plus il parlait, moins ce mariage lui faisait envie. Il semblait le présenter comme un contrat commercial. Elle ne voulait pas d'un mariage froid et clinique.

Lui prenant le menton, il plongea son regard dans le sien.

— A quoi penses-tu ainsi ?

Elle n'avait pas envie de lui dire la vérité et se contenta d'acquiescer de la tête.

— Est-ce oui ?

— Oui, murmura-t-elle. Je t'épouserai dès que tu auras organisé la cérémonie.

Il eut l'air satisfait et lui effleura les lèvres d'un baiser.

— Tu ne le regretteras pas, *glykia mou.*

Quelle manière bizarre de présenter les choses ! Comment aurait-elle pu regretter d'épouser l'homme qu'elle aimait, le père de son enfant ? Elle se demanda s'il avait toujours été aussi difficile à comprendre, et si elle l'avait aimé en dépit de cela. Manifestement, oui.

Alors qu'ils remontaient vers la maison, elle glissa sa main dans la sienne, cherchant à se réconforter. Après une légère hésitation, il la serra doucement. Alors, encouragée par ce petit geste, elle chassa ses incertitudes de son esprit.

Ce soir-là, Marley était en train de passer sa nuisette quand Chrysander s'approcha dans son dos et l'enlaça. Il posa aussitôt les mains sur son ventre et se mit à lui mordiller le cou jusqu'au lobe de l'oreille. Elle en eut la chair de poule et se sentit trembler contre sa poitrine.

— Je te préfère nettement nue, *agapi mou*, dit-il en lui embrassant la nuque.

Ses mots résonnèrent en elle, éveillant l'écho d'un souvenir. Pendant une fraction de seconde, elle le revit qui la regardait, les yeux brillants de désir, et lui disait ces mêmes mots. Elle essaya désespérément de se raccrocher à cette bribe de souvenir et de se rappeler toute la scène, mais elle s'évanouit aussi vite qu'elle lui était apparue.

Frustrée, elle ferma les yeux et s'abandonna au plaisir que lui donnaient ses caresses.

Il fit glisser une bretelle et la suivit de ses lèvres tout le long de son bras. Puis il fit de même avec la seconde, jusqu'à ce que le vêtement de satin tombe à ses pieds.

Un sentiment de vulnérabilité l'envahit quand elle se retrouva nue devant lui, à l'exception d'une culotte en dentelle. Elle sursauta lorsqu'il se mit à la caresser avec sensualité, dessinant son ventre arrondi puis remontant jusqu'aux globes de ses seins. Ses lèvres se posèrent de nouveau sur son cou, et elle frissonna de désir lorsqu'il se mit à taquiner la pointe de ses seins de son pouce.

— Je te veux, murmura-t-il d'une voix rauque. Tu es si belle, *agapi mou*. Viens avec moi.

Il était si facile d'oublier ses doutes et son insécurité lorsqu'elle était ainsi au creux de ses bras… Lorsqu'ils faisaient l'amour, il n'y avait plus ni barrières ni réticences entre eux. Elle vivait pour ces instants où il la faisait sienne, où il lui montrait, bien mieux que ne pouvaient le faire les mots, ce qu'elle signifiait pour lui.

Elle se retourna et lui noua les bras autour du cou.

— Embrasse-moi, murmura-t-elle à son tour.

Poussant un gémissement presque douloureux, il s'empara de sa bouche avec avidité. Ses gestes étaient impatients, ce soir, comme s'il ne pouvait se rassasier de son corps et ne pouvait attendre de la posséder.

Il l'allongea sur le lit sans abandonner sa bouche un seul

instant, puis se débarrassa vivement de ses vêtements avant de la rejoindre.

— Fais-moi l'amour, Chrysander.

De ses lèvres, il dessina les contours de son visage puis descendit le long de son cou jusqu'à ses seins, mordillant une pointe puis l'autre, caressant les mamelons de sa langue. Descendant toujours, sa bouche se fit plus tendre pour effleurer les rondeurs de son ventre avec une telle révérence qu'elle en fut touchée jusqu'aux larmes.

L'émotion lui nouait la gorge au point qu'elle avait peine à respirer. Si seulement ils pouvaient rester ainsi à jamais. A cet instant, il n'y avait plus d'obstacles entre eux, plus de secrets, elle se sentait aimée et désirée.

Ses lèvres descendirent plus bas encore, et elle gémit lorsqu'il lui écarta doucement les cuisses pour titiller de ses lèvres son bouton de chair.

— Chrysander ! cria-t-elle quand le plaisir fut intenable. J'ai envie de te sentir en moi, maintenant…

Il se redressa et la dévisagea pendant un moment qui lui parut interminable, une étincelle de désir brûlant au fond des yeux, puis il s'allongea enfin sur elle.

— Tu sens si bon, *agapi mou,* dit-il en la pénétrant lentement.

Elle ferma les yeux et l'attira vers elle avec un soupir de contentement. Elle lui caressa les cheveux, la nuque et les épaules tandis qu'il allait et venait doucement en elle.

Puis ses lèvres retrouvèrent celles de Marley, et il étouffa son cri de plaisir quand il la pénétra plus profondément.

— Donne-moi ton plaisir, à moi seul.

Elle s'arqua contre lui, tout son corps se raidissant à l'approche de l'orgasme, et le plaisir déferla en un millier de vagues successives. Il la serra contre lui en la caressant et murmura d'une voix étrangement vulnérable :

— Je ne suis jamais rassasié de toi.

Elle ouvrit les yeux ; il la contemplait d'un air à la fois passionné et tourmenté. Puis il la pénétra de nouveau, avec toujours plus de vigueur. Sans un mot, il l'emmena jusqu'à un paroxysme indescriptible. Elle se sentait flotter librement, sur un océan de volupté sans fin.

Ainsi débuta la nuit. A peine était-elle redescendue des sommets où il l'avait entraînée qu'il recommençait à lui faire l'amour, insatiable. Il la posséda sans faiblir, contrôlant son corps avec une telle aisance qu'elle en était étourdie.

Ils s'endormirent juste avant l'aube, épuisés.

Malgré la vague d'euphorie sensuelle qui la portait, Marley eut un sommeil troublé. La façon dont Chrysander lui avait fait l'amour avait éveillé des échos en elle, comme si, pour la première fois, il lui avait donné un aperçu de leur vie commune avant l'accident.

Dans ses rêves, elle luttait pour ouvrir une porte fermée à double tour, sachant que de l'autre côté se trouvaient sa vie et ses souvenirs, tout ce qui lui était arrivé dans son existence. Elle tirait sur cette porte de toutes ses forces, puis se mettait à tambouriner en sanglotant, exigeant qu'on lui ouvre. Elle s'y déchirait les ongles mais parvenait enfin à l'entrouvrir. La lumière passait à flots puis se tarissait soudainement sous un déferlement de peur et de désespoir. Elle comprenait alors qu'elle ne voulait pas savoir ce qu'il y avait de l'autre côté.

Bouleversée, elle lâchait la porte qui se refermait brutalement, la laissant tremblante et glacée. Non ! Elle avait besoin de savoir ! Savoir qui elle était, ce qui lui était arrivé.

— Marley. Marley !

La voix de Chrysander vint interrompre son rêve.

— Réveille-toi, *glykia mou*. C'est juste un rêve. Tu es en sécurité, avec moi.

Elle ouvrit les yeux et vit Chrysander agenouillé près d'elle, qui la regardait avec inquiétude. Il avait allumé la lampe de chevet, et elle lui en fut reconnaissante. Son rêve avait été si sombre qu'elle avait l'impression d'étouffer.

Elle s'aperçut que ses joues étaient mouillées de larmes. Sa panique commençait à s'estomper, mais son cœur battait encore à tout rompre, et elle ne parvenait pas à dissiper l'impression de malheur imminent provoqué par son rêve.

Elle voulut parler, rassurer Chrysander, mais tout ce qu'elle parvint à faire, ce fut de se mettre à sangloter. C'était comme si sa volonté ne lui appartenait plus. Alors, tendrement, il la prit dans ses bras, la serrant contre lui pour calmer ses tremblements.

— Là, là, Marley, murmura-t-il d'une voix apaisante. Tu vas te rendre malade si tu continues ainsi.

Elle resta un long moment blottie contre lui, craignant plus que tout qu'il ne relâche son étreinte. Lorsque, enfin, elle arriva à se calmer, il la reposa doucement sur l'oreiller.

— Qu'est-ce donc qui t'a fait aussi peur, *agapi mou* ?

Les images de son rêve revinrent l'assaillir sans qu'elle parvienne à leur donner un sens. Heureusement, sa panique avait reflué, et avec elle l'impression de suffoquer.

— J'étais devant une porte, dit-elle d'une voix mal assurée, et je savais que de l'autre côté se trouvaient mes souvenirs. J'avais beau essayer, je ne parvenais pas à l'ouvrir. J'ai finalement réussi à l'entrebâiller, mais…

— Mais quoi ? demanda-t-il doucement.

— J'étais terrifiée, paralysée. J'ai lâché la porte, et elle s'est aussitôt refermée en claquant.

Il s'allongea auprès d'elle et l'entoura de ses bras.

— C'était juste un rêve, *glykia mou.* Il ne peut pas te faire de mal. Tu as peur de l'inconnu, c'est naturel.

Elle commença à se détendre peu à peu, apaisée par la chaleur de son corps, tandis qu'il lui caressait le dos d'un mouvement régulier.

— Ça va mieux ? Veux-tu que j'appelle le Dr Karounis ?

— Non, ça va, maintenant. Vraiment. Je me sens si bête.

— Tu n'as pas à te sentir bête. Essaie de te rendormir. Je crains de ne t'avoir gardée éveillée trop longtemps hier soir, ajouta-t-il d'une voix soudain enrouée, et elle frissonna de plaisir en se souvenant comment il l'avait gardée éveillée.

Avec un bâillement, elle se blottit tout contre lui et se laissa gagner par un profond sommeil.

Chrysander se leva à l'aube, quelques heures plus tard. Il n'avait pas réussi à se rendormir après le cauchemar de

Marley. Il était parvenu à l'apaiser et elle avait sombré dans un sommeil plus tranquille, mais il était resté éveillé, agité par de sombres pensées. Leur situation était vraiment intenable, et il ne voyait pas comment cela allait pouvoir se résoudre.

Prenant soin de ne pas réveiller Marley, il prit une douche et s'habilla avant de descendre. Pour une fois, plutôt que de commencer la journée à son bureau, il se dirigea vers la plage où Marley aimait tant se promener. Il faisait très frais, mais il ne s'en rendit pas compte, plongé dans la contemplation des vagues venant mourir sur le rivage.

Le passé de Marley, *leur* passé, la menaçait dans son sommeil. En ces instants où elle baissait la garde, ses souvenirs essayaient de remonter à la surface, et que ferait-il le jour où cela se produirait ?

Il se sentait épuisé par le conflit que se livraient ses sentiments contradictoires. Il aurait dû être en colère, et par moments il l'était. Mais ici, sur cette île isolée du reste du monde, il était tellement facile d'oublier les trahisons passées, les mensonges et les faux-semblants, et de prétendre qu'il n'y avait plus que Marley et lui, et leur enfant à naître.

Jamais encore, tant dans sa vie professionnelle que personnelle, il ne s'était senti aussi démuni, aussi indécis. Pouvait-il lui pardonner d'avoir essayé de les ruiner, ses frères et lui ? C'était la question à un million de dollars, songea-t-il en fixant l'horizon, car s'il en était incapable, ils n'avaient aucun avenir. Le jour où Marley recouvrerait la mémoire, la situation changerait irrévocablement, et il devrait choisir entre se cramponner à son ressentiment, ou aller de l'avant en lui accordant son pardon.

Or, il n'était pas sûr d'être capable de tant de générosité.

Ce qu'il savait, c'était qu'il était irrésistiblement attiré par elle, même en sachant de quoi elle était capable. Elle était enceinte de son fils, mais même si cela n'avait pas été le cas, il n'était pas certain qu'il aurait été capable de se détourner d'elle.

Des bras minces lui enlacèrent soudain la taille, et un corps tiède se lova contre son dos. Baissant les yeux, il aperçut les mains de Marley entrecroisées sur son ventre, et il les recouvrit instinctivement des siennes.

Elle l'enlaçait étroitement, et il sentait sa joue pressée contre lui. Elle était… à sa place.

Lentement, il détacha les mains de Marley de façon à pouvoir se retourner vers elle. Elle le regarda avec tendresse avant de se blottir contre sa poitrine.

— Bonjour, lui dit-il, incapable de refréner le désir qu'il ressentait pour elle.

— Je suis passée par ton bureau et je me suis inquiétée en ne t'y trouvant pas.

— Inquiétée ? répéta-t-il, surpris.

— C'est bien la première fois que je ne te trouve pas dans ton bureau, dit-elle d'un ton léger. Et comme tu n'étais nulle part dans la maison, j'ai pensé… que tu étais peut-être parti.

Il la prit par les épaules, d'un geste rassurant.

— Je ne serais pas parti sans te prévenir, *glykia mou.*

Avait-elle donc une telle opinion de lui ? Mais comment le lui reprocher, alors qu'il avait érigé un véritable rempart entre eux en s'assurant de la présence constante de Mme Cahill et du Dr Karounis.

— Veux-tu faire un tour avec moi ? demanda-t-elle. Je viens toujours me promener sur la plage pendant que tu travailles. A moins que tu ne sois trop occupé ?

Il lui prit la main et la porta à ses lèvres.

— Je ne suis pas trop occupé quand il s'agit de toi et de notre enfant. Mais ne devrais-tu pas plutôt te reposer ?

Elle poussa un véritable cri d'exaspération qui le surprit par sa véhémence. Lui arrachant sa main, elle se campa devant lui :

— Tu trouves vraiment que j'ai l'air de vouloir me reposer ? lui lança-t-elle avec un regard où se mêlaient la colère et la déception. Ecoute, Chrysander, si tu ne veux pas passer un moment avec moi, dis-le-moi, mais cesse de te réfugier derrière mon prétendu besoin de me reposer !

Tournant les talons, elle s'éloigna à grands pas le long de l'eau, le laissant stupéfait. Il se passa la main dans les cheveux puis se précipita derrière elle.

— Marley ! Marley, attends !

L'attrapant par le coude, il l'obligea à se tourner vers lui et fut bouleversé de voir qu'elle pleurait. Elle détourna le visage en essuyant ses larmes de sa main libre.

— Va-t'en, je t'en prie, dit-elle d'une voix étranglée. Va faire ce qui peut bien t'occuper jour après jour, j'attendrai pour te voir mon *rendez-vous* de cet après-midi.

Elle était si manifestement blessée et amère qu'il comprit qu'elle n'avait absolument pas été dupe de la distance qu'il avait instaurée entre eux. Il lui prit le menton doucement, l'obligeant à le regarder, et essuya ses larmes.

— Il n'est pas question de rendez-vous entre nous, Marley.

— Ah non ?

Elle lui échappa et s'éloigna de plusieurs pas avant de poursuivre :

— J'ai essayé d'être patiente, mais je ne comprends pas ce qui se passe, ni notre relation, ni toi, ni moi. Je ne sais vraiment pas comment tu fonctionnes, Chrysander, et je suis lasse d'essayer de comprendre. J'ai essayé d'être forte, de ne rien exiger de toi, mais je n'en peux plus. J'ai peur. Je ne sais pas qui je suis. Je me suis réveillée un beau jour et j'ai découvert que j'étais enceinte, je partage mon lit avec un inconnu qui prétend être mon fiancé et le père de mon enfant, mais au lieu de me sentir aimée, désirée, je suis totalement décontenancée par ta façon de te comporter. Tu fais souffler le chaud et le froid, et je ne sais jamais d'une seconde à l'autre à quoi m'attendre. Je n'en peux plus.

Chrysander eut l'impression qu'un étau lui enserrait la poitrine, l'empêchant de respirer.

— Que veux-tu dire ? demanda-t-il avec appréhension.

— Pourquoi m'épouses-tu, Chrysander ? répondit-elle d'un air las. Est-ce seulement à cause du bébé ?

Il fronça les sourcils, n'aimant pas du tout se sentir ainsi acculé.

— Tu es fatiguée et à bout de nerfs. Rentrons, nous poursuivrons la conversation au chaud…

— Je ne suis *pas* fatiguée ! répliqua-t-elle, furieuse. Je ne suis pas à bout de nerfs, et j'en ai plus qu'assez de tes airs protecteurs. De toute façon, je ne crois pas à ton inquiétude pour ma santé ; c'est juste un refuge commode pour toi, chaque fois que je commence à poser des questions.

Il ouvrit la bouche pour protester, mais comment aurait-il pu nier ? D'un autre côté, il ne voulait vraiment pas qu'elle se tourmente. Ça ne pouvait pas être bon pour le bébé.

— Qu'y a-t-il dans mon passé qui me fait si peur ? murmura-t-elle. Mon rêve de la nuit dernière m'a terrifiée. Je me suis réveillée ce matin avec un sentiment de frayeur, pas parce que je n'arrive pas à me souvenir, mais parce que j'ai peur que la mémoire me revienne.

Elle le fixa gravement, d'un air implorant.

— Dis-moi, Chrysander, j'ai besoin de savoir : comment était-ce entre nous avant l'accident ? Comment nous sommes-nous rencontrés ? Etions-nous très amoureux ?

Il se tourna vers le large, glissant les mains dans ses poches.

— Tu travaillais pour moi, dit-il à contrecœur.

Elle se rapprocha de lui, sans le toucher.

— Où ? A l'hôtel ?

— Non, au siège de l'entreprise. Tu étais mon assistante.

— Mais Roslyn est ton assistante, et elle a l'air parfaitement à l'aise, comme si elle faisait cela depuis des années.

— Tu n'as pas été mon assistante pendant bien longtemps, répondit-il sans pouvoir refréner un sourire. J'avais trop envie de te mettre dans mon lit pour pouvoir me concentrer sur mon travail. Je t'ai convaincue de démissionner et de venir vivre avec moi.

Elle ne sembla pas particulièrement réjouie par cette réponse.

— Si je comprends bien, c'est ton habitude de me déplacer à ta guise, comme un pion sur l'échiquier.

Il étouffa un juron, mais une fois de plus il ne pouvait guère nier qu'il avait été résolu à parvenir à ses fins avec elle.

— Et je n'ai pas protesté ? demanda-t-elle. J'ai démissionné pour aller vivre avec toi, sans rien dire ?

— Tu semblais aussi heureuse avec moi que moi avec toi, répondit-il avec un haussement d'épaules.

— Et notre bébé, était-il prévu ?

— Je ne dirais pas « prévu », dit-il en choisissant ses mots avec soin, mais ta grossesse n'a certainement pas été une mauvaise nouvelle.

Elle eut l'air encore plus malheureuse qu'auparavant. Elle se détourna, mais il avait eu le temps de voir qu'elle s'était remise à pleurer.

— Pourquoi es-tu si triste, ce matin, *glykia mou* ? demanda-t-il en soupirant et en la prenant dans ses bras. Que puis-je faire ou dire pour te remonter le moral ?

Elle releva la tête, les yeux pleins de larmes.

— Tu peux cesser de m'éviter ; cesser de me traiter comme une invalide sous prétexte que tu t'inquiètes pour ma santé ou pour celle du bébé ; cesser de faire comme si mon passé était une zone interdite.

Il prit une longue inspiration.

— Très bien, j'essaierai de faire moins de zèle à propos de ta santé, même si je me réserve le droit de m'en préoccuper.

Elle sourit enfin, et il en éprouva un tel soulagement qu'il chancela presque. Il n'avait pas compris combien le bonheur de Marley était important pour lui. N'était-ce pas insensé de sa part, vu le peu de cas qu'elle avait fait de son propre bonheur par le passé ?

Elle se pencha vers lui pour l'embrasser, et il l'étreignit convulsivement en prenant possession de ses lèvres.

— Merci, dit-elle en s'arrachant à son étreinte. Je voudrais juste...

Elle s'interrompit avec un air de regret mélancolique.

— Que voudrais-tu, *glykia mou* ?

— Je voudrais que nous soyons heureux, dit-elle d'une voix enrouée par l'émotion. Je voudrais être sûre de la place que j'occupe dans ta vie ; recouvrer la mémoire ; et, plus que tout, je voudrais avoir le sentiment que tu me donnes plus qu'une parcelle de toi et de ton temps.

Il la regarda d'un air pensif. Avant son amnésie, elle n'avait jamais parlé aussi franchement. Elle s'était montrée peu encline à formuler ses désirs et ses besoins, mais éprouvait-elle déjà une telle frustration ? Lui en avait-elle voulu de ses longues absences, de la façon dont il avait géré leur vie commune à sa guise, sans guère se soucier d'elle ? Etait-ce pour cela qu'elle l'avait trahi, pour qu'enfin il fasse attention à elle ?

— Moi aussi je veux que tu sois heureuse, Marley. Je le veux de toutes mes forces. Et si je ne peux pas te convaincre de la place que tu occupes dans ma vie par de simples paroles, j'espère te le prouver par mes actes, au fil du temps.

Son sourire le réchauffa jusqu'au fond du cœur. C'était comme de voir le soleil se lever à l'horizon. Elle lui tendit les deux mains et lui dit :

— Viens marcher avec moi.

Incapable de lui refuser quoi que ce soit en cet instant, il l'enlaça et s'éloigna avec elle le long de la grève.

10

Marley s'agenouilla sur la terre fraîche du jardin et arracha les quelques mauvaises herbes qui poussaient parmi les fleurs. Comme Chrysander était toujours pris le matin, elle avait trouvé d'autres occupations, au grand étonnement du jardinier qui venait entretenir la propriété deux fois par semaine.

Depuis leur explication sur la plage, Chrysander avait cessé de faire appel à Patricia et au Dr Karounis chaque fois qu'il avait la moindre inquiétude. Ils étaient toujours là, prêts à intervenir si besoin était, mais leur présence s'était faite très discrète, et Marley était même libre de circuler seule dans les escaliers !

Il n'avait pas renoncé à s'occuper de ses affaires chaque matin, mais il s'interrompait le temps de prendre le petit déjeuner avec elle. Puis ils se séparaient, et Marley commençait son petit jeu, inventant chaque jour un nouveau moyen de le rendre fou. Il avait promis de ne plus l'ennuyer en lui demandant constamment de se reposer, mais il avait bien du mal à tenir sa promesse quand il découvrait à quoi elle avait consacré sa matinée.

Dès qu'il avait fini son travail, il venait à sa recherche, et le jour où il la trouva à quatre pattes dans le jardin, en train de désherber, elle crut qu'il allait avoir une crise cardiaque. Sans lui laisser le temps de protester, il la prit dans ses bras et la porta à l'étage, la déshabilla et lui fit couler un bain chaud. Elle dut retenir son fou rire quand il prétendit lui interdire de jamais recommencer, sous prétexte qu'elle mettait la vie de leur enfant et la sienne en danger, et se promit sur-le-champ de retourner au jardin dès qu'il aurait les talons tournés.

Cela devint un petit jeu entre eux, même si elle était apparemment la seule à s'en amuser.

Ce matin-là, Marley attendait donc son arrivée avec jubilation. Elle l'entendit pousser un soupir à fendre l'âme derrière elle et se sentit soulevée de terre. Elle tourna vers lui de grands yeux innocents et sourit sereinement tandis qu'il lui jetait un regard noir et se dirigeait à grands pas vers la maison, grommelant pendant tout le trajet :

— J'ai promis de ne pas te *surprotéger.* J'ai cessé d'insister pour que tu ailles te reposer et je t'ai même permis de monter et descendre seule l'escalier.

Elle leva les yeux au ciel.

— Mais tu lasserais la patience d'un saint !

Comme il l'avait déjà fait les fois précédentes, et comme elle l'espérait fermement, il la déshabilla et la déposa dans la baignoire déjà remplie. Il la regarda se laver sans détourner les yeux un instant, la contemplant comme un tigre affamé, et elle se mit à rire en s'enfonçant un peu plus dans l'eau tiède. Elle prit tout son temps pour se laver, veillant à ne pas oublier la moindre parcelle de peau, et lui adressa un grand sourire, mais il ne se départit pas de son air sombre.

— Toute ta séduction ne te tirera pas d'affaire, *glykia mou* !

— Du moins ai-je ma séduction pour moi, lui rétorqua-t-elle sans se démonter.

— Pourquoi insistes-tu pour me provoquer ? Je me fais des cheveux blancs, et c'est entièrement ta faute.

Elle leva les yeux vers lui sans déceler un seul cheveu blanc sur sa tête, et le regarda d'un air sarcastique :

— Pauvre Chrysander ! Serais-tu trop décrépit pour tenir tête à une pauvre petite femme enceinte ?

— Je vais te montrer si je suis décrépit, gronda-t-il en la soulevant de la baignoire.

Il prit à peine le temps de la sécher avant de se diriger à grands pas vers la chambre pour la déposer sur le lit, et de se déshabiller à son tour.

— Je devrais vraiment te provoquer plus souvent, murmura-t-elle. Je crois que je me ferais très bien à l'idée d'être régulièrement punie.

— Espèce de friponne ! dit-il en s'allongeant sur elle.

C'était toujours lui qui menait le jeu quand ils faisaient l'amour, et elle savait instinctivement qu'il en avait toujours été ainsi, mais elle avait à présent envie de renverser les rôles. De le rendre aussi fou de désir qu'il le faisait avec elle.

Elle le repoussa, et il fronça les sourcils en se redressant. Plaçant les mains sur ses épaules, elle le força à s'allonger sur le dos. Puis elle s'assit à califourchon sur ses jambes, s'amusant de sa surprise.

— Je veux te caresser, Chrysander, murmura-t-elle, et elle joignit le geste à la parole, posant les mains sur ses jambes et remontant lentement le long de ses cuisses.

— Je ne voudrais surtout pas te frustrer, lui répondit-il, les yeux sombres de désir contenu.

Encore intimidée, elle toucha son sexe d'un geste hésitant, et le sentit aussitôt se raidir sous sa main. S'enhardissant, elle se mit à le caresser en un lent va-et-vient.

Un doux grondement monta de sa gorge, et elle vit une goutte de sueur perler sur son front. Il était splendide avec son corps mince et musclé, viril de la tête aux pieds.

Elle se pencha vers lui et posa ses lèvres sur son ventre, dessinant ses abdominaux puis remontant jusqu'à sa poitrine. Une fine toison marquait le milieu de son buste, et elle y passa les doigts, excitée par ce frôlement sur sa paume. Comme elle hésitait à continuer, sachant très bien ce qu'elle désirait faire mais n'osant pas encore passer à l'acte, il sembla deviner son incertitude et, plaçant les mains sur ses hanches, il la souleva et la fit glisser sur son sexe dressé. Elle ferma les yeux en le sentant pénétrer au plus profond de son intimité.

— Tu me tues, *glykia mou*, dit-il d'une voix entrecoupée. C'est si bon. Tu es si douce.

Heureuse de lui donner du plaisir, elle continua à lui faire l'amour, répandant une pluie de baisers sur sa poitrine tandis qu'il guidait ses audacieux mouvements. Marley sentait tout son corps trembler, mais elle voulait l'attendre pour partager avec lui ces moments de pure volupté. Bientôt il se raidit sous elle, et elle sentit ses mains se crisper sur ses hanches. Il se cambra pour s'unir encore plus intimement à elle, et ensemble ils s'abandonnèrent à l'orgasme.

A bout de forces, elle se laissa aller contre lui, et il la serra contre sa poitrine, caressant ses cheveux tandis qu'ils reprenaient leur souffle. Puis il se retira doucement et l'aida à s'allonger contre lui.

— C'était bien ? demanda-t-elle, un peu embarrassée.

— Si c'était meilleur encore, répondit-il en riant, je deviendrais vraiment vieux avant l'âge !

— Mais cela t'a plu ? Tu ne vas pas me considérer comme… une dévergondée ?

— Cela m'a beaucoup plu, répondit-il en lui posant un baiser sur le nez. En fait, je me demande même si je ne vais pas t'encourager à jardiner !

Elle eut un petit rire, interrompu par un bâillement.

— Dors, maintenant, lui dit-il avec tendresse. Je te réveillerai pour le dîner.

— Je n'ai pas besoin de dormir, grommela-t-elle, mais déjà ses yeux se fermaient.

Le lendemain, Marley renonça au jardin et se dirigea vers la piscine chauffée. Elle ne voulait pas que Chrysander pense qu'elle était une femme terriblement prévisible. Mais tout en enfilant son maillot, elle ne put s'empêcher de sourire. En fait, ce qu'elle voulait surtout, c'était que Chrysander la voie dans son nouveau maillot. Qu'il ait envie d'elle rien qu'en la regardant…

Elle poussa un long soupir. Elle était en fait en train d'essayer de séduire Chrysander, ou plutôt de faire en sorte qu'il tombe de nouveau amoureux d'elle. N'était-ce pas le monde à l'envers ? Puisqu'il se souvenait de leur relation d'avant l'accident, n'était-ce pas plutôt lui qui aurait dû souhaiter qu'elle soit de nouveau amoureuse de lui ? Elle avait conscience de l'aimer, mais elle n'avait pas encore prononcé ces mots, et elle se demanda d'où venaient ses réticences. Sans doute était-ce lié à la distance qu'il semblait souhaiter maintenir entre eux. Elle voulait qu'il l'aime autant qu'elle l'aimait, et tant qu'elle ne serait pas sûre que ce soit le cas, elle ne pourrait lui avouer ses sentiments.

Se tournant vers le miroir, elle ajusta le Bikini jusqu'à être parfaitement satisfaite du résultat. Le haut moulait sa poitrine et faisait paraître ses seins plus volumineux qu'ils ne l'étaient en réalité. Le bas… Elle sourit en se tournant pour mieux l'examiner. Ce n'était pas un string… pas vraiment… mais il mettait certainement en valeur les rondeurs de ses fesses.

Se redressant, elle posa une main sur son ventre. Chrysander le caressait et l'embrassait fréquemment, apparemment fasciné par les changements de son corps. Pourvu qu'il continue à la trouver sexy en maillot de bain !

Il était temps de s'en assurer. Elle attrapa le peignoir de soie assorti et l'enfila. Il n'était pas question que les autres la voient dans cette tenue. Elle l'avait achetée pour Chrysander et pour lui seul.

Elle gagna discrètement la piscine sans rencontrer personne et descendit dans l'eau avec précaution ; elle était tiède, c'était absolument divin ! Elle flotta quelques instants sur le dos, paresseusement, puis fit des longueurs en restant sous l'eau aussi longtemps que possible. Quand elle remonta à la surface et s'accrocha au bord du bassin, elle aperçut une paire de mocassins en cuir. Levant la tête, elle vit que Chrysander l'observait, les bras croisés, l'air faussement sévère, essayant de masquer un sourire.

— L'eau est bonne, *glykia mou* ?

— Très bonne.

— Et moi qui me réjouissais par avance de t'arracher à ton jardinage, murmura-t-il.

Elle rougit en se rappelant tout ce qui avait suivi cette interruption.

— Tu m'aides ? lui dit-elle en lui tendant la main.

Il la prit, et elle lui attrapa le poignet de sa main libre, plaquant ses deux pieds contre la paroi de la piscine et tirant de toutes ses forces. Il poussa un cri de surprise en se sentant basculer tête la première dans l'eau.

Il remonta à la surface en toussant, et la regarda d'un air si féroce qu'elle craignit de l'avoir réellement mis en colère. Puis il jeta un coup d'œil à ses vêtements trempés et éclata de rire. Se dépêchant d'échapper à sa vengeance, elle regagna les marches et sortit du bassin. Elle lui jeta un regard par-dessus son épaule et vit qu'il restait bouche bée en découvrant le dos du maillot de bain.

Arrivée en haut des marches, elle se tourna pour qu'il puisse la contempler de profil, puis fit mine de reprendre son peignoir.

— Pas question, ma mignonne, dit-il d'une voix menaçante.

En un clin d'œil il sortit du bassin et l'enlaça pour la ramener vers le bassin.

— Chrysander, tes vêtements ! s'écria-t-elle en riant.

— Grâce à toi, ils sont fichus de toute façon.

— Je suis désolée.

— Je n'en crois pas un mot, rétorqua-t-il en riant à son tour.

Il la déposa doucement dans l'eau et, se redressant, lui dit d'un air sévère :

— Tu ne bouges pas d'ici !

Elle se mit à rire, mais s'interrompit en le voyant se déshabiller. Sa chemise atterrit la première sur le dallage, révélant sa poitrine musclée, puis il se débarrassa de ses chaussures trempées. Quand il commença à descendre la fermeture de son pantalon, elle rougit, mais rien n'aurait pu la contraindre à détourner les yeux. Et à l'évidence, constata-t-elle avec plaisir, il était très excité… Son entreprise de séduction avait parfaitement réussi.

Il plongea dans le bassin puis l'attira contre lui, l'embrassant avec fougue.

— Ce maillot devrait être interdit par la loi, dit-il en couvrant sa gorge de baisers.

— Il ne te plaît pas ? demanda-t-elle d'un air innocent. Je peux m'en débarrasser, si tu veux.

— Oh, il me plaît tout à fait, murmura-t-il. Et il va encore plus me plaire quand je vais te l'enlever.

Elle lui échappa et plongea, s'éloignant de lui aussi vite qu'elle le pouvait. Elle remonta à la surface un peu plus loin, mais il avait disparu. Trop tard, elle l'aperçut sous elle. Il l'attrapa par les jambes et l'entraîna vers le fond du bassin. Sa bouche rejoignit la sienne et il remonta avec elle jusqu'à l'air libre. Lui nouant les bras autour du cou, elle sourit.

— Je suppose que je vais devoir me repentir d'avoir affirmé que tu n'étais vraiment pas drôle.

— Et comment !

— Je serais bien punie si tu me forçais à sortir du bassin pour m'entraîner à l'étage, dit-elle d'un air ingénu.

Il l'embrassa de nouveau, lui coupant le souffle. Glissant les mains sous l'arrondi de ses fesses, il la souleva et elle lui enlaça la taille de ses jambes.

— Tiens-toi bien, *glykia mou*, murmura-t-il. Je vais te forcer à sortir tout de suite.

Il monta les marches avec précaution et la déposa sur une des chaises longues. Elle s'aperçut qu'il avait apporté deux serviettes de bain avec lui. Il avait donc prévu dès le départ de venir la rejoindre dans l'eau !

Il lui essuya les cheveux puis le corps, s'attardant aux endroits les plus sensibles, la touchant et la caressant jusqu'à ce qu'elle soit prête à demander grâce. S'asseyant à califourchon sur la chaise longue, il s'inclina vers elle.

— Tu es tout chaud, murmura-t-elle.

— Tu as froid ? lui demanda-t-il d'une voix enrouée. Que puis-je bien faire pour te réchauffer ?

Elle l'attira encore plus près, l'enlaçant de ses bras. Glissant les doigts dans ses cheveux mouillés, elle l'embrassa avec fougue et il lui retourna son baiser. Elle sentait son sexe dur et brûlant contre son ventre, et une flamme sembla s'allumer au plus profond de son corps et l'embraser tout entière. Elle le voulait. Passionnément.

— Emmène-moi à l'étage, lui murmura-t-elle tandis qu'il traçait de ses lèvres un sillon de feu sur son cou et sur les globes de ses seins.

Un bruit de porte les fit sursauter. Chrysander jura en se redressant et en attrapant une serviette pour la couvrir. Marley se raidit en apercevant Roslyn par-dessus son épaule.

Sa surprise laissa aussitôt la place à la colère. Cette femme avait fait irruption dans leur vie privée sans même prévenir de son arrivée par téléphone !

— Que faites-vous ici ? demanda Chrysander d'un ton glacial.

— Je suis désolée de vous interrompre, dit Roslyn, manifestement tout sauf désolée.

Elle jeta un coup d'œil triomphal à Marley mais avait repris sa contenance habituelle quand elle se retourna vers Chrysander.

— Plusieurs dossiers réclamaient votre attention, et il m'a semblé préférable de vous les apporter plutôt que de me fier au téléphone ou à internet.

— Ils ont pourtant toujours rempli leur fonction, répliqua-t-il d'un ton sec. Et maintenant, je crois qu'il vaudrait mieux que vous alliez m'attendre dans mon bureau.

— Bien sûr, monsieur. Je ne voulais pas vous déranger.

Marley tremblait de tous ses membres, ayant vraiment froid à présent. Cette femme avait vraiment l'art de choisir son moment.

— Je suis désolé, dit Chrysander en l'aidant à se relever.

Il l'enveloppa d'une serviette et la serra contre lui.

— Je vais te raccompagner à l'étage pour que tu puisses passer des vêtements plus chauds. Je ne devrais pas en avoir pour très longtemps, et je reviendrai te voir dès que j'aurai fini.

Marley acquiesça de la tête, mais elle savait que le moment de grâce était passé. Chrysander n'était plus du tout d'humeur à jouer, et leur passion était retombée grâce à sa maudite assistante.

Chrysander entra dans son bureau, profondément irrité, et lança un regard glacial à Roslyn.

— Je n'apprécie pas du tout cette intrusion, lui dit-il d'un ton bref. Vous n'avez pas à venir ici sans prévenir, et sans ma permission.

Elle pâlit et accusa visiblement le coup.

— Cette île est réservée à ma vie privée, et vous n'êtes

pas autorisée à aller et venir comme vous le faites au bureau. Est-ce compris ?

— Oui, monsieur, répondit-elle d'une voix blanche.

— Bien. Qu'y avait-il donc de si important que vous ne puissiez me l'annoncer par téléphone ?

— J'ai découvert que d'autres plans avaient été volés.

— Quoi ?

Il se mit à jurer, et il lui fallut un instant pour s'apercevoir qu'il parlait en grec, alors que Roslyn ne comprenait pas un mot de cette langue.

— Quels plans ? reprit-il. Dites-moi tout depuis le début.

— Ce sont des plans anciens, que vous aviez rejetés. En fait, ce sont les premiers plans de l'hôtel de Rio. Mais il n'empêche qu'elle a dû les vendre à Marcelli avec les autres, car l'hôtel qu'il est en train de construire à Rome lui ressemble comme deux gouttes d'eau. J'ai vu moi-même leur projet il y a deux jours.

— Mes frères sont au courant ? demanda-t-il en sentant la rage le gagner.

— J'ai pensé que vous préféreriez les avertir vous-même.

Il approuva d'un signe de tête et se détourna pour regarder à l'extérieur. Chaque fois qu'il se sentait prêt à tourner la page et à oublier la trahison de Marley, cette histoire revenait le hanter.

Comment avait-elle pu avoir accès aux plans ? Certes, il n'avait rien fait pour protéger les secrets de l'entreprise quand il était à l'appartement. Autant il prenait des mesures de sécurité draconiennes au bureau, autant il avait été insouciant avec elle, n'ayant jamais imaginé qu'elle pouvait présenter un risque pour lui et pour ses frères.

Comment pouvait-il envisager de vivre avec elle s'il ne pouvait jamais lui faire confiance ? N'était-ce pas stupide de bâtir une relation temporaire avec elle, alors que tout s'écroulerait le jour où elle recouvrerait la mémoire et devrait affronter les conséquences de sa trahison ?

Pourtant, une seule image s'imposait à lui : la réaction de Marley le soir où il avait découvert les documents dans son sac. Elle avait semblé totalement bouleversée et horrifiée. Etait-il possible de feindre à ce point ?

Pour la première fois, il prit le temps de comparer la femme qu'elle avait été avant son enlèvement et celle qu'il côtoyait depuis. Il ne décelait aucune différence. La seule incohérence était sa trahison.

— Chrysander, dit Roslyn d'une voix douce.

Son visage se ferma en l'entendant utiliser son prénom. Il n'aurait pas su dire pourquoi cela le gênait de la part de quelqu'un avec qui il travaillait tous les jours depuis de nombreux mois, mais il n'avait jamais autorisé aucun de ses employés à le faire.

— Vous n'allez pas lui permettre de recommencer, n'est-ce pas ? continua-t-elle.

— Non, cela ne se reproduira pas, dit-il d'un ton sec en se retournant vers elle.

Sa colère n'était pas entièrement dirigée contre Marley. Sans qu'il sache trop pourquoi, il était vraiment irrité que Roslyn se permette de le mettre en garde contre Marley.

Son assistante eut l'air embarrassé.

— J'espère juste qu'elle ne va pas saboter ce projet-là aussi. C'est vraiment trop important.

— Je ne vois pas en quoi cela vous concerne. Je m'occuperai de Marley, dit-il si abruptement qu'elle pâlit.

— Je suis désolée. Cette entreprise et ce travail sont très importants pour moi. J'ai travaillé dur pour vous et pour le projet de Paris.

Chrysander se détendit un peu et soupira. C'était vrai qu'elle avait travaillé dur, et il pouvait comprendre qu'elle soit en colère contre Marley, même s'il estimait cette colère injustifiée. Il fut surpris par cette pensée, car cela voulait dire qu'une partie de lui n'arrivait pas à croire Marley capable d'un tel acte.

— Je comprends vos inquiétudes, Roslyn. Malgré tout, je persiste à dire que cela ne vous concerne pas. Si c'est tout ce que vous vouliez me dire, je vais appeler l'hélicoptère pour qu'il vous ramène à Corinthe.

Elle eut l'air de vouloir protester, puis y renonça.

Une demi-heure plus tard, Chrysander la raccompagnait jusqu'à l'aire d'atterrissage. Dès qu'elle fut partie, il retourna à grands pas vers la maison.

Sa colère et ses incertitudes s'évanouirent lorsque, en entrant dans la chambre, il trouva Marley assise sur le lit, enveloppée d'une simple serviette, l'air triste et distant. S'agenouillant devant elle, il lui posa la main sur la joue.

— Qu'y a-t-il, *agapi mou* ? Tu ne te sens pas bien ?

Elle sourit, sans que le sourire parvienne à réchauffer ses magnifiques yeux bleus qui pétillaient de malice un instant plus tôt. Il voulait retrouver cet éclat dans son regard, retrouver le moment de bonheur, au bord de la piscine, que Roslyn leur avait volé. Revenir en arrière, avant que son assistante lui donne les nouvelles qui risquaient de tout changer entre Marley et lui, une fois encore.

— Je suis dans une situation impossible, reconnut-elle.

Il la regarda avec perplexité, décontenancé par la tristesse, la résignation avec laquelle elle avait dit cela.

— Que veux-tu dire ? demanda-t-il doucement en lui caressant la joue.

— Je n'apprécie pas qu'elle ait carte blanche ici. C'est chez nous. Nous devrions pouvoir faire l'amour, nous amuser ensemble, sans avoir à craindre d'être surpris par une étrangère. Mais si je dis cela, si je reconnais que je ne l'aime pas et que je ne veux pas la voir ici, je donne l'impression d'être une harpie malade de jalousie. Je ne peux pas gagner !

Elle s'interrompit un instant, puis reprit en le regardant avec une intense émotion :

— J'en ai assez que tu te détournes de moi après chacun de ses passages. Elle vient ici sous un prétexte professionnel, et quand elle repart tu n'es plus le même, tu es distant. Ces dernières semaines ont été si merveilleuses que je ne supporte pas qu'elle ait débarqué ici aujourd'hui et que, déjà, tu t'éloignes de moi.

Ses yeux étaient pleins de larmes, et il en fut bouleversé, car tout ce qu'elle avait dit était vrai. Et lui qui avait cru pouvoir lui cacher les sentiments conflictuels qui l'habitaient !

Il prit la main de Marley et la porta à ses lèvres.

— Je suis désolé, *agapi mou*, que sa présence te soit aussi pénible, désolé de ne pas m'en être aperçu. Cela ne se reproduira plus. Je lui ai déjà dit qu'elle ne devait sous aucun prétexte venir ici sans avoir au moins pris la peine de téléphoner.

— Je pourrais supporter sa présence. Je ne vais pas prétendre que j'aime cette femme, mais je pourrais la tolérer. Ce que je ne supporte pas, c'est de sentir que tu t'éloignes de moi chaque fois qu'elle paraît. Comme je ne me souviens de rien, je ne peux même pas me dire que je suis ridicule et qu'il n'y a rien entre ton assistante et toi.

— Tu crois que j'ai une liaison avec elle ? demanda-t-il, stupéfait, sans pouvoir masquer la répulsion que lui inspirait cette idée.

Elle secoua la tête avec vigueur.

— Oh, je m'explique vraiment mal ! J'essaie seulement d'expliquer que, pour moi, tout cela est nouveau. Je ne me souviens pas de notre vie avant l'accident, si bien que c'est comme si je recommençais tout à zéro. Je ne peux m'empêcher de manquer de confiance en moi quand je vois qu'elle essaie de saper notre relation.

Il la serra dans ses bras, ne sachant quoi répondre. Il était probable que Roslyn voulait en effet l'éloigner de Marley, lui reprochant d'avoir volé le projet d'hôtel à Paris. Et voilà qu'un autre projet de l'entreprise Anetakis allait sortir de terre sous le nom de Marcelli. Peu importait que ce soient des plans qu'ils avaient finalement abandonnés. Marley ne pouvait le savoir à l'époque.

La situation était vraiment impossible. Il était surpris de se rappeler avec quelle colère il avait accueilli les paroles de Roslyn. Sa première réaction avait été de défendre Marley et d'interdire à son assistante de parler d'elle dans ces termes. Mais comment l'aurait-il pu, quand Roslyn avait raison ?

Tout ce qu'il savait, c'était qu'il ne voulait pas voir Marley malheureuse. C'était idiot, vu tout le mal qu'elle lui avait causé, mais il voulait chasser la tristesse de ses yeux. Et, puisqu'il ne pouvait pas changer le passé, il veillerait juste à ce que Roslyn ne remette jamais les pieds sur l'île. C'était ce que Marley désirait, et lui aussi. L'île était leur domaine préservé ; rien ne devait venir s'immiscer entre eux.

11

Chrysander mit fin à sa conversation téléphonique avec une grimace. Piers venait de lui demander de retourner à New York, et il avait accepté avec une réticence qui lui était étrangère. Il avait aussi dû révéler à ses frères qu'un autre projet avait été volé ; comme il fallait s'y attendre, ils étaient furieux contre Marley. Alors, comment réagiraient-ils lorsqu'ils apprendraient qu'il était fermement décidé à l'épouser au plus vite ?

Il n'arrivait pas à décider s'il valait mieux que Marley l'accompagne ou qu'elle reste sur l'île, où elle risquerait moins d'être confrontée au retour de ses souvenirs, et où elle échapperait à l'animosité de ses frères.

Envahi par une migraine naissante, il se massa les tempes en soupirant. C'était sans doute égoïste de sa part de souhaiter qu'elle ne recouvre jamais la mémoire. Mais il savait bien que, le jour où cela se produirait, tout serait irrévocablement changé entre eux. Or les semaines qu'ils avaient passées ensemble sur l'île avaient dissipé sa rage. En fait, il ne se souciait plus de savoir si elle avait menti et volé ; il voulait préserver ce qu'ils avaient bâti, continuer à vivre avec elle comme ils le faisaient à présent. Si elle recouvrait la mémoire, ils seraient contraints de faire face au passé. Et il la perdrait.

Cette pensée le dérangeait plus qu'elle n'aurait dû. Mais, après tout, elle était enceinte de son fils : n'était-ce pas une raison suffisante pour souhaiter éviter que leurs relations ne s'enveniment ?

Leurs moments privilégiés sur l'île l'avaient amené à se remémorer leur vie ensemble. Il s'était rendu compte qu'il ne l'avait jamais appréciée à sa juste valeur, qu'il avait considéré comme parfaitement normal qu'elle accepte de passer sa vie à l'attendre. Mais il savait à présent à quel point il avait été important pour lui de la retrouver chaque fois qu'il revenait de voyage.

Elle était drôle et insouciante, douce et aimante, tout ce qu'il souhaitait pour la mère de son enfant.

Et pourtant elle l'avait trahi. On en revenait toujours là !

— Chrysander ?

Il releva la tête et aperçut Marley à l'entrée de la pièce. Il essaya de se secouer, espérant que son expression n'était pas aussi sombre que ses pensées. L'atmosphère entre eux était plus tendue depuis la visite de Roslyn.

— Qu'y a-t-il, *glykia mou* ?

— Tout va bien ?

Elle avait manifestement perçu son humeur morose, vu comme elle hésitait à le rejoindre.

— Viens, dit-il en lui tendant la main et en l'attirant sur ses genoux. Je dois retourner à New York.

— Quand ?

— Demain matin. Un de nos contacts haut placés sera présent à une réception que nous organisons à New York. Piers et Theron avaient prévu de l'accueillir sans moi, mais il veut nous voir tous les trois, et il est trop important pour notre prochain hôtel pour que je puisse refuser.

Elle eut l'air déçu, et, oubliant ses réticences, il s'entendit lui proposer :

— Tu veux venir avec moi ?

— Je ne te gênerais pas ? répondit-elle, les yeux brillants de plaisir.

— Tu ne me gênes jamais, *agapi mou*. Je crois que ce serait une bonne idée. Nous pourrions annoncer nos projets de mariage. Mes frères voudront te rencontrer, ajouta-t-il, s'enthousiasmant peu à peu. Nous pourrions même profiter d'être à New York pour nous marier avant de revenir ici.

Plus tôt ils se marieraient et mieux ce serait, ajouta-t-il dans son for intérieur.

— Dans ce cas, je serai ravie de t'accompagner ! s'exclama-t-elle en lui nouant les bras autour du cou et en l'embrassant avec fougue.

Il n'eut pas le temps de lui retourner son baiser que déjà elle s'éloignait en annonçant :

— Il faut que j'aille faire ma valise !

— Tu as tout le temps, protesta-t-il en riant et en essayant de la retenir.

Mais elle disparut en direction de l'étage, et il resta seul, fixant la porte par laquelle elle était sortie. Il aurait dû être soulagé de savoir que bientôt ils seraient mariés, qu'elle serait irrévocablement liée à lui, et pourtant il ne parvenait pas à dissiper son inquiétude.

Le jet de Chrysander atterrit en fin d'après-midi à New York, où une limousine les attendait. Un homme à l'allure intimidante se tenait à côté.

— Theron ! s'exclama Chrysander. Je ne m'attendais pas à te trouver ici.

— N'ai-je pas le droit de venir accueillir mon frère ? répondit-il avec une esquisse de sourire.

— Theron, je te présente Marley, dit Chrysander en l'enlaçant par la taille. Marley, voici mon frère cadet, Theron.

— Je suis ravie de vous rencontrer, dit-elle en souriant.

Mais son sourire s'évanouit quand Theron se contenta de la regarder d'un air impassible, sans le moindre sourire. Instinctivement, elle se rapprocha un peu plus de Chrysander.

Theron la toisait d'un œil glacial et, quand il aperçut la bague de fiançailles qu'elle portait, il s'assombrit encore et jeta un regard noir à Chrysander.

— Je te prie d'être courtois, lui dit Chrysander à voix basse, mais Marley fut frappée par son ton cinglant.

— Enchanté, dit enfin Theron avec raideur, toute son attitude contredisant ses paroles.

Puis il tourna les talons et rejoignit une autre voiture, garée non loin de là.

Marley leva les yeux vers Chrysander, stupéfaite.

— Que lui arrive-t-il ?

— Ce n'est rien, *glykia mou*. Je suis désolé qu'il ait été si grossier. Cela ne se reproduira pas.

— Mais *pourquoi* a-t-il été grossier ? Nous sommes-nous déjà rencontrés ? Je suppose que oui, puisque c'est ton frère. L'ai-je offensé ? M'a-t-il toujours détestée ?

— Non, vous ne vous étiez pas encore rencontrés, répondit Chrysander en montant en voiture. Ne t'inquiète pas, tu n'y es pour rien, c'est juste sa manière d'être.

Sa voix était tellement changée que Marley fut sûre qu'il lui mentait. Puis le téléphone de Chrysander sonna, et il s'empressa de répondre, la laissant fulminer en silence.

Tout cela ne tenait pas debout. Pourquoi son frère l'aurait-il détestée dès leur première rencontre ? Et comment pouvait-elle n'avoir jamais fait la connaissance de la famille de son fiancé, du père de son enfant ?

Elle se laissa aller contre le dossier, poussant un soupir de frustration. Une chose était sûre, elle allait profiter de son séjour à New York pour tenter d'obtenir des réponses. Il devait bien y avoir un moyen de mettre fin à son amnésie, et elle allait le trouver. De préférence *avant* le mariage.

Mais une nouvelle épreuve l'attendait à leur arrivée à l'appartement, en la personne de Roslyn. Mon Dieu ! Etait-elle condamnée à trouver cette femme constamment chez elle ?

Roslyn adressa à Chrysander un sourire chaleureux. Bien décidée à ne pas la laisser emporter une nouvelle victoire, Marley ne s'éloigna pas pendant qu'elle lui détaillait son emploi du temps. Elle lui parlait tout bas, d'une voix charmeuse, lui touchant fréquemment le bras. Elle accueillit une de ses remarques avec un rire de gorge, tout en ignorant superbement la présence de Marley.

Cette femme avait vraiment du toupet ! songea Marley, bouillonnant de rage contenue. Si elle n'avait pas été enceinte, elle aurait été fortement tentée de la mettre dehors à coups de pied dans les fesses. Mais Chrysander serait tellement horrifié qu'il valait mieux renoncer à ce fantasme.

Roslyn sembla enfin prête à partir, et Marley se sentit

tout à coup plus légère. Mais quand les portes de l'ascenseur s'ouvrirent, un nouveau visiteur en sortit.

Elle fut à deux doigts de demander à Chrysander combien de personnes avaient ainsi accès à leur appartement, et se retint juste à temps.

— Je ne savais pas que nous avions organisé une journée portes ouvertes ! lança Chrysander.

Si, un peu plus tôt, Theron avait manifesté sa désapprobation sans beaucoup de subtilité, le nouveau venu, que Chrysander lui présenta comme son frère Piers, s'embarrassa encore moins de courtoisie, la foudroyant ouvertement du regard.

— Je peux te dire un mot, Chrysander ? lança-t-il.

— Faites comme si je n'étais pas là ! rétorqua Marley en tournant les talons et en se dirigeant vers sa chambre, ulcérée par cet accueil glacial.

Elle n'avait pas même refermé la porte qu'elle entendit les voix irritées des deux frères. Elle hésita un instant, tentée d'écouter leur conversation. Mais avait-elle vraiment envie d'entendre ce qu'ils pouvaient dire à son propos ? Avec un soupir, elle y renonça, puis elle s'assit sur le lit. Le voyage n'avait pas été fatigant, mais elle avait envie de se réfugier sous les couvertures. Elle commençait à avoir mal à la tête ; peut-être qu'une courte sieste lui permettrait de chasser les tensions ; peut-être même n'y aurait-il plus personne dans leur appartement à son réveil !

Quand elle se réveilla, elle avait changé de lit. Elle cligna des yeux, incrédule, puis comprit qu'elle était dans la chambre de Chrysander, et l'aperçut à l'autre bout de la pièce, qui la regardait.

— Je devais être plus fatiguée que je ne le croyais, dit-elle en essayant de prendre un ton léger. Je ne me suis même pas rendu compte que tu m'avais apportée ici.

— Tu dormiras dans notre chambre, dans notre lit.

— Oui, bien sûr. Je n'ai pas réfléchi. J'ai juste repris ma chambre de la dernière fois.

— Ta place est ici, déclara-t-il en se rapprochant et en s'asseyant sur le lit. Avec moi.

Elle essaya de déchiffrer son attitude. On aurait dit qu'il essayait de se convaincre lui-même, et de convaincre autrui.

— Tes frères ne m'aiment pas, dit-elle doucement.

— Mes frères n'ont pas leur mot à dire, répondit-il d'un air glacial. J'annoncerai notre mariage lors de la réception, après-demain, et nous nous marierons dans huit jours.

Et manifestement il n'y avait pas à discuter ! Chrysander Anetakis avait parlé, il n'y avait plus qu'à s'exécuter.

— Tu t'habilles ? proposa-t-il en se penchant pour l'embrasser. Je t'emmène dîner dans un bon restaurant.

— Du homard ? demanda-t-elle tout excitée, avant de s'exclamer : Du homard ! Chrysander, je me suis rappelé que le homard était mon plat favori !

— A qui le dis-tu, *glykia mou*, répondit-il avec un sourire, en l'embrassant de nouveau. Sauf que par le passé, je le faisais livrer ici, et nous le mangions au lit, dans le plus simple appareil…

Elle aurait adoré recommencer comme par le passé… Mais, puisqu'il avait envie de sortir, elle se changea rapidement et il la conduisit dans un restaurant élégant où on leur avait réservé une table tranquille, à l'écart des autres dîneurs. La lumière tamisée lui rappelait Noël, et elle songea avec nostalgie que, d'ici un mois, les rues seraient illuminées, et la plupart des boutiques et des restaurants seraient décorés de guirlandes et de houx. Elle sourit d'un air rêveur en s'imaginant le Noël qu'elle passerait avec Chrysander.

— Tu parais totalement perdue dans tes pensées, *agapi mou*. Et, vu le sourire qui illuminait ton visage, j'espère que tu pensais à moi.

Elle tourna les yeux vers lui, contemplant son visage bronzé doucement éclairé par les chandelles posées sur la table.

— Je m'imaginais passant Noël avec toi, et je me rappelais combien j'aimais les fêtes de fin d'année.

Il la fixa intensément, avec un éclat dans le regard qu'elle ne put interpréter.

— C'est la deuxième fois aujourd'hui que tu retrouves un souvenir, un goût. Ton amnésie semble se dissiper.

Il avait dit ces derniers mots d'une voix blanche, sans joie, et l'espace d'un instant elle imagina qu'il n'avait peut-être pas envie qu'elle recouvre la mémoire. Mais elle chassa aussitôt cette pensée parasite et déclara :

— Elle se dissipe bien lentement, j'en ai peur. Quelques bribes par-ci par-là, et ce sont plutôt des sensations vagues que de vrais souvenirs.

— Ça finira par venir. Sois patiente !

Elle acquiesça de la tête, et chassa la frustration qui menaçait de l'envahir. Il n'était pas question de gâcher cette soirée et le merveilleux repas qu'elle partageait avec Chrysander. Pour une fois qu'il n'y avait ni sa famille ni sa maudite assistante !

— Voudrais-tu aller faire les magasins, demain ? lui demanda-t-il, changeant brusquement de sujet. J'ai une réunion de bonne heure, mais nous pourrions déjeuner ensemble avant d'aller te choisir une tenue pour la réception d'après-demain… et une robe pour le mariage !

— Tu es sûr que tu veux que je t'accompagne à cette réception ?

— Comme j'envisage d'annoncer notre mariage, les gens se poseraient des questions si tu n'étais pas là. A moins, bien sûr, que tu n'aies pas envie de venir.

— Non, ce n'est pas ça. Je serais ravie d'y aller. C'est juste que je n'étais pas sûre…

— Parfait, c'est réglé. Je t'emmènerai faire des courses demain, après t'avoir donné un bon repas.

— A t'entendre, on pourrait croire que je suis un chat !

— Ça me plaît beaucoup, cette idée que tu sois mon petit chat, rien qu'à moi, répondit-il avec un sourire sensuel.

Marley sentit le désir l'envahir comme un raz-de-marée, et elle prit une gorgée d'eau pour essayer de combattre la vague de chaleur qui montait en elle.

— Je crois que l'idée ne te déplaît pas non plus, murmura-t-il d'une voix grave et rieuse qui la fit rougir jusqu'à la racine des cheveux.

— Je veux bien être ton petit chat ou n'importe quoi d'autre, du moment que je suis à toi, dit-elle d'une voix enrouée, en le regardant dans les yeux.

— Tu es mienne, *agapi mou*, dit-il en lui prenant la main et en entrelaçant leurs doigts.

— Alors, ramène-moi à la maison et fais-moi l'amour, répondit-elle tout bas.

12

Le lendemain matin, Chrysander se leva de bonne heure. L'embrassant sur le front, il lui promit de revenir la chercher à midi. Marley bâilla à fendre l'âme et murmura un au revoir si ensommeillé qu'il sortit de la chambre en riant doucement.

Quand elle se réveilla pour de bon, elle s'aperçut qu'il lui restait plusieurs heures avant le déjeuner. Il n'était pas question de les passer à tourner en rond dans l'appartement.

Avec tous les gardes du corps dont s'entourait Chrysander, l'un d'entre eux allait sans doute pouvoir lui servir de chauffeur. Restait à trouver un but d'excursion.

Il lui vint soudain à l'esprit que, vu l'obsession de Chrysander pour sa sécurité, elle n'était sans doute jamais sortie sans être accompagnée. Dans ce cas, l'un des gardes pourrait sûrement lui indiquer où elle aimait se rendre, avant l'accident.

Tout excitée à cette idée, elle se dépêcha de prendre une douche, et une demi-heure plus tard elle descendit dans le hall. Un homme solidement bâti, qu'elle avait entendu Chrysander appeler Stavros, se trouvait près de la porte d'entrée, et elle se dirigea vers lui.

— Bonjour, mademoiselle Jameson, dit-il avec un accent grec prononcé. Que puis-je faire pour vous ?

Elle remarqua qu'il s'était discrètement positionné devant la porte pour l'empêcher de sortir, et faillit en rire.

— Je suis sûre que Chrysander vous a dit que… que j'ai perdu la mémoire.

Il acquiesça de la tête, et son expression s'adoucit.

— Je me demandais si j'avais des gardes du corps, avant mon accident.

— J'étais moi-même chargé de vous protéger.

— Ah, quelle chance ! Vous allez sans doute pouvoir m'aider. J'aimerais aller faire un tour, mais je ne sais pas vraiment où. Je me disais que si vous me suiviez partout, vous pourriez sans doute m'emmener dans des endroits que j'aimais bien.

Il la fixa un instant, comme s'il réfléchissait à sa demande, puis sortit son portable de sa poche et composa un numéro. Il prononça quelques phrases rapides en grec, hocha la tête plusieurs fois, puis lui tendit l'appareil :

— M. Anetakis voudrait vous parler.

— Oh, ce n'est pas vrai ! Vous n'avez vraiment pas perdu de temps à rapporter mes faits et gestes, lui lança-t-elle avec un regard accusateur qui le laissa parfaitement impassible.

— Qu'as-tu encore inventé, *agapi mou* ? demanda Chrysander en riant au téléphone.

Elle poussa un petit soupir. Chaque fois qu'il l'appelait « mon amour » de sa voix chaude et caressante, elle se sentait littéralement fondre de tendresse.

— Je voulais juste aller faire un tour. Je serai de retour à temps pour notre déjeuner, je te le promets.

— Passe une bonne matinée, mais fais attention à ne pas trop te fatiguer. Si tu vois que tu risques d'être en retard, demande à Stavros de m'appeler, et je vous rejoindrai pour le déjeuner. Cela t'évitera d'avoir à retourner à l'appartement.

— Entendu, dit-elle avant de raccrocher. Il va vraiment falloir que nous parlions de votre fâcheuse tendance à cafarder ! lança-t-elle à Stavros en lui rendant son téléphone.

— Je peux vous assurer que nous avons déjà eu ce genre de conversation par le passé, mademoiselle Jameson, répondit-il, pas le moins du monde décontenancé.

Elle ne put s'empêcher de sourire et l'écouta donner quelques ordres brefs en grec. Presque aussitôt, une voiture vint se garer devant la porte d'entrée. Elle s'installa à l'arrière, et les deux hommes à l'avant.

Stavros se retourna vers elle en ouvrant la cloison de verre et lui demanda :

— Où souhaitez-vous aller, mademoiselle Jameson ?

— Je ne sais pas ! répondit-elle en riant. Pouvez-vous m'emmener dans des endroits où j'aimais me rendre ?

Il acquiesça, et ils commencèrent à parcourir les rues encombrées de New York. Leur premier arrêt fut devant un petit café, à quelques centaines de mètres de l'appartement. Stavros ne s'était manifestement pas attendu qu'elle descende, car il pinça les lèvres d'un air désapprobateur quand elle ouvrit la portière. Mais les deux hommes l'escortèrent sans rien dire à l'intérieur du café.

C'était un endroit accueillant, empli de rires et de conversations, et elle s'imagina aisément prendre place à une table, mais cela n'éveilla pas le moindre souvenir en elle.

Ils s'arrêtèrent ensuite devant un petit marché. Voyant son air surpris, Stavros lui dit :

— Vous aimiez cuisiner pour M. Anetakis, surtout s'il avait été absent pendant un long moment. Nous venions ici faire les courses, et c'était moi qui devais porter tous les sacs au retour, ajouta-t-il avec un petit sourire.

— J'étais une telle peste ? lui dit-elle pour le taquiner.

— J'avais grand plaisir à vous accompagner.

— Je n'en doute pas un instant ! Et maintenant ?

Les deux étapes suivantes furent une bibliothèque et une petite boutique d'objets d'art, des endroits agréables, mais qui ne lui évoquèrent rien. En revanche, quand la voiture s'arrêta devant un square, elle sentit une panique momentanée l'envahir.

— Quelque chose ne va pas ? lui demanda Stavros, qui était sorti de la voiture pour lui ouvrir la portière. Peut-être devrions-nous rentrer ? Il est presque l'heure de votre rendez-vous avec M. Anetakis.

— Non, un instant.

Elle voulait voir ce square, elle en avait besoin. Un déclic s'était produit dans son esprit, et elle voulait essayer de savoir pourquoi, même si ce n'était pas confortable.

Elle commença à marcher le long de l'allée, s'emmitouflant dans son manteau. Il ne faisait pas vraiment froid, le soleil brillait, mais elle se sentait frissonner au plus profond d'elle-même.

Elle s'assit sur un banc et passa les mains sur la pierre froide. Une ombre de tristesse pesait sur elle, sans raison apparente, mais elle était certaine qu'elle était déjà venue ici et qu'elle y avait ressenti de la peur, de l'incertitude.

Elle s'était à tel point repliée sur ses pensées qu'elle ne s'aperçut de la présence de Stavros que lorsqu'il lui posa la main sur l'épaule en lui demandant d'une voix inquiète :

— Vous êtes souffrante ? Vous voulez que j'appelle M. Anetakis ? Ou que je vous emmène à l'hôpital ?

— Non, non, tout va bien. C'est juste que je suis sûre d'être déjà venue ici. Je le sens.

— Vous disiez souvent que c'était votre lieu de réflexion.

— Eh bien, je devais beaucoup réfléchir ! murmura-t-elle.

— Peut-être devrais-je proposer à M. Anetakis de nous rejoindre au restaurant, lui dit-il en jetant un coup d'œil à sa montre. Le temps d'aller à l'appartement, vous pourriez déjà être à table.

Elle accepta, et il l'aida à se relever, restant à ses côtés le temps de retourner à la voiture, au lieu de marcher derrière elle comme les autres fois.

— Stavros, soyez gentil, n'inquiétez pas Chrysander. Il me renverrait sur-le-champ à l'appartement et dans mon lit.

— Il aurait peut-être raison.

— Vous êtes vraiment un rabat-joie, lui lança-t-elle en faisant la grimace. Je suis censée me choisir une robe de mariée. Je peux difficilement le faire depuis mon lit !

Stavros sembla se retenir de sourire. Un instant plus tard, il ouvrit la cloison vitrée et lui dit :

— Si M. Anetakis me pose la question, je dirai que nous avons passé une matinée tranquille en ville.

— Je savais bien que vous n'étiez pas totalement déraisonnable, rétorqua-t-elle, toute sa bonne humeur revenue.

Pendant le déjeuner, Chrysander demanda à Marley comment s'était passée sa matinée, et elle lui décrivit les différents lieux où Stavros l'avait emmenée. Mais quand elle s'intéressa à son tour à ce qu'il avait fait, il éluda ses questions. Voulant à tout prix éviter de gâcher leur après-midi ensemble, elle s'empressa de changer de sujet :

— C'est une réception chic à laquelle je dois t'accompagner ?

— Tout dépend ce que tu entends par « chic ».

— Dans ce cas, je peux y aller en jean et en tunique de grossesse ? lui répondit-elle avec un petit sourire.

— Je n'aurais aucune objection à un jean, répondit-il en riant, mais je n'ai aucune envie que quiconque, à part moi, te voie dans un pantalon aussi moulant.

— Je suis donc censée porter une robe de soirée ? demanda-t-elle en soupirant.

— Ne t'inquiète pas, *glykia mou*, je choisirai une robe qui t'ira parfaitement.

— En tout cas, pas question que je porte des talons aiguilles !

— Bien sûr que non. Je suis sûr qu'il est tout à fait déconseillé à une femme enceinte de se soumettre à pareille torture. Tu t'imagines, si tu perdais l'équilibre ?

— Je pourrais peut-être y aller pieds nus ?

— Et peut-être devrais-je envisager une bonne fois pour toutes de te garder à la maison, enfermée à double tour pour plus de sécurité, lui rétorqua-t-il en riant.

Elle finit son plat de pâtes et repoussa l'assiette à contrecœur.

— Un vrai délice ! D'ailleurs, j'ai beaucoup trop mangé.

— Tu as besoin de prendre du poids. Tu es trop mince pour le moment.

— Si je continue à manger comme ça, je ne rentrerai dans aucune des robes que tu envisages de m'acheter. Tu crois qu'il existe des robes super-chic pour femmes enceintes ?

— Fais-moi confiance, Marley. Nous te trouverons quelque chose de parfait.

— Et comment se fait-il que tu t'y connaisses autant en robes ?

— Tu ne crois tout de même pas que je vais répondre à une question aussi compromettante ? lui dit-il avec un petit sourire.

Elle eut vite la preuve qu'il était en effet très doué. Il lui trouva une robe parfaite dès le second essayage. Un modèle tout simple de soie blanche, avec de fines bretelles, dont la coupe classique mettait en valeur ses formes de future mère.

— Ça me fait paraître… très enceinte ! dit-elle en se tournant pour demander l'avis de Chrysander.

— Tu es absolument ravissante, lui murmura-t-il. Je suis sûr que toutes les femmes qui attendent un bébé aimeraient être aussi belles que toi dans cette robe.

Il avait l'air tellement sincère qu'elle dit aussitôt à la vendeuse qu'elle la prenait. Son approbation était tout ce qui comptait pour elle.

— Et pour ta robe de mariée, *agapi mou*, tu veux un modèle traditionnel ?

— Non, quelque chose de plus simple, je crois.

La vendeuse leur montra plusieurs modèles magnifiques, et Marley les essaya en observant attentivement les réactions de Chrysander. Jusqu'à ce qu'elle tombe amoureuse d'une robe dans les tons pêche, qui tombait jusqu'au sol en larges plis à partir de la taille. Elle accentuait sa silhouette de femme enceinte de telle manière qu'elle se sentit réellement belle et féminine. Et, à la façon dont Chrysander la regardait, il était certainement du même avis.

En sortant de la boutique, il l'entraîna vers une joaillerie située tout à côté, où ils choisirent une parure de diamants assortie à sa robe de mariée. Déjà étourdie par la magnificence de ces bijoux, elle ne sut absolument plus quoi dire lorsqu'il choisit ensuite un collier et des boucles d'oreille en saphir, qu'il lui suggéra de porter avec sa robe blanche à la réception.

— Ils s'accorderont à merveille à la couleur de tes yeux, *agapi mou*. Et ensuite, lui murmura-t-il à l'oreille, j'espère bien te voir les porter sans rien d'autre.

Elle rougit et s'empressa de jeter un regard alentour, pour vérifier que personne d'autre ne l'avait entendu.

— Tu me gâtes vraiment trop, Chrysander, lui dit-elle lorsqu'ils revinrent à la voiture.

— J'ai bien le droit de gâter ma petite femme, dit-il avec nonchalance.

— Je dois avouer que ça me plaît bien.

— Heureusement, car j'ai l'intention de continuer, et il serait dommage que cela ne te plaise pas.

Impulsivement, elle se rapprocha de lui sur le siège et l'embrassa sur les lèvres. Il poussa un soupir étranglé et la prit dans ses bras. Et elle se serra étroitement contre lui.

— Merci pour aujourd'hui. J'ai eu une journée merveilleuse.

— J'en suis ravi, répondit-il doucement en caressant ses cheveux.

Elle releva la tête et fit mine de s'écarter de lui, mais il ne desserra pas son étreinte.

— Suis-je une bonne cuisinière ? lui demanda-t-elle en le regardant dans les yeux.

— Pardon ?

— Stavros m'a dit que j'aimais cuisiner pour toi et que j'allais au marché faire mes courses. Je me demandais si je me débrouillais.

Une curieuse expression se peignit sur son visage et il répondit :

— C'est vrai que tu faisais la cuisine. Je n'y avais plus pensé ces derniers temps, mais tu préparais souvent le dîner les jours où je rentrais de voyage.

— Tu étais souvent absent ?

— J'en ai bien peur. J'allais souvent à l'étranger pour mes affaires. Nous restions parfois des semaines sans nous voir.

— J'ai dû mal à l'imaginer, dit-elle doucement. Nous n'avons été séparés que quelques heures ce matin, mais tu m'as manqué.

— Toi aussi, *glykia mou*, répondit-il en l'embrassant.

13

Marley se regarda d'un œil critique dans le miroir en tirant sur les plis de sa robe. Des saphirs brillaient à ses oreilles, et le collier assorti mettait en valeur son décolleté.

— Tu es très belle, *agapi mou.*

Elle se retourna et eut un petit choc en voyant Chrysander. Son habit noir sur mesure lui allait à la perfection, soulignant sa silhouette athlétique. La chemise blanche contrastait avec sa peau bronzée, ses cheveux noirs et ses yeux mordorés.

— Toi aussi, réussit-elle enfin à dire.

— Je suis très belle ? répéta-t-il en riant et en s'avançant vers elle. Je suis sûr que tu peux trouver mieux que ça.

— Magnifique ? Beau comme un dieu ? Si beau que j'ai envie de te sauter dessus et de t'arracher tous tes vêtements ?

— Voilà qui me convient tout à fait.

— Je ne plaisantais pas, murmura-t-elle.

— Tu es prête ? La voiture nous attend.

Elle prit une grande inspiration et regarda sa bague de fiançailles pour se donner du courage :

— Aussi prête que je le serai jamais.

Il la prit par la main et l'attira contre lui.

— Ce ne sera pas si terrible. Je serai avec toi toute la soirée.

Elle se mit sur la pointe des pieds pour l'embrasser.

— Je manque totalement de courage, je le sais bien.

Il explora lentement ses lèvres, avec une telle sensualité qu'elle frissonna, se sentant privée de toute force. Quand ils se séparèrent, elle vit qu'il était aussi troublé qu'elle.

— Je crois que nous devrions partir, dit-il d'une voix rauque, ou bien nous n'irons nulle part avant demain matin.

Quelques minutes plus tard, quand ils approchèrent de l'hôtel, Marley aperçut plusieurs limousines qui attendaient de déposer leurs passagers devant l'entrée. Le luxe et l'élégance des personnes qui descendaient de voiture et pénétraient dans l'hôtel lui donnèrent soudain le sentiment de n'être absolument pas prête pour cette réception.

Mais elle n'avait plus le choix.

Ils s'arrêtèrent enfin à leur tour, et Chrysander vint l'aider à sortir. Il lui offrit le bras, et ils se dirigèrent vers le hall illuminé. En entrant dans l'immense salle de bal, Marley se sentit plus impressionnée que jamais. Un orchestre de jazz, installé sur une estrade, jouait en sourdine, et des serveurs circulaient entre les invités, offrant du vin, du champagne et des petits-fours.

Chrysander murmura quelques mots à un serveur en prenant un verre de vin sur un plateau, et l'homme revint bientôt avec un verre d'eau minérale pour Marley.

Parcourant la salle du regard, elle gémit intérieurement en apercevant Theron et Piers, puis Roslyn. Elle avait toujours su qu'ils seraient présents, mais elle avait espéré les éviter aussi longtemps que possible. Eh bien, ce ne serait pas le cas ! se dit-elle en voyant Theron s'approcher d'eux.

Elle pensa s'échapper en prétextant le besoin d'aller aux toilettes, mais Chrysander la tenait fermement par le bras, comme s'il avait deviné son intention.

— Chrysander, dit Theron en guise de salutation.

Marley se figea, ne sachant à quoi s'attendre, mais Theron tourna brièvement les yeux vers elle et la salua d'une simple inclination de la tête. C'était loin d'être chaleureux, mais au moins s'était-il abstenu de l'ignorer totalement.

Ils échangèrent quelques propos sans importance, puis Theron suggéra à Chrysander de rejoindre Piers et un vieil homme distingué qui se tenait à ses côtés. Elle aurait voulu le laisser aller seul, mais Chrysander lui prit le bras, et elle s'avança avec lui, redoutant ce qui allait suivre.

Piers fronça les sourcils en la voyant au côté de Chrysander.

Le vieil homme et sa femme leur adressèrent un large sourire et saluèrent Chrysander poliment.

— Senhor et senhora Vasquez, dit Chrysander, permettez-moi de vous présenter Marley Jameson. Marley, je te présente le senhor et la senhora Vasquez, venus du Brésil pour affaires.

Marley leur sourit et échangea quelques mots polis avec eux, tout en commençant à se détendre. Piers et Theron ne lui manifestaient que de l'indifférence ; si les choses en restaient là, elle arriverait sans doute à survivre à la soirée.

Soudain, Chrysander la prit par la main et se tourna vers le reste du groupe, une expression tendue sur le visage.

— Marley a accepté de devenir ma femme, et nous pensons profiter de notre séjour à New York pour célébrer le mariage. Nous serions très honorés si vous acceptiez tous d'être présents.

Roslyn, qui se trouvait derrière Chrysander, étouffa un cri de stupéfaction. Elle reprit rapidement contenance, mais le mal était fait, songea Marley. Comment se pouvait-il que l'annonce de leur mariage ait pu la surprendre à ce point ? Mais ce mystère n'était rien par rapport à la réaction des frères de Chrysander. Piers et Theron semblaient eux aussi choqués et la dévisageaient avec une franche hostilité malgré le regard impérieux que leur jetait Chrysander. Décontenancée, blessée, elle se mit à trembler contre Chrysander, et il resserra son étreinte, comme s'il comprenait son envie de fuir.

Comment pouvaient-ils tous être surpris par cette nouvelle ? Chrysander et elle étaient déjà fiancés au moment de l'accident, et pourtant ils se conduisaient tous comme si la situation était nouvelle. Et désagréable.

Les Vasquez, et quelques personnes qui avaient entendu l'annonce de Chrysander, leur adressèrent les compliments d'usage, puis la conversation se fit plus mondaine. Marley restait silencieuse, n'entendant plus rien des échanges. Si seulement elle pouvait s'enfuir loin d'ici ! Mais Chrysander la serrait contre lui, la retenant à ses côtés.

La soirée s'écoula lentement. Régulièrement, des invités venaient les féliciter de leur prochain mariage, et bientôt toute la salle sembla être au courant. Marley n'en pouvait plus de sourire, et Chrysander dut finir par s'apercevoir de sa tension car il l'entraîna vers la piste de danse alors que l'orchestre entamait un air de jazz lent et mélodieux.

Elle poussa un profond soupir en s'abandonnant entre ses bras.

— Merci. J'en avais vraiment besoin.

Il lui sourit et se pencha vers elle pour lui poser un baiser au coin des lèvres.

— Tu es la plus belle femme de toute la salle. Tous les hommes te regardent en ayant ouvertement envie de t'entraîner dans leur lit, et si je m'écoutais je les réduirais tous en charpie sur place.

— Bravo pour ce numéro du parfait macho ! lui dit-elle avec un petit sourire, mais je préférerais vraiment que tu me ramènes à la maison et que tu trouves une autre manière d'exprimer ton arrogance masculine.

— Ne me tente pas !

— J'étais parfaitement sérieuse…

— J'aimerais vraiment te prendre au mot, mais je crains d'être coincé ici jusqu'à la fin. Si tu en as assez, je peux demander à Stavros de te raccompagner à l'appartement.

Comme si elle allait le laisser ici avec Roslyn !

Toute la soirée, les frères de Chrysander et son assistante s'obstinèrent à la traiter en pestiférée, mais la plupart des autres invités se montrèrent particulièrement aimables avec elle et firent en sorte de l'inclure dans leurs conversations, si bien qu'elle finit par prendre un peu de plaisir à cette réception.

Il se faisait tard quand Chrysander se pencha vers elle et lui murmura :

— Il faut que je parle à mes frères. Cela ne te dérange pas si je t'abandonne quelques instants ?

— Bien sûr que non, lui répondit-elle en souriant. De toute façon, il faut que j'aille aux toilettes. Va les rejoindre.

Il l'embrassa puis se dirigea vers eux. Marley prit son temps dans le salon réservé aux femmes. Elle avait besoin d'un répit, après toutes ces conversations et tous ces regards meurtriers que lui avaient adressés les Anetakis.

— Tu ne peux pas passer le reste de la soirée à te cacher ici, finit-elle par murmurer.

Se redressant, elle se dirigea vers la salle de bal. En passant devant un salon de réunion dont la porte était entrouverte, elle reconnut la voix de Chrysander. Elle hésitait à continuer quand elle entendit Piers lancer avec colère :

— Bon sang, Chrysander, quel besoin as-tu de l'épouser ? Installe-la quelque part jusqu'à la naissance de l'enfant, et qu'on n'en parle plus. Tu ne vas tout de même pas te lier à elle et lui donner accès à tout ce que tu possèdes !

— Elle est enceinte de mon fils, répondit Chrysander d'une voix glaciale. J'ai choisi de l'épouser, et cela ne regarde personne d'autre que moi.

Elle s'approcha de la porte, sans se soucier d'être vue. De quel droit Piers parlait-il à Chrysander sur ce ton ?

— Vous ne pouvez pas vouloir sérieusement l'épouser ! cria Roslyn d'une voix perçante. Avez-vous oublié qu'elle a essayé de vous ruiner en volant les projets de l'entreprise ? Il suffit pourtant de regarder les hôtels qui se construisent à Paris et à Rome. Vos hôtels, Chrysander. Malheureusement, ils portent le nom de votre concurrent.

Marley eut l'impression qu'un essaim d'abeilles s'abattait sur elle, la martyrisant de leurs aiguillons. Mille et une questions se bousculaient dans sa tête, et soudain ce fut comme si une porte cédait, la porte qui lui défendait l'accès à ses souvenirs, et le flot du passé se déversa sur elle comme un raz-de-marée.

Elle s'agrippa de toutes ses forces au chambranle, au bord de l'évanouissement. Son passé lui revint d'un coup, comme dans un film en accéléré. Elle revit Chrysander, furieux, qui l'accusait d'avoir volé des plans, qui lui ordonnait de sortir de son appartement et de sa vie. Elle éprouva de nouveau la panique de l'enlèvement, puis revécut les longs mois passés à attendre que Chrysander réponde aux demandes de rançon. Demandes qu'il avait systématiquement ignorées, indifférent à son désespoir et à sa terreur.

Il l'avait abandonnée. Jetée comme un objet sans importance.

Il avait refusé de payer un demi-million de dollars pour sa libération, une somme dérisoire pour quelqu'un d'aussi fortuné.

Tout n'avait été que mensonges. Il n'avait cessé de lui mentir depuis qu'elle s'était réveillée à l'hôpital. Il ne l'aimait pas et ne désirait pas vivre avec elle. Il la méprisait !

Pour lui, elle ne valait même pas cinq cent mille dollars !

Une douleur insupportable lui traversa la poitrine, et elle eut l'impression de se briser en mille éclats.

Il n'avait rien fait pour essayer de la sauver.

Un cri de douleur lui échappa et résonna dans la pièce. Tous les occupants se tournèrent vers elle. Theron grimaça, et Piers sembla soudain embarrassé. Puis elle croisa le regard de Chrysander et lut la vérité dans ses yeux.

Il s'avança vers elle, et elle recula en trébuchant. Elle n'en pouvait plus ! Les larmes lui brouillaient la vue, mais l'image du visage hagard de Chrysander la poursuivait, et elle s'enfuit en direction du hall. Elle l'entendit qui prononçait son nom, mais elle continua à courir. Les sanglots l'empêchaient de respirer. Elle trébucha de nouveau puis se rattrapa, n'ayant qu'une idée en tête : échapper à Chrysander.

Elle avait presque atteint la porte lorsque Stavros sortit d'un renfoncement et la saisit à bras-le-corps. Elle se débattit de toutes ses forces, ne songeant qu'à partir loin, le plus loin possible, et elle finit par lui échapper. Mais elle perdit l'équilibre et s'écroula sur le sol. Stavros s'agenouilla auprès d'elle, lui demandant si elle s'était blessée, et elle comprit qu'elle était prise au piège.

La douleur tournoya dans son corps, ne lui laissant aucun répit. Elle ferma les yeux en sentant les mains de Chrysander glisser sur son corps tandis qu'il lui demandait avec anxiété si elle avait mal quelque part, mais elle était incapable de lui répondre. Elle se recroquevilla sur elle-même, indifférente au fait qu'elle se trouvait dans le hall d'un hôtel.

Chrysander la souleva dans ses bras, répétant son nom encore et encore. Il jurait d'une voix enrouée, puis il ordonna à quelqu'un d'appeler un médecin. Quelques minutes plus tard, il la portait entre ses bras dans une chambre d'hôtel vide.

Dès qu'il la posa sur le lit, elle se recroquevilla de nouveau en position fœtale. Elle frémit lorsqu'il lui posa la main sur le bras avec sollicitude :

— Je t'en prie, arrête de pleurer, *agapi mou*. Tu vas te faire du mal.

Elle avait déjà mal. Mal au plus profond d'elle-même. Alors qu'est-ce que cela pouvait bien changer ? Elle ferma les yeux, mais des larmes brûlantes continuaient à sillonner son visage, malgré les efforts de Chrysander pour les essuyer.

Elle aurait voulu s'échapper. Gagner un lieu où elle n'aurait pas tant souffert. Comme au travers d'un épais brouillard, elle entendit Chrysander parler avec un médecin. Quelques instants plus tard, elle sentit la piqûre d'une seringue, mais elle ne réagit pas. Plus rien ne comptait. Bientôt, une torpeur l'envahit, et la douleur diminua. Ses pensées se firent confuses tandis que le sommeil la gagnait. L'oubli. Elle l'accueillit avec reconnaissance et s'en enveloppa pour fuir vers un lieu où il n'y avait plus ni douleur ni trahison.

Chrysander arpentait la chambre de long en large. Marley était devenue comme folle de douleur, et le médecin avait jugé préférable d'intervenir tout de suite, pour éviter qu'elle ne souffre encore plus. Quand il se redressa, il regarda Chrysander d'un air sombre.

— Est-elle blessée ? demanda Chrysander avec frayeur. Et le bébé ?

Le médecin l'attira à l'autre bout de la pièce pour ne pas déranger Marley.

— Ses blessures ne sont pas physiques. Si c'était le cas, je pourrais sans doute y faire quelque chose. Ses souffrances sont psychologiques. Si elle vient de recouvrer la mémoire, comme vous me l'avez expliqué, c'est cela qui lui cause une souffrance insupportable.

— Que peut-on faire ? demanda Chrysander avec impatience. On ne peut pas la laisser comme cela.

Il ne pouvait supporter de la voir pâle comme un linge, les yeux habités par une douleur sans nom.

— Vous devriez rentrer chez vous pour qu'elle retrouve un environnement plus familier. Elle a besoin d'un médecin : pas pour sa santé physique ; quelqu'un qui puisse l'aider psychologiquement.

— Un psychothérapeute ?

— C'est un moment délicat, lui dit le médecin en le regardant dans les yeux. Elle est extrêmement fragile, et la fin de son amnésie pourrait provoquer une grave dépression.

Son expression s'adoucit et il posa sa main sur l'épaule de Chrysander.

— La situation est difficile, mais c'est sans doute pour le mieux. C'est une bonne chose que la mémoire lui revienne, même si c'est manifestement très douloureux.

Chrysander n'en était pas si sûr. A présent qu'elle avait recouvré la mémoire, elle savait aussi qu'il l'avait chassée de son appartement et pratiquement livrée à ses ravisseurs. Elle allait se rappeler les paroles cruelles qu'il lui avait adressées, et se rappeler la responsabilité qu'elle avait dans cette affaire désastreuse.

Il se passa la main dans les cheveux. Il aurait donné tout l'or du monde pour qu'elle ne recouvre jamais la mémoire… Puis il revit son visage, la douleur dans ses yeux. Il n'avait lu aucun sentiment de culpabilité ou de honte sur son visage ; n'était-ce pas paradoxal, de la part de quelqu'un qui lui avait volé ces documents ? Tout ce qu'il avait vu, c'était une détresse infinie qui lui avait fait l'effet d'un coup de poignard en plein cœur.

Un sentiment de malaise s'empara de lui. Il était soudain certain que les choses les plus déplaisantes parmi les souvenirs enfouis dans la mémoire de Marley le concerneraient, lui.

14

Marley n'eut que vaguement conscience de ce qui se passait autour d'elle. Après sa première plongée dans l'oubli du sommeil, elle sentit qu'on la portait dans une voiture. Elle entendit la voix inquiète de Chrysander qui s'adressait à elle tout bas, mais elle se renferma dans la bulle qui la protégeait du monde extérieur.

Lorsqu'elle se réveilla de nouveau, elle mit un instant à comprendre où elle était, puis elle reconnut la chambre et le lit, et une angoisse insupportable l'envahit aussitôt.

Il ne pouvait pas avoir eu la cruauté de la ramener dans cet appartement où ils avaient vécu ensemble et d'où il l'avait brutalement chassée !

Elle s'attendait à une nouvelle crise de larmes, mais tout ce qu'elle ressentit fut un curieux détachement, un sentiment de vide associé au besoin de fuir.

Elle s'assit et s'aperçut que Chrysander dormait dans un fauteuil près de la fenêtre, affaissé contre l'accoudoir, les vêtements fripés, le visage assombri par une barbe naissante.

Une fois encore, elle fut surprise de ne ressentir ni colère ni furie ; elle était comme anesthésiée, incapable de penser à autre chose qu'à partir au plus vite.

Elle se leva, songea un instant qu'elle ferait mieux de se changer, mais elle ne voulait surtout pas réveiller Chrysander. Non, le plus urgent était de disparaître. Elle ne pourrait jamais croiser son regard, sachant qu'il avait porté des accusations aussi horribles contre elle et l'avait laissée à la merci des ravisseurs.

Son pouce effleura sa bague de fiançailles, et elle l'ôta

vivement. Elle était froide au creux de sa main. Sans faire de bruit, elle la posa sur la table de chevet puis sortit de la pièce.

Pieds nus, elle traversa l'appartement et gagna l'ascenseur. Elle crut qu'elle allait s'effondrer en revivant cette nuit où elle avait pris ce même ascenseur alors que son univers s'écroulait autour d'elle. Les accusations de Chrysander résonnaient encore en elle. Comment avait-il pu la croire capable d'une chose pareille ? Cette question tournoyait sans fin dans sa tête, et elle aurait voulu pouvoir lui hurler de s'arrêter.

Arrivée au rez-de-chaussée, elle songea soudain que les gardes du corps de Chrysander devaient surveiller la porte d'entrée et que le portier ne la laisserait jamais sortir dans la tenue où elle était.

Elle se dirigea vivement vers la porte de derrière, mais s'aperçut à temps qu'elle était gardée elle aussi. Alors, mue par une espèce d'énergie du désespoir, elle se glissa dans le couloir des locaux techniques, rejoignit l'entrée de service et déboucha dehors aux premières lueurs du jour.

Chrysander se réveilla avec un épouvantable torticolis et essaya de trouver une position plus confortable. Il avait eu l'intention de passer la nuit avec Marley au creux de ses bras, mais elle avait réagi avec une telle violence chaque fois qu'il avait essayé de la toucher qu'il avait dû renoncer et s'était réfugié dans le fauteuil.

Il avait suivi le conseil du médecin et téléphoné à une psychothérapeute dès son retour à l'appartement. Elle devait venir dans la matinée, et Chrysander espérait juste que Marley accepterait de lui parler.

Il ouvrit les yeux ; apercevant le lit vide, il se leva d'un bond et avait déjà atteint la porte quand il remarqua sa bague de fiançailles sur la table de chevet. Un sentiment de panique l'envahit. Il parcourut tout l'appartement à sa recherche. Elle avait disparu.

Il se précipita dans l'ascenseur en composant un numéro sur son portable. Dès que les portes s'ouvrirent dans le hall, il bondit au-dehors et faillit percuter Stavros. L'empoignant brusquement, il lui demanda :

— Où est-elle ?

— Nous ne l'avons pas vue, monsieur. Nous la croyions avec vous, personne ne l'a vue.

Chrysander le repoussa en jurant violemment :

— Elle est partie. Appelez vos hommes ! Je veux que vous la retrouviez immédiatement.

Par acquit de conscience, il alla interroger le portier, qui semblait aussi stupéfait que le garde du corps.

Théé ! Où pouvait-elle bien être ? Elle n'était vraiment pas en état de circuler dans New York, et les gens qui l'avaient enlevée étaient toujours en liberté.

Il s'apprêtait à sortir à sa recherche quand Theron passa la porte d'entrée.

— Chrysander ! Je voulais monter te voir. Comment va Marley ?

— Elle a disparu.

— Disparu ? Mais comment ?

— Je ne sais pas, dit-il avec un geste d'impuissance. Elle est partie, et je dois la retrouver.

— Nous allons la trouver, Chrysander, fit Theron en lui posant la main sur l'épaule.

Chrysander prit une longue inspiration et prononça les mots qui lui brûlaient les lèvres depuis un moment déjà :

— Il y a quelque chose que je ne comprends pas dans toute cette histoire, Theron. Quand elle a recouvré la mémoire, je n'ai lu aucune culpabilité sur son visage. C'était comme si elle avait reçu un coup terrible, comme si c'était elle qui avait été trahie.

Marley frissonna en s'asseyant sur le banc de pierre et serra les bras sur sa poitrine pour essayer de contenir ses tremblements. Elle savait désormais ce qui l'avait attirée ici. C'était vraiment son lieu de réflexion. Quelques heures avant ce dernier soir, elle était venue ici, craignant la réaction de Chrysander quand elle lui apprendrait sa grossesse. Elle avait eu raison d'être inquiète. Il ne lui faisait pas confiance. Il ne l'aimait pas. Et il s'était totalement désintéressé de son sort lorsqu'elle avait été enlevée.

Elle refusa de se laisser envahir par les souvenirs. C'était trop douloureux. Au moins savait-elle maintenant pourquoi elle avait choisi d'oublier. Toutes ces semaines passées la peur au ventre, tandis que ses ravisseurs attendaient que Chrysander paie la rançon demandée, n'étaient rien comparées à la douleur qu'elle avait ressentie en comprenant que Chrysander l'avait abandonnée.

Comment pouvait-on avoir le cœur aussi sec ? N'aurait-il pas été prêt à payer pour libérer qui que ce soit d'autre, même un parfait inconnu ? Elle n'avait jamais imaginé qu'il pouvait être à ce point insensible. Mais il l'avait mise dehors sans lui accorder la moindre pensée. Elle était sa maîtresse, une femme qui lui permettait d'assouvir ses pulsions sexuelles, rien d'autre. Elle devait être folle pour tomber amoureuse d'un homme pareil, et deux fois de suite encore !

Elle gémit et ferma les yeux, sentant une douleur insoutenable l'envahir. Jamais elle n'avait eu aussi mal, jamais elle n'avait été aussi perdue.

Elle posa les mains sur son ventre, et les larmes qu'elle avait cru taries jaillirent de nouveau.

Comment avait-il pu être aussi hypocrite ? Il devait bien savoir qu'elle finirait par recouvrer la mémoire, et pourtant il avait passé des semaines à tout faire pour qu'elle retombe amoureuse de lui. Il avait prétendu éprouver de l'affection, de la passion pour elle. Pourquoi, pourquoi un jeu aussi méprisable ?

Etait-ce un stratagème pour la punir ? Pour la faire souffrir, comme si elle n'avait pas déjà assez souffert ? Elle n'avait jamais imaginé que Chrysander pouvait être aussi cruel. Mais elle ne savait rien de l'homme à qui elle s'était donnée !

Elle resta un long moment à se balancer d'avant en arrière, les bras noués sur le ventre comme pour protéger son enfant. Le vent forcit et elle frissonna, sans même s'en rendre compte.

— Marley ? dit une voix circonspecte.

Elle releva les yeux. Theron se tenait à quelques pas et la

regardait avec inquiétude. Rien d'étonnant à ce qu'il ait été aussi hostile à ce que Chrysander l'épouse, s'il la prenait pour une voleuse !

Elle baissa la tête, résolue à lui cacher ses larmes.

Il s'accroupit devant elle et lui posa la main sur le bras.

— Je vais te ramener, *glykia mou*. Tu ne peux pas rester ici, c'est trop dangereux.

Elle tressaillit en l'entendant prononcer les mots tendres que Chrysander aimait utiliser. Elle ne voulait plus jamais les entendre. Elle secoua la tête et retira son bras, comme pour se protéger.

Il aperçut ses pieds nus et étouffa un juron.

— Tu ne peux pas rester ici pieds nus, il fait beaucoup trop froid. Laisse-moi te ramener à l'appartement.

— Non ! dit-elle violemment. Je ne veux pas y retourner.

Elle se glissa vers l'autre extrémité du banc, et il avança la main pour l'empêcher de fuir.

— Marley, pense à ton bébé. Laisse-moi te ramener. Tu es gelée.

— Je ne veux pas retourner à l'appartement, dit-elle avec désespoir en se levant, prête à fuir.

— Je ne peux pas te laisser partir. Tu es trop malheureuse, et tu vas attraper la mort.

— Qu'est-ce que cela peut bien te faire ? Je suis une voleuse, l'aurais-tu oublié ? Je suis juste une fille de joie qui a pris ton frère au piège et a essayé de vous ruiner, lança-t-elle avec amertume.

— Si je promets de ne pas te ramener à l'appartement, proposa Theron avec douceur, acceptes-tu de venir avec moi ? Je ne peux pas te laisser ici, Marley.

Elle vacilla, et il la rattrapa au moment où ses genoux se dérobaient sous elle. La prenant dans ses bras, il se dirigea vers la sortie du square.

— Laisse-moi tranquille, protesta-t-elle.

— Ce n'est pas possible, petite sœur.

— Je suis juste la putain de ton frère ! dit-elle avec désespoir.

— *Théé !* Ne dis plus jamais une chose pareille !

— C'est pourtant vrai, murmura-t-elle sans pouvoir contrôler ses larmes plus longtemps.

Elle ferma les yeux, renonçant à lutter. C'était tellement plus facile de fuir une réalité à laquelle elle voulait échapper. Elle se maudit d'avoir recouvré la mémoire. Cela l'avait totalement détruite.

15

Chrysander entra au pas de charge à l'Imperial Park Hotel, renvoyant les employés qui accouraient pour le saluer. Quelques instants plus tard, il pénétrait dans la suite luxueuse habituellement réservée aux hôtes de marque. Theron était dans le salon, et Chrysander lui jeta un regard noir.

— Pourquoi ne l'as-tu pas ramenée à l'appartement ?

— Elle était prête à fuir quand j'ai parlé de le faire. J'ai dû lui promettre de l'emmener ailleurs.

Chrysander poussa un juron et ferma les yeux, se passant la main sur le visage d'un geste las.

— Elle est à deux doigts de la dépression, dit Theron à voix basse. Demande à la thérapeute de venir la voir ici. Peut-être pourra-t-elle l'aider.

— Tu sembles inquiet pour elle, dit Chrysander en lui jetant un regard surpris.

— Elle est enceinte de mon neveu. Et j'ai été frappé, moi aussi, de voir qu'elle ne semble éprouver aucune culpabilité. Toute son attitude donne à penser qu'elle a été blessée jusqu'au plus profond du cœur. Cela m'a fait mal de la voir comme ça. Je n'avais soudain qu'une envie, c'était de la protéger contre ce qui la faisait souffrir.

— Où est-elle à présent ?

— Elle dort. Elle s'est endormie pendant le trajet et n'a pas ouvert les yeux quand je l'ai portée jusqu'ici.

Chrysander se dirigea vers la chambre et s'approcha du lit pour la contempler. Elle dormait, et pourtant son visage crispé exprimait un profond désespoir.

Il avança la main avec hésitation et lui effleura la joue,

remettant en place une mèche derrière son oreille. Elle ne sembla pas en avoir conscience. Ses boucles brunes encadraient son visage, pâle comme un linge. Ses yeux étaient cernés et rougis par les pleurs. Il sentit sa gorge se nouer douloureusement devant cette profonde détresse.

En retournant dans le salon, il appela la thérapeute et lui demanda de venir à l'hôtel. Puis il se tourna vers Theron :

— Où l'as-tu trouvée ?

— Dans un square, à quelques centaines de mètres de l'appartement. Elle était pieds nus, sans même un pull ou un manteau ! Elle semblait totalement perdue, totalement inconsciente de ce qui l'entourait.

— C'est comme ça depuis qu'elle a recouvré la mémoire, dit Chrysander en jurant. Mais je n'ai pas la moindre idée de ce que je peux faire pour elle, reconnut-il avec un sentiment d'impuissance comme il n'en avait jamais éprouvé.

— La crois-tu toujours coupable ?

— Je ne sais pas. Parfois, je me dis que ça n'a plus d'importance, avoua-t-il en s'attendant à lire des reproches dans les yeux de Theron.

Mais son frère lui jeta un regard compréhensif.

— Quand je l'ai vue sur ce banc, franchement, ça n'avait plus d'importance pour moi non plus.

La thérapeute arriva quelques minutes plus tard, et Chrysander lui expliqua ce qui s'était passé depuis leur retour à New York. Il n'aimait guère déballer ainsi sa vie privée, mais il voulait que cette femme ait tous les éléments nécessaires pour venir en aide à Marley. Il ne lui cacha donc rien, depuis la découverte des documents jusqu'au présent.

La thérapeute s'abstint de tout commentaire et demanda juste à voir Marley.

— Elle se repose, lui expliqua-t-il, mais vous pouvez aller dans sa chambre et attendre qu'elle se réveille. Je ne voudrais pas qu'elle s'angoisse et qu'elle essaie de fuir.

Quand ils entrèrent dans la chambre, Marley s'agita légèrement, et Chrysander fit aussitôt un pas vers elle, mais la thérapeute l'arrêta d'un geste.

— Laissez-moi lui parler, dit-elle doucement.

Il hésita un instant, puis finit par accepter d'un signe de tête, se contentant de sortir de la chambre et de laisser la porte entrebâillée de façon à pouvoir entendre.

Il y eut un long silence, puis un murmure de voix lui parvint. La thérapeute fut tout d'abord la seule à parler, cherchant manifestement à apaiser Marley. Puis il entendit la voix tremblante de Marley, et il tendit l'oreille.

— Je suis allée voir le médecin le jour où Chrysander est revenu de l'étranger. Quand il m'a appris que j'étais enceinte, j'ai été bouleversée. Je ne savais pas du tout comment Chrysander allait réagir. Je voulais lui demander comment il concevait notre relation… ce qu'il ressentait pour moi.

— Et alors ? demanda la thérapeute d'un ton encourageant.

Il comprenait à présent les questions de Marley ce soir-là, et il se sentit honteux en l'entendant continuer.

— Il m'a dit qu'il n'y avait pas de relation entre nous, que j'étais sa maîtresse. Une femme qu'il payait pour avoir des relations sexuelles avec lui, dit-elle d'une voix sans timbre.

Il aurait voulu protester, lui dire qu'il ne l'avait jamais considérée comme une prostituée.

— Ensuite, il m'a accusée de…

Elle ne put continuer et se mit à sangloter.

— Prenez votre temps, Marley, dit la thérapeute d'une voix apaisante.

— Il a dit que je lui avais volé les plans d'un de ses hôtels pour les vendre à son concurrent. Et il m'a chassée.

— Et les aviez-vous volés ?

— Vous êtes la première personne à prendre la peine de me poser la question, dit Marley d'une voix éteinte.

Chrysander eut l'impression qu'elle l'avait giflé. Elle avait raison. Il n'avait posé aucune question. Il l'avait jugée et condamnée sans l'entendre.

— J'étais complètement abasourdie et n'avais jamais vu ces documents. Je ne sais pas comment il a pu me croire capable d'une chose pareille.

Les larmes qu'elle refoulait lui firent plus de mal qu'un poignard en plein cœur. Qu'avait-il fait ?

— Ensuite…

Ses larmes l'empêchèrent de poursuivre.

Il y eut un long silence, et il entendit la thérapeute essayer de réconforter Marley.

— Que s'est-il passé ensuite, Marley ?

— J'ai quitté l'appartement, mais je voulais retourner le voir le lendemain, quand il aurait eu le temps de se calmer, pour essayer de lui faire entendre raison, et pour lui dire que j'étais enceinte. Je me disais que s'il voulait bien m'écouter, j'arriverais à le convaincre qu'il se trompait sur mon compte.

— Et que s'est-il passé ?

Chrysander se pencha pour mieux entendre, craignant ce qui allait suivre.

— Un homme m'a jeté un sac sur la tête et m'a forcée à monter dans une voiture. Il m'a emmenée à l'autre bout de la ville et m'a dit qu'une rançon serait exigée pour ma libération. J'étais terrifiée. J'avais tellement peur qu'il nous fasse du mal, à mon bébé ou à moi.

Chrysander serra les poings, essayant de contenir sa rage.

— Ils ont envoyé deux demandes de rançon, murmura-t-elle. Et par deux fois il a refusé de payer. Il m'a abandonnée. Mon Dieu, il m'a abandonnée aux mains de ces hommes. Je ne valais même pas cinq cent mille dollars à ses yeux !

Elle éclata en sanglots déchirants et Chrysander sentit son cœur se briser. Sainte Vierge ! Il n'avait jamais reçu la moindre demande de rançon. Jamais ! Il s'éloigna de la porte et s'appuya à la cloison, serrant les poings, mû par une rage impuissante. Il s'aperçut que ses joues étaient mouillées mais ne fit pas un geste pour sécher ses larmes.

Quelques instants plus tard, la thérapeute sortit en silence de la chambre. Il s'attendait qu'elle le regarde avec reproche, mais ce fut plutôt de la commisération qu'il lut dans ses yeux.

— Je lui ai donné un calmant. Elle était presque hystérique. Il lui faut avant tout du repos. La réalité qu'elle doit affronter est très douloureuse, c'est pourquoi elle se referme sur elle-même. C'est le même processus de préservation qui a entraîné son amnésie. A présent que ce mécanisme de défense a disparu, elle essaie de trouver un autre moyen de se protéger. Montrez-vous compréhensif, et donnez-lui du temps. N'hésitez pas à m'appeler, ajouta-t-elle en se dirigeant vers la sortie. Je viendrai immédiatement.

— Merci, répondit-il d'une voix enrouée.

Après son départ, il retourna dans le salon et se laissa tomber sur un canapé.

— Grand Dieu ! dit-il d'une voix lasse.

— J'ai entendu, lui dit Theron avec sympathie.

— Elle n'a jamais rien volé. *Théé*, je n'ai jamais reçu de demande de rançon ! Elle croit… elle croit que je l'ai abandonnée à ces salopards, que je n'ai pas voulu payer un demi-million de dollars pour sa libération.

— Nous devrons mener une enquête, lui dit Theron en lui posant la main sur l'épaule.

Chrysander acquiesça d'un signe de tête. Il repensait au soir où tout avait commencé, et il se força à repasser toute la scène dans son esprit. Quand il eut tout à coup la révélation de ce qui s'était passé, il se maudit de n'avoir jamais pris le temps d'y réfléchir. C'était pourtant tellement évident ! Mais il avait été trop en colère et trop meurtri par ce qu'il avait perçu comme une trahison de la part de Marley.

— Roslyn, dit-il d'une voix blanche.

— Ton assistante ?

— Elle était là. Juste avant que je trouve les documents dans le sac de Marley. Ce doit être elle qui les y a mis.

Puis il repensa aux demandes de rançon, et il pâlit en comprenant ce qui s'était produit. Toute demande de rançon aurait été envoyée à son bureau. L'adresse de ses résidences personnelles était tenue secrète. Si demandes de rançon il y avait eu, elles avaient donc été interceptées. Par Roslyn.

Il se leva d'un bond et se tourna vers son frère.

— Reste ici avec Marley. Veille à ce qu'elle ne sorte pas et à ce que l'on prenne soin d'elle. Je vais faire venir un médecin.

Theron se mit debout à son tour.

— Que vas-tu faire, Chrysander ?

— Je vais aller m'assurer que mes déductions sont justes, dit-il d'une voix dangereusement calme.

— Attends !

Chrysander s'arrêta pour regarder son frère.

— Tu devrais appeler la police, Chrysander. Si tu l'interroges seul et que tu obtiens ses aveux, cela ne servira à rien. Tu seras le seul témoin.

Chrysander serra les poings de frustration. Mais il devait bien reconnaître que son frère avait raison. Il n'était pas question que Roslyn s'en tire à si bon compte. Il pouvait certes faire de sa vie un enfer, mais elle resterait libre. Il voulait que justice soit faite.

Chrysander arpentait son bureau new-yorkais en attendant l'arrivée de Roslyn. Il aurait voulu être avec Marley et bouillait d'impatience. Son état restait inchangé. Quand elle s'était réveillée, elle avait été distante, présente sans l'être. C'était comme si elle s'était réfugiée dans un lieu où il ne pourrait plus lui faire de mal.

Il ferma les yeux pour se concentrer. En entendant Roslyn entrer, il se raidit. Il était dans un tel état de rage qu'il lui aurait volontiers tordu le cou, mais il se força à sourire et à faire comme si de rien n'était.

— Vous vouliez me voir ? dit-elle.

— En effet, répondit-il en lui jetant un regard suggestif malgré la répulsion qu'elle lui inspirait.

Ses yeux s'éclairèrent aussitôt, et elle prit une pose provocante.

— Je viens juste de comprendre jusqu'où vous n'avez pas hésité à aller pour attirer mon attention, continua-t-il avec un petit rire. Les femmes aiment à dire que les hommes sont longs à la détente, mais je crois avoir battu tous les records.

La confusion se peignit sur son visage et elle continua à jouer les innocentes, pas encore certaine d'avoir compris à quoi il faisait allusion. Mais son langage corporel et sa façon de le regarder montraient quel genre de petite salope c'était !

— Pourquoi ne m'as-tu pas dit que tu me voulais ?

Roslyn sourit en l'entendant la tutoyer.

— Ça nous aurait évité bien des complications, ajouta-t-il avec un clin d'œil. Au lieu de cela, je me suis retrouvé dans une relation dont je n'arrivais pas à me dépêtrer, même si je dois reconnaître que tu as tout fait pour m'aider à en sortir.

Elle se détendit tout à fait et il dut faire un effort surhumain pour masquer son dégoût. C'était étrange, mais il n'avait jamais remarqué à quel point elle manquait de charme.

— Comment t'es-tu débrouillée ? lui demanda-t-il d'un ton complice.

Il l'écouta, horrifié, lui détailler la façon dont elle s'y était prise pour faire croire que Marley avait volé les plans. Le kidnapping avait été un bonus auquel elle ne s'attendait pas, et lorsqu'elle avait trouvé la demande de rançon parmi son courrier, elle y avait vu une occasion rêvée de se débarrasser de Marley une bonne fois pour toutes.

Elle voulait tellement prouver à Chrysander que sa dévotion était sans bornes qu'elle reconnut, sans même s'en apercevoir, avoir vendu les plans des hôtels à son concurrent. Et il sut à cet instant qu'il pouvait jeter bas son masque.

— Vous avez donc volé les plans pour les vendre à Marcelli, dit-il alors d'un ton si glacial qu'elle pâlit visiblement. Puis vous vous êtes arrangée pour que Marley paraisse coupable, faisant ainsi d'une pierre deux coups : vous avez récolté un joli pactole en vendant les projets, et vous avez cru chasser Marley de ma vie pour prendre sa place.

Comprenant à quel point il venait de la duper, elle lui jeta un regard furieux.

— Et quand les demandes de rançon sont arrivées à mon bureau, vous les avez détruites en espérant quoi, Roslyn ? qu'ils allaient la tuer ?

Il était dans un tel état de rage qu'il tremblait. Il ne voyait plus Roslyn mais Marley, seule et effrayée, enceinte de son fils et vulnérable. Persuadée non seulement qu'il la haïssait mais qu'il l'avait abandonnée à son sort. Il se sentait près de pleurer.

Roslyn sembla se ressaisir et le regarda avec dédain.

— Vous ne pourrez rien prouver.

— Ce ne sera pas nécessaire, répondit-il d'une voix brève.

Appuyant sur le bouton de l'Interphone, il ajouta :

— Vous pouvez venir, lieutenant.

Roslyn chancela en voyant entrer trois policiers.

— Tu ne peux pas faire ça ! hurla-t-elle. Je t'aime, Chrysander. J'étais prête à tout pour toi !

Il secoua la tête et tourna le dos tandis que les policiers emmenaient Roslyn après lui avoir passé les menottes. Il n'avait aucune envie de l'écouter plus longtemps. Tout ce qu'il voulait, c'était retourner auprès de Marley.

— Pardonne-moi, *agapi mou*, murmura-t-il.

Marley eut vaguement conscience que quelqu'un la prenait dans ses bras. Ce n'était pas Chrysander. Elle l'aurait immédiatement reconnu. La panique faillit l'envahir, mais une voix rassurante lui parlait en grec et en anglais.

— Ne t'inquiète pas, petite sœur. Tu es en sécurité.

— Où allons-nous ? demanda-t-elle d'une voix faible.

— Dans un lieu sûr. Chrysander veillera sur toi.

Elle voulut protester que Chrysander ne ferait rien pour elle, mais elle n'avait plus aucune énergie. A un moment, elle entendit la voix de Chrysander et s'en voulut de sentir aussitôt sa panique s'évanouir.

Quelqu'un lui effleura le front de ses lèvres, arrangea ses couvertures et caressa ses cheveux, et elle eut l'impression qu'une douce chaleur la pénétrait tout entière.

— Tu es en sécurité, *agapi mou*. Je ne permettrai plus jamais que l'on te fasse du mal.

— Je te défends de m'appeler comme cela, cria-t-elle.

Mais contre toute raison elle fut rassérénée par la promesse de Chrysander et sombra dans un sommeil apaisé.

Quand elle se réveilla, son esprit avait retrouvé une lucidité qui lui avait fait défaut depuis qu'elle avait recouvré la mémoire. Tant mieux. Même si elle savait bien qu'elle ne pouvait que souffrir en se rappelant les événements des derniers mois.

Elle avait l'impression d'avoir dormi une semaine tellement elle se sentait reposée. Peut-être était-ce le cas. Elle n'avait aucune idée du temps qui s'était écoulé, et, si le passé n'était plus un mystère, elle n'avait qu'un souvenir confus des derniers jours.

A contrecœur, elle repoussa les couvertures et s'assit au bord du lit. La chambre où elle se trouvait était vaste, éclairée par plusieurs fenêtres, et elle la voyait pour la première fois.

Elle se dirigea vers la salle de bains, immense et d'un luxe inimaginable, et elle jeta un regard d'envie à la baignoire à remous. Elle avait beau n'avoir qu'un souvenir très indistinct des derniers jours, elle était sûre de n'avoir pas pris de bain depuis longtemps, et elle en ressentait vraiment le besoin.

Elle se pencha pour ouvrir les robinets, et, en se relevant, sursauta en apercevant Chrysander dans l'embrasure de la porte.

Il s'approcha aussitôt et la retint par le bras en la voyant vaciller.

— Je suis désolé de t'avoir fait peur, *glykia mou*. Ce n'était vraiment pas mon intention, mais je me suis inquiété en voyant que tu n'étais plus dans ton lit.

— Je voulais juste prendre un bain.

— Je préfère que tu ne sois pas seule ici, dit-il gentiment. Je vais demander à Mme Cahill de venir, pour qu'elle soit à portée de voix si tu as besoin d'elle.

Elle ferma les yeux un instant en respirant à fond, puis elle le fixa calmement.

— Arrêtons les mensonges entre nous, veux-tu, Chrysander ? Tu n'as vraiment pas besoin de prétendre que je compte pour toi.

— Tu comptes beaucoup pour moi, *agapi mou*, dit-il d'une voix altérée.

Et, sans lui laisser le temps de répondre, il sortit de la salle de bains. Patricia arriva presque aussitôt après, et en quelques minutes Marley se retrouva dans un bain tiède et parfumé.

— Où sommes-nous, Patricia ? Et comment se fait-il que vous soyez ici ? Je vous croyais à Athènes avec le Dr Karounis.

— M. Anetakis m'a demandé de revenir de façon que je puisse m'occuper de vous. Il ne savait vraiment plus quoi faire. Comme l'idée de retourner à l'appartement semblait vous être insupportable, il vous a amenée ici.

— Et c'est où, ici ?

— Dans sa maison. Nous sommes à environ une heure de New York. C'est beaucoup plus calme, et il s'est dit que cela vous conviendrait sans doute mieux.

Marley sentit les larmes lui monter aux yeux. Elle qui les avait cru définitivement taries ! Elle ignorait qu'il possédait une maison en dehors de New York, et c'était encore un de ces lieux, comme l'île, où ils n'étaient jamais venus ensemble pendant tous ces mois de vie commune. Encore une preuve qu'elle n'avait pas eu beaucoup d'importance dans sa vie !

— Il a été très inquiet pour vous, dit Patricia doucement. Nous l'avons tous été.

Marley secoua la tête, incrédule. Chrysander la haïssait. Il ne l'avait jamais aimée et elle avait été trop stupide pour s'en rendre compte.

— Que vais-je faire ? murmura-t-elle pour elle-même.

Quelle idée avait-elle eu de renoncer à son appartement, à son travail et à toute autonomie pour aller vivre avec Chrysander ? Elle avait été aveuglée par son amour pour lui, convaincue qu'ils avaient un avenir ensemble.

— Vous devriez sortir de la baignoire, suggéra Patricia. Il est temps de vous sécher et de descendre manger.

Marley se laissa materner par Patricia. En enfilant un pantalon confortable et un chemisier de grossesse, elle posa la main sur son ventre en demandant tout bas à son fils de lui pardonner.

Elle n'avait pas le droit de s'effondrer. Son enfant avait besoin d'elle.

Chrysander l'attendait sur le palier. Il n'essaya pas de lui parler, mais il lui prit le bras pour l'aider à descendre, et elle le laissa faire, n'ayant plus envie de lutter contre lui. Elle garda le silence elle aussi, trop bouleversée pour avoir une conversation sensée.

Ils prirent place à une petite table donnant sur un jardin magnifiquement entretenu. Le soleil entrait à flots par les baies vitrées, et sa chaleur lui fit du bien. Chrysander posa devant elle une assiette avec tout un assortiment de mets, mais elle se contenta de pousser la nourriture d'un côté et de l'autre, en évitant son regard.

L'entendant pousser un profond soupir, elle finit par lever les yeux vers lui. Son expression était si sombre qu'il semblait affligé par tous les maux de l'enfer. L'idée était si absurde qu'elle aurait voulu rire, mais elle fut horrifiée de sentir les larmes lui monter aux yeux.

— Il faut que nous parlions, Marley. J'ai beaucoup de choses à te dire, commença-t-il d'une voix bizarrement étranglée. Mais tu dois d'abord manger pour reprendre des forces. Ta santé et celle de notre enfant passent avant tout.

Elle baissa de nouveau la tête pour éviter d'avoir à soutenir son regard. Puis elle entendit une porte claquer au loin, et quelqu'un approcher à grands pas. Relevant la tête, elle vit Theron entrer dans la pièce, manifestement très en colère. Mais sans lui laisser le temps de parler, Chrysander lui dit d'un ton ferme :

— Je suis sûr que ce que tu as à me dire peut attendre que Marley ait fini de manger.

Theron la regarda d'un air inquiet et acquiesça d'un signe de tête. Alors elle sentit la colère l'envahir. Une fois de plus, ils ne voulaient pas parler devant elle, quoi qu'ils aient à dire ! Et comment s'en étonner, puisqu'ils la considéraient comme une voleuse ! Elle sentit une vague de chagrin déferler sur elle, et, sans réfléchir, elle se leva brusquement et, sans leur adresser la parole, elle tourna les talons et sortit.

— Marley, ne t'en va pas ! protesta Chrysander.

Se retournant vers lui, elle le fixa d'un regard glacial.

— Je ne voudrais surtout pas vous déranger. Je comprends très bien que vous ne vouliez pas parler devant quelqu'un qui a tenté de vous ruiner et a trahi votre confiance.

— *Théé !* ce n'est pas du tout ce que je voulais dire. Marley ? Attends, bon sang !

Mais, sans l'écouter, Marley avait déjà quitté la pièce.

Chrysander la regarda s'éloigner en jurant à mi-voix. Comment pouvait-il espérer rétablir les choses entre eux ? Elle le détestait, et qui aurait pu le lui reprocher ?

Il se retourna vers Theron, qui avait observé le départ de Marley d'un air préoccupé.

— Qu'y avait-il donc de si urgent, Theron ?

Son frère sortit un journal plié de sa poche et le lança sur la table :

— Ça.

Chrysander se mit à jurer comme un charretier en découvrant la une : un article relatait de façon mélodramatique toute son histoire avec Marley, accompagné par une photo de Marley portée par Theron, le jour où elle s'était enfuie de l'appartement, et de deux autres photos de Roslyn et de lui-même.

Il expédia le journal à l'autre bout de la pièce d'un geste rageur.

— Il n'y a que Roslyn pour avoir fait ça. Aucun de mes hommes n'aurait parlé à la presse.

— Comme tu l'as fait arrêter pour vol, et pour avoir intercepté les demandes de rançon, elle s'est sans doute dit qu'elle n'avait rien à perdre et tout à gagner en donnant au public sa version des choses, et en prétendant que vous aviez eu une liaison.

— Je maudis vraiment le jour où j'ai embauché cette femme ! Dire que Marley aurait pu mourir à cause de ma stupidité !

— Tu l'aimes.

Ce n'était pas une question, et Chrysander se contenta de hocher la tête. Il l'aimait. Mais il avait réussi à tuer l'amour de Marley pour lui, et par deux fois.

Il se prit la tête entre les mains.

— Si elle ne me pardonne jamais, je ne pourrai pas le lui reprocher, dit-il d'une voix sourde. Je ne me pardonne pas moi-même ce que j'ai fait.

— Va la retrouver, Chrysander. Votre réconciliation dépend de toi.

Il se leva. Oui, Theron avait raison ; il était temps d'essayer d'obtenir le pardon de Marley. S'il le pouvait.

16

Marley était debout devant la fenêtre de sa chambre, les yeux vides. Rien de ce que faisait Chrysander n'aurait dû pouvoir la blesser désormais, et pourtant elle ne pouvait s'empêcher de souffrir.

— Marley.

Elle aperçut Chrysander à l'entrée de la pièce. Ses traits étaient tirés, et il semblait préoccupé. Il lui sembla aussi lire autre chose dans ses yeux : de la tristesse et… de la peur ?

Il fit quelques pas en avant, l'air hésitant.

— Il faut que nous parlions.

Elle se raidit, essayant de se protéger par avance de ce qui allait suivre. Il allait lui demander de partir. Elle détourna le visage mais acquiesça. Il avait raison, il faudrait bien qu'ils parlent un jour ou l'autre ; autant le faire tout de suite.

Il lui prit le menton dans la main et tourna doucement son visage vers lui.

— Ne me regarde pas comme cela, *agapi mou*. Je ne supporte pas de te voir aussi triste.

— Je t'en prie, dis-moi juste ce que tu as à me dire. Ne fais pas durer les choses.

— Viens t'asseoir.

Elle le laissa l'entraîner vers le lit. Il s'assit à côté d'elle, raide, manifestement mal à l'aise. Soudain, elle en eut assez d'attendre et laissa parler sa colère :

— Tu m'as menti ! dit-elle d'un ton cinglant. Depuis que tu m'as retrouvée à l'hôpital, tout n'a été que mensonges. Tu te moques bien de moi. Quand tu m'as fait l'amour, c'était en me méprisant, mais tu m'as fait croire que tu avais de l'affection pour moi. Comment peut-on se conduire ainsi ?

Révoltée et tremblante, elle se couvrit le visage des mains.

— Tu te trompes, dit-il doucement, écartant ses mains et en portant une à ses lèvres. Tu comptes beaucoup pour moi. Quand je t'ai fait l'amour, ça n'a jamais été en te méprisant. C'est vrai que je t'ai menti pour des choses sans importance. Le médecin m'avait recommandé de ne pas t'inquiéter, et de laisser ta mémoire revenir seule. Mais je n'ai pas menti pour ce qui compte vraiment, Marley. Comme l'affection que j'ai pour toi. *S'agapo, glykia mou.*

Elle baissa la tête, sentant les larmes lui brûler les paupières. Comme elle aurait voulu le croire !

— Je me suis complètement trompé à ton sujet, Marley.

Elle releva la tête et le fixa, sidérée. Avait-elle vraiment entendu Chrysander reconnaître qu'il s'était trompé ?

Il semblait profondément honteux, et profondément triste.

— Il y a certaines choses que tu dois savoir, poursuivit-il. Je n'ai jamais reçu de demandes de rançon. J'aurais remué ciel et terre pour te libérer. Aucune rançon n'aurait été trop élevée. J'ignorais totalement que tu avais été enlevée.

— Comment as-tu pu l'ignorer ?

— Roslyn a détruit les demandes de rançon. Tu avais raison de ne pas l'aimer, et je t'ai fait courir un terrible danger en ne tenant pas compte de ton intuition.

Marley eut l'impression qu'un vent de tempête soufflait sous son crâne. Il n'avait pas reçu les demandes de rançon ? Elle porta une main tremblante à ses lèvres.

— J'ai cru…

Elle s'interrompit, trop émue pour continuer.

— Qu'as-tu cru, *agapi mou* ? demanda-t-il doucement.

— Que tu me haïssais, murmura-t-elle. Que tu refusais de payer parce que tu étais convaincu que j'avais essayé de te ruiner ; que je ne valais pas cinq cent mille dollars à tes yeux.

Il poussa un sourd grondement et la prit dans ses bras. Ses mains tremblaient et il la serrait à l'étouffer.

— J'ai été un imbécile. J'ai eu tort de t'accuser, et je n'ai aucune excuse.

Elle s'écarta de lui en le regardant dans les yeux.

— Tu ne crois plus que j'ai volé ces documents ?

— Non. C'est Roslyn, et elle a glissé ces papiers dans ton sac pour me faire croire que tu étais coupable.

Il s'interrompit en passant une main dans ses cheveux.

— Mais après ton enlèvement, j'avais beau croire que tu avais essayé de me ruiner, ça ne me semblait plus très important. Tout ce qui comptait pour moi, c'était que tu aies retrouvé la seule place qui est la tienne : auprès de moi.

Avec un embarras manifeste, il ajouta :

— Ce soir-là, quand tu m'as demandé comment je concevais notre relation… j'ai eu peur.

Elle ne put refréner son incrédulité. Que Chrysander puisse avoir peur de quoi que ce soit lui paraissait ridicule.

— J'ai pensé que tu étais malheureuse, que tu voulais plus que ce que je te donnais. Et ça m'a mis en colère, parce que je n'étais pas prêt. Je voulais être le seul à décider du cours de notre relation, si bien que je t'ai repoussée en te disant que tu étais ma maîtresse.

Elle sentit son cœur s'affoler en voyant son air vulnérable.

— Qu'essaies-tu de me dire ? murmura-t-elle.

— Que je t'aime, *glykia mou. S'agapo.*

Ses yeux s'embuèrent quand elle comprit qu'il venait par deux fois de lui déclarer qu'il l'aimait.

— Je ne suis vraiment pas très doué pour te le montrer, ajouta-t-il avec une moue de dérision. J'étais trop orgueilleux pour tout simplement t'avouer mes sentiments. Je crois que je ne pouvais même pas me les avouer à moi-même. Tout ce que je savais, c'était que je ne voulais pas que tu partes, et quand je t'ai cru malheureuse avec moi, cela m'a mis en colère. Après ça, en trouvant ces documents dans ton sac, j'ai été à la fois bouleversé et furieux. Je ne pouvais pas croire que tu étais prête à me voler.

— Et pourtant, tu l'as cru, dit-elle d'une voix douloureuse.

Il détourna le regard, l'air malheureux.

— J'étais furieux comme jamais je ne l'avais été. J'ai cru que tu étais à la solde de mon concurrent et que tu m'avais utilisé. Si bien que je t'ai chassée. Et, Dieu me pardonne, à cause de moi tu as été enlevée.

Elle ferma les yeux, ne voulant pas se rappeler sa peur et son désespoir pendant toutes ces semaines de captivité. Même si elle avait recouvré la mémoire, cet épisode restait flou. Peut-être le refoulerait-elle toute sa vie.

— Tu *m'aimes* ? répéta-t-elle.

Tant de choses avaient changé en l'espace de quelques minutes qu'elle n'avait pas encore eu le temps d'y penser, et seuls ces trois mots semblaient compter pour le moment.

Il la reprit dans ses bras, la tenant comme un objet précieux d'une grande fragilité.

— Je n'ai vraiment pas fait ce qu'il fallait pour te le montrer, mais oui, je t'aime. Je veux avoir une chance de te le prouver. Je veux que tu m'épouses. Je t'en prie.

Elle secoua la tête, n'arrivant pas à croire qu'il la suppliait si humblement.

— Tu veux toujours m'épouser ?

Il la serra contre lui, pressant ses lèvres sur ses cheveux.

— Je ne te demande pas de me répondre maintenant. Je sais que j'ai dit beaucoup de choses qui t'ont bouleversée. Mais donne-moi une chance, Marley. Tu ne le regretteras pas, je te le jure. Je ferai en sorte que tu retrouves ton amour pour moi, que jamais tu n'aies à regretter de m'avoir accordé un bien aussi précieux.

Elle devait avoir perdu l'esprit. Chrysander la tenait dans ses bras, lui disait qu'il l'aimait et voulait l'épouser !

Doucement, il s'écarta et lui posa un baiser sur les lèvres.

— Réfléchis-y, *agapi mou*. Prends le temps qu'il te faudra, j'attendrai.

Il se leva, comme s'il avait perçu son désir de rester seule, puis sortit en se retournant une dernière fois.

Marley resta longtemps assise sur le lit, fixant la porte sans la voir. Elle tremblait de tout son corps. Il l'aimait ? Roslyn avait dissimulé les documents dans son sac puis détruit les demandes de rançon ?

Elle frissonna. Roslyn l'avait donc détestée à ce point ? Ou était-ce juste qu'elle était prête à tout pour séduire Chrysander ? Peut-être un peu des deux. Ou peut-être encore avait-elle toujours travaillé pour le concurrent des Anetakis.

Les événements des derniers jours restaient très douloureux. Comment aurait-elle pu tout oublier en un instant, simplement parce qu'il lui avait présenté des excuses et proposé de l'épouser ? Elle ne pouvait même pas lui dire à son tour qu'elle l'aimait, car il ne la croirait jamais si elle le faisait maintenant.

Soupirant de lassitude, elle s'allongea en chien de fusil. Jamais elle n'avait été aussi épuisée, à la fois physiquement et émotionnellement. Elle se massa doucement le ventre, souriant quand son fils gigota et donna des coups de pied sous ses doigts.

— Que dois-je faire ? murmura-t-elle.

Elle avait si peur d'accorder de nouveau sa confiance et son amour à Chrysander. Elle avait aussi peur de devoir vivre sans lui. Malgré tout le mal qu'il lui avait fait, la seule pensée de le quitter lui était une torture.

Elle ferma les yeux un instant. Elle ne pouvait prendre une décision aussi importante en quelques minutes. Trop de choses en dépendaient. Elle devait penser à son enfant. Et à elle-même.

Au cours des jours qui suivirent, Chrysander se montra plus attentionné que jamais. Il lui disait souvent qu'il l'aimait, tout en veillant à ne pas la bousculer. Il semblait très soucieux aussi de ne pas utiliser l'attirance physique qu'ils éprouvaient l'un pour l'autre pour influencer sa décision, et elle lui en fut reconnaissante.

Deux jours après sa nouvelle demande en mariage, ils reçurent la visite de ses frères. Se sentant toujours mal à l'aise et honteuse en leur présence, même si elle n'avait rien fait pour mériter leurs reproches, elle essaya de s'esquiver, pensant qu'ils voulaient parler de l'entreprise. Mais c'était elle qu'ils étaient venus voir.

— Notre conduite envers toi a été impardonnable, petite sœur, dit Theron.

Piers acquiesça de la tête en ajoutant :

— Je comprendrais tout à fait que tu ne veuilles jamais nous pardonner. Nous avons été durs avec toi. Nous n'avons aucune excuse pour t'avoir traitée comme nous l'avons fait, surtout dans la mesure où tu es enceinte de notre neveu.

Il était clair, à voir leur visage, qu'ils se sentaient réellement coupables, et ils avaient l'air très embarrassés, mais Marley n'avait aucune idée de ce qu'elle pouvait dire ou faire pour dissiper le malaise.

Theron finit par s'avancer et l'embrasser sur les deux joues, bientôt imité par Piers.

Elle jeta un coup d'œil à Chrysander, qui l'observait d'un air solennel. Ses traits étaient tirés et il semblait avoir maigri. Il avait l'air… malheureux, comme s'il avait perdu ce qu'il avait de plus précieux au monde.

Pouvait-il s'agir d'elle ?

Elle se sentit presque paralysée à cette idée. Adressant un sourire tremblant à Theron et Piers, elle les pria de l'excuser et sortit précipitamment.

Malgré le froid, elle gagna la terrasse, essayant de se calmer et de voir clair en elle-même. Elle repensa à ses sentiments des derniers jours. Il l'avait trahie et lui avait menti. Soudain, elle n'en fut plus aussi sûre. Lui avait-il réellement menti à propos de ses sentiments pour elle ?

Ce qu'elle lisait sur son visage, c'était ce qu'elle ressentait elle-même. Il était perdu. Comme elle, il souffrait manifestement beaucoup. S'il l'avait véritablement haïe, pourquoi lui aurait-il joué une telle comédie quand elle avait perdu la mémoire ? Pourquoi se serait-il senti des obligations envers une femme qu'il considérait comme une voleuse ?

— Tu portes son enfant, murmura-t-elle.

Sa grossesse justifiait qu'il ait voulu veiller sur sa santé et sur celle de son enfant, mais il aurait tout aussi bien pu le faire en suivant le conseil de Theron et en l'installant ailleurs que chez lui. Et pourquoi aurait-il essayé de la séduire, pourquoi lui aurait-il fait l'amour et se serait-il conduit comme s'il éprouvait de l'affection pour elle ?

L'aimait-il ? Il n'était pas le genre d'homme à prononcer ces mots aisément. Au cours des mois où ils avaient vécu ensemble, avant son enlèvement, il ne lui avait jamais parlé de ses sentiments. Mais il lui avait montré de mille et une façons qu'elle comptait pour lui. Et il lui avait dit son amour, deux jours plus tôt.

Pouvait-elle de nouveau lui accorder sa confiance ? Cette idée lui faisait peur, et en même temps la rassérénait. La décision ne dépendait que d'elle. Son avenir aussi.

Elle continua un long moment à tourner et retourner ces questions dans sa tête, mais au fond d'elle-même elle savait ce qu'elle désirait, tout en ayant conscience que ce n'était peut-être pas le choix le plus sage. Mais c'était le choix de son cœur, et le seul qu'elle pouvait faire.

Elle rentra dans la maison et partit à la recherche de Chrysander. Elle se sentait extrêmement nerveuse, mais elle était convaincue d'avoir pris la bonne décision.

Elle le trouva là où elle l'avait laissé, debout devant la fenêtre, un verre à la main. Ses frères étaient partis, et un lourd silence régnait dans la pièce. Elle hésita un instant, rassemblant son courage. Il semblait n'avoir pas fermé l'œil depuis plusieurs jours. Son pantalon était froissé, sa chemise était boutonnée de travers. Mal rasé, il avait les cheveux en bataille.

Et pourtant il lui paraissait si désirable ! Elle aurait voulu se jeter dans ses bras, se presser contre lui et le laisser dissiper ses peurs et ses doutes par ses caresses. Elle avait la gorge si nouée qu'elle se décida à parler, sachant que si elle attendait une minute de plus, elle se mettrait à pleurer.

— Chrysander, dit-elle doucement.

Il fit volte-face.

— Tu vas bien, *agapi mou* ? Que puis-je faire pour toi ? Je suis désolé si mes frères t'ont fait de la peine.

Elle essaya de rire, mais son rire devint un sanglot. Respirant profondément, elle se força à reprendre son calme.

— Je veux t'épouser, dit-elle.

Un feu sombre illumina ses yeux dorés, et il la saisit par les épaules, la fixant comme s'il voulait lire dans son âme.

— C'est vrai ? demanda-t-il d'une voix enrouée.

Elle répondit d'un signe de tête.

Fermant les yeux, il la pressa contre lui à l'étouffer. Pendant un long moment, il resta sans rien dire, puis il fit un pas en arrière pour mieux la voir :

— Tu es sûre ?

— Je voudrais une cérémonie toute simple, dit-elle avec nervosité. Aussi discrète que possible.

— Nous ferons tout ce que tu voudras, dit-il en prenant son visage entre ses mains.

— Et je voudrais…

Elle détourna le regard, hésitant à continuer.

— Que veux-tu, *agapi mou* ? Dis-moi. Je ferai tout ce que tu me demanderas.

— Je n'ai pas envie de rester ici, dit-elle à voix basse. Je voudrais retourner sur l'île.

Il sembla se détendre et prit ses mains dans les siennes, dénouant ses doigts crispés pour les entrelacer aux siens.

— Nous partirons dès que nous serons mariés.

— C'est vrai ? dit-elle avec un immense soulagement. Tu ne m'en veux pas de te demander cela ?

— Ton bonheur est la seule chose qui compte pour moi. Et ce que tu demandes est si peu de chose. Comment pourrais-je te le refuser ? Nous habiterons sur l'île puisque c'est ce que tu désires. Je vais m'en occuper tout de suite.

Chrysander ne perdit pas de temps à préparer leur mariage et leur départ pour l'île. Il déplaça tous ses rendez-vous professionnels et veilla à faire livrer avant leur départ tout ce dont Marley pouvait avoir besoin. Elle fut impressionnée par tout ce qu'il avait accompli en si peu de temps.

La police voulut l'interroger, et elle passa plusieurs heures épuisantes à leur fournir les rares détails dont elle se souvenait. Les ravisseurs ne l'avaient pas molestée et avaient même eu des égards une fois qu'ils s'étaient rendu compte qu'elle était enceinte. Ils avaient jeté leur dévolu sur elle en raison de ses relations avec Chrysander, et l'avaient suivie jusqu'au moment où elle était sortie sans garde du corps. En demandant une rançon peu élevée, ils espéraient l'obtenir sans difficulté. Voyant leurs demandes rester sans réponse, ils avaient renoncé et s'étaient arrangés pour que la police la retrouve.

Comme pour adoucir les sombres moments qu'elle venait de passer à se remémorer les détails sinistres de son histoire, Chrysander fit son maximum pour qu'ils se marient le plus vite possible, et à sa grande surprise Marley se retrouva le surlendemain à prononcer ses vœux devant une assistance réduite, où ne se trouvait que les frères de l'homme qu'elle aimait et quelques-uns de leurs relations les plus proches. Et sitôt la cérémonie finie, ils partirent pour l'aéroport.

Chrysander aurait préféré retarder un jour de plus leur propre départ, mais Marley voulait retourner au plus vite sur l'île où elle avait été si heureuse. New York lui rappelait trop de mauvais souvenirs.

Quand l'hélicoptère les déposa enfin sur l'île, quelques heures plus tard, Marley se sentait épuisée par le voyage, mais infiniment soulagée. Enfin, ils étaient chez eux. Avec un sourire, Chrysander la prit dans ses bras pour la porter jusque dans la maison et n'accepta de la lâcher qu'une fois arrivé dans leur chambre. Il la posa sur le lit, la déshabilla et, à son grand dépit, lui remonta les couvertures jusqu'au menton.

Puis il se glissa à côté d'elle et se contenta de la tenir contre lui, comme s'il avait peur de la toucher. N'y tenant plus, elle se redressa et ralluma la lampe.

— Que se passe-t-il, Marley ? Ça ne va pas ?

Elle l'observa un moment et, voyant combien il semblait crispé et inquiet, elle comprit qu'il avait peur.

— Fais-moi l'amour, murmura-t-elle d'une voix chargée de désir.

Ses yeux s'assombrirent et sa respiration devint saccadée.

— J'ai besoin que tu me fasses l'amour.

— Tu es sûre de toi, *agapi mou* ? Je ne veux rien t'imposer si tu n'es pas prête.

— Je suis sûre.

Avec un soupir qui était presque une plainte, il la prit dans ses bras, l'embrassant et la caressant avec une tendresse infinie, chaque geste empreint d'une retenue qui touchait à la révérence.

Marley sentit le plaisir l'envahir en vagues successives quand il prit son mamelon dans sa bouche, en titillant la pointe de sa langue et de ses lèvres. Puis, posant une main protectrice sur son ventre, il couvrit sa poitrine et son cou de baisers avant de s'emparer de sa bouche.

— *S'agapo, glykia mou. S'agapo*, murmura-t-il d'une voix si émue qu'elle en eut les larmes aux yeux.

Quand enfin il s'allongea sur elle, prenant garde de ne pas peser de tout son poids, elle l'attira contre elle, voulant sentir son corps dur et brûlant.

— Viens, murmura-t-elle, s'il te plaît. J'ai besoin de toi.

Il la pénétra lentement, veillant à ne pas lui faire de mal. Mais elle ne voulait pas qu'il la traite aussi précautionneusement. Elle le voulait tout entier. Se cambrant contre lui, elle noua ses jambes autour de ses hanches et l'attira en elle. Un sanglot de désir et de plaisir monta de sa gorge, et pour une fois sa douleur reflua dans le passé. Il n'y avait plus que le moment présent, et cet homme qu'elle aimait.

Avec lui, elle atteignit des sommets de volupté, encore plus hauts et plus intenses que ceux qu'elle avait déjà connus entre ses bras, et lorsqu'elle en redescendit Chrysander la serra contre lui en lui murmurant des mots d'amour. Elle se blottit entre ses bras, souhaitant que leurs deux corps ne fassent plus qu'un. Elle avait besoin de ce contact. Besoin de lui.

— Ne me laisse pas m'éloigner, dit-elle tout bas.

— Jamais, *agapi mou*.

Marley se glissa hors du lit et passa un peignoir. Chrysander dormait toujours profondément, le bras étendu dans sa direction, comme pour l'étreindre.

Il lui avait fait l'amour toute la nuit, et ils s'étaient endormis juste avant l'aube, épuisés. Son corps vibrait toujours de la sensation de ses caresses, de ses lèvres sur son corps, de ses mains sur sa peau. Elle le contempla un moment et laissa s'épanouir le sourire qui naissait en elle. Elle ne devait plus continuer à les torturer ainsi tous deux. A présent, elle était sûre d'elle. Comme elle ne l'avait jamais été. Elle avait toujours peur, mais elle était certaine de son choix, et elle était aussi certaine que ses peurs disparaîtraient à leur tour, avec le temps.

Elle descendit les escaliers en souriant d'avance aux reproches que Chrysander ne manquerait pas de lui adresser, parce qu'elle ne l'avait pas attendu. Elle fit un détour par la cuisine pour s'offrir un petit pain et un verre de jus de fruits, puis elle passa dans le séjour, d'où elle pouvait voir la mer.

C'est là que Chrysander la retrouva. Il l'enlaça tendrement, plaçant ses mains sous l'arrondi de son ventre tout en l'embrassant dans le cou.

— Tu t'es levée de bonne heure, *agapi mou*.

— Je réfléchissais, murmura-t-elle.

Elle se retourna dans ses bras et rencontra son regard inquiet. Ils se regardèrent un long moment, puis Chrysander lui demanda d'une voix tremblante :

— Ai-je une chance que tu m'aimes un jour, Marley ? Ou bien l'ai-je laissée passer à jamais ?

Elle le regarda avec douceur et eut l'impression que son cœur s'épanouissait, gonflé de tout son amour pour lui.

— Je t'aime déjà. Je t'ai toujours aimé, Chrysander, ajouta-t-elle, émue par sa vulnérabilité. Dès l'instant où je t'ai rencontré, j'ai su que tu serais le seul homme de ma vie.

— Tu m'aimes ? répéta-t-il comme s'il n'osait le croire.

— Je ne pouvais pas te le dire plus tôt. A New York, la situation était trop compliquée. Tu ne m'aurais pas crue si je te l'avais dit le jour où tu m'as déclaré tes sentiments. Je voulais revenir ici, où nous avons été heureux. Je voulais que notre vie commence ici.

Il l'enlaça et la serra contre lui, tremblant comme une feuille. D'une voix altérée par l'émotion, il lui murmura des mots tendres. Alternant entre le grec et l'anglais, il lui dit combien il l'aimait, et combien il était désolé de tout le mal qu'il lui avait fait.

Puis il la prit dans ses bras et l'emporta à l'étage, où il lui fit de nouveau l'amour avec une douceur passionnée. Plus tard, la tenant étroitement pressée contre lui, il lui déclara en caressant ses cheveux :

— Je t'aime tant, *gynaika mou*. Je ne mérite pas ton amour, mais je t'en suis reconnaissant et je passerai le reste de ma vie à le chérir.

— Je t'aime aussi, Chrysander. Je t'aime tant ! Nous serons heureux ensemble. Je te rendrai heureux.

Et c'est ce qu'elle fit.

Epilogue

Le hasard voulut que Marley soit en plein milieu de l'escalier lorsque le travail commença. Elle s'agrippa à la rampe, pliée en deux par une contraction qui lui coupa le souffle. Ne lui avait-on pas dit que les premières douleurs étaient légères ?

Les dieux avaient manifestement décidé de la punir pour avoir voulu descendre l'escalier sans prévenir Chrysander ! Pendant quelques semaines, quand elle était encore loin du terme, il s'était montré plus conciliant et avait accepté qu'elle circule seule dans la maison. Mais dès que la date de l'accouchement avait approché, il avait de nouveau insisté pour qu'elle ne descende jamais seule. Il serait furieux quand il apprendrait qu'elle était passée outre.

Elle resta accrochée à la rampe, respirant à fond en attendant que la douleur passe. Quand elle entendit les pas de Chrysander à l'étage, elle se redressa et fit de son mieux pour se composer un visage serein, en vain. Il apparut bientôt sur le palier et la regarda d'un air réprobateur.

— Mais que vais-je bien pouvoir faire de toi, *agapi mou* ? demanda-t-il en grommelant.

— M'emmener à l'hôpital ? suggéra-t-elle en sentant une nouvelle contraction lui déchirer le ventre.

— Marley ! Le travail a commencé ?

Sans même attendre sa réponse, il la souleva de terre et descendit précipitamment l'escalier, appelant à grands cris le pilote de l'hélicoptère, qui séjournait sur l'île depuis deux semaines pour pouvoir emmener Marley à tout moment.

— Ne t'inquiète pas, ma chérie, dit Chrysander, renonçant

pour une fois au grec. Nous serons à l'hôpital en un rien de temps.

— « Chérie » ? dit-elle avec un petit rire qui se transforma en un gémissement. J'ai vraiment mal, Chrysander.

Il pâlit en grimpant dans l'hélicoptère avec elle.

— Je n'accepte que les mots tendres en grec. C'est beaucoup plus sexy !

— *Glykia mou, gynaika mou, agapi mou*, lui murmura-t-il à l'oreille. Ma douce, ma femme, mon amour.

— Beaucoup mieux, dit-elle en souriant, mais son sourire devint une grimace quand l'hélicoptère s'éleva dans les airs.

Chrysander fut comme fou pendant tout le trajet. Le pilote se posa sur le toit de l'hôpital ; des brancardiers les attendaient et emmenèrent tout de suite Marley à l'intérieur. Une heure plus tard seulement, Marley donnait naissance à Dimitri Anetakis, pour le plus grand soulagement de Chrysander.

— Il est magnifique, *agapi mou*, murmura-t-il en se penchant vers eux, fasciné, tandis que Dimitri commençait à téter placidement.

— Il est parfait, répondit Marley, émerveillée. Oh, Chrysander, tout est tellement parfait !

Il l'embrassa avec tendresse, le cœur débordant d'amour.

— *S'agapo, gynaika mou.*

Prenant son visage entre ses mains, elle lui sourit.

— *S'agapo*, Chrysander. Et je t'aimerai toujours.

THERON

1

Theron Anetakis fouilla dans la montagne de paperasse que sa secrétaire lui avait laissée pour lecture sur le bureau. Marmonnant des imprécations, il jetait les lettres tantôt à droite, tantôt à gauche, accordant de temps à autre un bref coup d'œil à l'une d'entre elles, avant de la pousser vers une pile de documents à part, requérant son attention. Les autres, il les expédiait dans la corbeille à papier posée à ses pieds.

Sa prise en main des bureaux de New York d'Anetakis International s'était effectuée sans anicroche. Après la découverte que l'un des membres de leur équipe, l'ancienne assistante personnelle de Chrysander, avait vendu les plans de l'hôtel à un concurrent, les frères Anetakis s'étaient hâtés de la remplacer et d'engager un nouveau staff. Pour sa part, Theron avait préféré amener avec lui de son bureau de Londres sa propre secrétaire, d'âge moyen, stable, et plus important encore, loyale. Même si, après le gâchis causé par Roslyn, aucun des frères Anetakis n'ait été très chaud pour faire implicitement confiance à une nouvelle employée.

L'arrivée de Theron en provenance de Londres s'était traduite par un énorme tas de documents, contrats, messages et e-mails. Deux jours plus tard, il essayait toujours de trouver un peu de sens à ce fatras, déjà en partie défriché par sa secrétaire.

Theron s'arrêta un instant sur une lettre adressée à Chrysander qu'il avait failli jeter à la corbeille avant de la reprendre, en s'apercevant de quoi il s'agissait. Au fil de lignes, des rides se creusèrent de plus en plus sur son front et il s'empara brusquement de son téléphone.

Sans se soucier du décalage horaire, il tapa le numéro et

attendit la communication avec impatience, s'accordant un bref instant de culpabilité en pensant qu'il allait aussi déranger Marley, l'épouse de Chrysander. Mais il espéra que celui-ci décrocherait avant qu'elle ne se réveille.

— Il vaudrait sacrément mieux que ce soit une bonne nouvelle, grommela Chrysander d'une voix ensommeillée.

Theron ne perdit pas de temps à plaisanter.

— Qui diable est Isabella ? lança-t-il d'une traite.

— Isabella ?

Theron décela une certaine confusion dans sa voix.

— Tu m'appelles à cette heure de la nuit pour me poser des questions sur une femme ?

— Dis-moi…

Theron secoua la tête. Non, Chrysander ne pouvait être infidèle à Marley. S'il y avait eu une femme, cela avait dû se passer bien avant sa rencontre avec son épouse.

— Dis-moi seulement ce que j'ai besoin de savoir afin de m'en débarrasser, dit Theron avec impatience. J'ai reçu une lettre d'elle m'informant de ses projets (quoi que cela puisse bien signifier) et ajoutant qu'elle a passé son diplôme avec succès.

Et, pinçant les lèvres :

— *Theos* ! N'est-elle pas un peu jeune pour toi ?

Ce fut un torrent de grec qui lui répondit, au point que Theron fut obligé d'éloigner le téléphone de son oreille jusqu'à ce que la tempête se calme.

— Je n'apprécie guère ton insinuation, petit frère, répliqua Chrysander d'un ton glacial. Je suis marié. Bien sûr que je n'ai rien à voir avec cette Isabella !

D'un seul coup, Theron l'entendit retenir son souffle.

— *Bella* ! Mais bien sûr, murmura Chrysander. Je n'ai pas les idées très claires à cette heure de la nuit.

— Alors je répète : qui est cette Bella ? interrogea Theron à bout de patience.

— Caplan. Isabella Caplan. Tu t'en souviens certainement, Theron ?

— La petite Isabella ? interrogea, Theron, surpris.

Il ne se l'était pas du tout rappelée jusqu'à ce que son frère mentionne son nom de famille. L'image d'une adolescente dégingandée avec une queue-de-cheval et un appareil dentaire lui revint brusquement à l'esprit. Il l'avait bien revue depuis, à diverses occasions, mais, en toute honnêteté, il était incapable de s'en faire une représentation précise. Il se souvint qu'elle était timide, effacée et d'apparence modeste, cherchant toujours à se fondre dans le décor. Elle avait assisté à l'enterrement de ses parents, mais Theron était alors trop abîmé dans sa douleur pour faire attention à elle.

Au fait, quel âge pouvait-elle bien avoir maintenant ?

Chrysander eut un léger rire.

— Elle n'est plus si petite. Elle vient sans doute juste de finir ses études. Elle travaillait très bien. Fille intelligente.

— Mais pourquoi reçois-tu, toi, un rapport à son sujet ? demanda Theron. Pour l'amour du ciel, je me suis imaginé que c'était une ancienne maîtresse et je n'aurais voulu pour rien au monde que cela bouleverse Marley.

— Bien que ta dévotion à l'égard de mon épouse soit tout à fait digne d'éloges, elle est très peu nécessaire, riposta Chrysander sèchement.

Il poussa un soupir.

— Nos obligations envers Bella m'étaient temporairement sorties de la tête. Ces temps-ci, je me suis surtout centré sur Marley et notre enfant.

— Quelles obligations ? interrogea Theron d'un ton tranchant. Et pourquoi n'en ai-je pas entendu parler avant ?

— Nos pères étaient amis et partenaires en affaires de longue date. Le père de Bella a soutiré une promesse au nôtre demandant, s'il lui arrivait quelque chose, que nous prenions soin d'Isabella. C'est moi qui ai assumé la responsabilité de son bien-être quand notre père est décédé.

— Dans ce cas, tu devrais savoir que, d'après cette lettre, elle arrive à New York dans deux jours, dit Theron.

Chrysander poussa un juron.

— Je ne peux pas laisser Marley maintenant.

— Bien sûr que non, répondit Theron avec impatience. Je vais m'en occuper. Mais j'ai besoin de détails. La dernière chose dont tu aies besoin en ce moment c'est d'endosser un nouveau souci. New York est sous ma responsabilité. Je considère cela comme un autre problème dont j'ai hérité lorsque nous avons négocié nos fonctions au sein de la société.

— Bella ne sera pas un problème. C'est une gentille fille. Tu auras juste besoin de l'aider à régler ses affaires et à t'assurer de pourvoir à ses besoins. Elle n'aura pas le contrôle intégral de son héritage avant ses vingt-cinq ans ou jusqu'à ce qu'elle se marie, peu importe dans quel ordre, et donc, pendant ce temps, Anetakis International fonctionnera en tant qu'administrateur de ses biens. Etant désormais le représentant d'Anetakis à New York, c'est toi qui deviens de fait une sorte de tuteur pour elle.

Theron poussa un grognement.

— J'aurais dû m'arranger pour que Piers prenne en charge le bureau de New York.

Chrysander se mit à rire.

— Ça va se passer en douceur, petit frère. Il ne te faudra guère de temps pour t'assurer qu'elle est bien installée et lui donner tout ce dont elle aura besoin.

Isabella Caplan n'eut pas plutôt passé les formalités de la douane à l'aéroport, qu'elle aperçut un homme en uniforme de chauffeur brandissant une pancarte à son nom.

Elle lui fit signe de la main et se dirigea vers lui. A sa surprise, deux autres hommes s'avancèrent pour l'encadrer. Sa confusion avait dû être visible, car le chauffeur lui dit en souriant :

— Bienvenue, mademoiselle Caplan. Je suis Henry, votre chauffeur pour aujourd'hui. Ces messieurs appartiennent au bureau de M. Anetakis.

— Oh, euh, très bien, balbutia-t-elle.

— Je me suis arrangé pour que quelqu'un s'occupe de vos bagages, poursuivit Henry en l'escortant vers la sortie. Ils vous seront livrés rapidement à l'hôtel.

Dehors, l'un des deux hommes de la sécurité lui tint la portière de la limousine ouverte avant de monter derrière avec elle, pendant que le deuxième s'installait devant avec Henry.

Plus question ici d'intimité. Pourtant elle n'avait qu'une envie : s'allonger sur la banquette.

Elle se contenta donc de s'adosser à son siège tandis que la limousine démarrait en direction de l'Imperial Park, l'hôtel appartenant aux frères Anetakis. Chrysander y avait retenu une suite comme à chacune de ses visites à New York, bien que cela ne se soit pas produit très souvent.

Ce voyage n'était cette fois qu'une courte escale sur sa route vers l'Europe, détail dont elle avait fait part à Chrysander par lettre. Mais tout cela avait changé à la minute où elle avait reçu une sèche missive de Theron Anetakis, l'informant qu'il s'occupait désormais de ses affaires et qu'il la verrait brièvement à New York pour s'assurer qu'elle dispose de tout ce dont elle aurait besoin pour son séjour à l'étranger.

A partir de ce moment, ses projets de voyage avaient appartenu au passé. Elle comptait bien rester à New York… indéfiniment.

Arrivée devant l'hôtel, la limousine stoppa en souplesse. La portière de Bella s'ouvrit et un agent de sécurité lui tendit la main pour l'aider à descendre. Une fois à l'intérieur du vestibule, elle fut aussitôt entraînée vers sa suite, sans même un arrêt à la réception. En dix minutes, ses bagages furent acheminés dans sa chambre en même temps qu'un bouquet de fleurs et un panier plein d'un assortiment de friandises et de fruits.

Et comme si cela ne suffisait pas, à l'instant où elle s'installait sur le canapé pour envoyer promener ses chaussures et reprendre un peu son souffle, on frappa de nouveau à la porte. Un peu contrariée par cette interruption, elle alla ouvrir et se trouva face à un autre employé de l'hôtel qui lui tendit une enveloppe lisse de couleur crème.

— Un message de M. Anetakis, annonça-t-il.

Elle haussa un sourcil.

— Quel M. Anetakis ?

Le jeune homme prit un air déconfit.

— Theron.

Bella sourit, le remercia et ferma la porte. Retournant

l'enveloppe, elle passa un doigt léger sur l'inscription. « Isabella Caplan », lut-elle. Theron l'avait-il écrit de sa main ?

Dans un moment d'enfantillage, elle porta l'enveloppe à son nez, espérant y retrouver *son* odeur. Là ! Légère mais indéniable, c'était bien son odeur. Elle se la rappelait comme si c'était hier. Donc il portait toujours la même eau de toilette.

Brisant le cachet, elle tira la carte de l'enveloppe. D'une écriture très masculine, il lui transmettait ses instructions, lui demandant de passer à son bureau le lendemain matin.

Un sourire amusé étira la bouche d'Isabella. Toujours aussi arrogant que dans son souvenir ! La sermonnant comme une enfant fantasque. Chrysander au moins était passé pour faire le point avec elle. Mais elle avait alors à peine dix-huit ans et il lui avait même déniché une véritable nounou pour la chaperonner pendant qu'elle visitait la ville.

Si elle avait décidé de partir en Europe c'était pour une seule et même raison : se rapprocher de Theron. Car c'était là qu'il vivait. Ou en tout cas qu'il avait vécu. Quand elle avait appris que suite au mariage de Chrysander, Theron s'installait à New York, elle avait eu du mal à masquer son émotion. Enfin ! Il se rapprochait d'elle.

Alors fini le voyage en Europe. Sa tentative pour séduire Theron était en marche.

Elle se laissa choir sur le divan, posant les pieds sur la table basse. Elle remua les orteils, faisant miroiter son vernis à ongles d'un rouge vibrant. Dans ce mouvement, le délicat bracelet qu'elle portait à la cheville chatoya également.

Au cours des dernières années, Theron était devenu un homme encore plus magnifique. Il avait perdu sa beauté juvénile, remplacée par une rude virilité. En dépit de sa jeunesse, elle s'était rendu compte qu'il était devenu encore plus désirable. Plus irrésistible. Et elle n'en était tombée que plus amoureuse de lui.

Ce ne serait pas facile de séduire Theron. Elle n'imaginait pas qu'il lui tomberait tout cru dans les bras, non. Comment un homme aussi séduisant que lui pourrait s'intéresser à une fille comme elle ? En plus, les frères Anetakis avaient la réputation d'être coriaces. Ils pouvaient avoir n'importe quelle femme. Ils étaient rudes en affaires, mais également loyaux et, pour eux, l'honneur était tout.

Le téléphone se mit à sonner et, excédée, elle soupira. L'appareil se trouvait à l'autre bout de la pièce et elle était tellement bien sur le canapé. Malgré tout, elle se leva et d'un pas mal assuré alla décrocher.

— Allô ?

Un bref silence, puis :

— Mademoiselle Caplan… Isabella ?

Elle reconnut aussitôt l'accent et un frisson d'excitation la parcourut. Ce n'était pas la voix de Chrysander et comme Piers était en déplacement, et n'avait jamais eu beaucoup d'échanges avec elle, ce ne pouvait être que Theron.

— Oui, répondit-elle d'une voix enrouée, en espérant qu'elle ne trahirait pas sa nervosité.

— C'est Theron Anetakis. Je vous appelais pour m'assurer que vous étiez bien arrivée et installée sans difficulté.

— Je vous remercie. Tout est parfait.

— La suite vous convient-elle ?

— Oui, tout à fait. C'était très aimable à vous de la retenir pour moi.

— Je ne l'ai pas retenue.

Le ton était impatient.

— C'est ma suite personnelle.

Isabella regarda autour d'elle avec un surcroît d'intérêt. Savoir qu'elle séjournait là où Theron passait une grande partie de son temps lui procurait un plaisir un peu troublant.

— Mais alors, où habitez-vous ? demanda-t-elle, curieuse. Pourquoi renoncer à votre suite ?

— L'hôtel est en cours de rénovation. La seule suite disponible était… la mienne. Je suis temporairement installé dans une autre chambre.

Isabella se mit à rire.

— J'aurais pu me contenter d'autre chose. Il était inutile que vous déménagiez pour moi.

— Quelques jours ne feront aucune différence. Il fallait vous installer à votre aise avant votre départ pour l'Europe.

Sur le point de protester, elle se ravisa. Il était inutile de l'alerter dès son arrivée. Il y aurait bien assez de temps pour lui faire part de ses changements de plans.

Un sourire plein de malice lui étira les lèvres.

— J'ai bien reçu votre convocation.

Theron poussa une exclamation qui, bizarrement, résonna comme un juron.

— Je n'ai certainement pas voulu me montrer aussi directif, mademoiselle Caplan.

— Je vous en prie, appelez-moi Isabella. Ou Bella. Vous vous souvenez sûrement que nous n'étions pas aussi formalistes ? D'accord, il y a quelques années de cela, mais je n'ai absolument rien oublié de ce qui vous concerne.

Un silence gêné tomba. Puis :

— Entendu… Isabella.

— Bella, je vous prie.

Theron poursuivit, après avoir émis un son qui lui parut quelque peu exaspéré.

— Très bien. Bella, de quoi parlions-nous ?

Il semblait distrait, et malgré sa politesse sans faille, elle comprit qu'il souhaitait se débarrasser d'elle au plus vite. Elle grimaça un sourire. S'il savait…

— Nous parlions de votre convocation exigeant que je passe demain à votre bureau.

— C'était une requête, Isabella, dit-il d'un ton patient.

— Eh bien, entendu, je l'honorerai. Disons 10 heures du matin, alors ? Je me sens un peu fatiguée et j'aimerais aller me coucher.

— Bien sûr. Ne vous surmenez pas. Commandez à dîner au service d'étage. Vos dépenses sont à notre charge.

Elle n'en avait pas moins attendu de lui et préféra donc ne pas discuter. Les frères Anetakis étaient des gens consciencieux. Et très sérieux quant à leurs obligations.

— A demain alors, dit-elle.

Theron murmura un au revoir conventionnel et elle raccrocha. Ravie, elle se pelotonna dans le canapé avec un sourire aux lèvres.

Oh que oui, elle irait lui rendre visite demain !

2

Theron se renversa dans son fauteuil et, par la fenêtre, contempla le panorama de la ville. Après une matinée chargée en réunions et coups de téléphone, il disposait enfin de quelques instants pour respirer. Jetant un coup d'œil à sa montre, il fit la grimace en se rappelant qu'Isabella Caplan allait arriver d'ici quelques minutes.

Par bonheur, il serait dans très peu de temps débarrassé de ses obligations envers elle. Il allait s'assurer de pourvoir à tous ses besoins et que quelqu'un d'Anetakis International viendrait la chercher à Londres où elle disposerait d'une équipe d'agents de sécurité pour la durée de son séjour. Mais il ne serait pas tranquille pour autant, car dans une semaine, Alannis arriverait de Grèce.

Alannis… Il eut un sourire un peu contraint. Alannis et lui entretenaient ce que l'on pouvait nommer une étroite amitié. Entente était peut-être un meilleur terme, bien qu'il ne voie aucun inconvénient à ce que leur relation évolue vers quelque chose de plus important. Maintenant qu'il reprenait le bureau de New York, il avait besoin de se fixer. C'était un point dont il avait discuté avec franchise avec Alannis au cours des semaines précédentes.

Ils formeraient un couple parfait. Ils se comprenaient. Alannis était issue d'une très bonne famille grecque, de vieux amis de son père. Celui d'Alannis possédait une affaire de fret maritime. Ils étaient très bien assortis et il était donc raisonnable de penser qu'une attirance mutuelle les réunirait.

Elle lui donnerait son amitié et des enfants. Il lui apporterait sécurité et protection.

Oui, c'était le bon moment pour se poser. Son emménagement à New York était probablement définitif car Marley n'avait aucune envie de bouger de l'île où Chrysander et elle avaient bâti leur foyer. Et si lui-même avait l'intention de s'établir ici de manière permanente, la meilleure chose à faire était de trouver une épouse et de fonder sa propre famille.

Un coup frappé à la porte interrompit ses pensées.

— Mlle Caplan est là, monsieur, annonça sa secrétaire en passant la tête dans l'entrebâillement de la porte.

— Dites-lui d'entrer, répliqua-t-il d'une voix brusque.

Il se redressa dans son fauteuil et pianota sur son bureau d'un geste impatient, tentant de retrouver le souvenir vague de la jeune fille, sans pouvoir rien évoquer d'autre que l'image d'une très jeune Isabella dégingandée, avec de grands yeux et un appareil dentaire. Il n'était même pas certain de son âge actuel. Il savait juste qu'elle venait de terminer ses études. Donc, se dit-il, elle devait sans doute avoir quelque chose comme… vingt-deux ans ?

Quand la porte s'ouvrit, il s'efforça de sourire. Inutile de la terroriser. Il se remit debout et s'avançait déjà pour l'accueillir lorsqu'il s'arrêta net, estomaqué.

Devant lui se tenait non pas une jeune fille, mais une femme d'une stupéfiante beauté. Il sentit aussitôt sa gorge se serrer, et il fut obligé de tourner le cou d'un côté puis de l'autre pour soulager son malaise.

Elle lui décocha un sourire timide qui acheva de le bouleverser complètement. Une longue minute, il ne put rien faire d'autre que de rester bouche bée, tel un adolescent boutonneux, expérimentant sa première montée d'hormones.

Isabella était vêtue d'un jean moulant, taille basse. Son top, si on pouvait le nommer ainsi, épousait ses formes généreuses avec la même sensualité que des mains d'homme. Ce top trop court et le jean taille basse découvraient une partie de son ventre parfaitement plat.

Fasciné, il était incapable de détacher le regard de ce corps absolument divin, de cette bande de peau nue qu'il devinait douce et tendre. Soudain un éclair argenté attira son attention. Il fronça les sourcils. Quoi ? Elle avait un piercing au nombril ?

Comme il relevait les yeux, gêné d'être surpris en train de la fixer, leurs regards se croisèrent.

Cette fois, il s'attarda sur ses longs cheveux noirs qui lui retombaient au bas des épaules et ses étincelants yeux verts aux cils immenses. Un soupçon de sourire retroussait les lèvres pulpeuses, généreuses, découvrant des dents d'une blancheur immaculée. Le sourire d'Isabella s'élargissant, deux fossettes se creusèrent dans ses joues.

Cette femme n'était pas de celles que l'on peut ignorer.

Il fallait qu'un homme soit aveugle, sourd et ahuri pour ne pas remarquer cette femme dans une pièce. Et sans trop savoir pourquoi, cette pensée l'agaça au plus haut point.

— Que diable avez-vous là ? interrogea-t-il, incapable de trouver une meilleure formulation.

Isabella haussa un seul sourcil brun et une lueur amusée apparut dans son regard. Baissant les yeux, elle passa les mains le long de ses hanches.

— Je crois que cela s'appelle des vêtements, dit-elle d'une voix rauque.

Il s'assombrit encore davantage.

— Est-ce le genre de chose avec laquelle Chrysander vous permet d'aller vous balader ?

Isabella eut un léger rire, un son qui ricocha sur la nuque de Theron. La sensation fut si chaude, si intense, et il en retira un tel plaisir qu'il brûla tout à coup de l'entendre encore.

— Chrysander n'a pas voix au chapitre sur ce point.

— Il est… il était votre tuteur, répliqua Theron. Comme je le suis désormais.

— Pas légalement, rétorqua-t-elle. Vous rendez un service à mon père en étant l'exécuteur de ses biens qui me reviendront à mon mariage, mais vous n'êtes pas vraiment mon tuteur. Je me suis très bien débrouillée toute seule, avec très peu d'interventions de la part de Chrysander.

Il s'appuya de nouveau contre son bureau, étudiant la jeune femme qui se tenait, si confiante, devant lui.

— Vous marier ? D'après les termes du testament de votre père, il ressort que vous devriez entrer en possession de votre héritage lorsque vous aurez vingt-cinq ans.

— Ou que je me marie, corrigea-t-elle d'une voix douce. J'ai l'intention de me marier bien avant cela.

Toutes sortes de scénarios plus ou moins désagréables envahirent l'esprit de Theron.

— Qui est-ce ? demanda-t-il d'un ton sévère. Je veux qu'on fasse une enquête très poussée à son sujet. On n'est jamais trop prudent dans votre position. Votre héritage va attirer une cohorte de soupirants indésirables qui n'en voudront qu'à votre argent.

Encore une fois, elle eut un sourire éclatant.

— Je suis très heureuse de vous revoir, Theron. Mon voyage s'est bien passé et la suite est adorable. Il y avait très longtemps que je ne vous avais vu, mais je vous reconnaîtrais n'importe où.

Le reproche irrita Theron. Elle avait tout à fait raison. Il avait été impoli. Il ne l'avait pas accueillie dans les formes.

— Toutes mes excuses, Isabella.

S'approchant d'elle, il la prit par les épaules, et se pencha pour l'embrasser sur les deux joues.

— Je suis heureux d'apprendre que votre voyage a été satisfaisant et que la suite vous convient. Puis-je vous offrir un verre pendant que nous discuterons de la préparation de votre voyage ?

Isabella secoua la tête en souriant puis, passant à côté de lui, s'approcha de la fenêtre. Ses hanches se balançaient et ses fesses, étroitement gainées par le jean trop serré, se mouvaient de façon provocante. Il leva les yeux au plafond pour éviter de la fixer de façon indécente. Ce fut alors qu'un éclair de couleur au niveau de sa taille l'arrêta. Clignant des yeux, il regarda encore, certain de s'être trompé. Comme Isabella marquait une pause devant la fenêtre, le bas de son top bougea et une minuscule partie de ce qui ressemblait à un tatouage pointa entre le jean et le top.

Les yeux rivés dessus, il s'efforça de deviner ce que représentait le tatouage. De nouveau, il sentit la colère le gagner. De toute évidence, Chrysander avait lamentablement échoué dans son rôle de tuteur. Dans quelle sorte de galère s'était mise cette fille ? Des tatouages ? Parler de mariage ?

Fermant les yeux, il se pinça le nez, sentant approcher un début de migraine.

— Vous avez une vue merveilleuse, dit Isabella en se détournant de la fenêtre vers lui.

Il s'éclaircit la gorge et son regard se posa sur son visage. N'importe où sauf sur les seins comprimés par le mince T-shirt. *Theos* ! Cette fille était une bombe à retardement ambulante !

— Avez-vous déjà pris toutes les dispositions pour votre voyage en Europe ou préférez-vous que je m'en occupe ? demanda-t-il, courtois.

Isabella enfouit les mains dans ses poches de jean, un exploit dont il se demanda comment elle avait pu le réaliser, et s'adossa à la fenêtre.

— Je ne vais pas en Europe.

Incrédule, il battit des paupières.

— Pardon ?

De nouveau, elle sourit, et ses fossettes se creusèrent.

— J'ai décidé de ne pas aller passer l'été en Europe.

Il porta la main à son front qu'il massa pour en effacer la tension et maudit Chrysander. Grâce à lui, il allait avoir Isabella Caplan sur le dos.

— Cela a-t-il un rapport avec votre soudaine envie de vous marier ? demanda-t-il d'un ton las. Vous n'avez pas encore répondu à ma question concernant votre futur époux.

— C'est parce qu'il n'existe pas encore, dit-elle, malicieuse. Je n'ai jamais dit que j'avais déjà un homme en vue. Juste que j'envisageais de me marier avant mes vingt-cinq ans. Comme cela me laisse encore trois ans, il est certainement inutile de commencer à faire des recherches dans votre entourage.

— Dans ce cas, pourquoi ne pas aller en Europe ? C'était du moins votre intention d'après la lettre que vous aviez adressée à Chrysander.

— Je ne lui ai rien adressé de tel, protesta-t-elle d'un ton léger. L'homme que Chrysander a engagé à l'étranger pour veiller sur mon éducation et mes projets de vie l'a prévenu de mon voyage en Europe. J'ai juste changé d'avis, c'est tout.

Theron réprima un soupir de lassitude.

— Alors qu'avez-vous l'intention de faire ?

Il eut presque peur d'entendre la réponse.

— Je vais prendre un appartement ici, en ville.

Il faillit s'étrangler. C'était tout simplement hors de question. Si elle restait ici, songea-t-il, il serait bloqué, obligé de gérer ses affaires, de veiller sans cesse sur elle.

D'un seul coup, l'éventualité d'un mariage prochain ne lui parut pas aussi irritante. Isabella avait vingt-deux ans. Certes, c'était jeune pour convoler de nos jours, mais sans doute pas impossible. La meilleure chose à faire pour elle était peut-être de lui présenter un homme en mesure de lui apporter sécurité et stabilité. Il retournait cette idée dans sa tête où elle prenait peu à peu du poids lorsque Isabella reprit la parole.

— Je vous demande pardon ? dit-il en se rendant compte qu'il n'avait aucune idée de ce qu'elle venait de lui dire.

— Je disais que maintenant que nous en avons fini avec les dispositions à prendre, il faut que je m'en aille. Je dois trouver un appartement.

Theron l'imagina en train de se balader seule et vulnérable, dans une ville avec laquelle elle n'était pas intimement familiarisée et une alarme résonna dans sa tête. Bon sang ! Elle pouvait très bien tomber sur un voisinage qui ne lui conviendrait pas du tout. Et puis il y avait la question de sa sécurité.

Maintenant qu'elle allait vivre ici et non en Europe, il allait devoir faire des pieds et des mains pour lui recruter une équipe de gardes du corps. Penser qu'elle pouvait se faire kidnapper comme l'avait été Marley était la dernière chose qu'il souhaitait.

— Je ne crois pas que vous devriez vous occuper de cela toute seule, déclara-t-il d'un ton ferme.

Le visage d'Isabella s'illumina soudain.

— C'est si gentil de votre part de me proposer de chercher un appartement avec moi. Je dois l'admettre, je n'étais pas très pressée de le faire toute seule et votre connaissance de la ville est tellement meilleure que la mienne.

Il ouvrit la bouche pour nier l'idée qu'il se portait volontaire pour quoi que ce soit, mais l'expression de pur plaisir qu'il lut sur le visage d'Isabella l'obligea à se taire. Vaincu, il laissa échapper un soupir.

— Je vous accompagnerai, bien sûr. Je ne veux pas que vous vous installiez n'importe où. Je vais demander à ma secrétaire de vous montrer quelques appartements convenables et, ensuite, nous irons les visiter. Peut-être demain matin ? Je serai heureux que vous restiez dans la suite aussi longtemps que vous le désirerez.

Isabella fronça les sourcils.

— Mais je déteste l'idée de vous mettre dehors.

— Pas de souci, dit Theron en secouant la tête. Chrysander a encore ici un loft que je peux maintenant utiliser.

Il y eut un bref éclair dans les yeux de la jeune femme, mais son expression redevint rapidement indéchiffrable.

— Dans ce cas, j'apprécie votre offre et j'adorerais partir en quête d'un appartement avec vous demain.

Puis d'une voix innocente :

— Déjeunerons-nous aussi ensemble ?

— Bien entendu, laissa-t-il échapper à contrecœur.

Pourquoi éprouvait-il cette impression d'avoir été aplati par un rouleau compresseur ? La seule pensée que ce brin de fille ait pu le manipuler aussi facilement l'irritait. Pourtant, il n'y avait rien dans son expression qu'une sincère gratitude et du soulagement.

Alors Isabella se précipita vers lui et l'étreignit. Elle atterrit contre son torse et il manqua de perdre l'équilibre.

— Merci, lui souffla-t-elle en le serrant de toutes ses forces.

Il ne put que lui rendre son étreinte. Le corps d'Isabella se fondit contre le sien et il ressentit chacune des courbes généreuses qu'il avait remarquées un peu plus tôt. Sa main effleura le petit morceau de chair sur le dos d'Isabella que le T-shirt avait dénudé et, encore une fois, il se posa des questions sur le tatouage qu'il y avait aperçu. Etrangement, il mourait d'envie de savoir ce qu'il représentait. Secouant la tête, il se dégagea avec délicatesse de l'étreinte de la jeune fille.

— Permettez-moi d'appeler le chauffeur pour qu'il vous ramène à l'hôtel.

Il l'embrassa sur la joue avant de se tourner vers la porte.

— Merci, Theron, dit-elle. Alors à demain matin !

Il resta un instant immobile, encore sous le coup de cette impétueuse étreinte. Puis, marmottant un juron, il contourna de nouveau le bureau. Dire qu'il avait été si pressé de condamner Chrysander de s'être empêtré avec une personne si jeune ! Et voilà que lui-même se retrouvait en train de la convoiter. C'était lamentable. A l'évidence, il y avait trop longtemps qu'il n'était pas sorti avec une femme.

Par l'Interphone, il donna de rapides instructions à sa secrétaire, afin qu'elle lui trouve deux ou trois possibilités d'appartements. Si rien de cela ne fonctionnait, il pourrait toujours laisser à Isabella l'usage du penthouse.

Après cela, il décrocha son téléphone pour régler les détails relatifs à la sécurité de sa protégée. En raccrochant, il se rappela qu'Alannis devait arriver d'ici une semaine et, à cette pensée, un grognement lui échappa. Il n'avait pas escompté devoir s'occuper d'Isabella quand sa fiancée serait là. Une seule femme, c'était déjà plus que suffisant, et partager ses attentions entre deux était la recette d'un désastre annoncé. Mais il était aussi possible qu'Alannis trouve des idées en ce qui concernait Isabella. Ensemble, ils pourraient lui présenter quelques hommes à marier, des hommes qu'il passerait bien entendu au crible. Décidant aussitôt que cette nouvelle tâche incombait à Madeline, il lui demanda de composer une liste de soupirants potentiels, y compris leur curriculum vitae complet, plus une liste de pour et de contre.

La requête parut amuser Madeline, mais elle ne posa pas de questions.

Satisfait, il se rassit dans son fauteuil et croisa les doigts sur sa nuque. Il n'y en aurait pas pour longtemps. Il allait lui trouver un appartement, un mari et ensuite il consacrerait toute son attention à ses prochaines noces.

— Isabella ! s'exclama Sadie en ouvrant la porte d'un geste impétueux.

Isabella se retrouva soudain enveloppée dans les bras de son amie et lui retourna son étreinte.

— Entre, entre. C'est si bon de te revoir, poursuivit Sadie en entraînant son amie à l'intérieur de son appartement.

Les deux jeunes femmes s'installèrent dans le petit salon, et aussitôt, Sadie se précipita.

— Alors, tu l'as vu ?

Isabella sourit.

— Je sors de son bureau.

— Et ?

Son amie haussa les épaules.

— Je lui ai dit que je ne partais plus pour l'Europe et que j'allais chercher un appartement ici.

Et elle ajouta avec un léger sourire :

— Il va m'y aider.

— Alors, il l'a bien pris ?

Sadie rejeta ses longs cheveux roux sur ses épaules, ce qui fit ressortir ses jolis traits. D'un an plus âgée qu'Isabella, elle avait obtenu son diplôme de fin d'études un peu avant elle et était partie pour New York afin de faire carrière à Broadway.

— Bien, je ne dirais pas cela, répondit Isabella amusée. Je crois qu'il se demandait plutôt ce qu'il allait bien pouvoir faire de moi. Les frères Anetakis prennent leurs responsabilités très au sérieux. Ils sont grecs après tout. Et moi, je représente pour Theron une énorme responsabilité dont il doit se débarrasser. A coup sûr, il brûlait d'impatience de me coller dans un avion en partance pour l'Europe le plus vite possible.

— Très bien, alors vas-y, dit Sadie avec vivacité. Quel est ton plan ?

Isabella fit une grimace.

— Je n'en suis pas tout à fait sûre. J'avais prévu d'aller en Europe et, là-bas, de le harceler totalement. Maintenant, il se retrouve à New York et je dois me débrouiller avec ce changement de plan. La bonne nouvelle c'est que nous déjeunons ensemble demain pendant nos visites d'appartements. Et là, je suppose, je verrai où nous en sommes.

— Comment a-t-il réagi en te voyant ? interrogea Sadie. Cela fait... quoi ? Quatre ans depuis la dernière fois ?

— Euh, oui. Dieu merci, j'ai changé depuis !

— Et alors ? A-t-il apprécié tes charmes féminins ?

— Je suis certaine qu'il les a remarqués, mais, à mon avis, il était partagé entre l'intérêt et la consternation. Il faut que tu le comprennes, Theron est très... euh, traditionnaliste.

Elle s'adossa au canapé en poussant un soupir.

— Mais si je m'étais habillée en bonne petite jeune fille grecque bien effacée, il ne m'aurait même pas regardée deux fois. J'aurais été reléguée au statut de petite sœur, comme l'a fait Chrysander et on ne pourrait rien y changer.

— Donc, mieux vaut tout de suite annoncer la couleur ?

— Exactement, murmura Isabella. S'il me considère comme quelqu'un d'inoffensif, alors il ne me regardera jamais réellement.

Sadie se mit à rire et lui prit les mains.

— Je suis tellement heureuse de te revoir, Bella. Cela faisait bien trop longtemps et tu m'as manqué.

— Oui, c'est vrai. Maintenant, cela suffit avec moi. Je veux que tu me racontes tout de toi et que tu me parles de ta carrière à Broadway. Dis-moi, as-tu décroché des rôles ?

Les lèvres de Sadie prirent une expression déconfite.

— Je crains bien que les rôles ne soient une denrée très rare, mais je n'ai pas abandonné. J'ai une audition la semaine prochaine, justement.

Isabella fronça les sourcils.

— Mais tu gagnes ta vie, Sadie ?

— J'ai un job. Peu d'heures, en fait. Juste deux soirs par semaine. Mais c'est bien payé.

Elle ajouta effrontément :

— Ça ira jusqu'à ce que je perce enfin.

Isabelle la considéra avec une curiosité inquiète.

— En quoi consiste ce job ?

Sadie eut un sourire malicieux.

— Il s'agit d'un club pour messieurs. Très chic, très sélect.

Un peu choquée, Isabella resta un instant silencieuse.

— Tu es strip-teaseuse ?

— Je ne me déshabille pas toujours, dit Sadie d'un ton sec.

Elle ajouta avec un grand sourire :

— Ce n'est pas obligatoire, mais j'obtiens de meilleurs pourboires quand je le fais.

Isabella la fixa un long moment avant d'éclater de rire.

— Je devrais peut-être prendre des leçons avec toi. Theron serait bien obligé de me regarder si je me déshabillais devant lui.

Sadie joignit son rire au sien.

— S'il ne te remarque pas, chérie, s'exclama-t-elle ensuite, c'est que cet homme est fou.

D'un geste impulsif, Isabella l'étreignit.

— Je suis si heureuse d'être ici. Tu m'as manquée. C'est tellement bon d'être à New York. Tout se passe comme si ce testament fonctionnait vraiment et que je puisse faire en sorte que Theron tombe vraiment amoureux de moi.

Sadie lui rendit son étreinte.

— Je suis certaine que Theron va tomber fou amoureux de toi, dit-elle en s'écartant de son amie. Mais sinon ? Tu es jeune et belle et tu n'aurais que l'embarras du choix.

— Je ne veux que Theron, soupira Isabella. Il y a si longtemps que je l'aime.

— Dans ce cas, il faut que nous réfléchissions à un moyen de l'attraper, n'est-ce pas ? conclut Sadie.

3

— J'espère que tout va bien pour vous, Alannis ? la salua Theron avec courtoisie.

Il l'écouta répondre par quelques formules polies, un peu distantes et réservées, mais il n'en attendait guère plus de sa part. Ce n'était tout simplement pas son style.

— J'ai pris des dispositions pour qu'un avion de la flotte Anetakis vous amène de Grèce jusqu'à New York dans une semaine. Votre mère vous accompagnera-t-elle ?

La question n'avait aucun sens. Il l'avait plus posée par politesse que par curiosité, sachant très bien que la famille d'Alannis ne lui permettrait jamais de voyager sans chaperon pour aller voir un homme encore célibataire.

— Je vous attendrai avec impatience, poursuivit-il. J'ai retenu des billets pour une soirée à l'opéra.

Si tout allait bien, il lui réclamerait un moment d'intimité pour faire sa demande et les deux familles pourraient ensuite commencer à faire des projets pour le mariage.

Bien sûr, il allait maintenant devoir en avertir ses frères. Raccrochant le téléphone, il resta à le fixer un bon moment. Il ne faisait aucun doute que Chrysander, dans son nouveau bonheur, renâclerait à l'encourager à contracter un mariage sans amour. Quant à Piers, il hausserait les épaules et dirait qu'il s'agissait de la vie de son frère. Si ce dernier voulait la gâcher, cela ne regardait que lui.

Au fil du temps, il pourrait finir par éprouver une véritable affection pour Alannis. Déjà, il l'appréciait et la respectait, ce qui était plus qu'il ne pouvait en dire d'un tas de femmes de sa connaissance. Il avait mieux à faire que d'attendre d'une femme qu'elle l'aime aussi profondément que Marley aimait Chrysander. Mais il lui plaisait de penser qu'il pourrait être ami avec sa future épouse et apprécier sa compagnie au lit et en dehors du lit.

A l'évocation d'Alannis nue et dans son lit sous son corps, il fronça les sourcils. Il baissa les yeux vers le bas de son ventre comme s'il en attendait une réponse. Qui ne vint pas.

Alannis… elle se montrait si froide et raide. Il ne pouvait sans doute pas la blâmer, songea-t-il. Elle était plus que probablement encore vierge et il lui incomberait d'éveiller la passion en elle. C'était son devoir d'époux.

Avec un soupir, il consulta sa montre et remarqua avec irritation qu'Isabella était en retard. Il pianota avec impatience sur son bureau. Madeline avait proposé trois possibilités d'appartements, tous situés dans d'excellents quartiers et à proximité immédiate de l'Imperial Park Hotel. En revanche, elle n'avait guère avancé sur la liste des soupirants potentiels.

Qu'importait ! La priorité était d'installer Isabella. Le plus tôt serait le mieux. Il s'occuperait ensuite de la marier.

Il entendit la porte s'ouvrir et, surpris, leva les yeux avant de se rembrunir en voyant Isabella pénétrer en trombe dans la pièce sans se faire annoncer.

— Bonjour, dit-elle d'une voix chantante en s'arrêtant devant son bureau.

A la vue de sa tenue vestimentaire, il eut un petit sursaut. Elle n'était pas exactement inconvenante non, et, sur ce point, il ne pouvait la lui reprocher, puisque en quelque sorte… elle la couvrait.

Mais sa bouche s'assécha lorsque, posant les mains à plat sur son bureau, elle se pencha en avant. Ses seins jaillissaient, palpitants, tout près du décolleté en V de son T-shirt et il put même voir les deux bonnets de dentelle de son soutien-gorge.

Jurant doucement entre ses dents, il détourna le regard.

— Bonjour Isabella.

— Bella, s'il vous plaît. Sauf si ce nom ne vous plaît pas ?

Il n'en était rien, sauf que cela lui paraissait en quelque sorte plus intime, surtout lorsqu'il se rappela la signification italienne du diminutif : belle. Tout à fait ce qu'elle était. Belle à couper le souffle. Différente de ce type de femmes sophistiquées qui l'attirait, mais belle sans le moindre doute. Avec quelque chose de sauvage, de débridé.

Troublé par le tour que prenaient ses pensées, il grinça des dents et changea de position. Alors que l'évocation d'Alannis le laissait de marbre, tous ses sens s'éveillaient quand il s'agissait d'Isabella.

Il était son tuteur, voyons, quelqu'un chargé de veiller sur son bien-être et voilà qu'il fantasmait sur elle ? Le dégoût l'envahit. Non seulement il manquait de respect à Isabella mais aussi à Alannis. Aucune femme ne devait supporter que son futur fiancé en convoite une autre.

— Bella, agréa-t-il.

Le diminutif lui allait bien. Il était léger, exquis.

Se levant de son fauteuil, il contourna le bureau. Voyant le regard curieux d'Isabella, il lui en demanda la raison.

— Vous êtes habillé si simplement, dit-elle en riant. Je suis tellement habituée à ne vous voir qu'en costume-cravate.

— Et quand m'avez-vous vu ? interrogea-t-il, étonné.

Bella piqua un fard et, fasciné, il vit la rougeur empourprer ses joues. Baissant la tête, elle fit un pas en arrière et ses cheveux croulèrent sur ses épaules.

— Des photos, murmura-t-elle. Il y a toujours des photos de vous dans les journaux.

— Et vous avez ramené ces photos de Californie ?

— Oui. J'aime bien garder le contact avec les personnes qui veillent sur le bon état de mes finances, répliqua-t-elle d'un ton neutre.

— C'est bien normal, approuva Theron. Etes-vous prête ? J'ai là une liste d'appartements possibles et j'ai pris la liberté de réduire ces possibilités à quelques-unes convenant davantage à une jeune femme qui vit seule.

A peine avait-il terminé sa phrase, qu'il prit conscience d'avoir fait une supposition énorme. Il n'y avait certainement aucune raison de croire qu'une femme aussi belle et aussi vibrante qu'Isabella souhaite vivre seule. Mais il se refusa à reformuler sa phrase ou de lui demander si elle avait quelqu'un dans sa vie. Il aurait pourtant besoin de le savoir, parce que, si c'était bien le cas, il pourrait alors s'épargner la recherche d'un éventuel mari.

— Je suis prête si vous l'êtes, lui répondit-elle avec un sourire rayonnant.

En quittant le building où était basé le quartier général d'Anetakis, Theron posa la main dans le creux du dos d'Isabella. Elle en ressentit le contact à travers son haut. Il s'infiltra sur sa peau. Les doigts de Theron avaient sûrement laissé leur empreinte sur son corps, comme une brûlure au fer rouge.

Après l'avoir adoré de si loin pendant des années, elle s'était préparée à être déçue. L'homme qu'il était devenu ne serait peut-être pas à la hauteur de ses rêves. Mais, lorsqu'elle l'avait vu, elle avait compris à quel point la réalité dépassait ses rêves. Theron allait au-delà, bien au-delà de tout ce qu'elle avait pu imaginer. Ses sentiments ne s'étaient pas envolés en le revoyant. Ils s'étaient au contraire renforcés.

A l'arrière de la limousine, elle s'assit à son côté. Outre Henry, le chauffeur, il y avait à l'avant un autre membre du staff de sécurité. Comme ils s'arrêtaient devant le premier immeuble d'appartements, elle remarqua qu'une autre voiture plus petite stoppait derrière eux. Deux hommes en sortirent et inspectèrent avec minutie les environs.

— Je ne me souviens pas que la sécurité ait été aussi sévère lors de ma dernière visite, murmura-t-elle, tandis qu'ils se dirigeaient vers l'entrée du bâtiment.

Theron parut se crisper.

— C'est un mal nécessaire.

Intriguée, elle attendit la suite, mais il ne lui donna aucune autre explication.

Trois heures plus tard, ils avaient fait le tour des quatre appartements. Theron avait refusé le premier avant même qu'Isabella ait pu donner son avis. Il ne lui laissa le choix que sur les deux derniers.

Elle étouffa un rire et l'informa d'une voix solennelle qu'elle aimait bien le quatrième. Il approuva d'un bref signe de tête et entreprit de s'occuper des mesures de sécurité.

— Voulez-vous qu'on apporte vos affaires à votre appartement ? lui demanda-t-il, pendant le trajet de retour.

Isabella secoua la tête.

— J'ai l'intention d'acheter ici tout ce dont j'ai besoin et de me faire livrer. Ce sera très amusant.

Theron grommela quelque chose, mais lorsqu'elle se tourna vers lui pour le questionner, il serra les lèvres.

— Je trouverai quelqu'un pour vous emmener faire vos achats, dit-il d'un ton bourru.

— Je vous assure, Theron, répliqua-t-elle en haussant un sourcil, que je n'ai aucun besoin d'une baby-sitter. Chrysander m'en a flanqué d'un l'an dernier et je n'en avais pas plus besoin que maintenant.

— Vous ne traînerez pas toute seule dans la ville, dit-il d'un ton ferme.

Elle haussa les épaules et avec un léger sourire :

— Vous pourriez toujours m'accompagner.

Il la couvrit d'un regard éberlué.

— Non ? poursuivit-elle. Vous me semblez être un choix très logique car je ne connais personne d'autre ici que vous.

Elle se garda bien de lui parler de Sadie. Il n'y avait aucune raison pour que Theron ait vent de son existence et il l'approuverait encore moins s'il apprenait qu'elle travaillait dans un club de strip-tease. Parce que, se dit-elle, à l'instant où elle lui en parlerait, il lui interdirait de continuer à fréquenter Sadie.

Non qu'elle l'écouterait, mais elle avait l'intention de prendre le meilleur départ possible dans la relation qu'ils devaient avoir. L'aguicher, c'était bien pour l'instant, mais elle voulait qu'il tombe amoureux d'elle. Qu'il la désire.

— Vous avez raison, bien sûr, dit Theron avec une petite grimace. J'oublie que vous viviez en Californie et que vous n'êtes ici qu'en visite.

Elle se glissa à l'intérieur de la limousine et lui sourit pendant qu'il en faisait autant de l'autre côté.

— Cela signifie-t-il que vous allez m'accompagner pour faire mon shopping ?

Voyant Theron se renfrogner, elle ne put retenir plus longtemps son rire.

Un rire qui mourut dans sa gorge lorsqu'elle croisa le regard chargé de désir que Theron posait sur elle. Mais, presque aussitôt, il battit des paupières et reprit sa réserve.

— Je vais voir si mon emploi du temps me permet ce genre de détour, dit-il d'un air sévère.

— Où m'emmenez-vous déjeuner ? demanda-t-elle, plutôt pour lui rappeler leur rendez-vous que par réelle curiosité.

Peu lui importait où et ce qu'ils allaient manger. Ce qu'elle désirait, c'était passer du temps avec lui.

— Nous avons à l'hôtel un excellent restaurant, répondit Theron. J'y ai en permanence ma table personnelle. Je me disais que nous pourrions y prendre notre repas en toute sécurité et qu'ensuite vous pourriez aller vous reposer dans votre suite.

Elle résista à une terrible envie de lever les yeux au ciel. Il était si lisse. Cherchant en douce le meilleur moyen de se débarrasser d'elle. Comment lui en vouloir ? Elle était un fardeau imprévu et il était un homme très occupé.

Mâchonnant sa lèvre inférieure, elle suivit des yeux de l'autre côté de la vitre le ballet des voitures tout en se demandant comment faire pour qu'il considère par-delà l'inconvénient qu'elle représentait, la femme qui l'aimait et le désirait avec une telle ferveur.

— Quelque chose vous contrarie, Bella ?

Elle sursauta et se tourna vers Theron. Il la fixait, l'air soucieux.

Elle lui sourit et secoua la tête.

— Je suis juste un peu fatiguée. Et excitée.

Theron fronça les sourcils.

— Peut-être me permettriez-vous d'aller voir avec vous les meubles pour votre appartement ? Si vous vouliez noter vos préférences, je pourrais demander à un designer de travailler avec vous. De cette manière, vous ne seriez pas obligée de sortir pour faire vos achats.

— Oh non, ce ne serait pas aussi amusant. Cet endroit est tellement fabuleux !

— Quels sont vos projets, Bella ?

Surprise, elle battit des paupières.

— Des projets ?

— Oui, des projets. Maintenant que vous avez eu vos examens, quels sont vos plans pour l'avenir ?

— Oh, eh bien, j'ai prévu de prendre des vacances cet été, biaisa-t-elle. Je penserai cet automne à l'avenir.

Theron ne répondit pas mais, elle aurait pu en jurer, une telle approche l'inquiétait. Elle eut un petit sourire intérieur. Cela devait lui donner de l'urticaire. Les frères Anetakis se jetaient toujours à corps perdu dans les affaires et leur mot d'ordre était alors : « Pas de quartier. » Ils n'étaient pas pour rien une des familles les plus riches du monde.

En arrivant à l'hôtel, toujours flanqués de chaque côté par leurs gardes du corps, Theron l'entraîna à l'intérieur. Tout cela était bizarre, songea-t-elle. Un peu surréaliste aussi, presque comme s'ils étaient des personnages royaux.

Quelques minutes plus tard, on les escorta vers la table de Theron. Elle se trouvait dans un coin tranquille, presque complètement isolée du reste des dîneurs.

Il l'aida à s'installer avant de prendre place face à elle. Laissant tomber son grand corps mince sur le siège, il lui adressa un regard nonchalant.

— Que désirez-vous manger, *pethi mou* ?

Le petit mot tendre la fit se recroqueviller. Il l'avait lui-même nommée ainsi lorsqu'elle avait treize ans. *Mon petit.* Elle en eut comme un grincement de dents. Ce n'était pas ce genre d'expression qui pouvait évoquer l'image de leurs deux corps allongés sur un lit, membres enlacés.

— Que suggérez-vous ? demanda-t-elle.

En même temps, elle étudiait ses lèvres, la courbe sensuelle de la bouche et l'ombre noire qui se formait déjà sur les mâchoires. Elle fut prise d'une irrésistible envie de tendre la main vers ce visage et de laisser courir ses doigts sur sa rudesse, puis sur la douceur des lèvres.

Quel effet cela ferait-il de l'embrasser ? Au lycée, elle avait bien embrassé plusieurs garçons. Certains baisers étaient très bons, d'autres maladroits et agréables, mais avec Theron… l'embrasser serait comme de chevaucher une tempête. Brûlant, excitant, à couper le souffle. Son cœur se mit à battre, sauvage et fou, en imaginant le contact doux et tiède de sa langue sur la sienne.

— Bella ?

Elle battit des paupières et secoua la tête, comprenant que Theron avait prononcé son nom depuis quelques secondes déjà.

— Désolée, murmura-t-elle. J'étais perdue dans mes pensées.

— Je vous suggérais d'essayer le saumon, dit-il sèchement.

Confuse, elle approuva vivement de la tête.

— Je prendrai ce que vous suggérez, dit-elle d'une voix enrouée.

Theron passa la commande en termes brefs et le serveur qui attendait à côté de la table, s'éloigna.

— Alors Bella, dit Theron en s'adossant à sa chaise.

Ainsi, il semblait très décontracté et l'examinait de près, ce qui eut pour effet de l'intimider au plus haut point.

— Et si nous parlions de votre avenir ? proposa-t-il.

Une boule se forma dans l'estomac d'Isabella.

— Mon avenir ?

Elle partit d'un rire léger, histoire d'apaiser les battements furieux de son cœur. Si elle avait la moindre voix au chapitre, son avenir serait irrémédiablement lié à celui de Theron.

— Eh bien oui, votre avenir. Vous y avez bien un peu songé, non ?

Theron semblait un peu ironique. Ce qui ne l'étonna pas. Pour lui, ne pas avoir de plan d'avenir bien défini était une aberration. Si seulement il savait ! Elle qui n'avait rien fait d'autre au cours des dernières années, que d'échafauder des projets d'avenir.

Avec lui.

— J'y ai pas mal songé, répondit-elle d'un ton égal.

— Vous avez évoqué le mariage. Pensez-vous réellement vous marier avant d'avoir vingt-cinq ans ?

— J'y compte bien.

Il hocha la tête comme s'il l'approuvait et elle faillit éclater de rire. Approuverait-il autant s'il savait qu'il était le fiancé à qui elle songeait ? Elle poussa un soupir. Elle avait la sensation que c'était mal de sa part, un peu comme si elle méditait un meurtre au lieu de vouloir juste le séduire.

— C'est parfait, reprit Theron presque pour lui-même. J'ai déjà pris la liberté d'établir une liste de candidats possibles.

Eberluée, elle le fixa, sourcils froncés.

— Des candidats ? Pourquoi ?

— Pour vous marier, Bella. J'ai l'intention de vous aider à trouver un mari.

4

Isabelle le toisa d'un œil soupçonneux en se demandant tout à coup, si c'était de l'humour.

— Vous avez l'intention de quoi ?

— Vous désirez bien un mari ? Après mes premiers doutes, je me suis dit que c'était une excellente idée. Une jeunc femme dans votre position n'est jamais assez prudente.

Il poursuivit sur sa lancée, visiblement emballé par son idée.

— J'ai donc pris la liberté d'établir une liste de candidats.

Incapable de se retenir, Bella éclata de rire. Au chapitre des absurdités, celle-ci remportait le pompon !

Surpris, il s'assombrit tandis qu'elle riait toujours.

— En quoi est-ce amusant ?

Elle secoua la tête.

— Je suis dans cette ville depuis à peine deux jours et déjà vous faites des projets pour vous débarrasser de moi en me mariant. Et au fait, dites-moi, qu'entendez-vous par « une jeune femme dans votre position n'est jamais assez prudente » ?

— Vous êtes jeune, belle et en bonne santé, dit-il d'un ton abrupt. Vous allez voir tous les hommes entre vingt et quatre-vingts ans projeter de vous épouser et de coucher avec vous. Pas forcément dans cet ordre…

Elle se rejeta contre le dossier de sa chaise avec une expression de surprise moqueuse.

— Et pas un mot sur mon intelligence, mon esprit et mon charme ? Je suis heureuse d'apprendre que je ne me marie pas pour des raisons superficielles.

L'air sérieux, Theron lui saisit la main. Quand ses doigts

lui caressèrent le creux de la paume, une soudaine chaleur remonta tout à coup le long du bras de Bella.

— C'est précisément pourquoi il m'est apparu que je devais m'impliquer dans votre recherche d'un époux. Les hommes vont tenter de profiter de vous en feignant d'être ce qu'ils ne sont pas. Les coureurs de dots feront semblant d'ignorer votre fortune. Ils seront ravis par votre *douceur* et votre *générosité*. Il est important que tout homme à qui nous permettrons de vous approcher soit minutieusement passé au crible par mes soins.

Une sorte de rictus déforma les lèvres d'Isabella, mais elle n'osa pas rire ouvertement. Theron était d'un sérieux absolu et, elle dut l'admettre, son inquiétude était plutôt affectueuse. Elle aurait même trouvé cela très gentil s'il n'était pas si résolu à la marier avec un autre que lui !

— Ne vous laissez pas abattre, *pethi mou*, dit-il d'une voix apaisante. Il existe bien des hommes qui iraient vous chercher la lune. Il s'agit juste de trouver le bon.

— Vous avez raison, bien sûr, murmura-t-elle.

Ce fut tout ce qu'elle put faire pour ne pas se recroqueviller sur elle-même. Si ce qu'elle venait d'entendre n'était pas le plus pénible des sermons, alors elle n'avait jamais rien entendu.

Et que pouvait-elle dire d'autre ? Ce qu'elle désirait réellement faire c'était de se pencher par-dessus la table et de lui demander s'il pouvait être cet homme-là. Mais, elle le savait déjà, la réponse serait non. Il ne pouvait être cet homme. Tout au moins pas encore. Pas avant d'avoir eu le temps de s'habituer à l'idée.

Il sourit d'un air approbateur et abandonnant ses doigts, s'adossa de nouveau à sa chaise. Elle fixa sa main ouverte, regrettant déjà le contact perdu.

— Alors dites-moi, que demandez-vous à un mari ? demanda-t-il d'un ton indulgent.

Pensive, elle le contempla pendant que son esprit assemblait tous les éléments qu'elle aimait le plus en lui. Puis elle commença à décompter sur ses doigts.

— Voyons, je voudrais qu'il soit grand, brun, beau…

Il leva les yeux au ciel.

— Vous venez de décrire les souhaits de la moitié de la population femelle.

— Je désire aussi qu'il soit gentil et qu'il ait le sens des responsabilités. Comme je préférerais ne pas avoir d'enfants tout de suite, son accord sur ce point sera aussi très important.

— Vous ne voulez pas d'enfants ? demanda Theron.

Il semblait étonné, mais il était sans doute d'avis que toutes les femmes n'aspiraient qu'à élever une tripotée de gamins dès qu'on leur avait passé la bague au doigt.

— Je n'ai pas dit que je n'en voulais pas, répondit-elle d'une voix tranquille. Laissez-moi deviner : Vous, vous en voudriez tout de suite, n'est-ce pas ?

Il arqua un sourcil.

— Nous ne parlons pas de moi, mais oui, je ne vois aucune raison d'attendre.

— C'est parce que ce n'est pas vous qui les mettez au monde, répliqua-t-elle sèchement.

Pendant une minute, elle put croire qu'il allait se mettre à rire, puis il agita la main pour balayer le sujet et la pressa de poursuivre son énumération.

Elle fit semblant de réfléchir un instant.

— Je veux qu'il soit plus riche que moi afin de ne pas pouvoir laisser passer un jour sans me toucher, me prendre dans ses bras, me caresser. Ce sera un très bon amant. Un homme qui saura ce qui me plaît.

Elle finit sa phrase d'une voix rauque, empreinte de nostalgie.

Theron la toisa d'un œil aigu. Un court instant, comme ses yeux se posaient en papillonnant sur sa peau nue, elle crut percevoir au fond de ce regard une passion répondant à la sienne.

— N'êtes-vous pas d'avis que je devrais m'attendre à ce genre de choses ? demanda-t-elle d'une voix douce en observant de près son expression.

Theron s'éclaircit la gorge et détourna un instant les yeux.

Lui faisait-elle vraiment de l'effet ou était-il complètement insensible ? se demanda-t-elle. Non, elle n'avait pas rêvé, quelque chose était vraiment passé dans son regard. De tout son corps émanait quelque chose de consciemment sexuel. Elle était peut-être jeune, mais elle n'était pas naïve et sûrement pas stupide. Elle était capable de détecter un intérêt sans danger, juste flirteur, mais aussi la sombre et troublante intensité d'un homme parcouru au fond de son être par de puissantes passions.

Jamais auparavant il ne lui était arrivé de ressentir le magnétisme qui existait entre Theron et elle. Elle avait passé des années à chercher quelque chose qui puisse se rapprocher, ne serait-ce qu'un peu, de la naissante prise de conscience qu'elle avait pressenti en elle au cours de son adolescence.

Elle avait fait des expériences, oui. Des baisers, des pelotages maladroits qui se terminaient invariablement en mettant le garçon à la porte. Un seul d'entre eux était presque parvenu à force de caresses à tout obtenir d'elle. A la fin, elle s'était sentie gênée et certaine qu'elle avait commis une erreur. Le garçon l'avait embrassée avec douceur, il lui avait dit qu'il était particulièrement honoré du fait qu'il allait être le premier, mais que, peut-être, elle devait garder ce cadeau pour l'homme qui aurait conquis une place spéciale dans son cœur.

Maintenant, elle lui était simplement reconnaissante d'avoir renoncé à lui ôter son innocence.

Travis avait raison. Sa virginité était quelque chose de spécial et elle n'en ferait don qu'à un homme qui serait tout aussi spécial pour elle.

Une nouvelle fois, elle battit des paupières se rendant compte que Theron lui parlait.

— Je vous trouve sage de mettre l'accent sur ces… qualités, dit-il un peu mal à l'aise. Vous refuseriez donc un homme qui vous maltraite d'une manière ou d'une autre et, bien entendu, vous voudriez quelqu'un qui partage votre vision du mariage et de la famille ?

— Mais vous ne pensez pas que je devrais désirer un bon amant ? interrogea Bella, haussant un sourcil.

Les yeux de Theron chatoyèrent à la lumière vacillante de la lampe posée au centre de la table. Elle retint douloureusement son souffle au fond de sa poitrine et sa gorge se serra face à la puissance brute qui émanait de cet homme, de son murmure bas et sensuel. Elle avala sa salive.

— Ce serait une honte absolue, Bella, qu'un homme ne sache comment se comporter avec une femme telle que vous.

Puis il leva un regard soulagé vers le serveur qui apportait leur commande. De son côté, elle le maudit pour cette interruption. Toutefois, Theron la surprit lorsque, une fois le serveur parti, il croisa son regard et murmura de cette voix sexy à l'accent prononcé qui était la sienne :

— Votre mère est décédée très tôt pendant votre jeunesse, n'est-ce pas ? N'y a-t-il donc eu personne d'autre pour vous parler de… des hommes ?

Abasourdie, elle le contempla bouche bée. Croyait-il réellement qu'elle ait atteint l'âge respectable de vingt-deux ans sans jamais avoir entendu parler des petits oiseaux et des abeilles ? Elle n'était pas non plus certaine de savoir lequel, d'elle ou de Theron, était le plus horrifié. Il semblait mal à l'aise, tout comme elle. Saisissant alors sa fourchette, elle découpa son poisson et piqua une bouchée cuite à la perfection. Quand elle toucha sa langue, elle retint un soupir de satisfaction. C'était bon et elle était morte de faim.

Visiblement, il attendait une réponse à sa question. Une question tout à fait ridicule qu'il convenait davantage d'adresser à une jeune fille de quatorze ans aux joues rondes qu'à une jeune femme de vingt-deux ans.

— Si je réponds non, vous porterez-vous volontaire pour faire mon éducation ? demanda-t-elle avec un bref sourire.

Theron lui jeta un coup d'œil exaspéré.

— Je vois qu'effectivement, quelqu'un vous a entretenue de ce genre de choses.

— La prochaine fois, marmotta-t-elle, vous me proposerez de m'acheter toutes mes petites affaires féminines !

Il faillit s'étouffer avec sa gorgée de vin et posa à la hâte son verre sur la table.

— Petite impertinente ! Ce n'est guère poli de faire rire une personne en train de boire.

— Je vous rappellerai que c'est vous qui avez mis le sujet sur la table, répliqua-t-elle d'un ton sec.

Elle le regarda prendre une autre bouchée et s'essuyer ensuite les lèvres avec sa serviette. Il avait des lèvres absolument splendides. Parfaites pour embrasser.

— Bon d'accord, dit-il en haussant les épaules. Je me demandais juste si vous aviez discuté des hommes et des maris avec une autre femme, et bien entendu, de quels hommes font les meilleurs maris.

— Et amants, ajouta Isabella.

— Bien entendu, répéta-t-il, résigné.

Elle s'adossa à sa chaise et lui jeta un regard chargé de défi.

— Ne souhaitez-vous pas que la femme que vous épouserez soit une bonne maîtresse ?

Il lui adressa un regard horrifié.

— Diable non, je n'attends pas de ma femme qu'elle soit une bonne maîtresse. C'est mon devoir de…

Sa voix s'étrangla et il se tut.

— Nous ne discutons pas ici de ma future épouse, conclut-il d'un ton bourru.

Mais la curiosité de Bella avait bel et bien été piquée. S'avançant sur le rebord de sa chaise, elle posa le menton au creux de sa paume, oubliant son dîner.

— Votre devoir de quoi ?

— La conversation que nous avons n'est pas appropriée, dit-il en se raidissant.

Elle soupira et faillit lever les yeux au ciel. A l'évidence, il ne voyait aucun inconvénient à endosser le rôle de tuteur quand cela lui convenait. Or, la dernière chose qu'elle désirait était de lui rappeler sans cesse son rôle de parent. En revanche, elle désirait de toutes ses forces l'entendre juste dire ce qu'il considérait être son devoir avec la femme qui partagerait son lit.

— Vous êtes mon tuteur, Theron. Avec qui d'autre pourrais-je aborder ces questions ?

Il laissa fuser un long soupir accablé et but une autre gorgée de vin.

— Je n'attends pas de ma femme qu'elle ait déjà une

expérience sur le plan sexuel lorsqu'elle sera dans mon lit. Le devoir d'éveiller en elle la passion me revient et aussi celui de lui apprendre tout ce qu'elle aura besoin de savoir au sujet de… l'acte d'amour.

Elle fronça le nez.

— Cela paraît tellement moyenâgeux ! N'avez-vous jamais pensé qu'elle aussi pourrait vous apprendre une ou deux choses ?

Encore une fois, il posa son verre sur la table, l'air outré. A l'évidence, l'idée qu'une femme puisse lui apprendre quelque chose sur le sexe ne lui était jamais passé par la tête. Il se considérait donc comme un bon amant.

Elle s'efforça de chasser le frisson qui balayait tout son être. Elle désirait tant sentir ses mains courir sur son corps. Elle aurait été plus que consentante pour être sous sa férule une élève empressée.

— Je peux vous assurer qu'il existe peu de choses qu'une femme aurait à m'apprendre, releva Theron avec une pointe d'arrogance.

— Oh ! Vous êtes donc si expérimenté ?

Il fit une grimace.

— Je ne comprends pas comment notre conversation a pu dériver ainsi, mais ce n'est guère le genre d'échange qui convient entre un tuteur et sa pupille.

Et voilà que, de nouveau, s'élevait le mur de béton, songea-t-elle. Elle fut cependant secrètement ravie de constater qu'il cherchait à changer de sujet, car cela voulait dire qu'il la trouvait un tant soit peu menaçante.

L'air pensif, elle piqua sa fourchette dans ce qu'il restait de son repas et se contenta de laisser le silence s'installer à leur table. Il l'observait et elle le laissa faire, se forçant à ne pas lever les yeux pour ne pas croiser son regard.

Il y avait de la curiosité dans le regard de Theron mais aussi de l'intérêt, et pas du genre platonique. Il pouvait bien le combattre bec et ongles, mais ses yeux ne mentaient pas.

A la fin du repas, il lui demanda ce qu'elle comptait faire ensuite.

— J'ai besoin de meubles, bien sûr. Sans oublier des provisions et tant d'autres choses…

— Si vous pouvez attendre quelques jours de plus dans votre suite à l'hôtel, je verrai si un peu plus tard dans la semaine, je peux programmer un saut dans les magasins.

Et comme elle reprenait son énumération, il l'arrêta d'un geste.

— Faites une liste détaillée. Je veillerai à ce qu'elle soit prise en compte.

Jetant sa serviette sur la table, il fit signe au garçon. Puis il jeta un coup d'œil à Bella.

— Etes-vous prête à regagner votre suite ?

Elle ne l'était pas, mais elle savait qu'elle avait monopolisé toute sa matinée et qu'il était un homme très occupé. Aussi, hochant la tête, elle se leva. Ils contournèrent tous deux la table et, comme ils se dirigeaient vers la sortie, il lui posa la main au creux du dos.

— Je vous retrouve là-haut, dit-il en entrant dans le vestibule.

L'ascenseur s'ouvrit et tous deux y pénétrèrent. Avant même que la porte ne se ferme complètement, elle se tourna vers Theron. Il était si proche ! Quelque chose de chaud se dégageait de lui et l'enveloppa, de même que la senteur fraîche de son eau de toilette.

— Merci pour cette journée, murmura-t-elle.

D'un geste machinal, elle chercha ses mains et comprit qu'il allait se pencher et l'embrasser sur les deux joues. L'ascenseur approchait du dernier étage.

— Ce fut un plaisir, *pethi mou*. Je vais demander à ma secrétaire de vous appeler pour tout cela.

Quand l'ascenseur s'immobilisa, il se pencha, sans doute pour un rapide baiser amical et fraternel.

Alors elle se coula dans ses bras et se plaqua contre son torse. Sans lui laisser le temps de réagir, elle lui noua les bras autour du cou et, à l'instant où les lèvres de Theron lui effleuraient la joue, elle tourna le visage afin que leurs lèvres se rencontrent.

Autour d'eux, l'air parut exploser. Leurs bouches fusionnèrent et une sorte de courant électrique parut zigzaguer entre eux.

Il resta d'abord totalement immobile pendant qu'elle l'embrassait avec fougue. Puis un grondement prolongé s'éleva de sa gorge et il perdit toute sa maîtrise. Il l'attira farouchement contre lui, jusqu'à ce qu'il ne reste plus aucun espace entre eux. Ses bras l'encerclèrent et sa main descendit caressante tout le long de son dos vers la taille puis au-delà, afin de la tenir au creux de ses mains.

Elle avait une conscience aiguë de chacun des gestes de Theron. Ses doigts étaient comme autant de brandons consumant sa peau à travers l'étoffe. L'autre main fourragea dans sa chevelure, se promena sur le sommet de sa tête avant de triturer et de s'enfoncer dans l'épaisseur des mèches.

Ce baiser n'était pas un simple baiser. Ce ne fut pas une affectueuse caresse entre deux personnes qui se retrouvent. Ce fut le baiser de deux amants affamés l'un de l'autre.

Aucun besoin d'hésiter ou de demander la permission. Tout se passait comme s'ils avaient été séparés très longtemps et se retrouvaient, comme deux personnes qui se connaissaient intimement. La langue de Theron, tiède et caressante, câlina à petits coups la bouche de Bella afin de l'entrouvrir.

Elle y consentit volontiers et le savoura, en explorant à son tour le contour de ses lèvres.

Sous son T-shirt, la large main de Theron remonta le long de la courbe de ses hanches, vers le creux du dos où elle se déploya possessive. Tout en la caressant, il en profita pour la plaquer encore un peu plus contre son corps dur et viril.

Le souffle coupé, elle étouffa une exclamation quand la main prit contact avec sa peau nue. Ses seins se gonflèrent et palpitèrent contre le torse de Theron. Elle n'osait dire un mot, émettre un son de peur, si elle le faisait, que cette minute s'évanouisse. Elle concentra toute son énergie afin que cet instant magique dure le plus longtemps possible.

Puis les lèvres de Theron quittèrent les siennes, et s'aventurèrent sur sa joue, descendant le long du cou. Elle gémit, incapable de se contenir plus longtemps. Elle se mit à trembler et à frissonner, et tous ses sens s'éveillèrent comme à la fin d'un long hiver.

Jamais elle n'avait ressenti ce que lui communiquaient les lèvres de Theron, ce doux murmure contre la peau délicate sous son oreille.

Ses genoux faiblirent et elle s'accrocha frénétiquement à lui. Aussitôt, il abandonna sa bouche et il jura. Elle ferma les yeux. L'instant était passé.

Les mains serrées sur ses bras, il la repoussa. Ses yeux brûlaient, de colère, de culpabilité et… de désir.

Incapable de prononcer un mot, impuissante, elle le contempla.

De nouveau, il jura en grec avant de la pousser hors de l'habitacle de l'ascenseur en secouant la tête. Puis il l'entraîna vers la porte et introduisit la clé dans la serrure.

Il lui tint la porte d'une main et elle entra à pas lents. Comme elle se retournait pour lui dire quelque chose, il laissait déjà la porte retomber. Avant même le déclic final, elle l'entendit qui s'éloignait à pas précipités.

Alors, le dos contre la porte, elle ferma les yeux, les deux mains serrées autour de son corps afin de revivre les précieux instants qu'elle venait de passer dans les bras de Theron.

La passion entre eux avait été immédiate. L'alchimie entre leurs deux corps les avait comme brûlés. Et cela avait été la réponse à toutes ses interrogations. Car si elle n'avait jamais douté que Theron était l'homme de sa vie, elle s'était souvent demandé s'ils seraient compatibles sexuellement.

Ces quelques secondes brûlantes, au fond de l'ascenseur, avaient balayé tous ses doutes.

Il ne lui restait plus désormais qu'à obliger Theron à en prendre conscience.

5

Le front entre ses mains, Theron poussa un juron. Fort et longtemps. Sa tête battait comme si on lui avait donné des coups de marteau, il était fatigué et il n'avait pas dormi une heure de toute la nuit.

Tout au long de la matinée, Madeline n'avait pas cessé de le fixer comme s'il avait perdu l'esprit. Et peut-être était-ce vrai ? Il avait oublié deux réunions, rejeté trois appels téléphoniques dont l'un de son frère Piers.

Seule occupait ses pensées une diablesse aux yeux verts pleins de sensualité. *Theos mou,* il était incapable d'oublier son baiser, la sensation de sa bouche sur la sienne, son corps moulé au sien comme si elle était faite pour elle.

Il était son tuteur. Il était responsable de son bien-être et, cependant, il l'aurait fichtrement bien embarquée dans la chambre à coucher de sa suite pour lui faire l'amour. Son corps était encore douloureux de ce besoin inassouvi.

Pour ce qui devait être au moins la centième fois depuis qu'il avait pénétré ce matin dans son bureau, il secoua la tête. Quoi qu'il fasse, il ne parvenait pas à se défaire de son image, de son odeur. Elle avait été créée pour le rendre fou.

Impatienté et plus qu'un peu énervé, il tapa sur l'Interphone. La voix calme de Madeline lui parvint, lui demandant ce qu'il désirait.

— M'avez-vous déjà établi cette liste ?

— De quelle liste parlez-vous ?

— Celle des partis possibles pour Isabella que j'ai réclamée. Ceux que j'ai l'intention de lui présenter.

— Ah, celle-là ? Oui, je l'ai.

— Alors, apportez-la, ordonna-t-il.

Quelques instants plus tard, Madeline franchit la porte, une feuille à la main.

Theron lui fit signe de s'asseoir face à son bureau.

— Lisez-moi ça, dit-il s'adossant à son fauteuil.

— Avez-vous vraiment dormi la nuit dernière ? demanda Madeline dont les pupilles s'étaient légèrement rétrécies.

Il poussa un grognement et ferma les yeux afin qu'elle laisse tomber le sujet et en vienne à ce qu'il avait réclamé.

— Reginald Hollister, commença-t-elle.

Aussitôt, il secoua négativement la tête.

— Ce n'est qu'un petit crétin immature. Pourri par ses parents. Bella a besoin de quelqu'un de plus… indépendant.

Ostensiblement, Madeline biffa le nom.

— Bien. Que diriez-vous de Charles McFadden ?

— On prétend qu'il a été brutal avec sa première femme.

— Bradley Covington ?

— C'est un âne, dit Theron.

Madeline soupira et barra.

— Tad Whitley ?

— Pas assez riche.

— Garth Moser ?

— Il ne me plaît pas.

— Paul Hedgeworth ?

Theron fronça les sourcils, cherchant une raison de ne pas prendre Paul en considération.

— Ah, ah ! dit Madeline voyant que rien en venait.

Elle entoura le nom d'un large cercle.

— Dois-je l'inviter au cocktail de jeudi soir ?

— Il est trop beau, trop charmeur, marmotta Theron.

Madeline lui décocha un sourire.

— Excellent. Isabella devrait être ravie.

Elle baissa un instant les yeux sur sa liste puis les releva.

— Je pense que nous devrions y inclure Marcus Atwater et Colby Danforth. Ils sont tous deux célibataires, beaux garçons et ne sortent en ce moment avec personne en particulier.

Il eut un geste de la main pour marquer sa défaite. Mieux

valait sans doute laisser Madeline s'occuper de cela. Elle saurait mieux que lui ce que voudrait Isabella.

Le bruit de la porte s'ouvrant brusquement les interrompit et Isabella entra en trombe, arborant un sourire éclatant.

— Désolée de faire ainsi irruption, dit-elle hors d'haleine. Je n'avais pas vu Madeline…

Et, apercevant la secrétaire :

— Oh, vous êtes là ?

Madeline se leva et lui sourit.

— Tout va bien, ma chère. J'allais sortir. Je suis certaine que M. Anetakis pourra vous consacrer un peu de temps, car il semble qu'il ait annulé tous ses rendez-vous de la matinée.

Theron fronça les sourcils dans sa direction, ce qui ne parut guère l'intimider. Au passage, elle tapota le bras d'Isabella et, au moment d'atteindre la porte, se retourna.

— Je vais mettre vos appels en attente et prendre les messages.

— Ce ne sera pas…

Mais Madeline était déjà partie et il se retrouva seul avec Isabella. L'effleurant du regard, il remarqua qu'elle était en short. Un short vraiment très court qui dénudait de longues jambes bronzées. Un délicat bracelet de cheville retombait souplement sur son pied. Elle portait des sandales d'où émergeaient ses ongles vernis d'un rouge éclatant.

Remontant un peu plus haut, il nota que son T-shirt était lui aussi un peu trop court et surtout un peu trop moulant.

Non, il ne survivrait pas à cela.

S'éclaircissant la gorge, il lui désigna le siège laissé vacant par Madeline.

— Je suis heureux de vous voir, Bella. Nous devons parler.

Elle se détourna un instant, ce qui permit à Theron d'apercevoir le tatouage de son dos. Il étincelait presque. Qu'est-ce que cela pouvait bien être ? Une fée ? Un papillon ? Il mourait d'envie d'en avoir le cœur net.

Un tatouage. Il se retint de secouer de nouveau la tête. A quoi avait-elle donc pensé ? Si elle était à lui, jamais elle ne se serait risquée à commettre une telle folie. Il n'y avait aucune raison de faire courir un tel risque à son corps.

Theos ! Voilà qu'il en était en train de réfléchir à ce qu'il voudrait ou ne voudrait pas lui permettre de faire si elle était sienne. Elle ne l'était pas et ne le serait jamais. Alors il ne devait pas jouer avec de telles pensées.

Bella s'installa sur le siège face à lui et, une fois encore, il ne put s'empêcher de fixer son corps si souple, si gracieux. Il ne pouvait l'accuser d'avoir une tenue inconvenante car son T-shirt n'était pas décolleté, mais il se plaquait contre ses seins, soulignant chaque courbe, chaque renflement. C'était encore bien plus émoustillant que le décolleté le plus… décolleté !

— De quoi souhaitiez-vous me parler ? demanda Isabella.

Pour l'instant, il n'avait qu'une idée en tête : se maîtriser. Pourtant, elle le considérait avec calme comme s'ils allaient discuter de la pluie et du beau temps.

Passant une main lasse sur son visage, il concentra alors son attention sur le sujet en cours.

— A propos de la nuit dernière, commença-t-il.

Elle leva une main, lui imposant brusquement le silence.

— Ne gâchez pas cela, Theron, dit-elle d'une voix rauque.

Surpris, il battit des paupières.

— Gâcher quoi ?

— Ce baiser. Ne le gâchez pas avec des excuses.

— Cela n'aurait pas dû se produire, dit-il d'un ton sévère.

Elle poussa un soupir.

— Vous êtes en train de le gâcher. Je vous avais demandé de ne pas le faire.

Bouche bée, il la dévisagea. Comment diable allait-il pouvoir faire passer le sermon qu'il avait préparé avec tant de soin.

— Si vous devez vraiment le regretter, j'apprécierais que vous le fassiez dans le calme, dit-elle sans lui laisser le temps de poursuivre. Vous avez la permission d'oublier que c'est arrivé, celle de le regretter, celle de jurer sur ce que vous avez de plus sacré que cela ne se reproduira plus. Simplement, n'attendez pas de moi la même chose. Et j'apprécierais aussi que vous ne me traitiez pas avec condescendance en prenant la chose à la légère. En ce qui concerne le baiser, j'ai estimé que celui-ci était proche de la perfection. Que vous en parliez d'une manière différente ne le diminuera pas en quoi que ce soit dans mon esprit.

Il en resta sans voix. Une première pour lui qui avait toujours tant de choses à dire. Car c'était lui le diplomate de la famille, toujours serein et, cependant, il venait d'être réduit au silence par cette exaspérante jeune femme.

Elle croisa les jambes et les mains sur ses genoux.

— Maintenant, si c'est tout ce qui vous vient à l'esprit, j'ai pensé que nous pourrions en finir avec les dispositions concernant l'appartement et prévoir notre shopping. Ensuite, je ferai le nécessaire pour que les papiers que j'ai à signer pour l'appartement me soient faxés ici puisque, j'en suis sûre, vous voudrez sans doute y jeter d'abord un œil ?

Alors, c'était ainsi ? Elle était capable de chasser de son esprit ce qui s'était passé le soir précédent alors que lui en avait été hanté toute la matinée ? Du reste, ce souvenir ne le hantait pas seulement, il le torturait sans arrêt.

En contemplant ses lèvres et se rappelant leur voluptueuse plénitude, il pouvait même se remémorer son goût, son odeur. Il fut envahi par une vague de désir brûlant alors qu'il l'imaginait nue, offerte entre ses bras. De nouveau, il jura et se força à redescendre sur terre.

— Vérifiez avec Madeline et voyez si elle obtient l'accord. Je demanderai à mon avocat d'y jeter un coup d'œil si vous le désirez. Quant au shopping, Madeline regardera mes rendez-vous de la semaine. Arrêtez-vous avant de vous en aller et demandez-lui de prévoir quelques heures pour que nous puissions choisir ensemble vos meubles.

Le sourire éclatant qu'elle lui décocha le réchauffa jusqu'au plus profond de son être.

Rejetant ses longs cheveux, elle se leva avec grâce. Après lui avoir adressé un petit au revoir de la main, elle se détourna et se dirigea vers la porte.

Une fée. Son tatouage représentait une fée toute saupoudrée de paillettes et jetant des étincelles.

Cela lui allait bien.

Mais cela faisait naître une autre pensée plutôt dérangeante. Avait-elle un autre tatouage ? Peut-être encore un ou deux, seulement visibles lorsqu'elle était déshabillée ?

Du coup, il se sentit dévoré par l'envie d'explorer le corps de Bella.

Isabella quitta le bureau de Theron en se mordillant les lèvres pour ne pas sourire. Il s'était sûrement préparé à lui faire un interminable sermon sur la manière de ne plus jamais refaire ce qu'ils avaient fait le soir précédent. Non qu'elle ne s'y soit pas attendue. C'était d'ailleurs pour cette raison qu'elle ne l'avait pas laissé prendre la parole.

Elle se félicita en repensant à la manière dont elle avait géré la situation. L'arrogant Theron Anetakis était probablement encore tout déconfit.

S'approcha du bureau de Madeline, Bella lui demanda si elle avait reçu un fax pour elle. Madeline tapa sur une pile de papiers posée sur le côté du bureau.

— Vous a-t-il parlé de la réception ? demanda-t-elle.

Isabella saisit l'accord pour le loyer et fronça les sourcils.

— Non, il n'en a rien dit.

A cet instant, Theron passa la tête par la porte.

— Bella, j'ai oublié de vous prévenir que j'organise un cocktail ce jeudi et j'aimerais que vous y assistiez. 19 heures dans mon penthouse. Madeline prendra des dispositions pour qu'une voiture passe vous prendre à l'hôtel.

Sans lui laisser le temps de répondre, il battit en retraite dans son bureau et ferma la porte.

— Eh bien, voilà qui est fait, commenta Madeline amusée. Je suppose qu'il ne vous en a pas non plus révélé la raison ?

Isabella se retourna vers elle, sourcils froncés et se laissa choir sur la chaise à côté de son bureau.

— Dites-m'en un peu plus.

Madeline prit une feuille de papier qu'elle lui tendit.

— On ne m'a pas demandé de garder le secret donc je ne viole les confidences de personne en imaginant que si j'étais invitée à une soirée où m'attendrait mon futur époux, je voudrais au moins avoir l'opportunité d'acheter pour l'occasion une robe magnifique.

Isabella lui arracha la feuille et, stupéfaite, leva les yeux sur Madeline.

— Un époux ?

Madeline haussa les sourcils.

— Ne vous a-t-il pas dit qu'il vous cherchait un mari ? J'aurais pensé que cela viendrait au moins une fois dans la conversation.

— Eh bien si, mais brièvement. Hier, en fait. A-t-il déjà trouvé quelqu'un ?

Isabella s'efforça de ne rien laisser paraître de l'horreur qu'elle éprouvait, mais sans être tout à fait certaine d'y être parvenue, à en juger par la compassion qu'elle lut dans le regard de Madeline. Elle n'était pas allée plus loin sur ce sujet parce qu'elle n'avait pas vraiment cru que Theron était sérieux, et, même s'il l'était, elle s'imaginait avoir bien assez de temps.

— Peut-être est-il pressé afin de pouvoir se concentrer sur son propre prochain mariage ? dit Madeline d'un ton apaisant.

— Quoi ?

La voix de Bella s'était soudain enrouée.

— Il ne vous en a pas non plus parlé ? questionna la secrétaire avec précaution. Dans ce cas, je ne vous ai rien dit.

Isabella se pencha vers elle.

— Dites-moi, interrogea-t-elle avec violence. Va-t-il vraiment se marier ? Est-il fiancé ?

Madeline prit un instant un air stupéfait puis, comprenant soudain, son expression s'adoucit et elle souffla :

— Oh, mon Dieu !

Elle se leva et, contournant le bureau, se dirigea vers Isabella qui restait figée, les mains serrées sur ses genoux.

— Pourquoi n'irions-nous pas dans la salle de conférences ? proposa-t-elle d'une voix tranquille.

Isabella se laissa entraîner vers l'autre pièce et Madeline ferma la porte à clé.

— Asseyez-vous, ordonna-t-elle.

A demi engourdie, Isabella obtempéra et la secrétaire s'installa sur la chaise à côté d'elle.

— Maintenant, dites-moi. Depuis combien de temps avez-vous le béguin pour Theron ?

— Le béguin ?

Isabella était partagée entre l'amusement et le désespoir.

— Un béguin est une illusion passagère. Moi, je suis amoureuse de Theron depuis que je suis toute petite. A cette époque, cela pouvait être considéré comme un béguin, mais maintenant…

Madeline lui tapota la main et secoua la tête.

— Alors il a le droit de vous présenter des maris potentiels. Il a un arrangement avec la famille Gianopolous afin d'épouser leur fille Alannis. Sa mère et elle arrivent à New York dans moins d'une semaine. Je détesterais vous voir… souffrir. La meilleure solution serait peut-être de vous concentrer sur les hommes auxquels pense Theron ? Cette fascination que vous avez pour lui ne peut se terminer que par une déception.

Isabella savait que Madeline n'avait que de bonnes intentions mais, aussi, elle n'avait aucune idée de la profondeur de ses sentiments et de sa détermination.

Malgré tout, à la pensée que Theron était déjà fiancé, qu'il se soit engagé avec une autre femme… elle ferma les yeux pour contrer un soudain élancement de douleur. Rien d'étonnant alors, songea-t-elle, à ce que Theron ait été désarçonné par leur baiser, le soir précédent.

— Quand se marient-ils ? demanda-t-elle à voix basse.

— Eh bien, il doit d'abord se déclarer mais, d'après ce que j'ai cru comprendre, ce sera une pure formalité. Donc, je présume que ce sera pour l'automne.

— Alors, il n'a pas encore fait sa déclaration ?

Un immense sentiment de soulagement envahit Isabella. S'il ne s'était pas déclaré, alors il était temps d'agir pour l'en empêcher.

Madeline fronça les sourcils.

— Je n'aime pas beaucoup votre regard…

Isabella se pencha et lui prit la main.

— Madeline, vous devez m'aider. Theron est en train de faire une énorme erreur. Je dois parvenir à le lui démontrer.

Madeline secoua la tête avec véhémence.

— Oh ! non. Je ne me mêlerai pas de cela. Theron a fait son choix et je me pique de ne jamais me mêler de la vie privée de mon patron. Cela vous regarde seule.

Isabella lui lâcha les mains et soupira.

— Vous m'en remercierez lorsqu'il sera devenu un homme bien plus heureux, dit-elle.

Madeline se leva et lui jeta un coup d'œil réservé.

— Ne vous ridiculisez pas, Isabella. Aucun homme ne vaut que vous perdiez pour lui le respect de vous-même. Si votre mère vivait, elle vous dirait sans doute la même chose.

— Ma mère aimait beaucoup mon père, répondit Isabella d'une voix douce. Lui aussi l'aimait. Tous deux désiraient mon bonheur. Ils voulaient que j'épouse l'homme que j'aimerais.

— Alors je vous souhaite bonne chance.

Isabella lui sourit, d'un sourire un peu forcé.

— Merci, Madeline.

Elles quittèrent la salle de conférences et Isabelle signa le document avant de le tendre à la secrétaire.

— Faites-le-lui relire et, s'il n'élève aucune objection, faxez-le-moi, je vous prie.

— Et vos achats ? Quand voulez-vous les programmer ?

Isabella fit un signe de dénégation.

— J'irai seule. Quand a lieu le cocktail, déjà ?

— Jeudi soir. 19 heures.

Isabelle hocha lentement la tête.

— Très bien. J'y serai.

La jeune femme se détourna pour quitter le bureau, ressassant encore dans sa tête le choc inattendu du prochain mariage de Theron. Puis, ouvrant son portable, elle composa le numéro de Sadie.

— Sadie ? C'est Isabella, dit-elle quand son amie répondit. Es-tu occupée ? J'ai besoin de toi. C'est urgent.

6

— C'est un désastre ! grogna Isabella en se laissant tomber sur le sofa de Sadie.

Celle-ci s'assit à côté d'elle. Ses jolis traits étaient marqués par l'inquiétude.

— Tu ne vas quand même pas laisser tomber ? Il ne l'a même pas encore demandée en mariage.

— Pas encore. C'est là le problème, répliqua Isabella d'un ton lugubre. Et pas encore signifie qu'il en a tout à fait l'intention, donc en pratique, il *est* bel et bien fiancé.

— Elle pourrait ne pas dire oui, objecta Sadie.

Isabella lui jeta un regard lugubre.

— Tu dirais non à Theron Anetakis ?

— Euh, non…

— Elle non plus, conclut Isabella en soupirant.

Les yeux levés vers le plafond, elle se mit fébrilement en quête d'un plan.

— Il s'agit sans doute d'une brave fille grecque issue d'une bonne famille grecque. Education impeccable, bien entendu. Son père a sûrement des montagnes d'argent et elle préférerait sans doute boire tout l'acide de sa batterie de voiture plutôt que d'aller contre les vœux de ses parents.

— Une fille vraiment excitante, pas vrai ?

Isabella se mit à rire en rendant son regard à son amie.

— Je ne me montre guère charitable. Je suis sûre qu'elle est adorable.

— Maintenant, remarqua Sadie amusée, tu en parles comme d'un caniche.

Isabella enfouit son visage entre ses mains en essayant de ne pas céder à sa peur ou au désespoir.

— Oh, chérie, reprit Sadie en l'étreignant. Cela ne change rien. Vraiment. Tu vas continuer à faire ce que tu as toujours fait : l'obliger à te voir. Le vrai TOI. Une fois qu'il aura passé un peu de temps avec toi, il ne pourra pas te résister.

Isabella se laissa dorloter par son amie. Pour l'instant, elle allait trouver le réconfort qu'elle pourrait. La solitude ne l'avait jamais préoccupée mais, désormais, elle se trouvait confrontée avec la possibilité de ne pas être aimée de la personne qu'elle désirait.

— Nous avons échangé un baiser hier soir, avoua-t-elle quand Sadie s'écarta enfin.

— Tu vois ? Je te l'avais bien dit, s'exclama celle-ci.

— Ne te réjouis pas encore, ajouta Isabella d'un ton lugubre. Ce matin, il m'a fait un sermon. Enfin, il a essayé.

Sadie prit un air interrogateur.

— Un sermon ?

— Oui, tu sais du genre « ceci ne pourra plus se reproduire, c'était une erreur ».

— Ah, celui-là ?

— Au moins maintenant, je sais pourquoi.

— Bon, d'accord. Donc, ce ne sera pas aussi facile que cela aurait dû l'être, commenta Sadie. Cela ne signifie pas que tu ne réussiras pas. D'après ce que tu m'as raconté, cela ne ressemble en rien à un mariage d'amour ?

Nouveau soupir d'Isabella.

— Alors, que dois-je faire, Sadie ?

Son amie lui prit la main et sourit.

— Tu vas l'obliger à tomber amoureux de *toi*.

— Ce qui exigera que je puisse lui faire oublier qu'il est mon tuteur et mon gardien. Le baiser était…

Elle prit une profonde inspiration et eut un sourire rêveur.

— Il était chaud, passionné. Je veux qu'il me regarde comme il l'a fait à ce moment-là.

— Si nous pouvions revenir un instant à mon propos, je

pourrais avoir une méthode un peu tordue pour l'obliger à te regarder comme si tu étais toute nue.

Surprise, Isabella renversa la tête en arrière.

— Maintenant, tu as droit à toute mon attention.

Sadie lui adressa une petite grimace.

— De toute manière, j'avais prévu de te le demander. Cela paraît peut-être terriblement égoïste de ma part, mais cela *pourrait* marcher. Peut-être…

— Alors, s'impatienta Isabella, dis-moi tout.

— Samedi soir, je passe une audition. En fait, il ne s'agit pas tout à fait d'une audition, mais cela pourrait en devenir une si j'abats bien mes cartes.

— Veux-tu en venir aux faits ? dit Isabella. Ce suspense me tue.

Sadie lui décocha un grand sourire.

— Samedi, je dois travailler. Une grosse affaire. Un groupe de provinciaux très riches qui ne viennent qu'une fois par an. Cela se passe ce week-end et ils ont loué le club entier pour toute la nuit. Toutes les danseuses doivent être là, sans exception. Seulement, j'ai cette réception à laquelle on m'a invitée. Howard Griffin y sera et Leslie va me présenter à lui.

— Qui est Howard ? Et qui est Leslie ? demanda Isabella.

— Howard est en train de produire une nouvelle comédie musicale à Broadway et les auditions commencent ce week-end. Uniquement sur invitation. Les gens tueraient pour en obtenir une. Y compris moi. Leslie en a une, mais elle fait partie de Broadway, désormais. Tout le monde se l'arrache. J'ai fait sa connaissance il y a deux semaines et nous sommes devenues amies. Elle me fait une énorme faveur en me recommandant à Howard. Je ne peux pas rater cette soirée.

— Très bien, mais qu'est-ce que cela a à voir avec moi ?

Sadie jeta à son amie un regard implorant.

— Si je ne vais pas travailler, je perds mon job et jusqu'à ce que j'obtienne suffisamment de rôles réguliers — de grands rôles — je ne peux pas me permettre de perdre l'argent que je gagne au club. Alors je me suis dit que tu pourrais me remplacer samedi soir pour quelques heures.

Isabella éclata de rire.

— Tu veux que je me fasse passer pour toi dans un club de strip-tease ? Sadie, nous ne nous ressemblons pas du tout. Je suis une très mauvaise danseuse et je me ferais virer au bout de deux secondes.

Sadie secoua vigoureusement la tête.

— D'abord, je porte une perruque blonde. Nous avons la même taille et, avec un bon maquillage, personne ne serait capable de faire la différence si tu portes les mêmes vêtements que moi. De toute manière, ajouta-t-elle d'un ton sec, dans ce genre d'endroit, personne ne regarde ton visage.

— Et quel rapport avec Theron ? Il aurait une crise cardiaque s'il apprenait que j'ai seulement mis un pied dans un club de strip-tease. Encore moins que j'y ai travaillé un soir.

Les yeux de Sadie pétillèrent d'amusement.

— Penses-y. S'il apprenait ta présence, il péterait un plomb et il irait à coup sûr te tirer dehors par les cheveux ce qui, bien sûr, l'obligerait à te voir toute nue.

— Et après, demanda Isabella non sans pertinence, ne seras-tu pas virée ?

Une ride creusa le front de Sadie.

— Zut, je n'y avais pas pensé.

Aussitôt, Isabella fut saisie de compassion pour son amie.

— Et si je te remplaçais sans que Theron l'apprenne et que je trouve un autre moyen d'attirer son attention ?

— Tu en es certaine ? demanda Sadie, inquiète.

— Je fausserai compagnie à ses agents de sécurité. Il semble qu'il ait engagé toute une équipe pour me suivre partout dans New York. Si tu me poses la question, il prend un peu trop au sérieux son rôle de tuteur.

Sadie en resta bouche bée.

— Tu as des gardes du corps ?

— Oui, je sais, c'est ridicule, n'est-ce pas ? Je dois me présenter tôt demain matin à son bureau pour les rencontrer. Ensuite, d'après Theron, je ne dois aller nulle part sans eux.

Un sourire malicieux étira les lèvres d'Isabella.

— D'où me vient l'impression, demanda Sadie, que tu vas considérer ce truc sécuritaire comme un défi à relever ?

Le sourire de son amie s'élargit.

— Cela va rendre fou Theron. Voyons, je peux leur fausser compagnie pour te fournir une couverture au club. Theron l'apprendra. Il ne saura jamais où je suis allée, mais cela lui donnera une autre occasion de me sermonner. Je vais réfléchir à un moyen d'attirer son attention. Si le sermon tourne mal, je me contenterai de l'embrasser encore une fois.

— Tu sais, j'espère qu'il vaut tous les ennuis dans lesquels tu vas te jeter, commenta Sadie. Ma première pensée est qu'aucun homme ne mérite tant d'efforts.

— Lui, il les mérite, dit Isabella d'une voix douce.

Isabella descendit du taxi devant le building où se trouvait le bureau de Theron et se dirigea vers l'entrée d'un pas vif. Après avoir pris l'ascenseur et pénétré dans la suite de bureaux, elle aperçut dans le couloir une pile de bagages.

Comme elle entrait dans le bureau de Madeline pour lui demander de quoi il s'agissait, elle vit qu'une foule de gens avait envahi les lieux. Elle se pencha vers la secrétaire.

— Que se passe-t-il donc ? murmura-t-elle.

Madeline s'éclaircit la gorge.

— Alannis et sa mère viennent d'arriver. Et voici vos agents de sécurité.

Elle pointa du doigt trois hommes à l'aspect très intimidant et poursuivit :

— Les autres sont les rendez-vous du matin. Ils doivent attendre, car Alannis et sa mère sont dans le bureau de Theron.

Sourcils froncés, Isabella se redressa et jeta un coup d'œil vers la porte close. Sans ajouter un mot, elle s'en approcha, ignorant les appels de Madeline.

Une part d'elle-même avait envie de courir aussi vite et aussi loin qu'elle en serait capable, mais une autre désirait voir de ses propres yeux celle que Theron voulait épouser.

Poussant la porte, elle entra. Theron qui se tenait devant son bureau leva les yeux et fronça les sourcils en la voyant. Une femme d'âge mûr se tourna également avec une expression encore plus morose. La dernière personne, qui devait être Alannis, releva la tête et la considéra avec curiosité. Bien sûr qu'elle n'allait pas être bien accueillie, se dit Isabella. Ce serait trop demander.

La première chose qu'Isabella remarqua c'était qu'Alannis et sa mère étaient toutes deux extrêmement belles et élégantes et avaient beaucoup de classe. Tandis que sa mère avait les cheveux relevés en un net chignon, ceux de sa fille lui retombaient sur les épaules comme une vague sombre. Les yeux bruns étaient pleins de chaleur et amicaux et elle eut un sourire timide à l'adresse d'Isabella.

— Bella, grommela Theron, Madeline ne vous a-t-elle pas expliqué que j'étais occupé ?

Le reproche était clair mais Isabella l'ignora. Elle était bien trop occupée à rechercher un quelconque défaut chez Alannis. Hélas pour elle, la voix de la jeune femme était accueillante et elle-même approchait de la perfection. Theron et elle formaient un couple tout simplement fabuleux.

— Il est possible qu'elle m'ait dit que vous étiez occupé, murmura Isabella.

— Qui est-ce ? demanda la mère d'Alannis d'un ton impérieux.

Theron se tourna vers elle avec un sourire rassurant.

— C'est la jeune femme dont je vous ai parlé, Sophia.

Et regardant de nouveau Isabella :

— Isabella, j'aimerais vous présenter Alannis Gianopolous et sa mère Sophia. Mesdames, voici Isabella Caplan, ma pupille.

Tout de suite, Sophia perdit son air méfiant et adressa un chaleureux sourire à Isabella. A la grande surprise de cette dernière, elle s'approcha d'elle, la main tendue.

— Quel plaisir de faire votre connaissance, Isabella. Theron nous a tellement parlé de vous ! Je trouve merveilleux qu'il prenne le temps de vous présenter d'éventuels époux.

Elle l'embrassa sur la joue tandis qu'Isabella marmottait des remerciements étonnés.

— Je suis très heureuse de vous rencontrer, Isabella, dit à son tour Alannis avec un timide sourire.

— Moi de même, répondit Isabella d'une voix faible.

De nouveau, son regard croisa celui de Theron. Elle y chercha un signe montrant qu'il était triste, mais son expression restait indéchiffrable.

— Vous cherchiez quelque chose ? demanda-t-il d'un ton impatient.

Isabella fit mine de consulter sa montre.

— Vous m'avez demandé de venir ici ce matin. Me voici.

Theron se rembrunit un instant et soudain un souvenir fit briller ses yeux.

— Ah oui, bien sûr. Vous devez m'excuser…

Il adressa un sourire à Alannis.

— Dans la fièvre de l'arrivée d'Alannis, j'avais totalement oublié vos agents de sécurité. Ils vous attendent dehors. Je leur ai dit ce que j'attendais d'eux. Madeline verra le reste avec vous.

Et comme ça, il se débarrassa d'elle.

Sophia la serra chaleureusement dans ses bras tandis qu'Alannis lui adressait un sourire amical. Un instant plus tard, Isabella se retrouva hors du bureau.

Dans une sorte de brouillard, elle regagna celui de Madeline. Celle-ci lui jeta un coup d'œil compatissant avant de se lever et de venir vers elle.

— Venez avec moi, ordonna-t-elle en la tirant à sa suite.

Isabella se laissa entraîner dans la même salle de conférences que la veille. La secrétaire ferma les portes avant de se tourner vers elle et d'annoncer :

— J'ai changé d'avis. J'ai décidé de vous aider.

Isabella lui jeta un regard étonné.

— Que voulez-vous dire ?

Madeline soupira.

— Alannis est une fille adorable, observa-t-elle.

— Voilà que vous parlez d'elle comme d'un toutou, observa Isabella, se souvenant que Sadie lui avait dit à peu près la même chose.

— Elle est vraiment adorable, mais elle ne convient pas du tout à Theron. Je l'ai su dès que je les ai vues, elle et son énergique maman. Alannis est une souris alors que Theron est un lion.

— Il a peut-être envie d'une souris, murmura Isabella.

— Alors, ça y est, vous avez abandonné ? demanda Madeline en frappant impatiemment du pied.

Isabella prit un air malheureux, tandis que Madeline secouait la tête avec exaspération.

— Ce mariage serait un désastre. Vous le savez et je le sais. Theron lui aussi doit le savoir, quelque part derrière son crâne épais.

— Je croyais que vous aviez la règle stricte de ne pas interférer dans la vie privée de votre patron ?

Madeline poussa une exclamation de mépris.

— Moi, je n'interférerai pas. Vous, oui.

Isabella haussa les sourcils.

— Theron prévoit de faire sa déclaration ce vendredi soir après avoir assisté à un opéra, expliqua Madeline. Il a les billets, la bague, et toute la soirée a été organisée dans les moindres détails.

Elle haussa les épaules.

— Je vous ai donné l'information, ce que vous allez en faire vous regarde.

— Si tôt ? souffla Isabella.

— Oui. Ce qui signifie que vous devez faire vite, déclara la secrétaire d'un ton allègre.

Isabella hocha lentement la tête. Son esprit, lui, courait déjà à cent à l'heure.

— Pendant que vous réfléchissez, laissez-moi vous présenter vos agents de sécurité, dit Madeline.

Elle entraîna Isabella dans le bureau où les hommes attendaient.

— Ils ont reçu des instructions très strictes. Ils doivent vous accompagner partout où vous irez.

Isabella ne prêta que peu d'attention aux présentations. Elle fut obligée de se démancher le cou pour regarder en face les trois hommes à la carrure vraiment impressionnante.

Comme Madeline lui présentait le dernier d'entre eux, la porte de Theron s'ouvrit et il sortit de son bureau en compagnie d'Alannis et de sa mère. Alannis et Theron étaient bras dessus, bras dessous et ce dernier baissait la tête pour écouter parler la jeune femme.

Isabella les observa avec tristesse jusqu'au moment où Madeline lui donna un coup de coude dans les côtes.

— Vous commencez à être un peu trop transparente, mon petit, murmura-t-elle. Souriez. Vous ne voudriez pas éveiller les soupçons de la maman ? J'ai comme l'impression qu'elle pourrait se transformer en barracuda s'il s'agissait de protéger sa fille.

Comme tous trois s'approchaient, Isabella se força à sourire.

— J'espère que votre équipe de sécurité vous plaît ? demanda poliment Theron.

Isabella hocha la tête. Puis, avec un immense effort, elle se tourna vers Alannis.

— Comment était votre vol ? Parfait, j'espère.

Le sourire d'Alannis illumina tout son visage.

— En effet, dit-elle avec juste une pointe d'accent. Je suis très heureuse d'être ici.

Elle leva les yeux vers Theron et Isabella tressaillit devant son expression ouvertement pleine d'adoration.

— Nous nous reverrons avec plaisir jeudi soir, dit Sophia.

— Jeudi ? répéta Isabella jetant à Theron un regard troublé.

— Le cocktail, dit-il d'une voix neutre. J'ai également invité ces dames, bien entendu.

— Bien entendu, répéta Isabella d'une voix douce.

Bien que sa presque fiancée se tint à son côté, accrochée à son bras comme une bernicle, le regard de Theron restait fixé sur Isabella, une question au fond de ses yeux sombres. Des yeux qui voyageaient sur sa peau d'un air entendu.

Aimait-il Alannis ? Eprouvait-il un peu d'affection pour elle ? Elle était plus âgée qu'Isabella mais de très peu. Quelques années peut-être ? Il y avait dans les yeux de la jeune Grecque une innocence juvénile qui faisait paraître Isabella plus âgée, plus blasée.

Isabella refoula le nœud qui se formait dans sa gorge et se tourna, tout sourires, vers Sophia.

— Moi aussi, je suis impatiente de vous revoir. Peut-être pourrez-vous me parler de la Grèce ? On dit que c'est un si beau pays. Peut-être irai-je passer là-bas ma lune de miel après mon mariage ?

Sophia lui adressa un sourire rayonnant tandis que s'assombrissait le visage de Theron.

— Nous devrions y aller maintenant, dit-il à Sophia. Vous avez fait un long voyage. Je vais tout de suite faire livrer vos bagages à l'hôtel.

Avec un signe de tête à Isabella, il passa à côté d'elle, escorté des deux autres femmes.

— Si vous avez des problèmes, Isabella, faites-le-moi savoir, lança-t-il.

Incapable de parler en raison de la boule au fond de sa gorge dont elle ne parvenait toujours pas à se débarrasser, Isabella acquiesça de la tête.

7

Impossible de ne pas penser à elle. Ennuyé, Theron se frotta le visage et se concentra sur les propos échangés entre Alannis et sa mère. Après les avoir installées dans leur suite, il les avait emmenées déjeuner, mais cela n'eut pour effet que de lui rappeler d'avoir mangé à cette même table avec Isabella juste avant de l'embrasser follement dans l'ascenseur.

Sophia s'était enthousiasmée lorsqu'il lui avait fait part de ses projets de mariage et de la soirée à l'opéra. Il avait tout organisé avec minutie, achetant des billets pour le spectacle préféré d'Alannis, prévoyant ensuite de terminer la soirée par une petite réception à son hôtel.

Alors pourquoi n'était-il pas plus excité ?

Alannis l'était, de toute évidence. Sophia lui avait sans doute révélé une grande partie du projet, bien qu'il l'ait priée d'en garder secrets les détails.

Tout le monde semblait enthousiaste. Sauf lui.

— Avez-vous trouvé des prétendants convenables pour Isabella ? lui demanda Sophia.

Theron se secoua.

— Pardon ?

— Vous disiez que vous cherchiez à lui trouver un mari, reprit Sophia d'une voix patiente. Je demandais juste si vous lui aviez trouvé un parti convenable.

— Oh oui, bien sûr. J'ai l'intention de lui présenter quelques messieurs triés sur le volet jeudi soir au cocktail.

— C'est une délicieuse jeune fille, acquiesça Sophia. Mais elle paraît très seule. Je doute qu'elle ait beaucoup de mal à trouver un mari.

Theron se rembrunit. Non, elle n'aurait aucun mal dans ce domaine. Les hommes allaient faire la queue pour avoir la chance de devenir son mari.

Sophia se pencha, les yeux pleins d'excitation.

— Vous savez, Theron, j'adorerais prendre Isabella sous mon aile. Elle pourrait revenir en Grèce avec moi. Myron serait plus qu'heureux de lui présenter quelques excellents jeunes gens issus des meilleures familles.

— Maman, s'exclama Alannis. Quelle merveilleuse idée !

— J'aborderai le sujet avec elle quand je lui parlerai plus tard, dit Theron.

Il ne savait pas très bien pourquoi, mais l'idée qu'elle quitte le pays pour épouser quelqu'un d'autre si loin lui laissait un mauvais goût dans la bouche.

Même s'il ne se sentait pas mieux en l'imaginant se marier avec un New-Yorkais !

Il écouta Alannis relater les détails de son voyage et sa joie de visiter New York pour la première fois. Mais il avait vraiment l'esprit ailleurs. Ses pensées étaient hantées par Isabella, cette tentatrice aux cheveux sombres dont le sourire ferait fondre n'importe quel homme à des kilomètres.

Comme si le simple fait de penser à elle pouvait la faire apparaître, il leva les yeux et la vit traverser la pièce. Elle marchait à côté d'un serveur qui l'entraînait vers une table placée près d'une fenêtre.

Se rappelant la remarque de Sophia à propos de son apparente solitude, Theron en profita pour l'observer. Sophia avait raison : Isabella avait l'air esseulée. Et même un peu triste.

Elle était vêtue d'un jean et d'un simple T-shirt. Ses cheveux étaient tirés en queue-de-cheval et le sourire éclatant sur lequel il venait de méditer était absent.

Elle sourit quand même au serveur qui s'occupait d'elle. Mais son sourire n'atteignit pas ses yeux. Pour la première fois, il réfléchit à sa situation. Comme il devait lui être difficile de se retrouver seule dans une ville qui ne lui était pas familière ! Pas de famille, et si elle avait des amis, il n'en avait pas entendu parler. Un sentiment de culpabilité le prit en se rappelant son empressement à se débarrasser d'elle.

Il se sentit heureux maintenant d'avoir organisé ce cocktail de jeudi. Peut-être, au lieu d'une fade réunion et de conversations polies dans son penthouse, pourrait-il le transformer en une réception de bienvenue à l'hôtel en l'honneur d'Isabella ? Il pourrait toujours lui présenter les prétendants de la liste de Madeline, mais au moins, s'il mettait de la vie dans tout cela, elle s'amuserait un peu. Une fille de son âge s'ennuierait à mort dans le genre de réunion à laquelle il avait tout d'abord songé.

Comme il se sentait un tout petit peu mieux, il accorda de nouveau son attention à Alannis en se remémorant que, d'ici à quelques jours, il lui demanderait de devenir sa femme. Elle serait son amante et la mère de ses enfants. Elle était la femme avec laquelle il passerait le reste de son existence.

Une peur glacée l'envahit soudain et son front se couvrit de sueur. Au lieu de lui apporter réconfort et satisfaction, la perspective d'un tel engagement le remplissait de crainte. Pourquoi cette réaction alors qu'à peine une semaine avant, il attendait avec impatience de passer toute une vie avec Alannis ? Tout cela n'avait aucun sens.

De nouveau, son regard s'aventura vers Isabella. Elle regardait par la fenêtre et son expression était pensive. Distraite, elle tortillait entre ses doigts une mèche de cheveux. Elle but une gorgée d'eau sans baisser les yeux.

Theron fouilla dans sa poche et en sortit son BlackBerry. Il tapa un rapide message à l'intention de Madeline, lui demandant à quel moment elle comptait aller faire du shopping avec Isabella. Il ne voulait pas quand même pas avoir un rendez-vous avec Alannis en même temps.

Au bout d'un instant, Madeline lui répondit. Theron fronça les sourcils en lisant le message et, de nouveau, releva les yeux vers Isabella. Comment ? Elle comptait y aller seule ? Elle refusait qu'il l'accompagne ?

Affichant toujours une expression contrariée, il tapa un nouveau message à sa secrétaire :

Voyez quand elle compte y aller. Annulez tous mes rendez-vous.

A peine Isabella eut-elle quitté sa suite qu'un homme lui emboîta le pas. Elle ne s'était toujours pas habituée à toute cette histoire d'agents de sécurité et elle se sentait nerveuse à l'idée de les traîner derrière elle où qu'elle aille.

L'homme prit l'ascenseur avec elle et se tint au fond de la cabine pendant la descente. En arrivant dans le vestibule, ils furent rejoints par les autres. Faisant mine de les ignorer, elle se dirigea vers l'entrée où attendaient les taxis.

Elle n'avait pas fait deux pas vers le premier de la file que l'un des agents, se plaçant devant elle, lui barra le passage. Isabella s'arrêta net et poussa un soupir exaspéré.

— Ecoutez… comment vous appelez-vous ?

On les lui avait présentés la veille, mais elle était alors chamboulée par l'annonce des prochaines fiançailles de Theron.

— Ou bien dois-je vous appeler Fifi, Riri et Loulou ?

L'homme qui lui faisait face lui sourit de toutes ses étincelantes dents blanches.

— Vous pouvez m'appeler Reynolds, dit-il.

Il fit signe aux deux autres de chaque côté d'elle.

— Celui sur votre gauche c'est Davison et l'autre, Maxwell.

— Très bien, Reynolds, reprit-elle patiemment.

Elle s'adressait à lui parce qu'il paraissait être le responsable et c'était lui qui lui avait barré l'accès au taxi.

— Je dois prendre ce taxi. Je vais faire des courses. Vous n'avez aucun besoin, messieurs, de suivre une fille qui fait son shopping, n'est-ce pas ? Vous pourriez aller m'attendre au restaurant.

De nouveau, Reynolds sourit.

— J'ai peur de ne pouvoir faire cela, mademoiselle Caplan. Nos ordres sont de vous suivre partout.

Elle marmotta une imprécation et observa l'expression amusée qui traversait encore une fois le visage de Reynolds.

— Même aux toilettes ? demanda-t-elle d'une voix douce.

— Si nécessaire, répondit-il.

Ce qui eut pour effet de la contrarier définitivement.

— Oh, bon sang ! grommela-t-elle.

Puis, pointant l'évidence :

— Il n'est pas question que nous tenions tous dans ce taxi.

Reynolds la considéra d'un air sévère.

— Nous avons reçu des instructions strictes selon lesquelles, où que vous vous rendiez, vous devrez prendre la voiture mise à votre disposition par M. Anetakis. Toutefois, ce matin, il vous faudra attendre son arrivée.

Sourcils froncés, elle regarda Davison et Maxwell. Si elle en attendait une confirmation ou une infirmation, elle fut profondément déçue. Ils se contentèrent de rester plantés là, les yeux sans cesse en mouvement, en quête d'un éventuel danger.

— Vous devez faire erreur, dit-elle à Reynolds. Je ne dois pas voir M. Anetakis aujourd'hui. Je vais faire des achats pour mon appartement.

Reynolds consulta sa montre avant de relever les yeux à l'instant où une longue Mercedes argentée s'arrêtait à quelques mètres d'eux.

A l'infinie surprise d'Isabella, Theron en descendit et s'avança vers eux. Arrivé juste devant elle, il ôta ses lunettes noires et les glissa dans la poche de son T-shirt.

Quand il lui prit la main, ses doigts s'enroulèrent fermement autour des siens. Puis, tourné vers Reynolds :

— Un problème ? demanda-t-il, haussant les sourcils.

Reynolds hocha brièvement la tête.

— Mlle Caplan était sur le point de partir en taxi et j'étais en train de lui expliquer pourquoi ce n'était pas possible.

Theron approuva d'un signe de tête et son regard revint se poser sur Isabella.

— Il est important que vous suiviez mes instructions, *pethi mou.* Les arrangements que j'ai pris sont destinés à votre bien-être et à votre sécurité.

— Bien sûr, murmura-t-elle. Je ne vais donc pas vous retenir. Je suis sûre que vous êtes venu voir Alannis.

Elle jeta un coup d'œil à Reynolds.

— Voudriez-vous faire venir la voiture, puisque je n'ai pas la permission de prendre un taxi ?

Theron haussa un sourcil.

— Il y a quelques jours, vous souhaitiez que je vous accompagne. Avez-vous changé d'avis ?

Etonnée, elle le dévisagea.

— Je pensais qu'ayant vos invitées ici, vous n'auriez plus le temps de m'accompagner.

— Ah, mais vous aussi êtes mon invitée, dit-il en la tirant par la main.

Il la guida vers la Mercedes toujours à l'arrêt et lui fit signe de s'installer à l'arrière avant de lancer à l'intention de Reynolds :

— Vous avez le champ libre jusqu'à mon retour. Mes hommes s'occuperont de sa sécurité.

Elle se poussa à l'autre extrémité du confortable siège en cuir et Theron s'assit à côté d'elle. Comme le chauffeur démarrait, la jeune femme eut un sourire un peu lugubre.

— Quand était la dernière fois où vous n'avez pas pu en faire à votre tête ? demanda-t-elle.

Theron lui jeta un coup d'œil intrigué.

— Et pourquoi toute cette sécurité ? poursuivit Isabella exaspérée. Cela paraît un peu m'as-tu-vu, non ?

Aussitôt, le visage de Theron s'assombrit.

— Avant leur mariage, l'épouse de Chrysander a été enlevée et retenue contre le versement d'une rançon. A ce moment-là, elle était enceinte. Les kidnappeurs n'ont jamais pu être arrêtés. Je ne prends donc plus aucun risque avec la sécurité des personnes confiées à ma garde.

— Comment vont Chrysander et sa femme ? demanda-t-elle doucement.

— Ils vont bien. Marley préfère habiter l'île. Chrysander la quitte de temps à autre pour ses affaires, mais il ne s'éloigne pas très souvent de Marley et de leur fils.

— Je n'arrive pas à imaginer Chrysander amoureux, lança Isabella en riant. Il semble si intimidant.

— A l'évidence, ce n'est pas ce que vous ressentez avec moi, dit Theron d'un ton sec.

Elle fit remonter son regard lentement, le long du corps viril de Theron jusqu'à le fixer, les yeux dans les yeux.

— Ce que je ressens avec vous n'est en rien comparable à ce que je ressens auprès de Chrysander.

Tout à coup, quelque chose se fit jour dans l'expression de Theron, une sorte de prise de conscience aiguë qu'il essaya aussitôt de combattre. Des émotions totalement conflictuelles se bousculèrent sur son visage. Mais, sans lui laisser le temps de répondre à son énigmatique réflexion, elle détourna le regard.

— Au fait, pourquoi être venu ce matin ? demanda-t-elle d'une voix animée.

Bien qu'elle ne lui fasse plus face, elle pouvait deviner chacun de ses mouvements. Etre à l'écoute de chaque souffle.

— Je vous aurais imaginé bien trop occupé par votre travail et aussi à distraire vos… invitées, dit-elle.

— Je ne le suis pas au point de revenir sur ma promesse, répondit Theron. Je vous avais dit que j'irais faire des achats avec vous et me voici.

Alors, se retournant vers lui, elle lui sourit.

— J'en suis heureuse, merci.

Ils passèrent la matinée à suivre la liste des articles qu'elle désirait acheter pour son appartement. Theron parut apprécier le fait qu'il ne lui faille pas longtemps pour faire son choix. Mais, en réalité, elle n'accordait pas une grande importance aux styles d'ameublement car, si tout se passait comme elle le souhaitait, elle ne resterait pas très longtemps dans l'appartement. Et, si tel n'était pas le cas, elle n'avait pas l'intention de rester à New York City à regarder Theron faire les yeux doux à une autre femme.

A14 heures, elle était si lasse et elle avait si faim qu'elle en fit part à Theron. De nouveau, il suggéra de déjeuner à l'hôtel. Elle fut ravie de constater qu'il ne semblait guère pressé de retrouver Alannis.

En revenant vers l'hôtel, ils rencontrèrent Reynolds qui informa Theron que les autres agents resteraient postés à l'intérieur du restaurant pendant qu'ils déjeuneraient. Déjà, elle commençait à s'habituer à ce petit noyau de gens qui entouraient et suivaient Theron partout où il allait.

S'il était aussi protecteur avec une personne dont il s'estimait responsable, alors, se dit-elle, à quel point devait-il l'être s'il s'agissait d'une personne aimée !

Elle sourit rêveusement tandis qu'on les escortait vers la table de Theron. Elle se savait capable de supporter sa tendance à l'hyperprotection si cela signifiait qu'il l'aimait.

— Vous semblez bien contente de vous, *pethi mou.*

La voix de Theron interrompit brusquement ses pensées.

— Etes-vous satisfaite de vos achats ?

Elle hocha la tête en souriant.

— Merci de m'avoir accompagnée.

— Ce fut un plaisir. Vous ne devriez pas être seule dans un endroit que vous connaissez si peu.

Après avoir passé la commande, Theron s'adossa à son siège, un verre de vin à la main et la regarda par-dessus la surface de la table.

— Alors, dites-moi, Bella. Pourquoi New York ? N'aviez-vous pas d'amis en Californie auprès desquels vous auriez préféré rester ? Et avez-vous un peu plus songé à ce que vous allez faire, maintenant que vous avez quitté l'université ?

Elle lui adressa un sourire patient.

— Mon indécision a de quoi rendre fou des êtres tels que vous mais, en fait, j'ai un projet d'avenir déjà bien structuré.

— *Tels que moi ?* interrogea-t-il. Puis-je vous demander ce que cela signifie ?

— Simplement que j'imagine votre vie planifiée jusqu'au moindre détail et que vous n'avez aucune patience pour les gens qui ne sont pas aussi organisés que vous. Ai-je raison ?

Elle avait posé la question d'un ton malicieux. Theron parut sur le point de se renfrogner avant de se détendre et de sourire.

— Il n'y a rien de mal à être prévoyant.

— Non, bien sûr, admit-elle. Ma feuille de route est déjà toute tracée et, cependant, les choses ne se passent pas toujours selon nos plans. Le véritable test c'est de savoir comment retomber sur ses pieds quand vos plans s'écroulent.

— De bien sages paroles pour quelqu'un d'aussi jeune.

Elle fronça le nez et leva les yeux au ciel.

— Pensez-vous constamment à mon âge afin de ne pas être tenté de faire une chose aussi honteuse que de m'embrasser ?

Il battit des paupières et la fixa, bouche bée. Puis refermant la bouche, il serra les mâchoires.

— Je nous croyais d'accord pour oublier que cela ait pu arriver ?

— Je suis d'accord pour n'en rien faire, lança-t-elle d'un ton léger. Néanmoins, c'est à vous de voir.

Theron fut sauvé de l'obligation de lui répondre par le retour du serveur apportant les plats. Mais, tout au long du repas, elle l'observa. Son agitation était évidente et se manifestait par des gestes brefs et saccadés pendant qu'il piochait dans sa nourriture et mangeait. A plusieurs reprises, comme il levait les yeux, leurs regards se rencontrèrent. Il y avait un tel feu dans celui de Theron ! Donc, il n'était pas insensible à son charme, loin de là. Il semblait même plutôt troublé.

Isabella venait de repousser son assiette lorsqu'elle entendit prononcer le nom de Theron, quelques tables plus loin. Jetant un coup d'œil dans cette direction, elle vit un homme très séduisant s'avancer vers eux. Il était bien habillé, tout chez lui criait le raffinement et la richesse et il la considérait avec un intérêt non déguisé.

Theron ne parut guère enchanté de l'interruption, mais impossible de ne pas prêter attention à l'homme, maintenant debout à côté de leur table.

— Quel plaisir de te revoir, Theron ! J'ai été ravi de recevoir ton invitation pour jeudi soir.

Tout en parlant, son regard restait posé sur Isabella qui le lui rendit en se demandant s'il s'agissait de l'un des hommes figurant sur l'infâme liste des prétendants potentiels.

Elle haussa un sourcil interrogateur que Theron ignora.

— Ah, ainsi vous en serez ? dit-elle au nouveau venu avec

son plus brillant sourire. Je sais de bonne source que Theron va utiliser la petite soirée de jeudi pour me trouver un mari.

Devant l'air étonné du nouveau venu, un sourire lui échappa. Puis l'homme se mit à rire tandis que Theron semblait sur le point d'exploser.

— Vous devez être Isabella Caplan ? Je m'appelle Marcus Atwater et oui, j'assisterai à la soirée. Maintenant que je sais qu'en y assistant, je serai dans la course, je ne manquerai cela pour rien au monde.

Elle lui tendit la main avec un sourire.

— Appelez-moi Bella, je vous en prie.

Marcus prit la main tendue mais, au lieu de la serrer, il la porta à ses lèvres et la baisa.

— Entendu, Bella. Un beau nom pour une femme tout aussi belle.

— Désirais-tu quelque chose, Marcus ? demanda Theron d'une voix mordante.

Son regard aurait pu faire fondre de l'acier, mais Marcus ne parut nullement s'en formaliser ni être intimidé.

Elle s'adossa à sa chaise, un léger sourire aux lèvres. Peut-être bien que de voir un autre homme flirter ouvertement avec elle allait éveiller la jalousie de Theron ? Peut-être que, s'il y avait un peu de compétition…

— Rien du tout, répondit Marcus d'un ton affable. Je t'ai aperçu en compagnie d'une femme ravissante et j'ai simplement eu envie de faire sa connaissance et voir par moi-même s'il s'agissait de la mystérieuse Isabella Caplan, la personne en l'honneur de qui tu organises cette soirée. Je suis heureux maintenant de m'y rendre.

De nouveau, son regard se posa sur elle.

— Gardez-moi une danse jeudi soir, voulez-vous ?

Elle acquiesça de la tête en souriant.

— Certainement.

Elle le suivit des yeux tandis qu'il s'éloignait.

— Alors, dites-moi, quelle place lui donnez-vous parmi mes autres prétendants ? dit-elle, tournée vers Theron.

Il lui jeta un coup d'œil maussade.

— Il se trouve vers le haut, marmotta-t-il.

— Oh, bien ! Alors, vous ne verrez pas d'inconvénient à ce que nous passions un peu de temps ensemble au cocktail ?

— Non, dit-il entre ses dents. Ce serait un très bon choix. Il est brillant, n'a aucune dette, n'a jamais été marié et il est en bonne santé.

— Bonté divine ! Dites-moi que vous n'avez pas fouillé dans son dossier médical ! s'exclama-t-elle, incrédule.

— Bien sûr que si. Je ne vous conseillerais pas d'épouser un homme en mauvaise santé ou ayant quelque tare qu'il pourrait transmettre à vos enfants.

Il semblait outré qu'elle ait pu poser la question. Elle réprima un éclat de rire et s'efforça d'adopter une expression sérieuse et approbatrice.

— Je peux donc supposer que tout homme assistant à votre soirée aura été sélectionné avec soin et obtenu votre approbation ?

Il hocha lentement la tête, mais n'en parut guère plus heureux.

— Alors ce devrait être amusant, conclut-elle avec animation. Une salle pleine d'hommes séduisants et riches parmi lesquels faire son choix…

Elle se pencha vers lui et, faisant mine de prendre un air de conspirateur, chuchota :

— Avez-vous aussi découvert s'ils étaient bons au lit ?

Il s'étrangla dans son verre.

— Je n'ai certainement pas posé la question de leurs prouesses sexuelles, grommela-t-il, en le posant violemment sur la table.

— Dommage. Je suppose que je devrai le découvrir toute seule avant de me fixer sur l'un d'entre eux en particulier.

— Vous ne ferez rien de tel, grogna Theron.

Devant son évidente irritation, elle ouvrit de grands yeux innocents.

Ils furent interrompus par le téléphone de Theron et celui-ci parut soulagé. Après quelques courtes phrases, il raccrocha et se tourna vers elle.

— Si vous voulez bien m'excuser, je dois partir. J'ai une importante réunion que je ne peux pas manquer.

Elle haussa nonchalamment les épaules.

— Aucun souci. De toute manière, j'allais regagner ma suite.

Faisant un signe à Reynolds, Theron se leva.

— Vos gardes du corps vont vous escorter jusqu'à votre suite. Et, Bella, n'essayez pas d'aller où que ce soit sans eux.

8

Le matin suivant, alors qu'elle méditait sur le moyen de fausser compagnie à ses gardes du corps, l'avertissement de Theron résonnait encore aux oreilles d'Isabella. Non qu'elle soit ennuyée d'être accompagnée en faisant ses achats. Ils pourraient même à l'occasion lui offrir leur propre vision masculine quant à la robe qui lui conviendrait le mieux. Elle désirait en effet être belle pour assister au cocktail et non pour les hommes que Theron avait invités en pensant à elle.

Dès qu'elle eut mis le pied dans la pièce, Reynolds se posta devant elle.

— Bonjour, dit-elle d'une voix douce.

— Bonjour, répondit-il. Où désirez-vous aller ce matin ?

Il saisit son portable pour faire venir la voiture.

— J'ai envie de me balader un peu, dit Isabella. Je ne sais pas bien m'y retrouver en ville et j'aurai besoin de vous.

— Par quoi êtes-vous intéressée ? demanda-t-il poliment.

Elle feignit de réfléchir.

— Les musées, les galeries… oh, j'aimerais aller voir la statue de la Liberté.

Reynolds hocha la tête tout en faisant passer le message au chauffeur.

L'ascenseur s'ouvrit dans le vestibule où ils furent rejoints par Davison et Maxwell. Elle se planta devant eux, les enveloppa d'un seul regard et secoua la tête.

— Il y a un problème ? demanda Reynolds.

— Ecoutez, messieurs, si vous devez me suivre comme mon ombre, je préférerais que vous n'ayez pas l'air de sortir d'un film sur la Mafia. Sans oublier le fait que j'aimerais bien mieux qu'on ne sache pas que je me balade avec trois gorilles. Cela ne me rendra que plus voyante.

— Que suggérez-vous, alors ? marmotta Maxwell qui ne semblait guère ravi de la remarque.

— Eh bien, vous pourriez ôter vos lunettes noires. Elles vous donnent une vraie dégaine d'agents secrets.

Maxwell et Davison se débarrassèrent de leurs lunettes et Davison la foudroya du regard. Elle y répondit par un grand sourire.

— Maintenant, la cravate et la veste !

Les trois hommes secouèrent la tête avec vigueur.

— On garde notre veste, dit Davison qui s'exprimait pour la première fois.

Et, pour se faire bien comprendre, il tira sur les revers de la sienne et la veste s'ouvrit suffisamment pour qu'Isabella puisse apercevoir l'arme sécurisée par un holster.

Cette vision la choqua un peu. Certes, elle n'avait rien d'une fillette apeurée, hurlant à la seule vue d'une arme. Elle en connaissait la nécessité. Mais elle n'avait pas compris que Theron était vraiment aussi soucieux de sa sécurité.

Un instant, elle hésita. Imaginer de fausser compagnie aux trois hommes n'était peut-être pas une si bonne idée, après tout. Car ces trois costauds la rendaient plus repérable que si elle filait seule dans un grand magasin et en revenait avec une robe.

— Très bien, marmotta-t-elle. Gardez vos vestes.

Ils sortirent tous ensemble et se dirigèrent vers l'endroit où était garée la voiture. Davison monta devant tandis que Maxwell faisait le tour vers la portière côté passager et montait à son tour. Reynolds ouvrit la portière la plus proche d'Isabella et attendit qu'elle monte.

Feignant l'exaspération, elle se frappa le front.

— Attendez ici. J'ai oublié mon sac, dit-elle.

— Je vais vous le chercher. Montez, dit Reynolds.

Mais elle s'en allait déjà à grands pas vers l'entrée de l'hôtel. Elle se retourna un instant et leva un doigt.

— Je reviens tout de suite.

Reynolds commença à la suivre, mais elle tourna rapidement le coin et se précipita dans les toilettes pour hommes. Il la chercherait bien davantage dans celles des femmes lorsqu'il se rendrait compte qu'elle avait disparu et il y avait des chances pour qu'il ne pense pas à chercher chez les hommes.

Elle entrouvrit à peine la porte pour jeter un coup d'œil à l'extérieur. Reynolds courait çà et là, aboyant des ordres dans un petit micro accroché à sa chemise. Quelques secondes plus tard, Maxwell et Davison apparurent près des toilettes, l'air dépité. Alors, sans hésiter, elle se glissa à l'extérieur et se précipita vers l'entrée de l'hôtel, en espérant qu'ils ne regarderaient pas derrière eux à temps pour la voir sauter dans un taxi.

Elle se glissa dans la première voiture de la file et proposa au chauffeur de doubler son tarif s'il partait à toute vitesse. Trop heureux d'accepter, l'homme décolla de l'entrée sur les chapeaux de roue et fila comme une flèche dépassant deux autres voitures. Un concert de Klaxon et de cris de colère s'éleva, mais le chauffeur leur montra le poing avec un large sourire.

— Où allez-vous, mademoiselle ?

Elle leva les yeux et vit que l'homme l'observait dans le rétroviseur.

— Je ne le sais pas encore très bien, avoua-t-elle. J'ai besoin d'une robe. Une très belle robe qui fera tomber les hommes à la renverse à trois mètres de moi.

— Je sais exactement où aller, annonça le chauffeur en hochant la tête.

Comme elle ne voulait pas renoncer à toute précaution, elle lui demanda s'il pourrait l'attendre pendant qu'elle ferait ses achats, compteur ouvert bien entendu.

Il la laissa devant un grand magasin de luxe et lui donna son numéro de portable.

— Appelez-moi quand vous réglerez vos achats et je viendrai vous reprendre ici, dit-il.

Elle le remercia et descendit du taxi. Puis, s'assurant de rester mêlée à un groupe de gens, elle pénétra dans le magasin.

Elle n'était pas tout à fait stupide en matière de sécurité. Elle évita les recoins et resta bien en vue des caméras de sécurité. Lorsqu'arriva le moment des essayages, une vendeuse extrêmement obligeante l'accompagna vers les cabines. Après tout, il lui fallait l'opinion de quelqu'un.

Après avoir essayé six robes, elle *la* trouva enfin. La robe parfaite. Elle glissa sur son corps, épousant chaque courbe comme une seconde peau. Tout le génie de la robe résidait dans sa simplicité. Il n'y avait ni dentelles ni fanfreluches, rien qui put s'écarter des formes de son corps, mais une ligne pure avec de fines épaulettes, qui s'arrêtait juste au-dessus du genou. Avec une paire d'escarpins vertigineux, les hommes allaient lui manger dans la main.

Elle se rembrunit en s'apercevant que les autres hommes lui importaient peu. Theron était le seul qui comptait et personne ne savait comment il réagirait.

Quand elle émergea de la cabine d'essayage, le visage de la vendeuse s'illumina.

— C'est parfait, mademoiselle Caplan. Absolument parfait. Avec les chaussures adéquates, vous allez faire un malheur.

Elle laissa échapper un sourire.

— Auriez-vous par hasard une paire d'escarpins noirs avec un talon de sept centimètres qui irait avec la robe ?

La vendeuse sourit.

— Je reviens tout de suite.

Quelques minutes plus tard, elle pivota sur elle-même et ses yeux descendirent tout le long de ses jambes en direction de ses chaussures. Les talons ressemblaient à des cure-dents mais, sur elle, l'effet était magnifique.

Non contente d'acheter une robe d'un prix exorbitant — les chaussures n'étaient pas loin d'en valoir autant — la vendeuse insista pour l'accessoiriser avec le bijou assorti et, bien sûr, le sac.

Deux heures après avoir faussé compagnie à ses gardiens, elle s'installa dans le taxi et regagna l'hôtel. En arrivant, elle ramassa ses sacs et se pencha pour régler le chauffeur et le remercia avec chaleur.

— Pas de problème, mademoiselle. Et bonne chance pour votre soirée. Je suis sûr qu'ils vont en tomber par terre.

Elle sourit et descendit avant de lui faire un signe quand il démarra. Le sourire toujours aux lèvres, elle pénétra dans l'hôtel et se dirigea vers l'ascenseur. L'absence de son équipe de sécurité la fit hésiter une minute, puis un sentiment de culpabilité s'insinua en elle. Elle avait été tellement prise par ses achats qu'elle n'avait même pas songé à téléphoner à Reynolds pour l'assurer qu'elle allait bien. Elle ne lui avait même pas donné, ainsi qu'à Theron, son numéro de portable. Ils n'avaient donc pas pu l'appeler.

Poussant un soupir, elle sortit son portable et enfila la clé dans la serrure de sa porte de chambre. Une fois à l'intérieur, elle se retrouva nez à nez avec quatre hommes très en colère.

Theron se leva du coin du divan où il était assis. Ses yeux étincelaient. Il fit un geste aux trois autres.

— Laissez-nous, dit-il d'un ton bref.

Elle laissa glisser les sacs de ses doigts tandis que les trois hommes quittaient la pièce l'un après l'autre. Au passage, Reynolds lui décocha un coup d'œil réprobateur auquel elle répondit par un sourire contraint.

Lorsqu'ils eurent disparu, elle tourna les yeux vers Theron. Il avait raccourci la distance qui les séparait et la fixait, aussi menaçant qu'un nuage de tempête.

— Vous ne les avez pas virés, n'est-ce pas ? demanda-t-elle mal à l'aise.

— Soyez assurée que je sais exactement à qui en vouloir, jeta-t-il entre ses dents serrées.

Elle se pencha pour ramasser ses sacs et le contourna pour aller vers le canapé.

— Echapper à votre sécurité était une sottise, Bella. N'ai-je pas assez insisté auprès de vous sur le besoin que vous en avez ? A quoi pensiez-vous donc ?

Elle se retourna et le contempla d'un air pensif.

— J'avais mes raisons, dit-elle avec simplicité.

Theron eut un geste d'exaspération.

— Quelles raisons ?

— Rien que vous ne puissiez désapprouver. Je n'ai pas été longue et j'ai pris mes précautions. Le très gentil chauffeur de taxi a très bien veillé sur moi et la vendeuse ne m'a jamais quittée d'une semelle. Enfin, sauf quand elle est allée me chercher des chaussures.

Le visage de Theron vira au gris.

— Un chauffeur de taxi ? Vous avez confié votre sécurité à un chauffeur de taxi ?

— Calmez-vous, dit-elle en souriant. Il s'est conduit en parfait gentleman. Il m'a conduite au grand magasin et m'a attendue jusqu'à ce que j'en aie fini.

Theron avala sa salive, avec l'air de fournir un très gros effort pour garder tout son calme. Voir Theron perdre son calme valait peut-être bien l'aveu qu'elle avait dû lui faire.

— Pourquoi êtes-vous partie sans vos agents de sécurité ? Qu'aviez-vous de si important à faire que vous preniez de tels risques ?

Elle souleva le sac contenant ses achats.

— J'avais besoin d'une robe pour la soirée.

Theron aspira une longue goulée d'air, ferma les yeux puis les rouvrit. En deux pas, il fut près d'elle.

— Une robe ? Vous m'avez fait la peur de ma vie pour une robe ? dit-il, la prenant par les épaules.

Tout en parlant, il la secouait et elle se retint à lui pour garder l'équilibre.

— Ce n'était pas juste une robe, murmura-t-elle en s'efforçant de continuer à sourire.

Elle ne devrait sans doute pas l'asticoter ainsi, songea-t-elle, mais le voir perdre son sang-froid était soudain devenu une sorte de mission pour elle.

— Je ne pouvais tout de même pas rencontrer mon futur époux sans une robe époustouflante, susurra-t-elle.

— Vous êtes la femme la plus exaspérante, la plus frustrante que j'ai jamais eu le malheur de rencontrer, gronda-t-il.

Puis, sans crier gare, il l'écrasa contre lui, plaqua ses lèvres contre les siennes et lui administra un baiser d'une telle puissance qu'il lui coupa le souffle. Elle gémit quand les mains de

Theron lui agrippèrent les bras et se glissèrent derrière son dos comme deux courroies d'acier.

Il la savoura avec voracité tel un homme qui meurt de faim, comme s'il ne parvenait pas à se rassasier d'elle. Un picotement avertisseur remonta le long de l'échine d'Isabella. Ses seins palpitaient et ses mamelons se transformèrent en pointes dures qui se poussèrent contre le torse de Theron.

Le bruit de leur baiser, passionné, haletant, emplissait la pièce. Il glissa une main sous la ceinture du jean de la jeune femme et tira sur son top pour le libérer. Puis ses doigts glissèrent sur la peau nue du bas du dos, à l'endroit précis où se trouvait le tatouage. Il y traça des cercles comme s'il était conscient de ce qui s'y trouvait.

Impatiente de le goûter, elle suivit de la langue le dessin de sa lèvre jusqu'à ce qu'il réponde à son invitation. C'était chaud. Si masculin. Cela avait un goût de force, d'une puissance grisante.

Alors, elle se perdit entre ses bras, fondit contre sa bouche. Son pouls s'accéléra et se mit à battre follement dans le désir fou qu'il avait d'elle.

Les mains de Theron remontèrent encore avant de se heurter à son soutien-gorge. Il tripota la fermeture et, tout à coup, il s'immobilisa.

Avec un juron étouffé, il s'écarta d'elle. Il respirait à grands coups durs et irréguliers. Ses yeux flambaient, pareils à un incendie échappant à tout contrôle. Puis, comme si elle l'avait brûlé, ses mains retombèrent le long du corps d'Isabella. De nouveau il jura dans un mélange de grec et d'anglais avant de se passer la main dans les cheveux.

— *Theos mou* ! Nous ne pouvons… pas encore une fois. Ceci ne doit plus se reproduire. Bella, je suis navré.

Mains levées, il fit un pas en arrière. A la porte, il s'arrêta. Ses gestes étaient incohérents comme ceux d'un homme qui a bu. Puis il se retourna pour la regarder. Un désir inassouvi semblait consumer ses yeux.

— Votre équipe de sécurité ira désormais partout avec

vous. Vous avez compris ? A partir de maintenant, ils vous suivront même aux toilettes.

Incapable de faire autre chose, elle hocha la tête. Elle tremblait trop. Au moment où Theron quittait la pièce, elle serra ses bras autour d'elle et se frictionna de haut en bas pour chasser les frissons qui la parcouraient.

— Tu peux le nier tant que tu voudras, murmura-t-elle dans la pièce vide. Tu me désires autant que je te désire.

9

Dans un effort pour soulager l'énorme tension qui s'emparait de lui, Theron se frotta la nuque. Isabella n'était pas encore arrivée et il en ressentait autant de soulagement que de déception.

Il jeta un coup d'œil autour de la salle de bal de l'Imperial Park Hotel, observant les invités éparpillés çà et là, bavardant et riant, tandis qu'un orchestre de jazz jouait en sourdine sur une estrade.

Alannis était près de lui, la main posée sur son bras. Sophia de l'autre côté de sa fille, à l'évidence très fière d'elle.

Il baissa la tête pour écouter ce qu'Alannis essayait de lui dire, hochant la tête au bon moment malgré son manque de concentration. Quand il se redressa, son regard fila vers l'entrée de la salle et il retint son souffle.

Elle était là.

Debout, Isabella jetait des regards nerveux sur la salle. Il avala sa salive en voyant sa tenue. Le terme de « petite robe noire » aurait pu être inventé pour cette occasion. L'étoffe moulait chacune de ses courbes et s'arrêtait juste au-dessus des genoux. Elle avait relevé ses cheveux, attirant le regard sur la forme gracile de son cou. Des mèches rebelles s'échappaient de son chignon effleurant sa peau.

Ses doigts le démangèrent soudain de détacher sa chevelure et de la regarder crouler sur ses épaules. Il voulait laisser courir ses mains dans la masse soyeuse, sentir les mèches s'enrouler autour de ses doigts.

— Oh, regardez, s'exclama Sophia. Voici Isabella.

Comme si Theron ne s'en était pas aperçu dès l'instant où elle était entrée !

— Excusez-moi, murmura-t-il à l'adresse d'Alannis.

Elle le laissa s'éclipser avec un sourire et Theron se fraya un chemin vers l'endroit où se tenait sa pupille.

Il n'existait pas de manière facile de gérer la conscience qu'ils avaient l'un de l'autre, aussi préféra-t-il l'ignorer — ainsi que le fait de l'avoir embrassée seulement quelques heures auparavant.

— Bella, dit-il en s'arrêtant devant elle.

Elle leva vers lui de grands yeux verts et sa bouche s'incurva sur un sourire de bienvenue.

— Désolée d'être en retard, dit-elle d'une voix un peu essoufflée. Je ne pense pas que vous m'ayez gardé une danse ?

Il faillit pousser un grognement. La pensée de son corps fin et voluptueux plaqué tout contre le sien était une véritable torture.

— La danse n'a pas encore commencé, répondit-il en se retournant pour jeter un coup d'œil à l'orchestre. Peut-être pourrons-nous donner le coup d'envoi et ensuite je vous présenterai.

Il fit un geste au pianiste qui hocha la tête. Une mélodie lente et sensuelle s'éleva et Theron offrit sa main à Isabella. Sentant ses doigts trembler un peu, il les serra pour la rassurer.

En atteignant le centre de la piste de danse, il se tourna vers elle et elle se laissa aller entre ses bras. Dès l'instant où elle parut se fondre dans ses bras, il se raidit. Son parfum l'enveloppa et la tiédeur de sa main envahit tout son être. Pas un seul centimètre en lui qui n'eut pas une conscience aiguë de sa féminité. Comme ils effectuaient lentement le tour de la piste, il baissa les yeux et déglutit avec peine. Isabella ne portait pas de soutien-gorge et ses seins se pressaient étroitement contre son torse, pointant vers le haut, tendus contre le décolleté de sa robe.

Il fit un énorme effort pour se retenir de la traîner hors de la pièce afin que personne d'autre que lui ne puisse la voir. Il soupira le plus discrètement possible en se rappelant que cette femme ne lui appartenait pas et qu'il n'avait donc aucun droit de se montrer possessif.

Mais cela ne l'aida en rien pour contrer la vague d'irritation qui se leva en lui en voyant le nombre d'hommes contemplant Isabella d'un regard avide. Oh non, elle n'allait pas manquer de soupirants après cette soirée. Il aurait dû en être soulagé, mais il n'en fut rien. A peine fut-il capable de se retenir de froncer les sourcils.

— Quelle adorable soirée, remarqua Isabella en lui souriant par-dessus son épaule. Merci de l'avoir organisée.

— C'est un plaisir, *pethi mou.* Je veux que vous vous amusiez.

— Et comment s'adaptent vos invitées ? interrogea-t-elle d'un air innocent.

Les pupilles de Theron se rétrécirent. Etait-elle au courant de ses projets de mariage avec Alannis ? Non qu'elle ne l'apprenne pas très bientôt mais, pour une raison inconnue, il renâclait à lui annoncer ses prochaines fiançailles. Ou peut-être était-il un goujat de premier ordre d'avoir embrassé une autre femme à quelques jours de demander à une autre de l'épouser ?

— Leur installation se passe très bien, marmotta-t-il en la faisant tourner pour qu'elle ne se retrouve pas face à Alannis et à sa mère.

Alors, un sentiment de culpabilité l'envahit. Quelle sorte d'homme profiterait donc d'une jeune femme alors qu'il s'était engagé avec une autre ? Même Piers qui n'était jamais sans une femme dans sa vie ferait grise mine s'il apprenait qu'il séduisait sa pupille avec une prétendue fiancée l'attendant en coulisse.

De son côté, Chrysander n'hésiterait pas à lui botter les fesses assez fort pour l'expédier jusqu'en Grèce.

— Alors ? lesquels sont mes époux potentiels ? demanda-t-elle en se démanchant le cou pour regarder autour de Theron.

Elle lui décocha un sourire malicieux qui lui ajouta encore plus d'éclat.

— Je ferai les présentations dès que nous aurons fini de danser, répondit Theron.

Pour l'instant, elle était dans ses bras et il n'était pas trop pressé de l'abandonner à ses soupirants qui l'attendaient, rassemblés autour du périmètre de la piste comme une bande de vautours.

Pour la première fois, il regretta sa décision hâtive d'aider Isabella dans sa quête d'un mari. Elle était bien trop jeune pour songer au mariage. Elle devrait s'amuser sans penser à l'engagement de toute une vie. Et, cependant, il était fin prêt à le faire. Une vague de panique s'insinua en lui. Qu'il refoula avec fermeté. Car, avant qu'Isabella ne fasse irruption dans sa vie, il était très satisfait d'envisager d'épouser Alannis et de fonder un foyer pour avoir des enfants. Isabella était une distraction passagère, rien de plus. Dès que les choses se seraient concrétisées entre Alannis et lui et qu'il aurait mis Isabella sur la voie de la sécurité et de la stabilité, il s'engagerait dans l'avenir sans hésitation.

Quand la musique mourut, il laissa retomber ses mains et prit celles d'Isabella.

— Venez, *pethi mou.* On vous attend.

Affichant son plus beau sourire, Isabella se laissa entraîner parmi les invités rassemblés auprès de l'orchestre. Il leva la main et la musique s'arrêta. Puis il se tourna vers les invités.

— J'apprécie beaucoup que vous ayez accepté de venir afin de souhaiter la bienvenue dans notre ville à Isabella Caplan, dit-il d'un ton affable.

Un serveur s'approcha et tendit à Isabella une coupe de champagne avant d'en offrir une à Theron. Il la garda au niveau de sa ceinture avant de poursuivre.

— Nous sommes ici pour nous distraire, danser et bavarder. Vous pourrez rester aussi longtemps qu'il vous plaira ou bien... jusqu'à ce qu'il n'y ait plus rien à boire, ajouta-t-il en souriant.

Il y eut des rires.

Puis se tournant vers Isabella, il leva son verre.

— Un toast pour Isabella !

— A Isabella, répondirent les invités.

Il heurta sa coupe avec celle de la jeune femme et leurs regards se rencontrèrent. Un long moment, ils restèrent simplement accrochés l'un à l'autre, puis il rompit le contact et but une longue gorgée.

Bien qu'Isabella n'ait aucune envie de se mêler aux beaux partis potentiels rassemblés là à la demande de Theron — ce qui la faisait songer au choix d'un bon steak chez le boucher — elle savait qu'elle devait jouer son rôle, surtout si elle nourrissait le moindre espoir d'éveiller sa jalousie. C'était un coup à tenter, parce qu'il faudrait qu'il ressente pour elle plus qu'un simple désir charnel. Pour l'instant, c'était son seul espoir.

A la fin du toast, chacun semblait avoir repris une activité normale. L'orchestre entama un air et les gens se mirent à tournoyer sur la piste.

— Venez avec moi, Bella. Il est temps de vous présenter tout le monde.

— Vous voulez dire qu'il est temps pour moi de rencontrer les hommes que vous avez réunis pour moi, répliqua-t-elle sèchement.

Il lui jeta un coup d'œil interrogateur.

— Auriez-vous préféré ne pas faire leur connaissance ? Rien ne dit que vous y êtes obligée.

Il paraissait presque plein d'espoir, un petit peu trop impatient, ce qui sembla étrange à Isabella si l'on songeait au temps qu'il avait dû passer à réunir son groupe de prétendants. Rien qu'à elles seules, les vérifications avaient dû être une énorme entreprise. Et il n'était pas du genre à oublier de retourner une seule pierre.

A cette pensée, elle retint un immense sourire.

— Non, faisons-le. Mon avenir m'attend et tout le reste, dit-elle d'un ton léger.

Enroulant la main autour du bras de son tuteur, elle se laissa entraîner dans la foule. Sans trop savoir à quoi s'attendre et peut-être avait-elle imaginé qu'il y aurait une ruée, elle fut agréablement surprise de constater l'extrême civilité avec laquelle se déroulaient les choses.

Theron la fit passer de groupe en groupe, la présentant à des relations d'affaires et à des amis. Il fut facile à Isabelle de s'immerger dans le fantasme de former un couple avec

Theron et, du reste, lui-même se comportait comme l'homme qui l'escortait et non celui qui pensait à se débarrasser d'elle en la mariant. Il était également facile d'oublier qu'à quelques mètres d'elle, se tenaient Alannis et sa mère, observant ce qu'il se passait.

Malgré tout, elle n'était pas encore prête à laisser la réalité s'imposer et elle ne lâcha pas le bras de Theron, offrant un sourire ici, un rire là, au détour d'une conversation. Au bout d'un moment, elle sentit qu'elle se détendait et elle commença à apprécier réellement la joyeuse réunion.

Levant les yeux, elle aperçut un homme séduisant qui venait dans sa direction, une expression déterminée sur le visage. Elle le reconnut : il s'agissait de Marcus Atwater qui s'était présenté à eux la veille au restaurant.

— Toutes mes excuses, Isabella, pour ce retard, dit-il, arrivé près d'elle.

Il lui décocha un sourire charmeur auquel elle ne put pas ne pas répondre.

— J'ai été retenu par un client que je n'attendais pas, dit-il.

Il lui prit la main et, comme il l'avait fait au restaurant, la porta à ses lèvres. Puis il jeta un regard interrogateur à Theron — Theron qui restait là, la mine sombre et menaçante.

— J'aimerais t'emprunter Isabella. Je promets de la protéger et toi, tu pourras retourner auprès de ta cavalière qui, si tu ne m'en veux pas de le dire, semble avoir très envie de danser.

Theron se rembrunit et Isabella jeta un coup d'œil derrière elle pour voir Alannis couvant des yeux les danseurs avec ce qui pouvait être considéré comme un regard mélancolique. Isabella ne désirait pas ressentir de compassion. Elle voulait détester Alannis et, si elle voulait être une parfaite méchante, les choses seraient beaucoup plus simples. Mais le fait était que la jeune fille et sa mère s'étaient montrées particulièrement aimables avec elle.

— M'empruntez-vous pour une danse ou dans un autre but ? demanda-t-elle d'un ton taquin en glissant la main dans celle de Marcus.

— Que diriez-vous de danser d'abord et d'évoquer d'autres sujets plus tard ? dit-il sur le même ton.

L'expression de Theron était glaciale. Elle lâcha son bras pour suivre Marcus mais il saisit sa main restée libre, attirant la jeune femme entre les deux hommes.

Un instant, elle le fixa, attendant qu'il parle, mais il paraissait chercher ses mots ou peut-être n'avait-il pas eu l'intention de la retenir.

— Vous désiriez quelque chose ? demanda Isabella.

Lâchant sa main, il secoua la tête tout en jetant un coup d'œil en direction d'Alannis.

— Non. Amusez-vous, *pethi mou*. C'est votre soirée.

Après lui avoir accordé un dernier regard, elle se détourna et se laissa entraîner par Marcus vers la piste de danse. Il la fit tournoyer d'un geste expert et elle se retrouva plaquée contre son torse. Deux yeux bleus étincelants et rieurs se baissèrent vers elle auxquels elle répondit par un sourire.

— Etes-vous toujours en quête d'un mari ou suis-je arrivé trop tard pour être pris en compte ? demanda-t-il avec une gravité moqueuse.

— Les hommes ne sont-ils pas censés s'enfuir dans l'autre sens dès que l'on parle mariage ? rétorqua-t-elle.

— Pas si l'homme n'est pas ennuyé d'être attrapé par la femme en question.

— Vous êtes un redoutable flirteur, dit-elle tout sourires. Il m'est impossible de prendre au sérieux un homme aussi charmeur.

Marcus se contenta de sourire sans réfuter le propos. Ils dansèrent au milieu des autres couples et, chaque fois que cela lui était possible, elle glissait un coup d'œil en direction de Theron.

Alannis et lui dansaient à l'autre bout de la salle. La jeune femme levait vers lui des yeux rieurs et il ne fallait pas être un génie pour constater à quel point elle était fascinée par Theron. Un sentiment que Bella ne connaissait que trop bien.

— Alors ? demanda Marcus d'un ton léger en la faisant tourner. Allez-vous le laisser vous échapper ?

La jeune femme quitta Theron des yeux avec un sentiment de culpabilité et les posa sur le sourire amusé de Marcus. Consciente de n'avoir aucune chance de faire la sotte, elle poussa un soupir.

— Suis-je aussi transparente ? s'enquit-elle, résignée.

— Seulement pour un homme qui tâte le terrain avant de se battre.

Les épaules d'Isabella s'affaissèrent.

— Je savais bien que je n'aurais pas dû accepter cette comédie. C'était l'idée de Theron comme vous l'avez peut-être deviné. Il a décidé qu'il était de son devoir de me marier le plus vite possible.

Marcus lui releva doucement le menton jusqu'à ce qu'elle le regarde au fond des yeux.

— Lui avez-vous dit ce que vous ressentiez ?

Jetant un coup d'œil à Theron, elle secoua la tête.

— C'est compliqué.

— Voulez-vous que je vous dise ? reprit Marcus. Pourquoi ne pas nous rendre dans ce coin là-bas ? Je vais aller nous chercher un verre et vous pourrez tout me raconter.

Le regard de Theron retrouva Isabella tandis qu'il écoutait poliment Alannis et Sophia ainsi que le petit groupe de personnes qui se tenaient dans un cercle lâche à côté de la piste de danse. Il serra les dents en voyant Marcus se pencher tout près d'Isabella, et ses lèvres se hasarder dangereusement près de son oreille pour lui chuchoter quelque chose.

Elle se mit à rire et le son de ce rire s'éleva au-dessus du cliquetis des verres et du murmure des conversations. Les doigts de Marcus s'égarèrent sur l'épaule nue, s'y attardant un peu plus longtemps que Theron ne le jugea nécessaire.

Il dut ravaler la bulle de colère qui s'était formée dans sa gorge quand Marcus fit traîner un doigt enjôleur sur la joue de la jeune femme, avant de descendre le long de son cou et de tourner autour du petit creux de sa gorge.

Isabella s'inclina vers lui comme si elle recherchait le contact et Marcus, alors, posa ses lèvres très doucement sur le petit coin de peau juste au-dessous de l'oreille.

— *Theos mou*, gronda Theron. Ça suffit comme ça.

— Theron ? demanda Alannis. Quelque chose ne va pas ?

Elle lui toucha le bras et, se tournant vers elle, il vit l'inquiétude se refléter dans ses yeux.

— Ce n'est rien dit-il d'une voix brève.

Le regard d'Alannis fila en direction d'Isabella puis revint se poser sur lui.

— Elle semble passer un bon moment, dit-elle.

— Oui.

Avec un ennui grandissant, Theron vit que les avances de Marcus se faisaient plus pressantes.

— Excusez-moi un instant, voulez-vous, Alannis ?

Avec un mouvement de tête à l'adresse de Sophia, il se dirigea avec autant de calme que cela lui fut possible vers l'endroit où Marcus s'était réfugié en compagnie d'Isabella. Il l'avait pour ainsi dire piégée dans un coin et son corps se mouvait comme celui d'un prédateur se rapprochant de sa proie pour tuer.

Juste au moment où Theron allait ouvrir la bouche, Marcus baissa la tête pour cajoler le cou d'Isabella. Alors la rage emporta tout chez Theron. Refermant la courte distance qui les séparait, il saisit Marcus par l'épaule et le tira pour l'écarter d'Isabella.

— Que diable..., commença Marcus avant de s'interrompre.

— Theron ? Il y a un problème ?

— Venez ici, Isabella, jeta Theron.

Il tendit la main à la jeune femme qui le fixait, interloquée.

— Que se passe-t-il ? demanda-elle en glissant sa main dans la sienne.

Il tira jusqu'à l'amener tout contre lui. Puis il foudroya Marcus du regard.

— Attention avec elle, lança-t-il d'une voix hargneuse. Défense de la toucher. N'y pense même pas, d'accord ?

Marcus le surprit d'un large sourire avant de reculer, mains levées.

— Tout ce que tu voudras.

Puis, avec un clin d'œil à Isabella :

— Je crois que je vais y aller. Quelque chose me dit que je ne suis plus le bienvenu.

— Oh non, Marcus. Restez !

Puis revenant à Theron, elle lui adressa un regard intrigué.

— Je suis certaine que Theron n'y voit pas d'objections.

— J'ai des tas d'objections. Il vous pelotait au vu de tous dans une pièce pleine de monde.

De nouveau, il se tourna vers Marcus et attira Isabella encore plus près de lui. Puis, baissant la voix afin de n'être pas entendu alentour :

— Si je te revois près d'elle, ça se réglera dehors. C'est clair ?

Il ignora l'exclamation stupéfaite d'Isabella pendant que Marcus continuait à battre en retraite, l'air content de lui.

— A une autre fois, Bella, dit-il.

— Au revoir, répondit-elle à voix basse.

— Venez, dit Theron la traînant à moitié derrière lui. Je vous interdis de me quitter pendant tout le reste de la soirée.

A sa surprise, Isabella n'objecta rien. A mi-chemin de l'endroit où retrouver Alannis et sa mère, elle chancela et Theron se retourna rapidement pour la retenir.

— Ralentissez, se plaignit-elle. Je n'arrive pas à marcher assez vite avec ces chaussures.

— Désolé, marmotta-t-il d'une voix bourrue en la remettant d'aplomb.

Il lui tint le bras jusqu'au moment où il fut certain qu'elle pouvait marcher.

— Ça va mieux ?

Elle hocha la tête et ils repartirent.

— Isabella, vous allez bien ? demanda Sophia d'une voix inquiète lorsqu'ils rejoignirent les deux femmes.

— Oui, madame Gianopolous, je vais très bien, merci, répondit Isabella en lui souriant.

— Je vous en prie, appelez-moi Sophia.

Puis, détachant la main d'Isabella de celle de Theron :

— Puis-je vous apporter quelque chose à boire ? Avez-vous mangé un peu depuis votre arrivée ?

Elle se tourna vers Alannis.

— Veux-tu nous excuser une minute, chérie ? Reste ici avec Theron pendant que j'emmène Isabella grignoter quelque chose.

Theron leva une main pour interrompre le flot continu de paroles. Sa tête battait et la seule chose qu'il désirait vraiment était d'aller frapper Marcus pour avoir osé toucher Isabella, pour avoir posé les lèvres sur elle.

— Restez ici, dit-il. Je vais chercher un serveur. Il nous apportera un plateau. Je préférerais qu'Isabella reste avec moi jusqu'à la fin de la soirée.

Le ton était brusque. Surprise, la mère d'Alannis ouvrit de grands yeux. Sa fille se rapprocha d'elle et lui toucha le bras.

— Etes-vous certaine que tout va bien, Isabella ? demanda-t-elle d'une voix douce.

Le sourire que lui adressa Isabella paraissait un peu crispé.

— Tout à fait bien. Theron a eu une réaction un peu excessive.

Elle lui lança un regard de défi.

— Je ne comprends pas bien comment il peut s'attendre à ce que je trouve un mari s'il bouge une paupière dès qu'un homme me remarque.

Theron prit une profonde inspiration.

— Je ne crois pas qu'on puisse classer dans la catégorie « remarque » ce que faisait Marcus. *Theos* ! Il vous faisait pratiquement l'amour devant tout le monde !

Un lent sourire étira les lèvres d'Isabella.

— Est-ce cela qu'on appelle embrasser, en ce moment ? demanda-t-elle d'un ton railleur.

Les narines de Theron palpitèrent au souvenir des baisers qu'ils avaient échangés. Par sa propre faute, il s'était bel et bien laissé piéger.

— Isabella s'est conduite de manière inappropriée, marmotta-t-il entre ses dents. Vous êtes sous ma protection. Vous suivrez mes instructions.

Isabella se tourna effrontément vers Alannis et Sophia.

— Je suppose que maintenant, il va biffer celui-ci de la liste des prétendants.

Puis, poussant un soupir théâtral, elle laissa retomber ses mains sur ses flancs.

— Je ne pourrai même plus danser.

— Theron va danser avec vous, intervint aussitôt Alannis. C'est un merveilleux cavalier, vous avez déjà dû le remarquer ?

— Oui, allez-y, dit Sophia. Je vais m'assurer que vous ayez quelque chose à manger quand vous reviendrez.

Soudain, Theron sentit sa bouche s'assécher. Comment survivre à une nouvelle danse avec ce corps voluptueux, collé contre le sien ? Une séance de torture suffisait bien pour la soirée.

Seulement, il y avait l'alternative de la laisser danser avec les hommes qui les entouraient. Des hommes qu'il avait sélectionnés de sa propre main !

Plutôt mourir.

Sans ajouter un mot, il s'empara de la main d'Isabella et l'entraîna vers la piste.

— Vous me tuez avec ces chaussures, murmura-t-elle comme il la prenait dans ses bras.

Pour la première fois depuis l'arrivée de Marcus, Theron se détendit quand le doux corps d'Isabella épousa le sien et il eut le sentiment que tout était bien ainsi. Il adorait la toucher. Il avait du mal à retenir ses mains de monter et de redescendre sur ses courbes suaves.

— Vous le ressentez aussi, dit-elle tout bas, les yeux levés vers lui. Vous ne le voulez pas, vous vous en défendez, mais vous le ressentez en tous points de la même façon que moi. C'est pour cela que vous m'avez embrassée.

Elle rit tout bas.

— Vous ne pouvez pas vous empêcher de m'embrasser, tout comme je suis incapable de vous résister. Je ne veux pas résister.

Il secoua négativement la tête, mais tout son corps vibrait. Isabella lui sourit et, tout en se balançant au rythme de la musique, lui posa un doigt sur les lèvres. Ensuite, elle pivota de manière à lui faire tourner le dos à Alannis, et fit courir ses mains sur son torse. Les yeux à demi fermés, elle entrouvrit les lèvres avec une expression de désir ardent.

Theron poussa une sorte de grondement.

— C'est impossible, Bella. Vous me rendez fou. Il faut cesser vos taquineries.

— Qui dit que je vous taquine ?

Il lui prit les mains et les écarta de son corps avant de la faire encore tourner pour se retrouver parallèlement à Alannis.

— Vous la voyez ? dit-il. Je parle d'Alannis. Je vais lui demander de m'épouser, Bella.

Elle accueillit l'annonce avec calme. Aucune réaction apparente. Etait-elle déjà au courant ?

— Tout ceci doit cesser entre nous, insista-t-il. Nous allons épouser des personnes différentes.

— Et pourtant, dit-elle avec un léger sourire, vous continuez à m'embrasser.

— Je ne le ferai plus, jura-t-il.

Loin de la décourager, il vit une lueur s'allumer dans les yeux de sa cavalière.

— Si j'ai mon mot à dire là-dessus, vous le ferez.

Sans lui laisser le temps de répondre, elle s'écarta de lui.

— Je meurs de faim.

Puis, penchée brusquement vers lui, elle chuchota de manière à n'être entendue que de lui :

— Vous dites que vous ne me désirez pas et, pourtant, vous ne voulez pas qu'un autre homme m'ait. Plutôt bizarre, non ?

Elle se détourna et s'éloigna en balançant les hanches vers l'endroit où Sophia l'attendait avec une assiette pleine.

10

— Il a toujours l'intention de faire sa demande ce soir ? demanda Isabella à Madeline.

Elle avait espéré qu'après la nuit dernière, Theron aurait compris qu'il éprouvait *quelque chose* pour elle. Peut-être pas de l'amour. Pas encore. Mais elle s'était imaginé qu'il s'éveillerait à l'attirance qui existait entre eux.

Bon, peut-être n'en était-il pas totalement inconscient, mais il paraissait à coup sûr l'ignorer.

Elle ferma les yeux en entendant Madeline lui confirmer que, aux dires de Theron, la demande en mariage tenait toujours.

— Merci, Madeline, dit-elle d'une voix lente.

Elle raccrocha et s'enfonça un peu plus dans son lit. Theron avec Alannis… elle ne parvenait toujours pas à le croire. Il avait besoin de quelqu'un pour le secouer, quelqu'un qui ne le laisserait pas devenir trop sérieux ou trop organisé.

Quelqu'un comme elle.

Mais peut-être Theron désirait-il un mariage confortable et morne ?

Elle secoua vigoureusement la tête. Non, elle n'accepterait pas d'y croire car, alors, elle serait obligée d'abandonner et elle n'était pas encore prête à le faire.

Reprenant le téléphone, elle tapa le numéro que Marcus lui avait donné la veille au soir.

— Bonjour Marcus, c'est Isabella, s'annonça-t-elle lorsqu'il décrocha.

— Isabella ! Comment allez-vous ?

Elle soupira.

— Il paraît que la demande est toujours d'actualité.

— Navré de l'apprendre. J'étais pourtant certain que Theron était prêt à me réduire en bouillie après notre petite scène d'hier soir.

— Il m'irrite tellement, répondit-elle d'une voix triste. Je n'arrive pas à le cerner. Il se contrôle tellement, sauf quand il est seul avec moi.

Marcus se mit à rire.

— Je ne peux pas dire que je l'en blâme. J'ai l'impression que vous mettriez à bout la patience d'un saint.

— Pensez-vous que vous pourriez obtenir des places pour l'opéra ce soir ? Je déteste demander, mais je suis désespérée. Alannis et lui vont à l'opéra et ensuite à une petite réception à l'hôtel où Theron se propose de lui poser LA question.

— Je suis sûr de pouvoir arranger cela, mais comment pensez-vous l'empêcher de se déclarer ?

Elle retint longuement son souffle.

— Je n'en suis pas certaine, répondit-elle d'une voix douce, mais j'ai une idée.

— Je ne crois pas que ce soit le moment pour moi d'avouer que je déteste l'opéra, dit Marcus en riant.

— Je n'en suis pas très fan moi-même, sourit Isabella, mais il semble que ce soit le spectacle préféré d'Alannis.

— Dans ce cas, puis-je faire une autre suggestion ?

Elle se redressa dans son lit et tira les couvertures jusqu'à sa taille.

— A quoi pensez-vous ?

— Que diriez-vous de sortir avec moi ? Vous informerez la sécurité de vos projets pour la soirée. Je suis certain qu'ils font un rapport régulier de vos activités à Theron.

Une note amusée passa dans sa voix.

— Cela le rendra fou de se retrouver bloqué à l'opéra avec Alannis sans aucune idée de ce que nous faisons alors que, si nous étions tous les deux à l'opéra, il pourrait nous surveiller.

— Mais… et la réception et ses projets pour se déclarer ?

— Je vous y emmènerai avant l'arrivée de Theron. Peut-être alors aurez-vous imaginé un plan ?

— Je ne sais pas, dit-elle lentement.

— Allons, venez, dit Marcus d'une voix câline. Nous aurons un agréable dîner ensemble. Theron en sera malade. Alors quand vous ferez votre apparition à la soirée, il vous tombera dans les bras.

— D'accord, concéda Isabella.

— Génial. Je passe donc vous prendre à 7 heures. Je vous appellerai juste avant d'arriver pour vous laisser le temps de descendre.

Ils raccrochèrent tous deux et elle fit passer ses jambes par-dessus le rebord du lit. Une fois encore, elle avait besoin de la robe parfaite. Quelque chose de magnifique ; mais elle n'était pas très sûre que l'on vende des robes destinées à empêcher un mariage de se faire !

Une pensée subite l'alarma. Cela faisait-il d'elle « l'autre femme » ? Etait-elle une femme fatale, celle qui brise une relation ? Une pensée très inconfortable qui lui laissa un désagréable sentiment. Mais, d'un autre côté, elle savait que Theron et elle étaient faits l'un pour l'autre. Même si *lui,* l'ignorait encore.

En outre, rien n'était encore fait. Alannis ne portait aucune bague au doigt et aucun engagement n'avait été pris. Jusqu'à cet instant, tout était bon. En amour comme à la guerre.

Elle se leva d'un bond et courut vers la douche. Elle n'avait que jusqu'au soir pour trouver une idée afin d'empêcher Theron de commettre une énorme erreur. Et pour éviter elle-même d'avoir le cœur brisé.

Theron décrocha et écouta le chef de la sécurité d'Isabella lui rapporter les activités matinales de la jeune femme qui consistaient en shopping et un déjeuner seule au restaurant.

Sa main se crispa autour de l'appareil quand l'homme en vint à ses projets pour la soirée : une sortie avec Marcus Atwater.

Il jura en grec avant de rapidement se reprendre. A quoi pensait donc Isabella ? Elle ne pouvait quand même pas être attirée par un homme tel que Marcus ? Un beau parleur, un peu trop même, qui ne l'avait pas lâchée d'une semelle au cocktail. Sans oublier le fait qu'il avait chaque semaine une nouvelle conquête à son bras !

— Il faudra la surveiller étroitement, ordonna-t-il à Reynolds. Je n'ai aucune confiance dans l'homme avec qui elle sort. Ils ne doivent rester seuls sous aucun prétexte.

— Oui, monsieur, dit Reynolds.

Theron raccrocha. Ses lèvres serrées formaient une ligne mince. Isabella essayait-elle de le rendre fou ? Elle devait pourtant savoir qu'il n'approuverait pas qu'elle passe du temps avec Marcus après les événements du soir précédent.

Mais peut-être se souciait-elle peu de son avis.

Il s'adossa à son fauteuil et ouvrit le tiroir de son bureau pour y prendre une petite boîte noire nichée dans un coin. Ses doigts la palpèrent, puis il la souleva et l'ouvrit.

Il étudia la bague en diamant qui étincelait de tous ses feux. Ce soir, il la passerait au doigt d'Alannis. Alors pourquoi n'était-il pas plus enthousiaste ? Pourquoi n'évoquait-il pas l'avenir avec plus d'entrain ?

L'année prochaine à la même époque, il pourrait même avoir un enfant, une famille. Il aurait fondé un foyer. Et, malgré tout, il n'était pas encore tout à fait décidé à son sujet… ni à aucun autre.

Son Interphone bourdonna de nouveau et Madeline l'informa d'un autre appel très important, sans autre précision. Secouant la tête, il décrocha.

— As-tu complètement perdu l'esprit ?

L'apostrophe de son frère Piers lui fit froncer les sourcils.

— Accorde-lui une chance, ajouta Chrysander d'un ton sec. Ensuite, nous verrons s'il a ou non perdu la raison.

— Vous avez demandé à Madeline de ne pas me dire que c'était vous, n'est-ce pas ? accusa Theron.

— Tu as fichtrement raison, dit Piers. Si tu l'avais su, tu n'aurais pas répondu, espèce de lâche.

— Ta belle-sœur désire savoir pourquoi tu ne lui as pas dit que tu envisageais de te marier, reprit Chrysander.

Theron frémit.

— Je te trouve déloyal d'utiliser Marley pour me culpabiliser et tu le sais.

— Que fais-tu ? interrogea Piers impatient de mettre fin à la plaisanterie. A quoi pouvais-tu bien songer ?

— Ce que ton frère tente de te dire c'est que nous avons été cueillis à froid et que nous voudrions te présenter nos félicitations dès que nous comprendrons pourquoi nous le découvrons seulement, conclut Chrysander, plus diplomate

— Pas moi, grogna Piers. S'il me raconte qu'il le fait vraiment, je ne peux que lui présenter mes condoléances.

— Quel mal y a-t-il donc à se marier ? interrogea Theron surpris de la réaction de son frère.

— Outre le fait qu'à mon avis, toute personne entrant de bon gré dans l'institution du mariage est un peu cinglée, il y a celui que tu épouses Alannis Gianopolous.

Et d'un ton brutal :

— Elle n'est pas du tout faite pour toi !

Theron se rembrunit.

— Alannis est un choix tout à fait acceptable.

Un long silence suivit puis Chrysander s'éclaircit la gorge.

— *Un choix acceptable* ? Drôle de manière de présenter les choses.

— Ce qui m'intéresse surtout, c'est de savoir pourquoi tu crois qu'elle ne me convient pas, rétorqua Theron, ignorant la remarque de Chrysander.

— Par le diable, Theron, en dehors du fait que son père a tout fait depuis des années pour qu'elle épouse un jour l'un d'entre nous, elle… elle…

— Elle quoi ? l'interrompit Theron.

— Explique-nous juste le pourquoi de cette soudaine envie de te marier, ajouta Chrysander avec calme. Et pourquoi ce besoin de nous faire part de cet événement capital par mail.

— Sans doute à cause de la réaction que j'en obtiens maintenant, répliqua Theron d'un ton mordant.

— Depuis quand es-tu devenu aussi soucieux de ce que nous pensons, interrogea Piers.

— L'un de vous ne trouve-t-il pas ironique qu'il n'y ait pas si longtemps, Piers et moi avions cette même conversation avec Chrysander au sujet de Marley ? Nous nous trompions à son sujet et vous deux, vous trompez à propos d'Alannis.

Lorsque Chrysander poussa un soupir, Theron comprit qu'il l'avait convaincu. Que pouvait-il objecter puisque c'était la vérité ? Theron et Piers avaient été très véhéments dans leur opposition à Marley. Et ils avaient fait une lourde erreur.

— Assure-toi juste que c'est bien ce que tu veux, dit Chrysander résigné. Et tiens-nous au courant de tes projets. Marley voudra prendre ses dispositions pour le mariage.

Cependant, Piers n'était pas prêt à renoncer.

— Réfléchis bien à ce que tu fais, Theron. C'est de tout le restant de ta vie que nous parlons ici.

— J'apprécie ton inquiétude, répondit Theron d'un ton sec. Mais je suis très capable de prendre mes propres décisions.

— Raconte-moi comment se passent les choses avec Isabella, l'interrompit Chrysander dans une tentative évidente pour changer de sujet. L'as-tu expédiée en Europe ?

Nouveau long silence. Theron se passa la main dans les cheveux, regrettant de n'avoir pas insisté auprès de Madeline pour qu'elle lui dise qui appelait.

— Elle n'est pas partie pour l'Europe, dit-il.

— Qui est Isabella ? interrogea Piers. Est-ce que nous parlons de la petite Isabella Caplan ?

— Je t'en parlerai plus tard, répondit Chrysander. Pourquoi n'est-elle pas partie pour l'Europe ? Où est-elle alors ?

— Ici. Elle a décidé de rester à New York.

Sans savoir pourquoi il éprouvait le besoin de le préciser, Theron ajouta :

— Et elle n'est plus si petite.

Chrysander émit un léger rire.

— Pauvre Theron ! Environné de toutes parts par des femmes. J'imagine que tu dois me maudire maintenant ?

S'il savait ! songea Theron.

— J'ai pourvu aux besoins d'Isabella et je l'ai installée,

dit-il. Elle va bien. *Je* vais bien. Vous pourriez me lâcher maintenant, tous les deux ?

— Il me paraît un peu sur la défensive, remarqua Piers, l'air content de lui. Je subodore quelque chose. Quelque chose de moche. Je regrette de ne pas être à New York pour voir ça par moi-même.

— Au diable, reste où tu es, marmotta Theron. Tu as un hôtel à bâtir.

Le rire de Piers envahit la ligne.

— Je vais raccrocher maintenant, conclut Theron.

Désormais, il savait ce qu'avait ressenti Chrysander lorsque Piers et lui-même lui avaient fait la vie dure à propos de Marley.

Des parents bien intentionnés étaient décidément la pire des choses.

11

— Avez-vous la moindre idée de ce que vous allez lui dire ? demanda Marcus à Isabella en portant son verre de vin à ses lèvres.

La jeune femme secoua la tête d'un air de regret en baissant les yeux sur son entrée à peine entamée.

— Je ne tiens pas à me ridiculiser, mais, en même temps, je dois lui prouver que je ne plaisante pas. Que je ne joue pas à quelque jeu stupide et qu'il n'est pas un béguin passager.

En relevant les yeux, elle surprit un éclair de compassion dans le regard de Marcus.

— Mettez-vous à sa place, murmura-t-elle. Vous êtes sur le point de demander une femme en mariage. Vous en avez embrassé une autre à deux reprises et vous combattez cette attirance avec violence. Que pourrait vous dire l'autre femme pour vous convaincre de ne pas épouser la première ?

Marcus posa son verre et s'adossa à sa chaise.

— Fichtre, soupira-t-il. Vous ne posez pas les questions les plus faciles, n'est-ce pas ? Je suppose que cela dépendrait de la réalité de mon amour pour la femme que je serais sur le point d'épouser, mais, dans ce cas, je ne me déclarerais qu'à moins d'en être certain. Et si je l'étais et que j'avais l'intention de me déclarer, alors rien ne pourrait me détourner de ma route.

— Je craignais que vous ne disiez cela, marmotta Isabella.

— Tout ce que vous pouvez faire c'est essayer, dit-il gentiment. Aucun risque, rien à perdre et tout ce qui s'ensuit.

Il lui prit la main.

— Etes-vous certaine, Bella, que c'est bien ce que vous voulez ? Je détesterais vous voir blessée ou déçue.

— Vous êtes si gentil, commença-t-elle.

— Seigneur ! Sachez qu'un homme déteste entendre ce mot sur les lèvres d'une femme, grommela-t-il. C'est aussi affreux que de s'entendre dire « vous êtes comme un frère pour moi ».

Elle se mit à rire et ses épaules se détendirent. Tout ce qu'elle pouvait faire c'était tenter sa chance. Ce qui arriverait ensuite ne dépendait plus d'elle.

— Vous êtes superbe ce soir, remarqua Marcus en abandonnant ses mains.

— Merci, vous êtes vraiment *trop* gentil.

Elle baissa brièvement les yeux sur la robe du soir d'un bleu royal qu'elle avait choisie au cours d'un shopping échevelé un peu plus tôt ce matin, où elle avait traîné ses gardes du corps. Elle s'était habillée ce soir pour livrer bataille. Sans fausse modestie, elle savait qu'elle était à son avantage. Très classe, chic, bien loin de ses jeans favoris, des fanfreluches et des orteils aux ongles écarlates. Ce soir, elle s'était coulée dans l'univers de Theron. Le sien aussi désormais, même si elle ne l'avait encore jamais tout à fait intégré. Elle avait l'argent, le pedigree, mais pas vraiment l'envie d'y adhérer.

— A quelle heure devons-nous y être ? demanda-t-elle d'une voix anxieuse.

Car il lui fut impossible de maîtriser le battement subit de son pouls en s'imaginant arriver trop tard à la soirée de Theron et être envahie par une sueur froide en apercevant l'heureux couple déjà officiellement fiancé.

Marcus la rassura d'un sourire.

— L'opéra vient seulement de commencer. Nous disposons d'encore pas mal de temps. Pour ne pas vous inquiéter, je vous y emmènerai dans un délai largement suffisant. Essayez de vous détendre et de profiter de votre dîner. Ce serait trop terrible si vous arriviez à la réception et vous écrouliez mourant d'inanition aux pieds de Theron.

— Eh bien, ce serait encore une excellente manière de mettre un terme à la comédie, dit-elle avec malice.

Marcus se mit à rire et secoua la tête.

— Je suis presque désolé d'avoir accepté de vous aider, Bella. J'aurais bien mieux aimé vous faire la cour.

— Et moi, si mon cœur n'était pas déjà pris, je me ferais une joie de vous y encourager.

— Alors, laissez-moi vous dire ceci et je n'aborderai plus le sujet, dit Marcus. Si les choses ne se passaient pas comme vous le souhaitez… je vous demande seulement de vous souvenir de moi.

Cette fois, Isabella lui prit la main.

— Merci, Marcus. Vous êtes devenu un merveilleux ami bien que nous nous connaissions depuis si peu de temps. J'espère que vous resterez mon ami envers et contre tout. Cette ville est un lieu bien solitaire quand on n'y connaît personne.

— J'en serais honoré. Et maintenant, mangez ! Ils ont les plus délicieux desserts, ici.

Installé dans son fauteuil, tandis que le spectacle s'étirait sous ses yeux, Theron broyait du noir. A son côté, Alannis fixait la scène avec une profonde attention. Une expression de ravissement illuminait son visage. Sophia semblait moins enthousiaste, mais son attention était malgré tout captivée par ce qu'il se passait devant eux.

Juste avant le début du spectacle, Reynolds avait informé Theron qu'Isabella rejoignait Marcus Atwater pour dîner avec lui après une journée de shopping. Il n'y avait absolument rien que Theron puisse faire à ce point précis où il se trouvait solidement engagé dans sa soirée. A la fin, il donna à Reynolds de strictes instructions pour coller à Isabella comme une glue et s'assurer à tout prix qu'Atwater ne profite pas d'elle.

Un moment, il fut tenté d'adresser un message à Reynolds sur son BlackBerry, mais il n'était pas tout à fait certain qu'Alannis était assez absorbée par le spectacle au point de ne rien remarquer. Et ne lui avait-il pas promis que rien ne viendrait déranger cette soirée ?

Cependant, il avait exigé d'avoir des rapports réguliers de la sécurité d'Isabella et même trouvé un moyen de prendre connaissance des messages, même si cela impliquait d'aller faire un petit tour aux toilettes.

Pendant toute l'heure suivante, il ne tint pas en place et ne fut pas loin de se faire remarquer. Il était irrité de voir que ce soir, où il devrait être détendu, il était forcé de se demander si tout allait bien pour Isabella. Elle s'insinuait dans son existence d'une manière qui ne lui convenait guère. Que dire alors du fait qu'il était dans l'incapacité de profiter d'une soirée avec sa fiancée parce qu'il ne cessait de penser à Isabella Caplan ?

Alannis lui toucha le bras, interrompant brusquement le cours de ses pensées.

— Theron, c'est terminé, chuchota-t-elle.

Jetant un coup d'œil rapide autour de lui, il s'aperçut que le rideau était baissé. Avait-il tout manqué ? Un autre léger coup de coude d'Alannis l'obligea à se lever. Il lui offrit son bras et se plaça dans la file pour sortir de la loge. Sophia et les deux gardes du corps suivaient derrière.

— Comment avez-vous trouvé le spectacle ? demanda-t-il à la jeune femme comme ils se dirigeaient vers la limousine qui attendait dehors.

— C'était merveilleux, soupira-t-elle. J'adore tellement l'opéra. A une certaine époque…

Elle baissa la tête sans lui laisser le temps de voir le rouge lui monter aux joues.

— A une certaine époque…, insista-t-il.

— Oh, eh bien, à une certaine époque, je désirais être cantatrice, avoua-t-elle.

— Et pourquoi n'avoir pas continué ?

Elle sourit et secoua la tête.

— Je n'étais pas assez douée. En outre, père ne l'aurait pas admis. Il estime que c'est un métier vulgaire.

Il haussa un sourcil.

— Je n'aurais jamais imaginé qu'un talent de cette sorte puisse être qualifié de vulgaire.

— Oh, il pense que tout métier qui vous propulse sur une scène est inapproprié pour une jeune fille. Il préférerait de loin que je me marie pour lui donner des petits-enfants.

Une lueur brilla dans ses yeux et s'évanouit aussitôt.

— Et vous, que désirez-vous ? demanda Theron, curieux.

— J'aime les enfants, répondit-elle avec simplicité avant de se tourner vers sa mère.

Il les fit monter en voiture et, après s'être installé à son tour, démarra pour regagner l'hôtel. Ses mains étaient moites et, devant sa nervosité trop évidente, il secoua la tête. Lui qui se glorifiait de son sang-froid et de son calme ! Rien dans la situation n'aurait dû le stresser. Son avenir était tout tracé et tout se déroulait exactement comme prévu.

Il se détendit sur son siège. Il tâta la bague dans sa poche puis, rassuré de la savoir toujours là, laissa retomber sa main.

La circulation était rapide et, une demi-heure plus tard, ils arrivèrent à l'hôtel. Alannis bâilla lorsque Theron l'aida à descendre de voiture.

— J'espère que vous ne serez pas trop fatiguée pour la réception ? dit-il en lui prenant la main.

— Quelle réception ? demanda-t-elle, surprise.

Sophia passa son bras sous celui de sa fille.

— Theron a organisé une fête en ton honneur, ma chérie. Ce sera une soirée très spéciale.

Dans le dos de sa fille, elle adressa un clin d'œil à Theron qui sentit son malaise augmenter.

— Une réception pour moi ? Comme c'est excitant, s'exclama Alannis, les yeux brillants de joie.

Elle était vraiment très jolie, à sa manière sereine et réservée. Mais, pour une raison inconnue, il ne parvint pas en l'observant, à chasser de son esprit l'image d'une autre femme. En traversant le vestibule de l'hôtel, il détourna le regard, mâchoires serrées.

A leur entrée dans la salle, l'orchestre se mit à jouer et des confettis s'envolèrent du plafond.

D'un air ravi, Alannis les regarda tomber, s'efforçant de saisir ce tourbillon de flocons multicolores.

— Oh, c'est merveilleux, Theron, soupira-t-elle.

De nouveau, il l'entraîna en la poussant doucement. Son cœur battait à chaque pas. Comme ils arrivaient au milieu de la salle, il glissa la main dans sa poche. Les coins de la boîte lui râpèrent les doigts et il joua avec pour dégager l'intérieur de l'écrin de velours.

Alannis serait-elle aussi émerveillée lorsqu'il lui demanderait d'être son épouse ? Et lui, le serait-il ? Ou bien était-il sur le point de commettre la plus grosse erreur de son existence ?

— Al…, commença-t-il, en maudissant sa voix qui tremblait.

Elle se retourna vers lui et le regarda, les yeux brillants. Un sourire lui incurvait les lèvres.

— Oui, Theron ?

Isabella se pencha vers l'avant de la voiture, s'efforçant de distinguer quelque chose à travers le pare-brise.

— Pourquoi s'arrête-t-on ? demanda-t-elle d'une voix désespérée. Pourquoi est-ce qu'on n'avance pas ?

La main de Marcus se posa sur son épaule.

— C'est un embouteillage, Bella. Calmez-vous et rasseyez-vous. Nous allons arriver. Il ne fera pas sa demande dès le début de la soirée.

Elle contempla l'océan de voitures au point mort de l'autre côté de la vitre. Ils n'arriveraient jamais à temps. Alors, dans un élan de frustration, elle saisit la poignée et ouvrit la portière.

— Que faites-vous, Bella ? Revenez ! Vous ne pouvez pas courir ainsi les rues de New York, s'écria Marcus au moment où elle sautait de la voiture.

Elle se retourna et se baissa pour jeter un regard en arrière vers Marcus toujours assis.

— Je dois y aller, Marcus. Nous n'arriverons jamais à temps et vous le savez. Je dois me trouver là-bas avant qu'il fasse sa demande. Je ne peux pas…

Elle déglutit et détourna un instant les yeux. Quand elle le regarda de nouveau, des larmes troublaient sa vue.

— Je dois y aller. Merci pour tout.

Elle ferma la portière, ramassa la longue jupe de sa robe et courut à travers la circulation, ignorant les Klaxon en traversant sous le nez des véhicules pour essayer de faire quelques mètres de plus. Elle perçut les cris de Reynolds et, jetant un coup d'œil derrière elle, vit qu'il dévalait la rue à toute vitesse derrière elle. Elle se détourna et reprit sa course. Elle n'avait pas le temps de s'arrêter pour s'expliquer.

Incertaine de la direction à prendre, elle resta sur le trottoir, parallèlement au trafic. Apercevant un taxi inoccupé, elle courut et frappa sur la vitre. Le chauffeur lui jeta un regard maussade et baissa la vitre.

— Ecoutez, m'dame, personne ne va nulle part dans cette pagaille.

— Je vous en prie, pouvez-vous me dire où se trouve l'Imperial Park Hotel ? C'est à quelle distance ?

L'homme la fixa, pupilles rétrécies.

— A vol d'oiseau, pas loin.

Il lui donna quelques indications et, après avoir murmuré un merci, elle releva ses jupes, ôta ses chaussures et recommença à courir de plus belle.

— Hé, m'dame, vous oubliez vos chaussures, cria l'homme dans son dos.

Quelle importance ! Elle avait déjà une tête à faire peur et ses espoirs d'une irruption triomphale dans la réception de fiançailles de Theron s'étaient écroulés.

Comme elle contournait le dernier bloc, les cieux s'ouvrirent et il commença à pleuvoir à verse. Clignant des yeux pour en chasser l'eau, elle se rua vers l'hôtel en évitant les flaques qui se formaient déjà sous ses pieds.

« S'il vous plaît, supplia-t-elle, oh, s'il vous plaît, faites que j'arrive à temps ! »

Une fois arrivée sous la marquise de l'hôtel, elle avait les cheveux trempés et plaqués sur le visage. L'eau ruisselait sur son corps et sur la masse détrempée de sa robe abîmée. Elle avait mal aux pieds et elle était certaine de s'être coupée sur un quelconque obstacle.

Ignorant les regards inquisiteurs jetés sur son passage, elle dépassa plusieurs personnes qui se hâtaient de se réfugier à l'intérieur. Dérapant sur le parquet ciré, elle se rattrapa et courut aussi vite qu'elle le put, sa jupe mouillée entortillée autour des jambes.

A l'approche de la salle de bal, elle entendit des hourras venant de l'intérieur, suivis de vifs applaudissements.

Non ! Elle ne pouvait pas arriver trop tard, songea-t-elle affolée. Ce n'était pas possible.

D'une poussée, elle franchit la porte, et son regard fouilla follement la foule rassemblée autour d'Alannis et Theron. Alannis rayonnait et levait un regard d'adoration vers Theron qui lui souriait. Autour d'eux, on applaudit avant de brandir son verre et porter un toast.

Les mots furent perdus pour Isabella. Elle n'entendit rien hormis le bourdonnement à l'intérieur de ses oreilles. Elle ne vit rien, hormis l'expression radieuse d'Alannis en contraste absolu avec sa propre sensation d'être morte en cet instant.

Lentement, souffrant mille morts, les yeux pleins de larmes, elle se détourna et quitta la salle. Elle faillit presque se heurter à Reynolds qui se précipitait vers elle. Tête basse, elle poursuivit son chemin, ignorant ses questions.

Si elle allait bien ? Non, rien n'irait plus jamais bien.

Graduellement, les rires et les exclamations joyeuses diminuèrent et elle se retrouva seule, environnée par le brouhaha des gens disséminés à l'intérieur du lobby.

Une larme glissa le long de sa joue, mais elle ne fit aucun geste pour l'essuyer. Qui le remarquerait ? On penserait qu'elle avait été prise sous l'averse, ce qui était le cas.

Comme elle approchait de l'entrée, Marcus entra en courant et s'arrêta net devant elle.

— Isabella, vous allez bien ? demanda-t-il. Vous venez de faire une véritable folie !

Il la prit par les épaules et la fit pivoter pour l'obliger à le regarder. Il dut alors constater sa tristesse car il se tut, une douce compréhension se faisant jour dans ses yeux.

— C'était trop tard ? demanda-t-il inutilement.

Elle hocha la tête et serra très fort les paupières sur les larmes brûlantes qui s'échappaient de ses yeux.

Marcus la prit dans ses bras.

— Je suis vraiment navré, Bella. J'avais promis que vous arriveriez à temps.

— Ce n'était pas votre faute, murmura-t-elle.

— Venez, laissez-moi vous accompagner jusqu'à votre chambre, vous êtes trempée, dit-il d'une voix pressante en la ramenant vers l'ascenseur.

Puis, d'un ton brusque à l'intention de Reynolds :

— Je l'emmène là-haut.

Elle se laissa entraîner à l'aveuglette dans l'ascenseur. Pendant l'ascension, des images de Theron et d'Alannis défilèrent dans sa tête. Ils semblaient si heureux !

Heureux. Presque comme… s'ils étaient amoureux.

De nouveau, elle ferma les yeux. Pourquoi ne pouvait-il l'aimer, elle ?

Marcus prit la clé de ses mains tremblantes et ouvrit la porte. L'air conditionné la fit frissonner.

— Vous aussi êtes trempé, dit-elle, s'apercevant tout à coup que sa chemise et son pantalon étaient mouillés.

Marcus lui répondit par un sourire contraint.

— Je me suis précipité derrière vous et j'ai pris l'averse.

— Désolée, dit-elle, tentant en vain de lui sourire.

Marcus poussa un soupir.

— Pourquoi ne prenez-vous pas un bain bien chaud ? Je vais appeler le service d'étage et voir s'ils peuvent aussi me faire monter des vêtements secs de la boutique.

Hochant la tête, elle se traîna vers la salle de bains.

Theron glissa la main dans la poche de son costume et en sortit son BlackBerry. Voyant que son dernier message était resté sans réponse, il fronça les sourcils.

Avec un sourire d'excuse à l'intention d'Alannis, il fit un signe de tête aux autres invités assemblés autour d'eux et, quittant la salle de bal, se dirigea vers la pièce des agents de sécurité, deux portes plus loin. Au moment d'entrer, il aperçut dans le couloir Reynolds avec ses hommes. Il dégoulinait littéralement.

Sourcils froncés, Theron rejoignit les trois hommes.

— Où est Isabella ?

— Dans la chambre avec Atwater, répliqua Reynolds.

Il avait mal compris, c'était sûr.

— Avec qui ? demanda-t-il, pupilles rétrécies.

— Elle est montée il y a quelques minutes avec Atwater, dit Reynolds d'une voix tranquille. Ils étaient trempés.

De nouveau, Theron sentit son pouls battre sur sa tempe. Il se retint de se ruer dans la chambre d'Isabella pour en éjecter Marcus. Et ensuite lui flanquer une sacrée correction.

Etouffant un juron, il se détourna et se dirigea vers l'ascenseur. La colère se déversait dans ses veines comme de la lave. A quoi diable pensait Marcus ? En fait, Theron savait fichtrement bien à quoi il pensait et avec qui.

Enfin arrivé devant la porte d'Isabella, il frappa sèchement. Quelques secondes plus tard, la porte s'ouvrit sur Marcus souriant, juste vêtu d'un peignoir de bain.

Il parut tout d'abord saisi de voir Theron puis le considéra, paupières mi-closes.

— Restez un peu plus longtemps dans votre bain, chérie, lança-t-il. Ce n'est pas encore le service d'étage.

Se retournant vers Theron, Marcus le toisa lentement de haut en bas avant d'interroger d'une voix lasse :

— Alors, que puis-je faire pour toi ?

— Espèce d'arrogant..., commença Theron, l'air menaçant.

— Tu as abandonné ta soirée de fiançailles pour venir ici m'insulter ? demanda Marcus d'un ton amusé.

Un bruit dans le couloir attira le regard de Theron sur le chariot du service d'étage roulant vers la porte d'Isabella.

— Ah, voilà de quoi nous sustenter, dit Marcus Si tu veux bien m'excuser. Mais peut-être désirais-tu quelque chose ?

Le ton était mordant.

Theron fit un pas en arrière. Sans un mot de plus, il se détourna et repartit à grands pas, les poings serrés.

En reprenant l'ascenseur, quelque chose en lui se convulsa. Quelle importance ? Il avait lui-même considéré Marcus comme un choix possible dans la chasse au mari d'Isabella. Alors pourquoi était-il aussi malade à la pensée que ce choix, elle l'avait déjà fait ?

12

Ce fut un coup violent frappé à sa porte qui éveilla Isabella. Elle ouvrit les yeux et frémit car ils étaient secs et la démangeaient. Comme ses mains se portaient vers ses paupières gonflées pour les essuyer, elle se rappela tout à coup qu'elle avait pleuré toute la nuit jusqu'au moment où elle avait fini par s'endormir.

Elle était arrivée trop tard. Theron avait fait sa demande à Alannis Et ils semblaient si *heureux* !

Et elle totalement désespérée.

On frappa de nouveau. Ramassant son peignoir posé sur le fauteuil, elle l'enfila et le noua en se dirigeant vers la porte.

Par le judas, elle aperçut Sadie ou tout au moins quelqu'un qui lui ressemblait. Il était difficile de trancher avec cette perruque blond platine qui lui ornait la tête. Isabella ouvrit et Sadie entra en la bousculant et en parlant à toute allure.

— Dieu merci, tu es là. Pendant une minute j'ai cru que tu avais oublié pour ce soir.

Isabella ferma la porte et se retourna vers elle.

— Tout est dans mon sac et nous avons encore beaucoup de temps pour nous préparer, poursuivit Sadie. Ça va être un jeu d'enfants.

S'interrompant brusquement, elle dévisagea Isabella.

— Qu'est-ce qui ne va pas, Bella ? Tu as pleuré ?

Désemparée, Isabella sentit de nouvelles larmes lui picoter les yeux. Irritée, elle battit des paupières pour les chasser, bien décidée à ne plus en verser une seule.

Sadie l'entraîna vers le canapé.

— Que s'est-il passé ? Est-ce Theron ?

Fermant les yeux, Isabella acquiesça de la tête.

— Oh, chérie, je suis désolée, dit Sadie, en l'enlaçant.

Elle s'écarta et lui repoussa les cheveux du visage.

— Oublions tout d'hier soir. Nous allons nous faire monter un délicieux en-cas et nous jeter sur des desserts avec des millions de calories.

Isabella sourit.

— Tu ne peux pas manquer ta réception, Sadie. C'est trop important. Le fait que ma vie s'écroule n'est pas une raison pour que tu perdes ton job et toutes tes chances à Broadway.

Sadie lui jeta un regard plein de doute.

— Je ne suis pas certaine que tu sois taillée pour cela.

Son amie se força à sourire.

— Quel mal peut-il y avoir ? Je vais m'habiller comme toi, puis danser pour attirer l'attention des hommes. Cela ne durera pas longtemps et tu garderas ton job.

— Tu en es certaine ?

Isabella hocha la tête.

— Commandons quelque chose à manger. Je meurs de faim. Ensuite, tu pourras m'apprendre les gestes que j'ai besoin de connaître.

Puis, jetant un coup d'œil à l'étincelante perruque qui coiffait son amie :

— Est-ce cela que je vais porter ce soir ?

Sadie eut un sourire malicieux.

— C'est le meilleur moyen de tromper les gens de la sécurité. Je me suis assurée qu'ils me voient bien entrer et, franchement, qui pourrait rater ça ?

Elle accompagna sa phrase d'un geste très suggestif en soulignant ses courbes avec ses mains.

— Aucune fausse modestie chez toi, s'esclaffa Isabella.

Sadie lui fit un clin d'œil et poursuivit :

— Nous allons t'habiller comme moi et tu fileras d'ici par la fenêtre. Je te laisserai une bonne longueur d'avance et, ensuite, je me préparerai pour ma soirée et m'en irai sans la moindre ressemblance avec la bimbo arrivée un peu plus tôt.

— Bof, conclut Isabella avec un haussement d'épaules. Que

peut-il arriver de pire ? Si on se fait prendre, Reynolds en sera quitte pour piquer une nouvelle crise. Quant à Theron, il est sûrement trop occupé avec sa jeune fiancée pour se soucier le moins du monde du lieu où je me trouve.

— A la bonne heure ! s'exclama Sadie. Allons-y !

C'était sûr : elle était folle d'avoir accepté. Isabella respira à fond au moment où l'ascenseur s'arrêtait au rez-de-chaussée. Rejetant une longue mèche blonde sur son épaule, elle attendit l'ouverture des portes. On pouvait dire bien des choses de l'accoutrement dont Sadie l'avait affublée, sauf que la pudeur n'en faisait pas partie. Et, même si Isabella ne détestait pas déployer ses atouts au mieux de ses intérêts, ce déguisement n'était pas loin de friser l'obscénité.

Les talons de ses cuissardes claquèrent sur le dallage de marbre de l'hôtel quand elle se précipita vers la sortie. Son short, largement échancré sur le devant, découvrait son nombril et encore davantage de peau. Quant à son top ! Une pom-pom girl des Dallas Cow-boys n'était pas plus décolletée.

Mais, comme disait Sadie, personne ne se hasarderait à regarder son visage. Pas avec tant d'autres parties de son anatomie à exhiber.

D'un pas incertain, elle se dirigea vers un taxi et indiqua au chauffeur l'adresse que Sadie lui avait fournie.

Comme ils se coulaient dans le flot de la circulation, elle sentit la nervosité lui nouer l'estomac. Et, quand le véhicule stoppa à l'arrière du club, elle avait le front baigné de sueur.

Elle demeura un instant à regarder par la vitre jusqu'à ce que le chauffeur s'éclaircisse la gorge.

Elle lui tendit le montant de la course et descendit, avant de se diriger d'un pas quelque peu indécis vers l'entrée.

Juste derrière la porte, le couloir était plongé dans l'obscurité. Bonne chose, songea-t-elle. Même si Sadie lui avait affirmé que personne ne remarquerait la légère différence entre elles, cette comédie lui mettait les nerfs à vif.

Mais elle était tellement maquillée que même ses insupportables agents de sécurité n'avaient pas été capables de la reconnaître. Une intense activité régnait dans la pièce indiquant simplement « dames », et personne ne lui prêta attention quand elle y pénétra. Une fille la bouscula au passage et Isabella s'effaça, craignant de trop se rapprocher.

— Hé, Sadie ! cria une autre. On n'était pas très sûres que tu viennes. Tu passes après Angel, alors tu ferais mieux de te préparer en vitesse.

L'estomac noué, affolée, elle refoula sa peur. Elle pouvait y arriver. Personne ne la connaissait. Même si elle n'était pas aussi douée que Sadie qui avait passé tout l'après-midi à lui enseigner les gestes nécessaires.

Elle fit un signe en souriant à la fille et vérifia son maquillage avant de s'assurer que sa perruque était bien en place. En s'apercevant dans la glace, elle pensa seulement qu'elle avait un regard triste. Qu'importaient la perfection de son maquillage ou celle de sa coiffure, ses yeux racontaient son histoire. Et cette histoire disait qu'elle avait perdu le seul homme avec qui elle avait espéré passer le reste de son existence.

Alors, plus par besoin de faire quelque chose que pour rectifier son maquillage, elle passa lentement un peu plus de rouge sur les lèvres et, d'un geste mécanique, allongea un peu plus au mascara ses cils déjà sombres.

Malgré cela, ses yeux verts continuèrent à lui renvoyer un regard sans vie.

— Sadie, c'est à toi dans cinq minutes, cria une voix d'homme depuis la porte.

Isabella se leva d'un bond et adressa un dernier coup d'œil au miroir. Elle avait l'air terrorisée. Aspirant une longue bouffée d'air pour se calmer, elle se rajusta, bomba le torse, et marcha vers la porte.

Oubliant presque le verre dans sa main, Theron jeta un coup d'œil par la fenêtre du penthouse de Chrysander. Le soir tombait et les lumières de la ville s'allumaient une par une à l'horizon. Il n'était pas certain d'avoir pris la bonne décision. Tout au long de la journée, il n'avait cessé de se poser des questions et, malgré tout, il ne parvenait pas à trouver un défaut à la voie qu'il avait choisie.

Mais, désormais, il ne savait plus du tout quoi faire au sujet d'Isabella.

Il se détourna irrité, en entendant sonner son BlackBerry. Avec un soupir résigné, il alla le prendre sur la table basse. Puis, voyant le nom de Reynolds s'afficher, il se tendit.

— Anetakis, dit-il d'une voix brève en portant le téléphone à son oreille.

— Monsieur Anetakis, c'est Reynolds. Nous avons un problème, monsieur.

Theron posa bruyamment son verre.

— Quel problème ?

— En début de soirée, Mlle Caplan nous a faussé compagnie. Encore une fois.

— Quoi ? Et vous l'avez laissée faire ?

— Je crains que ce ne soit pire, monsieur. Je serais heureux de vous communiquer les détails ultérieurement mais, pour l'instant, nous sommes en route pour le club Les Belles Femmes.

Suivit un long silence. Puis :

— Vous connaissez, monsieur ?

Theron réfléchit, sourcils froncés.

— N'est-ce pas un club pour hommes ? Et pourquoi diable allez-vous là-bas ?

— Parce que c'est là que s'est rendue Mlle Caplan, répliqua Reynolds d'une voix calme. Je pensais que vous voudriez le savoir.

— Plutôt, oui, explosa Theron. Je pars maintenant et je ne crois pas vouloir exactement savoir comment c'est arrivé.

Il se rua vers la porte, le doigt sur le bouton d'appel de son chauffeur. Le temps d'arriver dans le vestibule, la voiture l'attendait déjà devant le bâtiment.

Au nom du ciel, que pouvait bien faire Isabella dans un club pour hommes ? se demandait-il. Marcus en était-il responsable ? Il allait le massacrer.

Quand le chauffeur s'arrêta sur les chapeaux de roues

devant l'entrée du club, Theron descendit et vit Reynolds et ses deux hommes se précipiter vers lui.

— Est-elle là ? demanda-t-il.

— Nous venons d'arriver, expliqua Reynolds. Nous étions sur le point d'entrer pour jeter un coup d'œil.

Theron les précéda d'un pas vif vers la porte où un homme à la large carrure, portant des lunettes noires, l'arrêta.

— Votre nom, monsieur ? s'enquit-il poliment.

— Theron Anetakis, dit-il d'une voix impatiente. Une personne de ma connaissance est ici. Quelqu'un qui ne devrait pas s'y trouver.

— Vous ne pouvez entrer à moins d'avoir une carte de membre.

Bouillant d'impatience, Theron se tourna vers Reynolds.

— Occupez-vous de ça. Payez ce qu'il faut à cet homme pour avoir une carte et rejoignez-moi à l'intérieur. Je vais chercher Isabella.

— Mais, monsieur, l'inscription n'est pas instanta…

Sans en entendre davantage, Theron passa en force.

L'endroit était différent de ce à quoi il s'attendait. Le seul mot de « club pour messieurs » évoquait dans son esprit une sorte d'arrière-salle minable, où sévissaient la drogue et la prostitution. Ici, cependant, l'établissement semblait accueillir une clientèle plutôt huppée.

L'intérieur était impeccable, luxueux même, et lui rappela davantage certains casinos de haut vol. Bien que peu vêtues, les hôtesses n'avaient pas l'air de prostituées au rabais. Les clients, bien habillés, fumaient d'excellents cigares d'importation et sirotaient uniquement le meilleur brandy.

Le genre de lieu dont Isabella n'aurait même jamais dû connaitre l'existence.

Il circula parmi les tables, l'œil aiguisé, sourcils froncés, pour mieux se concentrer sur chaque femme seule. Vers l'avant de la salle, un plus grand nombre d'hommes s'était regroupé devant une estrade fermée par un rideau. A l'évidence, un spectacle allait bientôt commencer.

Il passa outre, s'apercevant qu'il n'y avait aucune femme

parmi eux. Ou diable était passée Isabella et Reynolds avait-il reçu des informations correctes ?

Jetant un coup d'œil vers l'entrée, il vit les trois gorilles entrer précipitamment. Il leur fit un signe bref et Reynolds navigua entre les tables pour le rejoindre.

— Pourquoi pensez-vous qu'Isabella se trouve ici ? lui demanda Theron.

— Je le sais de source sûre, répondit Reynolds d'une voix sévère. Vous regardez du mauvais…

Une musique s'éleva derrière eux, l'interrompant. Theron frémit et se retourna pour voir le rideau se lever et une fumée envahir la scène et s'enrouler languissamment autour des longues jambes d'une femme. Elle portait des cuissardes à hauts talons qui accentuaient encore la sveltesse de ses jambes, attirant l'attention sur une admirable chute de reins. La fille commença à se balancer au rythme de la musique et ses hanches se mirent à osciller tandis que ses bras retombaient avec grâce le long de son corps.

La fumée s'éclaircissant, elle s'empara de la barre qui se trouvait devant elle. Mais ce fut le tatouage au creux de son dos qui attira le regard de Theron.

Ce tatouage, il le connaissait. Et même très bien. Normal, puisqu'il avait passé des heures à fantasmer dessus.

Puis la danseuse se retourna, faisant tourbillonner une masse de cheveux blonds — de faux cheveux blonds. Theron vit ses yeux avant même qu'elle ne l'aperçoive. Il y lut la peur, une terreur panique en parcourant la pièce pleine d'hommes qui la contemplaient comme une affriolante confiserie.

Alors il eut la sensation que son sang se mettait à bouillir dans ses veines.

Isabella leva la tête. Son regard accrocha le sien et, à l'instant où elle le reconnaissait, la peur dans ses yeux se transforma en une expression d'énorme choc.

13

Apercevant l'œil furibond de Theron debout de l'autre côté du groupe d'hommes qui entouraient la scène, Isabella blêmit. Il vibrait littéralement de rage et ses yeux, fixés sur elle, lançaient des éclairs.

Un désir incontrôlable de croiser les bras sur ses seins et de courir se cacher s'empara d'elle. Mais elle n'eut même pas le temps d'y réfléchir. Déjà, Theron s'approchait de la scène à grands pas tel un prédateur en chasse.

Il ne s'arrêta pas au bord de la scène, ne lui cria pas de descendre. Bondissant sur la plate-forme, il l'enleva d'un geste vif entre ses bras et la jeta sur son épaule.

Elle poussa un cri de terreur à l'instant précis où la musique s'arrêtait et ce fut le chaos. Soulevant un peu la tête, elle vit Reynolds, Maxwell et Davison repousser la sécurité du club et tenter de venir à son aide.

Des clients se levèrent et, bouche bée, regardèrent Theron, trop « civilisés » cependant pour s'en mêler. Inutile aussi de salir leurs complets de plusieurs milliers de dollars !

Quand Theron sauta, la force du choc coupa le souffle d'Isabella qui se mit à gigoter pour échapper à son étreinte.

Il se contenta de resserrer le bras derrière ses jambes en se hâtant vers la sortie, jetant d'un ton hargneux : « Reculez, elle est à moi. »

Et oh ! surprise, il passa la porte et se retrouva dans la nuit.

Toujours ahurie, elle ne fit aucun effort pour se libérer de son étreinte. Le bras de Theron était comme une lame d'acier autour d'elle et il marchait sans effort apparent, comme si son poids ne représentait rien pour lui.

Arrivé à la voiture, il s'arrêta et se pencha pour la jeter à l'intérieur. Puis, grimpant à côté d'elle, il claqua la portière.

— Imperial Park, dit-il d'un ton bref.

Recroquevillée sur la banquette, Isabella tenta de se redresser mais ses jambes se heurtèrent à Theron. Elle les retira à la hâte, et se retrouva dans une position encore plus précaire.

Elle maudit ses bottes. Elle se sentait gauche et empruntée. Baissant les yeux, elle poussa une exclamation affolée en s'apercevant que le haut de ses seins était en passe de déborder de son top suggestif. Les bras repliés sur la poitrine, elle rampa vers l'arrière jusqu'au moment où son dos heurta l'autre portière.

Comme elle ouvrait la bouche pour parler, Theron la fit taire d'un coup d'œil foudroyant.

— Pas un mot, Bella. Pas un seul mot.

Des ondes de colère semblaient émaner de lui.

— Il me faudra une explication complète à notre retour à l'hôtel. Jusque-là, je ne veux rien entendre.

Elle déglutit et, muette, se contenta de le fixer. Elle ne l'avait jamais vu si… furieux. Lui d'habitude si détaché, si calme, si réservé. Le comble de l'ordre et de la sérénité.

Détournant les yeux, elle serra un peu plus fort les bras autour d'elle.

D'un coup d'épaule, Theron se débarrassa de sa veste.

— Tenez, dit-il d'une voix bourrue.

Il se pencha en avant, pour la lui poser sur les épaules. Reconnaissante d'être au moins protégée, elle tira plus fort sur les revers de la veste pour la serrer davantage autour d'elle.

Plusieurs longues minutes plus tard, ils s'arrêtèrent devant l'hôtel. Theron lui jeta un coup d'œil qui lui suggérait de ne pas bouger et elle obtempéra. Descendant alors de voiture, il en fit le tour pour venir de son côté et lui ouvrir la portière.

A sa grande surprise, il tendit la main et rassembla les pans de son vêtement, s'arrangeant pour qu'aucun atome de sa chair ne soit visible, avant de l'extirper de son siège.

— Je peux marcher, protesta-t-elle.

— Silence, ordonna-t-il au moment où ils franchissaient les portes de l'hôtel, ignorant les regards curieux.

Elle fut sur le point de protester, puis très lasse, s'appuya contre lui. Theron monta dans l'ascenseur et appuya sur le bouton de l'étage où se trouvait sa suite. Bon, il était en colère. Furieux même. Elle l'avait compris. Mais il paraissait prendre la chose de façon si personnelle ! Pourquoi n'était-il pas quelque part ailleurs en compagnie de sa jeune fiancée ?

Un nouvel élancement de souffrance la traversa, lui coupant le souffle. Elle ferma les yeux, luttant contre la seule vérité qui l'empêchait d'avoir l'homme qu'elle aimait : il appartenait à une autre.

— Bella ?

La voix de Theron avait changé. Elle était adoucie et reflétait une certaine incertitude. Isabella écarquilla les yeux et vit qu'il la contemplait d'un air inquiet.

— Est-ce que ça va ? Vous est-il arrivé quelque chose ? Quelqu'un vous a-t-il fait du mal ou vous a menacée ?

Elle secoua la tête. Le nœud dans sa gorge l'empêchait de parler. Pendant un instant, elle put renouer avec son fantasme. Elle lui appartenait et il éprouvait pour elle une tendresse plus profonde que celle d'un tuteur pour sa pupille, que celle de quelqu'un chargé de veiller sur elle.

Mais c'était un mensonge. Tout n'était que mensonge.

— Alors pourquoi ? murmura-t-il.

L'ascenseur s'ouvrit. Theron en sortit et se dirigea vers la chambre d'Isabella. Aucun d'eux n'avait de clé, mais Theron ne perdit pas de temps à aller en chercher une. Il se contenta de donner un grand coup de pied au lieu de la déposer pour frapper. Du reste, qui pourrait lui ouvrir puisqu'il n'y avait personne à l'intérieur ?

A son immense surprise, et il y en avait déjà eu beaucoup ce soir, la porte s'ouvrit et un homme ayant tout de l'agent de sécurité s'effaça pour laisser entrer Theron.

Les surprises ne s'arrêtèrent pas là. A peine Theron était-il entré qu'un cri jaillit à l'autre bout de la pièce.

— Bella ! Est-ce que tu vas bien ?

Relevant la tête, Isabella aperçut Sadie qui traversait la

pièce dans sa direction. Enfin, comme Theron la déposait, son amie lui jeta les bras autour du cou.

— Mais qu'est-ce que tu fais là ? chuchota Isabella. Et ta réception, Sadie ? Tu ne devais surtout pas la manquer.

Une rougeur coupable envahit les joues de son amie.

— La réception n'a aucune importance. Je n'aurais jamais dû te laisser faire ça pour moi, Bella.

— Sur ce point, nous sommes tout à fait d'accord, intervint Theron d'une voix froide. C'était irresponsable et dangereux. Aucune de vous deux ne devrait jamais mettre les pieds dans ce genre d'endroit.

— Mais tu as laissé passer ta chance, murmura Isabella, ignorant l'éclat de Theron.

Sadie lui adressa un triste sourire.

— Il y en aura d'autres. De plus, cela ne valait pas le risque que tu as pris. J'en suis désolée.

— Que s'est-il donc passé ? demanda son amie en pleine confusion. Pourquoi es-tu encore ici ?

Et tournée vers Theron :

— Comment a-t-il su où me trouver ?

— Vos agents de sécurité m'ont appelé comme ils devaient le faire, dit-il d'un air sombre.

Isabella se retourna vers Sadie.

— Comment ont-ils su ?

Sadie baissa les yeux et poussa un soupir.

— Quand j'ai quitté ta chambre pour me rendre à ma soirée, l'un de tes gorilles m'a aussitôt arrêtée. A l'évidence ils t'avaient vue partir plus tôt en te faisant passer pour moi et, comme nous l'avions prévu, ils n'ont jamais deviné qu'il s'agissait de toi. Pourtant, ils m'avaient vue moi, en chair et en os, entrer dans ta chambre et ils sont devenus soupçonneux.

Elle s'agita, mal à l'aise.

— J'ai été forcée de tout leur dire. Ils m'ont obligée à rester ici pendant qu'ils partaient à ta recherche.

Elle jeta un regard vindicatif à l'homme qui se tenait toujours près de la porte.

— J'ai dû me faire sermonner tout le temps de ton absence.

— Il est bon que quelqu'un ait essayé de vous mettre un peu de plomb dans la tête, trancha Theron.

Il fit un geste vers l'agent de sécurité.

— Veillez à ce qu'elle rentre chez elle sans anicroche et restez pour l'empêcher de retourner dans ce club.

— Mais c'est là que je travaille ! s'exclama Sadie.

— Plus maintenant, grommela Theron. Je ne veux pas que Bella aille traîner dans un quelconque club de strip-tease sous prétexte que son amie y travaille.

— Mais…

Sadie continua à rouspéter, même lorsque les agents de sécurité l'escortèrent hors de la pièce.

Une fois la porte fermée derrière eux, Theron se retourna vers Isabella et la foudroya du regard. Il fit un pas en avant et, mal à l'aise, elle recula. Comme il avançait la main pour la retenir, sa mine devint encore plus féroce.

— Et maintenant, Bella, à nous deux, dit-il d'une voix d'une dangereuse douceur.

Ses mains se recourbèrent sur les épaules d'Isabella et il l'attira brusquement vers lui. Le vêtement qu'elle avait maintenu bien serré autour d'elle tomba par terre et sa poitrine se tendit d'une manière presque obscène contre le torse de Theron.

Elle ne parvenait pas à croiser son regard. Car si elle le faisait, il *saurait*. Il verrait tout de suite ce qu'elle voulait tant lui dissimuler. Tout ce qu'il n'avait pu deviner avant.

— Allez faire un peu de toilette, dit-il d'un ton bourru. Je vais vous attendre ici.

Trop contente de s'éclipser, elle gagna la salle de bains. Là, en s'apercevant dans le miroir, elle fit la grimace. Tape-à-l'œil fut le mot qui lui vint à l'esprit. Voyante. Triste. Elle arracha sa perruque, effaça le lourd maquillage de son visage et, dénouant ses cheveux, les démêla avec ses doigts.

Un long bain chaud était une perspective très tentante, mais c'était impossible avec Theron qui l'attendait à côté et dont l'impatience devait sûrement croître de plus en plus.

Une fois débarrassée de ses vêtements et de ses bottes,

Isabella se rendit compte qu'elle n'avait rien pour se changer. Haussant les épaules, elle s'empara du peignoir de bain accroché derrière la porte et le noua bien serré autour d'elle.

Ensuite, pieds nus, les mains enfoncées dans les poches, elle gagna le salon. Theron l'attendait, debout près de la fenêtre donnant sur l'avenue.

L'entendant arriver, il se retourna. Ses yeux étincelaient d'une fièvre qui n'était pas encore apaisée.

— Pourquoi êtes-vous ici, Theron ? demanda-t-elle, recouvrant un peu d'aplomb.

Il se rapprocha d'elle et lui attrapa encore une fois les épaules.

— Vous osez le demander ? Comme si je n'en avais pas le droit ? Comme si vous ne veniez pas de faire une chose d'une incroyable stupidité ? Avez-vous la moindre idée de ce que j'ai imaginé en apprenant que vous aviez filé ? La peur que j'ai ressentie et le choc en vous voyant sur scène à moitié nue devant tous ces hommes qui se rinçaient l'œil ? Dites-moi, Bella, qu'auriez-vous fait si quelqu'un d'autre que moi avait bondi sur cette scène ? S'il avait posé les mains sur vous ? S'il vous avait forcée à aller avec lui ?

Devant une telle férocité et la colère absolue qui crispaient son visage, elle battit des paupières. Toutes sortes d'explications assaillirent son esprit, sans ignorer cependant qu'aucune d'elles n'intéresserait Theron. Aussi resta-t-elle muette.

Dans un geste de frustration, il fourragea dans ses cheveux avant que leurs regards ne se croisent et se prennent encore une fois.

— Marcus sait-il que ce que vous avez fait ?

Surprise, elle rejeta la tête en arrière.

— Marcus ? Pourquoi aurait-il besoin de le savoir ?

— J'aurais espéré qu'il se montrerait plus protecteur de ce sa… ou de ce sur quoi il avait revendiqué ses droits, grommela-t-il.

— Je n'y comprends rien, dit-elle déconcertée. Marcus n'a rien à voir dans tout cela. C'est un ami. Je n'ai aucun besoin de le tenir au courant de mes allées et venues.

Il renifla d'un air de mépris.

— Un *ami* ? Est-ce ainsi que cela se nomme maintenant ?

— Qu'insinuez-vous ? demanda-t-elle en repliant les bras sur sa poitrine.

— J'étais ici, Bella. J'étais monté… pour vous voir, acheva-t-il maladroitement.

— Et ?

— Et c'est Marcus qui m'a ouvert votre porte, à peine vêtu d'une sortie de bain.

Elle en resta saisie de stupeur.

— Et, à partir de là, vous avez donc supposé que j'ai couché avec lui ?

— Voulez-vous dire que ce n'est pas vrai ?

Le ton était celui du défi.

— Je dis que cela ne vous regarde fichtrement pas, s'offusqua-t-elle.

Un long silence s'abattit entre eux pendant qu'ils se regardaient fixement. Oh, comme elle aurait aimé lui répondre que oui, elle avait couché avec Marcus ! Mais à quoi bon ? Theron était fiancé avec Alannis et elle-même n'avait aucune envie de passer pour une fille trop facile. Theron avait toujours le contrôle de son héritage jusqu'à ce qu'elle en épouse un autre que lui.

— Je n'ai pas couché avec lui, dit-elle d'un ton sec, avant de lui donner les détails précis de ce qu'il s'était passé depuis l'averse et leur retour dans la chambre d'hôtel.

Une lueur de soulagement s'alluma dans les yeux de Theron. Pourquoi ? Qu'est-ce que cela pouvait bien lui faire ? se demanda Isabella avant de le voir secouer la tête.

— Pourquoi vous obstinez-vous à me rendre complètement fou ? murmura-t-il. N'est-il pas suffisant que je passe le plus clair de mon temps à penser à vous ? A me remémorer le goût de votre bouche sous la mienne ?

Il se rapprocha d'elle et elle sentit son souffle sur son visage. Sans en avoir conscience, elle s'humecta nerveusement les lèvres au moment où Theron s'avançait et inclinait la tête.

— Vous ne devriez pas… m'embrasser, souffla-t-elle.

— Vous n'avez jamais soulevé d'objection auparavant, marmotta-t-il.

Avant de refermer passionnément sa bouche sur la sienne.

14

Les genoux d'Isabella fléchirent et elle s'accrocha frénétiquement aux épaules de Theron pour ne pas glisser vers le sol. Il la retint étroitement serrée contre lui tandis que ses lèvres butinaient les siennes.

Ce baiser était… différent. Elle gémit doucement. Comme si elle se rendait ? Ce son correspondait peut-être à un besoin ? A du désir ? A dire vrai, peu lui importait.

Alors il s'empara d'elle. Il n'y avait pas d'autre mot pour décrire cela. Il prit possession de sa bouche comme s'il en était le propriétaire, comme s'il avait dessus des droits exclusifs et refusait de la partager. A jamais.

Le corps d'Isabella se coula contre le sien et elle aima la fermeté de son torse, de ses cuisses, et elle frémit quand ses mains remontèrent le long de son corps jusqu'à son cou. Il lui prit la nuque au creux de ses paumes, la maintenant pour qu'elle ne puisse pas lui échapper.

Comme si elle en éprouvait la moindre envie !

Non, elle était une captive consentante. Car ceci… ceci était tout ce dont elle avait toujours rêvé. Sur quoi elle avait fantasmé. Tant désiré. Si désespérément.

— Je veux vous faire l'amour, Bella, dit Theron sans presque quitter ses lèvres, d'une voix que l'urgence essoufflait. *Theos,* je me suis bien battu mais, si je ne vous possède pas, je vais devenir fou.

— Oui, murmura-t-elle. Je vous désire tellement, Theron.

Les mains de Theron se débattirent avec la ceinture du peignoir sans qu'un seul instant il quitte sa bouche. Comme s'il ne pouvait supporter de cesser de l'embrasser. Et, tout en écartant les pans du vêtement, il continua à se repaître d'elle.

Puis ses mains se pressèrent contre sa peau nue et elle gémit, tremblante, si faible contre lui.

— Douce, douce, et si belle. Comme de la soie, murmura-t-il pendant que ses paumes lui caressaient les hanches et remontaient pour s'emparer de ses seins.

Enfin, il se détacha de sa bouche et ses lèvres descendirent le long de sa mâchoire jusqu'à son oreille et puis plus bas vers le cou. Il tirailla puis suça la tendre peau, faisant naître frisson après frisson.

Sa bouche continua à descendre et, quand il se laissa tomber à genoux devant elle, elle retint son souffle.

Sa bouche était maintenant dangereusement proche de ses seins, si près même que son souffle perlait dessus, en ridait les pointes, les transformant en petits noyaux durs. Puis sa langue fit doucement rouler la pointe de l'un d'eux.

Son peignoir s'affaissa à ses pieds et elle se retrouva nue dans ses bras. Theron lui lécha les seins. Sa tête sombre était tout contre son corps. Quelle image érotique que de voir cet homme orgueilleux et fort à genoux, les bras serrés autour d'elle comme s'il ne voulait jamais la laisser partir.

Puis il relâcha le mamelon, ce qui arracha un grognement de protestation à Bella.

Il releva les yeux. Ils brillaient à la lumière de la lampe.

— Tu es magnifique, Bella, dit-il d'une voix basse et rauque, chargée de passion.

Son étreinte se relâcha un peu, le temps de se remettre debout. Sa chemise crissa contre sa peau et elle tendit la main pour la déboutonner, tant elle désirait sentir sa peau nue contre la sienne.

Mais il lui prit les mains et les retint.

— Oh, non, Bella *mou*. C'est moi qui commande. Et j'ai l'intention de te séduire complètement.

L'enlevant entre ses bras, le regard rivé au sien, il se dirigea à pas lents vers la chambre. Elle avait peur de parler. Peur qu'il ne fasse marche arrière si la magie, soudain, n'opérait plus.

Il la déposa sur le lit avant de se dresser de toute sa taille au-dessus d'elle. Sous son regard intense, la jeune femme se sentit étrangement vulnérable, timide et un peu indécise. Ses mains remontèrent le long de son corps comme pour se protéger.

— Ne me cache pas une telle beauté, chuchota Theron.

Enhardie par l'évidente approbation de ses yeux, elle laissa retomber ses mains. Un désir charnel fou flamboya sur le visage de Theron qui agacé, pressé, fit sauter les derniers boutons de sa chemise.

Elle retint son souffle quand le pantalon, puis le boxer descendirent et que son sexe dur se dressa entre eux. Souffle qui se transforma en une silencieuse oppression quand Theron se rapprocha encore.

S'abaissant vers le lit, il lui écarta les genoux et plaqua son corps contre le sien pour s'installer entre ses cuisses. Chaude, soyeuse et cependant rude d'une manière grisante et très masculine, sa peau se colla à la sienne, la brûlant, l'obligeant à s'agiter, fébrile, sous lui.

De nouveau, ils s'embrassèrent et, moins intimidée maintenant, elle lui noua les bras autour du cou pour prolonger l'union de leurs langues. Douces et humides, s'accrochant, luttant l'une contre l'autre, annonçant la danse que leurs corps allaient exécuter.

— Je n'ai encore jamais perdu autant la maîtrise de moi-même, avoua Theron. Tu me rends fou, Bella. Il faut que tu m'appartiennes.

— Oui.

Sa reddition glissa dans un souffle entre ses lèvres gonflées. La bouche de Theron descendit aussitôt vers son cou puis sur l'arrondi de l'épaule. Descendant encore, ses lèvres partirent en quête de ses seins. Comme une sensation de plaisir inouïe s'emparait d'elle, elle leva vers les moulures compliquées du plafond un regard flou. Pendant quelques longues secondes, la langue de Theron effleura les deux pointes rigides avant de tracer sur son corps un chemin de feu, de la taille jusqu'au ventre.

Une très brève seconde, il joua avec l'anneau de son nombril avant de s'aventurer plus loin.

Elle se tendit lorsque sa bouche découvrit, tout en douceur, le cœur, l'essence même de sa féminité Impuissante et ivre de désir déjà, elle se cambra vers lui, exigeant davantage encore de cette langue hardie. Theron rit doucement et lui donna un autre doux petit coup avec son nez.

— S'il te plaît, Theron supplia-t-elle, prends-moi !

— Je veux d'abord que tu sois prête pour moi, Bella *mou*, dit-il en laissant traîner un doigt sur la chair humide.

— Prends-moi, je suis à toi, répéta-t-elle en baissant les yeux pour chercher son regard.

Ce fut comme si les mots le faisaient sortir de ses gonds. Theron lui écarta les jambes et s'ajusta à son corps d'un seul rapide mouvement. L'instant d'avant, il explorait, le suivant il se glissait en elle, rompant comme un rien la légère résistance rencontrée.

Une seconde, elle se raidit sous le choc, ressentant seulement un petit pincement de douleur, mais plus encore une sensation d'une telle plénitude qu'elle en fut comme écrasée. Elle ouvrit les yeux tout grands, et ses mains par réflexe agrippèrent les épaules de Theron pour le repousser.

Déconcerté, il la regarda fixement sans cesser le mouvement de ses hanches et, de nouveau, se poussa plus loin en elle. Isabella se détendit et ses mains descendirent de ses épaules vers son cou. Le plaisir, doux et avide, s'épanouit en elle, se propageant comme le feu sous le vent.

Rassurantes, les lèvres de Theron retrouvèrent les siennes, et les épousèrent, douces et tendres.

— Bouge avec moi, *agape mou*, dit-il d'une voix pressante. Enroule tes jambes autour de moi. Oui, comme ça.

La peau d'Isabella prit vie, et se hérissa, énervée par le désir. Les coudes plantés de chaque côté de sa tête, Theron s'écarta un peu d'elle pour qu'elle n'ait plus à supporter tout le poids de son corps, en se mouvant entre ses jambes.

Respirer devint difficile, tant les sensations qui l'envahissaient étaient intenses. Elle pantela contre ses lèvres.

— Viens, murmura-t-il. Jouis avec moi.

Incapable d'autre chose que de suivre le plaisir qui serpentait en elle et se faisait pressant, elle poussa un cri tandis que Theron se raidissait au-dessus d'elle. Il l'attira doucement contre lui, l'écrasa contre sa dure virilité, chuchotant des mots, certains qu'elle comprenait, d'autres qui lui échappaient.

Puis il s'effondra, son corps chaud pesant lourdement sur celui d'Isabella. Pendant plusieurs secondes, leur souffle haletant fut le seul bruit qui régna dans la pièce.

Enfin, il releva la tête et plongea les yeux dans les siens. Il l'effleura d'un baiser avant de s'écarter d'elle.

— Je reviens tout de suite, dit-il.

Isabella le regarda d'un œil paresseux se diriger, nu, vers la salle de bains et revenir un instant plus tard avec un gant de toilette.

— Est-ce que je t'ai fait mal ? demanda-t-il à voix basse.

Elle se redressa pour prendre le gant, mais il le tint hors de sa portée avant de la nettoyer avec douceur.

— Non, tu ne m'as pas fait mal, répondit-elle d'une voix tranquille.

— Pourquoi ne m'as-tu rien dit ?

Il n'y avait dans sa voix ni reproche ni accusation.

— Je n'étais pas tout à fait certaine que tu me croirais.

— Aussi tu m'as laissé te brutaliser alors que tu aurais dû être traitée avec douceur ? Aimée et dorlotée ?

Son visage portait la marque d'un regret sincère. Non de lui avoir fait l'amour, supposa-t-elle, mais pour ce qu'il considérait comme une sorte de violence à son égard.

Elle lui toucha la joue, jouissant du contact de la barbe naissante sur sa mâchoire.

— Tu ne m'as pas fait mal, Theron. C'était parfait.

Lâchant le gant, il lui prit le visage entre ses deux mains.

— Non, ce n'était pas parfait, mais je peux m'en contenter.

Il abaissa sa bouche vers la sienne, et l'embrassa avec une tendresse qui contracta douloureusement le cœur d'Isabella. Encore une fois, le désir tressaillit entre eux, se déploya.

Cette fois, Theron prit tout son temps, couvrant de baisers

et des caresses chaque centimètre de son corps. Il murmurait des mots doux, des louanges, chacun atteignant une région de son cœur, ce cœur qu'elle n'avait réservé qu'à lui.

Et elle but chaque caresse, chaque mot, comme une terre desséchée assoiffée d'eau.

Aussi, quand il l'attira à lui et se glissa avec précaution dans son corps offert, elle comprit qu'elle ne l'avait jamais autant aimé qu'en cet instant précis.

Il y avait si longtemps qu'elle avait attendu de le voir ainsi : centré sur elle, la regardant, la touchant et l'aimant comme elle l'aimait.

Cette fois, il hâta son plaisir avant de prendre le sien. Alors, seulement quand elle frissonna des derniers spasmes de son orgasme, il s'enfouit profondément en elle et la tint si fort qu'elle put ressentir la tension qui faisait frémir son corps.

A bout de souffle, il laissa retomber son front sur le sien. Leurs lèvres se trouvèrent et échangèrent un baiser si doux qu'elle le reçut dans son âme.

— C'était mieux ? murmura Theron.

Elle sourit.

— Bien mieux.

Theron se réveilla auprès d'une douce forme féminine étroitement enroulée autour de lui. Comme il ouvrait les yeux, et soufflait sur une mèche sombre pour la chasser de sa bouche, il se rendit compte qu'Isabella était plus drapée qu'entortillée autour de lui. Ses seins étaient pressés contre son torse et elle avait jeté un bras possessif sur son corps. Les membres entremêlés aux siens, elle dormait profondément, et son souffle était doux à ses oreilles.

Mais la réalité s'abattit aussitôt sur lui et, avec elle, le poids de ce qu'il avait fait. Il ne s'attendait pas à cela, à la culpabilité et à la résignation. Il pouvait les rejeter sur la luxure, la passion — toutes ces choses en lui — mais la vérité, il la connaissait très bien.

Il avait désiré Isabella et il l'avait prise, tout en sachant très bien, dans la chaleur de l'instant, ce qu'il était sur le point de faire. Jamais, pas même une seule fois au cours de ses trente-deux années d'existence, il n'avait perdu toute pensée consciente en faisant l'amour et il était peu probable qu'il commence maintenant. Il n'avait même pas utilisé de préservatif et, sur sa vie, il était incapable de chercher une excuse plausible à sa stupidité, lui toujours si prévoyant.

Et donc, il ne s'était pas arrêté pour en prendre un, il n'avait pas protégé Isabella et pire, sa décision avait été consciente. Dans tout ce gâchis il était le seul à blâmer et il le savait fichtrement bien.

Avec précaution, il se détacha du corps tiède. Il se crispa en l'entendant pousser un doux soupir, mais elle s'enfouit de nouveau sous les couvertures.

Il alla prendre une douche, conscient que ses choix auraient des conséquences. Déjà, des plans se formaient dans sa tête. Dans tout cela, cependant, régnait une curieuse sensation de paix plutôt que de douloureuse résignation.

Malgré tout, il craignait tout ce qu'il allait devoir faire. Et dire.

Une serviette autour de la taille, il sortit de la salle de bains et reprit les vêtements qu'il avait portés la veille. Comme il enfilait son pantalon, elle s'étira et il vit ses longs cheveux glisser sur elle quand elle se retourna pour tendre la main comme pour le chercher. Le corps de Theron se contracta et un élan d'excitation courut le long de ses veines, comme un doux soupir, qui devint plus fort lorsqu'il abaissa son regard sur elle.

Elle battit des paupières en l'apercevant. Theron tendit la main vers sa joue et lissa une mèche de cheveux égarée sur sa peau.

— Je dois m'occuper de certaines choses, Bella, annonça-t-il. Des choses importantes.

Il se baissa et déposa un léger baiser sur ses cheveux avant de se détourner et, sans ajouter un mot, quitter la chambre.

Isabella se tenait à côté du lit, à peine enveloppée d'un drap dont elle serrait étroitement les pans entre ses mains. Elle considéra le gant abandonné par terre, l'évidence même de la perte de sa virginité, avec un étrange tiraillement intérieur.

Où était allé Theron ? Et reviendrait-il ? Ou bien se précipitait-il maintenant vers Alannis pour faire amende honorable ?

Elle ferma les yeux et inclina le menton sur sa poitrine. Elle ne voulait pas être l'autre femme. Elle n'aimait pas cette impression, elle refusait d'être responsable du chagrin d'une autre personne. Mais aussi pourquoi devrait-elle faire passer l'intérêt d'une autre avant le sien ? Une calme tristesse dans le cœur, elle passa à la salle de bains pour se faire couler un bain chaud. Une part d'elle-même souffrait — d'une délicieuse souffrance — et elle ne put s'empêcher de fermer les yeux et de se rappeler chaque geste, chaque caresse, chaque baiser, et la sensation du corps de Theron se glissant au-dessus du sien.

Elle resta plongée dans l'eau jusqu'à ce qu'elle tiédisse puis, finissant par frissonner, elle sortit de la baignoire et s'enveloppa d'une serviette.

Elle ressentait une sorte d'apathie à laquelle elle n'était pas habituée. Il existait trop d'inconnues, trop de questions non résolues, et elle craignait que cela reste ainsi.

Avec un grognement de mépris pour sa léthargie, elle s'obligea à s'habiller. Elle refusait de rester assise dans sa chambre d'hôtel retenant son souffle, malade d'amour, attendant un homme qui peut-être ne reviendrait pas.

Elle devait d'abord manger puis se rendre dans son appartement où ses nouveaux meubles avaient été livrés. Elle devait aussi établir une liste de tous ses autres besoins. Et peut-être était-il temps de songer à ce qu'elle allait faire du reste de son existence ?

Ouvrant la porte, elle se retrouva nez à nez avec un Reynolds totalement dépourvu de sourire. Elle soupira et fit l'effort de s'excuser.

Reynolds lui rendit un vrai sourire avant de la suivre.

— *Maintenant*, mademoiselle Caplan, vous avez pigé la manière dont les choses doivent être faites. Cela me rendra la vie plus facile de savoir où vous irez et que vous ne me fausserez pas compagnie à chaque coin de rue.

Isabella prit un air déconfit.

— Je suis vraiment désolée de vous avoir occasionné tant d'ennuis. Je crois que vous allez me trouver plus accommodante à partir de maintenant.

Le sourire disparut des lèvres de Reynolds et il la dévisagea. Son regard était plein de questions.

— J'espère qu'il ne vous est rien arrivé de grave ?

Pendant un instant elle ne répondit pas. Puis, avec un sourire sans enthousiasme, elle lui désigna la porte.

— Allons manger. Je meurs de faim.

Theron s'installa avec lassitude dans le fauteuil derrière son bureau et décrocha son téléphone. Encore une fois, ce devait être le milieu de la nuit en Grèce, mais il éprouvait le besoin d'avoir cette conversation avec Chrysander maintenant, afin de poursuivre ses projets.

— *Nai,* jeta Chrysander d'une voix ensommeillée.

— J'ai fait quelque chose de terrible, dit Theron.

— Theron ? demanda son frère d'une voix plus animée. Pourquoi diable m'appelles-tu encore une fois à cette heure ? Et de quelle terrible chose parles-tu ? Tu es en prison ?

Theron ne put se retenir de rire.

— Non, je ne suis pas en prison.

— Alors qu'est-ce qui ne va pas ?

Theron se passa la main sur le visage.

— J'ai séduit Isabella.

Il y eut un long silence. Puis Chrysander ajouta :

— Je ne suis pas certain d'avoir bien entendu.

Theron entendit son frère rassurer Marley avant de revenir en ligne.

— Un instant. Je vais prendre ton appel dans mon bureau. Marley a été debout toute la nuit à cause du bébé.

Theron attendit patiemment et, quelques instants plus tard, la voix de Chrysander retentit de nouveau à son oreille.

— Maintenant dis-moi que tu n'as pas fait ce que je crois que tu as fait, dit-il d'un ton sec.

— Impossible. C'est encore pire.

— Pire que de séduire une jeune femme confiée à tes soins ? Je ne vois vraiment pas ce qui pourrait être pire.

— Elle était vierge et je n'ai pas utilisé de protection.

Theron se recroquevilla sur lui-même en faisant son aveu. Ce genre de conversation le reportait à ses seize ans, quand il confessait ses péchés à son père.

Il entendit Chrysander jurer.

— A quoi diable pouvais-tu bien penser ? D'accord, oublie ça. A l'évidence, tu ne pensais pas. Voilà au moins une chose établie. Mais... et Alannis ? Ne nous as-tu pas dit que tu allais l'épouser ? Que faisais-tu donc au lit avec Isabella ? Et *Theos*, sans protection ! Es-tu idiot ?

— Et toi-même, protégeais-tu Marley ? riposta Theron.

— J'avais une relation avec elle, grommela Chrysander. Je n'étais pas fiancé à une autre femme et elle n'était pas sous ma protection directe. Theron, tout cela dépasse de loin la stupidité.

— Je ne suis pas fiancé à une autre femme, dit Theron d'une voix calme. Je ne lui ai pas demandé de m'épouser.

Il y eut un nouveau silence, stupéfait celui-là.

— Tu ferais bien de tout me raconter, reprit son frère d'une voix lasse. Il est évident que tu as commis un énorme gâchis. Commence par la partie où tu n'as pas demandé Alannis en mariage.

— Je ne pouvais pas le faire, soupira Theron. J'avais tout organisé : la soirée, la fête, la bague, les confettis...

— Des confettis ? Pour une demande en mariage ?

Il y avait une note amusée dans la voix de Chrysander.

— Pour accroître l'humeur festive, se défendit Theron. Tout était prêt. Puis le moment est arrivé et... je n'ai pas pu. J'avais la main sur l'écrin, cette femme qui levait les yeux vers moi et alors, j'ai lâché l'écrin et lui ai proposé de danser. Nous avons passé la soirée à célébrer sa visite à New York au lieu de nos noces prochaines.

— Explique-moi comment cela a pu t'amener à prendre la virginité d'Isabella ? Et sans protection.

Le ton était sec.

— J'ai admis ma stupidité. Il n'y a aucune raison pour m'en rebattre les oreilles, protesta Theron avec irritation. Ça s'est passé après l'avoir sortie de force du club de strip-tease.

— Tu *quoi* ?

Chrysander éclata de rire.

— Theron, tout ceci devient de plus en plus absurde. Dois-je même te demander pourquoi une personne que tu étais chargée de surveiller se trouvait dans un club de strip-tease ?

— Ce n'est pas important. Ce qui l'est, c'est qu'ensuite, j'ai séduit Isabella. Nous avons couché ensemble. Sans protection. Elle était vierge. Voilà toute l'histoire.

— Oui, c'est bien ce que je dirais, conclut Chrysander.

Il y eut un autre silence prolongé, puis il reprit :

— Elle était sous notre protection. Notre père était d'accord pour que la famille Anetakis veille toujours sur elle si quelque chose devait arriver à son père. Tu vas être obligé de l'épouser, Theron.

Un flot d'adrénaline afflua dans les veines de son frère.

— Je ne vais pas être *obligé* de l'épouser, Chrysander. Je *vais* l'épouser.

15

Isabella repoussa les lourds rideaux qui drapaient les larges fenêtres donnant sur la rue. Son appartement se trouvait au dernier étage, plus vaste de moitié que ceux des étages inférieurs, avec une vue merveilleuse sur un petit parc de l'autre côté de la rue avec des joggers, des bébés et des nounous et des promeneurs avec leurs chiens.

Pourrait-elle habiter ici, sachant que l'homme qu'elle aimait vivait tout près, marié à quelqu'un d'autre ? En surface, cela semblait absurde. Dans une ville de cette taille, il était possible qu'elle puisse passer une vie entière sans jamais croiser Theron. Sauf que… sauf qu'il contrôlait son héritage et que le contact serait inévitable.

Elle soupira. L'appartement lui plaisait vraiment, mais elle n'était pas certaine d'y rester.

Le bruit d'une porte qui s'ouvrait ne l'alarma pas. Sans doute Reynolds s'impatientait-il et venait-il la chercher ?

Des pas retentirent derrière elle sans qu'elle parvienne à arracher son regard de la paisible scène. Peut-être tout cela était-il l'ordre normal des choses — la promesse d'une existence rangée où les émotions torturantes telles que l'amour et la jalousie ou le désespoir ne régiraient pas chacun de ses souffles ?

Des mains fermes lui saisirent les épaules, lui arrachant une brève exclamation.

— Bella, *pethi mou*, tout va bien ? Que fais-tu ici ?

Surprise, elle se retourna et leva les yeux vers ceux, inquiets, de Theron.

— Je suis retourné dans ta suite, dit-il, et tu n'étais plus là. Je commence à me demander si ma vie va se passer à ne jamais te trouver là où tu es sensée te trouver.

Il y avait une trace d'amusement dans sa voix, mais ses paroles l'intriguèrent. Elles n'avaient aucun sens pour elle.

— Lorsque j'ai appelé Reynolds et qu'il m'a dit que tu étais ici, je suis venu tout de suite. Mais, Bella, tu n'as plus besoin de ton appartement, dit-il d'une voix calme.

Isabella tendit la main vers son torse, presque effrayée de le toucher. La tête lui tournait, mais elle avait besoin de comprendre ce qu'il disait ou ne disait pas.

— Je suis venue voir si tout était prêt pour mon installation, expliqua-t-elle avec simplicité.

Il s'empara de sa main et la posa sur son cœur.

— Tu n'auras pas besoin de cet appartement, *pethi mou*.

De son autre main, il fouilla dans sa poche et en tira une petite boîte carrée. Elle la considéra d'un œil soupçonneux tandis qu'il ôtait le couvercle et le laissait tomber par terre. Toujours d'une seule main, il renversa la boîte et la secoua pour en faire sortir le petit écrin de velours. Lorsqu'il s'ouvrit, un diamant étincelant apparut, attirant la lumière venue de la fenêtre, éblouissant Isabella.

A sa totale stupéfaction, Theron lui prit la main et glissa la bague à son troisième doigt. Puis d'un ton très naturel :

— Nous nous marierons dès que possible.

Elle secoua la tête, certaine d'être en train de rêver.

— Je ne comprends pas, balbutia-t-elle.

— Nous devons nous marier, répéta Theron.

Sauf que, cette fois, il avait insisté sur le mot « devons ».

— Tu étais vierge et tu pourrais tomber enceinte, conclut-il d'une voix douce. Je ne croyais pas… c'est-à-dire que je n'ai pas utilisé de préservatif et j'en suis désolé.

Non, elle ne rêvait pas. Dans ses rêves, la demande en mariage avait toujours été quelque chose de très romantique. Mais, en fait, elle obtenait exactement ce qu'elle avait désiré. Alors comment discuter, quelle que soit la motivation cachée derrière la demande ?

— D'accord, dit-elle tranquillement.

Une expression de soulagement s'inscrivit dans les yeux de Theron. S'était-il attendu à ce qu'elle discute ? Il l'attira dans ses bras et l'enlaça étroitement, mais sans l'embrasser.

— Tu devrais regagner ta suite. Nous avons des dispositions à prendre. A moins que tu ne préfères mon penthouse ? Nous pouvons aussi acheter une maison. Tout ce que tu voudras.

Isabella intercala un bras entre leurs deux corps et recula.

— Et Alannis ?

Le visage de Theron devint sérieux.

— Sophia et elle s'envolent demain pour la Grèce.

Elle s'efforça de ne pas broncher. Elle ne voulait pas penser au cœur brisé d'Alannis ou à la déception de sa mère. Toutes les deux n'avaient eu que des bontés pour elle. Et, désormais, elle était devenue la femme fatale. Ce n'était pas une sensation très agréable. Non, surtout ne pas trop s'appesantir sur Alannis.

L'éclat du diamant au soleil attira de nouveau son regard sur la splendide bague qui ornait son doigt et elle se laissa aller à un peu de la joie qui l'illuminait comme le soleil rayonnant à travers la fenêtre.

Avec un timide sourire, elle leva les yeux vers Theron.

— Tu désires vraiment m'épouser ? D'accord, oublie. Mauvaise question. Je suis certaine que tu n'as pas vraiment envie de m'épouser. Mais tu n'y es pas obligé et tu le sais très bien. Tout ce truc de me passer la bague au doigt juste parce que j'étais vierge et que nous n'avons pas utilisé de protection — eh bien, c'est archaïque. Personne ne fait plus ça de nos jours. Je veux dire que même si je tombais enceinte, rien ne dit que nous devrions nous marier…

Le baiser de Theron, profond, sensuel, la fit taire. Pendant plusieurs secondes, elle n'entendit plus que les petits bruits mouillés de leurs lèvres. Et elle fondit complètement.

Enfin il la repoussa. Ses yeux brillaient. Il ne *voulait* peut-être pas l'épouser, mais Isabella savait que ses yeux ne mentaient pas. Il la voulait, *elle,* il la désirait absolument. C'était un début !

— Maintenant, observa-t-il d'une voix enrouée, si nous devons dire des bêtises, autant retourner à l'hôtel.

Il n'avait pas du tout l'air différent. A travers le salon de sa suite, Isabella observait Theron passant une multitude de coups de fil importants. Et voilà qu'il parlait à Dieu sait qui de vols et d'avions, et elle ne savait quoi d'autre encore. La tête lui tournait. Peut-être s'était-elle attendue à ce qu'il paraisse plus… hum, fiancé ? Certes, il l'avait bien été pendant plusieurs jours. Simplement pas avec elle.

Un coup à la porte interrompit sa méditation morose. Reynolds alla ouvrir, mais elle ne put voir de qui il s'agissait car il maintenait la porte, mais, un instant après, il recula et jeta un coup d'œil en arrière dans sa direction.

— Sadie Tilton désire vous voir.

D'un geste bref, Isabella lui fit signe de la laisser entrer. La tête de Sadie apparut et elle regarda autour d'elle d'un air prudent. Ses yeux s'éclairèrent en apercevant son amie et elle se précipita vers le divan où celle-ci était assise.

— Que se passe-t-il ? souffla-t-elle. Tu paraissais tellement bizarre quand tu m'as appelée.

Sans dire un mot, Isabella souleva sa main.

— Oh, mon Dieu ! s'exclama Sadie en se précipitant dessus. Il a fait sa demande ?

— Chut, murmura Isabella. Il téléphone. Et oui, enfin en quelque sorte. Il n'a pas exactement demandé. Il m'a informée que nous allions nous marier.

Sadie fronça les sourcils.

— Et tu es heureuse ?

Isabella sourit.

— Je vais l'être. Il est tout ce que j'ai toujours désiré.

— Alors, que t'a-t-il dit ? Et Alannis ?

— Pas grand-chose. Juste qu'il a pris ma virginité. Que je pourrais tomber enceinte et que nous devions nous marier.

Sadie frémit.

— Es-tu certaine de vouloir épouser un homme pour ces raisons-là ? Je veux dire et l'amour, alors ?

Isabella considéra son amie et poussa un soupir.

— Je ne peux pas vraiment arriver à le faire tomber amoureux de moi si nous ne sommes pas ensemble, Sadie.

Oui, idéalement, il devrait m'aimer maintenant, et nous nous épouserions pour les raisons habituelles, mais je dois saisir les opportunités qui s'offrent à moi. Il éprouve quelque chose pour moi. Quelque chose qui va bien au-delà de la simple luxure. Il a juste besoin de temps. Mais si je ne l'épouse pas, il épousera Alannis et où cela me mènera-t-il ?

— Tu as raison, tu as raison, dit Sadie à voix basse. J'espérais juste quelque chose de plus. Tu en rêves depuis si longtemps. Je voulais que tout soit parfait pour toi.

Isabella lui étreignit la main.

— Ce sera parfait. Peut-être pas encore, mais ça viendra. Le jour où il dira « je t'aime », je saurai que cela en valait la peine.

— Maintenant que tout est réglé, dit Sadie en souriant, je dois te dire merci. Tu n'avais pas besoin de le faire, mais, en même temps, je te suis si reconnaissante.

Interloquée, Isabella la dévisagea.

— De quoi peux-tu bien parler ?

— De l'appartement, de la location, du compte. Tu le sais, comme cela, je n'ai plus besoin de retourner bosser au club.

Et comme Isabella secouait la tête :

— Ce n'est pas toi qui t'es arrangée pour que la location de mon appartement soit entièrement payée pour un an ?

— Non…

Toutes deux se retournèrent en même temps vers Theron.

— Alors je suppose aussi que ce n'est pas toi qui m'as arrangé un rendez-vous avec Howard, murmura Sadie.

— Non, je n'en avais aucune idée.

— Tu as trouvé un homme formidable, Isabella. Même si je ne me fais pas d'illusions et que je sache très bien qu'il l'a fait pour la bonne raison qu'il ne voulait pas que tu ailles dans cet endroit, dit-elle avec un grand sourire.

— Oui, c'est un homme bon, admit Isabella en regardant Theron à l'autre bout de la pièce.

Comme s'il le devinait, il leva les yeux, et lui rendit son regard. Ses yeux la couvèrent avec une brûlante intensité. Alors d'un seul coup, Isabella ne désira plus qu'une seule chose : que tous les autres aient quitté la pièce et qu'il ne reste qu'eux. Dans ses bras, elle pourrait oublier bien des choses. Y compris le fait qu'elle n'était pas celle qu'il avait choisie pour devenir sa femme.

— Que dirais-tu si je demandais à Reynolds de te ramener chez toi ? murmura-t-elle à l'intention de Sadie.

Un instant, celle-ci parut déconcertée puis, suivant le regard de son amie posé sur Theron, elle sourit.

Quelques instants plus tard, après son départ, dûment escortée par Reynolds à la demande de Theron, Isabella ferma la porte et, pour la première fois depuis qu'il lui avait passé la bague au doigt, ils se retrouvèrent seuls. Enfin, presque. Car il y avait encore le téléphone.

En bonne fiancée, elle se devait de le laisser seul, se faire invisible et réapparaître plus tard, mais elle avait déjà prouvé qu'elle n'était pas très douée pour renoncer à ses propres désirs. Surtout lorsqu'il s'agissait de Theron.

Lentement, elle se dirigea vers le bureau derrière lequel il était assis, face à la fenêtre. Ses yeux s'obscurcirent quand elle lui posa les mains sur les genoux avant de s'y installer à califourchon et de se couler contre sa poitrine.

Il se raidit et tenta de la repousser tout en continuant à parler chiffres, finances, projets hôteliers, etc. Rien d'aussi intéressant pour Bella que la possibilité de le mettre nu.

Saisissant la main qu'il lui opposait, elle la guida vers sa poitrine et la glissa dans son décolleté. Les doigts de Theron se replièrent en forme de poing.

Elle se contenta de sourire et commença à lui déboutonner sa chemise. La voix de Theron s'altéra, se cassant même à deux reprises comme s'il perdait le fil.

Ecartant les revers de sa veste, elle se pencha vers lui et posa ses lèvres sur le torse nu. Elle perçut la façon dont il retenait brusquement son souffle, l'entendit répondre d'une voix étranglée à la personne avec laquelle il s'entretenait.

Elle lui accorda deux minutes. S'il résistait au-delà, elle reconnaîtrait qu'il était vraiment très fort.

Ignorant son regard désapprobateur, elle se laissa glisser

de ses genoux et partit en exploration un peu plus bas en déboutonnant son pantalon. Chacun des muscles des cuisses de Theron se bloqua et devint rigide lorsque sa main se mit à caresser son érection qui l'était tout autant.

Encore une minute.

Elle baissa la tête et le libéra avec douceur. Quand sa bouche l'effleura, elle l'entendit bredouiller une réponse à son correspondant et, ensuite, le bruit indubitable d'un téléphone s'écrasant contre le mur.

Et même, elle sourit quand il se releva en titubant, la prit sous les aisselles et l'enleva entre ses bras.

Tout en se dirigeant vers la chambre, un torrent de grec s'échappait de sa bouche et elle protesta en riant.

— *Theos* ! Mais qu'essayes-tu de me faire ? demanda-t-il en la jetant sur le lit. Je vais devoir te bannir de mes bureaux si c'est le genre de choses que tu comptes faire pendant que je m'efforcerai de mener mes affaires.

Elle tenta de réprimer un immense sourire en le regardant arracher sa chemise et son pantalon.

— Déshabille-toi, dit-il, l'air enjôleur.

Isabelle haussa un sourcil.

— N'est-ce pas ton travail ?

Il se laissa tomber vers elle, une main de chaque côté de ses épaules, les yeux plongés dans les siens. Puis, il s'empara de ses mains et les lui remonta au-dessus de la tête, en maintenant d'une seule main ses deux poignets ensemble, de manière à libérer l'autre.

Puis il commença à lui déboutonner son haut. Ses gestes étaient saccadés et impatients en la débarrassant de chaque fibre de vêtement. Lorsqu'il eut fini, il lui lâcha les mains.

— Tourne-toi.

Déconcertée, elle leva les yeux vers lui.

— Fais ce que je te dis, *pethi mou,* insista-t-il en promenant ses doigts sur sa nudité.

Le ton autoritaire la fit frissonner. C'était peut-être elle qui avait donné le signal du départ à tout ceci, mais Theron paraissait vouloir y mettre un point définitif.

Avec précaution, elle roula sur elle-même jusqu'à se retrouver le ventre plaqué contre le matelas.

Les doigts de Theron se mirent soudain à danser au creux de son dos et elle se rendit compte qu'ils traçaient les contours de son tatouage. Elle sourit.

— Est-ce qu'il te plaît ? murmura-t-elle.

— Il m'a rendu fou dès ce premier jour où tu as pénétré dans mon bureau, marmotta-t-il. J'ai alors éprouvé l'envie insensée de te jeter par terre et de le suivre avec ma langue.

— Rien ne t'en empêche, dit-elle d'une voix nonchalante.

— Non, en effet.

Quand la langue tiède prit contact avec sa peau, elle sursauta et ferma les yeux. Theron laissa traîner un sillage humide le long de son dos avant de déposer un baiser juste sur le tatouage.

— La fée est trompeuse, remarqua-t-il. C'est un démon qu'on devrait t'avoir tatoué.

De nouveau, elle roula sur elle-même et croisa son regard.

— Et où penses-tu que ce démon devrait se poser ?

Un demi-sourire retroussa les lèvres de Theron, avant qu'il ne baisse la tête pour embrasser le point situé juste au-dessus des douces boucles, à la jointure des jambes.

— Ici, murmura-t-il. Là où je peux seul en profiter.

— Ne me taquine pas, Theron. Je te désire tellement.

— Alors prends-moi, Bella.

Lui écartant les jambes, il la couvrit de son corps. Et soudain, il la pénétra, profondément et tout-puissant.

— Prends-moi toute, articula-t-elle d'une voix rauque.

Bras et jambes enroulés autour de lui, elle le tint serré tandis qu'il la pénétrait encore et encore. Il trouva ses lèvres douces et tièdes. Et Isabella le but, prit tout de lui, en désirant toujours plus. Désirant tout ce qu'il avait à donner.

Cette fois, ils jouirent en même temps, en une sorte d'explosion qu'elle ressentit jusqu'au tréfonds d'elle-même. Quand, ensuite, il s'installa plus à l'aise sur elle, Isabella poussa un soupir de profonde satisfaction.

Au bout d'un moment, Theron roula sur le côté et la prit au creux de ses bras.

— Où as-tu appris une telle perversité, Bella *mou* ? demanda-t-il tandis qu'elle se pelotonnait contre lui.

Elle se redressa sur un coude pour le regarder.

— Que veux-tu dire ?

— Tu étais vierge et pourtant tu m'as séduit avec autant de savoir-faire qu'une personne bien plus expérimentée.

— Dis-moi, rit-elle, que tu n'appartiens pas à cette catégorie d'hommes qui s'imaginent sérieusement qu'un hymen équivaut à une parfaite ignorance chez une femme ?

Cherchant sa réponse, il parut mal à l'aise.

— Je devais sans doute trouver improbable qu'une personne dépourvue d'expérience soit si…

— Bonne ? demanda-t-elle avec effronterie.

Il lui jeta un coup d'œil suggérant que la taquinerie ne l'amusait pas.

— Je n'ai jamais dit que je n'avais pas d'expérience, reprit Isabella d'un ton léger qui le fit se raidir.

— Que veux-tu dire ? Avec qui as-tu eu une expérience ? demanda-t-il, redressant la tête.

Elle posa une main sur son torse.

— Voyons, Theron ! Tu es le seul homme avec qui j'ai fait l'amour. On peut avoir de l'expérience sans participer.

— Aussi longtemps que tu ne décideras jamais de participer avec un autre homme, grommela-t-il. Je t'apprendrai tout ce que tu as besoin de savoir.

Elle lui décocha un large sourire.

— Et peut-être bien, comme nous en avons déjà discuté, qu'il existe aussi des choses que je pourrais t'apprendre.

D'un geste brusque, il la ramena contre lui.

— Ah, c'est ainsi ? Bella *mou*, apprends-moi, je t'en prie. Je crois que tu trouveras en moi un élève obéissant.

16

Par-dessus le siège d'Isabella, Theron lui boucla sa ceinture.

— Nous allons bientôt atterrir, dit-il. Ensuite nous rejoindrons l'île par hélicoptère.

Elle hocha la tête en bâillant et s'efforça de chasser de son esprit un reste de brumes du sommeil.

— Je suis impatiente de faire la connaissance de Piers, enfin officiellement, dit-elle. Je ne l'ai vu qu'une seule fois et nous ne nous sommes pas parlé.

Elle se déplaça sur son siège.

— Mais je n'ai pas vu non plus Chrysander depuis longtemps. Ce sera comme de le rencontrer pour la première fois. De quoi a-t-il l'air ?

Il haussa un sourcil.

— Qui donc, *pethi mou* ?

— Piers, voyons, répondit-elle d'un ton un peu maussade.

— Pour répondre à ta question, Piers est… eh bien, c'est Piers, dit-il haussant les épaules. C'est lui qui, de nous trois, voyage le plus, maintenant que Chrysander s'est installé sur l'île. Il arrive en ce moment de Rio de Janeiro où il supervise la construction de notre nouvel hôtel.

— Est-il marié ? Une attache ?

Theron se mit à rire.

— Piers ? Non. Il déteste être lié avec une femme plus longtemps que le temps d'une aventure d'une nuit.

— Et Marley ? demanda Bella quand l'avion entama sa descente.

Déjà, elle apercevait des petites lumières clignoter en bas.

— Marley ? répéta Theron. Chrysander a de la chance

de l'avoir. Elle sait l'adoucir. Tu verras, elle te plaira. Tu n'as aucun souci à te faire. Tu les aimeras et ils t'aimeront.

Elle lui adressa un petit sourire contraint. Ce qu'en réalité elle désirait savoir, c'était s'ils apprécieraient davantage Alannis. Que penseraient-ils du fait que Theron allait en épouser une autre ? Elle ignorait comment fonctionnaient les choses dans la famille de Theron, mais elle se demandait s'ils ne s'étaient pas plutôt attendus à ce qu'il épouse Alannis pour raisons d'affaires.

La main de Theron trouva la sienne juste une minute avant l'atterrissage et elle fut heureuse de garder les doigts entrelacés aux siens. Quelques minutes plus tard, ils descendirent de l'avion et il l'entraîna vers un hélicoptère qui attendait.

— Si j'y avais pensé, dit-il quand ils montèrent à bord, je me serais arrangé pour que nous restions cette nuit sur le continent afin que tu puisses contempler la beauté de l'île depuis le ciel.

— Je la verrai quand nous en repartirons, répondit Isabella pendant qu'il s'installait près d'elle.

Le vol à travers une obscurité d'encre fut un peu déconcertant puis, soudain, Theron montra du doigt un éclair de lumière au loin. Un instant plus tard, l'hélicoptère atterrissait sur la piste bien éclairée et le pilote fit signe à Theron de sortir.

Theron ouvrit la porte, passa la tête au-dehors puis la tira de son fauteuil. Il la fit descendre rapidement et ils se hâtèrent de traverser la piste en ciment vers les jardins éclairés menant à la maison.

Comme ils approchaient de l'entrée, un homme se détacha de la porte. Même à cette distance, elle reconnut Chrysander. Il souriait et elle se détendit et sourit à son tour.

— Isabella, comme tu as grandi depuis que tu as fini tes études, s'exclama-t-il en l'étreignant.

— Merci de me donner l'impression d'avoir à peine jeté mon appareil dentaire, lança-t-elle sèchement.

Déconcerté, Chrysander la fixa avant d'éclater de rire.

— Toutes mes excuses. Tu en es bien loin, comme Theron l'a sans nul doute découvert.

Elle ne put masquer la rougeur qui envahissait ses joues.

Theron intervint en faisant une plaisanterie et Chrysander leur fit signe de passer.

— Marley vous attend au salon. Elle a hâte de te rencontrer, Isabella.

Theron lui prit le bras et ils pénétrèrent à l'intérieur. La maison était absolument magnifique et elle était impatiente de la contempler en pleine lumière. Et la plage aussi. Elle pouvait sentir l'air salin et même entendre les vagues se briser au loin, mais elle désirait la voir et enfoncer ses pieds dans le sable.

Une petite femme aux cheveux noirs qui berçait entre ses bras un paquet enveloppé dans des couvertures se tenait près du divan dans le salon. Comme elle levait les yeux, Isabella lui adressa un timide sourire.

— Theron ! s'exclama la femme en allant vers eux.

Avec un grand sourire, Theron la prit en même temps que son bébé entre ses bras.

— Comment vont ma sœur préférée et mon neveu ?

— Je suis ton unique sœur, lui rappela-t-elle.

— Marley, dit-il en se tournant vers Isabella, je voudrais te présenter Isabella, ma fiancée.

Un sourire de bienvenue éclaira les yeux bleus de Marley :

— Quel plaisir de vous connaître, Isabella !

— Je vous en prie, appelez-moi Bella, répondit la jeune femme. Et je suis ravie moi aussi de faire votre connaissance.

— Piers est-il arrivé ? s'enquit Theron en parcourant la pièce des yeux.

— Il arrive, répondit Marley. En entendant l'hélicoptère, il est parti se changer. Nous avons prévu un dîner tardif.

A cet instant, un homme aux cheveux bruns pénétra dans la pièce. Des trois frères, il était le plus grand, un peu plus léger que Chrysander mais un peu plus large d'épaules que Theron. La teinte de sa peau était également plus foncée car il passait beaucoup de temps au soleil.

— Te voilà, dit-il à Theron d'un air affable.

Et, jetant un coup d'œil à Isabella :

— Et voici sans doute la future épouse ?

— Une parmi toutes les autres, dit Isabella, refusant de céder au côté inévitablement embarrassant de la situation.

Les sourcils de Piers se froncèrent devant sa brusquerie puis il haussa l'un d'eux et offrit à la jeune femme ce qui pour lui, songea-t-elle, devait le plus ressembler à un sourire.

— Elle me plaît, Theron, dit-il. Elle a de l'esprit.

Chrysander proposa à son épouse de prendre le bébé.

— S'il le veut bien, répondit Marley d'une voix lasse.

Elle fit une grimace en passant l'enfant à son mari.

— Il a des coliques, expliqua-t-elle. Nous sommes restés debout à cause de lui ces deux dernières semaines. J'espère seulement que vous pourrez quand même dormir.

Les lèvres de Chrysander lui effleurèrent le front.

— Ne t'inquiète pas, *agape mou*. Je vais rester près de lui jusqu'à ce qu'il se calme. Vous autres, allez manger et ensuite je veux que vous vous reposiez.

Isabella se sentit fondre en observant le regard plein d'amour de Chrysander. C'était tout ce à quoi elle aspirait. Terriblement. Elle fit de gros efforts pour ne pas pousser un soupir en voyant Marley, les yeux pleins de lumière, sourire à son mari. Le regard d'une femme qui se savait aimée.

Puis Marley la regarda à son tour, tête inclinée comme pour l'étudier. Isabella détourna rapidement le regard, dans l'espoir qu'il ne venait pas de la trahir. C'était déjà assez désagréable que Marley connaisse la vérité sur leurs fiançailles. Elle ne souhaitait vraiment pas que quelqu'un d'autre sache qu'elle avait manœuvré pour entrer dans la vie de Theron.

Pendant le dîner, Marley posa des questions d'ordre général sur Isabella, sur ses goûts et ses centres d'intérêt. Piers se tenait tranquille, suivant des yeux la conversation tout en mangeant et, plus d'une fois, Isabella croisa son regard posé sur elle.

Ce fut un soulagement lorsque Chrysander les rejoignit et la conversation dévia vers les affaires. Piers lui-même perdit sa réserve et entra dans le débat et discuta avec ses frères.

Marley retint le regard d'Isabella et lui fit signe de quitter la table et de la suivre. Les hommes ne remarquèrent même pas les deux femmes lorsqu'elles s'éclipsèrent.

— Aimeriez-vous faire une promenade sur la plage ? proposa Marley. C'est si beau au clair de lune et il y a un certain temps que Dimitri ne s'était pas calmé avant 2 heures du matin.

Isabella lui sourit.

— J'adorerais ! J'ai peine à attendre de tout voir au grand jour. De ce que je peux en apercevoir, tout ici est magnifique.

Elles franchirent les portes vitrées coulissantes et Marley entraîna son invitée le long d'un chemin pavé de pierre. Les bruits de l'océan se firent plus forts et puis le chemin devint du sable. Marley s'arrêta et ôta ses chaussures, en priant Isabella d'en faire autant.

— Oh, c'est splendide ! souffla celle-ci en approchant un peu plus du rivage.

Le ciel était clair et constellé d'étoiles. La lune était pleine au-dessus de leur tête, faisant chatoyer les eaux obscures.

— C'est l'endroit que j'aime le plus au monde, dit Marley doucement. C'est un endroit fabuleux, mon petit coin de paradis personnel.

— Je ne crois pas avoir jamais rien vu d'aussi beau.

Isabella s'avança vers la lisière du sable mouillé et attendit la prochaine vague. Puis elle entra dans le flot couronné d'écume, jouissant du picotement de l'eau sur ses orteils.

— Je vous avais bien dit que nous les trouverions ici, dit soudain la voix amusée de Chrysander. Ma femme passe son temps à s'échapper vers sa plage.

Isabella se retourna et aperçut Theron et Chrysander mains dans les poches qui les observaient. Mais, dans l'obscurité, elle ne put distinguer leur expression.

— Viens, Bella, dit Theron. Laissons ces deux amoureux. Tu dois être fatiguée après notre long voyage.

Comme elle le rejoignait, Marley lui sourit au passage. Theron lui prit la main et elle glissa ses doigts entre les siens. Il les porta à ses lèvres et y déposa un délicat baiser. Pour la première fois, Isabella se détendit. Les choses seraient faciles si Theron se conduisait comme s'il désirait vraiment l'épouser, presque comme s'il ressentait quelque chose de plus que du désir charnel. Et peut-être était-ce le cas ?

Elle se laissa ramener sur le chemin vers la maison.

— Ils semblent très amoureux, remarqua-t-elle en entrant.

— Ils ont une longue histoire, acquiesça Theron. Je te la raconterai un jour. Pour le moment, cependant, je ne désire qu'un lit et un doux oreiller.

Isabella émit un léger rire tout en faisant remonter sa main le long de son bras.

— Certaines parties de mon anatomie remplaceraient un bon oreiller.

Un bref instant, elle vit les lèvres de Theron se durcir. Puis il releva les yeux. Son expression était indéchiffrable.

— A mon avis, dit-il, il serait préférable qu'ici, nous dormions dans des chambres séparées.

Isabella eut un mouvement de recul.

— Pourquoi ne pas partager la même chambre ? Nous sommes fiancés, dit-elle, l'esprit tout à coup confus.

Theron l'attira entre ses bras.

— Oui, c'est vrai, *pethi mou*. Et, en tant que tels, je te manifesterai le respect qui t'est dû en n'étalant pas notre relation sexuelle devant mon frère et son épouse. Il suffit déjà bien que Chrysander sache que je t'ai pris ta virginité, alors je ne veux plus attirer sur toi d'attention particulière.

La blessure, l'humiliation s'abattirent sur elle avec une telle violence, qu'elle en resta sous le choc.

— Il le sait ? Tu le lui as dit ?

Surpris, Theron battit des paupières.

— C'est moi qui en porte la honte. Pas toi.

Baissant les paupières, elle détourna le regard. Ainsi, Chrysander et, par conséquent, Marley savaient que Theron ne l'épousait qu'à cause d'une vue démodée de l'honneur ?

— Je vais monter dans ma chambre, dit-elle d'une voix calme. Je suppose que mes affaires s'y trouvent. Je trouverai le chemin.

— Bella ! appela Theron, la voyant partir vers l'escalier.

Isabella se détourna d'un air de défi, bien décidée à ne manifester aucune émotion.

— Je n'ai pas voulu te blesser, dit Theron.

Elle sourit.

— Je le sais, Theron, je le sais.

Puis, lui tournant le dos, elle monta l'escalier pour se mettre en quête de sa chambre.

17

Mains croisées derrière la tête, Isabella leva les yeux au plafond. Le sommeil l'avait fuie, car elle avait dormi pendant la plus grande partie du vol. Et avant de se coucher, attirée par le bruit des vagues, elle avait laissée sa fenêtre ouverte.

Un coup d'œil à la pendulette lui confirma qu'elle était restée éveillée pendant des heures. Avec un soupir résigné, elle repoussa les couvertures et fit passer ses jambes par-dessus le rebord du lit. Si elle ne faisait pas de bruit, elle pourrait descendre sur la plage et regarder le soleil se lever. Il n'était pas question de continuer à dormir. Elle était trop profondément blessée. Trop agitée.

Par la fenêtre, un air tiède pénétrait à l'intérieur de sa chambre et elle se vêtit donc d'un short et d'un T-shirt. Sans se soucier d'enfiler des sandales, elle se glissa hors de la chambre dans le couloir obscur et gagna l'escalier.

La maison était calme et enveloppée d'ombres. Après avoir traversé le salon, elle déboucha sur le patio et un air tiède et salé lui emplit les poumons. Fermant brièvement les yeux, elle laissa la brise repousser les cheveux de son visage avant d'emprunter le sentier de pierre menant à la plage.

A l'orient, le ciel commençait déjà à s'éclaircir, et l'horizon prit une couleur lavande quand l'étoile du matin se mit à briller, tel un diamant unique sur un lit de velours.

L'eau était tranquille et léchait doucement le rivage, laissant de l'écume dans son sillage. Elle marcha le long de la plage, laissant les vagues se ruer sur ses pieds tandis que le monde autour d'elle prenait une teinte dorée.

A une certaine distance de la maison, Isabella aperçut un

gros morceau de bois flotté. Le fauteuil de Marley, avait dit en riant Chrysander. La jeune femme s'assit sur le bois hors d'âge pour contempler devant elle le magnifique paysage. Une expérience inédite pour elle.

Sans trop savoir depuis combien de temps elle était restée là, baignée par l'aurore, elle se releva et repartit en direction de la maison. Elle avait du sable plein les pieds et elle s'arrêta à l'entrée du chemin, préférant couper par le jardin pour s'en débarrasser.

Des voix lui parvinrent à une courte distance et elle sourit. Theron était levé. Elle pouvait l'entendre rire légèrement. Marley était là aussi, ainsi que Chrysander.

Elle commençait à grimper les marches branlantes quand elle entendit prononcer son nom. Un élan d'excitation l'envahit. Parlaient-ils du mariage ? Elle fit un autre pas, mais les mots suivants de Theron l'arrêtèrent brusquement.

Il paraissait... résigné. Que disait-il ? Isabella jeta un rapide coup d'œil par-dessus la haie bordant le passage menant vers le mur de pierre entourant le patio. Il y avait là un treillage feuillu permettant une certaine intimité dans le patio.

Isabella tendit l'oreille pour écouter la conversation puis, prenant une rapide décision, enjamba la haie et se hâta vers le mur d'enceinte où elle se recroquevilla juste au-dessous de l'aire du petit déjeuner où étaient rassemblés les autres.

En écoutant Theron expliquer à voix basse toute leur histoire à son frère et à Marley, elle se retourna afin de plaquer son dos contre la pierre et de s'asseoir lentement, les genoux repliés contre la poitrine.

Entendre de la bouche de quelqu'un d'autre comment elle avait plaisanté et flirté outrageusement rendait la chose plus dure, moins sérieuse qu'elle n'avait été. Elle entendit Theron souligner sa confusion, confronté à son désir pour elle et à celui de prendre Alannis pour épouse.

Elle enfouit sa tête entre ses mains. Elle avait envie de se boucher les oreilles, mais elle n'y parvenait pas. Ceci était la dure vérité et elle avait bel et bien fait tout ce que racontait Theron. Son seul réconfort était qu'il la faisait apparaître comme si elle n'avait pas fait la chose à dessein, comme si elle n'avait pas volontairement prévu de le séduire. Non, il se le reprochait encore.

Puis arriva la phrase qui la démolit… lui dérobant le souffle… et tout espoir.

— Je voulais… je voulais ce que toi et Marley avez trouvé, avoua Theron à son frère. Je voulais une femme et des enfants — une famille, une vie avec une femme qui compterait pour moi. J'avais tout prévu. Epouser Alannis, avoir une vie agréable. Et tout s'est envolé si vite que j'en ai encore le vertige.

Incapable de supporter plus longtemps le chagrin que ses mots lui causaient, elle se leva, et descendit en titubant la légère pente. Et faillit tomber la tête la première sur Piers.

Il la retint par le bras et la dévisagea d'un œil aigu.

— Je viens de me rappeler le dicton selon lequel ceux qui écoutent aux portes entendent rarement dire du bien d'eux.

— Non, répondit-elle d'une petite voix. En effet.

Quelque chose comme de la compassion adoucit l'expression de Piers. Elle lui jeta un regard implorant.

— Ne lui dites pas que j'ai entendu. Vous savez déjà tout. Tout le monde est au courant. Il n'y a aucune raison pour que ce soit pire pour Theron.

— Et vous ? demanda Piers. Qu'allez-vous faire, Bella ?

— Il semblerait que j'aie pas mal de choses à régler, dit-elle d'une voix calme.

Elle s'arracha à ses mains et se hâta à travers le jardin vers l'entrée de derrière. A la porte, elle s'arrêta et resta un long moment les yeux fixés sur la piste d'atterrissage de l'hélicoptère. Puis elle entra dans la maison et monta l'escalier en s'assurant que personne ne la voyait.

Arrivée dans sa chambre, elle ferma la porte et s'y adossa lourdement pendant qu'une larme glissait le long de sa joue.

Theron ne l'aimait pas. Il ne pouvait pas. Parce qu'il aimait Alannis. Et, à cause d'Isabella, toutes ses chances de trouver le bonheur désiré étaient anéanties. Confisquées par son égoïsme et sa poursuite égocentrique de ses *désirs* et de ses *besoins*.

Elle s'examina longuement et sans indulgence, et ce qu'elle vit ne lui plut guère.

Aimer une personne ne devrait pas faire si mal, ne devrait pas être si destructif. N'était-elle donc rien d'autre qu'une fille riche et gâtée incapable d'accepter de ne pouvoir obtenir ce qu'elle désirait le plus ?

Alors, dans un soudain moment de lucidité, ou d'angoisse et de prise de conscience, elle comprit qu'elle devait laisser partir Theron. Elle n'était pas celle qu'il voulait. Alannis, oui. Elle ne voulait même pas connaître la déception et le chagrin que cette autre fille avait endurés. Que lui avait raconté Theron ? Qu'il lui avait été infidèle ?

Il portait le fardeau de ses erreurs à elle — le déshonneur. Alors qu'elle était la seule à blâmer.

« Il ne t'appartient pas. » Cette pensée résonna longuement dans sa tête. Elle savait que c'était la vérité, et peu importait tout le mal que cela pouvait lui faire, la douleur qui lui broyait le cœur.

Elle baissa la tête, laissant enfin les larmes ruisseler sur ses joues et s'écraser sur le plancher. Pendant un moment elle se laissa aller, avant de relever la tête, décidée à recouvrer son calme et à trouver un moyen de réparer ce gâchis.

Avant tout, elle ne pouvait pas laisser Theron apprendre qu'elle avait surpris sa conversation. Il s'en sentirait tellement coupable. Il avait voulu bien faire — selon lui.

Cette fois… cette fois, c'était *elle* qui allait bien faire.

S'essuyant le visage d'un revers de main, elle alla chercher son sac au fond de ses bagages. Sophia lui avait donné une carte avec son adresse et son numéro de téléphone en l'invitant à venir en Grèce quand elle reprendrait son projet de visiter l'Europe.

Ensuite, elle avait besoin de louer un hélicoptère, de préférence ne figurant pas sur le registre des salaires de Theron. Ce qui n'était guère facile étant sur une île, dans un pays dont elle ignorait la langue.

Par chance, Chrysander avait l'Internet dans son bureau, ou bien un annuaire ou n'importe quoi d'autre…

Et puis, elle devrait parler à Theron.

Le pire était qu'elle devait feindre de ne pas avoir surpris ses propos. Sourire et agir comme si rien ne clochait. Comme si son cœur n'était pas en train de se briser.

Isabella consulta sa montre après le déjeuner léger servi dans le patio. Elle méritait sûrement un oscar, parce qu'elle avait souri et ri et entretenu la conversation. Même si, en son for intérieur, tout s'écroulait.

Piers l'avait observée, croisant souvent son regard, questionnant, évaluant. A la fin du repas, elle faillit pousser un soupir de soulagement. Maintenant, elle disposait d'un peu de temps pour parler à Theron avant l'arrivée de l'hélicoptère… qui l'emporterait.

— Theron, dit-elle quand il se leva, puis-je te parler ?

Ajoutant avec un regard d'excuse vers les autres :

— Seul à seule.

Piers fronça les sourcils et lui décocha en se levant à son tour un coup d'œil inquisiteur qu'elle évita.

— Bien sûr, *pethi mou*. Pourquoi ne pas aller faire une balade sur la plage, proposa Theron.

Il lui tendit la main, mais elle l'évita et passa à côté de lui en direction du chemin. Il la suivit jusqu'au bord de l'eau qui cette fois ne l'apaisa pas. Elle paraissait même se moquer d'elle avec sa fausse sérénité.

Lorsqu'elle s'arrêta, les pieds enfoncés dans le sable, les mains de Theron se refermèrent sur ses épaules.

— Qu'y a-t-il, *pethi mou* ? demanda-t-il de sa voix profonde. Tu sembles triste aujourd'hui.

Elle se retourna entre ses bras, trouvant enfin le courage de l'affronter.

— J'ai besoin de te dire certaines choses, Theron.

Elle vit son expression devenir sérieuse.

— Quelles choses ?

Isabella s'écarta et fit un pas en arrière avant de se retourner vers lui.

— Cet été, je pensais que tu serais à Londres et c'est la seule raison qui m'a poussée à vouloir m'y rendre.

L'incompréhension voila les yeux de Theron et il ouvrit la bouche pour parler. D'un geste, Isabella le fit taire.

— Je t'en prie, ne dis rien. J'ai beaucoup de choses à te dire et je ne pourrai pas finir si tu commences à poser des questions.

Il hésita un peu et finit par hocher la tête.

— Quand je suis arrivée à New York et quand j'ai appris que tu allais t'y installer de manière permanente, j'ai changé mon plan, préférant louer un appartement dont je n'avais pas vraiment besoin et j'ai inventé un tas d'autres raisons pour entrer rapidement en contact avec toi.

Elle se frictionna les bras en dépit de la chaleur qui lui cuisait la peau.

— J'ai su que tu avais l'intention de demander Alannis en mariage. J'étais déterminée à tenter de te séduire et de t'enlever à elle.

Theron aspira une bouffée d'air et ouvrit de nouveau la bouche, mais elle le dévisagea avec des yeux tellement hantés qu'il se calma. Seul l'éclat au fond de ses yeux laissait deviner ce qu'il devait penser.

Alors, elle lui raconta tout, depuis la soirée de fiançailles à laquelle elle était arrivée trop tard jusqu'à la présence de Marcus dans sa chambre après l'averse. Il détourna les yeux vers l'océan. Ses lèvres formaient une ligne mince.

— J'ai cru que je t'avais perdu, mais tu es venu au club de strip-tease et ensuite nous avons fait l'amour dans ma suite. Le lendemain, tu m'as dit que nous devions nous marier et j'ai su que tu croyais m'avoir déshonorée. Je savais que tu ne m'aimais pas, mais je voulais absolument avoir une chance d'être aimée de toi, aussi ai-je dit oui. Je t'ai laissé dire toutes ces choses parce que, enfin, j'aurais la seule chose que je désirais : toi.

Encore une fois, elle chercha ses yeux malgré les larmes qui coulaient sur ses joues.

— Vois-tu, Theron, je t'ai aimé depuis mon enfance. Je

croyais qu'il s'agissait d'un petit béguin et qu'il s'en irait, mais, chaque fois que je te voyais, mon amour grandissait et j'ai alors compris que je devais tenter ma chance. Je ne pouvais continuer à vivre à l'écart de mon rêve sans jamais nous donner une chance.

Les épaules secouées de tranquilles sanglots, elle prit une profonde inspiration pour essayer de se calmer.

— Mais je me trompais. Et j'en suis désolée. J'ai gâché les choses entre Alannis et toi.

Un silence tomba. Theron restait totalement immobile, les mains enfouies dans ses poches.

— Tu ne m'aimes pas, reprit-elle d'une voix étonnement tranquille.

Ce n'était pas dans son esprit une question, mais c'était bien plutôt un appel venu des profondeurs de son âme. De nouveau, il se tourna vers elle. Et tous ses espoirs s'effondrèrent et moururent. Il y avait tant de choses au fond de ces yeux dorés. De la confusion, de la colère mais point d'amour. Jamais d'amour.

Rapidement, avant qu'il puisse réagir, elle fit un pas en avant et se haussa pour déposer un baiser sur sa joue.

— J'espère qu'un jour, tu pourras me pardonner.

Otant la bague de son doigt, elle glissa la main dans celle de Theron. Sans ajouter un mot, elle se détourna et remonta le chemin vers la maison.

— Bella ! Bella ! cria-t-il derrière elle.

En haut du chemin, elle passa rapidement à côté de Chrysander, ignorant ses mains tendues pour la retenir.

— Isabella !

Ravalant le sanglot qui l'étranglait, elle s'enfuit à l'intérieur. L'hélicoptère allait arriver. Son sac était là où elle l'avait laissé sur le pas de la porte de derrière.

Elle s'en saisit et, après un regard en arrière vers la maison, elle se précipita dehors pour attendre l'hélicoptère.

18

Theron contempla la bague au creux de sa main et regarda ensuite Isabella qui battait en retraite. Il n'arrivait tout simplement pas à assimiler tout ce qu'elle venait d'avouer. Cela paraissait bien trop exagéré.

L'aimait-elle réellement depuis si longtemps ? Encore un point qui paraissait impossible.

Il regarda Chrysander qui venait lentement vers lui et s'arrêtait à quelques pas.

— Des ennuis ? demanda-t-il.

— On peut le dire, murmura Theron, qui essayait toujours d'appréhender tout ce que lui avait dit Isabella.

— Elle m'a paru plutôt bouleversée, remarqua son frère.

Le poing de Theron se referma sur la bague.

— Elle m'a rendu ma bague.

Chrysander prit un air stupéfait.

— A-t-elle dit pourquoi ? Il suffit d'avoir un peu de cervelle pour voir qu'elle est folle de toi.

— Elle vient à l'instant de me raconter la chose la plus insensée. Et je ne sais même pas ce que je dois en penser.

— Veux-tu en parler avec moi ?

Theron ouvrit la main et regarda la bague. Tout cela avait l'air d'une erreur. Elle aurait dû se trouver au doigt d'Isabella. Et Isabella devrait rayonner de bonheur et ne pas le contempler, les joues sillonnées de larmes.

— Elle m'a dit qu'elle était amoureuse de moi depuis qu'elle était petite fille, dit-il d'une voix lente. Et que si elle est venue à New York c'était parce que j'y étais.

Il leva les yeux vers son frère.

— Elle a dit que si elle avait voulu se rendre à Londres c'était en pensant que j'y serais.

— Une fille déterminée, semble-t-il, déclara Chrysander, un léger sourire aux lèvres.

— Ce n'est pas tout, reprit son frère. Elle *m'a* séduit !

Cette fois, Chrysander éclata de rire.

— Ce qu'il ne faut pas entendre !

En quelques mots, Theron lui conta tous les événements intervenus depuis qu'Isabella était entrée dans son bureau.

Chrysander resta un instant silencieux.

— Donc, demanda-t-il enfin, tu es en colère ?

Theron lui décocha un curieux regard.

— En colère ?

— Oui. Tu voulais épouser Alannis et Isabella t'en a empêché.

Theron secoua la tête.

— Ce n'est pas Isabella, Chrysander. C'est moi. Je ne me suis pas déclaré et Isabella n'était pas là pour me retenir.

— D'accord, alors comment te sens-tu ?

— Flatté… Bouleversé… Totalement berné…

— Je comprends, dit son frère en souriant.

— Pardieu, Chrysander, elle est tellement splendide. Quand elle entre dans une pièce, elle l'illumine. Elle me rend fou. Absolument et complètement fou. Elle pourrait avoir n'importe quel homme. Et c'est *moi* qu'elle veut.

— Assez pour te mettre à genoux, n'est-ce pas ?

— Je l'aime, murmura Theron. Je m'étais focalisé sur mon envie d'avoir une femme et des enfants, de me poser et de projeter l'image de la famille parfaite alors que, pendant tout ce temps, la perfection me regardait dans les yeux.

Chrysander sourit de nouveau.

— Pourquoi me raconter tout ceci ? Il semblerait que tu as devant toi une jeune femme très émue qui paraît bien décidée à faire ce qui est le mieux pour toi, que cela te plaise ou non.

Les poings de Theron se convulsèrent autour de la bague.

— Petite folle, entêtée…

Secouant la tête, il remonta le chemin à grands pas, Chrysander derrière lui.

Ils étaient à mi-chemin de la maison lorsque Chrysander s'arrêta. Theron se retourna et le vit froncer les sourcils.

— Tu entends ça ? demanda son frère.

Theron tendit l'oreille. Au loin, il perçut le bruit indubitable d'un hélicoptère en approche.

— As-tu commandé un hélicoptère ? demanda-t-il.

Chrysander fit un signe négatif.

— Pas avant le départ de Piers demain.

Tous deux se hâtèrent de remonter l'allée avant de couper et prendre le raccourci vers la piste. Avant même de l'apercevoir, ils entendirent l'hélico amorcer sa descente.

— Ce n'est pas l'un des nôtres, remarqua Chrysander.

Il se mit à courir et Theron lui emboîta le pas. Mais, comme il arrivait au coin et apercevant Isabella debout à la porte de l'hélicoptère, son sang parut se glacer.

— Isabella ! cria-t-il.

Elle ne se retourna même pas. Elle n'aurait pas pu l'entendre à cause du rugissement des pales.

Chrysander agita frénétiquement les bras pour faire signe au pilote tandis que Theron le dépassait au pas de course pour tenter de rejoindre Isabella à temps. Impuissant, il regarda la porte se fermer derrière elle et, à l'instant où il atteignait la piste en ciment, l'hélicoptère s'éleva.

Le souffle lui souleva les cheveux et les vêtements, mais il resta là, agitant les bras pour essayer d'attirer l'attention d'Isabella. Puis, l'hélicoptère prit de la hauteur et piqua en direction du continent.

Chrysander poussa un juron tandis que Theron restait figé.

— Il faut que je découvre où elle va, dit-il quand ils retournèrent vers la maison.

Marley et Piers sortirent de l'arrière de la maison.

— Que se passe-t-il ? cria Piers.

Theron passa à côté d'eux, laissant Chrysander en arrière. Grimpant l'escalier à toute allure, il se rua dans la chambre d'Isabella. Il n'y restait plus rien. Aucun mot, aucun indice sur l'endroit où elle s'était rendue.

Il redescendit pour rejoindre les autres au salon. Chrysander était au téléphone pour essayer de suivre l'itinéraire du pilote et d'imaginer un moyen d'arrêter Isabella à l'atterrissage.

Piers s'approcha de Theron, avec une curieuse expression de gravité.

— Il y a quelque chose que tu devrais savoir, dit-il.

— Quoi ? interrogea Theron, d'un ton acerbe.

— Tôt ce matin, Isabella est descendue sur la plage. Je l'ai trouvée de l'autre côté du patio, visiblement bouleversée par une chose qu'elle avait entendue pendant ta conversation avec Chrysander et Marley. Elle m'a supplié de ne pas t'en parler. Elle disait qu'elle ne voulait pas que ce soit pire pour toi.

Theron ferma les yeux, se rappelant avoir déployé toute son éloquence à propos de ce qu'il souhaitait. Alors que ce qu'il désirait vraiment, il l'avait eu tout le temps sous le nez.

— Quel damné imbécile je suis, marmotta-t-il.

— N'ergotons pas là-dessus, dit Piers avec un sourire ironique. La question est : que vas-tu faire pour la ramener ?

Isabella n'avait pas envisagé les répercussions que pouvait avoir le fait d'atterrir en hélicoptère sur un domaine qui semblait appartenir à une famille grecque très fortunée.

A peine eurent-ils atterri qu'ils furent entourés par une douzaine d'agents de sécurité. Tous armés.

Peut-être n'avait-elle pas eu la meilleure idée ?

La porte s'ouvrit brutalement et Isabella se retrouva nez à nez avec un des hommes armés à l'air sinistre. Il aboya quelques mots en grec et, impuissante, la jeune femme le fixa.

— Je ne parle que l'anglais, dit-elle.

— Que voulez-vous ? Pourquoi êtes-vous ici ? dit-il alors avec un lourd accent.

Isabella reprit son souffle et s'efforça de ne pas fixer le museau du revolver dangereusement proche de son nez.

— Je suis venue voir Alannis Gianopolous. C'est urgent.

— Votre nom ?

— Isabella Caplan.

L'homme répandit un torrent de grec dans ce qui devait être un micro et, quelques instants plus tard, il baissa son arme et fit un pas en arrière.

— Par ici, je vous prie, mademoiselle Caplan.

Quelques instants plus tard, il l'escortait à l'intérieur du domaine princier situé au sommet d'une falaise dominant l'océan. Dans de tout autres circonstances, la jeune femme aurait pris un moment pour admirer cet endroit fabuleux.

— Isabella, ma chère ! Que faites-vous donc ici ? Et où est Theron ? s'écria Sophia, à peine fut-elle entrée, en l'embrassant sur les deux joues.

Isabella baissa les yeux une seconde avant de les relever.

— Je dois parler à Alannis, dit-elle. C'est très important.

Sophia fronça légèrement les sourcils et une ombre d'inquiétude passa au fond de ses yeux.

— Bien sûr. Est-ce que tout va bien ?

Isabella lui adressa un sourire tremblant.

— Non, mais ça ira.

— Attendez ici. Je vais chercher Alannis, dit Sophia.

Isabella se dirigea vers l'immense baie vitrée qui donnait sur la pente dévalant vers l'océan. Alannis, songea-t-elle, vivait dans un lieu parfait. Près de Chrysander et de Marley. Ils pourraient ne former qu'une seule grande et heureuse famille après le mariage d'Alannis et de Theron.

— Isabella ?

La douce voix d'Alannis s'éleva dans la pièce.

Isabella se retourna et vit la jeune femme qui la contemplait, ses yeux noirs pleins de confusion.

— Maman me dit que vous désirez me parler ?

Rassemblant tout son courage, Isabella traversa la pièce et se posta devant elle.

— Je suis venue m'excuser ainsi que pour réparer un tort.

Alannis fronça les sourcils de plus belle.

— Je ne comprends pas.

Isabella prit une profonde inspiration.

— J'ai tout fait pour vous faire rompre, Theron et vous.

Je savais qu'il désirait vous épouser, mais je suis amoureuse de lui depuis très longtemps et je le voulais absolument. Je ne me suis jamais arrêtée à penser à ce qu'il désirait ou que, ce faisant, je blessais deux personnes. Vous et lui.

— Mais…, commença Alannis.

— Il désire vous épouser, l'interrompit Isabella. Vous êtes celle qu'il désire. Allez le rejoindre, Alannis. L'hélicoptère attend pour vous emmener sur l'île. Il va être très heureux de vous voir. J'ai mis fin à notre relation. Je lui ai rendu sa bague. Veillez à ce qu'il vous en offre une différente. Vous méritez un nouveau départ. Que je n'aurai pas abîmé. Arrangez-vous pour qu'il fasse bien les choses, avec toute la romance et la tendresse que vous méritez.

De nouveau, ses yeux s'emplirent de larmes.

— Je suis désolée de vous avoir fait du mal. J'espère que vous serez heureuse.

Puis elle se détourna et s'apprêta à sortir de la maison.

— Attendez ! cria Alannis. Vous ne comprenez pas.

Isabella ne comprit qu'une chose : si elle ne partait pas tout de suite, elle allait s'effondrer complètement.

— Voulez-vous m'indiquer la sortie ? Il doit y avoir un taxi qui m'attend, dit-elle à l'agent de sécurité qui l'avait accompagnée à l'intérieur.

Dès que le garde lui eut ouvert la porte d'entrée, elle se précipita dans l'allée menant à une grille de fer forgé qui s'ouvrit automatiquement à son approche. A son grand soulagement, un taxi était là, l'attendant dans la rue.

— A l'aéroport, dit-elle en grimpant à l'intérieur.

Comme il démarrait, elle aperçut Alannis qui lui faisait signe de s'arrêter. Isabella l'ignora et se détourna.

Personne ne lui avait jamais dit que bien agir pouvait faire aussi mal.

— Combien de temps va-t-il falloir à ce damné pilote pour arriver ici ? demanda Theron en se passant la main dans les cheveux pour la centième fois.

La frustration l'étouffait. Il était retenu ici sur l'île jusqu'à l'arrivée du pilote de Chrysander. Qui, finalement, devait maintenant être en route.

Chrysander posa le téléphone et se tourna vers lui.

— Le pilote d'Isabella l'a emmenée chez les Gianopolous.

En plein ahurissement, Theron le dévisagea.

— Pourquoi diable est-elle allée voir Alannis ? Je n'imaginais même pas qu'elle savait où elle habitait.

— Elle essaie d'arranger les choses, dit Marley d'une voix douce. D'abord avec toi et ensuite avec Alannis.

Theron fouilla sa poche en quête de son téléphone pour chercher le numéro d'Alannis. S'il pouvait la joindre avant le départ d'Isabella, il pourrait lui demander qu'on la retienne jusqu'à ce qu'il puisse aller la chercher lui-même. Chrysander lui tendit son portable et Theron se hâta de taper le numéro. Ce fut Sophia qui lui répondit.

— Sophia, Dieu merci ! Isabella est-elle chez vous ? Quoi ? Elle est partie en taxi ?

Quand Sophia lui eut indiqué où se rendait Bella, Theron raccrocha et se tourna vers Chrysander.

— Maintenant, où est ton damné pilote ?

Il avait été impossible à Isabella d'acheter un billet pour quitter le pays le plus tôt possible. Tous les vols en partance pour les prochaines heures étaient complets. A la fin, elle s'était dirigée vers le comptoir des charters, avait plaqué dessus sa carte de crédit platine et loué un jet privé pour rejoindre Londres. Une dépense extravagante, mais au moins, maintenant, elle était à bord, attendant que le plein soit fait et que l'avion aille se placer en bout de piste pour décoller. Une sensation d'intense fatigue l'envahit tout entière. Le manque de sommeil de la nuit précédente, joint à une journée d'épuisement émotionnel, avait raison de ses forces.

Elle renversa la tête contre son siège et ferma les yeux. Entendant un bruit de pas, elle supposa qu'il s'agissait du pilote quand soudain des lèvres chaudes se posèrent avec douceur sur les siennes, l'obligeant à ouvrir les yeux.

Theron s'écarta et lui prit le visage entre ses mains tandis qu'elle le contemplait avec stupeur. Il avait l'air… eh bien, il était débraillé, avec un costume plein de poussière et froissé, les cheveux en désordre. Mais ses prunelles dorées brûlaient d'une fiévreuse intensité.

Sans lui laisser le temps de dire un mot, il recommença à l'embrasser, plus fougueusement cette fois. L'attirant à lui, il l'embrassa à lui en faire perdre le souffle.

Ensuite, il lança un ordre en grec en direction du cockpit. L'avion commença à s'ébranler, à la stupeur grandissante de Bella. Car il était resté dedans.

— Theron, protesta-t-elle, attends. Cet avion va à Londres. Tu ne peux pas partir d'ici comme ça. Et Alannis ? Et ta famille ?

Il la tira de son siège, se dirigea vers la banquette et la prit sur ses genoux.

— Ne devrions-nous pas boucler nos ceintures pour le décollage ? demanda-t-elle déconcertée, toujours incapable de se rendre compte qu'il était bien là.

— Je te rattraperai s'il y a une turbulence, la rassura-t-il d'une voix douce comme la soie. Maintenant que tu peux aller où tu veux et que je t'ai toute à moi, il va falloir que tu écoutes bien chacun de mes mots.

Isabella en resta bouche bée. Le doigt de Theron suivit le contour de ses lèvres avant de le remplacer par sa bouche.

— Folle, impétueuse, belle et frustrante femme, murmura-t-il. Si tu penses que tu vas te débarrasser de moi après m'avoir mis le grappin dessus et m'avoir rendu fou, alors il faudra songer à autre chose, Bella *mou*.

Un espoir balbutia dans le cœur d'Isabella. Elle dévisagea Theron sans trop savoir quoi dire. Tant de choses encombraient son esprit qu'elle resta absolument sans voix.

Alors il pivota sur lui-même puis, la soulevant de ses genoux, l'installa sur le siège à côté du sien. Et, mettant un genou à terre, il lui prit la main.

— Je t'aime, ma magnifique Isabella. Je t'adore. Je ne peux même pas imaginer la vie sans toi. Veux-tu m'épouser et faire de moi l'homme le plus heureux de la terre ?

Il lui passa au doigt la bague qu'elle lui avait rendue. Puis s'inclinant, il lui baisa le doigt.

— Cette bague n'a jamais appartenu à une autre femme, *pethi mou*. Je n'ai jamais donné aucune bague à Alannis et celle que j'avais prévue pour elle a été remplacée par celle-ci. Je l'ai choisie pour toi. Je ne l'ai jamais demandée en mariage. Je t'ai appartenu le jour où tu es entrée dans mon bureau. Tu as mis mon monde à l'envers.

— Tu ne lui as pas fait ta demande ? dit-elle d'une voix enrouée par les larmes qui s'amoncelaient dans sa gorge.

Il la considéra d'un air solennel.

— Je ne t'aurais jamais fait l'amour si j'avais appartenu à une autre femme. J'avais l'intention de lui faire ma demande le soir de la réception. J'avais la bague. Tout était arrangé. Mais je ne voyais que toi. Je ne désirais que toi. Le matin après que nous ayons fait l'amour, je suis allé voir Alannis et lui ai dit que je voulais t'épouser.

Le visage d'Isabella s'assombrit. Theron sourit et lui toucha la joue.

— Comme tu es sensible, *agape mou*. Alannis n'est pas amoureuse de moi et, en fait, elle est très anxieuse que je te retrouve pour te passer cette bague au doigt.

— C'est vrai ? Toi non plus tu n'es pas amoureux d'elle ?

Elle ferma les yeux. C'était sûr, elle rêvait.

— Je suis amoureux de toi, dit-il. Et rien que de toi.

— Mais je t'ai entendu dire à Chrysander que tu désirais avoir comme lui et Marley une famille, une femme. Je ne corresponds à rien de cela.

Le ton était amer.

— Ce que je veux, dit-il avec simplicité, c'est toi. Tout ce que j'ai toujours désiré, ce que j'étais tellement impatient d'avoir et que j'espérais tant, me regardait dans les yeux. Je crois l'avoir compris ce premier jour dans mon bureau. J'ai aperçu ton tatouage et cela m'a rendu fou. Je voulais t'arracher tes vêtements un par un pour mieux le voir. Mais j'avais déjà mis le processus en route avec Alannis. J'ai combattu mon attirance pour toi parce que j'étais censé être ton protecteur et ne pas penser à te déshabiller.

Elle leva une main tremblante vers son visage et lui caressa la joue. Les yeux fermés, il se laissa faire avant de lui baiser les doigts.

— Epouse-moi, Bella.

— Tu veux m'épouser même si je ne veux pas avoir d'enfants tout de suite ?

— J'ai comme l'impression que tu m'occuperas bien trop pour me faire songer aux enfants, dit-il avec un sourire amusé.

Il l'embrassa encore. Ses lèvres étaient chaudes et douces.

— Nous avons tout le temps du monde, mon précieux amour. Promets-moi juste que ce temps, nous le passerons ensemble.

Elle le contempla avec un sourire d'adoration qui devait éclairer l'univers tout entier.

— Moi aussi je t'aime, chuchota-t-elle. Tellement…

Theron parut réfléchir un instant, avant de suggérer :

— Tu pourrais déjà être enceinte. Cela t'ennuierait-il beaucoup si c'était le cas ?

— Je ne suis pas enceinte, dit-elle avec un grand sourire.

— Oh… alors tu as déjà… c'est le moment de tes…

— Non, répondit-elle avec un léger rire. Je suis sous contraception.

Les sourcils de Theron se nouèrent.

— Toi, petite diablesse !

Mais son sourire manquait de chaleur.

— Es-tu en colère que je ne t'en ai pas informé avant que nous soyons mariés ? demanda-t-elle un peu nerveuse.

— Si tu es capable de me pardonner mes actes idiots et le fait que je ne t'ai pas auparavant demandée en mariage de la plus romantique des manières, alors je peux te pardonner de m'avoir ferré, ligne, hameçon et bouchon compris.

— Oui, dit-elle en lui jetant les bras autour du cou.

Il se mit à rire.

— Oui quoi, *pethi mou* ?

— Oui, je t'épouserai. Je t'aime tant !

Theron se remit debout et l'enleva dans ses bras. Déconcertée, elle battit des paupières en prenant conscience qu'elle ne s'était pas du tout aperçue qu'ils avaient décollé. Theron l'emporta souriante, le cœur débordant de joie, dans la chambrette située à l'arrière.

Et, à l'instant où ils se rejoignirent corps et âme, ils se chuchotèrent leur amour, encore et encore.

Epilogue

La mariée ainsi que le marié se rendirent pieds nus à leurs noces. Debout auprès du prêtre sur la plage d'Anetakis Island, Theron attendait que Chrysander escorte Isabella vers lui.

Elle était vêtue d'un haut de bikini et un sarong à fleurs flottait délicatement autour de ses jambes. Ses ongles de pieds — que Theron avait vernis lui-même au cours d'une nuit parfaitement décadente — étaient rose vif. Un bracelet de cheville en argent captait les rayons du soleil. Et, Theron le savait, son nom était gravé dessus.

Son regard s'envola vers la gouttelette en diamant qu'il avait lui-même achetée et s'était délecté à poser au creux de son nombril. Mais ce fut son sourire radieux qui le fit retenir son souffle.

Elle était d'une telle beauté qu'il en eut presque mal.

Piers, ayant repris l'avion pour le mariage, se tenait à la gauche de Theron. Alannis et Sophia étaient debout à côté de la mariée, près de Marley.

Une atmosphère festive flottait et chacun arborait un large sourire. Theron put même détecter des larmes étincelant dans les yeux des femmes.

Il tendit la main vers celle d'Isabella et l'attira vers lui. Peu lui importait que les vœux n'aient pas encore été échangés ou que le prêtre se gratte délicatement la gorge. Il avait tout simplement envie de l'embrasser.

Leurs lèvres se rencontrèrent avec fièvre, le doux contre le dur, le sucré contre le salé. Lorsqu'il s'écarta enfin pour permettre au prêtre d'officier, des larmes brillaient dans les yeux d'Isabella.

Theron prononça ses vœux avec une boule dans la gorge. Mais les mots fermes et clairs s'envolèrent avec la brise. Enfin, on les déclara mari et femme et Isabella fut à lui.

On dansa ensuite beaucoup sur la plage et, plus tard, tout le monde se déplaça vers les jardins.

Plus tard encore, arriva l'hélicoptère qui emporta Theron et Isabella vers la suite nuptiale, un cottage perché sur la falaise, au-dessus de la mer.

Comme Theron emportait son épouse au lit, elle lui chuchota qu'elle avait un dernier cadeau de noce à lui faire.

Intrigué, il fit un pas en arrière tandis qu'elle dénouait le sarong et l'enlevait.

— Te souviens-tu de m'avoir dit que je pourrais avoir un autre tatouage ? lui demanda-t-elle, l'œil malicieux.

Il fronça les sourcils.

— Non. Bella, dis-moi que tu n'es pas allée toute seule endurer la douleur d'un nouveau tatouage ?

— Je n'y suis pas allée seule. Marley était avec moi.

— Et Chrysander est au courant ? dit-il, incrédule.

— Chrysander aura peut-être un mot ou deux à nous dire quand il tombera dessus, rit Isabella.

Theron marmotta quelques mots en grec.

Les deux pouces accrochés dans le bas du bikini, Isabella le fit descendre avec lenteur et sensualité. Là, juste au milieu, à la jonction des jambes, descendait une ligne droite depuis le piercing du nombril, vers un ange tenant une fourche.

Theron ne put se retenir de rire. Puis, il se baissa et ses lèvres effleurèrent le dessin.

— Mon petit ange et démon à moi, murmura-t-il tandis que sa bouche descendait plus bas.

Piers

Prologue

Jewel Henley se redressa sur son lit d'hôpital et attrapa son téléphone portable. De sa main libre, elle essuya les larmes qui roulaient le long de ses joues. Il fallait qu'elle appelle Piers, elle n'avait pas d'autre issue.

Appeler à l'aide l'homme qui l'avait rejetée après une seule nuit passée ensemble, cela la rebutait au plus haut point. Mais pour son bébé, elle était prête à tout. Y compris à ravaler sa fierté. Y compris à refouler la colère qui pourtant la minait à petit feu.

Doucement, elle caressa le renflement de son ventre. Sentir dans ses entrailles les mouvements de sa fille renforça sa détermination.

Comment Piers réagirait-il en apprenant sa prochaine paternité ? S'en moquerait-il éperdument ? A cette idée, elle secoua la tête. Non, même s'il n'éprouvait aucun sentiment pour elle, qui après tout n'avait été pour lui qu'une amante d'un soir, il ne tournerait pas le dos à son enfant. C'était impossible.

De toute façon, il n'existait qu'un moyen de s'en assurer : composer son numéro de téléphone et lui annoncer la nouvelle. Même après son licenciement, elle avait conservé ses coordonnées.

Et pourtant, la démarche lui paraissait insurmontable. Elle ne parvenait pas à franchir le pas. Lâchant son portable, elle ferma les yeux. Si seulement sa grossesse se passait sans complication ! Pourquoi n'était-elle pas une de ces jeunes femmes en pleine santé, qui portent des bébés sans problèmes ?

L'arrivée d'une infirmière poussant un chariot mit un terme à ses sombres pensées.

— Comment allez-vous aujourd'hui, miss Henley ?

— Bien, répondit Jewel d'une voix faible.

— Avez-vous pris vos dispositions pour votre sortie de l'hôpital et la suite de votre grossesse ?

Incapable de répondre, Jewel avala sa salive avec difficulté.

L'infirmière lui adressa un regard désapprobateur et poursuivit :

— Le médecin ne vous lâchera pas sans l'assurance que quelqu'un va vous prendre en charge. Vous devez observer le repos absolu qu'il vous a prescrit.

Jewel soupira et répliqua :

— Je m'apprêtais à téléphoner.

— Ah ! J'aime mieux ça, dit l'infirmière avec un sourire.

Après les soins, elle se retira. Une fois de plus, Jewel contempla l'écran du téléphone où s'affichait le numéro de Piers. Lui répondrait-il seulement ?

Lasse de ses propres hésitations, elle prit une profonde inspiration et appuya sur la touche d'appel. Un instant après la tonalité, une sonnerie retentit.

Une fois. Deux fois. Trois fois. Elle flanchait de seconde en seconde et s'apprêtait à raccrocher quand une voix brusque se présenta :

— Anetakis.

La voix s'apparentait plus à un grognement et elle perdit tout de suite courage. La respiration saccadée, elle se sentait sur le point de fondre en larmes.

— Qui est à l'appareil ? dit Piers d'un ton sans réplique.

Effarée, elle raccrocha aussitôt. Non, c'était trop dur, elle ne pouvait se résoudre à parler à Piers. Elle posa la main sur son ventre comme pour s'excuser auprès du bébé qui y était niché. Elle n'avait peut-être pas exploré toutes les solutions possibles ? Il existait sans doute une autre voie, à laquelle elle n'avait pas encore pensé ? Une solution n'incluant pas Piers Anetakis.

Le portable vibra dans sa main. Par automatisme, elle décrocha avant de comprendre que c'était lui qui la rappelait.

Incapable de proférer un mot, elle se contenta de respirer dans l'appareil.

— Je sais que vous êtes là ! cria-t-il. Qui êtes-vous ? Comment avez-vous obtenu mon numéro ?

— Je suis désolée, murmura-t-elle. Je n'aurais pas dû vous déranger.

— Attendez ! ordonna-t-il.

Il y eut une longue pause, puis :

— Jewel, c'est toi ?

Il reconnaissait sa voix ! Ça alors ! Jamais elle ne l'aurait cru. Pas une seule fois ils ne s'étaient parlé au cours des cinq derniers mois. Pour être exacte, cinq mois, une semaine et trois jours.

— Ooui, répondit-elle d'une petite voix.

— Enfin, marmonna-t-il. Je t'ai cherchée partout. C'est bien féminin, de disparaître sans un signe !

— Pardon ?

— Où es-tu ?

Leurs questions s'étaient croisées.

— Moi d'abord, dit-il d'une voix impérieuse. Où es-tu ? Tu vas bien ?

Sonnée, elle demeura un instant silencieuse avant de recouvrer ses esprits et de répondre :

— Je suis à l'hôpital.

— *Theos.*

Suivirent une cascade de mots grecs auxquels elle ne comprit rien.

— Où ? cria-t-il. Quel hôpital ? Réponds-moi.

Sidérée du tour que prenait la conversation, elle énonça le nom de l'hôpital. Avant qu'elle n'ajoute quoi que ce soit, il l'interrompit :

— J'arrive dès que possible.

Et il raccrocha.

Elle rangea son téléphone d'une main tremblante. Puis elle serra ses mains contre son ventre rond. Mille questions se bousculaient dans sa tête. Il venait ? C'était aussi simple que ça ? Il l'avait cherchée ? Tout cela n'avait aucun sens.

Puis la réalité la prit à la gorge, angoissante : elle ne lui avait pas révélé l'essentiel. La vraie, la seule raison de son appel.

Sa grossesse.

1

Cinq mois plus tôt...

Debout sur la terrasse du bar, Jewel contemplait les torches qui éclairaient le chemin vers la plage.

La musique en sourdine accompagnait à la perfection cette nuit claire, scintillante d'étoiles. Au loin, les vagues roulaient au rythme de la mélodie languissante. Un jazz doux, son préféré.

Elle avait atterri dans cette petite île paradisiaque par le plus grand des hasards. Une place vacante dans un avion, un billet à prix réduit, cinq minutes pour se décider. Et maintenant, elle se trouvait sur cette terrasse. Un endroit nouveau, quelques jours pour elle toute seule.

A son arrivée, soucieuse de son avenir, elle avait commencé par chercher un emploi temporaire, qui lui permettrait tout de même de passer quelques jours de vacances. Le hasard avait bien fait les choses, car le propriétaire de l'opulent hôtel Anetakis avait élu domicile sur l'île pour un mois. Il cherchait une assistante pour quatre semaines. « Un laps de temps idéal au paradis, avant de poursuivre sa route », avait-elle songé.

L'occasion était presque trop belle. En plus d'un salaire généreux, on lui avait offert une chambre à l'hôtel pour la durée du travail. Elle commençait le lendemain. Tout s'annonçait au mieux, sous les meilleurs auspices.

— Vous sortez ? Ou bien vous apprêtez-vous à passer cette nuit merveilleuse enfermée à l'hôtel ?

La voix masculine au léger accent étranger provoqua de

délicieux petits frissons le long de sa colonne vertébrale. Elle se retourna et leva la tête pour découvrir le propriétaire de cette belle voix rauque.

Quand elle rencontra les yeux de l'inconnu, un choc l'ébranla de la tête aux pieds. Le ventre soudain contracté, elle eut pendant quelques instants du mal à respirer.

L'étranger ne se contentait pas d'être beau. Le monde grouillait d'hommes beaux, et elle en avait eu sa part. Mais celui-ci était... puissant. Un prédateur parmi les agneaux. Le regard intense qu'il posait sur elle l'effraya presque.

Au fond de ces yeux sombres, elle lut un intérêt non déguisé. Elle lui rendit son regard, incapable de se soustraire à la force magnétique de ces yeux noirs comme une nuit sans lune. La lueur des flammes faisait briller ses prunelles sombres, fières et ardentes. Ses cheveux aussi étaient noirs, et sa peau hâlée luisait à la clarté des torches.

Il avait la mâchoire ferme, un port de tête altier qui dénotait une certaine arrogance. Pendant un long moment, il échangea avec elle un regard appréciateur, puis ses lèvres s'entrouvrirent en un fin sourire et il dit :

— Une femme de peu de mots, à ce que je vois.

Elle se reprocha son mutisme involontaire et répondit la première chose qui lui passait par la tête.

— Je me demandais si j'allais sortir ou pas.

Il leva un sourcil impérieux, plutôt un défi qu'une question, et répliqua :

— Je ne peux pas vous offrir un verre si vous restez à l'intérieur.

Elle ne put s'empêcher de lui sourire. Elle se sentait soudain très détendue. L'attirance sexuelle, elle connaissait. Mais il était très rare qu'un homme exerce sur elle pareil attrait.

Un puissant magnétisme existait entre eux, c'était évident. Elle l'avait bien senti lorsqu'ils s'étaient parlé. Accepterait-elle l'invitation non formulée contenue dans ses magnifiques yeux noirs ? Oh ! Bien sûr, pour l'instant, il ne s'agissait que d'un verre. Mais elle savait qu'il voulait tout autre chose.

Oserait-elle tendre la main et se lancer ? Après tout, elle était adulte, elle avait le droit de s'offrir une nuit avec un homme magnifique. En général, elle se montrait très difficile. Ainsi depuis deux ans, elle n'avait pas eu d'amant. Personne ne l'avait attirée, jusqu'à cet étranger au regard magnétique, au sourire sensuel et à l'arrogance moqueuse. Oh oui ! Celui-ci, elle le voulait. Au point d'en vibrer de tout son être.

— Vous êtes en vacances ? demanda-t-elle en le regardant à travers ses cils.

De nouveau, les lèvres de l'inconnu s'incurvèrent en un demi-sourire.

— D'une certaine manière, répondit-il.

Elle frémit de soulagement. Non, une nuit ne ferait de mal à personne. Il quitterait l'île et repartirait vers son monde. Dans un mois, elle repartirait de son côté, et leurs chemins ne se croiseraient plus.

Ce soir… ce soir, elle se sentait seule. Un sentiment auquel elle cédait rarement. Même si elle passait le plus clair de son temps isolée des autres.

— D'accord pour un verre, dit-elle.

Une lueur prédatrice brilla une seconde dans le regard de l'homme, avant de disparaître. Il la prit par le coude d'un geste possessif.

Elle ferma les yeux un instant, et savoura la sensation électrique qui vibrait en elle.

Il la guida au-delà de la terrasse, dans l'air doux de la nuit. Autour d'eux, la lueur chaleureuse des torches dansait au rythme de la musique de jazz. Une brise légère soulevait ses cheveux, elle prit une profonde inspiration, et se reput de l'atmosphère iodée.

Sans attendre un signe de sa part, il l'attira dans ses bras et la serra contre lui. Ventre contre ventre, cuisses contre cuisses.

Leurs corps s'accordaient à merveille. Ils se fondaient l'un dans l'autre, au point de ne plus savoir où elle s'arrêtait, où il commençait.

Il la serrait fort entre ses bras et elle lui rendit son étreinte en nouant ses doigts derrière sa nuque puissante.

— Vous êtes belle, murmura-t-il.

Ses mots sonnaient merveilleusement aux oreilles de Jewel. La phrase était banale. Et pourtant, venant de lui, elle ressemblait à une évidence honnête, un compliment sincère et rare.

— Vous aussi, vous êtes beau, chuchota-t-elle en retour.

Il émit un rire qui vibra contre sa peau sensible.

— Moi, beau ? dit-il. Dois-je le prendre comme un compliment, ou m'en offenser ?

— Je ne suis sûrement pas la première femme à vous le dire, rétorqua-t-elle.

Il lui caressa le dos, à la recherche de sa peau nue, que dévoilait sa robe décolletée. Sous la brûlure de ses doigts, elle eut un frisson.

— Nous ressentons la même chose, lui murmura-t-il à l'oreille.

Elle ne fit pas semblant de ne pas comprendre. La chimie entre eux était confondante. Jamais jusqu'à ce jour elle n'en avait fait la torride expérience.

Incapable de parler, elle acquiesça de la tête.

— Allons-nous en faire quelque chose ? demanda-t-il.

La tête rejetée en arrière, elle le regarda dans les yeux et répondit simplement :

— J'aimerais bien.

— C'est direct, au moins. J'aime ça, chez une femme.

— J'aime ça chez un homme.

Une lueur amusée adoucit l'intensité du regard de l'inconnu. Mais dans ses yeux, elle perçut aussi autre chose. Du désir. Ils se convoitaient avec une ardeur réciproque et cette découverte la bouleversa.

— Nous pourrions boire ce verre dans ma chambre, proposa-t-il.

Elle avala sa salive avec difficulté. Même si elle s'y attendait, l'invitation sans détour lui fit l'effet d'un coup à l'estomac. Elle sentit le désir monter en elle, s'épanouir au creux de son ventre.

— Je ne suis pas…

Pour la première fois, le doute s'empara d'elle. Tout à coup, elle hésitait, moins sûre d'elle que d'habitude.

— Vous n'êtes pas quoi ? l'aida-t-il.

— Je ne… je n'ai rien pour me protéger, dit-elle d'une voix frêle, qui se perdit dans les bruits environnants.

L'homme lui releva le menton, et la força à le regarder dans les yeux.

— Je ferai attention, dit-il.

La promesse la fit succomber. L'espace d'un instant, elle se permit de rêver : que deviendrait sa vie, avec un homme tel que lui pour prendre soin d'elle ? Mais elle secoua aussitôt la tête. Pas question de laisser de tels fantasmes gâcher le plaisir d'une nuit comme celle-ci.

Hissée sur la pointe des pieds, sa bouche à quelques centimètres de celle de l'inconnu, elle murmura :

— Quel est le numéro de votre chambre ?

— Je vous y conduis.

Elle refusa de la tête.

— Non, je vous rejoins.

Les yeux de l'homme s'étrécirent un instant, comme s'il hésitait à la croire. Puis sans prévenir, il glissa une main sous la nuque de Jewel, et pressa ses lèvres contre les siennes.

Elle s'abandonna contre lui, les jambes soudain flageolantes.

Il la serra davantage, pour qu'elle ne tombe pas. Puis il lui lécha les lèvres, les titilla pour qu'elle les entrouvre.

Le souffle court, elle s'abandonna aux baisers de cet homme irrésistible.

Des baisers voraces, fougueux. Il lui volait son souffle puis le lui rendait. Il lui mordillait la lèvre inférieure de ses dents, avant de la happer, de la sucer avec volupté.

Emportée, elle lui rendait ses baisers avec ardeur, aspirait sa langue, la mêlait à la sienne.

Les grognements de plaisir de l'inconnu résonnaient à ses oreilles et faisaient écho à ses propres gémissements. C'était un échange passionné.

Au bout d'un moment, le souffle irrégulier, il mit fin à leurs baisers. Dans ses yeux brillait toujours cette même lueur dangereuse, qui lui donna la chair de poule.

Puis, lui fourrant une carte magnétique entre les mains, il murmura :

— Dernier étage, suite onze. Dépêchez-vous.

Sur ces mots, il tourna les talons et rejoignit l'hôtel à grandes enjambées.

Elle le suivit du regard, le corps en feu, désorientée, ébranlée de la tête aux pieds. Elle était complètement folle, songea-t-elle. Il allait la dévorer vivante.

Le désir courait dans ses veines, à tel point qu'elle était incapable de penser rationnellement. Si seulement il la dévorait vivante, ce serait trop beau…

Ses jambes tremblaient en rejoignant l'hôtel. Elle n'était pas naïve, ni une sainte-nitouche, mais elle n'arrivait pas à croire ce qu'elle était en train de faire. Elle ne connaissait même pas le nom de cet homme, et pourtant elle avait accepté de coucher avec lui.

D'un autre côté, cette situation anonyme ne manquait pas d'attrait. S'ouvrait devant elle une nuit de fantasmes. Pas de noms, pas de prénoms. Aucune attente. Aucun lien. Pas d'investissement émotionnel. Personne ne souffrirait. En fait, c'était l'occasion rêvée.

Elle allait se laisser tenter, mais sans capituler totalement. Elle vivrait cette rencontre d'un soir selon ses propres termes. Pas question de laisser cet amant aux yeux de braise mener la danse et prendre le contrôle de la situation.

S'efforçant au calme, elle rejoignit sa chambre. Dans la salle de bains, elle se regarda dans le miroir. Ses cheveux étaient un peu emmêlés, ses lèvres gonflées, ses joues enflammées. Une femme prise dans la tourmente du désir, de la passion.

Elle ne se reconnaissait pas dans la tentatrice sensuelle que lui renvoyait son miroir. Mais elle se plut dans ce nouveau rôle. Elle avait l'air belle et sûre d'elle, l'excitation faisait briller ses yeux. Ce qui l'attendait dans la suite onze lui donnait le vertige. Après une longue solitude, la perspective de passer une nuit dans les bras d'un amant l'attirait comme un aimant. Elle se retint pour ne pas courir vers l'ascenseur.

Prenant le contre-pied de son impatience, elle prit de longues inspirations, et s'observa dans le miroir, jusqu'à ce que ses yeux perdent l'expression sauvage qui les écarquillait un peu.

Satisfaite du résultat, maîtresse d'elle-même, elle sortit de la salle de bains et s'assit sur son lit, décidée à attendre quinze à vingt minutes avant de rejoindre son bel inconnu.

Inutile de se montrer trop empressée.

2

Piers arpentait sa chambre. La nervosité qu'il éprouvait depuis sa rencontre avec la magnifique blonde le désorientait. Pour se calmer, il se versa une rasade de whisky. Sans y porter les lèvres, il contempla le liquide ambré, avant de consulter sa montre pour la troisième fois.

Viendrait-elle ?

Il maudit son impatience. Pourquoi se comporter comme un adolescent boutonneux qui se faufile hors de la maison pour retrouver une petite amie ? Une seule réponse à cette question : un désir puissant.

Il voulait cette belle inconnue. Il l'avait désirée au premier coup d'œil, dès qu'il l'avait aperçue sur la terrasse de l'hôtel, perdue dans la contemplation mélancolique de l'océan. Elle l'avait littéralement envoûté. Longue et mince, des jambes élancées, une taille de guêpe, des seins hauts et fermes. Devant ses cheveux soyeux qui tombaient en cascade sur ses épaules lisses, il avait éprouvé une soudaine envie de plonger ses doigts dans cette masse blonde, tout en dévorant à pleine bouche ses lèvres charnues.

Même maintenant, tout seul dans sa chambre, son désir le taraudait, ne lui laissant aucun répit. Jamais encore il n'avait réagi à une femme avec une telle violence. Au point de l'inquiéter, même s'il rêvait avec fougue de la mettre dans son lit.

Un petit coup frappé à la porte de sa chambre le tira de la dérive de ses pensées.

Elle se tenait sur le seuil, délicieusement intimidée, les yeux levés vers lui, mélange d'émeraude et de saphir.

— Vous m'avez donné une clé, dit-elle à voix basse. Mais

entrer dans votre suite comme dans un moulin m'a paru… déplacé.

Quelque chose dans sa voix émut Piers. Sa bouche se dessécha. La main tendue vers elle, il murmura d'une voix rauque :

— Merci d'être venue.

Sans la faire entrer plus avant dans la pièce, il l'enlaça et la plaqua doucement contre son corps. Elle frémit de la tête aux pieds entre ses bras, et il sentit contre son torse les doux battements de son cœur.

Incapable de résister à la tentation, il abaissa sa bouche vers celle de la jeune femme pour la goûter une nouvelle fois. Une seule fois, se jura-t-il. Mais quand leurs lèvres se rencontrèrent, il oublia ses intentions.

Les bras passés autour de sa taille, elle répondit à son baiser de tout son corps. Ses mains lui brûlaient la peau, remarqua-t-il, comme s'il ne portait pas de chemise. Son impatience grandit encore. Il la voulait nue. Se voulait nu aussi, pour sentir chaque centimètre de sa peau contre lui.

Toute velléité de procéder avec lenteur, de la séduire par étapes tempérées, s'évanouit. L'esprit embrumé, il se reput de son parfum. Qui séduisait l'autre ? Il n'en savait plus rien. Cela n'avait plus aucune importance.

Ses lèvres tracèrent un sillon de feu le long du cou de la jeune femme, tandis que ses doigts défaisaient la fermeture Eclair de sa robe. Quand celle-ci tomba au sol, une peau lisse, crémeuse, à peine cachée de sous-vêtements de dentelle s'offrit à son regard. Ivre de désir, sa bouche s'affola alors, semant des baisers fiévreux sur ses épaules, les léchant avec gourmandise.

Le souffle lui manqua en contemplant ses petits seins ronds, si parfaits. Ses mamelons gonflés se dressaient sous la dentelle du soutien-gorge, semblant réclamer son attention. Sous ses doigts, ils étaient doux comme du velours. Il joua avec l'un d'eux, puis avec l'autre. Ensuite, n'y tenant plus, il les prit dans sa bouche.

Jewel eut un haut-le-corps. La respiration coupée, elle

tendit son corps tandis qu'il titillait le mamelon d'une langue paresseuse, avant de l'engloutir de ses lèvres.

Son goût explosa littéralement dans la bouche de Piers. Doux. Aussi délicat que celui d'une fleur. Féminin. Parfait. Les sens enivrés, il se redressa un peu, le temps de retrouver le contrôle de lui-même. *Theos !* Cette femme le rendait fou. Il réagissait avec elle comme un puceau faisant l'amour pour la première fois.

Son sexe était déjà dur, un instinct primaire le tenaillait. Il se sentait à deux doigts de jeter cette inconnue sur son lit et de se perdre en elle.

Mais il fallait qu'il se ressaisisse, qu'il fasse preuve de lenteur et de finesse pour profiter pleinement de cet instant. Et surtout, il ne devait pas permettre à cette étrangère d'exercer un tel pouvoir sur lui. D'abord la rendre aussi folle de désir que lui. Et alors, il la prendrait. Seulement alors.

Ses genoux flageolant sous elle, Jewel s'agrippa aux épaules de Piers. Une précaution bien inutile. En moins de temps qu'il n'en faut pour le dire, il la souleva dans ses bras, la transporta jusqu'à la chambre de la suite, et la déposa sur le lit.

Elle le regarda se déshabiller en toute hâte. Il y avait quelque chose d'incroyablement érotique dans cet homme si près d'elle, qui se débarrassait de ses vêtements dans une sorte d'urgence et lui adressait un regard brûlant.

Sa chemise tomba à terre la première, révélant des épaules musclées et hâlées, un torse puissant, la taille étroite d'un sportif…

Quand il défit son ceinturon, elle ne put détourner le regard et son cœur se mit à battre un peu plus fort. Il ne perdait pas de temps, ne cherchait nullement à faire durer le mystère. Quand elle le vit enfin nu devant elle, son sexe dressé fièrement, ses yeux s'agrandirent. Tant de désir… pour elle toute seule ?

Sa muette question devait se lire dans ses yeux, car il s'agenouilla sur le lit, l'enserrant de ses cuisses, et murmura :

— Vous doutiez de mon désir pour vous, *yineka mou* ?

Elle lui sourit et répondit :

— Non.

— Soyez-en convaincue, je vous veux avec passion, dit-il d'une voix rauque.

Joignant le geste à la parole, il l'embrassa.

Tant de chaleur, tant de passion… Le corps de Jewel s'arqua à la recherche de ce plaisir si prometteur. Les hommes ne l'intéressaient plus depuis si longtemps… et tout à coup, celui-ci assaillait ses sens, l'emplissait d'une attente qui la déstabilisait.

D'un geste dominateur, il lui bloqua les bras au-dessus de sa tête. Ainsi, elle était totalement à sa merci. Puis il la dévora littéralement de baisers. Pas un seul pore de sa peau ne se trouva à l'abri de ses lèvres avides.

Elle soupira de volupté quand il titilla tour à tour chacun de ses mamelons, les aspira dans sa bouche. Sa langue laissa un sillon humide entre ses seins, puis descendit le long de son ventre, lécha, explora son nombril. Elle tremblait de tous ses membres, jamais elle n'avait ressenti pareille sensation.

Les mains de l'homme volèrent le long de son corps, littéralement, épousant toutes ses courbes, les caressant avec une incroyable habileté. Mais lorsqu'elle sentit sa bouche se presser contre son intimité, à travers la fine dentelle de sa culotte, elle comprit que le meilleur était encore à venir ?

Electrisée, bouleversée par cette bouche au plus secret d'elle-même, elle poussa un cri étouffé. Et pourtant, il n'avait pas encore touché sa chair.

Il caressa longuement les cuisses de Jewel, entraînant dans la foulée son slip délicat.

Doucement, il lui écarta les jambes.

Elle se mit à trembler.

— N'aies pas peur, murmura-t-il. Je ne te ferai pas mal. Fais-moi confiance cette nuit… tu es si belle… je veux te donner le plus doux des plaisirs.

— Oui, supplia-t-elle. Je t'en prie.

Il baisa d'abord son genou gauche. Puis ses lèvres remontèrent, effleurant l'intérieur de sa cuisse, avant de se nicher dans sa toison.

D'un doigt précautionneux, il la pénétra.

— Donne-moi ton plaisir, *yineka mou*, murmura-t-il. Rien qu'à moi, ajouta-t-il en posant sa bouche sur sa chair palpitante.

Au moment où la langue de son compagnon plongeait dans son sexe, elle s'arqua contre ses lèvres et poussa un long gémissement. C'était trop. Cela faisait trop longtemps qu'elle se tenait éloignée des hommes. Jamais elle n'avait réagi avec une telle force aux caresses masculines.

— Comme ton corps répond bien, murmura-t-il. Il est sauvage. J'ai hâte de te posséder.

Roulant soudain sur le côté, il enfila un préservatif. Puis il se retourna vers elle, lui écarta les cuisses et la caressa longuement, s'assurant qu'elle était prête à le recevoir.

— Prends-moi, plaida-t-elle.

Les yeux fermés, les sens embrasés, il la saisit aux hanches et s'enfonça en elle.

Sous le choc, elle eut l'impression de manquer d'air. Elle s'agrippa aux épaules de son amant et se tint immobile un instant, absorbée par ces sensations inouïes.

Il ouvrit les yeux.

— Je t'ai fait mal ? demanda-t-il d'une voix rauque, le visage tiré dans l'effort de se contrôler.

Ses yeux brillaient étrangement, remarqua-t-elle. Ils trahissaient l'intensité douloureuse de sa convoitise. En cet instant, elle mesura l'ampleur de son pouvoir. Elle eut envie de provoquer la bête en lui. Connaître la sauvagerie tapie derrière sa façade de fer.

— Tu ne m'as pas fait mal, dit-elle à voix basse. Je te veux. Prends-moi maintenant. Ne te retiens pas.

Pour donner plus de force à son invite, elle enfonça ses ongles dans les épaules de son bel inconnu et arqua son corps contre le sien.

Il tenta un dernier effort pour se maîtriser, mais elle ne lui en laissa pas le loisir. Enroulant ses jambes autour de sa taille, elle ondula sous lui comme une liane, le fit pénétrer plus loin en elle. Toujours plus loin. Elle le voulait. Elle avait *besoin* de lui.

Renonçant à se retenir davantage, il poussa un sourd grognement, et serra Jewel entre ses bras. Puis il posa ses lèvres sur la tendre chair de son cou, et commença à aller et venir en elle. De plus en plus fort. De plus en plus loin.

Sa force, sa puissance, la laissaient pantelante. Ce qu'elle ressentait tenait à la fois de la douleur et d'une joie sensuelle infinie. Le paradis. C'était comme se laisser emporter par un ouragan. Jamais encore elle n'avait expérimenté de pareilles sensations.

— Abandonne-toi, dit-il à son oreille d'une voix éraillée. Toi d'abord.

Elle obéit sans discuter, tout entière soumise à sa volonté. Un orgasme à la fois merveilleux et terrible monta en elle, elle sombra dans un abîme de spasmes incontrôlés qui se mêlaient à ceux de son amant.

Les va-et-vient de l'inconnu s'intensifièrent, il plongeait en elle avec une intensité animale. Lorsqu'il jouit à son tour, il joignit ses lèvres à celle de Jewel, dans un ultime effort pour étouffer ses gémissements.

Enfin il s'immobilisa en elle, tremblant de tous ses membres. De ses mains redevenues tendres, il lissa le visage, les cheveux de Jewel, la serra contre lui en murmurant à son oreille des mots qu'elle ne comprit pas.

Puis, il s'écarta enfin d'elle.

Retenant son souffle, elle attendit. Allait-il lui demander de retourner dans sa chambre ? L'inviterait-il à passer la nuit avec lui ? Rassasiée, les membres gourds, elle n'avait pas la moindre envie de se lever. Mais pas question non plus de s'imposer, de se mettre dans une situation délicate.

Il répondit sans le savoir à ses craintes : l'attirant dans ses bras, il posa doucement son menton sur sa tête et s'endormit contre elle.

Avec précaution, pour ne pas le réveiller, elle enroula son bras autour de la taille de l'homme et se lova encore davantage contre son corps moite. Sa joue reposait contre les poils de son torse. Elle prit une profonde inspiration, s'enivrant de son odeur masculine.

Pendant un moment, elle se sentit en sécurité, acceptée.

Chérie, même. Se laisser aller à cette impression trompeuse serait pure folie. Mais ce soir, elle avait envie d'appartenir à quelqu'un, de ne pas se sentir seule au monde.

Même dans son sommeil, l'inconnu sembla remarquer son trouble. Il resserra ses bras autour d'elle, l'absorbant dans sa chaleur.

Elle sourit et s'abandonna au plaisir somnolent qui l'envahissait.

Piers se réveilla sans la conscience exacte de l'heure, ce qui pour lui était très inhabituel. En général, il se levait le matin à l'aube, l'esprit alerte, prêt à affronter les différentes tâches de sa journée. Aujourd'hui, rien de semblable. Le sommeil lui embrumait le cerveau, une paresse inaccoutumée engourdissait ses muscles. Quelque chose de doux et féminin émoustilla ses sens. Il se réveilla assez pour constater la présence d'une femme entre ses bras.

Au lieu de prendre ses distances, il resta immobile, à respirer son parfum délicat. Il aurait dû se lever, prendre une douche, faire comprendre à cette jeune personne que l'intermède était clos. Mais contre toute attente, il s'attardait, réticent à la renvoyer.

Elle remua quand il fit glisser ses mains le long de son dos, vers ses fesses fermes, la rondeur de ses hanches. Son désir le poussait à la posséder de nouveau. Encore une fois, et puis fini, se jura-t-il. Sans tenir compte de l'étrange impression de danger qui avait menacé de l'envahir, il se lova tout contre elle…

Au moment où les yeux de Jewel s'entrouvraient, voilés de sommeil, il se glissa en elle. Il agissait plus lentement que cette nuit, avec davantage de douceur. Pour ne pas risquer de la blesser, d'abord. Et aussi, pour être tout à fait honnête, pour jouir au maximum de ce dernier corps à corps, le savourer dans les moindres détails.

— Bonjour, murmura-t-elle.

Sa voix rauque envoya des frissons le long de l'échine de Piers. Il s'enfonça davantage en elle, et prit sa bouche en soufflant :

— Bonjour…

Elle s'étira comme une chatte, puis lui passa ses bras autour du cou, pour l'attirer au plus près. Lisse et belle, elle se mit à ondoyer doucement sous lui.

La nuit dernière s'était apparentée à un ouragan. Ce matin ressemblait à une douce pluie chaude et calme, chargée de bien-être.

Incapable de résister au plaisir de l'embrasser encore et encore, Piers écarta les cheveux du visage de Jewel. Il ne s'en lassait pas. Une pensée désastreuse naquit en lui : il n'avait pas envie qu'elle parte. Mais il la chassa sans ménagement. Pas question de se laisser prendre au piège des émotions.

Depuis très longtemps, il évitait tout lien affectif, et n'avait pas la moindre intention de retomber dans la dépendance d'une femme.

Il accéléra ses va-et-vient, plongeant de plus en plus loin comme pour se perdre dans un océan de volupté et ne plus penser à rien. Ne pouvant différer davantage l'urgence de son plaisir, il l'emporta avec lui dans un orgasme convulsif, qui les laissa le souffle court, tremblant de tout leur être dans les bras l'un de l'autre.

Il resta immobile en elle un long moment, le visage enfoui dans sa chevelure au parfum délicat. Puis la réalité reprit ses droits. Le matin était là. Leur nuit ensemble s'achevait. Il valait mieux tout arrêter net maintenant, sans donner aux événements la moindre chance de mal tourner.

Sans crier gare, il s'écarta d'elle, se leva et ramassa son pantalon.

— Je vais prendre une douche, dit-il d'un ton bref.

Le regard soudain prudent, Jewel acquiesça de la tête.

Il disparut dans la salle de bains, le cœur partagé entre soulagement et regret. Quand il revint dix minutes plus tard, elle n'était plus là.

Disparue de son lit, de sa chambre d'hôtel.

Disparue de sa vie.

Parfait, se dit-il, elle avait bien compris les règles du jeu.

Trop bien, peut-être ? L'espace d'un instant, il avait espéré sans se l'avouer qu'elle serait peut-être encore dans son lit.

Chaude et comblée de la volupté qu'il lui avait prodiguée.

A lui.

3

Jewel s'assit à la réception attenante aux bureaux de l'hôtel Anetakis. Elle porta une main nerveuse à ses cheveux une énième fois, pour domestiquer les mèches qui s'échappaient peut-être de son chignon.

Désœuvrée, elle plaqua ses mains sur sa jupe, et en lissa les faux plis imaginaires, attendant d'être introduite dans le bureau privé de Piers Anetakis.

De l'extérieur, elle offrait l'image d'une femme calme et professionnelle. Une image mise au point des années plus tôt, et qui lui collait à présent à la peau. Elle avait oublié au plus profond d'elle-même l'amante qui s'était abandonnée sans retenue deux nuits plus tôt. Au profit d'une personne au visage impénétrable, dénué de toute émotion.

Pourtant, derrière cette façade, des pensées érotiques traversaient encore son esprit. L'autre jour, elle avait quitté son amant en douce, pendant qu'il prenait sa douche. Mais en secret, elle avait nourri l'espoir de tomber sur lui les jours suivants. Parfois, le hasard fait bien les choses. Qui sait ? Une rencontre aurait peut-être conduit à une autre nuit ensemble. Même si cela contredisait toutes ses résolutions concernant les hommes…

Cela ne s'était pas produit, et c'était très bien ainsi. L'inconnu avait sans doute repris le cours de sa vie. Elle-même quitterait l'île dans quelques semaines, avec sur son compte en banque suffisamment d'argent pour financer de nouveaux voyages.

A quoi ressembleraient une vie sédentaire, le confort d'un

foyer ? se demandait-elle parfois. Pourtant cette perspective lui était étrangère. Son passé lui avait au moins appris une chose : les douceurs d'une maison fixe et chaleureuse, ce n'était pas pour elle.

Elle consulta sa montre. 8 h 02. M. Anetakis ignorait-il la ponctualité ?

Son attaché-case serré contre elle, elle regarda par la fenêtre les vagues qui s'écrasaient au loin. De jour, l'océan perdait un peu de son romantisme. Toujours beau, bien sûr. Spectaculaire même. Mais la nuit, à la lueur des torches et de la lune, il donnait toute sa mesure.

Sa bouche s'incurva, un peu triste. Son bel amant aux yeux sombres se révélait difficile à oublier, et la hanterait sans doute longtemps encore.

Une porte s'ouvrit derrière elle, la tirant de sa rêverie. Une femme d'un certain âge passa la tête dans l'embrasure de la porte et sourit à Jewel.

— Miss Henley, M. Anetakis va vous recevoir, dit-elle.

Jewel plaqua un sourire éclatant sur son visage et suivit l'assistante. Au fond de la pièce, M. Anetakis leur tournait le dos, un portable collé à l'oreille. En entendant les deux femmes entrer, il se retourna vers elle.

Stupéfaite, Jewel eut un haut-le-corps. Bouche bée, les yeux écarquillés, elle se figea sur place.

Lui se maîtrisa davantage. Seul un de ses sourcils s'arqua. Il referma son portable avec flegme, et fit signe à son assistante de se retirer.

— Vous pouvez nous laisser, Margery. Miss Henley et moi avons beaucoup à discuter.

Tandis que la secrétaire refermait la porte derrière elle, Jewel avala sa salive avec difficulté. Sous le regard aiguisé d'Anetakis, elle se servait presque de son attaché-case comme d'un bouclier. Mon Dieu, dans quel pétrin s'était-elle fourrée ?

— Je… je vous promets que… je ne savais pas qui vous étiez, balbutia-t-elle d'une voix tremblante.

— Je vous crois, répliqua-t-il avec calme. J'ai vu le choc dans vos yeux quand je me suis retourné. Il n'empêche, ça rend les choses un peu gênantes, vous ne trouvez pas ?

— Il n'y a pas de raison, dit-elle d'un ton sec en lui tendant la main. Bonjour, monsieur Anetakis. Je m'appelle Jewel Henley, votre nouvelle assistante intérimaire. Je suis certaine que nous ferons du bon travail ensemble.

Les lèvres de Piers esquissèrent un sourire sardonique. Il s'apprêtait à répliquer quand son portable sonna.

— Excusez-moi, miss Henley, dit-il avant de répondre au téléphone.

Il ne s'exprimait pas en anglais, mais de toute évidence, l'appel le contrariait. D'abord il fronça les sourcils, puis son visage se ferma. Il aboya quelques mots dans l'appareil avant de marmonner quelque chose d'incompréhensible et de raccrocher.

— Désolé, dit-il en se tournant vers Jewel. Un problème urgent requiert mon attention immédiate. Allez voir Margery dans son bureau, et elle… s'occupera de vous.

Sur ces mots, il sortit à grands pas affairés. Elle le salua d'un signe de tête mécanique. Elle attendit que la porte se fut complètement refermée pour pousser un immense soupir de soulagement. Elle avait espéré le revoir par hasard sur l'île ? Passer avec lui une seconde nuit de volupté ? Eh bien, elle était servie !

Les jambes en coton, elle partit à la recherche de Margery. Tiendrait-elle à son poste pendant quatre semaines, sans perdre la face ? Ce ne serait pas facile, en tout cas.

Piers descendit de l'hélicoptère et se dirigea vers la voiture qui l'attendait. Tandis que le chauffeur filait vers l'aéroport et son jet privé, il passa un coup de fil au directeur des ressources humaines de son hôtel sur l'île.

— Que puis-je faire pour vous, monsieur Anetakis ? demanda celui-ci.

— Jewel Henley, énonça Piers d'une voix sèche.

— Votre nouvelle assistante ?

— Débarrassez-vous d'elle.

— Pardon ? Il y a un problème ?

— Je vous demande de vous débarrasser d'elle. Je ne veux plus la voir à mon retour.

Il prit une profonde inspiration et poursuivit :

— Transférez-la, donnez-lui une promotion ou payez-lui la totalité de son mois de travail, mais débarrassez-vous d'elle. Elle ne peut travailler sous mes ordres. Vous connaissez ma politique au sein de l'entreprise : aucune relation personnelle avec mes employées. Et… disons que miss Henley et moi avons une histoire commune.

Il attendit une réponse qui ne vint pas.

— Allô ! lança-t-il dans l'appareil.

En vain. Il jura entre ses dents. La communication était coupée. Tant pis ! Il n'attendait pas de réponse, de toute façon. Seule l'action comptait.

Il n'aimait pas les coïncidences. Surtout de celles qu'il venait de vivre avec Jewel Henley. Même si elle avait eu l'air surprise, il savait bien trop à quoi s'attendre. Dernièrement encore, Roselyn, l'assistante de direction de son frère, avait vendu des projets de leur compagnie à un concurrent. Après cet échec cuisant, ils avaient tous adopté des règles strictes concernant leurs relations avec leur entourage professionnel le plus proche. Pas question de s'offrir une seconde Roselyn.

Malgré tout, son cœur se serra tandis qu'il grimpait la passerelle de son jet. Réfuter les faits ne servirait à rien : sa nuit avec Jewel Hinley représentait davantage qu'une liaison d'un soir. Mais c'était justement la raison pour laquelle il convenait de briser net les liens avec cette jeune femme. Plus jamais il ne concéderait la moindre once de pouvoir sur sa vie à une femme, aussi minime soit-elle.

Assise sur la chaise de Margery, Jewel remplissait une montagne de papiers, pendant que celle-ci s'affairait dans son dos, à passer des coups de fil, et marmonner contre les caprices de son imprimante.

Anxieuse, Jewel guettait le retour de Piers. Elle voulait au moins essayer de clarifier la situation, balayer les problèmes, pour pouvoir travailler avec lui en paix. En attendant, elle se sentait comme un éléphant dans un magasin de porcelaine…

A l'heure du déjeuner, elle se rendit à la petite cafétéria et grignota un sandwich en observant les touristes qui nourrissaient les mouettes. Si Margery lui permettait d'utiliser l'ordinateur cet après-midi, elle écrirait un e-mail à Kirk. Elle lui annoncerait son arrivée sur l'île pour quelques semaines, et son emploi tout neuf.

Il était son seul ami, même s'ils se voyaient très peu souvent. Il travaillait toujours par monts et par vaux, et de son côté, elle voyageait beaucoup. Tous deux se ressemblaient. Ils faisaient partie des éternels voyageurs, ceux qui ne tiennent jamais en place. Aucun des deux n'avait de foyer fixe. C'était peut-être la raison pour laquelle ils s'entendaient si bien ?

Un e-mail occasionnel, un coup de fil de loin en loin. Et de temps en temps, leurs chemins se croisaient à la faveur d'un voyage. Ils appréciaient tous les deux ces occasions. C'était bon de parler à une personne de confiance, ne serait-ce que quelques heures. Pour elle, Kirk était comme un frère. Du moins était-ce l'idée qu'elle se faisait d'un frère.

Son maigre repas terminé, elle reprit l'ascenseur vers les bureaux. Piers serait-il de retour ? Son estomac se contracta, mais elle maîtrisa sa nervosité. Pour rien au monde elle ne souhaitait dévoiler à quel point leur relation la perturbait. S'il demeurait calme à ce sujet, elle aussi y parviendrait.

Quand elle pénétra dans le bureau, Margery leva la tête, une expression sombre sur le visage.

— M. Patterson veut vous voir tout de suite, annonça-t-elle.

Jewel plissa le front, légèrement inquiète. Des papiers à signer, sans doute ? Elle en avait pourtant beaucoup signé ce matin… avec un soupir résigné, elle se dirigea vers le bureau du directeur des ressources humaines.

Elle tapa un coup bref à sa porte ouverte, et il leva la tête en disant :

— Entrez, miss Henley.

Assise en face de lui, elle attendit.

Il se racla la gorge, desserra le nœud de sa cravate et rencontra enfin le regard de Jewel.

— Quand vous avez été embauchée, il était bien entendu que vous occuperiez un emploi temporaire… Vous deviez être l'assistante de M. Anetakis pour la durée de son séjour sur l'île.

Elle acquiesça d'un signe de tête impatient. Le sujet avait déjà été abordé et réglé. Tout était clair.

— J'ai le regret de vous informer qu'il n'a plus besoin des services d'une assistante. Des changements sont intervenus dans ses projets. Votre position dans l'entreprise devient donc caduque.

Stupéfaite, Jewel le regarda un long moment sans rien dire.

— Excusez-moi ? articula-t-elle enfin.

— Votre poste est supprimé. Avec effet immédiat.

Jambes flageolantes, poings serrés, elle se leva. Elle était incapable de maîtriser la colère qui la submergeait.

— Quel salaud ! lâcha-t-elle. Un vrai salaud !

— Un vigile va vous raccompagner à votre chambre, le temps que vous rassembliez vos affaires, continua-t-il sans paraître avoir entendu l'injure.

— Dites à M. Anetakis qu'il est la pire personne que j'ai jamais rencontrée ! Textuellement ! Arrangez-vous pour qu'il ait mon message. Un lâche de première, voilà ce qu'il est ! Et j'espère que sa lâcheté l'étouffera.

Sur ces mots elle quitta le bureau en claquant la porte derrière elle. Le son se propagea dans le large corridor, et quelques personnes passèrent la tête à la porte de leur bureau.

Incroyable ! fulminait-elle. Il n'avait même pas eu le courage de la renvoyer lui-même ! Il laissait à un de ses sous-fifres le soin d'accomplir le sale boulot, et prenait la fuite. Quel pauvre type !

Deux gardes du corps lui emboîtèrent le pas au moment

où elle approchait de l'ascenseur. Qu'on la traite comme une sorte de criminelle ne fit qu'accroître sa colère.

Elle prit l'ascenseur avec eux dans un silence assourdissant. Ils la suivirent jusqu'à sa chambre et se placèrent des deux côtés de la porte.

Débarrassée de ses hauts talons, elle se laissa tomber sur son lit comme un ballon dégonflé. Quel salaud ! Il lui restait tout juste assez d'argent pour quitter l'île. Pas assez, en tout cas, pour organiser son prochain voyage. Elle avait dépensé ses derniers sous pour venir sur l'île, et comptait sur cet emploi lucratif pour mettre de l'argent de côté. D'après ses calculs, son salaire lui aurait permis de voyager durant six mois sans trop de problèmes financiers. Et voilà que tous ses projets s'écroulaient…

Et maintenant, que faire pour s'assurer un toit ? Elle ne voyait qu'une seule solution : rentrer à San Francisco, dans l'appartement qu'y possédait Kirk.

C'était un accord entre eux : si un jour elle avait besoin d'un endroit où se réfugier, cet appartement serait toujours à sa disposition. Les charges en étaient payées chaque mois, et le placard de la cuisine toujours garni.

Elle ne pouvait contacter son ami que par mail. Et parfois il restait des semaines sans consulter sa boîte électronique. Elle n'espérait donc qu'une chose : qu'il ne soit pas en train d'effectuer un de ses rares séjours à San Francisco au moment où elle comptait occuper son appartement.

Les mains pressées contre ses tempes, elle ferma les yeux. Bien sûr, elle pourrait chercher du travail sur l'île. Mais elle avait déjà écumé presque toutes les possibilités, avant de découvrir cette offre d'emploi si bien rémunérée. De toute façon, l'idée de rencontrer Piers Anetakis par hasard lui faisait à présent horreur.

Ce serait donc San Francisco, se résigna-t-elle. Avec un peu de chance, elle retrouverait un job, économiserait un peu d'argent. Sans loyer à payer, ce serait plus facile, même si elle détestait l'idée de profiter de la générosité de Kirk.

— Sois maudit, Piers Anetakis ! murmura-t-elle.

Par la faute de cet homme sans pitié, la nuit la plus belle de sa vie tournait au sordide, au détestable.

Elle secoua la tête avec énergie. Se plaindre ne servirait à rien. Une seule attitude s'imposait : reprendre ses valises, aller de l'avant, et tirer les leçons de cette amère aventure.

4

Cinq mois plus tard…

Après avoir dévalé la passerelle de son jet privé, Piers se dirigea à grands pas vers la voiture qui l'attendait sur le tarmac. Dans sa précipitation, il n'avait pas pris le temps de se changer. Sa chemise de soie et son costume léger ne le protégeaient pas de l'air humide et glacé de San Francisco. Le froid le pénétrait. Il s'installa à l'arrière de la voiture et se fit conduire à l'hôpital.

Qu'était-il arrivé à Jewel ? Quelque chose de sérieux, à coup sûr. Un événement grave, qui l'avait poussée à lui téléphoner. Alors qu'en cinq mois de recherche infructueuse, il n'était pas parvenu à la retrouver. Et pourtant, motivé entre autres par sa culpabilité, il n'avait pas lésiné sur les moyens.

Qu'importe ! Maintenant, enfin, elle était localisée. Il veillerait à ce qu'elle soit bien soignée, et lui octroierait une somme d'argent, pour compenser la perte de son emploi. La situation ainsi normalisée, peut-être parviendrait-il enfin à la chasser de ses pensées.

Quand ils atteignirent l'hôpital, Piers ne perdit pas une seconde. A l'accueil, on lui donna le numéro de la chambre de Jewel, et il prit l'ascenseur jusqu'à l'étage indiqué.

Il tapa un petit coup discret à la porte.

Pas de réponse.

Il la poussa et entra tranquillement dans la pièce.

Elle n'était qu'un petit tas sous le drap, la tête posée de

guingois sur l'oreiller. Les yeux fermés, la respiration régulière, elle dormait.

Même endormie, elle semblait inquiète, les traits tirés, le front plissé. Ses doigts exsangues se crispaient sur le drap ramené contre sa poitrine. Et pourtant, elle était aussi belle que dans son souvenir. Une beauté qui le hantait depuis cinq mois.

Il enleva sa veste et la lança sur la chaise à côté du lit. Puis il s'installa pour attendre son réveil.

Alertée sans doute par le léger mouvement, Jewel ouvrit les yeux. A la vue de Piers, elle eut l'air choqué. Ses yeux s'écarquillèrent, reflétant sa panique. Elle plaça ses mains sur son ventre dans un geste instinctif de protection.

D'un coup, il remarqua ce qu'elle protégeait. Un renflement immanquable... Elle attendait un bébé !

— Tu es enceinte !

Soudain méfiante, Jewel riposta :

— Pas la peine de m'accuser ! Je ne suis pas arrivée à cette situation toute seule.

Pendant quelques secondes, il demeura stupéfait au point de ne pas saisir l'allusion. Puis il comprit. Et il sentit comme une sueur froide glisser le long de sa colonne vertébrale. De vieux souvenirs affluèrent à son cerveau, une colère violente courut dans ses veines.

— Tu insinues que cet... embryon est le mien ? demanda-t-il d'une voix sourde.

Il réfléchissait à cent à l'heure. Pas question de se laisser piéger de nouveau par une intrigante.

— Ta fille, corrigea sèchement Jewel. C'est un être humain, pas un embryon.

Elle était maline ! En personnalisant le bébé dans son ventre, elle jouait sur la corde émotive en toute connaissance de cause.

— Une fille ?

Contre son gré, sa voix s'était adoucie. Il regarda son ventre renflé avec davantage d'attention. Il alla même plus loin. Ecartant avec impatience les mains de Jewel, il posa la sienne sur son ventre. Avant de l'enlever aussi vite que possible, en sentant un petit coup sous sa paume.

— *Theos !* C'est elle qui bouge ?

Jewel sourit et acquiesça de la tête.

— Elle est très active, ce matin, commenta-t-elle.

Il fit un effort désespéré pour déjouer le charme. Une fille. Tout à coup, il eut la vision d'une toute petite fille, une réplique de Jewel, mais avec ses yeux sombres à lui. Mais en même temps une immense colère l'envahit. Il était furieux contre Jewel de provoquer en lui des telles rêveries.

Ses traits se durcirent. Une nouvelle fois, il concentra son attention sur Jewel.

— Elle est vraiment de moi ? demanda-t-il.

Jewel le regarda droit dans les yeux et fit oui de la tête.

Il jura entre ses dents.

— Et pourtant… J'ai utilisé un préservatif.

— Elle est de toi, répéta-t-elle avec un haussement d'épaules.

— Tu espères que je vais te croire sur parole, comme ça ? dit-il en claquant des doigts.

Avec effort, Jewel se redressa contre ses coussins, les poings serrés le long du corps.

— En deux ans, je n'ai pas fait l'amour avec un autre homme, dit-elle. Elle est de toi.

Mais Piers n'était plus aussi naïf que par le passé. Il n'allait pas baisser la garde aussi facilement.

— Dans ce cas, tu n'auras pas d'objection à ce que je demande un test de paternité ?

Les yeux fermés, Jewel s'enfonça sous les draps. Quand elle les rouvrit, ils trahissaient son chagrin. Mais elle acquiesça de la tête et répondit :

— Bien sûr. Je n'ai rien à cacher.

— Qu'est-ce qui ne va pas ? Pourquoi es-tu à l'hôpital ? demanda-t-il.

La découverte de sa possible paternité l'avait ébranlé, mais cela n'expliquait pas pourquoi Jewel se trouvait à l'hôpital.

— J'ai été malade, expliqua-t-elle d'une voix fatiguée. Tension beaucoup trop élevée. Mon médecin pense que cela vient de mon travail très pénible. A son avis, je dois démissionner. Il dit que je n'ai pas le choix, si je veux garder mon bébé.

— Et c'est quoi, ce satané travail ?

— Serveuse. C'est tout ce que j'ai pu trouver rapidement. J'avais besoin d'argent avant de pouvoir filer ailleurs, dans un endroit plus chaud. Un endroit où gagner davantage d'argent. Tout est cher à San Francisco.

— Dans ce cas, pourquoi es-tu venue ici en quittant l'île ? Tu aurais pu aller n'importe où.

Jewel adressa à Piers un regard amer.

— J'habite ici dans un appartement qu'on me prête. Après mon licenciement, je n'avais pas le choix. Il me fallait bien un endroit où dormir. J'avais l'intention de gagner de l'argent pour partir ailleurs.

Se sentant coupable, il se radoucit un peu. Quelle histoire ! Non seulement il l'avait fait licencier, mais il avait plongé une femme enceinte dans une situation intenable. Une honte.

— Ecoute, Jewel. A propos de ton licenciement…

Le visage convulsé de colère, elle leva la main et l'interrompit :

— Je ne veux pas en parler. Tu es un lâche et un salaud de première. Jamais je ne t'aurais adressé la parole de nouveau si notre fille n'avait pas besoin de toi. Si elle et moi n'avions besoin de ton aide.

— Jamais je n'ai eu l'intention de te licencier, insista-t-il d'un ton patient.

Elle le dévisagea.

— Et pourtant, j'ai bel et bien été renvoyée ! Escortée hors de ton hôtel par deux gardes du corps !

Piers soupira. Le moment était mal choisi pour essayer de la raisonner. Elle semblait de plus en plus bouleversée. De toute évidence, elle avait choisi de croire le pire à son propos. Inutile de se faire des illusions, il ne parviendrait pas en cinq minutes à changer cinq mois de colère et de ressentiment.

— Qu'attends-tu de moi ? demanda-t-il. Je ferai tout ce qui est en mon pouvoir pour te venir en aide.

Elle le dévisagea, son regard couleur océan chargé de soupçon. Peut-être avait-il tort d'espérer que sa future fille ait ses yeux à lui, songea-t-il, ébloui. Non, sa fille aurait les yeux de Jewel, c'était cent fois mieux. Elle aurait ses cheveux noirs à lui, d'accord. Mais avec le regard bleu-vert océan de sa mère. Un regard qui changeait d'un moment à l'autre.

Les épaules de Jewel s'affaissèrent. Les yeux fermés, elle expliqua :

— Mon médecin ne me laisse pas sortir de l'hôpital avant d'avoir la certitude que quelqu'un s'occupera de moi et me soignera.

Elle avait parlé avec une sorte de dégoût, comme si l'idée d'une éventuelle dépendance la révulsait.

— Je dois rester allongée et me reposer jusqu'à l'opération, ajouta-t-elle.

Penché vers elle, Piers réagit aussitôt :

— Quelle opération ? Tu m'as dit être hospitalisée pour hypertension.

En raison de la grossesse d'une de ses belles-sœurs, il connaissait le traitement de l'hypertension chez la femme enceinte : repos, repos, repos.

— En plus, tu ne peux te faire opérer dans ton état. Ce serait très mauvais pour le bébé.

Elle le dévisagea avec patience :

— C'est justement ça, répliqua-t-elle. L'échographie a révélé un gros kyste sur un de mes ovaires. Au lieu de diminuer, comme font les kystes chez la plupart des femmes enceintes, le mien a grossi. Maintenant, il appuie sur l'utérus. Il n'existe pas d'autre solution que de l'enlever, pour le bien du bébé.

Piers jura entre ses dents, avant de demander :

— C'est une opération dangereuse ? Le bébé est en difficulté ?

— Le médecin pense que non, mais il faut opérer sans tarder.

Piers avait du mal à rassembler ses esprits. Il avait du mal à croire qu'il se retrouvait de nouveau dans cette situation. Allait-il tout perdre une fois encore ? Il s'y refusait de toutes ses forces. D'accord, il s'était montré imprudent par le passé, mais cela ne se reproduirait pas. Cette fois-ci, les choses se dérouleraient selon ses propres conditions.

— Tu vas m'épouser, annonça-t-il sans fioritures.

5

— Tu es fou ! explosa Jewel.

Piers prit un air outragé.

— Parler de mariage fait de moi un être déséquilibré ? demanda-t-il.

— Oui, tu es vraiment fou alors !

Il s'agita sur son siège et laissa échapper un grognement irrité.

— Je ne suis pas plus fou que toi, il me semble.

Jewel n'en croyait pas ses oreilles. Il devait forcément plaisanter. Bouleversée, elle bégaya :

— Alors… tu es sérieux ?

Il poussa un soupir excédé.

Tâchant de reprendre ses esprits, elle lâcha enfin :

— Pour l'amour du ciel ! Tu penses que j'accepterais de t'épouser ?

— Qui a-t-il de si stupéfiant dans cette perspective ?

— Stupéfiant, c'est bien le mot, marmonna-t-elle. Ecoute, Piers, j'ai besoin de ton aide, c'est un fait. J'ai besoin de ton soutien. Mais je n'ai aucun besoin de me marier. Et surtout pas avec toi. Jamais.

— Eh bien, pour bénéficier de mon soutien, il va bel et bien falloir que tu m'épouses !

Cette fois il avait été trop loin. Elle en avait assez qu'il la considère comme une quantité négligeable dont il pourrait faire ce qu'il voulait. Un doigt rageur pointé vers la porte de la chambre, elle siffla :

— Sors d'ici !

A son grand étonnement, il lui prit la main et emmêlant ses doigts aux siens, il lui présenta ses excuses :

— J'ai dit ça sous le coup de la colère, pardonne-moi. Mais ne t'inquiète pas, tu es enceinte de mon enfant, et bien entendu je te soutiendrai. Je ferai tout mon possible pour pourvoir à tes besoins et à ceux de mon enfant.

Déroutée par cette brusque volte-face, elle le dévisagea sans rien trouver à lui dire. Comment pouvait-il encore la troubler à ce point, après sa conduite impardonnable envers elle ?

— Tu ne me parleras plus de mariage ? demanda-t-elle d'un air méfiant.

Les lèvres de Piers se serrèrent.

— Ce n'est pas ce que j'ai dit, contra-t-il. Je suis bien décidé à t'épouser aussi vite que possible, et en tout cas avant cette satanée opération.

— Mais…

Il leva la main pour la faire taire et à sa grande exaspération elle fut incapable de ne pas lui obéir.

— Tu vas subir une opération dangereuse, expliqua-t-il. Tu n'as pas de famille, personne pour s'occuper de toi, pour prendre des décisions, si le pire arrivait.

A ces mots, Jewel sentit une brusque terreur la submerger. Comment savait-il, au sujet de sa famille ? Avait-il fait une enquête ? La nausée lui monta à la gorge. Elle ne supportait pas qu'on s'immisce dans sa vie. En ce qui la concernait, elle avait fait table rase de son passé. Il n'existait pas. Elle n'existait pas non plus, d'ailleurs.

— Il y a sûrement une autre solution, dit-elle d'une voix faible.

La présence de cet homme dans sa chambre, la lutte âpre qu'elle menait contre lui, la vidait déjà de ses forces.

Il dut s'en apercevoir, car son visage se radoucit.

— Je ne suis pas venu pour me disputer et me battre contre toi, dit-il. Nous avons beaucoup de choses à mettre au point, et pas beaucoup de temps pour y parvenir. Je voudrais rencontrer ton médecin, et te faire transférer dans un meilleur service. Ton cas nécessite les soins d'un spécialiste, qui nous donnera son avis sur l'opportunité de cette opération. Quant à moi, je m'occupe de tout ce qui concerne notre mariage.

Il n'avait vraiment rien compris ! Une sorte de fureur s'empara d'elle. Elle la sentit monter le long de son échine, elle pouvait à peine respirer.

— Je t'arrête tout de suite ! Tu n'as pas le droit d'arriver et d'organiser ma vie. Qui es-tu pour prendre les décisions à ma place ? Je ne suis pas une idiote impotente, que je sache ! J'ai déjà parlé aux médecins, figure-toi ! Je suis informée de ce qui m'arrive, et je prendrai les décisions nous concernant, ma fille et moi. Et si ça ne te convient pas, tu peux retourner sur ton île et me ficher la paix !

Piers leva une main apaisante.

— Ne te mets pas dans cet état, voyons. Je suis désolé de t'avoir offensée. Tu m'as demandé mon aide. Et maintenant que je te l'apporte, tu la refuses.

— Ton aide, d'accord. Pas tes conditions.

Pendant un long moment, ils se défièrent du regard. Aucun des deux ne semblait fléchir. Finalement, il dit :

— Je ne suis pas prêt à rester assis les bras croisés sans avoir mon mot à dire.

— Tu n'es même pas convaincu qu'il s'agisse de ton enfant ! rétorqua-t-elle.

— C'est exact. Je serais fou de te croire sur parole. Nous nous connaissons à peine. Comment saurais-je si tu n'as pas monté cette affaire de toutes pièces ? Néanmoins, je suis prêt à te venir en aide, car j'ai beaucoup à me faire pardonner. Pour le moment, j'accepte l'hypothèse que tu portes mon enfant. En conséquence, je veux que nous nous épousions avant que tu entames tout nouveau traitement.

— Ça, c'est complètement déraisonnable !

Visiblement sourd à cette remarque, il poursuivit :

— Je ferai établir devant notaire un accord qui protège nos intérêts à tous les deux. Si les examens révèlent que tu m'as menti, et que le bébé n'est pas de moi, le mariage prendra fin sur-le-champ. Je te verserai une somme d'argent pour pourvoir aux besoins de ton enfant, et nous poursuivrons nos vies chacun de notre côté.

« Ton enfant »… la nuance n'échappa pas à Jewel. Il prenait

ses distances, au cas où elle lui mentirait. Mais pour qui la prenait-il ? Pour que le bébé soit d'un autre homme, il aurait fallu qu'elle se jette dans le lit d'un deuxième inconnu, tout de suite après lui. Cela en disait long sur ce qu'il pensait d'elle ! Et pourtant, il envisageait de l'épouser. Ça n'avait pas de sens.

— Et si c'est ta fille ? demanda-t-elle d'une voix douce.

— Dans ce cas, nous resterons mariés.

Elle secoua la tête.

— Non, je ne veux pas me marier avec toi. Et toi non plus, d'ailleurs.

— Ce n'est pas un point de discussion, Jewel. Tu vas m'épouser, et tout de suite. Pense à ce qui est le mieux pour ta fille. Plus nous perdons de temps à argumenter, plus tu prends de risques pour toi-même et pour ton enfant.

— C'est du pur chantage !

— Tu es libre de penser ce que tu veux, répliqua-t-il avec un haussement d'épaules.

— C'est ta fille, affirma-t-elle. Fais les tests si tu veux, mais elle est de toi.

— Je le concède, elle pourrait être de moi. Je ne t'aurais pas proposé le mariage, si je ne croyais pas en cette possibilité.

— Et cependant, tu n'attends pas les résultats des tests pour te lier à moi ? Où est la logique, dans tout ça ?

— Tu raisonnes de manière étrange, dit-il avec un sourire amusé. Notre accord permet toutes les éventualités. Comme je te l'ai déjà dit, si tu m'as menti, notre engagement marital cessera sur-le-champ. Même dans ce cas, je suis prêt à me montrer généreux, mais selon mes propres termes. Et si cet enfant est bien de moi, le mieux est que nous soyons mariés, pour lui offrir un foyer stable.

— Avec deux parents qui se supportent à peine ?

Un sourcil levé, il répliqua :

— Je dirais plutôt que… nous nous sommes très bien entendus, cette fameuse nuit, dans la chambre de mon hôtel.

Les joues de Jewel s'empourprèrent.

— Le plaisir physique n'est pas un substitut pour l'amour, la confiance réciproque et l'engagement mutuel.

— Et qui dit que tout cela ne suivra pas ?

Bouche bée, elle le dévisagea.

— Donne-nous une chance, poursuivit Piers. Qui sait ce que l'avenir nous réserve ? Pour l'heure, il n'est pas sage de discuter de choses qui ne se produiront peut-être jamais. Concentre-toi sur ton opération à venir, et attendons le résultat des tests de paternité.

— Que je suis bête ! se moqua-t-elle. Envisager les bons fondements d'un mariage avant de s'épouser ! Où ai-je la tête ? C'est d'un démodé !

— Arrête tes sarcasmes déplacés. Je te suggère de te reposer. Beaucoup de points sont à régler, et plus vite je résoudrai les problèmes, plus vite tu seras tranquillisée.

— Je n'ai pas accepté ta demande en mariage, dit-elle d'un ton neutre.

— En effet. J'attends ta réponse.

Une intense frustration la faisait frémir de la tête aux pieds. Cet homme était exaspérant au possible. Et arrogant. Convaincu d'obtenir ce qu'il voulait en toute occasion. Et pourtant, comment le nier ? Il avait raison sur toute la ligne. Elle avait besoin de lui. Sa fille aussi.

Une grande tristesse l'envahit et elle renversa la tête sur ses oreillers en fermant les yeux. Les larmes s'accumulaient derrière ses paupières. Tout ceci était si éloigné de ce dont elle avait rêvé pour elle. Dans ses moments de lucidité, elle voyait les choses en face. Se marierait-elle un jour ? C'était peu probable. Jamais elle ne rencontrerait un homme en qui avoir totale confiance. La confiance, elle semblait en être incapable. Et pourtant, elle ne parvenait pas à éradiquer de son esprit un rêve tapi dans un coin de son cœur : un homme fort et aimant, qui n'abuserait pas d'elle, l'aimerait de façon inconditionnelle.

— Ça ne sera pas aussi dur que tu le penses, assura-t-il d'une voix douce en lui prenant la main.

Elle rouvrit les yeux et découvrit le regard intense de Piers posé sur elle.

— D'accord, dit-elle d'une voix prudente. J'accepte de t'épouser. Mais j'y mets quelques conditions.

— Je choisirai un avocat pour représenter tes intérêts. Il épluchera mon côté du contrat, et te conseillera en conséquence.

Comme tout cela sonnait stérile et froid. Du business, voilà de quoi il s'agissait. Pas d'un mariage. Un frisson glacé remonta le long de sa colonne vertébrale jusqu'à sa nuque. Ne commettait-elle pas la plus grave erreur de son existence ? Sans doute. Mais pour son enfant, elle se sentait prête à tout. Depuis la découverte de sa grossesse, ce bébé avait pris la première place dans sa vie. A aucun prix elle ne voulait le perdre. Même s'il fallait épouser le diable lui-même, elle serrerait les dents et le ferait.

— Si je choisissais moi-même l'avocat ? suggéra-t-elle d'une voix suave. Tu te contenterais de le payer.

A sa surprise, il se mit à rire.

— Tu ne me fais pas confiance ? Dans le fond, je te comprends, tu n'as aucune raison de me croire. Choisis donc ton avocat, et envoie-moi la note.

Jewel affronta le regard de Piers. Il se montrait magnanime, reconnut-elle. Mais cela n'avait rien d'admirable, tout compte fait. Maintenant qu'il avait imposé sa volonté, il pouvait se le permettre.

— Tu as besoin de quelque chose ? demanda-t-il.

Après un instant d'hésitation, elle répondit :

— De la nourriture.

— De la nourriture ? On ne te nourrit pas ici ?

— Apporte-moi quelque chose de vraiment bon. Je meurs de faim.

Il sourit.

Un sourire qui l'ébranla des pieds à la tête. Pourquoi était-il aussi attirant ! Elle ne voulait plus de cette attirance. Elle posa sa main sur son ventre, en signe d'excuse muette envers sa fille. Elle ne regrettait rien de sa folle nuit de passion avec Piers. Mais elle ne souhaitait pas non plus en faire toute une histoire.

— Je vais te trouver ça, dit-il. D'ici là, repose-toi. Je serai bientôt de retour.

Se reposer ? Comme faire, maintenant qu'il était réapparu, et l'avait mise sens dessus dessous ?

Penché au-dessus d'elle, il lui effleura le front d'un baiser d'une étrange tendresse. Elle retint son souffle et savoura malgré elle le bref contact de ses lèvres. Quand il se redressa, il lui caressa la joue du bout des doigts et dit :

— Je ne veux pas que tu t'inquiètes de quoi que ce soit. Repose-toi, retrouve la santé, et prends bien soin de ta… de notre fille.

Les derniers mots semblèrent sortir de sa bouche avec difficulté, comme s'il lui faisait une concession. Peut-être n'avait-il pas du tout envie d'un enfant ? songea-t-elle. Ce serait dur pour lui dans ce cas, car il allait bel et bien devenir le père d'une petite fille. Autant s'y habituer au plus vite.

Après un dernier regard, Piers se détourna et quitta la chambre à grands pas.

Dès qu'il fut sorti, elle renversa la tête en arrière et expira lentement.

Mariés !

Elle, épouser un homme aussi dur ? Elle avait eu sa part de personnes impossibles, dans la vie. Des gens sans cœur, froids et calculateurs. Et maintenant, elle contractait un mariage qui serait une réplique de ce qu'elle avait vécu dans son enfance.

Elle massa doucement son ventre.

— Jamais tu ne vivras cela, ma chérie, murmura-t-elle. Je t'aime déjà tant. Je te le prouverai chaque jour, juré. Quoi qu'il advienne avec ton papa, tu m'auras toujours, moi.

6

Dès que son frère marmonna quelques mots grecs au bout du fil, Piers n'y alla pas par quatre chemins :

— J'ai fait une chose terrible, annonça-t-il.

Chrysander se redressa dans son lit et soupira :

— Pourquoi mes jeunes frères prennent-ils l'habitude de me téléphoner en pleine nuit en prononçant cette phrase fatidique ?

— Pourquoi tu dis ça ? Theron a fait des bêtises ces temps-ci ?

— Pas depuis qu'il a séduit une femme placée sous sa protection, répliqua Chrysander d'un ton sec.

— Tu parles de Bella ? C'est plutôt elle qui l'a séduit, non ?

— Tu t'éloignes du sujet, mon vieux. Quelle est cette chose terrible que tu as commise ? Combien cela va-t-il nous coûter ?

— Peut-être rien. Peut-être tout.

Chrysander lâcha un juron à mi-voix. Piers l'entendit murmurer quelques mots apaisants à Marley.

Pris de remords, il reprit :

— N'inquiète pas ta femme avec ça. Je suis désolé de troubler son sommeil.

— Trop tard, grogna son frère aîné. Donne-moi quelques instants pour rejoindre mon bureau.

Piers attendit en pianotant des doigts sur la table de sa chambre d'hôtel. Enfin Chrysander reprit la ligne :

— Alors, qu'est-ce qui ne va pas ?

C'était bien du Chrysander tout craché d'aller droit au but, songea Piers.

— J'ai eu une liaison… une liaison très brève. En fait, une simple nuit.

— Et alors ? demanda son frère avec impatience. Ce n'est pas la première fois que ça t'arrive, il me semble ?

— Il s'agissait de ma nouvelle assistante.

Chrysander jura entre ses dents.

— Je ne le savais pas, bien entendu. Je ne l'ai appris que quand elle s'est présentée pour prendre son poste. Je l'ai faite renvoyer.

— Elle nous fait un procès, c'est ça ? Combien ?

— Laisse-moi finir, bon sang ! Je n'avais pas l'intention de la renvoyer. J'ai demandé à mon DRH de la transférer à un autre poste, ou de lui offrir une promotion, ou encore de lui verser son salaire pour toute la période du contrat signé. Mais il a seulement retenu que je voulais m'en débarrasser, et l'a virée. Elle a disparu de la circulation avant que je puisse rectifier le tir, et je n'ai pas réussi à remettre la main sur elle. Jusqu'à aujourd'hui.

— D'accord. Où est le problème ?

— Elle est à l'hôpital. Malade, avec opération à la clé… et elle est enceinte.

Un silence de mort suivit cette annonce. Enfin :

— *Theos !* murmura Chrysander. Tu ne peux pas laisser l'histoire se répéter. La dernière fois…

— Je sais, s'irrita Piers.

La dernière chose dont il avait besoin, c'était d'un rappel du désastre précédent. Non seulement il s'était fait rouler dans la farine de a à z, mais ses frères avaient été témoins de la débâcle.

— Tu es sûr que le gosse est de toi ?

— Non. J'ai demandé un test de paternité.

— Bien.

— Je dois te dire autre chose. Je vais l'épouser. Très vite, dans les jours qui viennent.

— Pardon ? Tu perds la tête, ou quoi ?

— C'est drôle, elle m'a posé la même question !

— Je suis content que l'un de vous deux ait la tête sur les épaules, bon sang ! Pourquoi épouserais-tu cette femme ? Tu ne sais même pas si l'enfant est de toi !

— C'est surprenant de voir comme les rôles se sont inversés, remarqua Piers d'un ton suave.

— Ne commence pas, je t'en prie ! Theron m'a dit la même chose, au moment où il voulait épouser Alannis. Passons sur le fait que j'avais raison en prédisant le désastre que représentait une telle union. Tandis que ma situation avec Marley était tout à fait différente. Vos avertissements la concernant n'étaient pas cohérents, et tu le sais très bien ! Mais toi… Tu n'as pas de relation suivie avec cette femme, tu dis toi-même que vous ne vous êtes rencontrés qu'une nuit. Vous avez couché ensemble ? La belle affaire ! Maintenant, elle clame être enceinte de toi, et tu vas l'épouser ? Comme ça ?

— Elle a besoin de moi. Mais je ne suis pas stupide. Je fais établir par mon avocat un contrat en béton, qui prévoit des conditions particulières au cas où l'enfant ne serait pas de moi. Pour l'heure, à cause de son opération, la meilleure solution consiste à nous marier. De la sorte, je peux prendre des décisions pour son bien et celui de l'enfant. Imagine que le bébé soit bien ma fille. Je ne pourrais plus me regarder en face, si je ne m'étais pas investi au bon moment. Si je n'avais rien fait en attendant la preuve de ma paternité.

— Ta fille ?

— Jewel attend une fille.

En dépit de ses doutes et de ses soupçons, il ne put s'empêcher de sourire à la pensée d'une petite fille aux grands yeux et au sourire ravissant.

— Jewel ? Quel est son nom de famille ?

— Oh non ! Chrys, ne joue pas ce rôle-là. Ne me surprotège pas, et surtout n'entame pas une enquête à son sujet. Je peux faire face à tout ça. Occupe-toi seulement de ta femme et de votre fils.

— Je ne veux pas que tu souffres une nouvelle fois, dit Chrysander d'un ton calme.

Piers se crispa aussitôt. Et voilà ! Malgré sa volonté d'oublier le passé, il demeurait toujours au-dessus de sa tête, un gros nuage sombre. Sans qu'il le veuille, se fraya dans son cerveau l'image d'un autre enfant. Eric. Un petit garçon adorable aux cheveux noirs et au sourire angélique. Très peu de jours passaient sans qu'il y pense, d'une manière ou d'une autre. Mais jusqu'à cet instant, le souvenir n'avait jamais été aussi douloureux.

— Cette fois-ci, je veillerai à ce que mes intérêts soient bien protégés, dit-il d'un ton froid. L'autre fois, j'ai été le roi des imbéciles.

— Tu étais jeune…

— Ce n'est pas une excuse.

— Appelle-moi si tu as besoin de moi. Marley et moi serons heureux d'assister à ton mariage. Ce sera mieux si la famille t'entoure.

— Ce n'est pas la peine.

— Mais si ! interrompit Chrysander. Tiens-nous au courant du déroulement des opérations, et nous sauterons dans un avion.

La main de Piers se resserra autour de son portable. Quelle aide précieuse que l'amour inconditionnel de ses deux frères, songea-t-il. Soudain, l'ironie de la situation lui sauta aux yeux : *lui* n'avait pas offert à Jewel un soutien inconditionnel. Au contraire, il avait provoqué entre eux deux un bras de fer, et avait profité de sa position de force.

— Entendu, dit-il dans l'appareil. Je t'appelle dès que tout est mis au point.

— Préviens Theron. Lui et Bella auront aussi envie d'être avec toi.

— D'accord, grand frère, soupira Piers.

Chrysander eut un petit rire et souligna :

— Je ne te demande pas grand-chose. Et ce n'est pas comme si tu faisais toujours ce que je te demande !

— Embrasse Marley pour moi…

— Je n'y manquerai pas. Et Piers… sois prudent. Je n'aime pas beaucoup toute cette affaire.

Piers raccrocha. Appeler Theron sur-le-champ ? Il n'en avait pas la force. Il n'était pas près pour un deuxième interrogatoire. Surtout maintenant que Theron avait, lui aussi, rejoint les rangs des gens heureux. Il serait stupéfait de le voir épouser une femme sans la connaître. Une femme qui lui mentait peut-être.

A la place, il téléphona à son avocat et lui décrivit à grands traits la situation. Puis ils mirent au point un plan destiné à assurer la sécurité matérielle de Jewel. Après ce qui était arrivé à Marley, ses frères et lui-même ne badinaient pas avec le bien-être de leurs proches. Enfin, il appela l'hôpital pour connaître l'heure de la prochaine visite du médecin de Jewel. Il se trouverait dans la chambre au moment de son passage, pour savoir exactement de quoi il retournait.

En dernier lieu, il appela un restaurant local et choisit un menu entier, à prendre dans une heure.

Jewel ne souhaitait pas se remettre au lit. Elle s'était levée pour aller aux toilettes, et maintenant, debout et indécise, elle était perdue dans ses pensées. La situation entière la rebutait. Le médecin la libérait demain, puisque quelqu'un acceptait de *s'occuper* d'elle. A cette idée, elle réprima un grognement de dérision.

Elle se passerait très bien du style de « soins » que Piers Anetakis souhaitait lui procurer !

Comme la blouse d'hôpital dissimulait à peine son corps, elle se déshabilla, prit une douche et enfila un pantalon et un large T-shirt.

Elle venait de s'installer dans la petite chaise longue près de son lit quand la porte s'ouvrit, livrant passage à Piers, les bras chargés de deux boîtes en carton contenant de toute évidence des repas.

Nerveuse, elle se redressa sur son siège.

— Tu n'aurais pas dû prendre une douche en mon absence, lâcha-t-il en la scrutant du regard.

Elle n'en crut pas ses oreilles.

— Pardon ?

— Tu aurais pu tomber. Tu aurais dû attendre mon aide, ou appeler une infirmière.

— Comment sais-tu que je n'en ai pas appelé une ?

— Tu l'as fait ? demanda-t-il en la dévisageant d'un air moqueur.

— Ça ne te regarde pas, maugréa-t-elle.

— Si tu es enceinte de moi, tout ce que tu fais me regarde !

— Ecoute, mettons les choses au clair. Le fait que j'attende un bébé de toi ne te donne pas tous les droits sur moi. Je ne te permettrai pas d'envahir ma vie et de la prendre en main.

Au moment où les mots franchissaient ses lèvres, elle se rendit compte de l'inutilité de ses propos. Prendre les choses en main, voilà précisément ce qu'il faisait depuis sa réapparition ! Comment expliquer autrement sa proposition de mariage ?

Elle se mordit la lèvre, détourna les yeux et se passa une main sur le ventre.

Visiblement indifférent à ses interrogations, Piers sortit la nourriture des sacs.

Les odeurs délicieuses lui chatouillèrent les narines. Son estomac se mit à gargouiller de plaisir. Divin. C'était sans doute ses hormones qui lui donnaient un tel appétit.

— Merci, dit-elle. Je meurs de faim.

Il prépara une assiette et la lui tendit, avec un couteau et une fourchette. Puis il s'en prépara une et s'installa au bord du lit.

— Je peux me recoucher, si tu veux un siège, proposa-t-elle.

— Reste comme tu es, tu as l'air bien installée.

Ils mangèrent en silence. Elle sentait le regard de Piers posé sur elle, sans s'en préoccuper. Elle préférait de loin se régaler de la nourriture délicieuse.

Une fois repue, elle soupira d'aise.

— Merci infiniment, dit-elle. C'était excellent.

Il lui prit son assiette et proposa :

— Tu veux te recoucher, maintenant ?

— J'en ai plus qu'assez, de ce lit, répondit-elle en secouant la tête.

Mais il persista :

— Ne devrais-tu pas te recoucher et garder les jambes surélevées ?

— Je vais très bien. Le médecin me conseille de me reposer avec modération, d'ici à l'opération. J'ai le droit de me lever et de bouger. Il me déconseille seulement de rester debout de longs moments d'affilée.

— Avec ton travail, tu étais tout le temps debout ? demanda-t-il, les sourcils froncés.

— J'étais serveuse, je ne pouvais faire autrement.

— Tu aurais dû m'appeler au moment même où tu as découvert que tu étais enceinte, dit-il d'un ton féroce.

Il ne manquait vraiment pas de toupet. Elle lui adressa un regard meurtrier puis rétorqua :

— T'appeler ? Alors que tu m'avais fait renvoyer ? Que tu m'avais fait comprendre que tu ne voulais plus avoir à faire avec moi ? Même maintenant, je ne t'aurais pas contacté, si je n'avais pas eu un tel besoin de toi.

— Dans ce cas, je dois me sentir reconnaissant que tu aies eu besoin de moi…

— Moi, je n'ai pas besoin de toi, rectifia-t-elle. C'est de notre fille qu'il est question.

— Si, tu as besoin de moi, Jewel. Je dois m'amender de beaucoup de choses, et j'ai bien l'intention de le faire. Nous parlerons de ton licenciement quand tu te sentiras mieux.

— A ce propos, commença-t-elle.

— Oui ? dit-il, un sourcil arqué.

— Le médecin me libère demain.

— Je sais. Je lui ai parlé avant de rejoindre ta chambre.

Elle serra les poings de frustration, mais se maîtrisa et répondit :

— Je n'ai pas besoin que tu sois collé à moi tout le temps. Tu peux me déposer devant mon appartement, et…

Sans la laisser achever sa phrase, Piers secoua la tête, le visage implacable.

— J'ai loué une maison pour toi jusqu'à ton opération, et je vais t'y conduire. J'ai aussi organisé la venue d'une infirmière à domicile pour…

Ce fut au tour de Jewel de l'interrompre. Elle secoua la tête avec une vigueur telle que son cou lui fit mal.

— Non, non et non ! asséna-t-elle. Je ne veux pas d'une

infirmière pour me materner. C'est ridicule ! Je ne suis pas invalide ! Je dois juste me reposer, et je peux le faire toute seule.

— Pourquoi faut-il que tu sois si difficile ? demanda Piers d'un ton calme. J'agis seulement au mieux pour ta santé.

— Si tu tiens absolument à louer les services de quelqu'un, marmonna-t-elle, emploie un cuisinier. Je ne sais pas faire la cuisine.

La bouche dure de Piers s'incurva en un sourire amusé, qui illumina son visage. Tout d'un coup, il avait l'air d'un tout jeune homme. Elle le contempla avec étonnement.

— Très bonne idée ! acquiesça-t-il. Je souhaite que ma fille et sa mère soient bien nourries. Est-ce que cela veut dire que tu acceptes de vivre sous le même toit que moi ?

Une protestation monta dans la gorge de Jewel, mais elle ne franchit pas ses lèvres. Avec un soupir résigné, elle lâcha un simple « oui ».

— Tu vois, ce n'était pas si difficile que ça…

— Inutile de te réjouir aussi ouvertement. Ça ne te va pas.

Le sourire de Piers s'élargit. Ce qui le rendit terriblement séduisant.

« Danger, intervint une petite voix dans sa tête, cet homme est dangereux. Ne te laisse pas prendre à son charme. »

De toute évidence décidé à ne pas s'offenser de son attitude revêche, il poursuivit :

— Je te ramène à la maison avec moi. Tout est organisé. Je me suis en priorité préoccupé de ta santé et de ton confort. Mais dès demain, je m'occupe du mariage et de toute la paperasserie concernant nos plans.

Le début d'un mal de tête martelait les tempes de Jewel. Etait-ce le tour que sa vie allait prendre ? Lui décidant tout, elle suivant comme un toutou ? Eh bien, non ! Elle ferait tout pour l'en empêcher. Mais pour le moment, elle avait besoin d'un peu de répit. Elle se sentait fatiguée, très stressée et faible au point de tout remettre entre les mains de Piers. D'ailleurs, pour être honnête, c'était bon de reléguer un peu les problèmes à l'arrière-plan. Pour une brève période.

— Tu as mal à la tête ? s'enquit Piers.

Elle cessa de se masser le front.

— C'est la tension, dit-elle d'une voix creuse. Je viens de vivre deux semaines difficiles, ça fatigue.

Elle regretta aussitôt d'étaler ses faiblesses au grand jour. Comme s'il n'en avait pas déjà assez profité…

Cependant, à sa grande surprise, il ne réagit par aucun sarcasme, ne lui asséna aucune remarque péremptoire. Au contraire, il lui prit la main doucement, pour l'aider à se lever de la chaise longue.

Surprise, elle le contempla un instant, avant de se laisser faire. Mais sans doute était-elle vraiment trop fatiguée, car elle fit un faux mouvement et se retrouva de nouveau sur le fauteuil, mais emportant Piers avec elle dans sa chute.

Sans réfléchir, elle s'affaissa sur lui avec le même abandon que cinq mois auparavant. De toute évidence, même si cela la contrariait, il existait toujours entre eux la même puissante alchimie.

La chaleur du corps de Piers l'enveloppa. Une sorte de paix se mêla à la tempête d'émotions qui l'assaillaient. Mais quand il lui passa ses doigts dans les cheveux pour lui masser le crâne, la paix se teinta d'un grand désarroi.

Un soupir mourut sur ses lèvres, et elle s'abandonna à la joie sans mélange qui l'envahissait. Les doigts à la fois forts et doux de Piers lui massaient les tempes, le front, le crâne. Tant de science la fit fondre.

Pendant de longues minutes, aucun des deux ne parla. On n'entendait dans la chambre que la respiration douce et régulière de Jewel.

— Ça va mieux ? demanda-t-il à voix basse.

Incapable de prononcer des mots cohérents, elle hocha la tête. Elle flottait sur un nuage de pur plaisir.

— Tu te fais trop de soucis, *yineka mou*. Le stress, c'est mauvais, aussi bien pour toi que pour le bébé. Tout va bien se passer. Tu as ma parole.

Ces mots avaient pour but de la rassurer, et elle en apprécia l'intention. Mais pour une raison ou une autre, cette promesse l'effrayait. Comme si elle se trouvait à la croisée des chemins de sa vie, où rien ne serait jamais plus pareil. Comme si elle abandonnait pour toujours le contrôle de son existence.

« Bien sûr, les choses sont en train de changer de manière irrévocable, espèce d'idiote ! Tu es enceinte, et sur le point de te marier. Peux-tu imaginer plus grand changement ? »

Tout allait bien se passer ? Ce n'était pas évident. Piers ne lui faisait pas confiance, ça crevait les yeux. Il ne l'aimait même pas spécialement. Mais une chose était évidente : il la désirait. Au moins ça. De son côté, elle le désirait tout autant. Cela ne suffisait pas pour faire un couple heureux. Loin de là. Mais il fallait se faire une raison, ils n'avaient que ça.

Pouvait-on imaginer pire début à la belle aventure du mariage ?

7

La voiture de Piers franchit la grille et s'engagea dans une propriété très arborée, entourée de haies verdoyantes taillées au cordeau. En apercevant la maison à deux étages au sommet de la colline, les yeux de Jewel s'agrandirent d'admiration. Où les gens trouvaient-ils l'argent pour de telles demeures ?

Plantée au milieu du parc, elle avait fière allure, avec sa façade couverte de vigne vierge, ses belles fenêtres et les fenestrons du dernier étage.

Il se gara devant le garage adjacent. Derrière eux se rangea la voiture qui transportait sa nouvelle garde rapprochée. Avant qu'elle ne s'extraie de la profondeur de son siège, les gardes du corps se précipitèrent et lui ouvrirent sa portière. Piers se tenait près d'elle, protecteur et attentif. Mais contre quoi la protégeait-il, au juste ? songea-t-elle avec une vague irritation.

— Je ne suis pas en porcelaine, assura-t-elle sèchement, tandis qu'il lui passait un bras autour de la taille.

Mais au fond d'elle-même, l'aide de Piers la ravit de manière inexplicable. Son corps était chaud et solide contre le sien. Fort. L'idée de ne plus être seule dans l'existence la mit presque à genou.

— Je le sais, dit-il avec son accent un peu brusque. Mais tu sors juste de l'hôpital, et tu portes un enfant dans ton ventre. Si tu as besoin d'aide, c'est bien en ce moment.

Elle se détendit contre lui. Pourquoi gâcher leurs premiers moments à la maison par des discussions stériles ?

A la maison. Les mots la frappèrent en pleine poitrine. Elle secoua la tête en un déni muet. Elle n'avait pas de maison.

— Quelque chose ne va pas ? demanda-t-il en atteignant la porte d'entrée.

Gênée d'avoir trahi ses émotions, elle marmonna une vague réponse.

Ils pénétrèrent dans un vaste hall, au fond duquel s'élevait un élégant escalier qui aboutissait à un grand palier reliant les deux ailes de la maison.

— Je t'installe dans le salon. Ensuite, je m'occuperai de tes affaires.

Jewel se laissa guider jusqu'à un canapé en cuir confortable, duquel on jouissait d'une belle vue sur le jardin, à travers de grandes portes-fenêtres. Ce serait l'endroit rêvé pour prendre le petit déjeuner, songea-t-elle avec plaisir. Le soleil matinal déverserait des flots de lumière sur le plateau-repas.

Quel effet cela ferait-il de posséder une maison telle que celle-ci, emplie de rires d'enfants ? Et tout à coup, elle se surprit à être heureuse : tout cela n'était peut-être pas si impossible que cela ?

Elle caressa le doux renflement de son ventre. Le bébé choisit ce moment pour envoyer un coup de pied, et elle sourit de bonheur.

Donner à sa fille tout ce qu'elle n'avait pas eu, ce dont elle avait rêvé, tel était son objectif. Amour. Acceptation pleine et entière. Un foyer stable.

Piers lui offrirait-il tout cela ? Il semblait prêt à donner beaucoup. Sauf de l'amour. Qu'importe ! Elle aimerait son enfant pour deux, au point de compenser l'indifférence d'un père qui ne voulait ni de la mère ni de sa fille.

— Je monte tes bagages, et je redescends m'occuper du repas, annonça Piers. Tu as besoin de quoi que ce soit, d'ici là ?

Désarmée par tant de sollicitude, elle secoua la tête.

— J'ai tout ce qu'il me faut, merci.

— Très bien. A tout de suite.

Elle reporta son attention vers le jardin et rejoignit les portes-fenêtres. Les mains appuyées aux carreaux, elle admira les magnifiques arrangements du parc.

Tout était très beau. Un peu stérile, toutefois. Comme si

personne ne touchait jamais à rien. Comme si personne ne respirait dans ces belles allées. Tout semblait… artificiel. Pas la moindre vraie vie dans ce beau décor. Ce n'était pas comme l'océan, toujours si vivant, roulant ses vagues, parfois serein et calme, d'autre fois furieux et impressionnant.

Une main glissant le long de son épaule la fit sursauter. Elle pivota sur ses talons. Piers se tenait derrière elle, le visage paisible, dénué de toute menace.

— Excuse-moi de t'avoir effrayée, dit-il. Je t'ai parlé depuis le seuil de la pièce, mais tu ne m'as pas entendu.

Soudain tendue par sa présence, elle esquissa un sourire.

— C'est beau, n'est-ce pas ? commenta-t-il en désignant le parc du menton.

— Oui. Mais je préfère l'océan. C'est plus… sauvage.

— Tu trouves ce jardin trop apprivoisé ?

Jewel acquiesça de la tête.

— Je vois ce que tu veux dire… tu veux manger ? J'ai fait livrer le nécessaire cet après-midi, il n'y a plus qu'à réchauffer.

— Est-il possible de manger dehors ? Il fait si beau.

— Comme tu voudras. Installe-toi dans le jardin, et je te rejoins avec le repas.

Jewel ouvrit la porte-fenêtre et franchit le seuil de la terrasse. La fraîcheur la fit frissonner, mais c'était une belle journée sans un nuage, et elle voulait en profiter.

Elle s'installa dans un fauteuil de jardin, et se perdit en conjectures à propos de Piers. Un homme arrogant, qui avait l'habitude d'être servi, obéi au doigt et à l'œil. Et voilà que cet homme se mettait en quatre pour elle.

Poussant du coude la porte-fenêtre, les bras chargés de deux plateaux, il s'approcha d'elle. Avec lui, elle allait de surprise en surprise. Il s'était présenté à l'hôpital à l'heure pour la faire sortir, vêtu d'un jean délavé et d'un polo, à cent lieues de ses vêtements coûteux habituels. Ainsi habillé, il paraissait approchable. Pas moins désirable, oh non ! Mais moins menaçant. Cherchait-il à lui insuffler un illusoire sentiment de sécurité ?

Il plaça un plateau en face d'elle, puis posa le sien de l'autre côté de la table, avant de s'asseoir. Prenant sa fourchette, elle leva la tête vers lui avant de commencer à manger. Les mains à plat de chaque côté de son assiette, il la regardait intensément.

— Nous avons beaucoup à nous dire, Jewel, commença-t-il. Restaure-toi, et ensuite nous aurons une conversation sérieuse.

La gravité de son visage était impressionnante, et une certaine gêne la gagna. Que leur restait-il à discuter ? Il exigeait de l'épouser, et elle s'y pliait. Il exigeait d'emménager avec elle, et elle acceptait. Sa propre soumission commençait d'ailleurs à l'agacer profondément.

Ils mangèrent en silence. Elle sentait peser sur elle le regard de Piers. Un regard qui lui brûlait la peau, même si elle refusait de le reconnaître. Il avait déjà assez de pouvoir sur elle sans en rajouter.

Quand son assiette fut vide, elle reposa sa fourchette et tourna les yeux vers le jardin.

— M'ignorer ne changera rien à rien, dit-il.

Elle le regarda enfin. Autant le reconnaître, ses réactions envers Piers avaient un côté infantile qui la dérangeait un peu. Mais après tout, elle n'y pouvait rien. Etait-ce sa faute, s'il la rendait nerveuse ?

— Nous devons éclaircir certains points, reprit-il. D'abord, ton licenciement.

Aussitôt, elle se raidit et serra les poings.

— Je n'ai pas envie d'en parler, lâcha-t-elle. Rien de bon ne peut en sortir. Et comme tu le sais, je suis censée éviter tout stress.

— Jamais je n'ai voulu te renvoyer, Jewel. Même si j'en accepte le blâme.

— Si ce n'est pas ta faute, c'est la faute de qui ?

— Je n'avais pas l'intention de te renvoyer, insista-t-il.

— Ne joue pas sur les mots ! C'est quand même une drôle de coïncidence de me retrouver virée tout de suite après que tu aies découvert qui j'étais !

Piers souffla bruyamment et ses yeux s'étrécirent.

— Tu ne veux pas me rendre les choses faciles, n'est-ce pas ?

Appuyée au dossier de sa chaise, elle le regarda droit dans les yeux.

— Pourquoi est-ce que ça devrait être facile pour toi ? demanda-t-elle. Ça ne l'a pas été, pour *moi*, figure-toi. Après le renvoi, je me suis retrouvée sans argent, sans travail. Je suis venue à San Francisco parce que c'était le seul endroit où je pouvais me loger. Que trouver comme job rapide, à part serveuse dans un restaurant ? Et bientôt, j'ai commencé à avoir des nausées.

Elle s'arrêta de parler et secoua la tête. Inutile d'entrer dans ces détails avec Piers.

— Tu as raison, reconnut-il. Je suis désolé de tout ce qui est arrivé.

Son air sincère fit monter une question aux lèvres de Jewel :

— Si tu n'avais pas l'intention de me virer, comment se fait-il que je me sois retrouvée renvoyée, escortée jusqu'à la porte de l'hôtel par deux vigiles ?

Piers fit une grimace et se passa une main dans les cheveux.

— Comme je te l'ai dit, j'assume ma responsabilité. J'ai demandé à mon DRH de te réorienter vers un autre poste. Ou alors de te promouvoir, ou enfin de te verser le montant de ton salaire total en une seule fois. Malheureusement, j'ai commencé mon discours par « débarrassez-moi d'elle ». Lui n'a entendu que les premiers mots qui ont franchi mes lèvres, avant que la ligne soit coupée. Le temps que je revienne à l'hôtel et découvre le malentendu, tu étais partie. J'ai tout tenté pour retrouver ta trace, mais en vain. J'avais abandonné tout espoir de mettre la main sur toi quand tu m'as téléphoné.

Elle le dévisagea avec stupeur. Non seulement il reconnaissait ses torts, mais il affirmait l'avoir recherchée ! Il avait vraiment l'air de regretter ce qui s'était passé.

Au comble de la confusion, elle essaya de comprendre :

— Quand tu as découvert qui j'étais, pourquoi n'avons-nous pas pu nous comporter en adultes ? Pourquoi me virer de cette manière ? Nous aurions eu du mal à travailler ensemble, au début, je le concède. Mais notre erreur initiale était innocente. Le soir où nous nous sommes rencontrés, aucun de nous deux ne savait qui était l'autre. Si j'avais su que tu étais mon futur employeur, jamais je ne me serais retrouvée dans un lit avec toi, tu peux me croire.

— C'est donc une bonne chose que tu n'aies pas su qui j'étais, dit Piers d'une voix douce.

Elle abaissa les yeux sur son ventre et murmura :

— Tu as raison, je ne regrette pas…

— A l'époque, tu as regretté ?

Il la dévisageait d'un air intense. Il se montrait tellement honnête avec elle depuis quelques instants qu'elle n'eut pas d'autre option : elle lui devait la même franchise.

— Non, répondit-elle. Je n'ai jamais regretté notre nuit ensemble.

La réponse sembla le satisfaire.

— Pour répondre à ta précédente question, enchaîna-t-il, ma décision de ne pas travailler avec toi n'était pas dirigée contre toi. J'ai instauré une politique très stricte dans la boîte : ne jamais travailler avec quelqu'un qui a une relation personnelle avec moi, quelle qu'elle soit. C'est une règle nécessaire, hélas.

— Tu dis ça comme si tu t'étais déjà laissé prendre, dit-elle un peu intriguée par la méfiance de Piers.

— D'une certaine manière, oui. L'assistante personnelle de mon frère était amoureuse de lui. Mais en même temps, elle vendait des secrets de l'entreprise à des concurrents, tout en faisant porter les soupçons sur ma future belle-sœur.

— On dirait une série télévisée ! marmonna Jewel.

— Ça en avait tout l'air, à l'époque !

— Pourquoi ne pas me l'avoir expliqué en toute simplicité, quand j'étais dans ton bureau ? Tu me le devais bien, en souvenir de la nuit que nous avions passée ensemble. Si tu avais été franc avec moi, il n'y aurait pas eu de malentendu.

Sous le regard perçant de Jewel, Piers ne détourna pas les yeux.

— Tu as raison, reconnut-il. J'étais sous le choc, et j'ai mal réagi. Je te demande pardon.

Ses excuses adoucirent un peu la colère de Jewel. Mais elle lui en voulait encore de la façon expéditive dont il l'avait radiée de son existence. Bien entendu, elle n'avait pas attendu de lui amour éternel et engagement total. Mais tout de même, leur nuit ensemble méritait mieux que cette répudiation sans appel. Au moins aurait-il pu la congédier lui-même, au lieu de laisser ce soin à un subalterne.

Cependant, l'heure n'était plus à la rancœur. Pour faire de ce mariage arrangé autre chose qu'un nœud compact de difficultés et d'animosité, elle devait renoncer au ressentiment. Même au prix d'un effort soutenu.

— J'accepte tes excuses, dit-elle enfin.

Un éclair de surprise traversa le regard sombre de Piers.

— C'est vrai ? dit-il. Tu penses ce que tu dis ?

— Tu n'es pas devenu mon meilleur ami par un coup de baguette magique, répliqua-t-elle d'un ton sec. J'accepte tes excuses à cause de nos noces forcées. Pour l'harmonie.

L'amusement remplaça la surprise dans les yeux de Piers.

— Je sens que nous allons très bien nous entendre, *yinuka mou*.

Puis son regard tomba sur le ventre de Jewel, et il ajouta :

— Enfin… si tu me dis la vérité.

L'espace d'un instant, une vive douleur assombrit son regard et elle en fut stupéfaite. Que lui était-il arrivé dans le passé, pour le rendre si dubitatif et méfiant ? se demanda-t-elle. Son attitude allait d'ailleurs bien au-delà du doute. En fait, il ne *voulait* pas être le père de l'enfant qu'elle portait. Il *voulait* qu'elle soit une menteuse, une intrigante. Tout se passait comme s'il savait bien réagir envers une femme malhonnête. Mais une femme qui lui disait la vérité ? Cela, non, il ne le concevait pas.

Ses craintes redoublèrent. Que faisait-elle avec un homme au passé si opaque ? Dans quelle situation mettait-elle les pieds ? Elle n'avait rien à y gagner, et beaucoup à y perdre.

— Tu es déterminé à ne pas me croire ? demanda-t-elle à haute voix. Faisons les tests de paternité, et tu verras bien.

— En effet, je verrai, murmura-t-il.

— Excuse-moi, dit-elle en se levant, je vais chercher mon portable. Il faut que j'envoie un mail.

— J'ai à faire aussi. Pour notre mariage.

Incapable d'ouvrir la bouche sans exprimer son amertume, elle hocha la tête en guise de réponse. Sans plus le regarder, elle entra dans la maison. Piers ne lui avait pas indiqué sa chambre, mais elle trouverait bien par elle-même.

Après avoir gravi l'escalier, elle ouvrit trois chambres à la suite, avant de découvrir ses valises. Elle rangea ses effets dans une armoire, puis s'installa sur le lit avec son ordinateur pour consulter sa boîte mail. Toujours rien en provenance de Kirk. Cela ne la surprit pas. Ils restaient parfois des mois sans contact. Leur aptitude à communiquer dépendait des postes que son ami occupait, ainsi que de ses voyages à elle. Des lieux parfois reculés, où internet n'avait pas cours.

Comme elle avait le sentiment de lui devoir une explication, elle lui raconta en détail toute l'histoire avec Piers dans un long mail.

Quand elle eut fini, elle se sentit vannée. Un peu sotte, aussi. Bien entendu, Kirk ne pouvait la conseiller dans cette affaire. Cependant, se confier à lui l'avait soulagée. Mieux que quiconque, il comprendrait sa peur du mariage et de l'engagement.

Laissant son ordinateur allumé, elle reposa sa tête sur l'oreiller et contempla le plafond. Son avenir ne lui était jamais apparu aussi effrayant qu'en ce moment.

Piers se dirigea vers la chambre de Jewel. Elle s'y était cloîtrée plus de deux heures. Ça suffisait, maintenant. Elle avait sûrement eu le temps de régler les affaires personnelles qu'elle avait évoquées.

Il s'arrêta devant sa porte et frappa doucement. Pas de réponse. Inquiet, il poussa la porte et franchit le seuil de la chambre.

Roulée en boule sur le côté, Jewel dormait, la tête enfouie dans les oreillers. Elle avait l'air épuisé. Son ordinateur se trouvait dangereusement au bord du lit. Piers se hâta de le redresser avant qu'il ne tombe. Quand il le déposa sur la commode, le curseur de la boîte mail était placé sur un nouveau message surligné. Un message d'un certain Kirk.

Sourcils froncés, il déroula le message sur l'écran pour le lire.

> « Jewel
>
> Je suis sur le chemin du retour. Ne fais rien avant mon arrivée, d'accord ? Tiens bon. Je saute dans le premier avion possible.
>
> Kirk. »

Piers se raidit. Permettre à cet inconnu d'intervenir dans sa relation avec Jewel ? Jamais ! Elle avait accepté de l'épouser, et elle allait l'épouser. Tout à coup, il ne se posait plus la question de savoir pourquoi ce mariage devait absolument avoir lieu. Il ne permettrait pas à un autre homme de tirer les ficelles. Point final.

Sans la moindre hésitation, il effaça le mail, et prit soin de le supprimer aussi dans la corbeille. Puis il remit l'ordinateur sur le lit.

Pendant un long moment, il demeura penché sur Jewel, à contempler son visage endormi. Emu par l'expression pensive de ses traits, même dans le sommeil, il repoussa doucement quelques mèches de ses cheveux blonds qui retombaient sur sa joue.

Quels démons agitaient la vie de cette jeune femme ? se demanda-t-il. Elle ne lui faisait pas confiance, de toute évidence. Il ne l'en blâmait pas, d'ailleurs. Mais sa méfiance révélait davantage que la simple colère ou le sentiment de trahison. Son visage portait des ombres comme d'autres femmes portent leur maquillage. Quelque part dans le passé, quelqu'un l'avait gravement blessée.

Ils avaient cela en commun.

D'un coup, il se sentit tiraillé. D'un côté, il désirait jurer à cette femme de ne jamais la blesser, de la protéger contre ceux qui chercheraient à lui faire du mal. Mais de l'autre côté, il savait très bien comment il agirait si elle lui avait menti au sujet de sa paternité.

Il l'écraserait. Sans une once de remords.

8

Jewel étudia le visage fermé de l'avocat qu'elle avait choisi. Tous les avocats manquaient-ils à ce point d'humour ? N'étaient-ils tous que des requins froids et calculateurs ? D'un autre côté, elle ne s'en plaignait pas vraiment. Pour défendre son avenir et de celui de sa fille, elle souhaitait quelqu'un capable d'affronter le redoutable Piers Anetakis.

— C'est un document prénuptial très clair, miss Henley, dit-il en levant les yeux du contrat entre ses mains. Il stipule qu'en cas de divorce, les biens de Mr Anetakis demeurent siens, et les vôtres vous reviennent.

Elle ricana. Quels biens ? Elle n'en possédait aucun, et Piers ne l'ignorait pas !

— Quoi d'autre ? demanda-t-elle avec impatience. Je veux une explication complète, ligne par ligne.

Avec un homme comme Piers, rien ne pouvait être aussi simple qu'il y paraissait. Il devait y avoir des pièges, des non-dits, des ficelles à tirer. Il fallait les découvrir avant qu'il ne soit trop tard.

L'avocat chaussa ses lunettes et feuilleta les papiers sur son bureau.

— Très bien, dit-il. M. Anetakis vous assurera une rente, quel que soit le résultat du test de paternité auquel il va se soumettre. En revanche, si les tests ADN prouvent sa paternité, il se réserve la garde de l'enfant, en cas de divorce.

Jewel bondit sur ses pieds.

— Pardon ? s'écria-t-elle en s'emparant du document. Il est fou ! Jamais je ne signerai le moindre document qui m'enlève la garde de ma fille.

— Je peux supprimer cette clause, mais je serais étonné que M. Anetakis donne son accord.

— Je me moque pas mal de son avis ! protesta-t-elle. Je ne signe pas, c'est tout. Je vais m'occuper de ça moi-même.

Furieuse, elle quitta le bureau de l'avocat en claquant la porte.

Dans la salle d'attente, Piers l'attendait, son ordinateur sur les genoux, son téléphone à l'oreille. Quand il leva les yeux vers elle, il ferma lentement son portable et demanda :

— Il y a un problème ?

— Tu parles, s'il y en a un ! riposta-t-elle entre ses dents.

Elle lui agita le contrat sous le nez et attaqua :

— Tu croyais vraiment que j'allais signer un document qui me prive de la garde de mon enfant ? Eh bien, tu t'es trompé du tout au tout ! Il faudrait que tu me marches sur le corps pour que je renonce à ma fille. Cet… arrangement, tu peux le reprendre, et te le mettre où je pense.

L'œil noir, il la dévisagea un instant en silence, avant de répondre :

— Et toi ? Tu penses sérieusement que je suis homme à abandonner mon droit de garde sur mon enfant ? Si toutefois il est de moi…

Exaspérée, elle se tordit les mains.

— Inutile de me ressortir sans cesse que tu ne me crois pas ! Ça me vexe et ça m'énerve. Tu n'as jamais entendu parler de la garde jointe, on dirait ! Un compromis où les parents envisagent ce qui convient le mieux à l'équilibre de leur enfant. Ils le partagent à temps égal, pour qu'il ait un père et une mère.

— Si cet enfant est de moi, je n'ai pas l'intention de la voir à mi-temps. Ni de me plier à ton agenda. De toute façon, je peux lui donner davantage de choses que toi. Notre fille serait bien mieux lotie avec moi.

Sa colère était telle maintenant qu'elle aurait pu le frapper. Elle froissa le document entre ses poings et laissa libre cours aux mots violents qui montaient à ses lèvres :

— Espèce de salaud sentencieux ! D'où tires-tu que mon enfant serait mieux avec toi ? De ton argent ? Je te l'apprends peut-être, l'argent n'achète ni l'amour ni la sécurité. Il n'achète ni les sourires ni le bonheur. Toutes choses dont un enfant a infiniment besoin. Entre nous, le fait que tu croies que notre fille serait mieux avec toi prouve à quel point tu ignores tout des enfants et de l'amour. Comment pourrait-il en être autrement ? Je suis certaine que tu n'as jamais aimé personne de toute ta vie.

Son cœur battait à tout rompre, jamais elle n'avait été si en colère. Le contrat roulé en boule lui brûlait les mains, elle leva le poing pour le jeter à terre. Mais Piers bondit sur ses pieds, l'attrapa par le poignet, et l'en empêcha. Elle remarqua une sourde colère flamboyer au fond de ses yeux. Premier signe tangible d'une réelle émotion.

— Tu présumes de beaucoup trop de choses, dit-il d'une voix glaciale.

Elle dégagea son poignet avec vivacité et recula de quelques pas.

— Je ne signerai pas, Piers. Pour ma part, je ne vois pas l'intérêt de ce mariage. Le désespoir le plus profond ne me ferait pas renoncer à mon droit de garde sur mon enfant.

Le visage insondable, il la scruta un moment sans rien dire. Enfin, il parla :

— D'accord. Je vais demander à mon avocat de supprimer cette clause. Je l'appelle tout de suite.

— Si j'étais toi, j'attendrais un peu, répliqua-t-elle avec raideur. Je n'en ai pas fini avec mes objections. Je te ferai savoir quand tout sera au point.

Sur ces mots, elle pivota sur ses talons. Son avocat se tenait sur le seuil de son bureau, une lueur amusée dans le regard. Peut-être n'était-il pas si dénué d'humour, après tout ?

— Qu'est-ce que vous regardez ? grommela-t-elle.

Les traits de l'homme reprirent leur componction habituelle, mais une lueur persista au fond de ses yeux.

— Reprenons, dit-il en refermant la porte du bureau derrière lui.

Trois heures plus tard, l'avocat de Piers envoyait par mail la mouture définitive du contrat nuptial, et tous les deux le signèrent.

Jewel avait imposé son point de vue : garde partagée, en cas de divorce, mais elle conservait la garde principale. Les réticences de Piers ne lui avaient pas échappé, mais elle était demeurée inébranlable. Elle ne signerait qu'à cette condition.

— On voit que tu ne connais rien à l'art de la négociation, dit-il d'un ton sec quand ils quittèrent le bureau de l'avocat.

— Certaines choses ne se négocient pas. Mon enfant n'est pas, et ne sera jamais un objet de marchandage, lui asséna-t-elle.

Il leva les mains en signe de fausse reddition, et ajouta :

— Je te demande juste d'essayer de te mettre un peu à ma place. Tu es déterminée à conserver ton droit de garde. Très bien. Mais comprends que de mon côté, je ne veuille pas m'en défaire.

Quelque chose dans l'expression du visage de Piers émut Jewel. Une partie de sa colère se dégonfla comme un ballon de baudruche. L'espace d'un instant, elle aurait juré qu'il avait peur. Tout à coup, il paraissait très vulnérable.

— Je comprends ton point de vue, dit-elle avec calme. Mais je me suis défendue. Tu étais en train de me jouer un coup pendable, en douce.

— Excuse-moi… Je souhaitais seulement conserver un foyer à mon enfant.

— Essayons donc de ne pas divorcer, rétorqua-t-elle d'une voix tendue. Si, comme tu l'as suggéré, nous réussissons notre mariage, nous ne nous battrons pas pour nos droits de garde respectifs.

Piers hocha la tête et lui ouvrit la portière de la voiture. Pendant qu'elle s'installait, il demeura près d'elle, la main sur la poignée.

— Tu as raison. La seule solution, c'est de tout faire pour ne pas divorcer.

Sur ces mots, il claqua tranquillement la portière.

— Maintenant que nous avons réglé le côté désagréable de nos épousailles, dit-il en démarrant, nous devrions nous plonger dans les délices de la cérémonie à venir. Ça nous changera.

Ainsi commença un après-midi de shopping qui donna le vertige à Jewel. Ils s'arrêtèrent d'abord dans une bijouterie.

Quand le vendeur posa devant eux un plateau surchargé de bagues de fiançailles, elle commit l'erreur de demander les prix. Piers en parut mécontent, mais le bijoutier les énonça sans état d'âme.

Elle en demeura complètement sonnée. Presque effrayée, elle recula d'un pas.

— Non, c'est impossible, murmura-t-elle.

Piers la prit à la taille et lui souffla dans l'oreille avec un tendre amusement :

— Ne me déçois pas… en tant que femme, tu es censée désirer le diamant le plus gros, le plus cher du magasin.

— Tout à fait, commenta le vendeur.

— Et le prix ne te regarde pas, continua Piers. Choisis le diamant qui te plaît, et oublie l'étiquette.

— Conseil très avisé, souligna le bijoutier, une lueur de gaieté dans le regard.

Les petites taquineries des deux hommes décontractèrent Jewel. Combien de miséreux nourrirait-on avec le prix de ces bagues ? Mais, elle chassa cette pensée et se concentra sur son choix. Elle avait peut-être droit, elle aussi, une fois dans sa vie à un peu d'attention. Après en avoir essayé une bonne douzaine, elle trouva la bague parfaite. Un magnifique diamant tout simple en forme de poire, d'un éclat sans tache, orné de chaque côté d'un bouquet de petits diamants.

— Votre future épouse possède un goût exquis, assura le bijoutier.

— Oui, répondit Piers. C'est bien celui-ci que tu veux, *yineka mou* ?

L'estomac noué d'émotions diverses, elle hocha la tête.

— Je ne veux pas en connaître le prix, dit-elle.

Piers sourit.

— Tu veux que je verse l'équivalent du montant de la bague à une œuvre caritative de ton choix ? Je le ferai volontiers, si ça peut te mettre du baume au cœur.

— Ne te moque pas de moi !

— Mais je ne me moque pas le moins du monde ! Tes réticences t'honorent. Je suis heureux de savoir que mon épouse ne me ruinera pas en une année de mariage ! acheva-t-il en réprimant une envie de rire.

Elle lui adressa un regard sévère. L'aisance avec laquelle il présenta sa carte de crédit au bijoutier la confondit. Il semblait régler une consommation dans un bar, et non une bague qui coûtait des milliers et des milliers de dollars.

Il lui glissa la bague au doigt et serra sa main entre les siennes en disant :

— Porte-la, elle est à toi, maintenant.

Elle la contempla longuement. Comment ne pas l'admirer ? C'était un bijou magnifique.

— Bien, enchaîna-t-il. La question de la bague est résolue. En route pour la robe de mariée, et les vêtements dont tu as besoin.

— Un homme qui aime faire les boutiques ? le taquina-t-elle. C'est rare ! Comment as-tu pu rester célibataire si longtemps ?

Le visage de Piers se ferma aussitôt. Elle s'en voulut d'avoir fait le mauvais commentaire au mauvais moment.

Taraudée par la curiosité, mais également décidée à sauver une journée qui avait si mal commencé, elle passa son bras sous celui de Piers en quittant la bijouterie.

— Je meurs de faim, avoua-t-elle. On peut manger quelque chose avant de poursuivre notre shopping ?

— Bien sûr. De quoi as-tu envie ?

— Un bon gros steak juteux, dit-elle avec gourmandise.

— Adjugé ! répliqua-t-il en riant. Allons de ce pas tuer une vache ou deux !

9

Si Jewel se cloîtrait dans sa chambre, ce n'était pas par lâcheté. C'était par prudence et réserve. Au rez-de-chaussée, Piers recevait sa famille, venue des quatre coins du pays. Pourquoi, d'ailleurs ? Elle ne le comprenait toujours pas. Leur mariage n'avait rien d'un événement festif. Il ne s'agissait pas d'unir deux âmes sœurs, et cela n'échappait à personne.

Elle savait peu de choses sur le clan Anetakis. Piers avait deux frères plus âgés que lui. Mariés de fraîche date. Un petit garçon était déjà né d'une de ces unions. Sa fille serait le deuxième enfant de la famille. Et aux dires de Piers, ses frères étaient terriblement amoureux de leurs épouses.

Fermant les yeux, elle dut s'avouer ce qui la troublait à ce point : tant d'amour la rendait verte de jalousie, et elle redoutait de rencontrer ces gens comblés de bonheur.

Piers leur avait sûrement tout raconté dans le détail. Leur mariage arrangé, pour réparer une unique nuit de passion sexuelle et un préservatif déficient.

Elle se regarda dans le miroir, et essaya de chasser la tristesse de son visage. Pour l'occasion, elle avait choisi une robe fourreau blanche, retenue aux épaules par de fines bretelles. L'étoffe lui moulait joliment les seins, suivait de près les courbes de son corps, se tendait un peu sur le ventre, avant de tomber souplement le long de ses jambes.

Relever ses cheveux en chignon ou les laisser flotter sur ses épaules ? Elle avait longtemps hésité. Mais le soir de leur rencontre, Piers avait semblé aimer ses cheveux. Dans un moment de pure vanité, elle opta donc pour la deuxième solution, et les brossa jusqu'à ce qu'ils brillent de tout leur éclat.

Tout le monde l'attendait en bas, elle le savait très bien. Mais elle retardait le moment de descendre l'escalier. Dénuée de courage, elle s'approcha de la fenêtre pour contempler les jardins. Sous le ciel couvert, une légère brume flottait dans l'air. Le tout en accord parfait avec la mélancolie qui lui poignait le cœur.

Combien de temps resta-t-elle en contemplation devant la fenêtre ? Elle n'aurait su le dire. Tout à coup, elle sentit une main chaude sur son épaule nue.

Piers.

Puis elle sentit quelque chose de froid autour de son cou. Elle tourna la tête.

— Ne bouge pas, dit-il tout en attachant le collier sous ses cheveux. Voici mon cadeau de mariage. Il y a des boucles d'oreilles assorties, mais je ne me suis pas souvenu si tu avais les oreilles percées.

Elle posa une main sur le collier, avant de se précipiter vers le miroir pour le regarder. Un petit cri de surprise lui échappa devant l'exquis arrangement de diamants.

— C'est trop, Piers ! protesta-t-elle.

Debout derrière elle, il lui sourit par-dessus son épaule.

— Mes belles-sœurs m'ont informé qu'un mari n'en fait jamais trop pour son épouse, dit-il.

— Voilà des femmes avisées, répondit-elle en lui rendant son sourire.

— Tu vois, ce n'est pas si difficile…

— Pas si difficile de quoi ?

— De sourire.

Elle se sentit soudain un peu coupable…

Il lui tendit un écrin avec les boucles d'oreilles, et elle admira sans mot dire les pierres qui scintillaient sur le velours noir.

— Tes oreilles sont percées ? s'enquit-il.

— Je porte rarement des boucles… mais oui, elles le sont.

— Dans ce cas, j'espère que tu porteras celles-ci aujourd'hui.

Elle les prit une à une et les fixa au lobe de ses oreilles. Quand elle leva les yeux vers Piers, il la regardait avec une intensité particulière.

— En parlant de mes belles-sœurs, elles ont hâte de te rencontrer, dit-il.

— Pas tes frères ?

— Ils sont un peu plus réticents. En fait, ils s'inquiètent pour moi. Je crains que ce ne soit une tradition familiale d'essayer de gâcher le mariage des autres, expliqua-t-il d'une voix sèche.

Elle ne savait s'il fallait qu'elle s'en inquiète ou qu'elle s'en amuse… Au bout du compte, le rire l'emporta.

— Au moins, tu es honnête, dit-elle. Et je t'en remercie. Ça m'évitera de faire des impairs en leur présence.

Il haussa les épaules.

— Ne change rien à ton attitude. Tu vas devenir mon épouse, et à ce titre, tu as droit au respect. De toute façon, Theron est le moins coriace et le plus tendre d'entre nous. Bientôt, il te mangera dans la main, tu verras.

Tendre, un Anetakis ? Elle ne pouvait l'imaginer.

Comme s'il sentait toute la tension accumulée en elle, Piers lui caressa une épaule.

— Tu es prête ? demanda-t-il. J'ai juste assez de temps pour te présenter à ma famille, avant que le pasteur n'arrive pour la cérémonie.

Elle prit une profonde inspiration et hocha la tête.

Sa main dans celle de Piers, elle se laissa entraîner dans l'escalier. Au moment où ils franchissaient les dernières marches, elle entendit la rumeur de voix en provenance du salon. Son estomac se contracta, et le bébé rua dans son ventre. Peut-être en protestation à son malaise psychologique ?

Au seuil du salon, elle engloba du regard la petite assemblée. Les deux hommes étaient de toute évidence les frères de Piers. Une ressemblance frappante les unissait tous les trois. Grands, les cheveux noirs, les traits décidés. Seuls leurs yeux différaient un peu, ceux de Piers étant les plus foncés.

Quant aux deux femmes à leur côté, on ne pouvait faire plus dissemblable. Sans lui laisser le temps de poursuivre ses observations silencieuses, tout le monde leva la tête et la remarqua.

Les frères lui adressèrent un regard réservé, mais les deux

femmes lui sourirent de toutes leurs dents. Malgré elle, elle en éprouva une chaleureuse reconnaissance.

— Viens, je vais te présenter, lui murmura Piers.

Franchissant la distance qui les séparait, ils s'arrêtèrent tout près des deux couples.

— Jewel, je te présente mon frère aîné Chrysander et sa femme Marley. Leur fils Dimitri est avec sa nounou pour la journée.

— Ravie de vous rencontrer, murmura Jewel avec un sourire tremblotant.

Ses yeux bleus étincelant de sympathie, Marley répondit :

— Nous sommes aussi enchantés de faire ta connaissance, Jewel, et nous espérons que vous serez tous les deux très heureux. Pour quand est prévue la naissance ?

Jewel cilla un peu, légèrement déstabilisée par la question puis rendit son sourire à sa future belle-sœur.

— Je suis au quatrième mois, dit-elle.

— Bonjour Jewel, dit Chrysander de sa voix profonde.

Jewel avala sa salive avec difficulté et répondit par un hochement de tête. Intimidant. Comment supporter la présence impressionnante de trois Anetakis ensemble dans une même pièce ?

Piers se tourna alors vers l'autre couple.

— Et voici mon frère Theron et son épouse Bella, annonça-t-il.

Le visage de Piers s'adoucit de façon incroyable tandis qu'il touchait le bras de sa belle-sœur. Celle-ci lui sourit malicieusement avant de se tourner vers Jewel.

— Nous sommes tous les deux heureux de faire ta connaissance. N'est-ce pas, Theron ? ajouta-t-elle en lui donnant un coup de coude.

— Bien entendu, Bella *mou*, répondit-il d'un ton taquin.

Tout se passait comme s'il ne pouvait demeurer sérieux en regardant sa femme. Ensuite seulement, il reporta son attention sur Jewel.

— Sois la bienvenue dans notre famille, dit-il. Dois-je te féliciter d'épouser mon frère, ou te présenter mes condoléances ? Je n'en sais trop rien !

Jewel sourit et Piers émit une sorte de ricanement affectueux.

— Si tu en as fini avec tes insultes, dit Piers, nous allons peut-être pouvoir lever nos verres pour célébrer ce grand jour. Le pasteur va arriver d'un instant à l'autre.

Toute la famille détailla Jewel avec plus ou moins de discrétion, pendant que Piers s'éloignait pour faire sauter le bouchon d'une bouteille de champagne. Et elle dut se retenir pour ne pas quitter la pièce en courant. Il tendit une flûte pleine à chacun, mais lui servit à elle un verre d'eau pétillante.

Sa délicatesse toucha Jewel et elle lui sourit.

Chrysander s'éclaircit la voix et Marley passa son bras sous le sien tandis qu'il levait son verre en disant d'une voix un peu hésitante :

— Tous nos vœux de… bonheur. Longue vie à votre union.

Tous les verres se levèrent ensemble. L'espace d'un moment, elle eut très envie que tout cela soit réel. La famille Anetakis devenait sa famille pour de bon. Piers et elle s'aimaient d'amour, et attendaient leur premier enfant dans la joie d'un mariage heureux. Quel rêve !

Des images de Noëls chaleureux, de réunions familiales, d'anniversaires joyeux lui traversèrent la tête. Une famille unie, loyale en toute occasion.

Des larmes lui montèrent aux yeux. Elle chassa de son esprit ce rêve impossible, et revint à sa réalité. Le temps de retrouver la maîtrise de ses émotions, elle but son verre d'eau d'une traite.

Piers se pencha vers elle et lui murmura à l'oreille :

— Qu'y a-t-il, *yineka mou* ? Qu'est-ce qui t'a bouleversée ?

— Tout va très bien, répliqua-t-elle en plaquant un sourire sur son visage.

La sonnette la fit sursauter. Piers apaisa Jewel d'une main caressante et déclara :

— C'est le pasteur. Je vais l'accueillir.

« Ne me laisse pas seule », faillit-elle lui demander. Mais elle aurait paru trop sotte. Elle regarda à la dérobée les deux couples. Ils semblaient si amoureux. De nouveau son cœur saigna d'envie.

Bella s'adressa alors à Jewel :

— Entre toi et Marley, je pense que vous allez donner des idées à Theron.

— Comment ça ? demanda son mari.

— Tous ces bébés et ces femmes enceintes, dit-elle d'un ton malicieux. Je suppose que Theron va vouloir s'y mettre…

Jewel se mit à rire. L'humour bon enfant de Bella lui plaisait, ainsi que son aisance avec tout le monde. Elle au moins ne s'inquiétait pas de sa place au sein de cette famille. Elle paraissait même couler de source. Personne ne parut lui tenir rigueur de sa déclaration.

Marley étouffa un rire, tandis que Chrysander poussait une sorte de grognement. Theron adressa à sa femme un regard d'une sensualité sans équivoque.

— Oh non, Bella *mou* ! dit-il. Nous devons encore beaucoup nous entraîner avant que tu tombes enceinte !

Bella se tourna vers Jewel et dit :

— Tu vois, ce n'est pas si difficile d'entraîner un Anetakis ! Prends Marley, par exemple. Mine de rien, elle a modelé Chrysander à sa guise. Quant à moi, j'amène toujours Theron à penser comme moi. Je parie que tu auras la même réussite avec Piers !

— Theron, tiens ton épouse, suggéra Chrysander d'une voix calme. Elle insuffle la rébellion dans le camp des femmes.

Marley bourra les côtes de son mari de coups de coude meurtriers. Mais ses yeux trahissaient tout autre chose. Amusement et pétillement de bonheur.

Piers revint dans le salon, en grande conversation avec un homme d'un certain âge. Quand celui-ci aperçut Jewel, il sourit et vint vers elle, les bras tendus.

— La jeune mariée, je suppose ? Vous êtes ravissante. Prête pour la cérémonie ?

Jewel avala sa salive avec difficulté, et hocha la tête. Ses jambes flageolaient sous elle.

L'officiant se présenta aux autres membres de la famille. Après un court moment de conversation polie, Piers lui fit signe qu'il pouvait commencer.

Tout semblait très étrange, en tout cas aux yeux de Jewel. Les autres agissaient comme s'ils vivaient une pareille cérémonie tous les jours de leur vie. Piers et elle se tenaient côte à côte, en face de l'officiant.

La gorge serrée, elle écouta Piers lui promettre de l'aimer, l'honorer et la chérir pour le meilleur et pour le pire, jusqu'à ce que la mort les sépare. A cet instant, la vérité explosa dans son cœur, lui coupant le souffle. Elle voulait qu'il l'aime, tel était son plus cher désir. Pour quelle raison ? L'aimait-elle, de son côté ? Non, elle ne l'aimait pas. Elle ne le pouvait pas. Elle ne savait pas aimer, pas plus qu'elle ne savait être aimée. Et pourtant, elle en crevait d'envie, au fin fond de son cœur.

A la fin de la cérémonie, Piers effleura les lèvres de Jewel d'un baiser, puis recula un peu pour recevoir les félicitations de ses frères.

Chrysander insista pour les emmener manger quelque part. Une limousine conduisit les trois couples dans un luxueux restaurant spécialisé dans les fruits de mer.

Jewel mourait de faim. Cependant, le mariage mettait un sérieux bémol à son appétit. Elle chipotait dans son assiette, jusqu'au moment où Piers s'en aperçut.

Il lui prit la main. L'anneau qu'il lui avait passé au doigt un peu plus tôt brilla derrière sa bague de fiançailles, dans l'éclat feutré des lumières du restaurant.

— Tu veux rentrer à la maison ? murmura-t-il pour que personne d'autre n'entende. On peut partir quand ça nous chante.

— Je n'ai pas la moindre intention de priver ta famille de ta compagnie, protesta-t-elle.

Il se mit à rire et précisa :

— Merci de cette gentille attention, *yineka mou* ! Mais je les vois souvent, et s'il y a un moment où je peux les quitter quand je veux, c'est bien le jour de mon mariage, non ? Ils comprendront… Leurs nuits de noces ne datent pas de si longtemps !

Le sang de Jewel se glaça dans ses veines. Les questions s'entrechoquaient dans sa tête. Il ne pensait sûrement pas… non, ce n'était pas possible ! Certes, selon le médecin, il n'y avait aucune objection à faire l'amour dans son état. Mais… cela valait pour un couple normal, pas pour eux ! Etait-il en train de lui signifier que… songeait-il à faire l'amour avec elle ? A consommer leur union pour de bon ?

Piers posa sa main sur la sienne, et annonça aux autres leur intention de se retirer. S'en suivit une série d'accolades, de baisers et de discrètes taquineries.

Il serra dans ses bras chacune de ses belles-sœurs. De toute évidence, il les aimait beaucoup. Et, une nouvelle fois, ce constat éveilla en elle une pointe de nostalgie. Avec elles, son regard se chargeait d'affection. Rien à voir avec la méfiance qu'il lui témoignait.

Ils se retrouvèrent dehors. Laissant la limousine à sa famille, Piers appela un taxi. Ils n'échangèrent aucune parole. Incapable de supporter la tension qui régnait dans la voiture, elle tourna la tête vers la vitre et scruta l'obscurité.

— Qu'est-ce qui ne va pas, *yineka mou* ? demanda-t-il.

— Tu t'attends vraiment à une nuit de noces ? Lâcha-t-elle, incapable de se contenir plus longtemps.

Piers lui sourit de toutes ses dents. Un sourire décidé, prédateur, qui la fit frissonner.

— Mais bien entendu, répondit-il. Tu es mon épouse, à présent. La nuit de noces suit toujours la cérémonie du mariage, si je ne m'abuse ?

— Je… je n'étais pas sûre. Je veux dire… nous n'avons pas contracté un vrai mariage. Et je pensais que… tu n'avais rien à faire de moi.

— Détrompe-toi, dit-il d'un ton très doux. J'ai l'intention que notre mariage soit tout ce qu'il y a de plus réel. Dorénavant, je passerai toutes mes nuits avec toi dans mon lit.

10

Il suffisait de refuser, songea Jewel. Piers ne la forcerait pas. Elle jouissait toujours de son libre arbitre.

Au sortir de la voiture, il l'attira contre lui. La nuit fraîche la fit soudain frissonner, et elle se rapprocha d'instinct de la chaleur de son mari.

Une série de questions la taraudait : avait-elle vraiment envie de lui dire non ? Et à quoi servirait un refus ? Cela ne ferait sans doute qu'exacerber la méfiance et les soupçons de Piers. Il en tirerait des conclusions sur ses motivations profondes.

En colère contre elle-même, elle serra les dents. Pourquoi se mentait-elle ? Pourquoi prétendait-elle rejoindre le lit de Piers simplement pour raffermir sa confiance en elle ? C'était pure hypocrisie de sa part ! Et stupide, en plus ! Mieux valait reconnaître les faits.

Elle le désirait. De toutes ses forces.

C'était aussi simple que ça. La nuit passée ensemble brûlait dans sa mémoire d'un vif éclat. Inoubliable. Elle venait de devenir sa femme, son vœu le plus cher était d'être aimée de lui. Elle espérait de tout cœur conquérir sa confiance. Et rien de cela ne se produirait, si elle maintenait entre eux la distance actuelle.

Déterminée à ne pas vivre son mariage en martyr, elle resserra ses doigts autour de ceux de Piers. Ensemble, ils se hâtèrent vers la maison.

— La journée a été dure pour toi, *yineka mou*. J'espère que ça ne t'aura pas fait de mal, et au bébé non plus.

Avait-il changé d'avis ? Elle ne savait que penser. Peut-être essayait-il juste de lui ménager une porte de sortie ?

— Je vais très bien, répliqua-t-elle d'une voix douce en pénétrant dans le hall d'entrée.

Les mains sur les épaules de sa compagne, il insista :

— C'est vrai ?

Les yeux plongés dans ceux de Piers, les sens en émoi, elle acquiesça d'un lent hochement de tête.

— Sûre et certaine ?

De nouveau, elle hocha la tête.

Alors seulement, il l'attira contre lui, couvrit sa bouche de la sienne et l'emporta dans un baiser fiévreux. Le souffle court, elle s'abandonna contre lui, les mains accrochées à ses épaules. Par quel mystère la rendait-il aussi faible, aussi consentante ? Sa langue fouillait sa bouche, il la butinait.

— Douce, murmura-t-il. Tu es si douce. Je te désire, *yineka mou*. Dis-moi que tu me veux, toi aussi. Je veux te faire l'amour de nouveau.

— Oui, s'il te plaît, oui, murmura-t-elle quand il la souleva dans ses bras.

Mais elle protesta :

— Je suis trop lourde !

— Tu doutes de ma force ? plaisanta-t-il tout en gravissant les marches de l'escalier.

— Je suis énorme !

— Tu es belle.

Il la porta le long du corridor jusqu'à sa chambre et la déposa doucement sur le lit. Avec une infinie tendresse, il fit glisser ses fines bretelles le long de ses épaules, puis fit glisser la robe, dont l'étoffe légère titilla au passage ses seins dressés. Peu à peu, elle effleura son ventre un peu renflé, pour atteindre enfin ses jambes, avant de s'affaisser autour de ses pieds.

Piers était à genoux devant elle.

De longs frissons la parcoururent, tandis que les mains de son mari remontaient le long de ses cuisses, jusqu'à ses hanches.

Il passa ses pouces sous la dentelle de son slip noir, et déposa un baiser humide sur son ventre tendu. Puis, impatient, il se débarrassa du sous-vêtement d'un geste brusque.

Dans l'exquise attente de la suite, elle écarta un peu les

jambes, envoûtée par la bouche de Piers qui descendait, descendait.

Embrasé de désir, il enfonça ses doigts dans la chair chaude de ses hanches, puis il enfouit son visage au cœur de ses cuisses et frôla de sa bouche gourmande son intimité palpitante.

Elle s'arqua sous ses lèvres, consumée d'un plaisir brûlant. Il la fouillait de sa langue avec une experte lenteur. Réduite à ses sensations extatiques, elle avait du mal à respirer, à penser. La volupté montait en elle comme une vague irrépressible. Chaque muscle de son corps se tendait dans l'accueil du plaisir suprême.

Incapable de se retenir davantage, elle s'abandonnait corps et âme.

C'est alors qu'il se retira d'un coup.

Elle gémit de frustration.

— Ssht, lui murmura-t-il à l'oreille.

Des mots grecs aux sonorités amoureuses s'échappèrent des lèvres de Piers tandis qu'il roulait sur elle. Comment avait-il fait pour se dévêtir sans qu'elle s'en aperçoive ? songea-t-elle dans la brume de sa convoitise.

Ils se retrouvèrent chair contre chair. Lisses, chaudes. Un baume pour les sens exacerbés de Jewel. La bouche de Piers se referma sur un de ses mamelons, le suça, le titilla. Puis il étala une main possessive sur son ventre. Leur enfant.

Une émotion particulière l'envahit alors. C'était le premier geste de Piers pour reconnaître l'existence réelle de cet enfant. Avait-il conscience de ce qu'il faisait, en cet instant précis ? Elle ne put s'empêcher de se poser la question.

— Ouvre-moi tes cuisses, *yineka mou*. Accueille-moi en toi.

Incapable de prononcer un seul mot, elle tremblait de tout son être.

Il s'installa entre ses jambes et plongea en elle d'un ample mouvement de reins.

Jewel gémit de bonheur. Enivrée de plaisir, elle s'accrocha aux épaules de Piers, y enfonçant ses ongles, comme pour mieux lui montrer sa passion.

— Oui ! chuchota-t-il. Accroche-toi à moi, je t'emporte.

Leurs bouches se joignirent, leurs langues se mêlèrent en un ballet frénétique. Leurs corps suivaient le même rythme sauvage, se répondant à chaque nouveau coup de reins. Elle sentait le désir monter en elle, s'épanouir dans son ventre comme une fleur vénéneuse. Bientôt, elle n'y tint plus, et laissa la vague de jouissance la submerger. Elle bascula dans un éclatement de sensations.

Piers la suivit tout de suite après. Ses coups de boutoirs s'accentuèrent. Il allait loin, profond. Toujours plus loin, toujours plus profond. Ses grognements rauques s'accentuèrent, de plus en plus rapprochés. Puis pour lui aussi ce fut l'explosion de plaisir.

Elle ferma les yeux. Accueillant sans restriction la jubilation qui l'envahissait, elle se fondit contre le corps de son mari, à l'abri de ses bras puissants. Le souffle court, elle resta de longues minutes lovée contre lui.

Les lèvres de Piers se perdirent dans ses cheveux. Ses deux mains lui empaumèrent les fesses dans un geste de pure possession, qui la fit ronronner de contentement.

Elle ne bougeait plus. Elle se sentait en sécurité.

Mieux encore, elle se sentait aimée.

Quand Jewel ouvrit les yeux le lendemain matin, Piers se tenait au bord du lit, seulement vêtu du bas de son pyjama de soie. Il tenait entre ses mains le plateau du petit déjeuner, orné d'une rose rouge. Le regard de Jewel s'attarda sur son torse musclé. Un torse contre lequel elle avait reposé sa tête toute la nuit.

— Bonjour, dit-il en souriant. Tu as faim ?

— Affamée, reconnut-elle en se redressant.

A ce moment-là, elle se souvint de sa nudité. Rougissant, elle tira le drap sur ses seins.

Piers lui saisit la main, et l'empêcha de remonter le drap jusqu'à son cou.

— Ne sois pas timide avec moi, dit-il. J'ai vu et goûté chaque parcelle de ton corps délicieux, cette nuit.

Elle décrispa lentement ses doigts et se décontracta. Penché vers elle, il l'embrassa. Un long baiser langoureux, explorateur, qui lui réveilla les sens.

Une nuit d'amour, le petit déjeuner au lit, de tendres baisers, de douces paroles. Quel rêve !

Si seulement tout ça était réel…

S'amusait-il avec elle ? Se jouait-il de ses émotions ? Il ne pouvait tout de même pas agir avec pareille tendresse tout en la prenant pour une menteuse et une manipulatrice.

— Je donnerais beaucoup pour connaître tes pensées en cet instant précis, dit-il.

Elle sursauta. Quand elle leva les yeux vers lui, il la regardait avec une étrange intensité. Souhaitait-il vraiment savoir ce qu'elle pensait ? Sans doute pas. Si elle le lui avouait, il froncerait les sourcils comme il le faisait si souvent. Son visage reprendrait son air austère et méfiant. Or, en ce moment, elle n'avait qu'un seul désir : jouir le plus longtemps possible de la tendresse inhabituelle tapie au fond du regard sombre de son tout nouveau mari.

— Je pense que c'est une merveilleuse façon de se réveiller, dit-elle en souriant.

Piers caressa du pouce la lèvre inférieure de Jewel, et replaça derrière son oreille une mèche de ses cheveux.

— Avale ton petit déjeuner, répliqua-t-il. Ton rendez-vous est dans deux heures.

Le bonheur de sa nuit de noces avait fait oublier à Jewel l'échographie préopératoire prescrite par le chirurgien.

Il déposa le plateau sur les cuisses de sa femme, et annonça :

— Je vais prendre ma douche, me raser et passer quelques coups de fil. Ensuite, je te conduis à ton rendez-vous.

Les joues de Piers étaient couvertes d'un léger chaume. Incapable de résister à tant de charme, elle leva la main et caressa les lignes fermes de son visage.

Sous la caresse, il ferma les yeux.

— Merci, dit-elle.

— C'est bien naturel, répondit-il. Je te laisse déjeuner, maintenant.

Elle le regarda s'éloigner. Négligent le délicieux petit déjeuner qui l'attendait, elle ne pensait qu'à une chose : Piers sous la douche, l'eau dégoulinant le long de ses muscles déliés. Si elle avait osé, elle l'aurait rejoint. Mais certaines réserves l'en empêchaient. Jusqu'à maintenant, elle lui avait toujours laissé l'initiative. Cela lui permettait d'étudier son comportement, de mieux comprendre cet homme qui chamboulait sa vie de fond en comble.

Pour la énième fois, elle contempla le diamant qui étincelait à son annulaire. Le poids en était étrange à son doigt. Elle n'en avait pas encore pris l'habitude, mais sa vue et le symbole qu'il représentait la fascinaient. De bien des manières, il était un signe de possession. Elle appartenait à quelqu'un.

Elle sortit de la dérive de ses pensées pour avaler son petit déjeuner en toute hâte. Après une bonne douche, elle s'habilla et s'aventura au rez-de-chaussée, où elle trouva Piers dans son bureau, en train de téléphoner.

Quand il leva la tête et l'aperçut, il lui fit un petit signe de la main. Mais, désireuse de ne pas le déranger, elle partit l'attendre dans le salon.

Il ne fut pas long à la rejoindre.

— Je viens d'embaucher un cuisinier pour la durée de notre séjour dans cette maison, dit-il. Il arrivera cet après-midi, à temps pour préparer le dîner.

— Ce n'était pas nécessaire ! Je plaisantais, l'autre jour.

— C'est une excellente idée, au contraire ! Il ne serait pas raisonnable que tu passes beaucoup de temps debout devant les fourneaux. Et si j'avais pris la cuisine en main, tu te serais lassée très vite de mes pauvres talents culinaires !

— Tu me gâtes trop, protesta-t-elle.

Sa déclaration sans grande conviction fit sourire Piers. Ce même sourire un peu énigmatique qu'il posait toujours sur elle.

— C'est très bien ainsi, dit-il.

Puis consultant sa montre, il ajouta :

— Tu es prête ?

Elle acquiesça et se mit sur pied.

A l'hôpital, Piers surprit Jewel en l'accompagnant jusqu'au

bureau du médecin. Non content de cela, il écouta avec soin tout ce que dirent le médecin et l'infirmière.

Au moment de l'échographie, il se passionna même. Il dévora chaque image d'un regard enchanté. Une fois, il alla jusqu'à toucher l'écran en demandant :

— C'est elle ?

La manipulatrice sourit.

— Vous voyez, elle suce son pouce ! expliqua-t-elle en désignant une petite courbe sur l'image. Ça, c'est son menton. Et voici son petit poing, avec le pouce dans la bouche.

A la vue de son enfant, les yeux de Jewel se voilèrent de larmes.

— Elle est belle, murmura-t-elle.

Piers se tourna vers elle. La voix rauque, le visage empreint d'émotion, il renchérit :

— Tu as raison, elle est belle, *yineka mou*. Comme sa maman.

— Et le kyste ? demanda-t-elle avec anxiété. Il a diminué ?

— Malheureusement pas, répondit l'infirmière. Le médecin comparera avec le précédent cliché, mais je pense qu'il a au contraire un peu grossi.

Le visage de Jewel s'assombrit. Elle ferma les yeux. D'une certaine manière, elle avait espéré un petit miracle. Le kyste aurait rapetissé, et l'opération se serait révélée inutile. Elle répugnait tant à risquer un geste chirurgical qui mette son enfant en danger.

Piers lui prit la main et la serra.

— Nous allons parler au médecin, et tout se passera bien, assura-t-il.

Pour éviter de sombrer dans un doute dévastateur, elle se raccrocha de toutes ses forces à l'optimisme de Piers.

La manipulatrice sortit avec le matériel.

Ils attendirent en silence. L'air calme de Piers fit naître un peu de rancœur dans le cœur de Jewel. Mais pourquoi, dans le fond ? A quoi d'autre pouvait-elle s'attendre de sa part ? Lui qui ne voulait pas cet enfant. Lui qui ne croyait même pas qu'il soit de lui.

N'empêche, il était là, auprès d'elle, songea-t-elle avec équité. Sa présence à côté d'elle avait un sens.

L'arrivée du médecin rompit le silence de la pièce. Il avait l'air pensif en étudiant la radio.

— Miss Henley, ravi de vous revoir, dit-il.

Piers se racla la gorge.

— Mme Anetakis, rectifia-t-il. Je suis son mari, Piers.

Puis il prit le contrôle de la situation, sous le regard médusé de Jewel.

Les deux hommes se mirent à parler de son état et de l'acte chirurgical à venir, comme si elle n'était pas là. Au début, elle écouta avec une sorte de stupeur, mais bientôt la colère prit le relais. Après tout, il s'agissait de *son* enfant. De *sa* santé.

— Je déciderai moi-même du moment où aura lieu cette opération, intervint-elle d'un ton rageur.

Piers lui tapota le genou.

— Bien sûr, *yineka mou*. Je cherche juste à comprendre quels sont les enjeux.

Consciente de se montrer peu coopérative, elle rougit. Mais elle avait le sentiment terrible de perdre les rênes de son existence. Les fils de sa vie se mêlaient de façon inextricable à ceux de la vie de Piers.

— L'opération doit avoir lieu sous peu, expliqua le médecin. Je m'en suis entretenu avec un de mes collègues, qui m'assistera le jour venu. C'est un geste chirurgical délicat, mais nous sommes confiants en son succès.

— Et mon bébé ? murmura-t-elle.

— Tout ira bien, répliqua-t-il d'un ton apaisant.

Au moment de partir, l'infirmière donna à Jewel une liste des situations où elle devait contacter l'hôpital sur-le-champ. Cela lui causa une terrible frayeur. Pendant quelque temps, elle avait relégué cette opération dans un coin obscur de sa tête. Mais maintenant, celle-ci se dressait devant elle, inéluctable.

— Viens, dit Piers d'un ton calme, avant de la guider vers la sortie et de l'installer dans la voiture.

Pendant quelques kilomètres, ils roulèrent en silence. Elle regardait défiler le paysage, obsédée par l'opération à venir.

— Dis-moi, demanda-t-il au bout d'un moment. Si tu pouvais vivre où tu voulais, quel endroit choisirais-tu ?

Surprise par cette question inattendue, elle tourna la tête vers lui.

— Au bord de la mer, je pense, répondit-elle en fermant les yeux. J'ai toujours rêvé de vivre dans une grande maison perchée en haut d'une falaise qui surplomberait une plage. Avec une immense terrasse d'où contempler le soleil couchant. Et toi ?

Les yeux de Piers ne quittèrent pas la route, mais elle le sentit se contracter un peu.

— Je n'y ai jamais vraiment pensé.

— Où vivais-tu, avant ? Je veux dire, avant toute cette histoire.

— Je n'ai pas de résidence permanente, répliqua-t-il, un sourire sardonique aux lèvres. Je voyage beaucoup, et quand je ne suis pas en déplacement, je choisis un de mes hôtels pour y résider.

— Ta vie ressemble donc beaucoup à la mienne.

La tête penchée sur le côté, il la regarda de biais.

— Comment ça ? s'enquit-il.

— Nous n'avons de foyer ni l'un ni l'autre.

Il fronça les sourcils, comme si cette idée ne l'avait jamais effleuré. Ses lèvres se retroussèrent en un sourire triste.

— Tu as sans doute raison, concéda-t-il. Je possède de multiples résidences, mais je ne pourrais qualifier aucune de foyer. Peut-être pourras-tu résoudre ce problème pour moi, *yineka mou* ?

Ils remontèrent en silence la longue allée menant à leur maison. Au moment où ils se garaient devant le perron, elle remarqua la voiture rangée sur le côté. Piers attendait-il un visiteur ?

Promenant son regard en direction de la porte d'entrée, elle aperçut alors un homme assis sur les marches.

Kirk !

Elle sortit en trombe de la voiture, et s'élança vers lui.

En la voyant, Kirk se leva, le visage sombre. Il l'accueillit entre ses bras et la serra très fort. Puis il demanda d'un ton pressant :

— Mais enfin, que se passe-t-il ?

— C'est à moi de poser cette question, intervint Piers d'une voix glaciale, les yeux fixés sur elle.

Consciente de la délicatesse de la situation, elle fit les présentations :

— Piers… voici Kirk, mon meilleur ami. Kirk, voici Piers, mon… mari.

Kirk jura entre ses dents. Puis :

— Bon sang ! Je t'avais dit d'attendre mon retour.

Elle le fixa de ses yeux écarquillés.

— Tu m'avais dit ? De quoi parles-tu ?

— J'ai répondu au mail dans lequel tu m'exposais la situation et m'annonçais ton mariage avec ce type, dit-il en adressant à Piers un geste plein de colère. Je t'ai demandé de ne prendre aucune décision avant mon arrivée.

— Mais… je n'ai jamais reçu ce mail ! protesta-t-elle.

Piers se rapprocha de Jewel et lui passa autour des épaules un bras possessif. Il la serrait tant qu'elle ne pouvait plus bouger.

— Et vous avez fait tout ce chemin pour nous offrir vos félicitations ? demanda-t-il d'une voix calme. Je suis au regret de vous dire que vous avez raté la cérémonie.

La contrariété de Kirk était à son comble.

— J'aimerais avoir une conversation privée avec Jewel, dit-il. Je ne partirai que si elle me convainc qu'elle agit de son plein gré.

— Tout ce que vous dites à *ma* femme, je peux l'entendre.

— Arrête, Piers, interrompit Jewel d'une voix sèche. Kirk est un ami très cher, et je lui dois une explication.

Sur ces mots, elle se déroba à l'étreinte de son mari, et posa sa main sur le bras de Kirk.

— Tu as mangé ? s'enquit-elle.

— Non, dit-il, j'ai sauté dans un avion, et je suis venu directement ici.

— Entre. Nous allons nous installer dans le patio, et discuterons pendant que tu te restaures.

Le visage de Piers se figea. On aurait dit une statue de pierre. Sans un mot, il pivota sur ses talons, franchit les quelques marches et disparut dans la maison.

— Vraiment super, ce type, bougonna Kirk.

Jewel soupira.

— Allez, viens. Je vais nous faire quelque chose à manger.

11

Debout devant la porte-fenêtre du salon, un verre à la main, Piers s'absorbait dans la contemplation de sa femme et de l'intrus qui faisait irruption dans sa vie. Qui était ce type, au juste ? Serait-ce lui, le père du bébé ? Tout un tas de scénarios lui vinrent à l'esprit et à chaque fois il était le dindon de la farce.

Jewel souriait à son interlocuteur. Un instant après, elle éclata de rire. Puis tous deux se levèrent et il vit Kirk la prendre entre ses bras et la serrer très fort.

Sentant une immense frustration l'envahir, Piers serra les poings. Puis il se détourna pour quitter le salon avant leur retour. Pas question de donner à sa femme la satisfaction de mordre à son hameçon.

Alors qu'il s'apprêtait à refermer la porte derrière lui, il se ravisa et prit soudain conscience de ce qu'il était en train de faire : il fuyait. Cela le mit en colère. Davantage en colère que la perspective d'être mené en bateau par Jewel. Aucune femme ne ferait de lui un lâche. Jamais.

Au moment où il revenait dans la pièce, il les vit entrer par la porte-fenêtre. Il était temps de les affronter. Ses yeux allèrent froidement de Kirk à Jewel.

Elle répondit à sa froideur par un froncement de sourcils et un regard plein de reproche.

— Tout est éclairci ? demanda-t-il d'une voix contenue.

— Pas vraiment, rétorqua Kirk. J'ai offert mon aide à Jewel, de sorte que sa seule option ne soit pas de vous épouser.

— Comme c'est aimable à vous ! Sauf qu'il est un peu tard, vous le savez. Elle est ma femme.

— On divorce facilement, de nos jours.

— Sans doute, si j'étais d'accord. Mais je ne le suis pas, figurez-vous.

Jewel s'interposa :

— Arrêtez, tous les deux ! Kirk, j'apprécie ton aide à sa juste valeur, mais Piers a raison. Nous sommes mariés, et je veux réussir ce que nous avons entrepris.

Le regard de Kirk s'adoucit en se posant sur son amie.

— Si tu es en difficulté, contacte-moi, dit-il. Je mettrai peut-être plusieurs jours à arriver, mais je viendrai. Tu peux compter sur moi. D'accord ?

— Merci, répliqua-t-elle en le serrant dans ses bras. Merci aussi pour ton appartement. Ça m'a rendu un immense service.

Piers écoutait en silence. Ainsi, l'appartement de San Francisco n'appartenait pas à Jewel ? C'était celui de Kirk ? Elle n'avait donc pas exagéré : en quittant l'île, elle ne disposait ni d'argent ni d'endroit où se loger. Une nouvelle fois, il se sentit coupable. A cause de lui, elle s'était retrouvée dans une solitude terrible. Sans aucune aide morale ni financière.

Kirk embrassa son amie sur le front.

— Si tu es sûre que tu n'as pas besoin de moi, je retourne à l'aéroport prendre le premier avion possible. Avec un peu de chance, je serai de retour sur mon lieu de travail dans un jour et demi.

— Désolée que tu aies fait tout ce voyage pour rien, dit-elle. Si seulement j'avais reçu ton mail, je t'aurais dit de ne pas te déplacer.

Piers s'efforça de garder un visage neutre. Il avait effacé ce message de manière très inélégante, et il n'en était pas très fier. Sa faute lui revenait maintenant en pleine figure, comme un boomerang.

Lorsque Jewel revint dans le salon, après avoir raccompagné Kirk, elle avait l'air folle de rage.

— Mais qu'est-ce que c'est que cette histoire ? lança-t-elle.

La force de sa colère le sidéra. De toute évidence, elle frémissait de rage de la tête aux pieds. Ses yeux bleus, si semblables à l'océan, lançaient des éclairs.

— C'est plutôt à moi de poser cette question, répliqua-t-il.

— De quoi parles-tu ? Kirk est un excellent ami. Mon seul ami au monde, en fait. Si ça te pose un problème, tu peux tout de suite t'en aller.

— Comme tu es loyale envers lui, murmura-t-il. Cette loyauté s'étend-elle à moi ? Je me le demande.

— Arrête, Piers. Tu veux te quereller ? Soit. Mais je t'avertis, je n'ai pas d'énergie pour ces petits jeux.

— Nous nous querellons bel et bien ! Et le lendemain de notre mariage, encore ! C'est un peu tôt, tu ne trouves pas ?

— Oh ! Va au diable !

Sur ces mots, elle tourna les talons et gravit les marches jusqu'à l'étage. Quelques secondes plus tard, la porte de sa chambre se refermait avec fracas.

Quel sale caractère ! songea-t-il. Mais en fait, le vrai fautif, c'était lui. Il l'avait provoquée par pure colère contre lui-même, parce qu'il s'en voulait d'être jaloux. Jewel possédait sur lui un pouvoir qu'il avait du mal à admettre.

Mais surtout, il restait tant de questions sans réponses. Il ne connaissait pas ce Kirk, ni les liens qu'il entretenait avec Jewel. Il pouvait tout à fait être le père du bébé. Et dans ce cas, pourquoi reviendrait-il vers Jewel après l'avoir de toute évidence laissée tomber ? Parce qu'il ne supportait pas d'avoir un rival ou parce qu'il avait flairé la bonne affaire et souhaitait lui soutirer de l'argent ?

Il se sentit soudain très démoralisé. Quel idiot il faisait ! Il était sans doute tombé tout cru dans le piège de Jewel, en lui garantissant un capital, même si les tests ne confirmaient pas sa paternité. Elle, la finaude, n'attendait que ça depuis le début !

Cependant il existait un obstacle au plan de Jewel : il n'aboutirait que s'il lui accordait le divorce. A cette pensée, un sourire froid naquit sur son visage. Il avait soudain hâte de l'en informer. Jamais il n'accepterait de divorcer.

Le dîner fut calme mais l'ambiance autour de la table était pour le moins plombée. Jewel ne décolérait pas de la façon dont Piers avait traité Kirk. De son côté, le visage de Piers était inexpressif, pour ne pas dire froid. Il mangeait avec appétit, comme si rien entre eux ne s'était passé, et cela la mettait encore plus en colère. Comment pouvaient-ils s'expliquer, s'il ne coopérait pas ?

Le dessert arriva. En temps ordinaire, elle aurait adoré déguster le superbe gâteau au chocolat. Pour l'heure, il avait un goût de cendre.

Piers choisit ce moment pour annoncer avec froideur :

— J'ai réfléchi…

Concentrée sur le gâteau, elle ne réagit pas.

— Je ne pense plus que le divorce soit une option, entre nous, poursuivit-il sur le même ton.

Interloquée, elle lâcha sa cuillère, qui claqua contre son assiette.

— Quoi ? s'étonna-t-elle. Cela veut dire que tu crois enfin à ta paternité ? Sans attendre les tests ADN ?

Il souleva un sourcil moqueur.

— Je ne suis pas un imbécile, Jewel, tu ferais bien de t'en souvenir.

— Dans ce cas, pourquoi ces simagrées au sujet d'un divorce ? Tu n'as jamais voulu croire que le bébé était de toi. Mais tout d'un coup, tu changes d'avis avant d'avoir effectué les tests que tu réclamais ? Tu décides que nous ne divorcerons pas ? Je n'y comprends rien !

— Je te fais juste comprendre que ton plan ne marchera pas. Je ne t'accorderai pas le divorce, même si l'enfant n'est pas de moi.

Elle nageait en pleine confusion. Elle nota alors que Piers l'observait attentivement. Comme s'il espérait d'elle une réaction. Mais quelle réaction ? A quoi s'attendait-il ?

Tout à coup, un voile se déchira dans son esprit. La vérité lui apparut dans toute sa nudité. Estomaquée, elle le contempla un instant avec dégoût.

— Je n'y crois pas ! lâcha-t-elle enfin. Tu penses que j'ai un plan pour t'extorquer de l'argent ? Tu crois que Kirk est le père ? Que je suis une sorte de prostituée, qui couche à la fois avec lui et avec toi ?

Jamais elle n'aurait cru que quelqu'un puisse encore lui faire aussi mal. Depuis longtemps, elle s'était barricadée derrière une sorte de carapace impénétrable. Un rempart contre les chagrins que s'infligent les êtres humains. Et pourtant, en cet instant, une immense peine l'envahit. Même si Piers ne lui avait jamais vraiment accordé sa confiance et sa loyauté, elle se sentit trahie.

Les jambes flageolantes, elle se leva et repoussa sa chaise avec plus de force que nécessaire. Elle ne voulait pas flancher devant cet homme. Avant de s'enfuir, elle se tourna vers lui une dernière fois.

— Qui t'a fait ça, Piers ? demanda-t-elle. Quelle femme a fait de toi ce salaud qui n'a foi en rien ni en personne ? Et combien de temps te faudra-t-il pour comprendre que *moi*, je ne suis pas ce genre de femme ?

Elle s'échappa, incapable de supporter davantage le regard froid posé sur elle.

Au lieu de monter dans sa chambre, elle sortit dans le parc. L'air frais la saisit, tempérant un peu sa colère. Les bras croisés pour se réchauffer, elle suivit le chemin qui s'enfonçait entre les arbres. Des lampadaires anciens éclairaient la plupart des allées. Elle s'arrêta devant une table en pierre encerclée d'un banc. L'endroit parfait pour s'installer, profiter de la nuit claire et réfléchir.

Qu'avait-elle fait ? se demanda-t-elle en se frottant doucement le ventre. Rien n'était résolu, son avenir et celui de sa fille s'obscurcissaient même encore davantage maintenant. Piers se vengeait sur elle d'un tort qu'elle ne lui avait pas fait, c'était évident. Il décidait qu'il ne divorcerait jamais, comme si elle n'avait pas son mot à dire. Comme si elle n'avait pas le choix.

Mais quelle serait sa vie maintenant ? Elle ne pouvait pas prédire le comportement de Piers, mais il n'était pas sûr du tout qu'il s'adoucisse à la naissance de leur fille. Il était même plus probable qu'il les relègue toutes deux dans des rôles secondaires. Pourrait-elle supporter ce genre d'existence ?

— Tu ne devrais pas rester dehors toute seule en pleine nuit.

La voix la fit sursauter. A la vue de Piers planté à côté

d'elle, les deux mains insolemment fourrées dans les poches de sa veste, sa colère resurgit.

— Seule ? riposta-t-elle. Des tas de gardes du corps à ta solde me surveillent, je suppose.

Il hocha la tête mais rétorqua :

— Ce n'est pas une raison pour prendre un tel risque.

— Dis-moi… tes vigiles me protègent-ils de toi aussi ? ironisa-t-elle.

— J'ai plutôt le sentiment que c'est moi qui ai besoin d'être protégé.

Les épaules tremblantes, elle détourna la tête et déclara :

— Je veux sortir de cette situation, Piers. Tout de suite.

— Je viens de te dire que je ne t'accorderai pas le divorce.

— Au point où nous en sommes, ça m'est complètement égal. De toute façon, je n'ai jamais eu l'intention de t'épouser. Je veux m'éloigner de toi, c'est tout. Au diable ton contrat ! Je ne veux rien de toi. Ma liberté, voilà ce qui m'importe. Le reste ne me concerne pas. Je pars à la minute.

Joignant le geste à la parole, elle s'engagea dans l'allée qui remontait vers la maison. Mais Piers la rattrapa par le bras.

— Tu ne peux aller nulle part à une heure pareille, assura-t-il. Sois raisonnable.

Elle éclata de rire.

— Raisonnable ? C'est toi qui me conseilles ça ? J'aurais dû être raisonnable le jour où tu es revenu dans ma vie et en as pris la direction, ça oui !

— Reste jusqu'au matin. Tu n'auras rien à craindre de moi, je ne vais pas revendiquer mes droits de mari.

— Et demain, tu me laisseras partir ? demanda-t-elle, incrédule.

— Oui, si tu le souhaites toujours.

Elle l'observa à travers l'obscurité. Son expression impassible la désarçonna. Cet homme éprouvait-il parfois des émotions ? Avait-il une âme, ou s'en était-il débarrassé depuis longtemps ?

— D'accord, dit-elle enfin. Je pars demain à la première heure. Et maintenant, si tu veux bien m'excuser, je voudrais aller me coucher.

Le cœur serré par la panique, Piers la regarda s'éloigner. Parmi toutes les réactions possibles de Jewel, celle-ci le désarçonnait. Une fois démasquée, il s'était attendu à des larmes, des lamentations, des récriminations, des supplications de lui venir en aide. Mais l'envoyer au diable comme elle venait de le faire ? Reprendre sa liberté sans rien exiger ? Pas une seule fois il ne l'avait envisagé. Pareille attitude contredisait toute l'idée qu'il s'était fait d'une femme calculatrice et intéressée.

Et maintenant ? Il ne lui restait plus qu'une chose à faire : trouver un moyen de la persuader de revenir sur sa décision. Tant qu'il ne comprendrait pas tous les tenants et les aboutissants de cette affaire, il ne supportait pas l'idée de la voir s'éloigner de lui.

Pour la première fois, un grand frisson d'émotion pure l'envahit. Jewel était-elle vraiment enceinte de *lui*, au bout du compte ? Si c'était le cas et que lui était donnée la possibilité que ses droits envers l'enfant soient reconnus, alors, jamais il ne laisserait Jewel sortir de sa vie.

12

Incapable de dormir, Jewel s'occupa de ses bagages. Cela lui prit peu de temps, elle resta donc ensuite assise au bord de son lit, à ressasser ses idées noires.

Pourquoi avoir accepté d'épouser Piers ? C'était une décision stupide, vouée à l'échec. A l'hôpital, quand elle frôlait le désespoir, pourquoi n'avait-elle pas plutôt appelé Kirk à la rescousse ? Pour quelle raison avait-elle téléphoné à Piers, et remis sa vie entre ses mains, au point d'accepter le mariage avec lui.

Sans doute parce qu'elle s'était laissé guider par ses émotions. Elle s'était laissée aller à la rêverie, celle du chevalier servant qui vient vous enlever et vous sauver des situations les plus critiques…

Tout devenait clair, maintenant. Ces cinq derniers mois, elle s'était laissé influencer par des valeurs auxquelles elle ne croyait pas. Dans ces conditions, fallait-il s'étonner d'avoir échoué dans les grandes largeurs ?

A 2 heures du matin, elle était encore allongée sur son lit, les yeux au plafond. De temps en temps, elle contemplait la pleine lune dont la clarté inondait la chambre. Elle venait à peine de sombrer dans le sommeil quand une vive douleur au ventre la sortit de sa torpeur et lui coupa le souffle.

Dans un mouvement défensif, elle releva les genoux vers la poitrine. Mais une nouvelle douleur lui déchira l'abdomen. Elle ne pouvait plus respirer, ne pensait plus, incapable d'accomplir les gestes élémentaires à sa survie.

Quand la souffrance reflua, elle roula vers le bord du lit.

Maintenant, une peur terrible la tenaillait, le disputant à la douleur. Etait-elle en train de perdre son bébé ?

Les larmes lui brouillèrent la vue. Elle essayait de se lever, quand une nouvelle douleur lui cisailla le ventre. Elle tomba par terre sur le côté. Un instant elle demeura immobile, aspirant de l'air, la bouche grande ouverte. Les larmes dégoulinaient le long de ses joues, les douleurs se succédaient en rafales.

Piers. Elle devait rejoindre Piers.

Elle appuya une main à plat sur le sol pour essayer de se relever. La douleur ne lui laissait plus de répit. Une nausée lui montait aux lèvres. Pour l'endiguer, elle prit de profondes inspirations par le nez.

— Piers ! voulut-elle crier.

Mais sa voix faible ne franchit pas les limites de sa chambre.

— Piers, cria-t-elle un peu plus fort, avant de s'effondrer, terrassée par une nouvelle crise.

Il ne l'entendait pas, se désespéra-t-elle. Et elle ne parvenait toujours pas à se relever.

Les larmes ruisselaient le long de ses joues. Elle gémissait, impuissante devant la douleur qui lui déchirait les entrailles.

Puis elle entendit la porte s'ouvrir en trombe. La lumière du plafonnier s'alluma, des pas s'approchèrent d'elle.

— Jewel ! s'exclama Piers. Qu'y a-t-il ? C'est le bébé ?

Agenouillé auprès d'elle, il laissa ses mains courir sur le ventre de sa femme. Quand il essaya de la mettre sur le dos, elle poussa un cri.

— Dis-moi ce qui ne va pas, *yineka mou*. Dis-moi comment je peux t'aider.

— Mal, chuchota-t-elle. Très mal.

— Où ?

— Sur le côté. En bas, près du bassin. Je… je ne sais pas. Ça fait mal partout.

— Je vais m'occuper de toi, ne crains rien, dit-il d'un ton apaisant. Tout ira bien, promis.

La prenant dans ses bras avec d'infinies précautions, il la souleva.

— Ça va aller, si je t'allonge sur le lit un instant ? Je vais m'habiller en vitesse et te conduire à l'hôpital.

Incapable de prononcer un seul mot, elle hocha la tête contre son épaule.

Tout en la serrant fort contre lui, il la déposa sur son lit. Le lit où ils avaient fait si tendrement l'amour la nuit dernière.

L'odeur de Piers entourait Jewel, lui offrant une sorte de réconfort au milieu des tiraillements spasmodiques de son ventre. Il sembla mettre une éternité à s'habiller, mais enfin il fut prêt, la souleva une nouvelle fois, descendit en hâte l'escalier et sortit dans l'air froid de la nuit.

— Je vais t'installer sur le siège arrière, murmura-t-il, comme ça tu pourras t'allonger. Nous serons très vite à l'hôpital, essaie de tenir le coup, *yineka mou.*

Elle se mit en boule sur la banquette, et serra les poings pour s'empêcher de hurler.

« Pas le bébé ! Je vous en prie, ne permettez pas que ce soit le bébé. »

A peine remarqua-t-elle l'arrivée à l'hôpital, les bras de Piers qui la transportait. Des voix autour d'elle, une piqûre à son bras, les draps froids, des lumières vives. Puis un homme penché sur elle.

— Mme Anetakis, m'entendez-vous ?

Elle hocha la tête et tenta de répondre. Piers lui serra la main. Depuis combien de temps la lui tenait-il ?

— Le kyste sur votre ovaire a provoqué une torsion de votre intestin. Je viens d'appeler votre obstétricien. Nous vous préparons pour l'opération.

Un long gémissement jaillit de la gorge de Jewel. Penché sur elle, Piers lui passa une main apaisante dans les cheveux.

— Tout ira bien, *yineka mou.* Tu vas recevoir les meilleurs soins. Notre bébé s'en tirera très bien.

Notre bébé, songea-t-elle dans une sorte de brume. Avait-il prononcé le mot « notre », ou l'avait-elle rêvé ? Elle ne parvenait plus à penser clairement. La douleur était moins vive, mais elle avait le sentiment de flotter sur un nuage léger.

— Qu'est-ce que vous m'avez fait ? demanda-t-elle.

L'infirmier qui s'occupait d'elle sourit et expliqua :

— On vous a administré un calmant. Dans un moment, nous allons vous conduire en salle d'opération.

— Piers ? dit-elle.

— Je suis là, *yineka mou.*

De la main, il caressait ses cheveux.

Elle tourna la tête vers lui et tenta de garder les yeux ouverts.

— Tu as dit « notre bébé », bredouilla-t-elle. Tu crois qu'elle est de toi ?

Il eut une hésitation. Elle lutta pour demeurer attentive. Le front de Piers était barré de rides soucieuses. S'inquiétait-il pour le bébé ?

— Oui, elle est de moi, dit-il enfin d'une voix rauque. Elle est notre fille, et tu prendras bien soin d'elle pendant l'opération, j'en suis certain. Maintenant, ne parle plus. Laisse le calmant agir.

Elle s'accrocha à la main de Piers. Si elle la lâchait, il partirait, s'effraya-t-elle. Mais le lit se mit en branle vers la salle d'opération, et elle le supplia :

— Ne me laisse pas…

— Je reste auprès de toi.

Ses lèvres effleurèrent son front. Apaisée, elle ferma les yeux, et se détendit enfin tout entière.

Les voix se brouillèrent autour d'elle. Piers l'embrassa de nouveau, lui promit doucement de l'attendre. Pourquoi ? Où allait-il ? Elle voulut le lui demander, mais n'en trouva pas la force. Une inertie s'emparait d'elle, contre laquelle elle ne pouvait lutter.

Impatient, les nerfs à vif, Piers arpentait la salle d'attente comme un lion en cage. Il consulta sa montre pour la énième fois. Le temps semblait s'être arrêté. Bon sang ! Cela durerait-il encore longtemps ? Pourquoi ne lui disait-on rien ?

— Comment va-t-elle ? entendit-il à côté de lui.

Piers leva les yeux pour découvrir Theron qui pénétrait dans la salle d'attente, les cheveux en désordre. Comme s'il était directement sorti de son lit pour sauter dans le premier avion. Il se sentit coupable d'avoir dérangé son frère au milieu de la nuit. Mais en même temps, il lui était reconnaissant d'être venu.

Les deux frères se donnèrent une brève accolade, et s'assirent.

— Je n'en sais rien encore. L'opération a commencé il y a quelques heures, et depuis je n'ai aucune information.

— Que s'est-il passé ? Le bébé va bien ?

— Le kyste sur son ovaire a provoqué une torsion intestinale. Comme elle souffrait le martyre, on l'a opérée sur-le-champ, pour enlever le kyste. Probablement une partie de l'intestin aussi. De toute façon, il était prévu de l'opérer dans une semaine.

— Et le bébé ?

— Il existe… un risque. Mais ils m'ont promis de faire l'impossible pour l'épargner.

— Depuis combien de temps dure l'opération ?

— Quatre heures, répondit Piers d'une voix blanche. Pourquoi cela dure-t-il si longtemps ?

Theron chercha à le réconforter :

— Ils te donneront bientôt l'explication. Tu as prévenu Chysander ?

— Cela n'aurait servi à rien. Quitter l'île pour venir ici aurait pris trop de temps. Il serait arrivé après la bataille.

— Tu devrais quand même l'appeler. Lui et Marley aimeraient être au courant, j'en suis sûr.

— Je les contacterai quand j'en saurai davantage.

Les deux frères demeurèrent assis en silence pendant quelques temps, puis Theron sortit et revint avec deux gobelets de café. Piers en avala une gorgée d'un air absent.

— Tu as changé, dit Theron.

Surpris, Piers leva les yeux vers son frère.

— Qu'est-ce que tu veux dire ? demanda-t-il.

— Tu as l'air plus… équilibré. Plus épanoui. Je l'ai vu dans tes yeux le jour du mariage.

— Contrairement à quoi ? s'informa Piers sur le mode de l'ironie.

— Contrairement à ta façon de vivre depuis le moment où Joanna t'a trahi et t'a quitté en emmenant Eric.

Sur le coup, Piers grimaça. Personne ne mentionnait jamais Eric devant lui. Sans doute sa famille en parlait-elle dans son dos, mais jamais en sa présence. La souffrance était encore trop mordante.

— Ne gâche pas tes chances d'être heureux, conseilla Theron. Ton bonheur est là, à portée de main. Tu as tout à gagner.

— Ou tout à perdre une nouvelle fois. C'est d'ailleurs peut-être déjà fait.

— Que veux-tu dire ?

Piers avala une autre gorgée de café, avant d'expliquer :

— Elle s'apprêtait à me quitter ce matin. Ses valises étaient faites, quand je l'ai découverte par terre dans sa chambre, tordue de violentes souffrances.

— Tu as envie d'en parler ? s'enquit Theron avec prudence. La femme de ma vie m'accuse souvent d'être un peu… inquisiteur.

— Tu as l'air si sûr que le problème vient de moi, répliqua Piers d'un ton sec.

— Tu es un homme, et les hommes se trompent souvent. Tu n'as pas encore appris ça ?

Un sourire fugace passa sur le visage de Piers, et il avoua :

— Je me suis comporté comme un imbécile.

— Ce n'est pas la dernière fois, rassure-toi ! Ça fait partie de notre patrimoine génétique.

— Un ami de Jewel a fait son apparition hier, pour lui venir en aide. Je l'ai… disons, mal pris.

— Personne ne peut t'en blâmer. C'est une réaction possessive, c'est tout.

— Bientôt, tu me diras que nous sommes tous des hommes des cavernes, et que nous marquons notre territoire comme des chiens, ricana Piers.

— Belle image, petit frère ! Je crois que c'est ce que nous faisons tous. Pas au sens propre, bien entendu !

Theron lança à son frère un regard de biais.

— Ainsi, Jewel s'apprêtait à te quitter parce que tu n'as pas apprécié l'arrivée de son copain ?

— Je... j'ai sous-entendu qu'il était le père de l'enfant, et que tous les deux étaient amants, et cherchaient à m'extorquer de l'argent.

Theron fit la grimace.

— Hey ! Tu n'y es pas allé de main morte, remarqua-t-il.

— Je me suis conduit comme un imbécile. J'étais très en colère. Je lui ai jeté à la figure que je n'accepterais pas de divorcer. Ce à quoi elle m'a répondu d'aller nous faire voir, moi et mon contrat.

— Cette attitude ne correspond pas à celle d'une femme qui en voudrait à ton argent...

— C'est ce que je pense aussi. Et puis... j'ai envie de lui faire confiance, Theron.

— Et ça t'effraie...

Tout était dit. Son frère voyait juste, comme souvent. Il souhaitait de toutes ses forces accorder sa confiance à Jewel. Mais en même temps, il en avait très peur, et cela l'enrageait contre lui-même.

— Je ne veux plus jamais accorder à une femme un tel pouvoir sur moi, avoua-t-il.

Theron soupira et posa la main sur l'épaule de Piers.

— Je te comprends très bien, répliqua-t-il. Mais tu ne peux t'isoler dans ta tour d'ivoire pour le restant de tes jours, au prétexte que tu as déjà été déçu une fois.

— Déçu ? ricana Piers. Si ce n'était que ça ! Joanna m'a pris ce que j'aimais le plus au monde. Ça va bien au-delà d'une simple déception.

— Bien sûr... et pourtant, comme dit le cliché, la vie continue. Je veux que tu sois heureux. Chrysander et moi, nous nous inquiétons à ton sujet. Tu ne peux continuer de vivre d'hôtel en hôtel, comme un bohémien de luxe. A un moment ou un autre, il faudra que tu t'arrêtes, que tu poses tes valises et construises une famille. Jewel t'en fournit l'occasion rêvée. Tu devrais en profiter, et lui donner une chance.

— M. Anetakis ?

Les deux frères levèrent la tête vers l'infirmière qui venait d'entrer dans la salle d'attente.

— Mme Anetakis vient de sortir du bloc. Vous pouvez lui rendre une brève visite en salle de réveil, si vous le souhaitez.

Piers bondit sur ses pieds et demanda avec anxiété :

— Elle va bien ? Et le bébé ?

— Mère et enfant vont bien, rétorqua l'infirmière avec un sourire. L'opération s'est bien déroulée. Le chirurgien va venir vous parler avant l'installation de votre femme dans une chambre. Elle est groggy, mais vous pouvez lui parler.

— Vas-y, intervint Theron. Je t'attends ici.

— Merci, répondit Piers avec émotion.

Puis il s'empressa de suivre l'infirmière.

13

La douleur de Jewel était différente. Beaucoup moins aiguë, plus sourde. Mais quand elle essaya de changer de position, elle eut un haut-le-corps, comme si on lui déchirait le ventre en deux.

— Fais attention, *yineka mou*. Ne bouge pas. Dis-moi ce dont tu as besoin, et je t'aiderai.

Piers ! Elle ouvrit les yeux, mais les referma vite, éblouie par la lumière crue. Elle ne put le regarder qu'à travers ses paupières plissées.

Alors tout lui revint à la mémoire.

— Le bébé, murmura-t-elle.

Paniquée, elle plaqua ses mains à son ventre, ce qui la fit gémir de douleur.

Piers lui prit les mains et les éloigna de la zone douloureuse.

— Le bébé va bien, annonça-t-il, et toi aussi.

Avec tendresse, il guida ensuite les mains de Jewel au niveau du renflement de son ventre, mais sans lui permettre de le toucher.

Sous les épais bandages, elle reconnut la rondeur familière. Des larmes de soulagement roulèrent sur ses joues.

— J'ai eu si peur, murmura-t-elle. Je ne veux pas la perdre. Elle est tout ce que j'ai.

Piers essuya du pouce le tracé humide des larmes de Jewel sur ses joues.

— Ton opération est un succès. Le chirurgien m'a affirmé que le bébé va bien et se développe normalement. On t'a équipée d'un système qui surveille tes contractions éventuelles.

Tu vois ? dit-il en lui indiquant une machine à côté du lit. Tu peux voir et entendre les battements du cœur du bébé.

La tête tournée vers la machine, elle écouta le doux « whop whop » qui battait dans la chambre silencieuse.

— C'est vraiment elle ? demanda-t-elle.

— Oui, répondit-il avec un sourire, notre fille nous signale sa présence.

Notre fille. Comme avant l'entrée au bloc opératoire. Le cœur de Jewel se mit à battre plus vite. Elle n'avait donc pas rêvé ? De nouveau, Piers revendiquait sa paternité. Elle avait du mal à comprendre ce qui avait provoqué ce revirement.

— Merci de m'avoir emmenée si vite à l'hôpital, dit-elle à voix basse. J'avais si peur, quand tu ne m'entendais pas…

Ses yeux sombres posés sur elle, il répliqua avec ardeur :

— Si j'avais été auprès de toi, tu n'aurais pas souffert aussi longtemps. A partir de maintenant, tu dormiras dans ma chambre, dans mon lit. Comme ça, si tu ne vas pas bien, je le saurai sur-le-champ. Je déteste penser à ce qui se serait produit, si je ne t'avais pas entendue.

L'esprit encore embrumé par l'anesthésie, elle se concentra sur les propos de Piers. Tout était embrouillé dans sa tête, et il la plongeait dans une confusion encore plus intense. A l'entendre, on aurait dit que ce qui s'était passé entre eux la veille n'avait jamais existé. Pourtant, ils s'étaient horriblement disputés, il l'avait accusée de lui faire endosser la paternité d'un autre homme. C'était à n'y rien comprendre.

— Nous aurons tout le temps de parler plus tard, dit-il avec douceur. Tu es épuisée, et tu souffres. Repose-toi. Je serai là quand tu te réveilleras. A ce moment-là, tu pourras poser les questions que je lis au fond de tes yeux.

Elle secoua la tête avec véhémence, ce qui la fit grimacer de douleur.

— Je veux savoir maintenant, dit-elle. Hier, tu as sous-entendu des choses horribles. Même pour ma fille, je n'accepte pas de vivre avec un homme qui m'estime si peu. Kirk se propose de m'aider à me remettre sur pied moralement et financièrement. C'est d'ailleurs lui que j'aurais dû contacter en premier lieu.

— Mais tu ne l'as pas fait, constata-t-il d'une voix tranquille. C'est à moi que tu as téléphoné, comme il était normal. Je pense qu'il vaut mieux garder Kirk à l'écart de tout ça.

Elle ouvrait la bouche pour protester, mais il l'en empêcha en plaçant un doigt sur ses lèvres :

— Shht, dit-il. Ne t'énerve pas. Je te demande pardon, *yineka mou*. Essaie d'être patiente avec moi. Je ne suis pas un homme facile à vivre. A partir de maintenant, nous sommes une famille. Tu portes mon enfant, et nous lui devons amour et solidité. Pour cela, je dois cesser de t'inquiéter et te stresser comme je l'ai fait jusqu'ici. Donne-moi une seconde chance, et notre mariage réussira, j'y mets un point d'honneur.

Stupéfaite, elle le contempla sans un mot. Elle lisait sur son visage une sincérité totale. Nulle arrogance au fond de ses yeux, ni dans sa voix. Seulement du regret.

Quelque chose dans sa poitrine se dénoua dangereusement. L'espace d'un bref instant, elle oublia la douleur qui vibrait dans son abdomen et la brume causée par les calmants. Une douce chaleur courut dans ses veines, l'envahit tout entière. L'espoir. Elle n'en avait pas éprouvé depuis si longtemps.

L'espoir, enfin.

Piers porta sa main à ses lèvres et y déposa un tendre baiser.

— Tu me pardonnes ? demanda-t-il. Me donnes-tu une seconde chance de bien faire ?

— Bien sûr, murmura-t-elle d'une voix tremblante.

— Et tu restes avec moi ? Tu ne me parleras plus de partir ?

Trop émue pour parler, elle secoua la tête.

— Tu ne le regretteras pas, *yineka mou*, dit-il d'une voix grave. Nous allons y arriver, tu verras.

Elle sourit, avant que la douleur au centre de son corps ne la fasse de nouveau grimacer.

Piers attira son attention vers un petit appareil posé à côté d'elle, sur le lit. Il le lui plaça dans la main, et expliqua :

— C'est contre la douleur. Tu appuies sur le bouton, et ça envoie un peu de calmants dans tes veines, par l'intermédiaire de cette perfusion. Tu peux appuyer toutes les dix minutes. Le soulagement est presque instantané.

— Merci…

— Je vais prendre soin de toi et de notre bébé, dit-il solennellement. Ne t'inquiète plus de rien. A part aller mieux et guérir.

Elle leva vers lui des paupières lourdes de sommeil et lui sourit.

— Fatiguée, murmura-t-elle.

— Dors. Je suis là.

Fermant les yeux, elle tourna la tête vers Piers, et enroula ses doigts aux siens.

— Quand est-ce que je sors d'ici ? grommela-t-elle en luttant contre le sommeil.

— Rien ne te presse, répliqua-t-il avec un petit rire tendre. Tu sortiras quand le chirurgien le jugera compatible avec ta santé. En attendant, prends plaisir à ce que tout le monde s'occupe de toi !

— Toi seulement, marmonna-t-elle avant de lâcher prise et de sombrer dans le noir.

— Tu es sûr que tout est prêt ? demanda Piers, son portable collé à l'oreille, en pénétrant dans la chambre de Jewel.

Elle répondit par un sourire à la main qu'il agitait dans sa direction tout en parlant.

— Bien, très bien, acheva-t-il. Je te suis redevable, et je suis certain que tu sauras t'en souvenir en temps voulu !

Sur ces mots, il ferma son téléphone, se dirigea vers Jewel et effleura ses lèvres d'un baiser léger.

— Comment vont mes femmes, aujourd'hui ? demanda-t-il.

— Ta fille est très active, ce qui est à la fois une bénédiction et une souffrance.

Piers la regarda avec compassion.

— Ses mouvements tirent sur ta cicatrice ?

— On dirait que cette petite coquine s'entraîne à viser, répliqua-t-elle avec une grimace. Elle a le don de taper exactement là où ça fait mal.

— Ce doit être très douloureux... j'en souffre pour toi.

— Si elle ne bougeait pas, ce serait très inquiétant. Alors, je supporte volontiers ces petits coups de pied !

— Le chirurgien est déjà passé ?

— Oui. Il dit que si tout va bien, si je n'ai plus de contractions, je peux sortir demain. Je serai au repos forcé dans mon lit pendant une semaine entière. Ensuite, je pourrai me lever et bouger, à condition de ne pas trop en faire.

— Compte sur moi pour te faire obéir à ses instructions à la lettre !

Pour ménager son ventre, elle s'efforça de ne pas rire. Un sourire amusé aux lèvres, elle remarqua :

— D'où me vient le sentiment que tu vas aimer ma convalescence inactive ?

— Ah bon ? Pourquoi ?

— Parce que tu es habitué à gouverner les gens, à te faire obéir.

— Tu dis ça comme si c'était un défaut...

Cette fois-ci, elle ne put s'empêcher de rire, pour s'en repentir aussitôt avec une grimace de douleur. Devant le regard désapprobateur de Piers, elle prit un air contrit.

Etre clouée sur un lit d'hôpital avait été pour elle un vrai désagrément, mais à part ça, la semaine écoulée s'était bien déroulée. Le premier jour avait été une horreur. Ensuite, une infirmière lui avait suggéré de se lever. Au début, elle avait rechigné, chaque mouvement lui déchirant le ventre. A force de volonté, elle était parvenue à se redresser dans son lit, et plus tard à se tenir debout.

Mais Piers surtout avait été merveilleux. Disparu, l'homme ombrageux et soupçonneux qui lui avait jeté au visage son refus de divorcer. A la place, elle héritait d'un mari attentionné, qui veillait à son confort comme on surveille l'huile sur le feu. Il faisait son possible pour faire oublier leurs désaccords passés.

Un coup discret à la porte de la chambre leur fit tourner la tête. A la grande contrariété de Jewel, apparurent les frères et belles-sœurs de Piers.

Devant son visage soudain crispé, il lui prit la main et la rassura :

— Ne t'inquiète pas de ton apparence, *yineka mou*. Tu es belle. Et je veillerai à ce qu'ils ne restent pas trop longtemps, pour ne pas te fatiguer.

Belle ? Il mentait comme un arracheur de dents ! Mais elle lui en fut éperdument reconnaissante.

Et tout à coup, une évidence lui apparut à l'esprit, plus forte, plus douloureuse encore que sa cicatrice : elle était amoureuse de Piers !

Submergée par cette soudaine évidence, elle tenta de sourire à ses visiteurs. Mais au fond d'elle-même, elle n'avait plus qu'une envie : ramper jusqu'à un trou profond, et s'y calfeutrer pour étouffer sa honte. Amoureuse ! Comment avait-elle pu se laïsser aller à ce point ? N'avait-elle pas assez souffert dans la vie ? Apparemment, non ! Comme si elle cherchait à collectionner désillusions, déceptions, souffrances. Encore et encore.

Désirer être aimée, c'était une chose. Mais de là à s'exposer soi-même à de tels sentiments, à offrir son propre amour ! C'était pur masochisme de sa part. C'était tendre le dos pour se faire battre.

— Jewel ? demanda Marley d'une voix tranquille. Tu ne te sens pas prête à nous recevoir ? Nous arrivons au mauvais moment ?

Les deux couples se tenaient au pied de son lit et la contemplaient avec sollicitude. Elle se força à leur accorder toute son attention.

— Bien sûr que non, protesta-t-elle. Pardonnez-moi, je suis sûrement encore sous l'effet des calmants.

Intrigué, Piers fronça les sourcils, et elle comprit pourquoi. Il savait qu'on ne lui administrait plus de morphine depuis trois jours. Le médecin ne souhaitait pas la placer sous narcotique pour une longue période. C'était trop risqué pour le bébé.

Elle sourit de toutes ses dents à Marley et Bella, mais évita le regard de Chrysander et Theron. Les deux frères l'intimidaient trop, et elle ne se sentait pas prête à leur concéder cet avantage sur elle.

— Comment tu te sens ? demanda Bella en s'asseyant au bord du lit. Est-ce que Piers te bouscule ? Si c'est le cas, dis-le ! Marley et moi nous occuperons de lui !

Jewel se retint de rire.

— Ne la faites pas rire, gronda Piers, ça lui fait mal. En plus, c'est plutôt moi qui ai de l'ascendant sur vous. Ne renversez pas la situation !

Chrysander se moqua sans vergogne :

— Ne te laisse pas abuser, Jewel ! Aussi bien Marley que Bella obtiennent tout ce qu'elles veulent de mon idiot de frère. A notre grand désespoir, n'est-ce pas Theron ?

— Comme si vous ne gâtiez pas vos épouses de façon éhontée, répliqua Piers.

— C'est peut-être vrai, plaisanta Marley. Mais une femme n'a jamais trop d'hommes à sa disposition !

— Il n'y a qu'un homme à ta disposition, *agape mou*, intervint Chrysander. Tu ferais bien de t'en souvenir.

Jewel observait avec plaisir les échanges entre les trois frères, et les deux belles-sœurs. Pour la première fois, elle ne se sentait pas exclue. Aucun sentiment d'envie ne lui dévorait plus le cœur. Aujourd'hui, elle se sentait davantage à égalité, comme si elle faisait partie intégrante de cette famille unie.

— Tu te sens mieux, j'ai l'impression, observa Bella. Pour quelqu'un qui sort à peine d'une opération, tu es radieuse.

Fine mouche, Theron ajouta :

— C'est la grossesse qui donne cet éclat. Une femme n'est jamais aussi belle que lorsqu'elle est enceinte.

— L'allusion est limpide mais inefficace ! rétorqua Bella du tac au tac. Et si tu commences à désirer les femmes enceintes, je me débrouillerai pour que tu ne puisses jamais être père.

Voyant Theron pâlir, Jewel ne put s'empêcher de rire. Pourtant, malgré la douleur, c'était si doux de rire de bon cœur. Elle se sentit légère, tout à coup.

— Ça va ? s'enquit Piers avec sollicitude.

— Très bien, ne t'inquiète pas.

Puis, tournée vers Bella, elle lui demanda :

— D'où me vient l'impression qu'entre Theron et toi, c'est une bagarre permanente ?

Sa belle-sœur expliqua avec un grand sourire :

— Si j'écoutais Theron, nous aurions déjà une couvée de plusieurs gosses ! Alors que nous avons tant à faire ensemble, avant d'avoir une marmaille. Je finirai par abdiquer et lui remplir sa nurserie en temps utile. Mais en attendant, je le tourmente ! Ça m'amuse !

Tout en écoutant Bella, Jewel étudia le visage de Theron. Ses yeux brillaient d'amour pour sa femme. A le voir, on comprenait qu'il n'exerçait pas la moindre pression sur son épouse. Il s'agissait plutôt entre eux d'une blague à répétition.

— En plus, poursuivit Bella, Marley fournit à la famille des rejetons Anetakis pour deux !

Piers haussa les sourcils.

— Ah bon, Marley ? Tu es encore enceinte ?

Cette dernière rougit, et Chrysander se rengorgea. Enlaçant sa femme d'un bras possessif, il annonça :

— Dans sept mois, elle me donnera la fille dont je rêve.

— Et si c'est encore un garçon ? demanda Marley d'un air de défi.

Chrysander plongea dans les yeux de sa femme un regard passionné.

— Dans ce cas, répondit-il, nous essayerons de nouveau.

Marley et Bella éclatèrent de rire. Jewel se joignit à elles en se tenant le ventre.

Quelle famille merveilleuse ! songea-t-elle. Une famille à laquelle elle appartenait désormais. C'était si difficile à croire pourtant.

Le regard de Chrysander se posa sur son visage, et il déclara :

— Tu es fatiguée, il est temps de partir. Nous voulions juste passer pour voir comment tu allais. Si tu as besoin de quoi que ce soit, fais-le nous savoir. Tu fais partie de la famille.

Les yeux mouillés de larmes, elle lui sourit.

— Ne partez pas, je vous en prie. Vous ne me dérangez pas le moins du monde. Votre visite m'enchante, au contraire.

Bella se pencha vers elle.

— Dis-moi, dit-elle, tu manges bien, ici ? Je meurs d'envie d'une pizza, et Theron n'aime pas ça. Alors, si tu en as envie, je cours en acheter une et nous la partagerons. D'accord ?

— Tu appelles ça bien manger ? s'enquit Theron avec un feint dégoût.

— J'adorerais une pizza ! s'écria Jewel avec gourmandise. Aux poivrons, avec plein de fromage, si j'y ai droit.

Ce disant, elle leva vers Piers un regard plein d'espoir.

Celui-ci soupira avant d'acquiescer :

— Quel homme résisterait à une femme qui vous regarde de cette façon ?

Theron et Chrysander se mirent à rire et lui donnèrent une bourrade en s'exclamant :

— Tu apprends vite, petit frère ! Tu apprends très vite !

14

— J'ai une surprise pour toi, annonça Piers en poussant le fauteuil roulant de Jewel sur le parking de l'hôpital. Tu la découvriras dans quelques heures. D'ici là, j'aimerais que tu te détendes et te reposes le plus possible.

Elle frémit d'excitation, comme un enfant à Noël. Les bonnes surprises, elle en avait très peu connues, dans sa vie. Depuis quelque temps, elle les découvrait avec un plaisir sans mesure.

Les gardes du corps de Piers attendaient près de la limousine. L'un d'eux ouvrit la porte arrière et Piers la souleva avec précaution, et la déposa tout en douceur sur le siège. Puis il fit le tour de la voiture et s'installa à côté d'elle. Un agent de sécurité prit place à l'avant. Les autres gardes du corps empruntèrent une voiture garée derrière la limousine.

Comme ils prenaient la direction opposée à leur maison, Jewel s'étonna :

— Où allons-nous ?

— A l'aéroport.

— Ah ? Quelle destination ?

Une excitation familière la parcourut. Elle adorait les voyages. Découvrir un lieu nouveau. Rencontrer des gens inconnus. Côtoyer des cultures différentes. Mais cette fois-ci, il y avait une différence de taille, elle ne partait pas seule, et cela l'enchantait au-delà de ce qu'elle aurait cru.

Il sourit et lui prit la main.

— Si je te le disais, ce ne serait plus une surprise !

— Mes vêtements, mes affaires… je n'ai pas fait de bagage.

— J'ai du personnel pour s'occuper de tous ces détails.

— As-tu mis le cuisinier dans la valise ? le taquina-t-elle. Il cuisine si bien.

— Pas d'inquiétude, là où nous allons, tu ne mourras pas de faim !

Un peu plus tard, ils se garaient devant un jet privé. Piers attendit que les gardes du corps s'engouffrent dans l'avion, puis il la prit dans ses bras.

— Je peux porter Mme Anetakis dans l'avion, proposa Yves.

Yves semblait être le garde du corps personnel de Piers. Les autres agissaient plutôt en périphérie.

— Non merci. Je m'en charge moi-même.

Avec souplesse mais prudence, il gravit la passerelle jusqu'à la cabine.

Jamais auparavant elle n'avait pénétré dans un jet privé. Elle s'attendait à découvrir une version miniature d'un avion régulier, mais elle fut surprise de découvrir à quel point elle se trompait. A l'avant se trouvaient des sièges recouverts de cuir souple et luxueux. Le reste de l'espace se composait d'un salon avec chaise longue, canapé et table basse, télévision et minibar.

Piers suivit la direction de son regard.

— Après le décollage, je te ferai visiter le reste, dit-il. A l'arrière, il y a une chambre où tu pourras te reposer. Nous disposons aussi d'une petite kitchenette. Si tu veux quelque chose, tu n'as qu'à le demander à l'hôtesse.

— Une hôtesse ? Tu en as une pour ton avion personnel ?

— Bien sûr. Elle voyage avec le pilote, qui est son mari. Ça leur convient très bien. Tu veux le hublot ou l'allée ?

— Le hublot, s'il te plaît.

Il l'installa confortablement, et s'assit à côté d'elle. Avant de boucler sa propre ceinture, il s'occupa de la sienne, en prenant soin de ne pas lui serrer le ventre.

L'hôtesse salua Piers d'un grand sourire puis se tourna vers elle :

— Très heureuse de vous rencontrer, madame Anetakis. Soyez la bienvenue à bord. N'hésitez pas à faire appel à mes services pendant le vol. Nous allons bientôt décoller. Voulez-vous boire quelque chose ?

— Non merci, pas pour le moment.

Quelques minutes plus tard, l'avion s'élançait sur la piste. Elle posa sa tête sur l'épaule de Piers et se lova dans la chaleur de son corps. Elle aurait aimé connaître le reste de l'avion, mais sa cicatrice tirait trop. Rester sans bouger contre cet homme prévenant lui convenait bien davantage.

— Tu ne veux toujours pas me dire où nous sommes ? demanda Jewel quelques heures plus tard, tandis que leur voiture roulait sur une route tout en courbes amples.

— Patience, *yineka mou*, répliqua Piers avec un sourire. L'attente en vaut la peine.

Elle soupira d'aise et s'enfonça dans son siège. Autour d'eux, tout semblait beau et préservé. Les Caraïbes ? aurait-elle parié. Un endroit tropical, en tout cas. Peut-être l'emmenait-il dans l'un de ses hôtels ?

Ils parvinrent à une grille sécurisée, et Piers tapa un code. Aussitôt, les énormes battants de fer s'écartèrent devant eux. La voiture s'engagea dans une allée bordée d'une végétation luxuriante. C'était comme rouler au paradis, songea-t-elle, émerveillée. Fleurs, plantes, fontaines, et même une cascade ravissante, tout concourait à une harmonie abondante et naturelle.

Mais ce n'était rien en comparaison de la maison. Lorsqu'elle l'aperçut enfin, au détour d'un virage, elle en eut le souffle coupé. Une imposante bâtisse de pierre, qui donnait cependant une impression confortable et intime.

La voiture se gara près d'un petit lac parsemé de lotus qui contribuait à la sérénité du lieu.

— C'est ici que nous allons séjourner pour le moment ? demanda-t-elle.

— C'est ta maison, *yineka mou*.

Elle en resta sans voix.

— Mais tu n'as pas vu le meilleur, dit-il en faisant le tour de la voiture.

Le meilleur ? Qu'est-ce qui pourrait encore la surprendre ?

Piers l'aida à sortir de la voiture et passa un bras autour de sa taille pour l'aider à contourner la maison à tout petits pas.

C'est alors que lui parvint le bruit des vagues qui s'écrasaient sur une plage. Prenant une profonde inspiration, elle inhala l'air salé.

— Oh, Piers, murmura-t-elle.

Lentement, ils atteignirent le promontoire que constituait la terrasse de bois qui s'étendait de la maison jusqu'à la falaise escarpée.

L'océan s'étalait à leurs pieds. D'un bleu éclatant, si éblouissant qu'elle pouvait à peine le contempler. Un million de saphirs étincelants.

Au bout de la terrasse, l'allée se poursuivait, mi-pente douce, mi-série de marches, jusqu'à la plage. La maison se situait sur une falaise qui surplombait une petite anse complètement privée.

C'était la plus belle vue qu'elle ait jamais contemplée. Et elle leur appartenait ! C'était incroyable, comme un rêve éveillé.

— Je ne sais que dire, murmura-t-elle. C'est mon rêve, Piers. Je ne peux croire que ça nous appartienne.

— C'est à toi, *yineka mou*. Je te l'offre en cadeau de mariage. Un cadeau qui inclut toute une équipe de domestiques, y compris un certain cuisinier dont tu raffoles !

Elle lui jeta ses bras autour du cou, sans prêter attention à la douleur qui lui transperça le ventre.

— Merci infiniment, chuchota-t-elle. C'est merveilleux. Comment pourrai-je jamais te remercier ?

— En prenant soin de toi et de notre enfant, répondit-il d'un air grave. Par exemple, je ne veux pas que tu descendes à la plage sans moi.

— Juré ! dit-elle gaiement.

En cet instant précis, elle lui aurait promis la lune.

— Rentrons, proposa-t-il. Le dîner va être bientôt prêt. Nous mangerons sur la terrasse, en regardant le soleil se coucher.

Il lui donna un aperçu du rez-de-chaussée de la maison, puis ils s'installèrent dehors, face à l'océan.

Elle se cala dans son siège avec délectation. L'idée de vivre ici dorénavant l'émerveillait. C'était trop beau pour être vrai.

— Tout est merveilleux, ici, dit-elle.

— Je suis content que ça te plaise. J'avais peur que tout ne soit pas prêt pour ta sortie de l'hôpital.

— Tu ne possédais pas déjà cette maison ?

— Quand tu m'as expliqué que ton rêve était de vivre au bord de la mer, j'ai envoyé mes émissaires à la recherche de l'endroit idéal. Je leur faisais une confiance totale, et je ne me suis pas trompé. La vente n'est pas encore signée, mais j'ai convaincu le propriétaire de nous permettre d'en prendre possession avant les signatures finales.

Un sourire irrépressible éclaira le visage de Jewel.

— C'est le cadeau le plus enchanteur qu'on m'ait jamais fait, dit-elle d'une voix émue. Que quelqu'un fasse une chose pareille pour moi, je n'en reviens pas.

Il posa une main chaude et protectrice sur celle de son épouse.

— Dis-moi, *yineka mou*, J'ai l'impression que ta vie n'a pas été facile jusqu'ici. Je me trompe ?

Soudain dégrisée, elle essaya de retirer sa main, mais il ne le lui permit pas. Au contraire, il mêla ses doigts aux siens.

— Il y a quelque chose que tu ne veux pas me dire, dit-il d'une voix encourageante. Mari et femme ne devraient avoir aucun secret l'un pour l'autre, tu ne crois pas ?

Détournant la tête, elle contempla l'océan. Une brise légère lui caressait les joues, séchant les larmes invisibles qu'elle versait.

— Rien de dramatique, répondit-elle d'un ton neutre. Mes parents sont morts alors que j'étais très jeune. Je m'en souviens à peine. Et je me demande si mes rares souvenirs d'eux sont réels. Leurs visages se mélangent dans mon esprit avec ceux des nombreux parents adoptifs chez lesquels j'ai été placée.

— Tu n'avais pas de famille pour s'occuper de toi ?

— Personne n'a eu envie de me prendre en charge, en tout cas.

Une jeune femme leur apporta un plateau chargé de nourriture, mettant un terme provisoire à la conversation. Elle en fut soulagée. Mais connaissant Piers, il reviendrait à la charge bien vite. Et pourtant, à quoi bon ressasser le passé ? Rien de bon n'en sortirait.

Ils dînèrent en silence, sans le moindre embarras. Détendue, heureuse d'être là, elle savourait les bruits et l'odeur de l'océan.

Comme le soleil sombrait à l'horizon, le ciel s'embrasa, avant de se faner en teintes douces, un camaïeu de roses et de violets strié d'or. L'océan scintillait, reflétant les derniers éclats du soleil.

Envoûtée par le spectacle, elle avait cessé de manger depuis longtemps, quand la jeune femme vint retirer les assiettes. Alors seulement elle sortit de sa profonde rêverie.

— Tu as l'air fatiguée, *yineka mou*, dit Piers d'une voix douce. Je vais te transporter à l'étage, pour que tu dormes.

— Je reconnais que l'idée du lit m'attire, dit-elle en étouffant un bâillement. La chambre a vue sur l'océan ? J'aimerais tant écouter les vagues.

— Tu vas adorer la vue depuis notre chambre, annonça-t-il. Et bien sûr, nous ouvrirons les fenêtres, si tu le désires.

Toujours aussi prévenant, Piers l'aida à se mettre sur pied. A pas lents, ils rentrèrent et gravirent les marches. A chaque mouvement qui tirait sur sa cicatrice, elle se mordait la lèvre inférieure. Tout son ventre était encore fragile et endolori.

En pénétrant dans la chambre, elle ne put retenir une exclamation de pur enchantement. Une énorme baie vitrée, qui allait du sol au plafond, découvrait l'océan à perte de vue. Les mains appuyées contre la vitre, elle se perdit un instant dans la contemplation de cette nature à la fois magnifique et sauvage.

Enfin, la gorge serrée, elle se tourna vers Piers.

— Je vis une journée miraculeuse, dit-elle. Je ne sais comment te remercier.

— Heureux que ça te plaise, répliqua-t-il d'une voix un peu rauque.

Les yeux de nouveau fixés sur les derniers lambeaux de soleil à l'horizon, elle demanda :

— Et ton travail ? Tes hôtels ?

Il vint se placer à côté d'elle.

— Globalement, je peux travailler d'ici, avec un téléphone, un ordinateur et un fax. Je serai parfois obligé de voyager. Jusqu'à maintenant, je faisais toujours tous les déplacements. Mais tout cela va changer. Mes frères devront souvent me relayer pour certaines tâches. Ou alors nous embaucherons un adjoint pour faire les déplacements à ma place.

— Ça ne va pas te manquer ? demanda-t-elle d'un ton léger.

— Il y a quelque temps, ça m'aurait terriblement manqué. Mais maintenant que j'ai femme et enfant, j'éprouve beaucoup de réticence à m'en éloigner.

Ces propos intimes et familiaux emplirent de douceur le cœur de Jewel. La raison profonde de ce changement d'attitude l'intriguait. Mais qu'importe.

Une seule chose importait : que ça dure.

15

Les jours suivants, Jewel se reposa, sous l'œil vigilant de Piers et de tout le personnel. Au début, elle trouvait embarrassante la présence de gens dans la maison. Mais tous se fondaient à l'arrière-plan, et elle s'accoutuma très vite à leur discrète et efficace présence.

Un médecin venait régulièrement à la maison vérifier sa cicatrice et son état général.

En un mot, elle se sentait chouchoutée. Trop, même. L'inactivité forcée lui pesait. Elle rêvait d'explorer son environnement. Son vœu le plus cher était de descendre sur la plage, mais aussi de sortir des limites de la propriété, pour visiter l'île.

Aux dires de Piers, elle était petite, encore inconnue des nombreux touristes qui assiégeaient en masse les Caraïbes. Les habitants vivaient pour l'essentiel de la pêche. Des projets existaient pour construire un grand complexe hôtelier à l'usage de quelques multimilliardaires. Rien ne serait épargné pour complaire à tous leurs désirs. Le but était de garder à l'île son aspect préservé, intact et privé. Tout en améliorant le niveau de vie des autochtones.

Le lendemain du jour où le médecin enleva les fils de sa cicatrice, elle émit le désir de faire une petite excursion sur leur plage privée.

Piers réfléchit un moment.

— Ce n'est pas une bonne idée de descendre un escalier si tôt après l'opération, *yineka mou*, dit-il enfin.

Elle le cajola du regard et plaida :

— Allez ! Je m'appuierai sur toi pour descendre, tu me soutiendras. L'inactivité me pèse. Je regarde l'océan de loin depuis trop longtemps. Ça me donne l'impression d'être devant une carte postale !

Il sourit et céda :

— Je ne peux rien te refuser, décidément. Nous descendrons après le petit déjeuner. Si je faisais préparer un pique-nique ?

Elle bondit de joie sur sa chaise.

— Merci ! J'ai hâte !

— Mets des chaussures confortables, il ne faut pas risquer de glisser sur les marches.

Sa sollicitude la fit sourire. Depuis quelque temps, tout était parfait. La période où elle craignait à chaque instant que le monde se dérobe sous ses pieds semblait être révolue. Une seule ombre demeurait au tableau, elle aurait aimé qu'il s'ouvre davantage à elle, accepte de lui parler de son passé.

Souvent, elle cherchait en elle le courage de lui poser des questions. Mais elle ne franchissait jamais le pas et gardait le silence. Cela l'arrangeait presque au fond. En effet si elle le poussait à la confidence, à son tour elle devrait lui ouvrir son cœur. Et elle n'y était pas prête du tout.

Elle savait néanmoins qu'il faudrait qu'elle lui parle de sa vie. Bientôt, elle se forcerait, se promit-elle une fois de plus. Elle lui raconterait son enfance et de son adolescence désastreuses. Mais pas ce matin. Aujourd'hui, rien ne devait gâcher cette excursion à la plage.

Un panier de pique-nique dans une main, son autre bras passé autour de sa taille, Piers s'engagea le long des marches taillées dans la falaise. A chaque pas, le bruit des vagues grandissait, et elle s'excitait davantage.

Quand ils parvinrent enfin sur le sable, elle s'arrêta et se tourna pour contempler la falaise rocheuse qui les dominait sur trois côtés, séparant leur plage du reste du monde.

— Nous sommes dans notre petit univers, murmura-t-elle, extasiée.

Piers lui sourit.

— On ne peut nous voir que depuis un bateau. Et nous avons de la chance, les gens de l'île ne pêchent pas le long de cette partie du littoral.

— Cette plage nous offre donc des tas de possibilités, remarqua-t-elle d'un air malicieux.

Les yeux de Piers brillèrent d'un éclat sensuel.

— Dès que tu iras mieux, nous nous explorerons avec délice dans toutes ces possibilités.

Elle rit, envoya promener ses chaussures et enfonça ses orteils dans le sable chaud. Incapable de résister à l'appel des vagues écumantes, elle avança aussi vite que possible vers le rivage, pour sentir l'eau s'enrouler autour de ses chevilles.

Les pieds dans les tourbillons, les cheveux au vent, un sourire d'extase aux lèvres, elle étendit les bras, et s'ouvrit à la brise marine. Les yeux fermés, elle inspira une profonde goulée d'air et pria pour que le temps s'arrête, en cet instant de beauté pure.

— Tu as l'air d'une nymphe, dit Piers. Belle comme le jour.

Il se tenait près d'elle, pieds nus, le bas de son pantalon roulé sur les chevilles.

— On peut se baigner en toute sécurité, ici ? demanda-t-elle.

Comme il acquiesçait de la tête, elle ajouta :

— Nous le ferons bientôt.

— Tu as l'air heureuse, *yineka mou*. Est-ce grâce à moi ?

La soudaine vulnérabilité de Piers l'émut au plus haut point. En définitive, cet homme arrogant et fort se révélait le plus humain des maris. Sans s'interroger une seconde sur le bien-fondé de son geste, elle se jeta à son cou.

— Tu me rends très heureuse, en effet, lui dit-elle à l'oreille.

Presque timidement, il l'enlaça. Comme elle levait la tête vers lui, leurs yeux se rencontrèrent. Leurs bouches se trouvaient à quelques centimètres l'une de l'autre. Qu'allait-il arriver ? Mais elle ne se posa pas la question bien longtemps, elle l'attira contre elle et l'embrassa. Sentant qu'il lui laissait l'initiative, elle s'enhardit et explora sa bouche avec bonheur. Sa texture, son goût, la chaleur de sa langue.

Les doigts de Piers s'enfoncèrent dans ses cheveux, et il approfondit leur baiser. Le sel de l'océan épiçait leurs langues, se mêlant à la douceur de leurs gestes.

Au bout d'un moment, elle s'écarta un peu. Le regardant

entre ses paupières mi-closes, elle lui demanda d'une voix enrouée :

— Et moi, je te rends heureux ?

— Très heureux, répondit-il en lui caressant du pouce la commissure des lèvres.

Un sourire éblouissant aux lèvres, elle lui prit la main et l'entraîna le long de la grève.

— Viens ! dit-elle. Explorons notre plage.

Il la suivit avec entrain. Ils arpentèrent plusieurs fois la plage, admirant les coquillages, le moindre brin de bois apporté par les vagues. Quand enfin ils rejoignirent leur panier pique-nique, elle mourait de faim.

— Aide-moi à étaler la couverture, demanda-t-elle en dépliant le patchwork coloré.

Pour lutter contre la brise qui le soulevait, ils placèrent leurs chaussures aux quatre coins de la nappe. Assis l'un en face de l'autre, le panier entre eux, ils s'attaquèrent aux victuailles enveloppées avec soin.

Le soleil brillait au-dessus d'eux, le sable scintillait, comme parsemé de joyaux. Les yeux fermés, elle offrit son visage à la tiédeur du jour.

— On dirait un chat s'étirant au soleil, dit Piers en souriant.

— Tu n'as jamais souhaité qu'un instant dure l'éternité ?

Le visage soudain pensif, il sembla accorder beaucoup de considération à cette remarque.

— Je n'y ai jamais songé. Mais si je me laissais aller à de tels délires d'imagination, je choisirais ce moment pour qu'il dure toujours.

Elle sourit.

— C'est la journée parfaite, dit-elle.

— Il n'y a pas d'autre mot.

Après leur repas, elle s'allongea sur la couverture, à l'écoute du bruit des vagues, et s'endormit sous la tiédeur des rayons du soleil. Au bout d'un moment, Piers dut la réveiller.

— Il est temps de rentrer, *yineka mou*, dit-il. Le soleil va bientôt se coucher.

Elle bâilla, s'étira avec volupté. Puis elle lui sourit et prit la main qu'il lui tendait pour se lever.

Au pied des marches, leurs mains se joignirent, leurs doigts s'enlacèrent.

Ce soir, décida-t-elle avec émotion, elle l'interrogerait sur son passé. De son côté, elle lui dévoilerait le sien. Elle voulait connaître la source du chagrin tapi au fond du regard sombre de l'homme avec lequel elle vivait.

Elle n'avait aucune idée de la réaction de Piers. Peut-être se fermerait-il comme une huître ? Elle ne savait pas trop si elle avait le droit de le forcer à parler, mais du moins pouvait-elle essayer.

Fidèle à sa promesse de ne plus la laisser dormir seule, Piers partageait son lit avec elle. Attentif à sa cicatrice encore douloureuse, il se contentait de se lover chaque soir contre son dos. Elle jouissait de la chaleur de ce grand corps musclé contre le sien. Chaque soir, elle se posait la même question : quand referait-il l'amour ?

Ce soir-là, cependant, elle enfreint ce rituel bien établi. Elle se blottit contre le buste de Piers, rassembla son courage et se lança :

— Piers ? murmura-t-elle. Si tu me racontais qui t'a tellement blessé, dans le passé ?

Elle le sentit se figer d'un coup. La lumière éteinte ne lui permit pas de discerner l'expression de son visage.

— Qui t'a rendu si méfiant envers les femmes ? poursuivit-elle. Qu'est-ce qui t'a empêché d'admettre que l'enfant que je porte est de toi ?

Un doigt posé sur ses lèvres, il la détrompa :

— Au contraire, *yineka mou*, répondit-il. Je souhaite intensément que ce soit ma fille.

La tête penchée sur le côté, elle insista :

— Pourtant… tu as l'air si convaincu qu'elle n'est pas de toi…

Sans répondre, Piers se tourna sur le dos et contempla le plafond.

Timidement, elle nicha sa tête au creux de son épaule. Comme il ne résistait pas, elle s'enhardit à glisser sa main dans les poils bouclés de son torse.

— Il y a dix ans, je suis tombé amoureux d'une femme, dit-il enfin. Joanna. J'étais jeune et stupide à l'époque, et croyais le monde à mes pieds.

— Nous le sommes tous, à cet âge, commenta-t-elle en souriant.

Il eut un petit rire bref.

— Tu as raison. En tout cas, elle est tombée enceinte. Nous nous sommes mariés dès que nous l'avons su.

La similarité avec leur propre histoire la frappa. Mais elle le laissa poursuivre sans un mot.

— Elle a donné naissance à un garçon, que nous avons appelé Eric. J'étais aux anges. J'avais une femme belle, qui semblait m'adorer, et j'avais un fils. Que souhaiter de plus ?

Pressentant la suite, elle devint grave.

— Un jour, je suis rentré à la maison pour la découvrir en train de faire ses valises. Eric avait deux ans. Je m'en souviens comme si c'était hier, il a pleuré tout le temps où j'ai essayé de raisonner Joanna. Je ne comprenais pas pourquoi elle partait. Jusqu'alors, rien ne m'avait alerté.

Il se tut un moment, avant de reprendre :

— Finalement, je lui ai dit qu'elle pouvait partir, si elle y tenait tant. Mais pas avec notre fils. Là, elle a avoué la vérité : Eric n'était pas de moi.

Elle sursauta.

— Tu l'as crue ? murmura-t-elle.

— Non, répliqua-t-il avec dérision. Mais… je vais te résumer l'histoire à grands traits. Quand j'ai rencontré Joanna, elle avait un amant. Je n'en savais rien, bien entendu. Tous les deux avaient mis au point un plan imparable pour me soutirer le plus d'argent possible. Poussé par elle, je me suis soumis à un test de paternité, qui a confirmé la révélation : Eric n'était pas mon fils. Joanna est partie avec notre enfant, et je ne les ai plus jamais revus.

— Oh, Piers ! Je suis désolée, chuchota-t-elle. Quelle

garce de t'avoir laissé aimer cet enfant, avant de t'en priver à jamais ! Comment a-t-elle pu vous faire ça à Eric et à toi ?

Les doigts de Piers couraient doucement le long de son bras.

— Je fais parfois des cauchemars, dit-il. J'entends Eric m'appeler. Il me demande pourquoi je ne l'aide pas, pourquoi je l'ai abandonné. Le jour où Joanna l'a emmené, il hurlait, tendait les bras vers moi. Je les ai regardés s'éloigner, impuissant. Jamais je ne pourrai oublier ce souvenir.

— Il te manque.

— Pendant deux ans, il a été mon univers. Je me rends compte maintenant que je n'aimais pas vraiment Joanna. J'étais amoureux d'elle, sans que mes sentiments soient très profonds. En revanche, j'aimais Eric de tout mon cœur.

Elle leva la tête et posa ses lèvres sur celles de Piers. Puis elle lui prit la main et la posa son ventre renflé, où leur fille donnait des coups de pied réguliers.

— Elle est de toi, Piers. De toi et moi, chuchota-t-elle.

— Je sais, *yineka mou*, je sais.

16

— Je n'ai jamais vu Piers aussi bien dans sa peau, dit Marley.

Jewel, Bella et elle se trouvaient sur la terrasse surplombant l'océan.

— Vraiment ? demanda Jewel avec un sourire. J'espère que c'est grâce à moi.

Bella rit en sirotant une gorgée de vin.

— Evidemment, c'est grâce à toi ! Il est amoureux de toi, ça se voit comme le nez au milieu de la figure…

Détournant la tête, Jewel se mordit la lèvre inférieure. Amoureux d'elle ? Elle en rêvait. Mais il ne lui avait jamais rien déclaré de tel. Pouvait-il aimer de nouveau, après sa mésaventure passée ? Rien ne semblait moins sûr.

— Ta maison est superbe, reprit Marley. Si seulement elle ne se trouvait pas si loin de la Grèce…

— Ou de New York, ajouta Bella. Tu crois que Piers l'a fait exprès ?

— Mais nous avons des jets privés à notre disposition, pour nous rencontrer, rappela Jewel en souriant.

— Tu as raison, répliqua Marley, pensive. Le monde se rétrécit vraiment dès qu'on voyage en avion. Rien ne nous empêche de nous retrouver toutes les trois à New York pour faire les magasins ensemble. Theron est malléable et n'en prendrait pas ombrage.

Le visage de Bella se rembrunit.

— Ce n'est pas parce que Theron ne joue pas les tarzan en se frappant le torse de ses bras qu'il est malléable, s'insurgea-t-elle.

Marley roula les yeux au ciel. Tournée vers Jewel, elle expliqua :

— Dès qu'on parle de son Theron, Bella devient possessive et protectrice en diable ! Je voulais seulement dire que, des trois frères, Theron est celui qui comprendrait le mieux notre désir de nous retrouver toutes les trois. Chrysander et Piers passeraient un mois entier à organiser notre sécurité, avant de nous donner le feu vert !

Bella acquiesça de la tête :

— Là, tu as raison.

Jewel posa alors une question qui lui trottait dans la tête :

— Quand j'ai demandé à Piers pourquoi il prenait tant de mesures de sécurité, il m'a expliqué ce qui était arrivé à Marley. Rien n'est encore résolu ?

Sa belle-sœur soupira d'un air malheureux.

— En fait, nous croyons que les hommes qui m'ont kidnappée viennent d'être arrêtés. Chrysander en a été averti hier par téléphone. Nous ne l'avons pas dit pour ne pas gâcher notre séjour chez toi. Au retour, nous passerons par New York avec Bella et Theron pour que j'identifie les suspects.

Bella passa un bras autour de la taille de sa belle-sœur et la serra.

— Je suis désolée pour toi, ma chérie. Ça tombe très mal, alors que tu es si malade, avec le nouveau bébé qui s'annonce.

Marley passa une main tendre sur son ventre encore plat.

— Chrysander craint que ce soit trop pour moi. Il se sent encore très coupable, et déteste que je doive traverser cette épreuve.

Jewel effleura la main de Marley dans un geste de réconfort.

— C'est tout de même un grand soulagement qu'ils aient été appréhendés, dit-elle. Tu as dû vivre quelque chose de terrible.

— Et les conséquences de mon enlèvement sur vos vies m'ennuient pour vous, renchérit Marley. Theron et Piers prennent maintenant des précautions supplémentaires et contraignantes à cause des menaces potentielles qui planent sur eux. Mais… oublions tout ça. Si nous nous décontractions et parlions d'autre chose ?

Bella leva son verre et porta un toast :

— A la liberté et à la décontraction !

Jewel et Marley levèrent leur verre d'eau, et toutes les trois trinquèrent.

— Je suis si contente que vous soyez venues, dit Jewel.

— Nous te sommes reconnaissantes que tu rendes Piers heureux, répliqua Bella. Il était si… dur.

Marley approuva de la tête et dit :

— Il a mis longtemps à m'accepter au sein de la famille. Maintenant, il ferait tout pour moi, mais au début, ce n'était pas le cas.

Le visage de Jewel se fit plus grave.

— Marley ? demanda-t-elle. Pourrais-tu arranger une petite entrevue entre Chrysander et moi ? J'aimerais discuter de quelque chose avec lui. Et pour l'instant, je ne voudrais pas que Piers le sache.

Sa belle-sœur souleva un sourcil.

— D'accord, dit-elle. Mais je te préviens, Bella et moi sommes d'insatiables curieuses, et tu dois d'abord nous mettre au courant.

Jewel éclata de rire et serra dans la sienne la main de Marley.

— Je vous le dirai après m'être entretenue avec Chrysander, répliqua-t-elle. Comme ça, vous ne chercherez pas à me dissuader de mon projet !

— Ouh ! Je n'aime pas ça du tout ! gronda Bella. Que nous mijotes-tu ?

— Je suis trop curieuse pour essayer de te dissuader, dit Marley. Reste sur la terrasse, Bella et moi allons nous occuper de Piers pendant que tu parles à mon mari.

Les deux femmes disparurent dans la maison, laissant Jewel face à l'océan. Elle était si perdue dans sa contemplation qu'elle n'entendit pas Chrysander arriver.

— Il paraît que tu veux me parler ?

Elle sursauta et avala sa salive avec difficulté.

Il leva un sourcil surpris.

— Je te fais peur ? s'enquit-il.

— Non, bien sûr que non… Enfin, oui, un peu…

— Ce n'est pas mon intention, dit-il d'un ton un peu formel. Dis-moi ce que je peux faire pour toi.

Elle se tordit les mains. Son idée était sans doute saugrenue. Chrysander allait la traiter de folle. Peut-être même serait-il en colère qu'elle fouille dans le passé de son frère.

— Piers m'a parlé de Joanna… et Eric.

Le regard de Chrysander se figea.

— Je sais combien cette affaire l'a blessé, poursuivit-elle.

Avec un soupir, il rapprocha son siège de celui de Jewel.

— Le mot blessé est trop faible. Il a été dévasté. Il aimait Eric, l'a considéré comme son fils pendant deux ans. Tu comprends ce que ça veut dire, croire pendant deux ans qu'un enfant est de toi, pour être détrompé brutalement et te le voir enlevé ?

Elle baissa les yeux.

— Ça me dévasterait aussi, murmura-t-elle.

— Peut-être peux-tu comprendre son attitude, maintenant qu'il t'a parlé d'eux ?

Relevant la tête, elle affronta le regard de son beau-frère.

— Justement. J'ai besoin de ton aide.

— Mon aide ? A quel sujet ?

— Je voudrais retrouver Eric.

— Non ! répliqua-t-il en bondissant sur ses pieds. Certainement pas ! Je ne permettrai pas que Piers revive ce qui lui a fait tant de mal.

Elle le retint par le bras.

— S'il te plaît, écoute-moi. Une partie du problème vient du fait que Piers n'a pas pu dire adieu à Eric, il n'y a pas eu de fin digne de ce nom à leur histoire. Sa blessure intérieure demeure vive. Il pleure toujours le petit garçon de deux ans. Son seul souvenir d'Eric est celui du jour où Joanna l'a emmené, les larmes et les cris de cet enfant. Peut-être que s'il pouvait le voir maintenant, ça soulagerait un peu sa peine. Il se demande sans doute si Eric est heureux, s'il va bien, s'il a besoin de quoi que ce soit. S'il voyait que l'enfant ne souffre de rien, cela allégerait l'horrible poids qu'il porte dans son cœur jour après jour.

— Tu ferais ça ? demanda Chrysander. Tu ramènerais

volontairement dans la vie de Piers un enfant qu'il aimait ? Tu prendrais le risque de contacter une femme qu'il a aimée autrefois, pour qu'il retrouve le bonheur perdu ?

— Je ferais n'importe quoi pour soulager sa peine, répondit-elle d'une voix rauque.

Chrysander la contempla un long moment sans rien dire avant de reprendre la parole :

— Tu aimes mon frère de tout ton cœur.

— Oui, murmura-t-elle en fermant les yeux. Oui.

— D'accord… je vais t'aider.

— Merci, dit-elle en lui prenant la main.

— J'espère seulement que quand tout ça sera passé, mon frère me parlera encore…

Elle hocha la tête avec vigueur et assura :

— Ne crains rien, je prends l'entière responsabilité de tout.

— Mon frère a de la chance, dit Chrysander en déposant un baiser sur le front de sa belle-sœur.

— Si seulement il le pensait, lui aussi, dit-elle avec gravité.

— Laisse-lui le temps. Je suis sûr qu'il va s'en apercevoir… Je vais entreprendre quelques recherches au sujet d'Eric, et je te ferai part de mes découvertes éventuelles.

Bella se glissa sur la terrasse et annonça d'un air de conspiratrice :

— Nous avons retenu Piers aussi longtemps que possible. J'espère que vous avez terminé, parce que Theron et lui pensent que nous complotons dans leur dos !

Chrysander ricana :

— C'est toi qui parles de complot ? Tu crois que j'ai oublié comment tu as entraîné Marley chez un tatoueur, dans mon dos, il y a quelques mois.

Jewel éclata de rire.

— Un tatoueur ? Il faudra que tu me racontes cette histoire, Bella ! Chrysander a fait une attaque en l'apprenant ?

— Il nous a arrachées aux mains expertes qui s'occupaient de nous, admit sa belle-sœur avec un sourire faussement innocent.

Comme Jewel passait un bras autour de Bella en signe de solidarité féminine, Chrysander feignit l'agacement :

— Nous avions bien besoin d'une autre femme pour nous attirer des ennuis !

La porte s'ouvrit de nouveau. Marley apparut, suivie de Piers et Theron, le visage empreint de suspicion à la vue de leur frère aîné riant avec Bella et Jewel.

— Quoi que dise Chrysander, ne le croyez pas ! dit Theron en attirant sa femme contre lui.

Rejoignant Jewel, Piers murmura :

— J'ai l'impression que ma famille se ligue contre moi.

Les bras passés autour de son cou, elle se serra contre son mari et lui effleura la mâchoire de ses lèvres.

— Ne sois pas paranoïaque, dit-elle. Ton frère me dévoilait tout simplement tous vos petits secrets de famille !

A ces mots, Theron et Piers firent la moue. Chrysander leva les bras au ciel en guise de protestation.

— Ne vous inquiétez pas, les gars, affirma-t-il. Je n'ai rien dit que vous puissiez regretter plus tard !

Bella s'enquit aussitôt :

— Qu'est-ce que tu insinues ? Tes frères ont des choses à cacher ? Dans ce cas, dis-le nous. Theron me présente toujours comme la seule cause d'ennuis dans la famille.

Lovée contre Piers, Jewel s'amusait de toutes ces taquineries familiales. Bella et Marley lui plaisaient beaucoup. Elle commençait même à se sentir plus à l'aise en compagnie de ses deux beaux-frères. A leur crédit, ils acceptaient maintenant de bon cœur sa présence dans la vie de Piers.

Comme souvent, celui-ci passa une main possessive sur son ventre. Se rendait-il bien compte de ce que cela impliquait ? Elle n'en aurait pas juré. Pourtant, le geste l'émouvait chaque fois.

Peu à peu, l'opinion qu'elle avait de lui s'enrichissait. Malgré sa froideur apparente, l'air hautain qu'il adoptait parfois, c'était en réalité un homme de passion. Quand il aimait, c'était corps et âme. Elle et sa fille avaient une chance infinie de bénéficier de l'amour et de la dévotion d'un tel homme. Grâce à lui, elle n'aurait plus jamais peur d'être seule ou abandonnée.

— Tu es prête à dîner, *yineka mou* ? lui murmura-t-il à l'oreille. Ce soir, j'ai entendu dire que le chef a préparé un de tes plats favoris.

— Je m'habitue très bien à être aussi gâtée, répliqua-t-elle avec un soupir heureux.

— Tu te contentes de peu, la taquina-t-il.

— Je ne veux que toi, dit-elle avec gravité.

Un feu passionné brilla au fond des yeux de Piers, et il la serra plus fort contre lui.

— Ne me tente pas trop ! Je pourrais oublier nos visiteurs et te conduire dans notre lit.

— Qui aurait-il de mal ? Tes frères aussi ont des épouses ! Ils comprendraient très bien…

Il se mit à rire et lui embrassa le bout du nez.

— Allons dîner, dit-il. Nous nous retrouverons au lit plus tard.

17

— Mme Anetakis ? Un appel pour vous.

Jewel sourit à l'employée de maison qui lui tendait le téléphone sans fil. Elle attendit son départ pour porter l'appareil à son oreille.

— Allô !

— Chrysander à l'appareil. J'ai des informations pour toi au sujet d'Eric. Je te préviens, elles ne sont pas bonnes. Je suis content que tu m'aies demandé d'intervenir.

Le bruit des vagues qui se brisaient sur le rivage gênait la conversation, aussi rentra-t-elle dans la maison.

— Qu'est-ce qui ne va pas ? demanda-t-elle.

— J'ai retrouvé le petit. Placé dans une famille d'accueil. Il est pupille de l'Etat de Floride depuis deux ans. Tiens-toi bien, il a connu six familles d'accueil dans ce laps de temps.

— Oh non ! murmura-t-elle.

Le téléphone plaqué contre son oreille, elle refoulait ses larmes. La nouvelle allait dévaster Piers.

— Jewel ? Ça va ? demanda Chrysander.

Elle avala sa salive avec difficulté. Des souvenirs indésirables affluaient en masse dans sa mémoire.

— Merci d'avoir entrepris ces démarches, répondit-elle d'une voix chevrotante. Tu peux m'envoyer par mail tous les renseignements que tu possèdes ? Je voudrais en savoir le plus possible, avant de mettre Piers au courant.

— J'envoie tout ce que j'ai dès que nous aurons raccroché. Si tu as besoin d'aide supplémentaire, contacte-moi aussitôt.

— Merci beaucoup. Comment va Marley ?

— Pas très bien, soupira-t-il. D'abord, elle lutte contre les nausées des premiers mois de grossesse. Ensuite, le stress de devoir identifier ses ravisseurs la submerge parfois.

— J'en suis désolée… Restez-vous encore longtemps à New York ? Doit-elle assister au procès ?

— Je vais tout faire pour l'éviter, répliqua-t-il avec une sorte de férocité. L'avocat général a offert un arrangement. Si la défense des ravisseurs l'accepte, cela leur évitera un procès, et ça marquera la fin du cauchemar pour Marley.

— Embrasse-la de ma part…

— Je n'y manquerai pas. Quant à toi, si tu as besoin de quoi que ce soit, n'hésite pas à m'appeler.

Ils raccrochèrent et elle alla chercher son ordinateur portable. Quelques minutes après, elle reçut le mail de Chrysander. Les détails de l'histoire d'Eric la firent frémir. Elle mourait d'impatience de mettre Piers au courant de sa découverte. Ensuite, elle ferait le nécessaire. Pourquoi laisser Eric plus longtemps dans une famille d'accueil, alors qu'il avait une famille aimante ? Une famille toute prête à lui tendre les bras.

Assis à son bureau, Piers contempla avec abattement la longue liste des mails qui l'attendaient. Jamais il n'avait autant négligé ses affaires. Seule Jewel pouvait à ce point le détourner de son travail.

Les messages s'alignaient sous ses yeux par centaines. La boîte vocale de son téléphone saturait. Il n'avait pas ouvert son courrier depuis des jours. Ses frères allaient le maudire ! Mais d'un autre côté, ils se réjouiraient de voir que le travail ne constituait plus l'essentiel de son existence.

Résigné, il se mit en devoir de trier ses mails. Puis il écouta son répondeur pour parer au plus pressé. Des messages de routine, pour la plupart, concernant un projet de chantier ou un autre. Quelques urgences relatives. Et une offre d'achat de leur hôtel de Rio De Janeiro. Ce dernier message amena un sourire sur son visage. Peu de groupes avaient les moyens d'acheter un hôtel des frères Anetakis. Les rares candidats mettaient le paquet ! L'affaire serait donc juteuse !

Une fois ses messages triés, il appela Chrysander. Il s'inquiétait de l'état physique et moral de Marley, et souhaitait savoir où en était l'identification des ravisseurs.

Comme personne ne décrochait, il appela Theron à la place. Ensemble, ils passèrent plusieurs minutes à parler de Marley, puis ils abordèrent des questions plus professionnelles. Tout en discutant, Piers consultait négligemment la pile d'enveloppes placées sur son bureau. Tout à coup, sa main s'arrêta net sur une lettre en provenance du laboratoire.

— Je te rappelle plus tard, dit-il à son frère. Embrasse Bella pour moi.

Après avoir raccroché, il contempla l'enveloppe sans bouger. Puis il ébaucha un sourire tout en la décachetant. Ici allait s'inscrire la preuve irréfutable de sa paternité. Noir sur blanc. Irréfutable.

Avec le test précédent, il avait perdu ce à quoi il tenait le plus au monde. Cette fois-ci, tout serait parfait. Une fille se préparait dans le ventre de Jewel.

Sa fille. A lui.

Tant de possessivité le surprit lui-même.

Il reposa l'enveloppe sur le côté de son bureau. A quoi bon la lire ? Il en connaissait déjà le contenu. Sa confiance absolue en Jewel le surprit aussi. Mais dans le fond, il la savait incapable de le trahir.

Tout en triant ses papiers, il jeta un coup d'œil à l'enveloppe. Et pourquoi ne pas la lire, après tout ? Pourquoi ne pas en savourer le contenu ? Ensuite il rejoindrait Jewel, et tous deux feraient l'amour avec passion.

A cette simple perspective, tout son corps se tendit.

Il avait envie de célébrer sa paternité. Peut-être pourraient-ils s'offrir une petite escapade à Paris ? Elle adorait voyager, et le médecin leur avait annoncé une complète cicatrisation. Ils feraient l'amour à Paris, comme des amoureux. Et ensuite, pourquoi pas Venise ? Un vrai voyage de noces, avec un peu de retard !

L'enveloppe entre ses doigts, il n'hésita qu'une seconde avant de l'ouvrir et de déplier la lettre qu'elle contenait.

Il en lut en diagonale les premières lignes, pour se concentrer sur les résultats en bas de page.

Le choc lui fit l'effet d'un coup de poing.

Certain d'avoir mal compris, il les relut avec attention. Mais non, c'était écrit noir sur blanc.

Il n'était pas le père.

Une rage glacée le brûla tout entier. Il eut le sentiment d'exploser. La même histoire se répétait ! A part que cette fois-ci, tout était différent. Complètement différent.

Il ne savait pas exactement ce que cherchait Jewel. Utiliserait-elle sa fille comme un objet de marchandage ?

Il ne faisait aucun doute que Kirk était le père. Et puis quand bien même, peu lui importait l'identité de cet individu.

Lui qui se croyait plus vieux, plus avisé ! songea-t-il avec dérision. Une violente nausée l'envahit. Quel idiot il faisait ! Dans son arrogance, il avait cru ne plus jamais être dupe d'une femme. Mais quelles mesures avait-il prises pour que cela n'arrive plus ?

Il regarda de nouveau le document de malheur. Ses mains tremblaient comme des feuilles... Quelle brillante manipulatrice ! Elle s'était patiemment insinuée dans sa vie, dans celle de sa famille. Ses belles-sœurs l'adoraient, ses frères l'avaient acceptée. A cause de lui. Parce qu'il l'avait introduite parmi eux.

Il avait l'impression de tomber dans un puits sans fond, la tête lui tournait et il avait l'impression d'étouffer. Si seulement il n'avait pas ouvert cette satanée lettre...

Tout ce temps gaspillé à construire une relation fondée sur le mensonge et la trahison. Il avait acheté à Jewel la maison de ses rêves, il avait fait tout ce qui était en son pouvoir pour la combler, la rendre heureuse.

Pire encore, il avait cru en leur famille. Il avait cru en sa seconde chance d'avoir une femme et un enfant. Il avait vécu l'espoir.

Il regardait la lettre comme un aveugle. La spirale de ses pensées l'engloutissait dans la détresse. Il n'avait été qu'un jouet entre les mains de Jewel. Allant jusqu'à lui assurer un capital, dans le cas où l'enfant ne serait pas de lui !

Quelle intrigante ! Elle gagnait sur tous les plans, d'une manière ou d'une autre.

Quant à lui, il perdait tout. Une fois de plus.

Les documents imprimés pressés contre sa poitrine, Jewel se dirigea vers le bureau de Piers. Bien sûr, découvrir le destin d'Eric et la lâcheté de Joanna le blesserait en plein cœur. Mais une chose comptait plus que tout : sortir Eric de sa situation actuelle.

Elle réprima ses larmes à la pensée de ce petit garçon ballotté d'une famille d'accueil à l'autre. Avait-il nourri les mêmes rêves qu'elle, lorsqu'elle était encore une petite fille ? Revécu encore et encore les mêmes déceptions ?

Le souffle un peu court d'avoir marché trop vite, elle pénétra sans frapper dans le bureau. A la vue de Piers, un document froissé entre ses mains, elle s'arrêta net. Une expression horrible ravageait ses traits. Désarmée, elle en oublia presque le but de sa visite.

— Piers ? murmura-t-elle.

Sous son regard glacé, elle frémit. Un regard de pierre, qu'elle n'avait plus vu depuis bien longtemps.

— Tout va bien ? demanda-t-elle en avançant d'un pas.

— Dis-moi..., commença-t-il avec une lenteur calculée. Comment pensais-tu t'en tirer ? Tu cherchais à reculer le moment de vérité jusqu'à ce que je sois complètement sous ton charme ?

Le cœur de Jewel se serra. Comment avait-il découvert le malheureux destin d'Eric ? Et... pourquoi cette colère contre elle ?

— Je venais justement te le dire, répondit-elle. Je pensais que tu avais envie de savoir.

Il laissa échapper un rire sans joie, qui brûla la peau de Jewel comme du poison. D'instinct elle recula, devant cette colère irrépressible. Cette rage dont il vibrait de tous ses membres.

— Oh oui ! J'avais envie de savoir ! J'ai toujours envie de savoir quand a commencé cette charlatanerie. Tu as dû bien rire, quand j'ai mis mon cœur à nu devant toi, en te parlant de la traîtrise de Joanna. Te savoir encore plus fausse qu'elle, ça doit être une satisfaction, non ?

Le cerveau en pleine confusion, elle secoua la tête. De quoi parlait-il ?

— Je ne comprends rien. Pourquoi es-tu si en colère contre moi ? Je ne suis pas responsable de ce qui arrive.

Incrédule, il la contempla un instant avant de cracher :

— Tu ne m'as pas menti, peut-être ? Tu n'as pas essayé de me refiler le bébé d'un autre homme ? C'est incroyable que tu puisses encore essayer de te faire passer pour la victime. La seule victime, dans cette affaire, c'est moi ! Et la pauvre petite fille que tu portes dans ton ventre.

Une souffrance violente frappa Jewel de plein fouet. D'instinct, elle se replia sur elle-même. Un geste de défense qu'elle gardait de son enfance.

— Mais… tu me détestes, murmura-t-elle.

— Crois-tu que je puisse aimer une créature comme toi ? ironisa-t-il.

Sur ces mots, il lui lança la lettre du labo à la figure.

— Voici la vérité, Jewel. Celle que tu n'as jamais cru bon de me dire. La vérité que je méritais de connaître.

Les yeux obscurcis de larmes, elle ramassa le document d'une main tremblante. Elle mit plusieurs minutes à comprendre le sens de ce qu'elle lisait. Une compréhension qui lui donna le vertige.

— Ce résultat ne correspond pas à la réalité, dit-elle enfin.

Un ricanement effrayant sortit de la bouche de Piers.

— Arrête de mentir ! Il n'est plus temps ! Ces tests disent la vérité pure et simple. Il n'y a aucune possibilité que je sois le père de cet enfant. Point final.

Elle le contemplait bouche bée. Les larmes ruisselaient maintenant le long de ses joues. Il était froid, si froid. Dur. Implacable.

— Tu attends ça depuis le début, dit-elle d'une voix étouffée de sanglots. Pour toi, c'était la seule possibilité. Tu cherchais à te prouver que j'étais aussi mauvaise que Joanna.

— Ton sens théâtral est très développé, ricana-t-il.

Furieuse de lui avoir permis de la faire pleurer, elle sécha rageusement ses larmes.

— Les résultats sont faux ! dit-elle d'une voix forte. Ce bébé est le nôtre. C'est *ta fille* !

La véhémence de son affirmation fit passer dans les yeux de Piers un éclair d'incertitude, aussitôt remplacé par du mépris.

L'horreur de la situation la frappa soudain, il l'avait déjà jugée et condamnée. Jamais elle ne parviendrait à le convaincre. Mais même si elle était mortifiée, elle ne mendierait pas. Elle avait sa fierté et il était hors de question qu'elle s'humilie. Elle ne lui permettrait pas de savoir à quel point son rejet la dévastait. Ni à quel point elle l'aimait.

Le menton relevé, elle serra les dents et se força à le regarder droit dans les yeux. Non, il ne saurait rien de son cœur en charpie.

— Un jour, tu le regretteras, dit-elle d'un ton calme. Tu te réveilleras et comprendras que tu as rejeté quelque chose d'infiniment précieux. J'espère pour toi que ça ne prendra pas trop longtemps, et qu'un jour tu rencontreras le bonheur que tu t'obstines tant à refuser. A toi-même et à ceux qui t'entourent.

Ses rêves de bonheur s'écroulaient à ses pieds. Il ne servait à rien d'épiloguer. Les papiers concernant Eric toujours plaqués contre sa poitrine, elle quitta le bureau. Comme elle s'y attendait, il ne fit pas un geste pour la retenir. Elle le savait, il resterait figé dans son refuge jusqu'à son départ.

Avec l'énergie du désespoir, elle rejoignit leur chambre, sortit une valise, et commença à y ranger ses affaires.

— Madame Anetakis, puis-je faire quelque chose pour vous ?

La femme de chambre se tenait dans l'embrasure de la porte, l'air perplexe.

— Préparez une voiture pour me conduire en ville, s'il vous plaît. Je serai prête dans un quart d'heure.

— Entendu, madame.

Tout en refoulant ses larmes, elle acheva ses bagages. Elle survivrait à cette nouvelle épreuve, elle s'en fit la promesse. Elle avait survécu à pire. Avant de refermer la valise, elle y plaça les papiers concernant Eric. Malgré le fiasco entre Piers et elle, elle ne voulait pas abandonner cet enfant à son triste sort, indésirable et ballotté d'une famille d'accueil à l'autre.

Elle ferma les yeux et soupira. Tout cela aurait été tellement plus facile à régler avec l'argent et le pouvoir de la famille Anetakis. Peu à peu, une idée lui vint à l'esprit. Certes, elle n'avait pas d'argent, mais elle avait le nom, c'était déjà ça.

L'argent demeurait cependant un problème. Bien sûr, Piers lui avait promis un capital en cas de divorce. Mais dans combien de temps le toucherait-elle ? Impossible à dire. Et elle avait besoin d'argent tout de suite. Eric ne pouvait attendre.

Elle prit une soudaine résolution. Dans la commode, elle prit sa bague de fiançailles, le collier et les boucles d'oreilles assorties. Du bout des doigts, elle caressa les magnifiques diamants, se remémorant avec émotion le souvenir du jour où Piers les lui avait offerts.

Aussi précieux soient-ils à ses yeux, elle allait les vendre. Avec cet argent, elle louerait une maison à Miami. Et elle aurait de quoi vivre en attendant le capital promis par le contrat de mariage.

— Madame, la voiture vous attend.

Remerciant la femme de ménage d'un sourire, elle ferma sa valise. Après un dernier regard à la chambre qu'elle avait partagée avec Piers, elle se dirigea vers l'escalier.

Une fois dans la voiture, elle demanda au chauffeur de la conduire à l'aéroport. Elle n'avait pas envie d'emprunter le jet privé, et ne souhaitait pas demeurer coincée sur cette île une minute de plus que nécessaire.

Son programme était déjà prêt. Prendre le premier avion venu. Rejoindre New York au plus vite. Y rencontrer Bella et Marley. Leur demander de l'aide pour sauver Eric.

Eric.

Il fallait sauver Eric.

18

— Jewel ! Mais… que fais-tu ici ? demanda Bella en attirant sa belle-sœur dans l'appartement. Piers est venu avec toi ?

Elle ravala ses larmes. Pour rien au monde elle ne voulait se laisser aller.

Pleine de sympathie, Marley apparut derrière Bella.

— Que s'est-il passé ? demanda-t-elle.

Malgré ses bonnes résolutions, Jewel éclata en sanglots. Les deux jeunes femmes l'enlacèrent et la guidèrent vers le salon.

— Chrysander et Theron sont là ? parvint-elle à demander.

— Non, ils ne reviendront pas avant un bon moment, répondit Bella d'un ton apaisant. Assieds-toi vite, tu as l'air épuisé.

Tout le monde prit place sur le canapé, Jewel entre ses deux belles-sœurs.

— Qu'est-ce que mon idiot de beau-frère a encore fait ? s'enquit Marley d'un air sombre.

Souriant à travers ses larmes, elle répondit :

— Lui ne voit pas les choses comme ça. Il parlerait plutôt de ce que *je* lui ai fait.

— Allons, allons, rectifia Bella. Tout le monde sait que tu es amoureuse de lui. Ça se voit comme le nez au milieu de la figure !

Le visage enfoui dans ses mains, Jewel se plaignit :

— Il croit dur comme fer que je lui ai fait des choses horribles. Il n'a aucune estime pour moi, me croit capable du pire.

Marley posa une main sur son épaule.

— Explique-nous ce qui s'est passé, suggéra-t-elle.

Un peu réticente au début, Jewel leur livra l'histoire du

début à la fin. Tout, y compris Joanna et Eric, et les résultats du test de paternité.

— Quel idiot ! asséna Bella avec mépris. A-t-il seulement appelé le labo pour vérifier s'il n'y avait pas une erreur ?

Les yeux noyés de larmes, Jewel eut un petit sourire.

— Merci de croire en ma sincérité, dit-elle. En fait, Piers espérait ce résultat négatif. Depuis le début, il attend que je tombe de mon piédestal, si je peux dire. Il est incapable de faire confiance à une femme, depuis son échec avec Joanna.

— Que vas-tu faire ? demanda Marley. De toute évidence, tu l'aimes.

— Lui ne m'aime pas. Il ne *veut* pas m'aimer. Je ne peux pas vivre avec quelqu'un qui se méfie de moi et de lui-même.

— Et Eric ? Tu n'as sûrement pas l'intention de le laisser dans cette situation ?

— Bien sûr que non ! protesta Jewel avec véhémence. C'est la raison pour laquelle je suis ici. J'ai besoin de votre aide.

— Tu peux compter sur nous, assura Marley en prenant sa belle-sœur à la taille.

— J'ai mis en gage les bijoux que Piers m'a offerts. Ça me suffira pour louer un petit appartement à Miami. Comme ça, j'y aurai une résidence permanente. Mais j'ai besoin d'argent pour que l'Etat de Floride juge ma situation financière assez stable pour élever un enfant. Piers ne me versera un capital qu'après le divorce, et je ne sais pas combien de temps ça va prendre.

Bella sourit d'un air satisfait et dit :

— Ce qu'il y a de bien, quand on a son propre argent, c'est de ne pas dépendre des milliards des Anetakis. Sans vouloir t'offenser, Marley.

— Je ne le prends pas mal, répliqua celle-ci avec un sourire.

— J'ai de l'argent liquide, je vais te le donner tout de suite, reprit Bella. Et je te ferai des virements à Miami. Comme ça, tu loueras mieux qu'un petit appartement.

— Merci à toutes les deux, répliqua Jewel avec chaleur en serrant les mains de ses amies. J'avais peur que vous me détestiez. Que vous pensiez que j'avais trahi Piers.

— Un de ces jours, soupira Marley, il va se rendre compte qu'il a fait l'erreur de sa vie. Ce jour-là, je souhaite presque me trouver près de lui, pour le voir.

— Ne désespère pas, Jewel, reprit Bella. Tu sais, en amour, les Anetakis sont des durs à cuire.

— C'est bien vrai, approuva Marley.

— Tu nous tiendras au courant pour Eric ? J'aimerais tant le connaître.

— Bien entendu.

— Ton voyage pour Miami est déjà organisé ? s'enquit Marley.

— Pas encore. J'ai à peine eu le temps de me retourner. Je suis directement venue à New York, en quittant l'île.

Bella se leva, décidée à prendre les choses en main.

— Commençons par le début, dit-elle. D'abord, nous allons déjeuner ensemble, entre filles. Ensuite, nous nous prélasserons dans un spa. Enfin, nous organiserons un vol en jet privé pour toi jusqu'à Miami. Là-bas, je vais me débrouiller pour qu'une voiture avec chauffeur t'attende et te mène où tu voudras.

A ces mots, trop bouleversée, Jewel éclata en sanglots.

— Pas étonnant que je n'aie aucun désir d'avoir des enfants ! gémit Bella. Enceintes, les femmes sont à la merci de leurs hormones !

Comme pour confirmer ces dires, Marley se tamponna les yeux. Jewel en revanche ne put s'empêcher d'éclater de rire. Soudain, toutes les trois se regardèrent, et pouffèrent comme des adolescentes.

— Allez, sortons avant le retour de nos maris, dit Bella avec un grand sourire. Je vais laisser un message les informant que j'entraîne Marley dans un après-midi de débauche. Ça ne les surprendra pas !

— Promettez-moi de me rendre visite en Floride, supplia Jewel. Vous allez tant me manquer, toutes les deux ! J'ai toujours eu envie d'une famille, de sœurs, en particulier. Et vous faites les meilleures sœurs du monde !

— Je te le promets ! Je mettrai tout sur le dos de Bella, comme d'habitude ! Comme ça, j'évite les problèmes avec

Chrysander. Theron aime tellement Bella qu'il est avec elle d'une indulgence qui frôle la bêtise !

— Quelle chance vous avez, toutes les deux, remarqua Jewel d'un air triste.

Frappée par sa maladresse, Marley enlaça sa belle-sœur et lui présenta ses excuses.

— Je suis une écervelée, dit-elle d'un ton coupable.

— Encore la faute de ta grossesse, renchérit Bella. Avoir un parasite en soi, qui vous pompe jusqu'à la moelle, c'est sûrement mauvais pour le cerveau, à la longue.

— Tu es délicieusement irrévérente, la taquina Jewel. Pas étonnant que Theron t'adore.

— Allons-y. Mon radar personnel me dit que les hommes sont proches. Plus nous mettrons de distance entre l'endroit où nous allons et eux, moins ils auront de chance de nous pister.

Bras dessus bras dessous, les trois femmes furent arrêtées dans leur élan par Reynolds, l'agent de sécurité de Theron.

Bella soupira et lui adressa un regard suppliant.

— Pouvons-nous compter sur un peu de discrétion ? Est-il nécessaire de faire votre rapport à Theron dès que nous aurons le dos tourné ?

Reynold s'éclaircit la voix.

— Ça dépend où vous vous rendez, mesdames.

— La damoiselle ici présente est en détresse, insista Marley en prenant la relève. Une damoiselle très enceinte. Elle a grand besoin d'un après-midi au spa. Vous savez, cet endroit où les femmes font des choses très personnelles et intimes, qui effraient tant les hommes.

Reynolds rougit d'un air embarrassé. Puis il essaya une plaisanterie :

— Très bien… du moment qu'il ne s'agit pas d'un endroit plus douteux…

Bella lui lança un regard faussement noir et poursuivit dans la même veine :

— Vous ne me laisserez donc jamais aller dans cette boîte à strip-tease, n'est-ce pas ?

— Une boîte à strip-tease ? s'exclama Jewel en s'installant dans la voiture. Il faut que tu me racontes ça !

— Je te dirai tout quand nos corps seront enveloppés de boue de la tête aux pieds, répliqua Bella.

Puis, la tête penchée à la portière de la voiture, elle s'adressa à Reynolds :

— Une dernière chose : tout ceci est top secret. Vous n'avez pas vu Jewel. Vous ne savez pas du tout de qui il s'agit. Compris ?

— Jewel ? Qui est-ce ? répliqua le garde du corps avec un air faussement idiot.

Bella lui sourit, s'enfonça dans son siège et dit à ses amies :

— C'est quand même un type sympa, quand il parvient à se décoincer !

— J'ai entendu ! lança Reynolds.

Bella éclata de rire.

— Allez, les filles, en route pour un après-midi de détente. Ensuite, on conduit Jewel à l'aéroport pour Miami.

Les mains fourrées dans les poches du pantalon qu'il n'avait pas changé en trois jours, Piers contemplait les vagues d'un air sombre. Il ne s'était ni douché ni coiffé. Le personnel rasait les murs et l'évitait. Les rares fois où il s'adressait à l'un ou l'autre, il recevait des regards désapprobateurs. Comme s'il avait chassé Jewel de la maison.

D'ailleurs, à dire vrai, c'était bien le cas. Il ne lui avait aucunement facilité la tâche pour rester. Certes, il ne lui avait pas demandé de partir, ça non. Mais quelle femme serait restée, alors qu'il s'était montré si cruel, si cynique, si acerbe ?

Fermant les yeux, il aspira une goulée d'air marin. Un air que Jewel affectionnait tant. Elle aimait autant l'océan que lui l'aimait, *elle*.

Avec passion.

L'amour se moque des barrières, n'impose aucune condition. Avait-il offert cela à Jewel ? Non, jamais. Lui avait-il au moins offert son soutien inconditionnel ? Non plus. Il s'était contenté d'exiger, alors qu'elle avait donné. Il avait pris, alors qu'elle offrait.

Quel salaud il faisait !

Comment aurait-elle pu lui dire la vérité ? Il le lui rendait impossible à chaque minute ! Ne l'avait-il pas avertie qu'il la jetterait dehors sans l'ombre d'une hésitation, s'il découvrait qu'elle lui mentait ?

Alors qu'en fait, la vérité, il s'en moquait.

Au moment même où elle quittait la maison, il en avait pris une conscience aiguë. Il se moquait pas mal que l'enfant soit biologiquement le sien ou pas. Jewel était mariée avec lui, point final. Elle lui appartenait, ainsi que le bébé. Il serait le père de cet enfant, parce que c'était ce qu'elle voulait. Et *lui* le voulait aussi. De toutes ses forces.

Aimait-il moins Eric, depuis qu'il savait qu'il n'était pas son fils biologique ? Pas du tout. Quant à sa fille, il l'aimait déjà. Rien ne changerait ce fait. Qu'avait-il fait de la chance prodigieuse de fonder une famille, d'avoir une épouse et une fille ? Il l'avait jetée par-dessus bord sans la moindre considération. Parce qu'il avait la certitude que Jewel était une autre Joanna.

Jewel ne s'y était pas trompée. Il l'avait épiée, à l'affût de la moindre faiblesse, de la moindre arme pour la détruire. Pour la simple et unique raison qu'il ne supportait pas l'idée d'être trahi une seconde fois.

Et pour cette raison injuste, il avait détruit quelque chose d'infiniment précieux.

— Je t'aime, *yineka mou*, murmura-t-il. Je ne mérite pas ton amour, mais je veux te donner le mien. Je veux essayer de réparer les torts que je t'ai causés. Je t'en supplie, pardonne-moi.

A ces mots, qu'il avait pourtant juré de ne plus jamais adresser à une femme, quelque chose de profondément enfoui en lui se libéra. Il prit de grandes inspirations, laissant les blessures du passé le déserter, emportées par la brise marine. Trop longtemps, il avait permis à l'amertume et la colère de gouverner sa vie. Le temps était venu de lâcher prise, et d'envisager son avenir. Un avenir avec Jewel.

Il rentra dans la maison, et commença à donner des ordres

et des instructions. Au début, il ne rencontra que résistance passive. Jusqu'à ce que le personnel comprenne ce qui se passait. Alors, la maison résonna d'un tourbillon d'activité. Chacun s'efforça de le satisfaire au mieux en l'informant de ce qu'il savait.

— J'ai fait préparer une voiture pour conduire votre épouse en ville, dit une des femmes de chambre.

Convoqué, le chauffeur avoua l'avoir emmenée jusqu'au petit aéroport de l'île, et l'avoir aidée à transporter son unique valise dans le hall d'embarquement.

Frustré, Piers se rendit en trombe à l'aéroport. Il interrogea le service de vente des billets. Mais même la notoriété des Anetakis ne délia pas les langues. Personne ne voulut lui révéler pour quelle destination sa femme s'était envolée.

Il écumait. Soudain, il eut une idée.

Kirk.

Le nom surgit dans sa mémoire. Bien sûr ! D'après ce qu'il savait, elle avait souvent rejoint l'appartement de son ami, quand elle avait besoin d'un endroit où se poser quelque temps. Elle s'y trouvait, à coup sûr ! Elle semblait faire confiance à cet homme, envers lequel elle éprouvait une vive affection.

Sur le chemin du retour, il appela le pilote de son jet, lui enjoignit de faire le plein de kérosène et de se tenir prêt à partir dans l'heure suivante.

Il retrouverait Jewel, coûte que coûte. Il les ramènerait, elle et l'enfant, à leur place naturelle.

La maison.

19

A San Francisco, Piers frappa à la porte de l'appartement. Quelques instants plus tard, à son grand désarroi, Kirk lui ouvrit.

— Jewel est ici ? demanda-t-il avec raideur.

— Pourquoi serait-elle chez moi ? rétorqua Kirk, le regard soupçonneux. Elle n'est pas avec vous ?

Piers baissa la tête et s'enquit d'une voix harassée :

— Avez-vous la moindre idée de l'endroit où elle a pu se rendre ?

Demander de l'aide à cet homme le révulsait. Cependant pour retrouver Jewel, il ferait n'importe quoi.

— Mais… que se passe-t-il, à la fin ? s'exclama Kirk. Entrez, et expliquez-moi.

Piers le suivit à l'intérieur, et tous les deux s'assirent dans le salon.

— Allez, crachez le morceau.

— J'ai dit à Jewel des choses horribles, reconnut Piers sans ambages. Je n'étais pas clair dans ma tête. En plus, j'étais très en colère, et j'ai dépassé les bornes.

— A quel sujet ?

Qu'il le veuille ou non, il était tributaire de cet homme. Obligé de lui raconter toute l'histoire, du début à la fin. S'il se montrait sincère et repentant, il ne le prendrait peut-être pas pour le dernier des salauds ? Il lui fournirait les renseignements en sa possession.

— Vous êtes un sacré imbécile, mon vieux, trancha Kirk à la fin de l'explication. Ce n'est vraiment pas le genre de Jewel de mentir. Surtout pas sur un sujet de cette importance. Elle vous a parlé de son enfance ? Probablement pas. Sans quoi vous n'auriez pas osé lui déverser dessus ce tas de fumier.

— Son enfance ? De quoi parlez-vous ?

Dégoûté, Kirk émit un grognement.

— Je parle de la période où ses parents sont morts, quand elle était encore toute petite. A partir de là, elle a été ballottée de famille d'accueil en famille d'accueil. Les premiers étaient des placements provisoires, pour attendre que l'Etat lui trouve une famille permanente. Dans la première famille, le fils aîné a tenté de la violer. Elle en a parlé à l'assistante sociale en charge de son cas. Heureusement, cette personne l'a crue, et l'a placée dans une autre famille. Cette fois-ci, elle se trouvait avec une autre petite fille de son âge, orpheline aussi. Mais ce que Jewel a mis du temps à comprendre, c'est que les parents n'avaient pas la moindre intention de garder deux fillettes. Ils les observaient pour en choisir une. Au bout du compte, ils optèrent pour l'autre petite fille. De sorte que Jewel a perdu une famille en qui elle avait confiance, et une petite sœur à laquelle elle s'attachait.

— *Theos*, murmura Piers entre ses lèvres serrées.

— Ensuite, les choses semblèrent s'arranger. Un couple qui ne pouvait pas avoir d'enfant décida de l'adopter. Elle partit vivre avec eux. Les formalités étaient presque achevées lorsque la femme s'aperçut qu'elle était enceinte. Après des années de stérilité, elle attendait un bébé. Leurs moyens ne leur permettant pas d'élever deux enfants, vous imaginez la suite. Une fois de plus, Jewel fut rejetée.

Bouleversé, Piers ferma les yeux. Rejetée, encore et encore. Et pour couronner le tout, lui aussi les avait rejetées, elle et sa fille. Et de quelle manière !

— Après tous ces échecs, comment aurait-elle cru aux histoires qui se terminent bien ? Elle a grandi plus vite que les autres enfants. Ballottée par le système, elle n'en est sortie qu'à sa majorité. Depuis, elle ne cesse pas de bouger, d'un pays à l'autre, d'une ville à l'autre, sans jamais se fixer, sans jamais nouer de liens profonds avec qui que ce soit. Elle est intimement convaincue de ne pas mériter la douceur d'un foyer.

Kirk adressa à Piers un regard dur.

— Vous l'avez blessée de la pire des façons, dit-il. Si vous la retrouvez, n'espérez pas qu'elle vous tombe dans les bras.

L'estomac noué, Piers soutint le regard de son interlocuteur.

— Si elle vous contacte, acceptez-vous de me le faire savoir tout de suite ? demanda-t-il. Elle est enceinte et seule au monde. Je veux la retrouver, pour réparer mes torts et la protéger pour toujours.

Kirk le contempla pendant un interminable moment. Puis il acquiesça d'un signe de tête.

— Appelez-moi à n'importe quelle heure du jour ou de la nuit, dit Piers en lui tendant sa carte de visite.

— Où allez-vous, maintenant ? demanda Kirk en le raccompagnant à la porte.

— A New York, voir mes frères. Ce que j'aurais déjà dû faire, répondit Piers d'un air sombre.

Piers frappa à la porte de son frère et attendit avec anxiété. Il détestait l'idée d'étaler ses erreurs devant Chrysander et Theron. Et encore plus de leur demander leur aide. Mais pour récupérer Jewel, il se sentait prêt à tout.

— Mais… que fais-tu ici ? Pourquoi n'as-tu pas prévenu de ton arrivée ? Où est Jewel ?

Sous les questions de Theron, Piers eut d'abord un léger mouvement de recul.

— Je peux entrer ?

— Bien sûr ! Nous allions dîner. Tu as une mine épouvantable, vieux.

— Merci, rétorqua Piers d'un ton sec.

Quand ils pénétrèrent dans la grande salle à manger, Chrysander, Marley et Bella levèrent la tête. Seul Chrysander eut l'air surpris. Les deux femmes adoptèrent un profil bas.

— Que s'est-il passé ? s'enquit le frère aîné d'une voix abrupte.

— Jewel m'a quitté.

Les femmes échangèrent un regard et gardèrent le silence. Les deux frères se mirent à parler en même temps :

— Ça n'a pas de sens, dit Chrysander. Pas après avoir passé tout ce temps à…

Marley l'interrompit d'un coup de coude dans les côtes. Dans le même temps, elle lui intima le silence d'un froncement de sourcils.

De son côté, Bella se leva. Les mains sur les hanches, elle demanda :

— Pourquoi t'a-t-elle quitté ?

Sa voix doucereuse rappela à Piers pourquoi les hommes craignent tant les femmes.

— Il n'a peut-être pas envie de nous raconter des choses aussi intimes, suggéra Theron.

Marley leva un sourcil et contre-attaqua :

— Il est venu jusqu'ici, non ? Il a besoin de notre aide, et nous devons savoir s'il la mérite ou pas.

Le chagrin déforma le visage de Piers.

— Si vous voulez savoir la vérité, je ne mérite pas votre aide, dit-il. Mais je vous la demande quand même.

— Pourquoi ? s'enquit Marley, impitoyable.

— Parce que j'aime Jewel, et que j'ai commis une erreur terrible.

— Ainsi, tu as appelé le labo ? Après recherche, ils ont reconnu s'être trompés ? demanda Marley d'une voix où perçait la colère.

Stupéfaits, Chrysander et Theron regardaient leurs épouses. Marley rougit et adressa à Bella un regard contrit.

Celle-ci haussa les épaules d'un air désinvolte.

— Je n'ai pas appelé le labo, expliqua Piers. Je me fiche de ces maudits résultats. J'aime Jewel, et j'aime notre fille. Je me moque de savoir qui est le père biologique. C'est ma fille, et je n'ai pas l'intention de les abandonner, ni l'une ni l'autre.

Tourné vers Theron, Chrysander déclara :

— Tu n'as pas le sentiment que dans cette pièce, nous sommes les deux seuls à ne pas avoir la moindre idée de ce qui se passe ? Nom d'un chien !

— Nos charmantes épouses pourraient peut-être nous renseigner ? dit Theron en se tournant vers Marley et Bella.

Lèvres serrées, bras croisés sur la poitrine, les deux femmes se préparaient manifestement à l'affrontement.

Un douloureux mal de tête martelait les tempes de Piers. Sans prêter la moindre attention à ses frères, il interpella ses belles-sœurs.

— Si vous savez où elle est, dites-le moi, supplia-t-il. Je l'aime, et je veux le lui dire.

Avec un soupir, Marley regarda Bella à la dérobée.

— Il se pourrait que je l'aie aidée à se rendre à Miami, lâcha celle-ci.

— Miami ? Mais… n'est-ce pas là que…

Mais Chrysander ne finit pas sa phrase. De nouveau, Marley lui cloua le bec d'un coup d'œil furieux.

— Où, à Miami ? insista Piers.

— Si tu fais encore du mal à Jewel, je mets tous les gardes du corps de Theron à tes trousses, menaça Bella.

— Donne-moi l'adresse, je t'en prie. J'ai besoin de revoir Jewel. Je veux m'assurer qu'elle va bien, ainsi que le bébé.

— Je lui ai parlé au téléphone, hier. Elle avait l'air très bien, intervint Marley d'un ton anodin.

— Tu as pris avec Bella une part très active dans cette histoire, grommela Chrysander d'un air ombrageux.

— Si nous laissions faire les hommes, le monde serait une vraie catastrophe, riposta-t-elle.

— On nous insulte dans ma propre maison, dit Theron d'un ton sec.

Bella tendit à Piers un bout de papier sur lequel elle avait griffonné quelques lignes.

— Voici l'adresse de Jewel, dit-elle. Elle m'a fait confiance, Piers, alors ne gâche pas tout.

— Merci, répondit-il en la serrant dans ses bras et en déposant un bref baiser sur son front. Nous viendrons vous voir ensemble, dès que possible.

Eric dormait comme un ange, paisible et innocent. Jewel caressa son front, arrangea la couverture autour de lui, puis rejoignit la cuisine, où elle se prépara un café.

Bien installée, elle dégusta le breuvage chaud, tout en laissant dériver ses pensées. Son arrivée à Miami était tombée à pic. Eric venait d'être soustrait à sa famille d'accueil, et attendait un nouveau placement. La paperasserie pour le récupérer avait pris plusieurs jours. Elle avait subi toutes les différentes vérifications d'usage. Mais au final, Eric était avec elle.

Au début de leur vie commune, il observait une grande réserve, restait silencieux. Il croyait certainement ce nouveau placement provisoire, comme les précédents. Elle n'essaya pas de le convaincre du contraire. Pour gagner sa confiance, il ne fallait rien brusquer. Laisser faire le temps.

Grâce à la générosité de Bella, Eric et elle avaient une maison. Un foyer. Et c'était cela le plus important.

Après avoir vérifié une nouvelle fois qu'Eric était bien endormi, elle s'installa dans le salon dans son fauteuil favori. Les nuits étaient difficiles, quand le silence régnait en maître. Piers lui manquait tant.

Elle somnolait presque dans son fauteuil quand la sonnette la fit sursauter. Pour éviter de réveiller Eric, elle se précipita à la porte. Qui pouvait bien sonner ? Elle ne connaissait personne dans le quartier, et ce n'était pas une heure pour les services sociaux.

Lorsqu'elle découvrit l'identité de son visiteur, elle frémit de la tête aux pieds.

Piers. Sur le palier. L'air inquiet, un peu hagard.

Les doigts tremblants, elle fit tourner le verrou et entrouvrit à peine la porte.

— Dieu merci, tu es là ! dit-il. Je peux entrer ?

La main de Jewel se crispa sur la porte. La colère, le chagrin, un chagrin immense, coulaient dans ses veines. Qu'avait-il à dire qu'il n'ait déjà dit ?

Elle se maîtrisa et ouvrit un peu plus la porte. Pour le voir, et qu'il la voie.

— Je ne te demande pas comment tu as eu mon adresse, dit-elle. Ce n'est pas important.

Il tenta de l'interrompre, mais elle secoua la tête et reprit :

— Non, tu m'as déjà tout dit. Je t'ai laissé déverser sur

moi toutes ces horreurs. Je les ai encaissées, mais je ne veux pas recommencer. Je suis chez moi, ici. Tu n'as aucun droit sur moi. Va-t'en.

Une panique mal maîtrisée traversa le regard de Piers.

— Je sais que je ne mérite pas que tu m'accordes une minute de ton temps, dit-il. J'ai fait et dit des choses impardonnables. Je comprendrai que tu ne veuilles plus jamais me parler. Mais, *je t'en prie*, je t'en supplie, laisse-moi entrer, laisse-moi t'expliquer.

Le désespoir de Piers la déstabilisa. Indécise, elle hésita. Sa colère combattait son désir de céder et de lui ouvrir la porte. Sous le regard torturé de ses yeux sombres, elle recula peu à peu, et ouvrit la porte en grand.

Il bondit à l'intérieur, la prit dans ses bras, et enfouit son visage dans ses cheveux.

— Je suis désolé. Vraiment désolé, *yineka mou*, murmura-t-il à son oreille.

Il lui déposa des baisers sur la tempe, sur sa joue. Puis il chercha maladroitement sa bouche.

Son émotion était si palpable… Elle chancela.

— Je t'en prie, pardonne-moi, murmura-t-il. Je t'aime. Reviens à la maison avec notre bébé.

Agrippée aux bras de Piers, elle rejeta la tête en arrière. D'une voix chargée d'amertume et de soupçon, elle demanda :

— Tu crois qu'elle est de toi, maintenant ? C'est nouveau.

— Je me moque de savoir qui est le père biologique. Elle est mienne. Comme tu es mienne. Nous formons une famille, tous les trois. Je l'aime déjà, et je serai un bon père, tu peux me croire. Accorde-moi une deuxième chance. Jamais plus je ne te donnerai la moindre raison de me quitter.

Il lui serra les mains à les broyer et la regarda au fond des yeux.

— Je t'aime, Jewel, répéta-t-il. J'ai mal agi et ne mérite pas de seconde chance. Mais je t'en *supplie*, sois clémente. Je souhaite plus que tout que vous reveniez au foyer, notre fille et toi.

Elle avait du mal à en croire ses oreilles. Les informations qu'il déversait sur elle pêle-mêle, s'enregistraient dans son esprit les unes après les autres, dans un brouillard un peu confus. Il l'aimait. Il ne pensait toujours pas être le père. Mais, il se *moquait* d'être le père ou pas. Il voulait que le bébé et elle reviennent à la maison.

Elle sentit les larmes lui monter aux yeux. Elle mesurait l'effort que Piers avait accompli. La rechercher, d'abord. Voyager jusqu'en Floride pour la retrouver. La supplier de revenir, quand bien même il n'était pas le père de son bébé. Accepter mère et enfant du fond du cœur. Comme ce devait être dur pour son orgueil masculin…

Elle avait toutes les raisons d'être en colère contre lui. Et pourtant… il avait des circonstances atténuantes. Les tests de paternité du laboratoire avaient confirmé ses pires craintes, et cependant il passait outre. Il se faisait tout petit devant elle, se montrait sous son jour vulnérable sans fausse honte. Le feu de la sincérité la plus pure brûlait au fond de son regard.

Il disait la vérité.

Il l'aimait.

Une envie irrépressible de se l'entendre redire la saisit à la gorge.

— Tu m'aimes ? demanda-t-elle d'une voix enrouée.

— De toutes mes forces, *yineka mou*.

— Au fait, que veut dire *yineka mou*, au juste ?

— Ça veut dire « ma femme à moi », répliqua-t-il en souriant.

— Mais… tu m'as appelée comme ça la première nuit où nous avons fait l'amour !

— Déjà à ce moment-là, tu étais mienne. Je crois bien être tombé amoureux de toi dès cette nuit-là.

Les yeux pleins de larmes, elle ravala le sanglot de joie qui montait dans sa gorge.

— Je t'aime tant, Piers, murmura-t-elle en se lovant contre lui.

Il lui caressa les cheveux, lui murmura à l'oreille des mots d'amour. Puis sa main se dirigea vers son ventre arrondi. Elle sentait son corps frémir d'émotion tout contre le sien. Quand il parla enfin, sa voix trahissait sa fragilité intérieure :

— Comment va notre enfant ? demanda-t-il.

Fermant les yeux, elle laissa enfin couler ses larmes. Puis elle se dégagea légèrement de son étreinte.

— Elle est de toi, Piers, je te le jure. Je n'ai couché avec aucun autre homme que toi. Dis-moi que tu me crois. Les tests se trompent.

Il plongea son regard dans le sien. Une lueur d'espoir illumina son visage. Il semblait avoir du mal à parler et il y eut un petit silence avant qu'il ne reprenne :

— Je te crois, *yineka mou*.

Bouleversée, elle enfouit son visage contre le torse de Piers. Elle se sentait enfin en paix.

— Je te demande pardon de t'avoir fait souffrir, dit-il. Jamais plus je ne le ferai. Tu as ma parole.

— Je dois te dire quelque chose, déclara-t-elle avec calme.

Elle le vit se raidir imperceptiblement. D'instinct, il fit un pas en arrière. Ses traits trahirent une vulnérabilité à l'état pur.

— Assieds-toi pour m'entendre, dit-elle.

— Dis-moi. Il n'existe rien que nous ne puissions résoudre à deux.

— J'espère que tu ne seras pas en colère de ce que j'ai fait, demanda-t-elle avec un sourire.

Elle lui prit les mains, et ils s'assirent côte à côte sur le canapé.

— Je suis venue à Miami pour retrouver Eric, commença-t-elle.

Piers ne bougea pas d'un pouce.

— Pourquoi ? demanda-t-il.

— Je pensais que tu avais besoin de mettre un terme à cette douloureuse histoire. Si tu pouvais voir Eric heureux et bien dans sa vie, tu te nourrirais de ce souvenir, plutôt que de celui où il pleurait et hurlait quand sa mère l'a emmené.

— Et… tu l'as trouvé ? s'enquit-il d'une voix où perçait un espoir fou.

— Oui, dit-elle avec douceur.

Elle serra plus fort les mains de Piers, car le plus dur restait à dire.

— Il y a deux ans, Joanna l'a abandonné.

— Quoi ?

Une vague de colère le dévasta. Il bondit sur ses pieds, les poings serrés le long du corps.

— Pourquoi ne me l'a-t-elle pas ramené ? explosa-t-il. Elle savait à quel point je l'aimais. Je l'aurais gardé, elle ne pouvait pas l'ignorer.

Elle secoua la tête avec tristesse.

— Ça, je ne le sais pas, répondit-elle. Il est dans une famille d'accueil depuis deux ans.

— Une famille d'accueil ? Il faut remédier à ça tout de suite ! Je ne le permettrai pas. Je ne veux pas qu'il vive la même terrible enfance que toi, ma chérie.

Que voulait-il dire ? Interloquée, elle posa la main sur son bras.

— Comment as-tu appris, pour mon enfance ? demanda-t-elle d'une voix sourde.

Il lui adressa un regard malheureux.

— Kirk m'a tout révélé, quand je suis allé à San Francisco à ta recherche. *Theos*, Jewel, j'ai tellement honte de la façon dont je t'ai traitée.

— Eric est ici, annonça-t-elle avec une infinie douceur.

Il sembla accuser le coup.

— Ici ? Dans la maison ? dit-il enfin.

— Il dort dans sa chambre. Moi non plus, je ne supportais pas qu'il soit à l'assistance publique. Je savais à quel point il comptait pour toi. Et je ne peux pas oublier le malheur de ma propre enfance. J'ai commencé mes recherches avant notre rupture. Ce fameux jour, c'est pour t'en parler que je suis venue dans ton bureau. J'allais t'annoncer que je l'avais retrouvé, et qu'il ne vivait plus avec sa mère. Je projetais de partir avec toi le chercher à Miami.

Piers ferma les yeux et gémit.

— Et dire que je t'ai chassée. Tu es donc venue seule t'occuper de lui.

— Il a grand besoin d'un papa et d'une maman.

— Tu ferais ça ? demanda-t-il d'une voix rauque. Tu t'occuperais et aimerais un enfant qui n'est pas le tien ?

— N'est-ce pas ce que tu as toi-même l'intention de faire avec Eric ? Ce que tu avais l'intention de faire, quand tu croyais que notre fille n'était pas de toi ?

Tremblant des pieds à la tête, Piers l'attira contre lui.

— Je t'aime, ma chérie. *Yineka mou.* Ne me quitte plus jamais, je t'en prie. Même si je le mérite.

La tête rejetée en arrière, elle eut un rire léger.

— Plus jamais je ne partirai, affirma-t-elle. La prochaine fois, je resterai et me battrai. Ce que j'aurais dû faire. Tu ne te débarrasseras pas de moi aussi facilement !

— Tant mieux, dit-il d'une voix bourrue. Et maintenant, allons voir notre fils.

Epilogue

La petite Mary Catherine, âgée de six mois, dans les bras, Piers se tourna vers ses frères et explosa de fierté :

— Je vous présente la plus belle petite fille du monde.

— Tu ne peux dire ça que parce que Marley attend un garçon, souligna Chrysander.

— Ecoutez-les ! déclara Bella avec dégoût. Pourquoi leurs bébés rendent-ils les hommes aussi bêtes ?

— Jusqu'ici, je croyais que c'était le sexe qui les rendait fous, renchérit Marley.

— Ça aussi, dit Jewel en riant.

Debout à côté des hommes, Eric semblait très fier de sa petite sœur. Le cœur de Jewel se gonflait toujours de tendresse en observant l'amour qui liait le père et le fils.

L'adoption finale et définitive d'Eric avait eu lieu quinze jours après la naissance de Mary Catherine. Une semaine plus tard, Piers avait reçu un coup de fil hystérique du laboratoire. Les laborantins s'étaient trompés en envoyant les résultats, lui avait-on expliqué. Ils avaient confondu son test avec celui d'un autre patient.

Bouleversé par la nouvelle, Piers n'avait cessé depuis de lui renouveler son amour et de lui témoigner la force de ses sentiments.

Bella avait eu le mot de la fin. Selon elle Mary-Catherine ressemblait tellement à une Anetakis que plus aucun doute n'aurait été possible.

Et en effet, avec ses cheveux noirs, ses yeux sombres, son teint mat, elle était la miniature de son père.

Jewel posa sur toute sa famille un regard circulaire. Ils

étaient tous là, sur la terrasse de sa maison surplombant l'océan. La maison du bonheur. Sa chance lui semblait parfois insolente. Elle avait enfin une famille. Une vraie famille. Elle et Piers avaient longtemps erré au gré de leurs voyages et de leur travail, mais maintenant, leurs routes les avaient conduits l'un vers l'autre. Ils avaient enfin fondé ce qui comptait le plus à leurs yeux. Un foyer.

— Je propose un toast, dit Chrysander en levant son verre. Aux épouses Anetakis. Elles nous sauvent de tout. Pour l'éternité.

— A vous, les femmes ! dit Theron en levant son verre à son tour.

Piers se tourna en souriant vers Jewel, et elle se rapprocha de lui. Tous deux contemplaient leur bébé d'un air attendri. Elle tendit la main vers Eric, qui vint se lover contre elle.

— Je propose un toast, moi aussi, dit-elle. A Bella. Puisse-t-elle donner à Theron une maison pleine de filles aussi belles et aussi impertinentes qu'elle !

— Réfléchis avant de parler ! rétorqua l'intéressée.

Mais ses yeux pétillaient joyeusement.

Theron passa un bras autour de la taille de sa femme et plaisanta.

— Des filles comme Bella ? Dieu m'en préserve. Une seule me suffit largement !

— Et moi, enchaîna Marley, je porte un toast à l'amour et à l'amitié.

Séparant Jewel et Bella de leurs maris, elle les attira contre elle et leur passa un bras autour de la taille.

Ses deux belles-sœurs lui sourirent tendrement et répétèrent en chœur :

— A l'amour et à l'amitié !

Composé et édité par HARLEQUIN

Achevé d'imprimer en Italie (Milan)
par Rotolito Lombarda
en octobre 2014

Dépôt légal en novembre 2014